D1101092

PIEDS NUS

Elin Hilderbrand a grandi à Collegeville, en Pennsylvanie. Elle a étudié à l'université John Hopkins et possède aussi un diplôme de fiction littéraire de l'université de l'Iowa. Grande voyageuse, elle s'installe finalement à Nantucket — toile de fond de ses cinq derniers romans — où elle vit avec son mari et ses trois enfants.

ELIN HILDERBRAND

Pieds nus

ROMAN TRADUIT DE L'ANGLAIS PAR CAROLE DELPORTE

JC LATTÈS

Titre original :

BAREFOOT
Publié par Little, Brown and Company, New York

Pour Heather Osteen Thorpe, en l'honneur des maisons de poupée, des spectacles de roller, du Peanut Butter & Jelly Theater, les soirées Wawa, et à présent, six enfants entre nous. Tu es la meilleure amie-sœur dont une femme puisse rêver.

I

JUIN

Trois femmes descendaient d'un avion. On aurait dit le début d'une blague.

Joshua Flynn, vingt-deux ans, était né sur l'île de Nantucket. Employé pour l'été à l'aéroport – son père était contrôleur aérien –, Josh remarqua immédiatement les trois passagères. Elles avaient pris le vol US Airways en provenance de LaGuardia. Trois femmes, deux enfants – rien d'inhabituel –, alors pourquoi avaient-elles retenu son attention ? Josh Flynn étudiait la création littéraire au Middlebury College, en quatrième année, et son mentor, l'écrivain Chas Gorda, aimait à dire qu'un auteur de talent pouvait flairer une bonne histoire comme on pressent l'arrivée d'une tempête. Les poils de tes bras vont se hérisser, avait-il promis. Josh examina ses avant-bras – rien – et tira sur les manches de sa veste orange fluorescent. Il s'approcha de l'avion pour aider Carlo à décharger les bagages. Son père, Tom Flynn, se trouvait dans le terminal informatique situé au cinquième étage de la tour de contrôle et, occasionnellement, il épiait son fils par la fenêtre pour s'assurer que celui-ci faisait « correctement son

travail ». Être ainsi surveillé en permanence le mettait mal à l'aise et, depuis quinze jours qu'il travaillait
là, il avait appris à vérifier discrètement si son père
l'observait.

Deux des trois femmes se trouvaient sur le tarmac. Josh était persuadé qu'elles étaient sœurs. La
première, très mince, avait de longs cheveux bruns
et fins qui volaient au vent, un nez aquilin, les yeux
bleus. Elle paraissait maussade. Son front était plissé
comme ces drôles de chiens chinois. La seconde
avait les yeux tout aussi bleus, le même nez, mais
plutôt que l'agacement, son visage reflétait tristesse
et perplexité. Elle clignait souvent des yeux, comme
si elle était sur le point de pleurer. Plus ronde que
sa sœur, ses cheveux d'un blond scandinave lui arri-
vaient à l'épaule. Elle portait un sac à l'imprimé
fleuri bourré de couches, ainsi qu'un trousseau de
clés en plastique multicolores ; elle prenait de profondes inspirations, comme si le vol l'avait terrifiée.

La troisième femme se tenait en haut de l'escalier
avec un bébé dans les bras, et un petit garçon d'environ quatre ans lui tournait autour. Elle avait un joli
visage rond et des anglaises s'échappaient de son
chapeau de paille. Elle portait un jean aux genoux
sales et une paire de sabots.

Les deux sœurs attendaient en bas des marches
que leur amie les rejoigne. Celle qui respirait avec
difficulté tendit la main vers le bébé en agitant le
trousseau de clés.

— Viens avec maman, dit-elle. Donne-le-moi,
Melanie, je vais le prendre.

En plus du bébé, la femme au chapeau portait un paquet de Cheerios, une tasse de plastique vert et un de ces sacs fournis en cas de nausées. Elle était à deux marches du sol quand le petit garçon qui les suivait cria :

— Tante Brenda, j'arrive !

Et il s'élança.

Il voulait rejoindre la femme à l'air maussade, mais dans son excitation, il heurta violemment celle au chapeau de paille, qui trébucha et s'affala sur le tarmac avec le bébé. Josh se précipita – même s'il savait qu'il ne serait pas assez rapide pour sauver qui que ce soit. La femme au chapeau avait protégé la tête du bébé ; ses genoux et son bras gauche amortirent sa chute.

Josh eut l'impression de se liquéfier.

— Melanie ! cria la sœur qui respirait péniblement.

Elle lâcha le sac de couches et se précipita vers son amie. Le bébé n'émettait aucun son. Nuque brisée. Mort. Josh retint son souffle, s'attendant au pire. Mais ensuite – un cri ! Il poussait à présent des cris déchirants. Le bébé était vivant ! La femme à la respiration saccadée le prit dans ses bras et vérifia qu'il n'était pas blessé, puis elle le cala contre son épaule. Sa sœur s'approcha d'elle avec le responsable du crime, le frère aîné, pendu à ses basques.

— Est-ce que le bébé va bien ? demanda-t-elle, l'air inquiet.

— Il va bien. Il a juste eu une grosse frayeur.

Elle se tourna vers la femme au chapeau.

— Est-ce que ça va, Melanie ?

Celle-ci frotta son visage couvert de poussière ; son coude, tout éraflé, saignait. Le sac de Cheerios, éventré, avait répandu son contenu par terre ; la tasse de plastique avait roulé aux pieds de Josh. Il se baissa pour la ramasser.

— Vous voulez que j'aille chercher la trousse de premiers secours ? proposa-t-il à Melanie.

Elle posa une main sur sa joue et, de l'autre, palpa son estomac.

— Oh ! Non, merci. Je vais bien.

— Tu es sûre ? insista celle qui portait le bébé dans les bras. Et si… ?

— Ça va, l'assura Melanie.

— Blaine va s'excuser. Excuse-toi, Blaine.

— Désolé, marmonna le garçon.

— Tu aurais pu blesser ton frère. Tu aurais pu blesser Melanie. Tu ne peux pas faire des choses comme ça, mon chéri. Tu dois faire attention.

— Il a dit qu'il était désolé, Vick, déclara sa sœur.

Cela n'avait rien d'une blague. Josh n'avait jamais vu trois femmes à l'air aussi misérable.

— Bienvenue à Nantucket ! annonça Josh en espérant que ses paroles les réconforteraient, même si Carlo lui répétait sans arrêt qu'il n'était pas ambassadeur.

Son rôle consistait à leur donner leurs bagages, un point c'est tout. D'autant que son père le surveillait peut-être.

Toujours aussi renfrognée, la jeune femme mince leva les yeux au ciel.

— Merci beaucoup.

Pourquoi n'étaient-elles pas venues à Nantucket en voiture ? se demanda Brenda en montant dans un taxi à la sortie de l'aéroport. Elle venait sur cette île depuis qu'elle était toute petite, et ils avaient toujours fait le trajet en voiture, en prenant le ferry. Cette année, à cause des enfants, du cancer de Vicki et de leur empressement à rejoindre Nantucket, peu importe le coût, elles avaient pris l'avion. D'après Brenda, elles n'auraient pas dû déroger à leurs habitudes. Il suffisait de regarder ce qui s'était passé : leur voyage avait très mal commencé. Melanie avait vomi durant tout le vol, puis elle était tombée de l'escalier, causant à Vicki une peur bleue. Le but de ces vacances d'été était pourtant d'aider cette dernière à se détendre, à éradiquer la maladie. C'est le but, Melanie ! Maintenant, elle était assise à l'arrière du taxi, derrière Brenda, les yeux clos. Vicki avait invité Melanie à venir passer les vacances d'été avec elles parce qu'elle avait des « problèmes ». Elle devait faire face à une « situation compliquée » dans le Connecticut. Mais en fait, la compagnie de Brenda ne suffisait pas à Vicki. Depuis l'enfance – que ce soit au camping, à la fête foraine ou à l'église le dimanche –, Vicki était toujours venue accompagnée.

Cet été, elle avait choisi Melanie Patchen. Brenda n'avait appris la venue de cette invitée qu'à la dernière minute, ce qui excluait toute protestation. Durant le trajet en limousine entre Darien et LaGuardia, elle

avait entendu parler de la « situation compliquée »
dans laquelle se trouvait Melanie : « depuis toujours », elle et son mari, Peter Patchen, essayaient
d'avoir un enfant. L'année précédente, ils avaient
essuyé sept échecs de fécondation in vitro. Puis,
quelques semaines auparavant, Peter avait avoué sa
liaison avec Frances Digitt, une jeune femme de son
bureau. Melanie était bouleversée. Elle était tellement malheureuse qu'elle en était tombée malade
– elle ne pouvait garder aucune nourriture et restait
au lit. Puis elle n'eut pas ses règles. Elle était
enceinte. Et la partie « compliquée » de la situation
était qu'elle avait quitté le Connecticut sans prévenir
son mari ni l'informer de son état. Elle filait avec
Brenda, Vicki et les enfants parce qu'elle avait
besoin de « temps pour réfléchir, loin de tout ».

Brenda avait enregistré ces informations en
silence, non sans un certain scepticisme. La dernière
chose dont sa sœur et elle avaient besoin cet été était
une passagère clandestine fuyant une « situation
compliquée ». Vicki avait un cancer et Brenda, ses
propres problèmes. Le printemps dernier, elle avait
été renvoyée de son poste de professeur à l'université
de Champion pour avoir couché avec son unique
étudiant de sexe masculin. Et comme si cela ne suffisait pas, d'autres accusations, sans aucun rapport,
pesaient sur elle, concernant la dégradation d'une
œuvre d'art, propriété de l'université. Sexe et scandale ! Dégradation criminelle ! De recrue de talent
– jeune professeur admirée de tous, la fierté de l'université –, Brenda était devenue la cible des commé-

rages. À Champion, tout le monde ne parlait plus que d'elle. Brenda Lyndon, qui avait fait forte impression durant son tout premier semestre au département d'anglais, avait entretenu une liaison illicite avec l'un de ses étudiants. Puis, sans que personne ne sache pourquoi, elle avait dégradé une œuvre originale de Jackson Pollock – legs d'un ancien étudiant dévoué – accrochée au mur de la salle Barrington, dans le département d'anglais. En plus de la terrible honte que lui inspirait sa relation avec John Walsh, Brenda avait été contrainte d'engager un avocat qu'elle n'avait pas les moyens de payer pour la défendre contre les accusations de vandalisme proférées à son encontre. Dans le meilleur des cas, lui avait dit Me Brian Delaney, l'équipe de restauration de l'université serait en mesure de boucher le « trou » et de remettre la peinture en état. Dans le pire des scénarios, les dommages seraient irréversibles. L'université étudiait actuellement la question.

Brenda était officiellement venue à Nantucket pour aider sa sœur, atteinte d'un cancer. Mais elle était aussi sans emploi, sans perspective, et avait cruellement besoin d'argent. Melanie n'était pas la seule à avoir besoin « d'être loin de tout » et de « temps pour réfléchir ». Brenda aussi en ressentait la nécessité. Désespérément. Elle avait consacré sa carrière à un seul sujet, particulièrement confidentiel : le roman de Fleming Trainor, *L'Imposteur innocent*. Ce court roman peu connu, publié en 1790, était le sujet de sa thèse, ainsi que celui de son cours étonnamment populaire à l'université de Champion.

Depuis que Brenda avait été exclue par le milieu universitaire, le seul moyen pour elle de gagner de l'argent avec *L'Imposteur innocent* – du moins la somme nécessaire pour payer son avocat – était de l'utiliser d'une manière non conventionnelle. C'est Mᵉ Brian Delaney qui lui avait suggéré d'écrire un scénario. Au début, Brenda avait ri, quand son avocat avait ajouté avec éloquence : « Hollywood adore tous ces vieux trucs. Regardez *Vanity Fair*. Regardez Jane Austen. » *L'Imposteur innocent* était un roman si obscur qu'on ne le trouvait même pas sur Amazon. Pourtant, Brenda avait désespérément besoin, non seulement d'argent, mais aussi d'un projet, quelque chose qui lui occupe l'esprit. Elle avait longuement réfléchi à tout cela et plus elle y pensait, moins cette idée lui paraissait incongrue. Cet été, si on lui demandait ce qu'elle faisait dans la vie, elle répondrait qu'elle écrivait un scénario.

Brenda s'était aussi réfugiée à Nantucket pour une autre raison. John Walsh. Il vivait à Manhattan, comme huit millions d'autres personnes, mais elle ressentait sa présence avec autant d'acuité que s'il vivait de l'autre côté de son mur de briques. Elle devait rompre tous liens avec John Walsh, peu importaient ses sentiments pour lui. Elle devait fuir la ville de sa disgrâce et se consacrer à sa sœur. Un été à Nantucket était la réponse à tous ses ennuis, d'autant que le cottage qui avait appartenu à leur très chère tante Liv était devenu, au bout de trois ans, leur propriété. Les deux sœurs possédaient à présent officiellement le cottage.

La question n'était pas : « Pourquoi était-elle ici ? », mais plutôt : « Pourquoi n'était-elle pas plus heureuse d'être ici ? »

Brenda enlaça tendrement le bébé sur ses genoux et passa le bras autour de son neveu, Blaine, qui s'était pelotonné contre elle. Le chauffeur de taxi demanda :

— Où allons-nous ?

— Shell Street, Sconset, répondit Brenda.

« Shell Street, Sconset » : trois mots parmi ses préférés de la langue anglaise. Il n'avait pas échappé à la sagacité de Brenda que l'un des moyens d'obtenir une importante somme d'argent était de vendre à Vicki et Ted sa part de la maison de tante Liv. Mais elle ne pouvait supporter l'idée d'abandonner ce bout d'île : sa moitié d'un petit cottage. Par la fenêtre, Brenda observa les arbres aux feuillages persistants et touffus qui bordaient Milestone Road et les étendues de lande encore préservées. Elle huma l'air frais et odorant, aux effets soporifiques : les paupières de Blaine s'alourdissaient. Brenda ne pouvait s'empêcher de penser combien Walsh aurait aimé cet endroit. C'était un amoureux de la nature. Typiquement australien, il adorait l'océan, la plage, les grands espaces, le ciel bleu. À Manhattan, il se sentait perdu ; toute cette civilisation l'indifférait ; le métro le faisait suffoquer. Il préférait de loin marcher. Combien de fois avait-il traversé Central Park en bravant une tempête de neige pour rejoindre l'appartement de Brenda ? Combien de fois s'étaient-ils retrouvés en secret à Riverside Park après les cours ? Trop souvent, apparemment, et pas assez discrètement. Une personne avait eu des soupçons – la mauvaise personne – et la carrière de Brenda s'était terminée à peine un semestre et demi après avoir commencé. Elle avait été marquée au fer rouge en dépit du fait que Walsh avait trente et un ans et Brenda seulement trente. La situation à Champion était devenue un tel imbroglio que Brenda n'avait eu d'autre choix que de rompre avec Walsh. Il voulait venir lui rendre visite ici, à Nantucket. Ce serait différent, disait-il, loin de New York. Peut-être, pensa Brenda. Mais pas assez différent.

Brenda était soulagée que sa tante ne soit plus là pour assister à sa disgrâce. Tante Liv, professeur réputé de littérature russe au Bryn Mawr College, lui avait donné le goût de la vie universitaire. Elle avait été à la fois son mentor et son modèle. Combien d'heures avaient-elles passé à discuter de Fleming Trainor – et d'Isaak Babel, Tolstoï, Soljenitsyne, Dumas, Hugo, Whitman ? Combien de fois s'étaient-elles accordées à dire qu'il n'existait pas de quête plus noble que l'étude de la littérature ? Et quel meilleur moyen de passer la soirée seule si ce n'est avec Tourgueniev ?

Je m'en sortais si bien, se dit Brenda. Avant ma rencontre avec Walsh.

Quand elle pensait à présent à sa tante, l'expression « se retourner dans sa tombe » lui venait à l'esprit. Cet été à Nantucket lui permettrait de rechercher l'absolution. Brenda souhaitait se faire pardonner et, surtout, se faire oublier ; elle voulait

que sa conscience agitée retrouve la paix. Du temps
pour réfléchir. Loin de tout. Peut-être que ce ne
serait pas si mal d'avoir Melanie dans son entourage.
Le malheur adore la compagnie.

Brenda regarda une nouvelle fois derrière elle.
Vicki avait les yeux clos. Melanie et elle s'étaient
endormies et, bizarrement, elles se tenaient la main,
comme des amoureux. Brenda serra le corps chaud
et doux du bébé contre elle. Elle se sentait comme
une enfant de six ans, jalouse et délaissée.

Victoria Lyndon Stowe avait toujours eu la manie
des listes. Cette habitude lui venait sans doute de sa
position d'aînée et de sa personnalité classique de
type A – trait de caractère que ses parents n'avaient
fait que renforcer. Vicki est si organisée, elle n'oublie
jamais rien. En dernière année d'école élémentaire,
Vicki notait les tenues qu'elle mettait chaque jour
afin de ne pas remettre deux fois la même chose.
Elle dressait des listes de ses films préférés, de ses
livres préférés. Elle listait les noms de toutes les
personnes qui lui faisaient un cadeau pour son anniversaire et envoyait ensuite une carte de remercie-
ment en cochant les noms un à un – *zip*, *zip*, *zip*,
tout simplement. À l'université de Duke, elle avait
fait des milliers de listes – elle était à la fois présidente de la confrérie des Trois-Delta, à la tête d'une
troupe de théâtre, et guide pour le campus –, il y
avait donc des listes pour chacune de ses activités,

en plus de celles pour ses études. Puis, une fois installée dans la routine du quotidien, les listes se démultiplièrent. Des listes pour la célibataire, pour la citadine affairée, pour son mariage avec Ted Stowe, et enfin les listes infinies de la maman de deux jeunes enfants. *Rendez-vous chez le médecin ; livres à rapporter à la bibliothèque ; briques de lait vides à conserver pour planter des radis ; argent liquide pour la baby-sitter, jeux avec Carson, Wheeler, Sam ; appeler le type des ballons pour le goûter d'anniversaire ; acheter des pyjamas légers, de l'huile pour le tricycle ; nettoyer les tapis de la salle de jeux.*

Quand on diagnostiqua à Vicki un cancer du poumon, le temps des listes connut une pause. C'était une suggestion du médecin, que Vicki avait initialement rejetée. Les listes participent au bon fonctionnement du monde ; elles sont comme un filet de sécurité qui empêche les choses importantes de passer à travers. Cependant, le Dr Garcia, puis Ted, avaient insisté. Plus de listes. Laisse-les tomber. Si elle oubliait d'aller chercher les affaires au pressing, quelle importance ? Elle allait devoir endurer trois mois de chimiothérapie intensive, et si la chimio faisait l'effet escompté – réduire la tumeur de manière significative – s'ensuivrait une intervention pour enlever le poumon gauche et les ganglions lymphatiques. Chimiothérapie, chirurgie, survie – ces événements avaient trop d'importance pour être inscrits sur une liste. Ainsi, les listes avaient-elles toutes été reléguées aux oubliettes, excepté une seule, que

Vicki gardait en tête : la Liste des choses qui n'ont plus d'importance.

Un frère et sa sœur qui traversent la rue en courant car ils sont en retard pour leur rendez-vous chez le dentiste. Une jolie jupe portée avec les mauvaises chaussures. Le Guide des oiseaux de mer, *de Peterson.* Un groupe de femmes retraitées à Darien se promenaient sur la plage avec ce bouquin en main. Vicki les détestait. Elle les haïssait d'être aussi heureuses – elles n'avaient pas de cancer et elles se payaient le luxe de perdre de précieuses minutes à chercher un huîtrier pie ou un héron bleu.

Malheureusement pour Brenda et Melanie, Vicki avait initialement inscrit certains points au sujet de cet été à Nantucket sur sa Liste des choses qui n'ont plus d'importance – comme par exemple la bonne entente entre Brenda et Melanie ou l'installation et le confort de cinq personnes dans le cottage de tante Liv –, éléments qui paraissaient finalement importants. Vicki est si organisée, elle n'oublie jamais rien. Mais elle n'avait pas pensé à la configuration de la maison. Quand elle avait pris la décision de passer l'été à Nantucket, elle avait seulement pensé au confort que le cottage et l'île lui apporteraient, à elle. Enfant, elle y passait tous les étés avec ses parents, Brenda et tante Liv. C'était son repaire, un lieu qui incarnait pour elle les vacances d'été. Et la mère de Vicki, Ellen Lyndon, disait toujours que toute affection – physique ou émotionnelle – pouvait être guérie grâce au sable de Nantucket – il suffisait d'en glisser quelques grains entre ses doigts de pied. Pour son entourage, partir pour l'été était une folie, elle mettait sa vie en danger, mais l'avis des gens avait rejoint sa Liste des choses qui n'ont plus d'importance.

Il était naturel qu'elle invite Brenda à venir avec elle. Vicki avait besoin d'aide pour s'occuper des enfants, et quelqu'un devait l'emmener et la ramener tous les deux jours à l'hôpital pour qu'elle suive son traitement. Brenda, renvoyée de Champion, auréolée d'un parfum de scandale et sommée de répondre de ses actes devant un tribunal, avait désespérément besoin de s'échapper de New York. C'était un été salvateur pour toutes les deux. Les jours qui avaient suivi le diagnostic de la maladie de Vicki, elles avaient partagé leurs souvenirs d'enfance : les longues journées à la plage, la chasse aux lucioles, les randonnées à vélo jusqu'à Sesachacha Pond, les épis de maïs, les parties de Monopoly et de badminton, la cueillette des mûres, les promenades au crépuscule jusqu'au phare de Sankaty Head, qui déployait son fanal comme le cow-boy son lasso sauvage, les journées entières passées pieds nus. Ensemble, elles créeraient de nouveaux souvenirs pour les enfants de Vicki. C'était une chance pour Vicki de guérir, pour Brenda de se retrouver. Elles suivraient le conseil de leur mère : le sable de Nantucket guérirait toutes leurs blessures. Cancers, carrières ruinées, cœurs brisés. « Rien que nous deux », s'étaient-elles murmuré dans la salle d'attente de l'hôpital, où elles attendaient un autre avis, sous la lumière crue des néons. Ce serait un été entre sœurs.

Mais comment Vicki pouvait-elle laisser derrière elle sa meilleure amie – surtout après la terrible nouvelle de la trahison de Peter, suivie d'une nouvelle encore plus détonante (soufflée frénétiquement à 3 heures du matin au téléphone). Melanie était enceinte – après tout ce temps, après toutes ces tentatives coûteuses et traumatisantes !

— Viens à Nantucket, lui avait proposé Vicki aussitôt sans réfléchir et sans consulter Ted ni Brenda.

— D'accord, avait répondu Melanie avec la même promptitude. Je viendrai.

Quand le taxi s'arrêta devant le cottage de tante Liv, Vicki craignit d'avoir commis une erreur. La maison était plus petite que dans son souvenir, bien plus petite. C'était une boîte à chaussures. Blaine avait des copains dont les maisons de jeux étaient plus grandes que celle-ci. Avait-elle rapetissé ? se demanda Vicki. Elle se rappelait en effet des étés entiers passés avec ses parents, Brenda et tante Liv, et où la maison paraissait, sans être spacieuse, tout au moins confortable.

— C'est adorable, dit Melanie en descendant du taxi. Oh ! Vicki, c'est exactement comme je l'avais imaginé.

Vicki ouvrit le portail. Les jardiniers étaient passés, Dieu merci. Melanie adorait les fleurs. Des roses New Dawn d'un rose délicat descendaient en cascades le long d'un treillis et les jardinières étaient plantées de cosmos, de delphiniums bleus et de beaux zinnias épanouis. Il y avait des papillons. Le petit carré de pelouse venait d'être tondu.

— Où est le bac à sable ? demanda Blaine. Où est le toboggan ?

Vicki sortit une clé de son sac et ouvrit la lourde porte en grosses planches dégrossies où était fixé un heurtoir de laiton en forme de coquille Saint-Jacques. Le corridor était bas de plafond. En pénétrant dans la maison, Vicki songea à son mari, Ted, un homme robuste d'un mètre quatre-vingt-dix. Il lui avait annoncé depuis le début qu'il était formellement contre son départ pour Nantucket. Voulait-elle vraiment passer tout l'été avec sa sœur, avec qui elle entretenait une relation plutôt inégale ? Et Melanie Patchen, en quoi lui serait-elle utile ? Et voulait-elle vraiment que sa chimiothérapie – le traitement qui était censé lui sauver la vie – lui soit administrée au Nantucket Cottage Hospital ? N'était-ce pas comme recevoir un traitement au beau milieu du tiers-monde ?

— Mais bon sang à quoi penses-tu ? lui avait-il demandé.

Il paraissait désemparé, défaitiste. Ted était directeur dans une société de placements boursiers ; il aimait traiter les problèmes comme des arbres à abattre, et résoudre des équations avec force et intelligence. Le diagnostic terrifiant, le traitement au petit bonheur la chance et la décision de Vicki de partir pour l'été l'avaient laissé anéanti. Vicki n'arrivait pourtant pas à croire qu'elle avait été sommée de s'expliquer.

C'était peut-être le dernier été de sa vie et elle ne voulait pas le passer à étouffer à Darien, sous le regard compatissant de ses amis et voisins. Les malheurs de Vicki alimentaient déjà les conversations quotidiennes, tel un refrain :

— Tu as appris la nouvelle ? Vicki Stowe a un cancer. Ils vont d'abord essayer la chimio et ensuite, ils décideront si ça vaut le coup de l'opérer. Ils ne savent pas si ça marchera.

Une pléthore de plats cuisinés et de fleurs étaient ensuite arrivés avec des jeux pour enfants.

— Confie-nous Blaine. Confie-nous le bébé. Profites-en pour te reposer.

Vicki était la nouvelle œuvre de charité de Darien. Elle se fichait des petits plats et des arums ; elle ne supportait pas que ses enfants soient traités comme des orphelins. Les femmes tournaient autour d'elle comme des vautours – quelques amies proches, des amies d'amies, et même des femmes qu'elle connaissait à peine. Ted ne comprenait pas ; il était touché par la sollicitude de leur entourage.

— Voilà pourquoi nous avons emménagé ici, plaidait-il. Ce sont nos voisins, nos amis.

Cependant, son désir de partir grandissait chaque fois que le téléphone sonnait, chaque fois qu'une Volvo break s'avançait dans l'allée.

C'était la mère de Vicki qui avait suggéré la destination de Nantucket ; elle aurait bien fait elle-même le voyage, si une blessure au genou ne l'en avait empêchée. Vicki s'était rendue à cette idée, même si sa mère ne pouvait venir l'aider. La succession de tante Liv avait été réglée en avril ; la maison appartenait maintenant à Brenda et à Vicki. C'était

un signe. Brenda voulait y aller. Même son cancérologue, le Dr Garcia, lui avait donné son accord. Il
lui avait assuré que la chimio, c'était la chimio. Le
traitement serait partout le même, à Nantucket ou
dans le Connecticut. Les membres de son groupe de
soutien pour lutter contre le cancer, qu'ils soient
adeptes du traitement holistique ou traditionnel, la
comprenaient.

— Profites-en, disaient-ils. Repose-toi. Joue avec
tes enfants. Sors. Discute avec ta sœur, ton amie.
Contemple les étoiles. Mange des légumes du jardin.
Essaie d'oublier les piqûres, les scanners, les métastases. Mène le bon combat, selon tes propres règles,
sur ton territoire. Passe un merveilleux été.

Vicki ne quittait plus Ted des yeux. Depuis le
diagnostic, elle l'épiait constamment – serrait son
nœud de cravate, vidait la monnaie de ses poches,
mettait un morceau de sucre dans son café. Elle
espérait ainsi ne pas l'oublier, l'emmener avec lui,
où qu'elle aille.

— Tu vas me manquer, lui dit-elle, pourtant, je
pars.

Le cottage avait été construit en 1803 – à une
époque, pensa Vicki, où la vie était à la fois plus
laborieuse et plus simple, une époque où les gens
étaient plus petits, et avaient moins d'attentes. À
l'origine, le cottage comprenait une unique grande
pièce avec un foyer construit dans le mur côté nord.
Les années passant, trois « verrues » avaient été
ajoutées pour les chambres : de toutes petites pièces,

basses de plafond ; on aurait dit une maison de poupée. C'était ce que tante Liv aimait ici – une vie où
les dépenses étaient réduites au minimum, comme
autrefois. Il n'y avait pas de télévision, pas de répondeur, pas d'ordinateur ni de four à micro-ondes
ou de chaîne stéréo. C'était une vraie maison de
vacances, avait l'habitude de dire tante Liv, qui vous
poussait à passer la majeure partie de votre temps
dehors – sur la terrasse à l'arrière, qui donnait sur
un jardin et une cour ; ou bien au bout de la rue,
sur la plage publique de Sconset. En 1803, quand
une femme avait un cancer, il n'y avait ni cancérologue ni traitement. La femme continuait à travailler
sans y penser – elle entretenait la cheminée, préparait les repas, remuait le linge sale dans un gros
chaudron d'eau bouillante – jusqu'au jour où elle
mourait dans son lit. Telles étaient les pensées de
Vicki au moment où elle franchit le seuil.

La maison avait été nettoyée et les pièces aérées.
Vicki avait tout organisé par téléphone ; apparemment, une résidence inoccupée pendant trois ans
était chose commune à Nantucket. L'odeur n'était
pas désagréable, quoiqu'elle rappelât un peu trop
les produits d'entretien. Le plancher de pin clair du
salon était marqué ici et là de traces de chaise et de
talons hauts. Le plafond aux poutres apparentes
était bas, et les meubles vieillots, un peu comme dans
un bed & breakfast victorien : le canapé au haut
dossier d'un bleu de Delphes ; sur la table basse, un
service à thé sur un plateau d'argent posé sur
un napperon de dentelle de Belgique ; les étagères

ployant sous le poids des livres de tante Liv et, dans la cheminée, les chenets dépareillés. Vicki alla dans la cuisine, dont l'équipement datait de 1962 – table de Formica au liseré argenté, porcelaine de Chine aux motifs peints représentant de petites Hollandaises en sabots. Une note du concierge était aimantée au réfrigérateur. La chambre exposée à l'ouest était ensoleillée. Ce serait celle de Melanie. Les lits jumeaux étaient faits avec des draps orange et rose qui leur rappelaient leur enfance. (Ce dont Vicki se souvenait plus particulièrement était d'avoir sali les draps quand elle avait eu ses premières règles. Tante Liv avait généreusement imbibé le drap de peroxyde d'hydrogène pendant qu'Ellen Lyndon avait gazouillé avec un sentimentalisme exagéré que « Vicki était une femme, à présent ». Brenda lui lançait des regards noirs en rongeant ses cuticules.) Vicki prendrait la plus grande chambre, avec le lit double, où elle dormirait avec ses enfants. Brenda s'installerait dans l'ancienne nursery, une pièce à peine plus grande que le dressing de Vicki. C'était la chambre que tante Liv avait toujours occupée – on l'appelait « l'ancienne nursery » car tante Liv et Joy, la grand-mère de Vicki, avaient dormi là quand elles étaient bébés, aux côtés de la nourrice, Mlle George, plus de quatre-vingts ans auparavant. Quand tante Liv a commencé à souffrir d'arthrose, ainsi que d'autres affections dues à l'âge, les parents de Vicki lui ont proposé de prendre la grande chambre, mais cela ne lui convenait pas. Elle avait alors cessé de venir à Nantucket, puis elle était morte.

Il y eut un regain d'activité quand on s'installa dans la maison, transportant bagages et cartons à l'intérieur. Le chauffeur de taxi attendait le paiement de la course à côté de sa voiture. Une tâche qui incombait à Vicki. Elle allait pourvoir à toutes les dépenses durant l'été. Elle jouerait les sponsors. Elle lui donna vingt dollars. Est-ce que c'était assez ?

L'homme fit un large sourire. C'était trop.

— Merci, madame. Bonnes vacances.

Quand le taxi fut parti, Blaine se mit à pleurer. Vicki craignait que tous ces changements ne le traumatisent ; ce matin, au petit déjeuner, il avait fait une scène au moment de dire au revoir à Ted et ensuite, il avait fait tomber Melanie à la descente de l'avion. Blaine était particulièrement agité. Il était 15 heures, et bien qu'il ait passé l'âge de la sieste, il avait besoin de se reposer. Vicki le savait. Elle-même était fourbue. Le simple fait de porter sa valise jusqu'à sa chambre lui donnait l'impression de faire l'ascension du Kilimandjaro. Ses poumons étaient en feu. Elle les haïssait.

Soudain, Brenda fit un boucan du tonnerre, qui couvrit les pleurs de Blaine. Elle gémissait en poussant des « Oh non ! Oh non, oh non ! » dignes de l'annonce de la fin du monde. Que se passait-il ? Elle était tombée sur un animal mort dans l'ancienne nursery ? Une batterie tout entière de cadavres d'animaux ? Vicki s'assit lourdement sur le matelas déglingué. Comme elle ne se sentait pas l'énergie de faire un mouvement, elle cria :

— Qu'est-ce qui ne va pas, Bren ?

Brenda apparut dans l'encadrement de la porte absurdement basse.

— Je ne trouve plus mon livre.

Vicki n'avait pas besoin de lui demander de quel livre elle parlait. C'était Brenda, sa sœur. Il ne pouvait s'agir que d'un seul ouvrage : l'édition originale, datant de deux siècles, du roman de Fleming Trainor, *L'Imposteur innocent*. Ce roman peu connu, écrit par un auteur médiocre de la jeune Amérique, était le pilier de la carrière de Brenda. Elle avait passé six ans à l'université de l'Iowa pour obtenir son master, puis son doctorat ; elle avait écrit un mémoire dont une partie avait été publiée dans un obscur journal littéraire, puis elle avait trouvé un poste à l'université de Champion – tout cela grâce à ce livre. C'était une édition ancienne qui valait des milliers de dollars, se lamentait Brenda. Elle l'avait acheté, à l'âge de quatorze ans, pour cinquante cents dans un marché aux puces. Le livre était, à bien des égards, son animal de compagnie. Elle n'avait même pas envisagé de le laisser à Manhattan, à la portée de son sous-locataire. Il avait voyagé avec elle dans un coffret spécial – où la température et l'humidité étaient constantes.

— Tu es sûre ? demanda Vicki. Tu as bien regardé partout ?

Bien que le livre de Brenda fasse désormais partie de la Liste des choses qui n'ont plus d'importance, Vicki voulait se montrer compatissante, pour donner à leur séjour un bon départ. Et les crises de cette nature étaient devenues sa spécialité. Avec les enfants, elle passait ses journées à la chasse aux objets : la chaussure manquante, la balle qui avait roulé sous le canapé, la tétine !

— Partout, insista Brenda.

C'était incroyable de voir à quelle vitesse le comportement de sa sœur pouvait changer. Elle avait été insupportable toute la journée et, à présent que son roman avait disparu, elle avait tout d'un gâteau oublié sous la pluie. Ses joues étaient colorées, ses mains tremblaient et Vicki crut qu'elle allait se mettre à pleurer.

— Et si j'avais perdu mon livre ? gémit Brenda. Si je l'avais laissé à…

Le dernier mot était si atroce qu'il resta coincé comme un gros morceau de carotte en travers de sa gorge.

— … LaGuardia ?

Vicki ferma les yeux. Elle était si fatiguée qu'elle aurait pu s'endormir sur place, en position assise.

— Tu l'avais avec toi en descendant de l'avion, n'est-ce pas ? Tu avais ton petit sac à main et…

— Le coffret…

Brenda battit des cils, tentant de chasser ses larmes. Vicki sentit la colère la gagner. Si Brenda avait eu un cancer, elle n'aurait jamais pu y faire face. Dieu ne vous fait endurer que ce que vous pouvez supporter – cette idée était répétée avec conviction par le groupe de soutien de Vicki.

Quelque part dans la maison, le bébé pleurait. Une seconde plus tard, Melanie apparut.

— Je pense qu'il a faim, suggéra-t-elle.

Elle perçut le désespoir de Brenda – ses mains tremblaient toujours – et reprit :

— Chérie, ça ne va pas ? Dis-moi, qu'est-ce qui ne va pas ?

— Brenda a perdu son livre, expliqua Vicki en essayant de prendre un air grave. Son vieux livre. Une édition ancienne.

— Ce livre est toute ma vie. Je l'ai depuis toujours, il n'a pas de prix… Oh, je me sens mal. C'est mon talisman, mon porte-bonheur.

Ton porte-bonheur ? pensa Vicki. Si ce livre avait vraiment des pouvoirs surnaturels, n'aurait-il pas dû d'une manière ou d'une autre empêcher Brenda de coucher avec John Walsh et de ruiner sa carrière ?

— Appelle l'aéroport, proposa Vicki.

Elle reprit Porter des bras de Melanie et le mit contre sa poitrine. Dès qu'elle commencerait la chimio, le jeudi suivant, il devrait être sevré. Des biberons, nouvelle formule. Même Porter, âgé de neuf mois, avait plus de légitimité de faire une crise que Brenda.

— Je suis sûre qu'ils l'ont retrouvé.

— D'accord. Quel est le numéro ?

— Appelle les renseignements, suggéra Vicki.

— Ça m'embête de poser la question, intervint Melanie, il n'y a qu'une seule salle de bains ?

— Silence ! lâcha Brenda.

Les yeux de Melanie s'agrandirent et, l'espace d'un instant, Vicki pensa qu'elle aussi allait se mettre à pleurer.

Melanie était douce, effacée, et elle détestait la confrontation. Quand elle avait appris la terrible histoire avec Peter, elle ne lui avait pas crié après. Elle n'avait pas cassé sa raquette de squash ou brûlé leurs photos de mariage comme Vicki l'aurait fait, elle. Au lieu de cela, elle s'était laissé empoisonner progressivement par cette infidélité. Elle était de plus en plus malade et fatiguée. Puis elle avait découvert qu'elle était enceinte. La nouvelle, qui aurait dû la remplir de joie, était au contraire une source de conflit intérieur et de confusion. Melanie était la dernière personne à mériter cela. Vicki avait donné à Brenda un ordre strict – Sois gentille avec elle ! – mais maintenant, elle se rendait compte qu'elle aurait dû être plus emphatique. Vraiment gentille ! Prends des gants !

— Je suis désolée, Melanie, murmura Vicki.

— Je t'ai entendue, lança Brenda.

Puis elle déclama d'un ton sentencieux :

— L'aéroport Nantucket Memorial, s'il vous plaît. Nantucket, dans le Massachusetts.

— Et en fait, oui, reprit Vicki, il n'y a qu'une seule salle de bains. J'espère que ça ira.

Vicki n'avait pas encore passé la tête dans la salle de bains, mais elle était presque sûre que rien n'avait changé. Les petits carreaux hexagonaux sur le sol, le rideau de douche transparent orné de coquelicots rouge et pourpre, les toilettes au réservoir surélevé actionné par une vieille chaîne. Une salle de bains pour une femme à qui on allait administrer une dose de poison deux fois par semaine, une autre en proie aux nausées matinales, un gamin de quatre ans à la fiabilité douteuse pour ce qui était de l'utilisation du pot, et Brenda. Et Ted, bien sûr, durant les week-ends. Vicki prit une grande inspiration. Brûlure. Elle déplaça Porter pour lui présenter son autre sein. Il avait du lait jusque sur le menton et son visage reflétait la plus grande béatitude. Elle aurait dû commencer à lui donner des biberons il y a des semaines. Des mois.

— Je vais défaire mes bagages, annonça Melanie.

Elle portait toujours son chapeau de paille. Quand Vicki et Brenda étaient venues la chercher en limousine ce matin-là, elle était en train de désherber le jardin. En grimpant dans la Lincoln, avec ses sabots pleins de boue, elle avait dit :

— J'aurais dû laisser un mot à Peter pour qu'il arrose les plantes. Je suis sûre qu'il va oublier.

— Ton mari vit toujours avec toi ? lui avait demandé Brenda. Tu ne l'as pas jeté dehors ?

Melanie avait regardé Vicki.

— Elle est au courant pour Peter ?

À cet instant, Vicki eut l'impression que ses poumons se remplissaient de vase. Il allait sans dire que la situation de Melanie devait rester confidentielle, mais Brenda était la sœur de Vicki et elles allaient passer tout un été ensemble, alors…

— Oui, je lui en ai parlé, répondit Vicki. Je suis désolée.

— Ce n'est rien, dit doucement Melanie. Je suppose que tu sais aussi que je suis enceinte ? ajouta-t-elle à l'attention de Brenda.

— Ouais.

— Je suis navrée, Mel, répéta Vicki.

— Je suis une tombe, assura Brenda. Vraiment, tu peux me croire. Mais si tu veux mon avis…

— Elle ne veut pas connaître ton avis, l'interrompit Vicki.

— Tu devrais dire à ton mec d'aller se faire voir. Une aventure avec une fille de dix-sept ans, mon cul !

— Brenda, ça suffit ! s'écria Vicki.

— Je te demande seulement de ne dire à personne que je suis enceinte, ajouta Melanie.

— Oh ! Je n'en soufflerai pas un mot, je te le promets.

Quelques minutes plus tard, après que chacune eut pris le temps de réfléchir à cette conversation, Melanie se mit à vomir. Elle expliqua que c'était parce qu'elle était assise à l'arrière de la voiture.

Brenda passa la tête dans la chambre.

— Mon livre est à l'aéroport. Un employé l'a retrouvé. Je lui ai expliqué que je n'aurai pas de voiture avant vendredi et il m'a proposé de me le rapporter ; c'est sur son chemin.

Elle fit un large sourire.

— Tu vois ? Je t'avais bien dit que c'était mon porte-bonheur.

Josh Flynn n'avait pas de don de divination, mais il n'en était pas moins intuitif pour autant. Il pressentait l'importance de certains événements et, sans comprendre pourquoi, il savait qu'il allait se passer quelque chose entre lui, les trois femmes et les deux enfants qui avaient attiré son attention à l'aéroport. L'une d'entre elles avait oublié un de ses bagages et, comme Carlo avait dû partir tôt pour aller à son rendez-vous chez le dentiste, c'était Josh qui avait répondu au téléphone et il s'était proposé de rapporter le paquet. Un coffret fermé par des verrous avec un cadran sophistiqué. Si Josh avait été en train d'écrire un roman d'un certain genre, cette boîte aurait pu lui évoquer une bombe, de la drogue, ou de l'argent, mais les étudiants du groupe d'écriture de Chas Gorda considéraient les thrillers comme des romans « d'amateur », qui « manquaient d'originalité », et quelque pinailleur aurait fait remarquer que le coffret n'aurait jamais franchi les contrôles de sécurité de l'aéroport de New York. Qu'y avait-il dedans ? La femme – et Josh devinait aux seules inflexions de sa voix qu'il s'agissait de celle qui avait l'air maussade – paraissait très nerveuse au téléphone. Nerveuse et inquiète – puis elle fut soulagée quand il lui annonça que oui, il avait retrouvé son bien. Josh le tourna et le retourna dans ses mains. Pas un bruit. C'était comme s'il était rembourré de vieux journaux.

Il était 16 h 30. Josh était seul dans le bureau encombré de l'aéroport. Par la porte ouverte, il voyait l'équipe de nuit – composée d'étudiants arrivés sur l'île plus tôt que lui – se mettre en place. Ils faisaient des signaux à l'aide de bâtons fluorescents comme à la télévision, guidant le Cessnas de neuf places à l'approche, comme ils l'avaient appris lors de leur formation. Josh traficota le coffret, juste pour voir ce qui allait se passer. À peine eut-il touché le mécanisme de son doigt que les verrous s'ouvrirent avec un bruit de ressort. Josh bondit de sa chaise. Waouh ! Il ne s'attendait pas à cela ! Il jeta un coup d'œil autour de lui. Personne en vue. Son père travaillait à l'étage avec l'équipe de nuit. Il rentrait toujours à la maison à 20 heures et dînait avec Josh à 20 h 30. Rien que tous les deux. Ils mangeaient ce que Josh avait réussi à préparer : sandwichs, poulet grillé, l'immuable salade iceberg, sans oublier une bière pour son père – et à présent que Josh était assez grand, une bière pour lui aussi. Mais une seule. Son père était un homme pétri d'habitudes, ce que Josh avait remarqué à l'âge d'onze ans environ, après le suicide de sa mère. Son père était si prévisible que Josh savait qu'il ne descendrait jamais le voir dans le bureau, et comme c'était la seule personne qu'il craignait…

Josh ouvrit facilement le coffret. Là, emballé dans du papier bulle, se trouvait un sac congélation, comme ceux que les pêcheurs utilisent sur les quais pour conserver le thon frais. Si ce n'est que ce sac contenait… John l'examina de plus près… un livre. Un livre ? À la couverture de cuir marron et au titre gaufré en lettres dorées : *L'Imposteur innocent*. Un roman de Fleming Trainor. Après avoir suivi durant trois ans les cours de littérature de Middlebury, Josh avait une meilleure connaissance des grands écri-

vains. Il avait dévoré Melville, Henry James, Haw-
thorne, Emily Dickinson, Mark Twain, F. Scott Fitz-
gerald, Jack Kerouac. Il n'avait jamais lu – ni
entendu parler de – Fleming Trainor.

Josh examina le livre et essaya de faire le lien entre
la sœur paniquée et cet objet. Non, cela n'avait
aucun sens. Cependant, Josh aimait cela. Il referma
la boîte et la verrouilla soigneusement.

Le coffret était posé sur le siège passager de sa
Jeep, en route pour Sconset. Josh avait toujours vécu
à Nantucket. Dans la petite communauté de l'île,
chacun avait son identité propre. Josh était perçu
comme un bon gamin, intelligent, équilibré. Sa mère
était morte, elle s'était tuée alors qu'il était encore à
l'école élémentaire, pourtant, Josh n'avait pas craqué
ou mal tourné. Il avait beaucoup travaillé pour rester
en tête de classe. Il pratiquait trois sports, avait été
trésorier en terminale et s'était si bien débrouillé
qu'il avait réuni suffisamment d'argent pour emmener toute la classe (quarante-deux personnes) à Bos-
ton la semaine précédant la remise des diplômes.
Tout le monde pensait qu'il deviendrait médecin,
avocat ou bien financier à Wall Street, alors que Josh
voulait exercer un métier créatif, quelque chose qui
perdurerait et aurait un sens. Cependant, personne
n'y croyait. Même le meilleur ami de Josh, Zack
Browning, avait hoché la tête en disant :

— Quelque chose de créatif ? Comme quoi, mon
pote ? Peindre le portrait d'un mec ? Composer une
putain de symphonie ?

Josh tenait un journal depuis des années. Il noircissait des calepins à spirales qu'il planquait sous son lit avec ses *Playboy*. Ils contenaient les trucs habituels – des pensées, des bribes de rêves, des paroles de chansons, des dialogues extraits de films, des passages de romans, les résultats de tous les matchs de football américain, de basket-ball et de base-ball disputés à l'université, des commentaires sur ses amis, ses petites amies, ses professeurs, son père, des souvenirs de sa mère, de longues descriptions de Nantucket, des lieux les plus éloignés qu'il avait visités, des idées d'histoires qu'il voulait écrire un jour. À présent, grâce aux trois années passées sous la tutelle (ou sous « hypnose », comme diraient certains) de l'écrivain à demeure Chas Gorda, à Middlebury, Josh savait que tenir un journal n'était pas seulement conseillé pour un auteur, mais obligatoire. À l'université, cela semblait un peu étrange. Tenir un journal intime n'était-il pas un truc de filles ? Son père avait surpris plusieurs fois Josh en ouvrant la porte de sa chambre sans frapper, comme il avait coutume de le faire à cette époque. Il lui demandait alors :

— Qu'est-ce que tu fais ?

— J'écris.

— C'est pour ton cours d'anglais ?

— Non. J'écris des trucs. Juste pour moi.

Cela paraissait étrange, et Josh s'était senti mal à l'aise. Depuis, il fermait sa porte à clé.

Chas Gorda demandait à ses étudiants de se méfier de l'« autoréférentialité ». Il leur rappelait constamment que personne n'avait envie de lire une nouvelle sur un étudiant qui rêvait d'être écrivain. Josh le comprenait très bien, et en pénétrant dans la ville de Sconset, le mystérieux coffret à son côté, il ne pouvait s'empêcher de penser – à l'idée de revoir ces gens qu'il connaissait à peine – que ce moment pourrait un jour lui servir. Peut-être. Ou peut-être cela n'aurait-il aucune conséquence. L'essentiel – Chas Gorda avait lourdement insisté sur ce point – c'était qu'il fallait être prêt.

En Amérique, il n'y avait pas d'endroit plus ennuyeux que Nantucket pour passer son enfance. Pas de centre-ville, pas de centres commerciaux, de McDonald, de salles de jeux vidéo, de restaurants, de boîtes de nuit, et aucun endroit où traîner, à moins de vous rendre à des réunions de Quaker, qui se déroulaient dans certaines des plus anciennes maisons. Et pourtant, Josh éprouvait un attachement particulier pour Sconset. C'était un vrai village, avec une rue principale bordée de grands arbres à feuilles caduques. La « ville » de Sconset possédait un bureau de poste, une épicerie qui vendait de la bière, du vin, de vieux livres de poche, deux cafés désuets et un marché où la mère de Josh l'avait emmené une fois pour manger un cornet de glace. Un ancien casino qui servait à présent de club de tennis, ainsi qu'une salle des fêtes et un cinéma. Josh avait toujours pensé que Sconset était un lieu d'un autre âge. Les gens racontaient que c'était de « vieilles fortunes », ce qui voulait seulement dire qu'il y a très, très longtemps, quelqu'un avait eu assez de bon sens et les cinq cents dollars nécessaires pour acheter un bout de terrain et une petite maison. Les habitants de Sconset avaient toujours vécu là ; ils conduisaient de vieux Jeep Wagoneer ; les enfants roulaient en tricycles Radio Flyer sur les rues pavées de coquillages blancs et, l'après-midi, en été, on n'entendait rien d'autre que le ressac, le claquement du drapeau du club et le bruit sourd des balles de tennis. Cela ressemblait à une carte postale, sauf que c'était la réalité.

L'adresse donnée par Sœur Maussade était 11 Shell Street. La vieille Jeep émit des craquements en roulant sur les coquilles vides avant de s'arrêter devant l'entrée. C'était une petite maison, mignonne, typique de Sconset ; elle ressemblait à celle où vivaient les Trois Ours. Josh prit le coffret. Cette fois, il était vraiment nerveux. Un drôle de loquet ornait la porte d'entrée et, pendant qu'il le tripotait, la porte s'ouvrit en grand sur une femme qui portait un haut de bikini brillant comme des écailles de poissons et un short en jean. C'était… eh bien… Il fallut une bonne minute à Josh pour se concentrer sur le visage de la jeune femme, et quand il y parvint, il perdit ses moyens. Face à lui se trouvait Sœur Maussade, si ce n'est qu'elle souriait. Elle se rapprocha de lui et avant que Josh ne comprenne ce qui se passait, elle enroulait ses bras autour de sa nuque et pressait ses seins contre son T-shirt crasseux de l'aéroport. Il sentit son parfum puis quelque chose se passa – le coffret lui échappa des mains. Oh non ! Attendez. Elle le lui avait pris des mains. Et maintenant, elle le tenait fermement.

— Merci, dit-elle. Merci. Merci.

— Euh, bafouilla Josh.

Il recula. Sa vision était brouillée de vert – le vert du carré de pelouse de la cour, le vert brillant du tissu qui recouvrait les seins de Sœur Maussade. D'accord, à présent, il était sûr que les poils de ses bras étaient dressés.

— Je vous en prie.

— Je suis le professeur Lyndon, dit-elle en lui tendant la main. Brenda.

— Josh Flynn.

— C'est si gentil de me l'avoir rapporté, dit Brenda en pressant le coffret contre son cœur. Je croyais l'avoir perdu pour toujours.

— Pas de problème, répondit Josh, même s'il sentait les problèmes se profiler.

La vue de la jeune femme le rendait terriblement nerveux. Ses cheveux, qui à l'aéroport étaient décoiffés par le vent, étaient à présent retenus en chignon par un crayon, et quelques mèches retombaient sur sa nuque. Elle était très mignonne. Et plutôt âgée, devina-t-il. Peut-être trente ans. Elle était pieds nus et les ongles de ses pieds étaient vernis de rose foncé ; on aurait dit des baies roses. Assez ! pensa-t-il. Mais peut-être avait-il prononcé ce mot à haute voix car Brenda inclina la tête et le regarda d'un air étrange, comme pour demander : quoi, assez ?

— Voulez-vous entrer ? lui demanda-t-elle.

Chas Gorda aurait encouragé Josh à dire oui. Une façon d'éviter l'autoréférentialité était d'élargir ses horizons, de s'ouvrir aux autres. Écouter, observer, assimiler. Josh n'avait jamais vu l'intérieur de l'un de ces petits cottages. Il consulta sa montre : 17 heures. D'habitude, après le boulot, il allait se baigner à Nobadeer Beach et parfois, il en profitait pour passer voir son ancienne petite amie, Didi. Ils s'étaient fréquentés durant toute la période du lycée, puis Didi était restée sur l'île alors que Josh était parti pour étudier. Et maintenant, trois ans après, il y avait un énorme décalage entre eux. Didi travaillait au standard de l'hôpital et ne parlait que de son poids et de l'émission de télé-réalité *Survivor*. Si elle avait trouvé un vieux bouquin enroulé dans du papier bulle, elle aurait râlé et l'aurait jeté à la poubelle.

— D'accord, dit-il. Bien sûr.

— Je vais préparer du thé, proposa Brenda.

Mais elle fut distraite par un bruit, une version numérisée de *La Lettre à Élise*. Brenda extirpa son téléphone portable de la poche arrière de son short et vérifia le numéro.

— Oh, mon Dieu ! dit-elle. Pas question que je réponde.

Elle sourit sans conviction à Josh et la joie quitta son visage. Ils n'étaient qu'à un pas de la maison quand Brenda s'arrêta net.

— En fait, tout le monde dort.

— Oh.

— Les enfants. Ma sœur. Son amie, aussi.

— Je comprends, dit Josh en reculant.

Il était déçu, mais aussi soulagé.

— Une autre fois. Vous me promettez de revenir une autre fois ? Maintenant, vous savez où nous habitons !

Melanie ne se plaindrait jamais, surtout pas à son amie gravement malade, pourtant, elle se sentait comme une moisissure sur le mur d'un hôtel miteux. Elle avait les seins comme des ballons. Ils lui faisaient si mal qu'elle ne pouvait s'allonger sur le ventre alors que c'était justement sa position préférée pour dormir, avec juste un oreiller. À présent, elle devait s'habituer à ses nouveaux quartiers, des lits jumeaux affaissés dans une étrange pièce ensoleillée où flottait une odeur de pin artificielle.

Tout ce qu'elle voulait, c'était partir – le plus loin possible. Quand elle était dans le Connecticut, face au désert de sa vie sentimentale, Pluton lui semblait une destination encore trop proche. Parfois, quand vous êtes au cœur du problème, vous manquez de discernement. Mais maintenant qu'elle était au pied du mur, les choses lui semblaient encore pires qu'avant. Et le pire – et le plus incroyable –, c'était que Peter lui manquait.

Peter, le mari de Melanie depuis six ans, était immense pour un Asiatique. Grand, large d'épaules, très séduisant – les gens, dans les rues de Manhattan, le confondaient parfois avec le célèbre chef cuisinier, Jean-Georges Vongrichten. Melanie avait rencontré Peter dans un bar de l'East Side. À cette époque, Peter travaillait à Wall Street, mais peu après leur mariage, il était devenu analyste financier à Rutter &Higgens, où il avait rencontré Ted Stowe, le mari de Vicki. Vicki et Ted attendaient alors leur premier enfant et projetaient de déménager à Darien. Vicki et Melanie sont rapidement devenues de bonnes amies et bientôt, Melanie s'est mise à tanner Peter pour qu'ils emménagent eux aussi dans le Connecticut. (Elle l'avait « harcelé », telle était la façon dont Peter voyait aujourd'hui les choses. Melanie, elle, avait toujours cru qu'il s'agissait d'une décision mutuelle.) Melanie voulait avoir des enfants. Peter et elle s'étaient lancés dans l'aventure – sans résultat. Mais Melanie était tombée amoureuse d'une maison, sans parler de la pelouse et du jardin qui faisaient parties intégrantes de sa vision de la vie idéale dans le Connecticut. Ils s'installèrent à Darien, où ils devinrent le seul jeune couple sans enfant. Par moments, Melanie attribuait ses problèmes de fertilité à leur entourage. Les bébés étaient partout. Melanie était assaillie chaque matin par la vision de brigades de landaus ralliant l'arrêt du bus scolaire. Où qu'elle aille, elle était entourée d'enfants – au Stop&Shop, à la garderie bondée de son club de gym, au spectacle de Noël à l'église épiscopale de Saint-Clément.

— Tu as de la chance, disaient les mères à Melanie. Tu es libre de faire ce que tu veux. Tu peux
dîner chez Chuck et boire une bouteille de vin sans
être interrompue un millier de fois. Tu n'as pas à
ramasser les couverts en argent et les morceaux de
pain qui dégringolent par terre, ni à subir l'agacement du personnel qui te regarde comme si tu avais
une verrue au milieu du visage.

C'était gentil de leur part. Les mamans prétendaient l'envier. Mais Melanie savait qu'elles avaient
pitié d'elle, qu'elle était perçue comme une femme
qui avait un problème physiologique. Peu importait
que Melanie soit diplômée de Sarah Laurence,
qu'elle ait enseigné l'anglais aux tribus des montagnes de Thaïlande du Nord après ses études, peu
importait qu'elle soit passionnée de jardinage et ran-
donneuse acharnée. Quand les autres femmes la
voyaient, elles pensaient : c'est la femme qui essaye
d'avoir un enfant. Celle qui a des problèmes. Stérile,
peut-être. Quelque chose ne va pas chez elle. La
pauvre.

Peter ne s'était jamais rendu compte de tout cela
et à présent, Melanie savait – dans cette période de
l'après-rupture, où les secrets les plus sombres et les
mieux enfouis exsudent comme la boue des égouts –
qu'il n'avait jamais attaché d'importance au fait
d'avoir un enfant. (Ne cherchez pas pourquoi elle
avait eu tant de problèmes ! Tout le monde savait
que le succès de l'entreprise dépendait pour moitié
de l'attitude, de la pensée positive, de la visualisation.) Peter avait essayé de la rendre heureuse et,

selon sa perception toute masculine des choses, la meilleure façon de le faire était de dépenser de l'argent pour elle, de manière complètement farfelue. Week-ends à Cabo. Hôtels de luxe – le Connaught à Londres, le Delano à South Beach. Un blazer de velours Yves Saint Laurent pour lequel il y avait une liste d'attente de deux mois. Une douzaine de truffes venues d'Italie par avion dans un coffret de bois tapissé de paille. Des orchidées tous les vendredis.

Comme les mois passaient, toujours sans aucun résultat, Melanie se jeta à corps perdu dans la culture de graines, creusant des plates-bandes, plantant des arbustes et des plantes vivaces, protégeant le sol d'un paillage organique, semant et dépensant près d'un millier de dollars de fleurs par an, de semences de gazon et de plants de tomates – une tradition familiale. Elle laissa les deux charmantes petites filles des voisins cueillir ses tulipes et ses hyacinthes pour leurs corbeilles de mai. Elle donnait à ses buissons d'hydrangea des palourdes japonaises achetées chez le poissonnier en guise d'engrais. Un saint-bernard aurait réclamé moins de soins que ce maudit jardin, se plaignait Peter.

Peter avait parlé de sa liaison avec Frances Digitt après le pique-nique du Memorial Day, sur le chemin du retour à la maison. Chaque année, Rutter organisait à Central Park un grand pique-nique avec des parties de softball – un stand proposait des hamburgers, des hot-dogs, des tranches de pastèque – et, pour les enfants, des courses à l'œuf et des jeux de ballons à eau. C'était une belle journée, pourtant, Melanie n'avait pas le cœur à la fête. Peter et elle avaient tenté la fécondation in vitro à sept reprises, sans résultat, après quoi, ils avaient décidé de cesser tout traitement. Cela ne marchait tout simplement pas. Les gens continuaient de demander :

— Des nouvelles ?

Et Melanie était forcée de répondre :

— Nous avons laissé tomber, pour le moment.

Ted et Vicki n'étaient pas là. Ils venaient d'obtenir un second avis du centre anticancéreux du Mont Sinai qui confirmait le diagnostic, et ils n'avaient pas envie de voir qui que ce soit. Melanie était assaillie de questions à son sujet ainsi qu'au sujet du cancer de Vicki. Étant donné le nombre de personnes qui la poursuivaient et la harcelaient, elle aurait mieux fait de tenir une conférence de presse.

Sur le chemin du retour, Melanie déclara à Peter que l'après-midi l'avait épuisée ; elle ne s'était pas beaucoup amusée, sans doute parce que Ted et Vicki n'étaient pas là.

— La vie est trop courte, murmura Melanie.

Elle disait cela chaque fois qu'elle pensait à Vicki, à présent. Peter acquiesça distraitement ; Melanie énonçait si souvent cette idée qu'elle avait perdu de son sens. Mais Melanie le répétait avec insistance : la vie était trop courte pour perdre son temps à espérer et à attendre. Attendre qu'il se passe quelque chose.

À la sortie numéro 1, sur la I-95, la circulation se fit plus dense. Peter maugréa et ils se mirent à rouler au pas.

C'est le moment, se dit Melanie.

— Je pense que nous devrions essayer encore, dit-elle. Une fois de plus.

Elle se raidit en attendant sa réaction. Il n'avait jamais voulu se lancer dans la fécondation in vitro. Quelque chose dans ce processus lui semblait forcé, contre nature. Melanie l'avait obligé à s'investir non pas une fois, ni deux, mais sept fois, promettant à chaque tentative que ce serait la dernière. Puis, quelques semaines auparavant, elle avait réitéré sa promesse ; Peter et elle avaient fait une sorte de pacte, qu'ils avaient scellé par leur premier rapport sexuel spontané depuis près d'un an. Après cela, Peter avait parlé d'un voyage en Australie, pour voir la grande barrière de corail, en amoureux. Ils logeraient dans un hôtel réservé exclusivement aux adultes.

Melanie savait que Peter serait agacé par son éternel mantra : « encore une fois » ; elle était prête à affronter sa colère. Mais Peter secoua la tête et, le regard fixé sur le pare-chocs de la voiture qui les précédait, il déclara :

— Je vois quelqu'un d'autre.

Il fallut un certain à Melanie pour comprendre ce qu'il entendait par « je vois », pourtant, elle n'était pas sûre de savoir de quoi il retournait.

— Tu vois quelqu'un ?

— Oui. Frances.

— Frances ?

Melanie observa Peter. Il avait bu quelques bières au pique-nique. Divaguait-il ? Était-il seulement en état de conduire ? Parce que ce qu'il disait n'avait aucun sens.

— Tu vois Frances ? Frances Digitt ?

Melanie ne pouvait imaginer Frances autrement que dans un short de sport rouge avec un T-shirt blanc qui disait : *Mad River Glen, Ski It If You Can*[1].

Âgée de vingt-sept ans, Frances Digitt avait une coupe de cheveux à la garçonne et adorait les sports extrêmes, comme l'escalade et le ski hors pistes. Elle avait fait un *home run* durant la partie de softball et avait franchi les bases le poing levé, comme un gamin de seize ans.

— Tu as une liaison avec Frances Digitt ?

— Oui, dit Peter.

Oui. Entendez par là, ils s'étaient livrés à une débauche de sexe au bureau – dans le placard à vêtements, dans les toilettes désertes le soir, sur le bureau avec la porte fermée à clé, dans le fauteuil pivotant, Frances le chevauchant, le T-shirt relevé.

Une fois arrivé à la maison, ce soir-là, Peter s'installa dans la chambre d'amis pendant que Melanie prenait une douche et pleurait. Peter ne déménagea pas – il ne voulait pas partir et Melanie n'eut pas la force de l'exiger. Ils dormaient sous le même toit, dans des chambres séparées. Peter ne souhaitait pas

---

1. Littéralement : « Descends la piste de ski de Mad River Glen, si tu en es capable. » Mad River Glen est une station de ski dans le Vermont, aux États-Unis, connue pour son dénivelé vertigineux. (Toutes les notes sont du traducteur.)

mettre fin à sa liaison avec Frances Digitt, pas encore, avait-il dit, mais peut-être un jour. Cet état de fait torturait Melanie. Elle l'aimait et il prenait son cœur pour cible. La plupart du temps, il rentrait dormir, mais quelquefois, il appelait du bureau pour dire qu'il « resterait en ville » (ce qui voulait dire, elle ne pouvait se mentir, rester avec Frances Digitt). Il réduisait Melanie à l'impuissance ; il savait qu'elle n'avait pas le courage de divorcer et de lui prendre tout son argent, ce que tout un chacun l'encourageait à faire.

Melanie n'avait pas été surprise quand elle avait commencé à se sentir mal. Stress émotionnel extrême, pensa-t-elle. Dépression. Elle ne pouvait garder aucune nourriture. Elle pensait à Frances Digitt et avait l'impression d'étouffer. Elle était terrassée par la fatigue ; elle faisait des siestes de trois ou quatre heures. Son cycle était perturbé depuis si longtemps qu'elle ne s'aperçut même pas qu'elle n'avait pas eu ses règles. Puis ses seins devinrent douloureux et des odeurs qu'elle aimait habituellement – le café, la sauge – lui retournaient l'estomac. Elle se rendit dans le drugstore d'un patelin éloigné de Darien, là où personne ne la connaissait, et acheta un test de grossesse.

Enceinte.

Évidemment, pensa-t-elle. Évidemment, évidemment. Elle était maintenant enceinte, quand cela n'avait plus d'importance, quand cela lui était même pénible. C'était une source de complications au lieu d'être une source de joie.

Melanie mourait d'envie de le dire à Peter. Chaque fois qu'elle le regardait, elle semblait sur le point de lui annoncer la nouvelle. Elle espérait qu'il serait suffisamment perspicace pour s'en rendre compte lui-même – elle se ruait sans cesse dans la salle de bains pour vomir et elle dormait tout le temps. Peter ne remarqua-t-il aucun de ces symptômes manifestes ou bien son mélodrame inspiré par Frances prenait-il le pas sur tout le reste ? Melanie décida de ne pas lui en parler – et elle était résolue à s'en tenir à cette décision – tant que rien n'aurait changé. Elle voulait que Peter quitte Frances Digitt par amour pour elle, et non pas parce qu'ils allaient bientôt avoir un bébé. Un bébé. Leur bébé. Après toutes les tentatives, les piqûres, les médicaments, les traitements, les calculs, le sexe programmé, c'était arrivé tout seul. Plus la surprise serait grande, plus Peter serait heureux. Cependant, elle ne voulait pas lui divulguer son secret. La grossesse était son unique trésor ; c'était tout ce qui lui restait et elle ne voulait pas le partager.

Donc... quitter la ville. Partir avec Vicki – et sa sœur, Brenda – sur une île à cinquante kilomètres au large.

Melanie n'avait pas avoué à Peter qu'elle partait ; il ne s'en rendrait compte qu'à 19 heures ce soir-là, quand il trouverait sa lettre dans une enveloppe, scotchée à la porte du débarras. Il serait sidéré. Il réaliserait qu'il avait commis une terrible erreur. Le téléphone sonnerait. Peut-être. Il lui demanderait de rentrer à la maison. Peut-être.

Ou peut-être se réjouirait-il. Soulagé. Il mettrait son départ sur le compte de la bonne fortune et inviterait Frances à s'installer dans leur maison et à s'occuper du jardin.

Cette horrible vision était amplement suffisante. Melanie se rua dans la salle de bains commune et vomit une bile verte et âcre dans la cuvette des W.-C., déjà remplie d'urine, à cause de Blaine qui ne savait pas tirer la chasse. Elle prit de l'eau dans ses mains et se rinça la bouche, avant de jeter un coup d'œil dans le miroir moucheté. Même le miroir paraissait malade. Elle grimpa sur la balance branlante. Si cette chose disait la vérité, alors elle avait perdu un kilo et demi depuis qu'elle avait découvert sa grossesse. Elle ne pouvait rien garder, ni soda au gingembre ni tranches de pain, pourtant, elle continuait de manger et de vomir, car elle avait faim, désespérément faim, et elle ne pouvait s'empêcher d'imaginer son bébé affamé et déshydraté, en train de se flétrir comme une pièce de bœuf séchée.

La maison était paisible. Vicki et les enfants dormaient et Brenda était dehors, en train de discuter… avec le charmant jeune homme de l'aéroport, celui qui lui avait proposé d'aller chercher la trousse de secours. Melanie ne connaissait pas toute l'histoire de Brenda et de son étudiant, mais il n'était pas sorcier de deviner que Brenda était totalement imprévisible. Mœurs légères. Facilité. Il suffisait d'observer la façon dont elle touchait l'épaule de ce garçon tout en exhibant ses seins sous son nez. Ce n'était qu'un gamin, la vingtaine environ, mais un adorable gamin.

Il avait souri à Melanie en lui offrant son aide, comme s'il voulait se rendre utile, mais sans trop savoir comment. Melanie soupira. Quand Peter lui avait-il souri pour la dernière fois ? Elle tira les stores pour masquer les rayons du soleil. Il y avait au moins une bonne chose dans le fait d'être enceinte : elle était trop épuisée pour rêver.

Brenda était la seule adulte éveillée quand le téléphone sonna. Elle avait débarrassé la table basse du service à thé de tante Liv ainsi que des colifichets en céramique et des boîtes en émail, afin de pouvoir jouer avec Blaine à Gains & Pertes. Durant la partie, le bébé, qui était resté trente à quarante secondes sur les genoux de Brenda, dévala comme Hannibal les montagnes pour atterrir sur le sol, où il rampa sur le parquet lustré, poussa les lampes, toucha les fils électriques, les bougies, les prises de courant. À un moment, pendant que Brenda apprenait à Blaine à avancer sur les cases du plateau de jeu, Porter mit une pièce de monnaie dans sa bouche. Brenda l'entendit s'étrangler ; elle le prit et lui donna une tape dans le dos ; la pièce expulsée fit un vol plané à travers la pièce. Blaine fit progresser illicitement son pion de quatorze cases et Brenda, qui mourait pourtant d'envie de terminer le jeu, l'obligea malgré tout à remettre son pion en place, par principe. Blaine commença à pleurer. Brenda l'installa sur ses genoux, pendant que Porter rampait vers la cuisine.

Au moins, il était trop petit pour atteindre les couteaux. Mais alors que Brenda expliquait à Blaine que s'il trichait, personne ne voudrait plus jamais jouer avec lui, elle entendit un bruit étouffé qui la glaça d'effroi.

— Porter ? dit-elle.

En réponse, le bébé gazouilla joyeusement.

Brenda fit descendre Blaine de ses genoux. L'horloge banjo de tante Liv sonna ; il était 18 h 30. Vicki et Melanie dormaient dans leurs chambres respectives depuis 15 heures. Brenda aurait apprécié d'avoir trois heures et demie de tranquillité – mais elle n'était pas enceinte et n'avait pas de cancer. Cancer, pensat-elle. Ce mot lui avait-il jamais paru aussi effrayant et aussi terrible ? Si on le répétait suffisamment souvent et qu'on le comprenait mieux, perdait-il sa résonance sinistre ?

Dans la cuisine, Brenda trouva son édition originale vieille de deux cents ans de *L'Imposteur innocent* étalée sur le sol comme un oiseau mort. Porter était assis à côté du livre et mâchait quelque chose. Le capuchon du stylo de Brenda.

Brenda cria. Elle prit le livre avec douceur, étonnée que, vieux comme il était, il ne soit pas tombé en poussière au moment de l'impact. Elle n'aurait jamais dû le sortir de son coffret – ce livre était comme une personne âgée ; il devait être choyé. Elle lissa les pages et le remit dans sa housse de plastique, l'entoura de papier bulle, puis le boucla dans le coffret, à l'abri des petites mains crasseuses. Elle extirpa le capuchon de stylo de la petite bouche baveuse de Porter et le jeta dans la poubelle de la cuisine.

Ses problèmes étaient minimes, se rappela-t-elle. En comparaison, du moins. Elle n'était pas malade et ne portait pas l'enfant de son mari infidèle. Des trois mauvaises situations, la sienne était la moins pénible. Était-ce un bienfait ou une malédiction ? Je suis reconnaissante d'être en bonne santé, pensa-t-elle. Je ne vais pas me lamenter sur mon sort. Je suis ici pour aider Vicki, ma sœur, qui a un cancer. Deux heures après que l'université eut vent de la démission de Brenda, celle-ci avait reçu un e-mail d'un collègue de l'université de l'Iowa. *Il paraît que tu as été renvoyée*, écrivait Neil Gilinski. *La rumeur dit que tu as commis le seul péché impardonnable, un péché encore plus grave que le pur et simple plagiat.*

Le cœur de Brenda s'était serré. La nouvelle de sa disgrâce avait traversé la moitié du pays en deux heures. Cela aurait aussi bien pu apparaître en Page Six[1]. Cependant, elle n'allait pas se plaindre.

— Tante Brenda ! cria Blaine. Viens ! C'est ton tour !

— D'accord, répondit Brenda. J'arrive tout de suite.

À ce moment-là, le téléphone sonna.

Le téléphone était fixé au mur de la cuisine, un vieil appareil blanc avec un cadran rotatif. Il avait une drôle de sonnerie mécanique : un marteau frappant

---

1. La « Page Six » est la célèbre page « potins » du *New York Post*.

une cloche. Brenda retint sa respiration. La peur la saisit. Son avocat avait déjà laissé deux messages urgents sur son téléphone portable. « Appelez-moi, s'il vous plaît. Bon sang, Brenda, appelez-moi. » Cependant, elle ne voulait pas – et en fait, ne pouvait se permettre – de le rappeler. Chaque appel téléphonique lui coûtait cent dollars. Si Brian avait de bonnes nouvelles – l'équipe de restauration de Champion n'avait décelé aucun dommage sur la peinture incriminée et le département d'anglais avait décidé d'abandonner toutes les charges – il pouvait lui laisser un message. Et s'il avait de mauvaises nouvelles, eh bien, elle ne voulait pas les entendre.

Chaque fois que son téléphone portable sonnait, elle priait pour que ce soit Walsh. Chaque appel de son avocat était comme un affront, qui s'ajoutait à ses torts. Mais la sonnerie du téléphone du cottage prit Brenda par surprise. Elle connaissait le numéro du 11 Shell Street par cœur depuis son enfance, pourtant, elle ne l'avait pas donné à son avocat. Ce qui signifiait que c'était probablement sa mère.

— Allô, dit Brenda.

— Est-ce que ma femme est là ? demanda une voix d'homme.

Il paraissait encore plus furieux que Brenda.

Comment les gens pouvaient-ils vivre sans le système d'identification d'appel ?

— Ted ?

— Est-ce que ma femme est là ? C'est le numéro qu'elle m'a laissé dans sa lettre. Si on peut appeler ça une lettre ! « Partie pour l'été. » Bon sang !

— Une lettre de Melanie ?

Elle était impressionnée que Melanie ait filé en ne laissant qu'un simple mot.

— Oui, Melanie !

— Elle est ici, dit Brenda. Mais elle n'est pas disponible.

— Qu'est-ce que ça veut dire ?

— Je ne peux rien vous dire de plus. Elle... n'est... pas... disponible.

— Passez-la-moi.

— Non.

Brenda regarda son coffret et se sentit soulagée à l'idée qu'il n'ait pas disparu dans le purgatoire des bagages perdus, puis elle jeta un coup d'œil à Porter, qui avait trouvé l'autre moitié de son stylo. Sa bouche était barbouillée d'encre bleue.

— Oh ! Bon sang ! s'exclama Brenda.

Quand elle voulut attraper le stylo, Porter se sauva en rampant et Brenda faillit arracher le téléphone du mur. En quelques secondes, Porter et le stylo n'étaient plus qu'à quelques centimètres de la chambre de Vicki.

— Désolée, dit Brenda.

Et elle raccrocha au nez du mari de Melanie.

En installant Blaine et Porter dans la double poussette, elle s'interrogea : pourquoi n'existait-il pas un championnat olympique pour les bébés qui excellaient dans l'art de ramper ? Porter l'aurait remporté. Puis elle se dit que le mari de Melanie paraissait bien vindicatif pour un homme qui avait une liaison extra-conjugale.

— J'ai faim, lança Blaine. À quelle heure on mange ?

— Bonne question, répondit Brenda.

Elle n'avait rien mangé depuis leur collation au Bon Pain de LaGuardia. Il n'y avait pas la moindre nourriture dans la maison et Vicki pouvait très bien dormir jusqu'au lendemain matin. Brenda prit quarante dollars dans le portefeuille de sa sœur – elle les avait bien gagnés – et fit rouler la poussette double sur les bris de coquillages, en direction du supermarché.

J'aide ma sœur qui est malade. Malade, pensat-elle, sonnait mieux que cancer. Les gens étaient malades tout le temps, puis ils guérissaient. Vicki était malade, mais elle guérirait et en attendant, Brenda prendrait soin de tout. Mais elle craignait d'être incapable de tout gérer. Elle avait souvent rendu visite aux enfants depuis le mois de septembre dernier – quand elle était venue d'Iowa City pour prendre son poste à Champion –, mais elle ne s'était jamais retrouvée seule avec eux durant trois heures entières. Comment Vicki faisait-elle ? L'un rampait en touchant tout ce qui était à sa portée alors que l'autre posait une centaine de questions à la minute, telles que : « Quel est ton chiffre préféré, tante Brenda ? Moi, c'est le neuf. Non, en fait, c'est le trois cent six. Est-ce que c'est plus que cinquante ? » Comment Vicki faisait-elle pour que son esprit ne se transforme pas en porridge ? Comment Brenda avait-elle pu s'imaginer que s'occuper tout l'été des

enfants serait une tâche aisée ? Qu'est-ce qui lui
avait fait croire qu'elle aurait une seule heure de
tranquillité pour s'essayer à l'écriture d'un scénario ?
Melanie avait promis qu'elle mettrait la main à la
pâte, mais voilà ce que ça donnait – elle avait failli
tuer Porter en descendant de l'avion et ensuite, elle
s'était endormie comme *La Belle au bois dormant*.
Brenda devait tenir les rênes. Elle allait s'occuper
des enfants, conduire Vicki à l'hôpital pour ses
séances de chimio, faire les courses – et cuisiner ?
Voilà ce qu'elle s'était proposé de faire, sincère dans
son désir de se racheter, de prouver à sa sœur et à
ses parents qu'elle n'était ni fainéante ni bonne à
rien. Elle n'était pas non plus égocentrique ou auto-
destructrice. Enfreindre les règles ou commettre des
fautes n'était pas son genre. C'était au contraire
quelqu'un de gentil, quelqu'un de bien. Mais vraiment, vraiment, pensa Brenda, ce n'était pas aussi
simple que cela. Elle était fainéante, elle était égocentrique. Et Vicki lui en demandait trop : elle voulait que Brenda soit son ange gardien, mais et si elle
n'y arrivait pas ? Ce dont elle avait à l'instant le plus
envie, c'était de tranquillité, et même de la solitude
de son appartement de Manhattan. Mais pour se
libérer du poids de la location, elle l'avait sous-loué
à son meilleur ami, Erik vanCott, et à sa fiancée.
Erik et Noel allaient faire l'amour dans le lit où
Brenda et Walsh dormaient il n'y a encore pas si
longtemps. La terrible souffrance qui rongeait son
âme était de celles que ressentaient les vrais amoureux, quand ils étaient séparés. Elle voulait appeler

Walsh, se dit-elle en prenant son téléphone portable dans la paume de sa main. Mais non. Elle ne pouvait pas envoyer valser toutes ses bonnes résolutions aussi vite. Ce n'était que le premier jour !

Au supermarché, Brenda acheta du lait, du pain, une bûche de chèvre, des figues noires, une livre de beurre fin (c'était le seul qu'il y avait en rayon), un régime de bananes, cinq cents grammes de fraises, un paquet de cookies au chocolat Chips Ahoy et quatre litres de crème glacée au chocolat nappé de caramel Ben&Jerry. Trente-cinq dollars. Même Brenda, habituée aux prix de Manhattan, marqua un temps d'arrêt. Elle donna le paquet de cookies à Blaine, après en avoir pris un pour elle et un pour Porter. En quittant le supermarché, elle remarqua une série d'annonces épinglées sur un tableau près de la porte. *Yoga sur la plage au lever du soleil, chat perdu, chambre à partager.*

Mais oui, pensa-t-elle.

Elle retourna au comptoir et prit un vieux prospectus du supermarché. En grosses lettres grises, elle inscrivit : *Cherche baby-sitter. Horaires flexibles, tous les jours, à Sconset. Deux garçons, 4 ans et 9 mois. Expérience requise. Références. Appelez le 257-6101.*

Elle afficha l'annonce à un endroit visible puis repartit vers la maison, avec la poussette dans une main et le sac des commissions hors de prix dans l'autre. Si Brenda trouvait un peu d'aide pour s'occuper des garçons, elle pourrait davantage prendre soin de Vicki, et entamer l'écriture de son scénario – ce qui signifiait gagner de l'argent et ne pas dépendre financièrement de Vicki, Ted et ses parents. Une petite voix dans la tête de Brenda murmura :

— Fainéante. Égocentrique.

Oh ! La ferme ! pensa Brenda.

Ce soir-là, au cours du dîner – bifteck, pommes de terre en robe de chambre, brocolis vapeur (trop cuits) –, Josh annonça à son père qu'il pensait quitter son job à l'aéroport.

Tom Flynn ne répondit pas tout de suite. C'était un homme au tempérament posé. Josh l'avait toujours trouvé avare de paroles, comme s'il voulait frustrer et énerver les gens – et en particulier Josh. Ce que Josh avait compris, c'est qu'en ne parlant pas, Tom Flynn poussait les gens – et en particulier son fils – à se livrer.

— Je m'ennuie, dit Josh.

Il ne lui raconta pas l'histoire des trois femmes – la chute de l'une à la descente de l'avion, le bébé, le coffret, le trajet jusqu'à Sconset pour rapporter le livre – même si Josh savait que ces événements l'avaient influencé.

— C'est sans intérêt. Je ferais mieux de faire autre chose.

— Vraiment ?

Il cessa de manger sa salade. Chaque soir, pour le dîner, Josh et son père mangeaient de la laitue iceberg. L'une des nombreuses choses tristes dans la vie de son père, même si Josh ne savait pas vraiment pourquoi, était son refus de modifier leurs habitudes, sa volonté de maintenir la routine – toujours la même salade en hiver, au printemps, en été, en automne. Cette attitude était liée à la mort de sa mère, dix ans plus tôt. Elle s'était pendue à une poutre du grenier pendant que son père était au travail et Josh à l'école. Elle n'avait pas laissé de lettre – pas le moindre indice pour expliquer son geste. À défaut de paraître heureuse, elle semblait équilibrée. Elle avait grandi sur l'île, était partie étudier au Plymouth State College, puis avait travaillé en tant que responsable de bureau dans une compagnie de construction. Elle avait peu d'amis proches mais tout le monde la connaissait – Janey Flynn, née Cumberland. Jolie fille, employée par la compagnie des frères Dimmity, mariée à Tom, qui travaillait à l'aéroport, un fils, un bon garçon, aussi vif qu'intelligent. Telle était la biographie de sa mère – rien d'exceptionnel mais rien de sinistre non plus –, aucun doux désespoir dont Tom ou Josh auraient eu connaissance. Et pourtant.

À l'âge de onze ans, Josh s'était retrouvé seul avec son père qui combattait sa colère, sa confusion et son chagrin par la prévisibilité, la sécurité, la permanence. Tom Flynn n'avait jamais crié contre son fils, n'avait jamais perdu son sang-froid ; il lui prodiguait son amour du mieux qu'il pouvait : en travaillant, en le nourrissant, en économisant de l'argent pour l'envoyer à Middlebury. Mais parfois, quand Josh regardait son père, il voyait un homme égaré dans son désespoir, flottant dans cette nébuleuse comme le fœtus de cochon dans le formol, au laboratoire de biologie.

— Ouais, dit Josh. Enfin, je ne sais pas. Je ne sais pas ce que je veux.

Josh regrettait de ne pas avoir pris un job hors de l'île pour l'été, dans un camp de vacances du Vermont par exemple. Il aimait les enfants.

Le téléphone sonna. Josh termina sa bouteille de Sam Adams et alla répondre, car c'était toujours pour lui.

— Josh ?

C'était Didi. Elle avait l'air d'avoir quelques verres d'avance.

— Tu veux venir me voir ?

« Venir me voir » était synonyme de sexe. Didi louait un appartement au rez-de-chaussée d'une maison sur Fairgrounds Road, à un kilomètre environ de chez eux. L'appartement était tout à elle et Josh appréciait ce sentiment d'intimité, même s'il était toujours humide et imprégné d'une odeur de chat.

— Nan, dit-il.

— Allez ! S'il te plaît ?

Josh pensa à Sœur Maussade dans son haut de bikini vert brillant.

— Désolé. Pas ce soir.

Le sandwich au magret de canard avec le chutney de figues enveloppé dans du papier de boucher blanc,

acheté au café L'Auberge, sur la Onzième Rue. Des
épinards entre les dents. L'odeur de neuf d'une nouvelle voiture. Le voyage d'études de Blaine dans une
exploitation laitière. Le bain du bébé de Colleen
Redd. Les matchs de base-ball.

À la fin de l'hiver, Vicki était souvent nerveuse,
et en avril dernier, son agitation fut plus grande que
jamais. Le ciel de Darien était gris en permanence ;
il pleuvait inlassablement et il faisait très froid pour
la saison. Vicki était bloquée à la maison. Elle allai-
tait toujours le bébé six fois par jour, parce qu'il
refusait de boire au biberon, ce qui limitait les
sorties. Parfois, elle gardait son pantalon de yoga
toute la journée, jusqu'au retour de Ted. Elle
essayait de profiter du rythme tranquille des jours
qui s'écoulaient – ses enfants ne seraient des bébés
qu'une seule fois – mais elle rêvait de plus en plus
d'un changement dans sa vie. Reprendre le travail,
peut-être ? Elle était diplômée de l'université de
Duke, après tout, et à un moment donné, elle avait
pris goût aux cours de droit. Elle désirait quelque
chose de particulier, qui n'appartiendrait qu'à elle.
Un amant peut-être ? Elle avait entendu ses amies
parler d'envies similaires – c'était à cause des hormones. Une femme atteignait sa maturité sexuelle à
la trentaine, et quelle était sa situation ? Un mari et
deux enfants en bas âge. Ne serait-il pas agréable
que quelqu'un se préoccupe de ses moindres désirs,
pour changer ? Tous les hommes lui paraissaient
soudain intéressants – le mécanicien qui réparait la

Yukon, les garçons du club de gym, les nouveaux associés de Ted, tout frais émoulus de l'école. Vicki avait besoin d'un nouveau stimulant dans sa vie, si elle ne voulait devenir l'une de ces femmes désœuvrées qui perdaient progressivement la tête. Elle craignait de se consumer ou de s'enflammer à tout instant. Ses envies et ses désirs l'effrayaient. Elle commença à ressentir une gêne dans la poitrine et, si elle cessait de fantasmer, la gêne devenait douloureuse. Elle avait du mal à respirer. Un matin, elle se réveilla en haletant, comme le jour où elle était remontée à toute vitesse du sous-sol où elle faisait la lessive, après avoir entendu les cris de Blaine dans le babyphone. Quelque chose n'allait pas.

La répugnance de Vicki pour les médecins et les hôpitaux était légendaire. À l'université, elle avait souffert d'une infection urinaire qu'elle n'avait pas voulu faire soigner et qui avait touché les reins. Elle était si malade et si réfractaire à l'idée de voir un médecin, que ses camarades de chambre l'avaient emmenée à l'infirmerie pendant son sommeil. Des années plus tard, quand sa grossesse était à son terme, elle était arrivée à l'hôpital quarante minutes avant l'accouchement et était repartie vingt-quatre heures plus tard. Pourtant, ce matin-là, elle se rendit directement aux urgences du Fairfield Hospital. Qu'est-ce que j'ai ? se dit-elle. Pourquoi est-ce que je n'arrive pas à respirer ?

Au début, les médecins avaient pensé qu'il s'agissait d'une infection des bronches, mais les rayons X les rendaient suspicieux. Une IRM révéla la présence d'une grosseur de la taille d'une pomme dans le poumon gauche. Des examens plus poussés – un scanner et un prélèvement – confirmèrent que la tumeur était maligne et révélèrent la présence de cellules potentiellement malignes dans les ganglions lymphatiques. Vicki avait un cancer du poumon de stade deux. Elle entendit le cancérologue, le Dr Garcia, prononcer les mots « cancer du poumon » et vit ses yeux bruns, pourtant cachés derrière les verres épais de ses lunettes, se teinter de mélancolie. Malgré tout, Vicki était persuadée qu'il s'agissait d'une plaisanterie ou d'une erreur.

— C'est une erreur ? dit-elle en secouant la tête, incapable de trouver le souffle pour en dire davantage.

— J'ai bien peur que non, répondit le Dr Garcia. Vous avez une tumeur de quatre centimètres dans le poumon gauche, tout contre la paroi pulmonaire, ce qui en rend difficile l'ablation. Il semble que le cancer se soit propagé dans les ganglions lymphatiques, mais l'IRM n'a révélé aucune autre métastase. La plupart du temps, quand le cancer en est à ce stade, il s'est déjà propagé ailleurs – dans le cerveau ou le foie, par exemple. Mais votre cancer est concentré dans vos bronches, ce qui est une bonne nouvelle.

Là, il frappa du poing sur son bureau.

— Une bonne nouvelle ?

Cet homme était-il stupide, ou simplement insensible ?

— Vous vous trompez, dit Vicki.

Elle ne parlait pas de la « bonne nouvelle » ; ce
qu'elle voulait dire, c'est qu'il avait tort à propos du
cancer. Elle ne pouvait avoir un cancer. Quand vous
avez un cancer, quand vous avez une tumeur de la
taille d'une pomme dans le poumon gauche, vous le
savez. Tout ce que Vicki avait, c'était une légère gêne
pour respirer, une infection pulmonaire ou quelque
chose de ce genre. Elle avait besoin d'antibiotiques.
Ted était assis dans un fauteuil de cuir à côté d'elle.
Vicki émit un rire léger. Son mari était un homme
fort – grand, beau, avec une sacrée poigne. Dis au
médecin qu'il se trompe ! pensa Vicki. Mais Ted
avait l'air d'avoir reçu un coup de pied dans les
parties. Il était voûté et sa bouche formait un petit
« o ». Dis au médecin qu'il se trompe, Ted ! Vicki
n'avait pas de cancer, quelles que soient les analyses.
Qui était cet homme, d'ailleurs ? Elle ne le connaissait pas et lui non plus. Des étrangers ne devraient
pas avoir le droit de vous annoncer que vous avez
un cancer, or c'était justement ce qui venait de se
passer.

— J'ai des enfants, souffla Vicki d'une voix blanche. Deux garçons. Le premier a quatre ans et le
deuxième est un bébé de huit mois. Vous aurez
beaucoup de mal à les convaincre – eux ou tout
autre personne – que le cancer de leur mère est une
bonne nouvelle.

— Laissez-moi vous dire quelque chose, Victoria,
insista le Dr Garcia. Je suis cancérologue, spécialisé
dans le cancer du poumon. C'est mon travail. Et si
vous prenez tous les patients que j'ai traités ces qua-

torze dernières années – ce qui représente, mettons, mille personnes –, je vous situerais dans la moyenne. C'est un cas délicat, oui. Pour vous donner le plus de chances d'obtenir une rémission à long terme, nous allons essayer d'éradiquer la tumeur d'abord par la chimiothérapie, puis nous procéderons à une intervention chirurgicale, en espérant pouvoir tout enlever. Mais la rémission complète est une issue envisageable et ça, Vicki, c'est une bonne nouvelle.

— Je ne veux pas être un cas. Je ne veux pas que vous me traitiez comme vos neuf cent quatre-vingt-dix-neuf autres patients. Je veux que vous me traitiez comme la mère de deux petits garçons.

Elle se mit à pleurer.

— Bon nombre de mes patients ont des enfants, vous savez.

— Mais ils ne sont pas *moi*. Ma vie est précieuse. Vraiment, elle l'est, cette putain de vie. Mes enfants sont jeunes. Ce sont des bébés.

Vicki regarda Ted pour avoir confirmation de ses dires, mais il était toujours interdit. Vicki ouvrit les yeux tout grands.

— Est-ce que je vais mourir ? demanda-t-elle.

— Nous allons tous mourir, répondit le Dr Garcia.

Juste au moment où Vicki allait lui dire d'aller se faire foutre avec son existentialisme, il lui sourit.

— La meilleure chose que vous puissiez faire pour vous-même est de garder une attitude positive.

Une attitude positive ? Ce fut finalement ce qui vint à bout de la résistance de Vicki. Le Dr Garcia était le genre de cancérologue qui employait des expressions comme « bonne nouvelle » et « attitude positive ».

Sur l'insistance de Ted, Vicki se rendit au centre du Mount Sinai pour obtenir un autre avis. Elle avait rendez-vous avec un cancérologue – le Dr Doone, que Vicki rebaptisa aussitôt Dr Doom[1] –, car elle était loin d'être aussi optimiste que le Dr Garcia sur ses chances de guérison. Le Dr Doone expliqua simplement à Vicki que SI la chimiothérapie parvenait à réduire la tumeur et à la dégager de la paroi pulmonaire (au ton de sa voix, il était évident qu'elle en doutait), alors PEUT-ÊTRE qu'une pneumonectomie résoudrait le problème, À CONDITION QU'IL N'Y AIT PAS D'AUTRES MÉTASTASES. Ce n'est pas la tumeur de votre poumon gauche, le problème, ajouta le Dr Doone. C'est l'origine de la tumeur. C'est la propagation du cancer. Elle fit un commentaire sur le choix IMPRUDENT de Vicki de suivre un traitement dans LA CAMBROUSSE. Le Dr Doone préférait que Vicki soit soignée au Mount Sinai – mais comme le Dr Doone avait suffisamment de patients pour remplir dix bus municipaux, Vicki devrait accepter comme une IMMENSE FAVEUR d'être recommandée au Dr Martine, un cancérologue à Sloan Kettering qui avait été la compagne de chambre du Dr Doone au département physique et chirurgie de Columbia.

---

1. En anglais, *doom* signifie « mort », « ruine », « sort funeste ».

— Non, merci, avait répondu Vicki. Je veux être suivie par le Dr Garcia.

Et Vicki sut à ce moment-là que le Dr Doom avait fait une croix sur elle. Elle aurait aussi bien pu être morte.

Il ne restait que deux jours à Vicki avant le début de la chimiothérapie. Deux jours avant que les médecins ne pratiquent une incision dans sa poitrine pour poser un cathéter grâce auquel ils pourraient lui administrer leur poison deux fois par semaine, durant les trois prochains mois. Il n'y avait aucune raison de s'affoler, avait expliqué le Dr Garcia. Mais la chimio ne guérirait pas son cancer. Elle le régulerait à peine. Vicki sentait ces saletés de petites cellules vicieuses s'en donner à cœur joie, accomplissant leurs tâches quotidiennes, copulant sauvagement et se reproduisant tandis qu'elle était allongée dans son lit, à essayer de respirer, avec Porter hoquetant à côté d'elle. J'ai une tumeur maligne dans les bronches. Cancer du poumon. Elle avait beau se le dire, silencieusement ou à haute voix, cela sonnait faux. Même le type de cancer n'avait aucun sens. Le cancer du sein lui paraissait plus logique et Vicki, irrationnellement, regretta de ne pas avoir un cancer du sein. Elle était mère de deux enfants, non fumeuse et âgée de trente-deux ans seulement. Donnez-moi un cancer du sein ! Le cancer du poumon c'était pour les hommes vieux qui fumaient deux paquets de cigarettes par jour depuis vingt ans ; le type John Wayne. Vicki eut un rire sans joie. Écoute-toi.

La circulation sur la I-95, une vente de filets de bœuf chez Stew Leonard[1], l'implication des États-Unis en Irak. Poudre anti-termites dans le grenier. Leçons de natation. Ramasser des pommes de pin pour les couronnes de Noël. Lèvres gercées. Ongles de pied à couper. Pollution de l'Hudson. Duke, une fois encore, en finale du championnat masculin de basket-ball de la NCAA[2].

La chimiothérapie comprenait deux substances chimiques : gemcitabine et carboplatin. Vicki pouvait à peine prononcer ces noms, mais elle connaissait tous les effets secondaires possibles : perte de poids, diarrhée, constipation, nausées, vomissements, fatigue, confusion – et elle avait de fortes chances de perdre ses cheveux. Elle devait cesser d'allaiter et pouvait devenir stérile. C'était suffisant pour la faire fondre en larmes – elle avait souvent pleuré en silence quand Ted et les enfants étaient endormis et que la maison plongée dans l'obscurité paraissait aussi terrifiante que la mort elle-même – mais la chimio n'était rien comparée à la pneumonectomie. La chirurgie restreignait les perspectives d'avenir de Vicki ; elle ne voyait rien après, rien au-delà. Si la chimio donnait les résultats escomptés, l'intervention serait pratiquée au Fairfield Hospital au début du mois de septembre.

---

1. Stew Leonard est une chaîne de supermarché, dans le Connecticut et à New York.

2. La National Collegiate Athletic Association organise les programmes sportifs de nombreuses grandes écoles et universités des États-Unis.

Par le chirurgien thoracique, le Dr Emery, assisté du Dr Garcia. Deux chirurgiens permanents, cinq infirmières au bloc, six heures, l'ablation de son poumon gauche et des ganglions lymphatiques. Qui survivrait à une telle intervention ?

— Oh ! De nombreuses personnes, dit le Dr Garcia. Tous les jours. Et on doit le faire. Si vous voulez vivre.

C'était comme s'il demandait à Vicki de traverser un mur de granit ou bien d'aller dans l'espace et de revenir. Impossible de s'attaquer à un truc pareil. Terrifiant.

Obsédée par son cancer, Vicki aurait pu rester allongée toute la journée pour le disséquer et essayer de le découper en morceaux. Elle était à Nantucket avec deux enfants à charge, une maison à tenir – une sœur et une meilleure amie qui, après moins de vingt-quatre heures passées ensemble, étaient déjà en train de se chamailler.

Vicki les entendait – fausses plaisanteries qui tournaient au vinaigre. Vicki s'enveloppa dans une robe de chambre, fit sortir Porter de la cuisine et saisit quelques bribes de sujet de discorde : Peter avait appelé la veille, mais Brenda n'en avait pas informé Melanie.

— Tu dormais, se défendit Brenda. Tu as dormi pendant des heures.

— Tu aurais pu me laisser un mot, répondit Melanie. Le coller à ma porte. Parce que maintenant, il ne répondra plus à son téléphone portable. Il est furieux contre moi.

— Il est furieux contre toi ? Il est gonflé ! Tu me pardonneras de te dire ça, mais je ne comprends pas pourquoi ça te touche autant. Ce mec te trompe.

— Tu ne sais pas de quoi tu parles.

Brenda ouvrit une figue en deux et essaya d'en faire manger une à Blaine, qui émit un « beurk » et plaqua la main sur sa bouche.

— Je ne sais pas de quoi je parle, c'est vrai. Je ne t'ai pas laissé de mot parce que j'étais occupée avec les enfants. Nous sommes sortis pour faire des courses. Tu dormais. Vicki dormait. J'étais le seul maître à bord et... j'ai oublié. Honnêtement, ça m'est sorti de l'esprit.

— J'espère que tu ne lui as pas raconté que j'étais enceinte.

— Oh, mon Dieu ! Bien sûr que non.

— Ni donné d'indice. Je ne veux pas qu'il le sache. J'y tiens vraiment.

— Je ne lui ai donné aucun indice. Je suis restée très vague. Je ne lui ai même pas dit que tu dormais. Tout ce que j'ai dit, c'est que tu n'étais pas disponible. Tu devrais me remercier. J'ai fait du bon boulot.

— Si ce n'est que tu as oublié de me dire qu'il avait appelé.

— J'étais débordée !

— Bren, prévint Vicki.

Brenda secoua vivement la tête. Quand elle faisait cela, ses cheveux s'apparentaient à une arme.

— Est-ce que tu prends parti ? demanda Brenda à sa sœur.

Il n'y aura aucun clan cet été, pensa Vicki. Je suis trop fatiguée pour choisir un parti. Cependant, elle savait que ce serait vain. Sa sœur et sa meilleure amie n'avaient rien en commun hormis elle. Vicki se sentait déjà brisée en deux de l'intérieur, une faille juste entre ses poumons.

— Non, répondit-elle.

Vicki était venue à Nantucket dans l'espoir de recréer l'atmosphère idyllique des étés de son enfance. Ces vacances avaient-elles été si merveilleuses ? Vicki se souvenait d'un été où elle avait récolté une centaine de piqûres de moustique et d'un autre, ou peut-être était-ce le même, où elle avait eu un moucheron coincé toute la nuit dans l'oreille. Une autre fois, Vicki s'était disputée avec son père au sujet des appels longue distance avec son petit ami, Simon. Mais dans l'ensemble, oui, c'était idyllique. En laissant leur école et leurs amis derrière elles, en Pennsylvanie, Vicki et Brenda se retrouvaient seules durant les vacances, avec – dans le monde flou, parallèle, des adultes – leurs parents, Buzz et Ellen, et tante Liv. Les châteaux de sable avec leurs douves, l'odeur du barbecue au charbon de bois – tout cela était réel. Ainsi, même si Melanie faisait la moue sur le canapé du salon pendant que Brenda ruminait dans la cuisine – on aurait dit deux boxeurs chacun dans un coin du ring –, Vicki pelait une banane tout en observant les rayons du soleil couler à travers les fenêtres du cottage comme du

miel, et elle se répétait : c'est une journée parfaite
pour aller à la plage.

Il leur fallut une éternité pour se mettre en route.
Les enfants devaient enfiler leurs maillots de bain et
être tartinés de crème solaire (le cancer de la peau !).
Dans la remise, Brenda trouva un filet rempli de
jouets en plastique blanchis par le soleil. Les jouets
étaient couverts de poussière et de toiles d'araignées
et avaient besoin d'être rincés. Puis ils déjeunèrent.
Vicki suggéra, pour faire simple, d'aller chercher
des sandwichs chez Claudette, mais Brenda insista
pour préparer un panier de pique-nique à l'aide de
tous les produits bizarres qu'elle avait rapportés du
supermarché : du pain, du fromage de chèvre, des
figues et des fraises. À l'énoncé de ces provisions,
Melanie eut un haut-le-cœur et se rua dans la salle
de bains. Vicki et Brenda l'entendirent vomir quand
elles vinrent chercher les serviettes de plage.

— Essaye de ne pas la bouleverser, l'enjoignit
Vicki.

— Elle est plutôt émotive, répondit Brenda.

— Elle traverse une période difficile.

— C'est toi qui traverses une période difficile.

Brenda fourra les serviettes dans un grand sac de
toile qui avait appartenu à tante Liv.

— Que vas-tu faire mardi, quand je t'emmènerai
à l'hôpital pour la mise en place du dispositif ? Les
médecins ont dit que ça prendrait toute la matinée.
Il n'y a aucune chance que Melanie s'en sorte seule
avec les enfants pendant tout ce temps.

— Bien sûr que si. Elle va s'en sortir.

— Elle n'y arrivera pas. J'ai eu moi-même assez de mal. Et ça m'ennuie de te dire ça : je suis contente de m'occuper d'eux et du reste, mais j'espérais aussi pouvoir travailler cet été. Sur mon scénario.

Vicki prit une inspiration. Brenda était si prévisible, mais Vicki était peut-être la seule à pouvoir lire ainsi en elle. Les paroles de Ted résonnaient encore dans son esprit :

— Ta sœur prétend qu'elle veut t'aider, mais elle ne le fera pas. Elle sera bien trop occupée à lire pour aider qui que ce soit.

C'était ainsi depuis toujours. Quand les deux sœurs étaient petites, Brenda était dispensée de toutes sortes de corvées – mettre la table, faire la lessive, nettoyer sa chambre – parce qu'elle était trop occupée à lire. Même s'il ne s'agissait que du journal, quand elle lisait, l'interrompre était considéré comme un sacrilège. Buzz et Ellen Lyndon avaient consciencieusement étiqueté leurs filles (intentionnellement ou non) : Vicki était la fonceuse organisée qui travaillait dur, pendant que Brenda avait reçu un don précieux et génial qu'il fallait protéger. Bien que Brenda n'ait que seize mois de moins que Vicki, personne n'attendait rien d'elle. Elle et sa grande intelligence devaient être entourées de toute la prévenance dévolue à un bébé assoupi.

Melanie sortit de la salle de bains en s'essuyant la bouche.

— Désolée, dit-elle. Est-ce que je peux juste avoir un morceau de pain, s'il vous plaît ? Du pain sec ?

— Bien sûr, répondit Brenda. Avec plaisir.

— Merci.

— Je t'en prie.

D'accord, pensa Vicki. D'accord ?

C'était une magnifique matinée. Vicki, Brenda et Melanie marchaient dans les rues de Sconset, en direction de la plage. Vicki portait Porter, qui fourra une main dans son haut de maillot de bain et lui pinça le téton. Elle avait essayé de lui donner un biberon au petit matin, mais il l'avait jeté au sol d'un air de défi. Puis des pleurs. Toutes ces histoires avec Porter énervaient Blaine, qui avait décidé de sortir sur le perron et d'uriner sur le chemin dallé de pierres. Charmant.

Vicki ôta la main de Porter de son sein.

— Désolée, mon grand.

Brenda marchait en tête, croulant sous le poids de son barda ; elle transportait le sac de plage avec les serviettes et les crèmes solaires, le filet de jouets en plastique, la glacière contenant la nourriture et les boissons, deux chaises de plage et un parasol. Melanie portait son chapeau de paille à larges bords et son sac à main en cuir. Brenda avait capté le regard de Vicki quand Melanie était sortie avec son sac à main, un regard qui semblait vouloir dire : « Qui peut bien emporter son sac à main à la plage ? » Brenda, quant à elle, pensait : « Je suis chargée comme un chameau traversant le Sahara et elle n'emporte qu'un tout petit truc ? » Vicki avait failli suggérer à Melanie de laisser son sac à la maison – elle n'avait rien à acheter – mais elle avait peur de l'effrayer et de la faire fuir. Au début, Melanie ne voulait même pas venir à la plage ; elle préférait rester au cottage au cas où Peter appellerait.

Melanie essayait également de tenir la main de Blaine. Elle le retint quelques secondes, mais il lui échappa et se mit à courir sur la route. Puis il tourna au coin de la rue et fut bientôt hors de vue. Vicki l'appela, puis retira la main de Porter de son haut de maillot de bain. Être parent n'était finalement rien d'autre qu'une succession de gestes répétitifs et abrutissants.

Brenda incita la petite troupe à la suivre ; elle connaissait un raccourci : elle s'engagea sur un sentier qui serpentait entre deux maisons, puis qui traversait les dunes.

Elles s'installèrent à environ cent mètres du parking de la plage, loin des autres plagistes et du poste de surveillance. Brenda lâcha son barda avec un grand soupir de martyr.

— J'espère que ça vous va ici, souffla-t-elle.

— C'est bien, dit Vicki. Melanie ?

— Bien, acquiesça Melanie.

Brenda planta les parasols et déplia les chaises ; elle installa Porter à l'ombre près de la glacière, étendit la couverture et les serviettes et donna à Blaine une pelle, un seau et un vieux camion. Il se précipita dans l'eau. Melanie plaça l'une des chaises à l'ombre du parasol et ôta son chapeau de paille. Porter rampa jusqu'au chapeau et le porta à sa bouche. Melanie prit un air outré. Vicki arracha le chapeau des mains de son fils qui se mit à pleurer. Vicki

fouilla dans le sac de plage et lui donna une paire
de lunettes de soleil. Aussitôt, il cassa l'une des
branches.

— Génial, maugréa Brenda. C'étaient les miennes.

— Oh, désolée. Je pensais que tu en avais une
deuxième paire.

— C'était ma deuxième paire.

— Je suis désolée, répéta Vicki. Il mangeait le
chapeau de Melanie. On aurait dit une chèvre.

— Eh bien, nous n'allons pas le laisser manger
le chapeau de Melanie. Un si joli couvre-chef ! Il
vaut mieux qu'il brise mes lunettes. Regarde, elles
sont fichues.

— Tu les as payées cher ? demanda Vicki. Je t'en
achèterai une autre paire.

— Non, rétorqua Brenda, revenant sur sa position. Je ne veux pas que tu t'inquiètes pour ça. Ce
ne sont que des lunettes.

Vicki prit une profonde inspiration et se tourna
vers Melanie.

— Que penses-tu de la plage ?

Elle espérait que son amie soit heureuse, qu'elle
aime Nantucket. Elle ne voulait pas que Melanie
pense, ne serait-ce qu'une seconde, qu'elle avait fait
une erreur en venant ici.

— Est-ce que tu crois que Peter essaye de me
joindre ? demanda Melanie.

Elle consulta sa montre, un modèle Cartier que
Peter lui avait offert après l'échec de sa première
fécondation in vitro.

— Je devrais peut-être l'appeler au bureau ? Il y va parfois le dimanche.

Il va au bureau le dimanche, pensa Vicki. Il te raconte qu'il y va alors qu'il passe ses dimanches avec Frances Digitt à faire l'amour, manger des bagels, lire le *Times* et refaire l'amour. C'est ce que les hommes qui ont une liaison font le dimanche. Et c'était ce à quoi Peter était occupé à cet instant même. Mais Vicki se tut. Elle haussa les épaules.

Brenda s'éclaircit la gorge.

— Vick, est-ce que tu veux l'autre chaise ?

Vicki observa la chaise. Brenda l'ayant traînée jusqu'ici, elle devrait logiquement s'asseoir dessus.

— Non. Prends-la.

— Allez, est-ce que tu la veux ?

— Non, ça va.

Brenda était vexée.

— Prends-la. Je vais m'allonger sur le ventre.

— Tu es sûre ? demanda Vicki.

— Sûre et certaine.

— Vous croyez que je devrais appeler Peter au bureau ? demanda Melanie.

Brenda poussa un nouveau soupir. Elle s'empara de son portable.

— Tiens, je t'en prie. Sers-toi de mon téléphone.

Melanie le prit, le posa sur ses genoux et le fixa.

Vicki entendit un cri. Elle regarda en direction de la plage. Quelqu'un lui faisait un signe de la main. Non, pas à elle, Dieu merci.

Elle s'installa sur la chaise.

— Est-ce que quelqu'un peut garder un œil sur Blaine ? demanda Vicki. Je voudrais me reposer une minute.

— Je voudrais essayer d'écrire, dit Brenda.

— Je m'en occupe, intervint Melanie.

— Tu ne vas pas appeler Peter ?

— Non. Oui. Je ne sais pas. Pas tout de suite.

Vicki ferma les yeux et se tourna vers le soleil. C'était merveilleux – le visage chauffé par les rayons du soleil, les pieds enfouis dans le sable de Nantucket. C'était exactement ce que sa mère lui avait promis. Le bruit lancinant des vagues l'entraîna dans une bienheureuse somnolence. La mort ressemblait-elle à ça ? Ou bien était-on plongé dans les ténèbres, dans un grand trou noir – l'oubli, un peu comme avant la naissance ? Si seulement elle le savait.

— Depuis combien de temps avez-vous remarqué cette gêne respiratoire ? demanda le Dr Garcia.

Ils étaient dans son bureau, une pièce terne et froide ; des livres de médecine, des diplômes, des photos de sa famille. Deux enfants, nota Vicki. Elle appréciait encore plus le Dr Garcia depuis qu'elle avait vu la photo de sa fille déguisée en dragon ailé pour Halloween.

— Je ressens une douleur dans la poitrine, une pression, depuis une semaine ou deux. Depuis Pâques. Cela ne m'avait pas inquiétée, sur le moment. Mais maintenant, je ne peux plus respirer.

— Est-ce que vous fumez ?

— Mon Dieu, non ! s'exclama Vicki. En fait, j'ai

essayé de fumer une cigarette quand j'avais treize
ans. C'était à la patinoire. Une bouffée. J'ai fumé de
la marijuana à l'université, trois ou quatre fois. Et
depuis deux ans, je fume un cigare cubain une fois
par semaine.

Le Dr Garcia se mit à rire.

— Un cigare cubain ?

— Au cours de parties de poker.

— L'IRM a révélé la présence d'une grosseur
dans vos bronches.

— Une grosseur ?

— Cela me semble suspect, mais nous allons pré-
lever un échantillon de cellules pour voir ce que
c'est. Cela pourrait être simplement un kyste rempli
d'eau. Ou bien quelque chose de plus grave.

Vicki sentit son estomac se nouer. Elle repéra une
poubelle à côté du bureau du Dr Garcia. Quelque
chose de plus grave ? Non, implora-t-elle silencieusement, pensez aux enfants.

— Nous allons vérifier cela dès maintenant,
reprit le Dr Garcia. Quand j'ai vu votre scanner, j'ai
dégagé un créneau pour vous dans mon emploi du
temps.

On aurait dit qu'il s'attendait à ce qu'elle le remercie, mais c'était tout juste si elle n'allait pas renvoyer
son petit déjeuner sur son bureau.

— Cela pourrait être juste un kyste rempli d'eau ?

Elle s'accrocha à cet espoir d'une bulle de liquide
stagnant qui ferait simplement *pop !* – et se dissou-
drait.

— Tout à fait. Suivez-moi.

— Vicki ! Vicki Stowe !

Vicki leva les yeux. Une femme lui faisait signe.
C'était… – oh ! bon sang ! – Caroline Knox, une
connaissance de Darien. La sœur de Caroline, Eve,
avait suivi les mêmes cours d'accouchement sans
douleur que Vicki quand elle était enceinte de
Blaine. Eve était venue plusieurs fois avec Caroline
et, par hasard, elles en étaient venues à parler de
Nantucket – Caroline y possédait une maison et s'y
rendait l'été avec son mari et ses enfants. Quelques
semaines auparavant, Vicki était tombée sur Caroline Knox sur le parking de Goodwives et Caroline
lui avait demandé si elle allait à Nantucket. Vicki,
qui voulait éviter de parler du sujet occupant toutes
ses pensées ce jour-là, avait lancé :

— Oui, nous serons là-bas le 20 juin.

— Oh, nous aussi ! Nous devrions nous y retrouver, avait répondu Caroline.

Vicki avait acquiescé, même si en fait elle était
restée dubitative. Pourquoi sortirait-elle avec Caroline à Nantucket, alors qu'elles ne se voyaient jamais
à Darien ?

Vicki se leva. Porter avait rampé hors de la couverture et était à présent assis dans le sable, occupé
à mâchouiller la poignée de la pelle en plastique.

— Bonjour ! fit-elle, d'un ton qu'elle espérait
enthousiaste.

Caroline Knox était très imposante dans son
ensemble noir une pièce, avec ses cheveux coupés

très court. Elle n'avait pas quarante ans et pourtant, elle ressemblait à Barbara Bush.

— Bonjour, Caroline ! répéta-t-elle.

— Bonjouuuur ! cria Caroline d'une voix perçante. Vicki, comment vas-tu ? Quand es-tu arrivée ?

— Hier.

— Nous sommes là depuis une semaine déjà. C'est le paradis sur terre, tu ne trouves pas ?

Vicki sourit.

— Ted sera là quand ? demanda Caroline.

— Vendredi. Il vient en voiture.

— Eh bien, nous devrions en profiter pour dîner entre filles. Vous êtes libres mercredi ?

— Je suis libre, dit Vicki.

— Oh, parfait.

— Mais je commence ma chimiothérapie mardi, alors...

Le sourire de Caroline s'évanouit.

— Comment ?

— J'ai un cancer du poumon.

Elle avait eu envie de le lâcher de cette façon devant Brenda, qui venait de gribouiller trois lignes sur son bloc-notes, et Melanie, qui fixait toujours le téléphone. Mais Vicki se réjouissait également de mettre Caroline Knox mal à l'aise ; à présent, celle-ci peinait à trouver ses mots.

— Je n'en savais rien. Eve ne m'a rien dit.

Elle enfonça son doigt de pied dans le sable et sa cuisse se mit à trembler.

— Tu sais que le père de Kit Campbell a eu un cancer du poumon l'année dernière, reprit-elle, et...

— Oui, l'interrompit Vicki, alors qu'elle ne savait absolument pas qui était Kit Campbell. J'en ai entendu parler.

— Alors tu vas avoir de la chimio ici ? Sur l'île ?

— À l'hôpital, répondit Vicki avec assurance. Caroline, j'aimerais te présenter ma sœur, Brenda Lyndon, et mon amie, Melanie Patchen.

Caroline serra la main de Melanie.

— Patchen ? Êtes-vous une parente de Peter ?

— C'est mon mari, répondit Melanie.

Elle plissa les yeux.

— Pourquoi ? Vous le connaissez ? demanda Melanie.

— Il joue au squash avec mon mari, Edgar, au Club Y. Je ne savais pas que Peter était marié. Je ne sais pas pourquoi, mais je pensais qu'il était célibataire.

C'est officiel, pensa Vicki. Je hais Caroline Knox.

Brenda changea de position sur sa serviette, mais elle ne fit pas le moindre mouvement pour saluer Caroline. Malgré les efforts de sa mère, Brenda avait les manières d'Attila le Hun. Quand Brenda prit la parole, ce fut pour dire :

— Vick, où est Blaine ?

Vicki scruta la plage. Tout à l'heure, Blaine creusait un trou au bord de l'eau, pour que les vagues le remplissent progressivement. C'était du moins ce qu'il faisait avant qu'elle ne ferme les yeux. Mais maintenant qu'elle regardait devant elle, elle voyait la pelle, le seau, le camion et le trou – mais aucune trace de Blaine.

— Bon, attendez.

Vicki examina le périmètre autour de leur emplacement. Il était peut-être derrière – non. Il était…
mais où était-il ?

— Mel ? demanda Vicki.

Melanie avait l'air encore plus paniqué et plus
pâle que Vicki. Tu le surveillais, n'est-ce pas ? pensa
Vicki. Tu avais dit que tu garderais un œil sur lui.

Melanie se leva brusquement. Elle posa maladroitement le pied gauche sur son chapeau de paille et
fit tomber le téléphone de Brenda dans le sable.

— Oh, mon Dieu ! se lamenta Vicki.

Elle courut jusqu'à la mer. Son estomac se
contracta sous l'effet de la panique et elle sentit l'air
se raréfier dans ses poumons.

— Blaine ! appela-t-elle.

Elle regarda sur la gauche, sur la droite, puis derrière elle, du côté des dunes. Est-ce qu'il se cachait
dans les dunes ? Brenda la prit dans ses bras.

— Ça va aller. Ne panique pas, Vick. Il n'a pas
pu aller bien loin.

— Est-ce qu'il est allé dans l'eau ? demanda
Vicki.

La surface de la mer était lisse ; des vaguelettes
venaient se briser à ses pieds. Elle tomba à genoux,
examinant la surface scintillante. La seule chose
qu'elle redoutait vraiment était que Blaine soit sous
l'eau.

— Blaine ? cria-t-elle, à la recherche de bulles
d'air. Blaine ?

Blaine pouvait nager un petit peu. S'il avait été en train de se noyer, il se serait débattu et aurait fait un sacré tapage ; Melanie l'aurait sûrement vu. S'il y avait un courant sous-marin – ce qui arrivait parfois – il aurait appelé Vicki. Elle l'aurait entendu crier.

— Blaine ! cria Brenda.

Elle se retourna vers la plage.

— Blaine Stowe ! Où es-tu ? Est-ce qu'il y a des traces ? Il était ici il y a un instant, n'est-ce pas ?

N'est-ce pas ? Maintenant, Vicki ne se rappelait plus du tout si elle l'avait vraiment vu creuser un trou dans le sable. Mais ses jouets étaient là. Elle avait fermé les yeux après avoir vérifié si le bébé était toujours près d'elle, elle avait pensé au Dr Garcia. Elle était persuadée que Melanie surveillait Blaine. Puis Caroline était arrivée.

— Il est là, quelque part, gémit Vicki. Il doit être là.

— Bien sûr, assura Brenda. Évidemment. Nous allons le trouver.

— Je vais chercher par là, sur la gauche, dit-elle, alors qu'à l'évidence, il n'y avait aucune présence humaine de ce côté-là – personne, pas une empreinte, rien d'autre que cinq ou six pluviers qui donnaient des coups de bec dans le sable.

— Moi, je vais plutôt aller sur la droite. Toi, tu fouilles les dunes. Il a sûrement voulu aller faire pipi. Mel restera ici pour surveiller le bébé.

— Est-ce que tout va bien ? demanda Caroline.

— Je ne vois pas mon fils ! lança Vicki d'un ton léger.

Elle essayait de ne pas paraître trop inquiète en présence de Caroline. Elle ne voulait pas que Caroline pense qu'elle avait vraiment perdu Blaine – quelle sorte de mère laissait son enfant sans surveillance pendant qu'il jouait au bord de l'eau ?

— Il a dû aller se promener !

Elle fit un signe à Caroline, comme pour dire : tu sais comment sont les enfants, toujours à vous faire des frayeurs, tout en pressant le pas pour fouiller les alentours. Elle ne pouvait marcher aussi vite qu'elle le voulait ; elle respirait déjà difficilement et son cœur battait à un rythme anormalement élevé. Ne panique pas, pensa-t-elle. Il est quelque part. Elle allait le trouver et, dans une seconde, elle serait soulagée. Il va bien, il est tout près… il est… mais non, elle ne le voyait nulle part. Pas encore. Elle s'approchait de la partie la plus animée de la plage de Sconset, à environ trente ou trente-cinq mètres de l'entrée du parking. Il y avait beaucoup de monde à cet endroit – des familles, des couples, des étudiantes allongées sur une serviette. Vicki rejoignit rapidement le poste de surveillance. Tant que Blaine n'était pas dans l'eau, il était sain et sauf. Pourquoi, mais pourquoi ne s'étaient-ils pas installés entre les deux fanions rouges ? Ils étaient si loin du poste que les sauveteurs n'auraient jamais pu voir Blaine se noyer.

— Excusez-moi, dit Vicki.

Le maître nageur ne quitta pas l'eau des yeux. C'était une fille trapue dans un maillot de bain rouge ; elle avait pris un coup de soleil sur le visage et ses joues pelaient, révélant une bande de peau pâle et tendre en dessous. Cancer de la peau, pensa Vicki.

— Mon fils a disparu, expliqua Vicki. Il a quatre ans. Nous étions assis un peu plus loin, là-bas.

Elle désigna leur emplacement du doigt, mais la femme ne détourna pas le regard.

— Il portait un maillot de bain vert avec des grenouilles. Il a les cheveux blonds. Vous l'avez vu ? Il est peut-être venu jusqu'ici ?

— Je ne l'ai pas vu, fit-elle.

— Non ? Est-ce que vous pouvez faire quelque chose pour m'aider à le retrouver ?

— Vous étiez installée en dehors de la zone délimitée par les drapeaux rouges ?

— Oui.

— Je dois continuer à surveiller les personnes qui sont dans l'eau, entre les drapeaux. La plupart du temps, les enfants s'éloignent juste un peu et se perdent. Vous pouvez demander aux gens qui sont par ici s'ils l'ont aperçu. Je ne peux pas quitter mon poste pour vous aider, je suis désolée.

Vicki observa les autres familles, les autres enfants, qui pour la plupart avaient le même âge que Blaine. Ces familles rappelaient à Vicki l'époque où Brenda, ses parents, tante Liv et elle venaient tous les jours à la plage, heureux comme des papes, se baignaient, bronzaient, mangeaient, paressaient au soleil. Elle ne s'était jamais perdue ; Brenda n'avait jamais été emportée par le courant. Elles étaient comme les enfants que Vicki avait sous les yeux : heureux, sains et saufs, en un seul morceau. Blaine était quelque part, dans un lieu inconnu. Et si elles ne le trouvaient pas ? Vicki devrait appeler Ted – même si elle n'arriverait jamais à lui dire que Blaine avait disparu. C'était tout simplement inacceptable.

— Trois femmes adultes sur la plage, dont l'une est sa propre mère, dirait Ted. Comment a-t-il pu s'échapper ? Pourquoi personne ne le surveillait ?

— Je pensais que Melanie s'en occupait ! Je lui avais demandé de le surveiller ! J'ai fermé les yeux… trois minutes. Peut-être quatre.

Vicki crut qu'elle allait s'évanouir.

— Bon, d'accord, lança-t-elle à Dieu, ou au Diable, ou à quiconque écoutait les prières des mères désespérées. Prends-moi. Prends ma vie. Mais s'il Te plaît, s'il Te plaît, fais que Blaine soit sain et sauf. S'il Te plaît, murmura-t-elle. S'il Te plaît.

— Vick !

La voix était lointaine, mais Vicki l'entendit malgré le bourdonnement de l'anxiété qui troublait son audition. Elle se tourna et aperçut une femme en bikini vert qui agitait les bras. Brenda. Vicki s'autorisa à reprendre un tout petit peu espoir. Elle vit un visage sous le parasol – peut-être un petit garçon enveloppé dans une serviette ? Vicki se rapprocha, courant, marchant, s'arrêtant pour reprendre son souffle. Vicki vit Brenda parler dans son téléphone portable. Le « visage » sous le parasol n'était qu'une serviette suspendue à la glacière. Vicki éclata en sanglots. Combien de centaines d'heures avait-elle passé

ces derniers temps à se demander : que pouvait-il y
avoir de pire qu'un cancer du poumon ? Que pouvait-il y avoir de pire que la chimiothérapie ? Que
pouvait-il y avoir de pire que de se faire ouvrir la
poitrine, écarter les côtes et retirer un poumon ? Eh
bien, elle avait la réponse. Voilà ce qui était bien
pire. Blaine avait disparu. Où était-il ? Chaque
cellule de son être criait en chœur : « Trouve-le !
Trouve-le ! » Porter pleurait. Melanie le berçait,
mais il levait les bras vers Vicki.

— J'ai vérifié dans les dunes, dit Brenda. Il n'y
est pas. Ton amie est partie. Elle aurait vraiment
voulu nous aider à chercher, mais elle avait une leçon
de tennis au casino. Elle a suggéré que j'appelle la
police, ce que je suis en train de faire…

— Je suis vraiment désolée, se lamenta Melanie.

Elle gémissait, mais ne pleurait pas vraiment. Si
ça avait été Brenda, Vicki aurait perdu son sang-
froid, mais il s'agissait de Melanie, sa chère et tendre
amie au cœur brisé.

Du tact ! pensa Vicki. Melanie avait tant de
choses en tête ; elle ne pouvait être tenue pour responsable.

— Ça va, la rassura Vicki.

— Non, ça ne va pas, reprit Melanie. Tu m'as
demandé de le surveiller, mais j'ai pensé à autre
chose. Je ne l'ai même pas vu s'éloigner.

— Est-ce que tu l'as vu aller dans l'eau ? Est-ce
que tu l'as vu nager ?

— Non. Je ne crois pas. Je ne sais pas. Je pensais
à Peter et…

Brenda leva le doigt et expliqua la situation à l'opérateur du 911 : un garçon de quatre ans, blond, maillot de bain vert, au nord de la plage de Sconset. Disparu depuis… douze minutes.

Seulement douze minutes ? Vicki aurait pu se liquéfier, mais non, elle resterait forte. Réfléchis ! se morigéna-t-elle. Pense comme Blaine. Porter pleurait. Vicki le reprit des bras de Melanie. Elle se rappelait ce qui s'était passé la veille, quand Melanie était tombée en descendant de l'avion. Melanie était anxieuse, fatiguée, malade, déprimée, et elle portait ces ridicules sabots de jardin. Elle avait les mains prises, et Blaine lui était rentré dedans. Hier, ce n'était pas la faute de Melanie. Porter fourra la main dans le bikini de Vicki et pinça son sein. Le lait se mit à couler. Vicki serra Porter dans ses bras et murmura :

— Nous devons retrouver ton frère.

Brenda avait terminé sa conversation avec la police.

— Ils nous envoient une voiture de police, dit-elle. Et un type en jet-ski.

— Ils pensent qu'il est dans l'eau ? demanda Vicki.

— J'ai dit à la police que la dernière fois que nous l'avons vu, il était au bord de l'eau.

Brenda fixa Melanie.

— N'est-ce pas ?

Melanie émit un son étranglé. Elle se courba et vomit dans le sable. Elle tituba en direction des dunes. Vicki la suivit et lui mit gentiment la main sur l'épaule.

— Je reviens tout de suite, d'accord ?

Brenda avait fouillé les dunes, mais peut-être n'avait-elle pas regardé d'assez près. Blaine avait pu se cacher dans un coin, ou il avait voulu aller faire pipi. Vicki progressa péniblement à la recherche d'un petit garçon accroupi dans les herbes hautes. Porter s'agrippait à elle, une main sur son sein. Son haut de maillot de bain était trempé et du lait coulait sur son ventre nu. Le chemin passait entre deux maisons pour déboucher dans la rue où une voiture de police était stationnée, lumières clignotantes. Vicki ôta la main de Porter de son sein et le bébé se mit de nouveau à pleurer. Du lait dégoulinait partout ; Vicki avait besoin d'une serviette. Elle devait nourrir le bébé. Elle devait retrouver son enfant ! Son premier-né exubérant, avide de conquérir le monde. Serait-il allé aussi loin de son propre chef ? Bien sûr. Blaine n'avait peur de rien. Rien ne l'intimidait. Ted adorait ce trait de caractère chez lui ; il encourageait l'intrépidité de son fils, son indépendance – il l'avait favorisée ! C'était la faute de Ted. C'était la faute de Melanie. Elle avait dit qu'elle garderait un œil sur lui ! Pourtant, Vicki était la seule à blâmer.

Le policier était une femme. Petite, avec une queue de cheval et des sourcils qui se rejoignaient au-dessus du nez. Quand Vicki s'approcha, elle demanda :

— C'est vous qui avez appelé ?

— Je suis la maman, dit Vicki.

Elle tenta d'essuyer le lait sur son ventre, remit son haut de maillot en place et réconforta le bébé en pleurs. Tout ce désordre, un enfant disparu… et j'ai un cancer !

— Quand avez-vous vu votre fils pour la dernière fois ? demanda la femme policier.

— J'étais sur la plage. Mais maintenant, je me demande s'il n'a pas essayé de retourner tout seul à la maison. Ou au supermarché. Il sait qu'il y a des glaces là-bas. Peut-on prendre votre voiture pour aller vérifier ?

— Les pompiers nous envoient un jet-ski. Pour chercher dans l'eau.

— Je ne pense pas qu'il soit dans l'eau.

En réalité, elle pensait : Il ne peut pas être dans l'eau. S'il est dans l'eau, il est mort.

— Est-ce qu'on peut y aller ?

La femme policier marmonna quelque chose dans son talkie-walkie grésillant et, d'un signe de tête, désigna à Vicki le siège arrière du véhicule. Dès que Vicki fut installée sur la banquette arrière, elle mit Porter à son sein. La femme policier entrevit la scène et ses sourcils roulèrent comme des chenilles.

— Avez-vous des enfants ? demanda Vicki avec espoir.

— Non.

Non, pensa Vicki. Le policier – sergent Lorie, indiquait son insigne – n'avait pas d'enfants, donc elle ne pouvait se douter à quel point Vicki était au bord de la folie. Douze minutes, treize minutes…

Blaine devait maintenant avoir disparu depuis quinze minutes. Le sergent Lorie parcourut les rues de Sconset, tout juste assez larges pour le passage d'une voiture. Elles étaient bordées des deux côtés de cottages, de haies de troènes, de jardins miniatures. Où avait-il bien pu passer ? Vicki imagina l'homme en jet-ski découvrant le corps flottant de Blaine à cent mètres du bord – image qu'elle chassa aussitôt de son esprit. Prends-moi, pensa-t-elle. Ne prends pas mon enfant.

Le sergent Lorie s'arrêta devant le supermarché de Sconset.

— Vous voulez aller voir à l'intérieur ? dit-elle à Vicki.

— Oui.

Vicki arracha Porter de son sein et le cala sur son épaule. Il fit un rot. Le sergent Lorie murmura quelque chose dans son talkie-walkie. Vicki se précipita à l'intérieur du supermarché. Elle fouilla chaque allée l'une après l'autre – céréales, crackers, chips, cookies, riz au jasmin, papier toilette –, elle vérifia le périmètre de l'épicerie fine et du distributeur de sodas, derrière les rayonnages de livres et enfin – dans le seul endroit où devrait logiquement se trouver Blaine – le coin des crèmes glacées. Pas de Blaine.

Une jeune femme avec un tablier vert brandit sa cuillère à glace.

— Puis-je vous aider ? demanda-t-elle.

— Avez-vous vu un petit garçon de quatre ans

se promener tout seul par ici ? Les cheveux blonds ? Maillot de bain vert ?

— Non. Désolée, je ne l'ai pas vu.

— Non, gémit Vicki. Bien sûr que non.

Elle retourna rapidement à la voiture de police.

— Il n'est pas là, dit-elle au sergent Lorie. Essayons Shell Street.

Ils roulèrent lentement dans Shell Street – Vicki examinait chaque parcelle de terrain, chaque arbre où il aurait pu grimper – mais quand elles arrivèrent au cottage de tante Liv, le portail était bien fermé, tout comme la porte d'entrée. Vicki savait que Blaine n'était pas à l'intérieur. Très bien, cette fois, elle était en droit de piquer une crise de nerfs – de se tirer les cheveux, de crier, de marteler la vitre blindée de la voiture de police jusqu'à la faire voler en éclats. Blaine était dans l'eau.

— Que voulez-vous faire, madame ? demanda le sergent Lorie.

— Retournons à la plage.

Brenda et Melanie l'avaient probablement retrouvé.

Elles retournèrent à l'endroit où Vicki était montée dans la voiture et elle reprit espoir. Ses bronches la faisaient souffrir. Elle imaginait la tumeur en train de rougir et de chauffer comme un charbon ardent. Comment de telles choses pouvaient-elles arriver ? Comment une femme pouvait-elle contracter un cancer du poumon et perdre ensuite son enfant ? Autant de malchance pour une seule personne ? Cela ne devrait pas être permis. Ce n'était pas permis.

Sur la plage, une foule s'était attroupée – Caroline Knox avait réapparu et le sauveteur était présent, tout comme les filles qui étaient allongées sur leur serviette, et quelques autres membres des familles heureuses qui se prélassaient sur le sable. Tout ce monde était regroupé ; seules quelques personnes se tenaient encore debout au bord de l'eau ou bien pataugeaient dans le sable mouillé. Un adolescent nageait en décrivant des cercles avec un masque et un tuba ; le jet-ski allait et venait en faisant de petites vagues. Vicki était sidérée par ce rassemblement – elle était un peu embarrassée ; elle détestait attirer l'attention. Elle eut envie de les envoyer balader, de leur dire de s'occuper de leurs affaires, de leur expliquer que Blaine se cachait dans les dunes, qu'il poussait le jeu trop loin, il ne savait pas ce qu'il faisait, il n'avait que quatre ans. Parmi eux, il y avait des mères de famille. Vicki les repéra – des femmes dont les visages exprimaient une insupportable sympathie. *Je peux imaginer… Dieu merci ce n'est pas mon… pourquoi n'a-t-elle donc pas gardé un œil sur…*

Brenda était au cœur de toute cette agitation ; on aurait dit qu'elle organisait une chasse au trésor. Un groupe chercherait sur la plage vers la gauche, l'autre vers la droite, un troisième dans les dunes. Melanie se tenait à l'écart, frottant le portable de Brenda comme si c'était une patte de lapin. Caroline Knox se rua sur Vicki.

— Je me sens terriblement mal, dit-elle. C'est ma faute. Si je ne vous avais pas distraites…

— L'as-tu vu jouer sur la plage ? demanda Vicki. Te rappelles-tu l'avoir vu au bord de l'eau ? Les cheveux blonds, maillot de bain vert ?

— C'est le problème, répondit Caroline. Je ne m'en souviens pas.

Vicki entendit une moto s'approcher – trois policiers sur des quads louvoyaient dans le sable. C'étaient des policiers recrutés pour l'été, des gamins en réalité, habillés de T-shirts jaune fluorescent, avec des Ray-Ban et des talkies-walkies.

— Nous sommes là pour vous aider, lança l'un d'entre eux.

Avec ses épaules de sportif professionnel et ses cheveux noirs de rock-star, il était le chef de bande.

— Je suis sa mère, déclara Vicki en faisant un pas en avant.

Elle enleva la main de Porter de son sein et celui-ci se mit à pleurer.

— Son nom est Blaine. Blaine Stowe. Il a quatre ans.

— Cheveux blonds, maillot de bain vert, ajouta le policier.

— Oui.

— Nous allons le retrouver.

Il devait avoir vingt ans, mais les lunettes de soleil et le talkie-walkie lui conféraient une grande assurance.

— S'il vous plaît, murmura Vicki.

— Nous allons de ce côté, lança Brenda en partant vers la gauche.

Un second groupe s'engagea sur la droite. Quelques personnes, en voyant la police, vaquèrent à leurs occupations. Quand les flics enfourchèrent leur moto et partirent à la recherche de Blaine, Vicki, Melanie et Caroline Knox se retrouvèrent toutes les trois. Vicki se sentait seule au monde ; elle ne supportait pas de rester là à attendre, surtout en telle compagnie. Blaine avait disparu depuis au moins trente minutes. Elle pouvait fouiller les dunes encore une fois. Elle prit le portable des mains de Melanie.

— Tu restes là et tu gardes le fort, lui ordonna Vicki. Je vais voir dans les dunes.

— Je viens avec toi, proposa Caroline.

— Non, non, je me débrouillerai seule.

— Je porterai le bébé.

— Ça ira, dit Vicki.

— Tout est ma faute, se lamenta Melanie. Oh, je suis tellement, tellement désolée.

— Ça va, Mel.

— Non, ça ne va pas ! J'aurais dû…

Mais Vicki n'avait pas de temps à perdre ! Elle se détourna et fonça.

Il faisait chaud et la tête de Porter devint lourde. Il émit un bruit de succion sur l'épaule de Melanie.

— Blaine ! cria Vicki. Blaine Theodore Stowe !

Ainsi passèrent quinze minutes, puis trente, puis une heure. Vicki fouilla le moindre recoin. Les dunes se ressemblaient toutes : des monticules de sable blanc couverts de hautes herbes. Elle se perdit même plusieurs fois et dut grimper au cœur des zostères – plantes infestées de tiques, elle le savait – pour pouvoir retrouver son chemin. Elle cria le nom de son fils jusqu'à en avoir la voix brisée. Elle rejoignit la rue, marcha jusqu'au supermarché, puis parcourut Shell Street. Pas de trace de Blaine. Vicki retourna à la plage. Elle était déshydratée et ressentait une douleur dans les poumons ; elle s'effondra sur une serviette de plage à l'ombre du parasol. Porter s'était endormi. Elle l'allongea et prit une bouteille d'eau dans la glacière. Même si Blaine était en vie, il devait être assoiffé, à l'heure qu'il était, et affamé. Où qu'il soit, il devait être effrayé, seul et en pleurs.

Caroline Knox était partie – pour sa leçon de tennis. Vicki se doutait qu'elle était en colère, mais elle était soulagée de son départ. Melanie était allongée sur le ventre, le visage dans le sable.

— Je dois appeler Ted, dit Vicki. Je ne sais pas quoi faire d'autre.

— Tout est ma faute, lâcha Melanie. Je ferais une mère horrible.

— Non, Melanie. Arrête. Ne pense pas ça.

Vicki composa le numéro de la maison. Ted avait promis de nettoyer le grenier et de vérifier si, malgré la poudre, il y avait encore des insectes qui dévoraient le bois. Il verrait le numéro de Brenda s'afficher sur l'écran, mais il n'aurait aucune idée de ce que Vicki allait lui annoncer.

Quatre sonneries, puis le répondeur se déclencha. La voix de Vicki – enjouée, insouciante –, une voix d'un autre temps, avant les heures sombres, avant

le diagnostic. « Vous êtes bien chez les Stowe… »
D'une oreille, Vicki entendait le message et de
l'autre, elle écoutait le grondement de l'océan,
comme celui d'un animal prêt à bondir. Le bourdonnement s'intensifia, incitant Vicki à se retourner.
Juste au moment où Ted prit le combiné, d'une voix
essoufflée : « Désolé, je n'avais pas entendu la sonnerie, allô ? », Vicki aperçut le sourire triomphant
du policier sur son quad – tout droit sorti de *Top
Gun* – avec deux petites mains accrochées à sa taille.
Elle entendit Melanie pousser un cri perçant. Puis,
Blaine s'agita derrière le policier, comme s'il était le
clou du spectacle :

— Maman ! cria-t-il. Regarde-moi !

Quand Vicki se réveilla de la sieste, la main de
Porter était sur son sein, et Blaine était enroulé sous
son bras gauche. Ils étaient tombés endormis aussitôt
rentrés à la maison. Vicki n'avait pas songé une seule
seconde à leur rincer les pieds, aussi y avait-il plein
de sable entre les draps. La pièce était sombre, mais la
salle à manger était illuminée par les rayons du soleil.
Elle se glissa hors du lit puis s'arrêta pour contempler
ses enfants assoupis. Durant quatre-vingt-dix atroces
minutes, son monde s'était effondré et ensuite,
comme par magie, il s'était reconstruit. Blaine était
en vie, sain et sauf. Il s'était promené le long de la
plage tout en jetant des pierres dans l'eau. Il avait
marché plus d'un kilomètre, avait expliqué le policier,
mais il n'avait pas pour autant l'air bouleversé ni
inquiet le moins du monde.

— Je n'ai jamais vu un gamin aussi courageux, avait ajouté le policier. Et il a un sacré bon bras. Les Red Sox[1] devraient le faire signer tout de suite.

Blaine avait les épaules bronzées. Quand il était descendu du quad, il avait serré Vicki de toutes ses forces et s'était laissé aller à pleurer et à gémir. Puis il lui avait montré une poignée de coquillages et avait réclamé son lait. Et là, malgré son cancer du poumon de stade deux et les trois jours qui lui restaient avant la chimiothérapie, Vicki se sentait la femme la plus heureuse de la terre.

Elle se faufila hors de la chambre et ferma derrière elle pour que les enfants dorment un peu plus long-temps. La porte de Melanie était close. Elle s'était éclipsée furtivement dès leur arrivée à la maison, s'excusant encore et encore, de sorte que cela en était presque devenu comique. Vicki avait fait de son mieux pour amoindrir le sentiment de culpabi-lité de Melanie, mais elle savait que celle-ci conti-nuerait de se flageller sans répit. *C'est ma faute. J'aurais dû…* Vicki hésita à frapper. *Ne t'inquiète pas pour ça. Tu as suffisamment de soucis. Tout s'est bien terminé.* Vicki écouta à la porte, mais elle n'entendit pas un bruit. Melanie était probablement endormie.

Un mot de Brenda était posé sur la table : *Je suis partie pour écrire !* Prévisible. Brenda avait juré ses grands dieux qu'elle consacrerait son été à aider

---

1. Célèbre équipe de base-ball américain, qui évolue à Bos-ton.

Vicki, mais sa sœur la connaissait mieux que personne. Elle retourna le mot et commença à établir une liste de courses. Elle voulait aller au supermarché pour acheter des provisions et préparer un dîner digne de ce nom. Elles ne pouvaient continuer à se nourrir comme des étudiantes.

Le téléphone sonna, une sonnerie sonore et grinçante. Vicki se dépêcha de répondre avant que ça ne réveille les enfants.

— Allô ?

Une jeune femme répondit :

— J'appelle pour l'annonce.

— L'annonce ? J'ai bien peur que ce soit une erreur.

— Oh, dit la jeune fille. Désolée.

Elle raccrocha.

Quelques secondes plus tard, la sonnerie retentit à nouveau.

— Allô ? dit Vicki.

— Bonjour, dit la jeune fille. J'ai fait bien attention en composant le numéro. 257-6101 ? Besoin d'aide ? Pour du baby-sitting ?

— Du baby-sitting ?

— Pour les deux garçons à Sconset. Je vis à Sconset et mes parents veulent que je trouve un job d'été.

— Nous n'avons pas besoin d'une baby-sitter. Mais merci d'avoir appelé.

— Tant pis. Ça aurait été parfait pour moi. Pas trop dur et tout ça.

— Merci de votre appel.

Elle raccrocha. La maison était silencieuse. Le cerveau de Vicki commença à s'échauffer. Une baby-sitter, deux garçons à Sconset, le numéro de la maison ? Brenda avait mis une annonce pour embaucher une baby-sitter sans la consulter ? Vicki se jeta sur le réfrigérateur et l'ouvrit en espérant y trouver une bouteille de vin rouge frais. Pas de chance. De toute façon, elle n'était pas censée boire. Qu'avait dit le Dr Garcia ? Eau, brocoli, chou frisé, pastèque, myrtilles, betteraves. Cependant, le vin n'était pas la cigarette. Vicki ouvrit les placards en maugréant, sa sœur avait un tel culot ! Elle voulait se débarrasser de ses propres neveux !

On frappa à la porte d'entrée. Vicki ouvrit à Brenda, qui avait l'air d'un mannequin dans son haut de bikini et son short en jean. Elle tenait à la main son bloc-notes à pages jaunes. C'était son « scénario » – un scénario tiré d'un livre que seules six personnes à travers le monde avaient lu, un scénario qui n'avait pas la moindre chance d'être produit un jour. Et pourtant, ce projet était plus important pour Brenda que de s'occuper des enfants de Vicki.

— Pourquoi fais-tu cette tête ? demanda Brenda.

— Tu le sais très bien.

Même allongée sur son matelas incroyablement inconfortable avec un oreiller sur la tête, Melanie entendait Brenda et Vicki se disputer dans la cuisine. Elle avait des élancements dans les jambes ; au

beau milieu du tumulte créé par la disparition de
Blaine, elle avait attrapé de méchants coups de soleil.
Elle avait des aigreurs d'estomac – elle avait été
malade toute la journée. Et son cœur était brisé.
Melanie se le représentait comme une pomme :
coupé en deux, puis en quatre, puis pelé jusqu'au
noyau, nu. Elle le méritait bien. Hier, elle était tombée avec le bébé et aujourd'hui, elle avait échoué
dans la tâche maternelle la plus basique. Tu peux
surveiller Blaine ? L'empêcher de mourir ou de dis-
paraître ? Cela en disait long sur ses facultés mater-
nelles. Avant d'apprendre l'infidélité de Peter, avant
de savoir qu'une vie grandissait en elle, elle avait
conçu de grands projets pour sa future vie de mère.
Elle n'achèterait que des objets en bois, n'utiliserait
que des produits bio, passerait des heures à lire des
livres d'enfants remplis de couleurs et de messages
forts, achetés uniquement dans des librairies indé-
pendantes. Elle ne crierait jamais, ne serait jamais
condescendante, ne ramasserait jamais une tétine
sale pour la lécher et la remettre dans la bouche de
bébé. Elle ferait les choses bien. Elle n'aurait jamais
pu imaginer être obnubilée par la ruine de son
mariage au point de perdre la trace d'un enfant et
d'être incapable de dire s'il était parti se promener
ou s'il s'était noyé. C'était entièrement la faute de
Peter, se dit Melanie. Cette conclusion ne fit qu'exa-
cerber son désir de lui parler. C'était un besoin physique, aussi pressant que la faim ou la soif. Elle avait
besoin de parler à Peter comme elle avait besoin
d'oxygène.

Depuis leur retour de la plage, elle l'avait appelé six fois au bureau et chaque fois, elle était tombée sur son répondeur. Sa voix semblait cruellement joviale : « Bonjour ! Vous êtes bien sur la boîte vocale de Peter Patchen. Je suis déjà en ligne ou absent pour le moment, merci de laisser un message et je vous rappellerai. »

Melanie avait laissé un premier message à 13 h 28.

« Peter, c'est moi. Je suis à Nantucket avec Vicki. Je vais passer l'été ici, à moins que tu ne me donnes une bonne raison de rentrer à la maison. Je veux dire que je ne reviendrai pas à la maison tant que tu n'auras pas mis un terme à cette histoire avec Frances. Bon. Appelle-moi. Tu peux me joindre au numéro que je t'ai déjà laissé – le 508-257-6101 – ou sur ce téléphone portable, qui appartient à la sœur de Vicki. Le numéro est le 917-555-0628. J'aimerais que tu m'appelles, s'il te plaît. »

Elle resta allongée, la tête enfouie dans les draps jusqu'à ce que l'horloge de la salle à manger annonce 14 heures. Melanie avait laissé son portable dans le Connecticut pour que Peter ne puisse justement pas la joindre et pour qu'elle soit moins tentée de le faire. Ha. Elle refit une tentative. « Peter, s'il te plaît, appelle-moi. Mes numéros, une fois encore sont... »

Elle avait passé quatre coups de fil supplémentaires à une demi-heure d'intervalle et, à 16 heures, elle essaya à la maison où elle reconnut sa propre voix.

« Vous êtes bien chez les Patchen. Nous ne sommes pas là pour le moment. Merci de laisser un message ainsi que vos coordonnées et nous vous rappellerons. » Melanie ne laissa pas de message. Elle composa le numéro du portable de Peter et tomba sur sa boîte vocale.

« *Peter ? C'est moi.* »

Puis, au cas où il prendrait le « moi » pour quelqu'un d'autre, elle ajouta : « Melanie. Appelle-moi au 508-257-6101, s'il te plaît… » Elle fit trois tentatives sur son portable et raccrocha à chaque fois.

Surprise ! Son téléphone se mit à sonner. Le cœur de Melanie s'emballa. Elle vérifia le numéro sur l'écran. L'appel provenait de Manhattan, mais le nom indiqué ne lui disait rien : « J. Walsh. »

— Allô ? dit Melanie.

— Brindah ?

Désolation. Déception. Ce n'était pas Peter.

— Non, je suis désolée. Ce n'est pas Brenda.

— Vicki ?

— Non, c'est Melanie. Une amie de Vicki.

— Oh ! Bien.

Son interlocuteur avait un accent australien.

— Est-ce que Brindah est là ?

Melanie tendit l'oreille. Dans le salon, la dispute se poursuivait. « Jamais vu une égoïste pareille… le monde ne tourne pas autour… »

— Elle n'est pas disponible.

— Pas de problème. Pouvez-vous lui dire que Walsh a appelé ?

— Je le ferai.

Elle marqua une pause. Était-ce l'étudiant de Brenda ? Il paraissait plutôt vieux, mais en fait, Melanie ne savait rien de lui, si ce n'est justement qu'il était son étudiant.

— Vous voulez bien me laisser votre numéro ?

— Elle a déjà mon numéro. Inutile de vous le redonner.

Inutile, pensa Melanie. Elle avait laissé son numéro maintes fois à Peter, comme si c'était ce qui l'empêchait de rappeler.

— Je vais lui dire de vous rappeler, dit Melanie d'une voix pleine d'assurance, comme si elle avait le pouvoir de dicter sa conduite à Brenda. Je vous promets qu'elle le fera. Vous pouvez compter sur moi.

Walsh se mit à rire.

— Eh bien, merci, Melanie.

— Il n'y a pas de quoi.

Walsh raccrocha. La conversation n'avait duré qu'une minute, mais Melanie se sentait mieux. Elle était moins seule, d'une certaine manière, à l'idée qu'un certain Walsh vivant à New York essayait de joindre Brenda. Mais elle éprouvait bêtement de la jalousie. Les hommes aimaient Brenda. Même le policier aux allures de petit chef n'avait pu détacher son regard de la jeune femme. Melanie respira l'air vicié de sa chambre. Elle devrait ouvrir la fenêtre. Mais au lieu de cela, elle composa le numéro de l'appartement de Frances Digitt. Elle n'avait même pas besoin de le vérifier dans son agenda. Elle l'avait mémorisé.

Frances Digitt répondit à la deuxième sonnerie.

— Allô ?

Melanie ne craignait pas d'être identifiée, puisqu'elle utilisait le portable de Brenda. Elle resta à
l'écoute une minute, se demandant si Peter était là.
Elle entendit l'aboiement d'un chien (Frances Digitt
avait un labrador au pelage couleur chocolat) et ce
qui ressemblait à un match de base-ball à la télé.
Chien, base-ball. Bien sûr. Ironie de la situation,
Frances Digitt n'était pas le genre de femme que
Melanie ou tout autre épouse à Rutter & Higgens
craignaient. Elle était tout le contraire d'une pin-up.
C'était le genre de fille qui battait les garçons à la
course en gym, et qui ne les intéressait plus dès le
collège, quand les autres filles commençaient à avoir
des seins. Frances était petite et avait des allures de
garçon manqué. Elle était, se dit Melanie, la seule
femme capable de survivre dans l'air vicié et rempli
de miasmes du bureau de Peter. C'était le type même
de la petite sœur, mais intelligente et vive. Elle
connaissait le marché, faisait ses recherches, organisait des parties de football au bureau et l'organi-
gramme des matchs pour le tournoi de basket
NCAA qui se déroulait en mars – le March Madness.
Tout le monde pensait qu'elle était lesbienne, mais
Melanie avait vu clair dans son jeu – elle était bien
trop jolie pour être lesbienne ! Elle avait une certaine témérité qui devait en faire une vraie bombe
au lit. Cette simple idée rendait Melanie malade. Elle
raccrocha, puis pressa le téléphone de Brenda contre

son cœur battant. Elle composa de nouveau le numéro de Frances Digitt.

— Allô ?

À présent, Frances avait l'air agacé et Melanie pensa : Tu n'as aucun droit d'être énervée. Si quelqu'un devrait l'être dans cette histoire, c'est moi.

Remontée à bloc, Melanie demanda :

— Est-ce que Peter est là ?

Elle semblait plus vouloir s'informer que lui parler directement, et Frances, en toute logique, marqua une pause. Inutile de lui demander qui était au bout du fil, inutile de jouer à ce petit jeu, voilà ce que devait penser Frances avant de répondre :

— Oui, il est là.

Elle posa le téléphone d'un geste un peu trop sec sur ce qui devait être une table en contreplaqué, le genre de meuble bon marché IKEA que possèdent les jeunes qui n'ont aucun goût.

— Allô ? dit Peter d'une voix méfiante.

— C'est moi, dit Melanie.

Et au cas où il n'ait pas compris de qui il s'agissait, elle ajouta :

— Melanie.

— Salut, dit Peter – deux syllabes qui brisèrent le cœur de Melanie une bonne fois pour toutes.

Il paraissait blasé, désintéressé, et occupé. Melanie avait l'impression d'être son directeur d'école, son professeur, son dentiste.

— Je suis à Nantucket.

— Je sais.

— Pour tout l'été.

— C'est ce que disait ton mot.

— Tu veux que je rentre à la maison ?

— Qu'est-ce que c'est que cette question ?

C'était la seule qui importait. Elle était partie pour prendre le temps de réfléchir, mais plus elle réfléchissait, plus elle pensait à Peter. Elle avait voulu s'éloigner, mais maintenant qu'elle était loin, elle désirait, plus que tout au monde, rentrer chez elle. Je suis enceinte, pensa-t-elle. Tu as un enfant sur cette terre et tu ne le sais même pas. Cacher cet état de fait à Peter était cruel, mais était-ce pire que ce qu'il faisait, lui ?

Non ! Il était dans l'appartement de Frances. Ils étaient en train de baiser ! Melanie eut la nausée. Elle était sur le point de…

— Je dois raccrocher, dit-elle.

— O.K.

Melanie fixa le téléphone silencieux. Elle s'empara de la poubelle qui se trouvait à côté du lit. Mais rien ne vint. Elle vomissait de l'air vicié, une tristesse incommensurable, le rejet de Peter. Dans le salon, Brenda et Vicki se disputaient toujours. Une histoire à propos d'une baby-sitter.

Au sujet du scénario de Brenda, « une vraie honte », puis à propos de ses parents, « ça se passe toujours comme ça avec toi ! ». Puis Melanie entendit son nom ou plutôt, son nom était implicitement cité. Une répétition de « elle ». Brenda en était venue à murmurer :

— Tu veux qu'elle prenne soin des enfants, mais regarde ce qui est arrivé ! Je comprends qu'elle ait des problèmes à régler, mais nous en avons toutes. Tu es malade ! Je refuse de passer l'été à la ménager ! Je ne peux tout simplement pas. Ça fait une personne de plus dont il faut s'occuper ! Tu avais réfléchi à ça avant de l'inviter ? Hein ?

Melanie se mit sur pied et commença à rassembler ses affaires près de sa valise. Elle allait rentrer chez elle. Elle était venue sur un coup de tête et à présent, elle comprenait qu'elle avait fait fausse route.

Elle se glissa dans la salle de bains pour prendre sa brosse à dents. Brenda et Vicki se chamaillaient toujours. Il valait mieux qu'elles passent l'été seules, à régler leurs propres problèmes. Melanie n'avait pas de sœur ; elle ne connaissait rien à ce genre de relations, mais cela ne paraissait pas simple.

Tout rentrait dans sa valise, excepté son chapeau de paille. Il était abîmé depuis qu'elle avait marché dessus à la plage et elle était tentée de le laisser là. C'était un cadeau de Peter pour son anniversaire, au printemps dernier ; malgré ses larges bords et son style démodé, elle l'adorait. C'était son chapeau de jardinage. Elle le mit sur sa tête, passa le ruban de satin sous son menton, puis elle boucla sa valise et jeta un coup d'œil circulaire à la pièce. Cette chambre serait le témoin de sa surprenante décision. Elle rentrerait chez elle et affronterait Peter. Elle lui dirait qu'elle voulait avorter.

Elle se faufila dans le salon. Brenda et Vicki étaient parties. Melanie entendait le son de leurs voix. Quelque part dans la maison. L'une d'elles prenait une douche. Elles continuaient de se disputer.

Avant de sortir du cottage, Melanie rédigea une note et la laissa sur la table : *Appelle John Walsh !* Bizarrement, John Walsh était la seule personne dont Melanie se sentait responsable. Elle appellerait Vicki plus tard, une fois arrivée, quand Vicki ne pourrait plus la convaincre de rester. Melanie étira la poignée de sa valise et essaya de la faire rouler dans la rue pavée. Des coquillages se prirent dans les roulettes qui s'immobilisèrent. Elle décida de porter sa valise, même si elle devait se courber sous son poids, et que ce n'était pas bon pour le bébé. Avortement, pensa-t-elle. Après tout ce qu'elle avait traversé. Sept fois, ses espoirs s'étaient brisés à la vue de son propre sang. Sept fois, elle avait échoué. Le miracle s'était produit quand elle ne le désirait plus.

Elle traîna ses bagages jusqu'au club où elle repéra un taxi libre. Dieu merci ! Elle s'engouffra à l'intérieur et lança :

— À l'aéroport, s'il vous plaît.

On était dimanche, il était 17 heures – tous les vols pour New York étaient complets, voire archi-complets. Quand ce fut au tour de Melanie, elle déposa son billet sur le comptoir, son esprit tempo-rairement soulagé à l'idée de rentrer à la mai-son – jusqu'à ce que l'employée de US Airways repousse son billet vers elle.

— Nous n'avons aucun vol pour ce soir, dit-elle. Et rien non plus demain avant 15 heures. Je suis désolée.

— Ça ne me dérange pas de payer un supplément ou bien de patienter, s'il y a un désistement.

L'hôtesse lui montra une feuille remplie de noms.

— Voici la liste d'attente. Vous serez le numéro cent soixante-sept.

Melanie remit son billet dans son sac à main et traîna sa valise jusqu'à un banc. Il ne lui restait plus qu'à pleurer. Elle était sur le point de se laisser aller à la tristesse quand elle remarqua que quelqu'un se dirigeait vers elle. Un gamin dans une veste orange fluorescent. Celui qui lui avait proposé d'aller chercher une trousse de secours quand elle était tombée dans l'escalier à sa descente de l'avion. Elle lui sourit. Il vint lui parler.

— Bonjour, dit-il avec un large sourire. Vous avez fait bon voyage ?

— Oui, merci.

— C'était comique. Le voyage… vous savez… quand vous êtes tombée.

Melanie sentit ses joues s'enflammer.

— En effet, lâcha-t-elle. Mais en vérité, ce n'est pas la chose la plus stupide que j'ai faite ce week-end.

Le gamin tira sur sa veste et racla le sol de ses baskets.

— Je ne voulais pas dire que vous étiez stupide. J'essayais juste…

— Ce n'est rien.

Elle palpa son coude. Il était toujours sensible, mais avec tout ce qui s'était passé, elle l'avait totalement oublié.

— Je m'appelle Melanie.

— Josh Flynn.

Il jeta un coup d'œil à sa valise.

— Vous partez ce soir ? Vous venez pourtant juste d'arriver.

— J'étais censée rester plus longtemps, mais je dois rentrer chez moi.

— C'est vraiment dommage. Où habitez-vous ?

— Dans le Connecticut. Mais apparemment, je ne peux pas prendre un avion ce soir. Tous les vols sont complets. Je voulais faire une pause avant de prendre un taxi pour rentrer à la maison.

— Vous habitez à Sconset, n'est-ce pas ? Je peux vous ramener chez vous. J'ai terminé ma journée.

— Ne vous inquiétez pas pour moi. Je vais prendre un taxi.

— Ça ne me pose vraiment aucun problème. Je connais même votre maison. J'y suis allé hier pour rapporter un coffret.

— C'est vrai.

Melanie observa sa valise. Elle se sentait si vidée qu'elle ne savait même pas si elle serait capable de se mouvoir jusqu'au trottoir.

— Je déteste m'imposer.

— C'est sur mon chemin.

Josh prit sa valise.

— S'il vous plaît, j'insiste.

Melanie le suivit jusqu'au parking où il déposa son bagage dans le coffre de sa Jeep. Le sol de la Jeep était recouvert d'un demi-centimètre de sable et le siège passager était encombré de CD. Melanie s'installa en prenant les CD sur ses genoux. Dispatch, Offspring, Afro man. Elle n'avait jamais entendu parler de ces groupes. Elle se sentait suffisamment vieille pour être sa mère.

— Désolé, ma voiture est un vrai bordel, dit Josh. Je ne savais pas que j'aurais une compagnie féminine.

Melanie rougit et empila les CD de façon à ce qu'ils forment un cube parfait. Une compagnie féminine ? Elle avait l'impression d'être une pute. Puis elle jeta un coup d'œil dans le rétroviseur. Son chapeau de paille lui conférait une allure de fermière ; on aurait dit Minnie Pearl ou tout autre personnage de *Hee Haw*[1]. Elle ôta son chapeau et le mit sur ses genoux. Josh boucla sa ceinture, balaya la poussière du tableau de bord et éteignit la radio. Il posa le bras sur l'appuie-tête du siège de Melanie pour faire marche arrière. Son bras lui frôla les cheveux. Elle pouvait sentir son odeur. Il était très beau – *sexy*, aurait dit quelqu'un de plus jeune – mais ce n'était qu'un gosse. Quel âge pouvait-il avoir ?

— Vous vivez ici ? demanda-t-elle.

— Je suis né et j'ai grandi ici. Mais j'ai quitté l'île pour aller à la fac. À Middlebury, dans le Vermont.

— Bonne université.

— Je passe en quatrième année.

Il devait donc avoir environ vingt et un ans, pensa Melanie. Peut-être vingt-deux. L'âge auquel elle avait rencontré Peter.

---

1. Émission télévisée humoristique, dans les années quatre-vingt, qui présentait de la musique country.

Ils s'engagèrent sur la route principale. La vitre
de Josh était ouverte et l'air s'engouffra dans l'habitacle quand il accéléra en direction de Sconset.
Melanie se laissa aller contre l'appuie-tête et ferma
les yeux. Cette virée avait sur elle un effet thérapeutique. Je me sens bien, songea-t-elle. À cet instant
même, je me sens bien. Comment cela se fait-il ?

Elle se tourna vers Josh pour faire face au vent.
Les cheveux noirs du jeune homme étaient tout
hérissés, comme la crête d'un coq. Sur ses genoux,
les bords de son chapeau se soulevèrent.

— Vous aimez votre travail ? demanda-t-elle.

— Je le déteste.

— C'est dommage.

— Vraiment, dit-il. Mon père est contrôleur
aérien. Il m'a un peu mis là-dedans.

— Oh.

— Je vais démissionner, de toute façon. La vie
est trop courte.

— Je suis d'accord. C'est un peu mon mantra.
Mais est-ce que votre père ne va pas le prendre mal ?

— Si, mais ça ne m'arrêtera pas.

— Je vois, dit Melanie.

La route s'étirait devant eux. À gauche, sur la
lande, se dressait un phare et au-delà, l'immensité
de l'océan.

— Comme c'est beau, ici.

Josh ne répondit pas et Melanie s'en voulut
d'avoir proféré une telle banalité. Il entendait probablement tout le temps ces inepties de la bouche

des touristes : « C'est si joli, si pittoresque, si sau-vage, si beau. » Elle aurait aimé dire quelque chose de spirituel, de brillant, quelque chose qui lui aurait fait penser qu'elle était… cool. Elle n'avait jamais été cool de toute sa vie et elle l'était encore moins ce soir. Mais elle voulait que Josh soit heureux de la reconduire.

— Je viens juste de découvrir que j'étais enceinte, fit-elle.

Il l'observa d'un air surpris.

— Vraiment ?

— Oui.

Elle baissa les yeux. Elle n'aurait pas fait un bon agent de la CIA. Elle venait de révéler son plus grand secret à un jeune homme qu'elle connaissait à peine.

— J'apprécierais que vous ne le répétiez à per-sonne.

Il parut perplexe et Melanie aurait ri si elle ne s'était sentie aussi bête. À qui pourrait-il bien racon-ter une chose pareille ?

Pourtant, il lui répondit avec bienveillance.

— Mes lèvres sont scellées. Vous savez, hier, quand vous êtes tombée ? Je pense que votre amie était préoccupée. Très préoccupée – à cause de vous, pas du bébé.

— Elle s'inquiète pour moi.

— Ouais. Et je me suis demandé s'il n'y avait pas quelque chose d'autre. Quelque chose que personne d'autre ne savait.

— Oh. Eh bien… oui.

Elle l'observa.

— Vous avez une bonne mémoire.

— C'est difficile de vous oublier, toutes les trois, vous savez.

Quand la Jeep s'arrêta devant le cottage de Shell Street, l'esprit de Melanie chancela. Elle ne voulait pas que le trajet se termine, elle ne voulait pas affronter Vicki et Brenda. Elle se sentait comme un enfant pris en faute.

Josh freina brutalement et sauta de la voiture pour récupérer le bagage de Melanie dans le coffre.

— Merci de m'avoir raccompagnée.

— C'était un plaisir.

Melanie tendit le bras vers sa valise et leurs doigts se frôlèrent au moment de saisir la poignée. Nous nous touchons, pensa-t-elle. Une seconde, deux, trois. L'avait-il remarqué ? Il ne retira pas sa main. Lentement, Melanie leva les yeux sur lui en se disant : s'il me regarde, je crois que je vais défaillir.

Mais il observait le cottage. Melanie s'autorisa à respirer. Elle avait l'impression d'être dans la peau d'une ado de treize ans.

— Eh bien, dit-elle. Merci encore.

— De rien. Je vous reverrai, je pense. Bonne chance pour tout.

Il lui sourit.

— Merci. Vous aussi.

Elle lui sourit en retour. Elle souriait toujours quand il remonta dans la Jeep et démarra. Puis elle prit une profonde inspiration. L'air embaumait une odeur de steak grillé au feu de bois et, miraculeusement, elle était affamée.

En faisant rouler sa valise le long de l'allée, Melanie tomba sur Blaine. Il avait les cheveux mouillés et peignés et il portait un polo bleu tout propre.

— Où étais-tu ? demanda-t-il.

L'inquisition commence, pensa Melanie. C'est alors que Blaine prit un air de curiosité ingénue et, si Melanie ne se trompait pas, de conspirateur :

— Tu étais perdue ? murmura-t-il.

— Oui, dit-elle. J'étais perdue.

Ce soir-là, après le repas (cheeseburgers, oignons frits, salade iceberg), Josh se rendit chez Didi. Elle l'avait appelé pendant le dîner et lui avait demandé de passer la voir. Il avait refusé. Quand il se rassit à table et fut confronté au silence de son père, Josh se sentit obligé de s'expliquer.

— C'était Didi. Elle veut que j'aille la voir. Je lui ai dit non.

Tom Flynn s'éclaircit la gorge.

— Dennis m'a dit qu'il t'avait vu raccompagner une fille chez elle ce soir.

— Mmm ? murmura Josh, puis il se souvint de Melanie. Oh, oui.

Comment expliquer que la « fille » dont parlait Dennis était une passagère bien plus âgée que lui et enceinte ? Comment lui expliquer qu'il l'avait reconduite chez elle dans l'espoir de revoir Sœur Maussade, une autre femme qui ne jouait pas dans la même catégorie que lui ?

— Ce n'était rien.

Tom Flynn coupa sa salade iceberg, en prit une bouchée, essuya quelques gouttes de vinaigrette sur son menton. But sa bière. Le téléphone sonna de nouveau. Josh se leva pour répondre. Melanie lui avait dit qu'elle était enceinte, mais elle ne semblait pas heureuse de l'être. En fait, elle paraissait lugubre. Mais elle était trop vieille pour s'être fait avoir. Josh n'avait pas pensé à vérifier si elle portait une alliance. Il n'avait pas fait du très bon boulot en matière d'observation et d'assimilation.

— Allô ?

— Josh ?

— Quoi, répondit-il d'un ton exaspéré.

— J'aimerais vraiment que tu viennes. Vraiment. C'est important.

— Tu as bu.

— Juste du vin, rétorqua Didi. S'il te plaît. Viens. J'ai quelque chose à te dire.

Elle avait quelque chose à lui dire. Cela se passait comme ça depuis la fin de la seconde année de lycée, quand ils avaient commencé à sortir ensemble. Didi prenait de petites vérités et les tordait comme des caramels jusqu'à ce qu'elles deviennent des drames de série télévisée. Son médecin lui avait dit qu'elle était anémique ; son frère l'avait menacée avec un couteau à viande parce qu'elle lui avait emprunté son sweat-shirt préféré et l'avait barbouillé de maquillage ; l'ami de son père, Ed Grubb, lui avait pincé les fesses. Autant de raisons pour que Josh la console, la protège et la couvre de mille attentions.

— Qu'y a-t-il, Didi ?

— Viens, c'est tout, fit-elle avant de raccrocher.

Josh se remit à table. Il fixa ses oignons frits, froids et défraîchis.

— Je crois que je ferais mieux d'y aller, dit-il.

À 21 heures, quand Josh gara sa voiture dans l'allée de Didi, le soleil venait juste de se coucher. L'été, pensa-t-il. Putain d'été.

De là où il était, il pouvait entendre la musique : Led Zeppelin. Ce n'était pas de bon augure. Il gagna d'un pas furtif les marches menant à l'appartement de Didi situé au sous-sol et jeta un coup d'œil par la fenêtre du salon, qui était à la hauteur de ses chevilles. Didi, vêtue d'une simple nuisette rouge, dansait et se trémoussait sur la table basse, un verre de vin blanc à la main, faisant gicler le liquide autour d'elle. Pendant leur dernière année de lycée, l'ami de Josh, Zach, avait déclaré que Didi avait toutes les chances de finir strip-teaseuse – et même si à l'époque Josh s'était senti obligé de donner un coup de poing dans le ventre de son ami, il devait bien reconnaître qu'il avait raison. À l'époque où Josh sortait avec elle, Didi était une fille bien. Leader naturel, elle siégeait au conseil de l'école, avait de nombreuses amies avec qui elle passait son temps à discuter – par mots interposés, dans les toilettes des filles, quand elles dormaient les unes chez les autres. Elle était drôle. Peut-être pas aussi intelligente que

Josh, pas vraiment « scolaire » – ce n'était pas du tout le genre de fille que la mère de Josh voyait pour lui à long terme – mais c'était la petite amie parfaite pour le lycée.

Ils s'étaient séparés une première fois quelques semaines avant le départ de Josh pour l'université. Tom Flynn était parti à Woburn pour renouveler son certificat de contrôleur aérien, et Didi avait passé la nuit chez Josh. La soirée s'annonçait plutôt drôle – ils avaient commandé des pizzas, bu la bière de Tom Flynn et loué un film. Puis ils s'étaient lavé les dents et mis au lit ensemble. Au milieu de la nuit, Josh s'était réveillé et avait surpris Didi en train de lire son journal à l'aide d'une lampe de poche, par terre, de son côté du lit. Ils s'étaient séparés cette nuit-là – non pas parce que Josh était furieux de cette violation de son intimité (pourtant, il l'était), mais parce que Didi avec parcouru le journal en traquant la moindre mention d'elle. Dans ces pages, Josh écrivait combien Didi était en manque d'affection et combien il aurait voulu la « recadrer » et la « mettre en sécurité ». Didi avait très mal pris ces assertions. Elle avait jeté le journal à la figure de Josh et avait quitté la chambre en claquant la porte comme une furie. Elle était revenue quelques secondes plus tard pour réclamer son sac, avant de claquer la porte une deuxième fois.

Un peu plus tard, Josh l'avait retrouvée au rez-de-chaussée, assise à la table de la cuisine devant plusieurs bouteilles de bière vides. Il était allé vers elle et l'avait prise dans ses bras, s'émerveillant d'avoir rendu son manque d'affection encore plus flagrant en le mettant par écrit. Didi était terrifiée à l'idée de le laisser partir pour l'université. « Tu vas totalement m'oublier », disait-elle – chose qu'il ne réfuta pas, car Didi représentait cette période lycéenne qu'il voulait laisser derrière lui.

Que leur relation ait déjà duré trois ans – du moins sur le plan sexuel – commençait à le décourager. Sortir avec Didi, c'était un peu comme travailler à l'aéroport, vivre sur cette île – trop sécurisant, trop prévisible, trop routinier. Et pourtant, il n'avait jamais été capable de la secouer. Elle se rendait disponible et Josh n'osait la rejeter.

Josh frappa à la porte. La musique passa au groupe Blue Oyster Cult. En plus d'un problème d'estime de soi, Didi avait un problème avec l'alcool, avait conclu Josh. Il frappa de nouveau. Pas de réponse. Il était sur le point de se sauver quand la porte s'ouvrit en grand. Didi agrippa Josh par son T-shirt et l'entraîna à l'intérieur.

Ils commencèrent à s'embrasser sur le canapé. La bouche de Didi était chaude et molle. Elle avait un goût de vin bon marché, et Josh tenta d'ignorer le sentiment de dégoût qui le submergeait. Lola, la chatte vicieuse de Didi, rôdait autour d'eux – Josh pouvait sentir son odeur, et le canapé était couvert de poils roux. Il ferma les yeux et essaya de se perdre dans leur étreinte. Sexe, pensa-t-il. Ce n'est qu'une question de sexe. Il glissa la main sous la nuisette de Didi. Elle avait pris du poids depuis le lycée et son ventre, autrefois lisse et ferme, était maintenant mou. Quant à ses hanches, elles étaient lourdes et empesées. Josh ne parvenait pas à être excité. En réalité, plus ils s'embrassaient et plus il se sentait abattu. Il s'efforça de penser à Sœur Maussade, mais le visage qui lui vint à l'esprit fut celui de Melanie. OK, bizarre. Elle avait un joli visage et un beau cul, mais franchement, était-il devenu fou ? Elle lui avait avoué qu'elle était enceinte ! Josh s'écarta de Didi.

— Je ne suis pas dedans, dit-il.

À ces mots, elle le mordit dans le cou et lui fit un suçon. Elle essayait de lui imprimer sa marque. Il avait eu tant de suçons au lycée que ses professeurs, à l'époque, le regardaient de travers.

Il la repoussa.

— Didi, arrête.

Elle continuait à le mordiller, comme pour l'entraîner dans une sorte de jeu, le front plaqué sur sa joue, la bouche suçant son cou comme un aspirateur. Josh la saisit par les épaules et la repoussa. Il se mit debout.

— Arrête, je te dis.

— Quoi ?

Avachie dans son canapé dégoûtant, Didi avait l'air d'un cadeau de Noël enrubanné de satin rouge à moitié ouvert. Son maquillage avait coulé et l'une des bretelles de sa nuisette avait glissé sur son épaule, menaçant de découvrir son sein.

Josh entendit un cri à vous glacer le sang. Il sursauta. Lola se tenait raide, le poil hérissé, sur le dossier du fauteuil.

— Bon, je me tire d'ici, lança Josh.

— Attends, supplia Didi en prenant Lola dans ses bras.

— Désolé. Ça ne marche pas.

Didi vida son verre de vin et raccompagna Josh à la porte. Elle drapa Lola autour de ses épaules comme une fourrure.

— Nous sommes toujours amis, n'est-ce pas ?

Josh marqua un temps d'arrêt. Il ne voulait pas dire oui, mais dire non entraînerait un déluge de lamentations insensées et il ne s'en sortirait jamais.

— Bien sûr.

— Alors tu me prêteras l'argent ?

C'était une autre particularité de Didi : évoquer une question jamais abordée comme si c'était un fait avéré.

— Quel argent ?

— J'ai besoin de deux cents dollars pour ma voiture. Ou bien ils vont me la reprendre.

— Quoi ?

— Je suis un peu à sec. J'ai acheté des fringues d'été, mon loyer est monté en flèche, mes cartes de crédit sont bloquées…

— Demande de l'argent à tes parents.

— Je l'ai fait. Ils ont refusé.

— Je n'ai pas deux cents dollars. Pas à dépenser à tort et à travers, en tout cas. Je dois faire des économies. L'université coûte cher.

— Je te rembourserai à la fin du mois. Je te le promets. S'il te plaît ? J'ai vraiment de gros problèmes. Tu pourras m'apporter l'argent à l'hôpital demain ? J'y serai de 8 heures à 16 heures.

— Je travaille demain.

— Mardi, alors ? Tu ne travailles pas le mardi, n'est-ce pas ?

Josh laissa sa tête retomber lourdement. Comment cela était-il arrivé ? Il aurait dû simplement refuser et s'en aller.

— Si tu me prêtes l'argent, je te laisserai en paix pour l'éternité. Je le jure.

C'était le mensonge le plus éhonté que Josh ait jamais entendu de la part de Didi, mais la proposition était trop tentante.

— Tu cesseras de m'appeler ?

— Oui.

— Et tu me rembourseras ? Le 1er juillet ?

— Avec des intérêts. Dix dollars d'intérêts.

Josh réussit à se glisser de l'autre côté de la porte. Lola gratta à la vitre.

— D'accord, dit-il.

Il était absolument certain de ne jamais revoir son argent, mais si c'était le prix à payer pour se débarrasser de Didi, ce n'était pas un gros sacrifice.

— À mardi.

D'après tante Liv, il n'y avait que trois sortes de femmes dans le monde : les sœurs aînées, les sœurs cadettes et les filles sans sœurs. Tante Liv faisait partie des cadettes, comme Brenda ; la sœur aînée de tante Liv, Joy, était la grand-mère de Brenda. Joy était plus jolie et plus joyeuse – c'est ce qu'avait toujours pensé Liv. Elles avaient toutes les deux décroché un emploi dans une fabrique de tissus pendant la Seconde Guerre mondiale, mais curieusement, Joy touchait cinq cents de plus par jour. « Le propriétaire était gentil avec elle, racontait Liv, même si j'étais celle qui le faisait rire. » Joy avait alors épousé un garçon de Narbeth du nom de Albert Lyndon et ils avaient eu quatre enfants, dont l'aîné était le père de Brenda, Buzz. Pendant ce temps, Liv avait hérité de la maison en pierres de ses parents à Gladwyne. Puis elle enseigna la littérature durant des années à Bryn Mawr College. Elle lisait, entourait ses neveux et nièces d'attentions et d'amour, leur donnait de l'argent ; elle s'était méticuleusement documentée sur l'histoire de la famille. Tante Liv était la seule personne à qui Brenda parlait de Vicki parce que c'était la seule qui pouvait la comprendre.

« J'ai passé mon enfance à penser que Joy était née princesse et moi servante, expliquait Liv. Mais ensuite, j'ai compris que je créais mes propres illusions. »

Brenda avait chéri ces paroles le jour où tante Liv les lui avait dites (Brenda avait dix ans, Vicki, onze), mais elle ne se faisait aucune illusion pour cet été. Brenda ne serait pas seulement la servante de Vicki, mais aussi sa nounou et son chauffeur. Parce que Vicki avait un cancer ! Si Brenda organisait une soirée pour qu'on lui remonte le moral, elle serait la seule à y aller. Plusieurs fois déjà, Brenda s'était assise sur

le lit de l'ancienne nursery, espérant s'imprégner de
la force, de la patience et la gentillesse de tante Liv.

Le mardi, Brenda conduisit Vicki à sa séance de
chimiothérapie dans la vieille Peugeot des voisins,
après avoir sanglé les enfants dans leur siège-auto à
l'arrière. Emmener les enfants ne faisait pas partie
du plan initial, mais durant le week-end, une chose
était devenue évidente ; si on laissait les enfants à
Melanie, ils mourraient dans un feu domestique ou
se noieraient en voulant boire au tuyau d'arrosage
des voisins. Melanie allait rester à la maison et « se
reposer », avait-elle dit – et si elle tentait une nouvelle fois de s'enfuir et réussissait son coup, ce serait
encore mieux, de l'avis de Brenda.

Brenda essayait de ne pas trop jouer les martyrs,
car elle savait que c'était exactement ce que Vicki
attendait d'elle. Elles s'étaient disputées au sujet de
Melanie dimanche après-midi. Brenda avait exprimé
son mécontentement pendant que Vicki prenait son
air de mère de famille contrariée. Brenda ne supportait pas cette expression et quelque chose lui disait
que ce n'était pas la dernière fois qu'elle la voyait cet
été. Cependant, Vicki s'était – oh, surprise ! – finalement rendue aux arguments de Brenda et s'était
excusée. « Melanie n'aurait sans doute pas dû venir.
Cela semblait une bonne idée à l'époque, mais peut-
être était-ce un peu hâtif. Je suis désolée. Oui, nous
chercherons une baby-sitter et non, tu n'avanceras
pas beaucoup sur ton scénario tant que nous n'en
n'aurons pas trouvé une. » Brenda avait été impressionnée de voir Vicki s'en remettre à son médiocre

jugement. C'était une première, en trente ans de fraternité. Vicki avait toujours raison, c'était un don de naissance. Elle était née avec la vérité – tout comme la beauté, le talent, l'intelligence et la sportivité ; c'était une fille modèle, un leader naturel, la médaillée d'or dans toutes les disciplines – véritable aimant pour les filles et les garçons qui l'entouraient. Des deux sœurs, elle était la préférée de tous. Pendant son enfance, Brenda criait à ses parents, encore et encore : « Comment avez-vous pu me faire ça ? » Elle n'avait jamais eu besoin de leur expliquer le *ça* ; c'était une évidence. « Comment avez-vous pu me faire passer après Vicki ? » Avec seulement seize mois d'écart, elles étaient sans arrêt comparées et Brenda avait toujours l'impression d'être à la traîne.

Les gens sont différents. Ellen Lyndon lui répétait cela depuis trente ans. Même les sœurs sont différentes. Mais comme tante Liv l'avait justement fait remarquer, Ellen Lyndon était une femme sans sœurs. Elle avait grandi avec trois grands frères, et donner naissance à deux filles dans un si court laps de temps l'avait laissée perplexe, comme si elle avait ramené à la maison, non pas des enfants, mais une précieuse race de chinchillas.

Brenda pensait que sa mère était une femme totalement dénuée d'amour. Elle était élégante, cultivée et parfaitement éduquée – versée dans l'art, la poésie et la musique classique. D'un côté, Ellen semblait être née pour être la mère de deux filles, pour recevoir ses amies à l'heure du thé, nouer les boucles des chaussures de cuir vernies, lire *La Petite Prin-*

cesse à voix haute, se procurer des billets pour *Casse-Noisette*. Mais d'un autre côté – et c'était un point sur lequel Brenda et Vicki avaient toujours été d'accord – elle n'avait aucune idée de ce que c'était que d'avoir une sœur. Ellen ne comprenait rien aux conflits fraternels ; elle ne savait pas ce qu'on pouvait ressentir quand on entrait en classe et qu'on voyait l'expression satisfaite du professeur, ravi d'apprendre qu'il aurait « une autre petite Lyndon cette année ! ». Ellen – Brenda le savait – ne connaissait rien à la jalousie insidieuse. Elle aurait été consternée d'apprendre que les secrets les plus sombres de Brenda étaient d'une manière ou d'une autre liés à sa jalousie envers sa sœur.

Vicki se moquait constamment de sa dévotion à *L'Imposteur innocent*, mais ce livre – découvert à l'âge tendre de quatorze ans, à une époque où Brenda risquait d'être écrasée sous les baskets Tretorn de Vicki – avait été sa bouée de sauvetage. Il lui avait donné un objectif, une identité. Grâce à ce livre, Brenda était devenue une lectrice, une penseuse critique, un auteur, le major de sa promotion en littérature américaine, une étudiante diplômée, une candidate au doctorat, la titulaire d'un doctorat, un professeur, et sûrement l'autorité dans le monde concernant Fleming Trainor. Et à présent qu'elle ne pourrait plus transmettre à des étudiants la valeur de ce livre, que tout ce qu'elle écrirait à son propos n'aurait pas la moindre chance de paraître sur un support légitime, elle se voyait obligée de commettre un crime (vu par bien des universitaires comme plus

grave encore que celui qu'elle avait déjà commis) en
commercialisant le livre. L'ouvrir au public, tel qu'il
était. Elle écrirait un scénario tiré de *L'Imposteur
innocent*. Brenda avait la tête qui lui tournait, par-
tagée entre la pensée que son idée était brillante ou
absurde. Elle se demandait : est-ce que toutes les
idées brillantes le sont dès le début ou bien ont-elles
l'air d'être tirées par les cheveux avant d'apparaître
sous leur meilleur jour ? Brenda avait déjà pensé à
écrire un scénario à partir du roman (ou bien à « en
tirer un scénario », comme ils disaient) quand elle
était à la fac et qu'elle était misérable, se nourrissant
de thé vert, de crackers et de nouilles sautées, mais
elle avait rejeté cette idée qu'elle jugeait grossière et
ridicule. Elle était, comme tout autre universitaire
digne de ce nom, une puriste.

Brenda essayait malgré tout de se convaincre que
le roman était parfait pour Hollywood. L'histoire se
déroulait au XVIIIe siècle et racontait la vie d'un
homme, Calvin Dare, dont le cheval avait tué accidentellement un autre homme, Thomas Beech. (Les
deux hommes étaient en train d'attacher le cheval
devant une taverne quand un éclair déchira le ciel
– c'était une nuit d'orage –, effrayant le cheval qui
rua et frappa accidentellement Beech à la tête.) Calvin Dare, au travers d'une série de coïncidences
savamment déguisées, avait progressivement pris
l'identité du défunt. Il avait brigué et obtenu l'ancien
poste de Beech ; il était tombé amoureux de sa fiancée endeuillée, Emily. Il était devenu quaker et avait
rejoint le groupe de Beech, dont les réunions se

tenaient dans sa maison. Le livre était décevant à cause de sa fin heureuse : Dare épousait Emily, ils avaient de beaux enfants en bonne santé, et Dare s'épanouissait dans son travail. Dare n'avait pas hésité à s'approprier la vie de Beech, comme si c'était une coquille abandonnée ; il s'y était installé et l'avait faite sienne. Brenda avait passé la majeure partie de ses six dernières années à analyser et définir la notion d'identité dans ce roman, et à mettre en exergue les messages implicites que le livre délivrait sur le colonialisme, la modernité, la morale. Si vous n'aimez pas votre vie, êtes-vous en droit de vous approprier celle d'un autre ? Et si cette personne est morte ? Brenda avait souvent eu le sentiment d'être un voyageur solitaire sur le terrain mouvant de ce sujet. Personne d'autre ne s'en souciait. Mais cela pouvait changer si *L'Imposteur innocent* était adapté au cinéma. Le Pr Brenda Lyndon serait reconnue pour avoir mis au jour un classique oublié ; et plus important, elle serait pardonnée.

Et pourtant, malgré cette rédemption à portée de main, elle était tiraillée par le doute. Pourquoi perdre son temps avec un projet idiot qui ne mènerait nulle part ? La réponse était simple : elle n'avait pas d'alternative. Elle regretta mille fois que sa carrière universitaire ait été si brutalement interrompue. Même avec la possibilité de gagner des millions à l'avenir, les « si seulement » hanteraient toujours son esprit. Si seulement elle n'avait pas répondu à son portable le soir où John Walsh l'avait appelée la première fois ; si seulement elle avait averti John

Walsh de ne montrer sa dissertation de milieu de semestre à personne ; si seulement elle n'avait pas perdu son sang-froid avec Mlle Pencaldron et n'avait pas projeté un livre sur la peinture ; si seulement elle avait fait preuve d'un minimum de bon sens... elle serait toujours professeur. Le Pr Brenda Lyndon. Elle-même.

Son premier semestre à Champion s'était merveilleusement bien passé. Parmi tous les professeurs du département, elle avait obtenu les meilleures notes – notes qui étaient parues dans le journal du campus, au vu et au su de tous. D'après certains c'était parce que Brenda était un apport de sang neuf, qu'elle avait la moitié de l'âge des autres professeurs du département et qu'elle traitait une matière atypique (Champion était la seule université du pays à avoir un cours sur Fleming Trainor). Brenda était attirante. Mince, cheveux longs, yeux verts, escarpins Prada. Il n'y avait aucune concurrence dans le département d'anglais. Peu importe la raison, Brenda avait balayé les autres professeurs, non seulement de par ses résultats, mais aussi de par les témoignages. « Engagée, passionnée... Suspendu à ses lèvres... On a continué la discussion dans la voiture... On parlait encore de la lecture au dîner. Le Pr Lyndon est disponible, équitable... Elle représente le professeur d'université idéal. » Le *Page&Feather* avait publié un article sur Brenda en première page la semaine suivante. C'était une célébrité. Entre Britney Spears et Condoleeza Rice. Ses collègues, tous bien plus âgés – et même la présidente du département, le

Pr Suzanne Atela –, l'avaient appelée pour la féliciter. Ils étaient jaloux, mais pas surpris.

— Voilà pourquoi nous vous avons engagée, avait déclaré le Pr Atela. Vous êtes jeune. Vous êtes passionnée par votre sujet, alors que nous avons passé l'âge. Félicitations, professeur Lyndon.

À Noël, Brenda avait paradé devant sa famille ; elle avait acheté une bouteille de champagne très cher pour fêter l'événement, l'avait bue presque toute seule puis s'était fait mousser.

— Mes étudiants m'adorent, avait-elle péroré au moment où tout le monde était attablé dans le salon de Ted et Vicki. Ils m'aiment.

Ces paroles prirent une résonance lugubre au second semestre. La classe de Brenda se composait de onze filles et un garçon. Un renard dans le poulailler, un étudiant de seconde année originaire de Fremantle, en Australie, et prénommé Walsh.

— Je t'aime, avait déclaré Walsh. Brindah, je t'aime.

Sur le siège passager, Vicki s'éclaircit la gorge. Brenda lui jeta un regard en coin. Elle était pâle, ses mains fébriles lui faisaient penser à des oiseaux se débattant sur ses genoux. Je conduis ma sœur à sa séance de chimiothérapie, pensa Brenda. Vicki pourrait mourir d'un cancer.

Aujourd'hui, on allait lui poser un cathéter dans la poitrine, afin que les infirmières puissent faire passer un tube pour lui administrer le poison. C'était un acte chirurgical, pourtant, l'hôpital l'avait préve-

nue qu'elle ne resterait que trois heures. Brenda était
supposée emmener les enfants au parc, leur acheter
une glace à Congdon's Pharmacy, sur Main Street,
pour le déjeuner, et être de retour à l'hôpital à temps
pour récupérer Vicki et ramener Porter à la maison
pour sa sieste.

Vicki avait voulu lui faire croire que tout irait très
bien, que c'était un plan parfait, mais Brenda voyait
que Vicki était nerveuse. Généralement, les gens
nerveux se contractaient, parlaient d'une voix aiguë
et stressée. Vicki était déjà comme cela d'habitude.
Lorsqu'elle avait les idées confuses, elle devenait
molle et indécise. Elle était toute retournée.

Brenda se gara sur le parking de l'hôpital. Dès
qu'elle coupa le moteur, Porter se mit à pleurer.

— Maintenant, je veux rentrer à la maison, lança
Blaine.

— Nous déposons maman et nous allons au terrain de jeux.

Brenda descendit de la voiture et défit la ceinture
de Porter, mais il pleurait et tendait les bras vers
Vicki.

— Donne-lui sa tétine, dit Vicki impassiblement.
Elle fixait les murs gris de l'hôpital.

— Où est-elle ? demanda Brenda.

Vicki fouilla dans son sac.

— Je ne la trouve pas, mais je sais qu'elle est là.
Je me souviens l'avoir mise dans le sac. Mais… peut-
être que nous devrions retourner à la maison pour
en prendre une autre.

— Retourner à la maison ? Bon, je vais le prendre dans mes bras.

Mais Porter se débattait et criait de plus belle. Il faillit lui échapper.

— Waouh !

— Donne-le-moi, intervint Vicki. Je peux peut-être le nourrir une dernière fois avant d'y aller.

— Mais tu as apporté un biberon ?

— Oui. C'est ce qu'on peut appeler un sevrage brutal.

Brenda fit le tour de la voiture et libéra Blaine de son harnais à cinq points. Il fallait avoir un diplôme supérieur pour installer un siège-auto.

— Viens, champion.

— En fait, je veux rentrer à la maison. Dans ma maison. Dans le Connecticut.

— Tu n'as pas le choix, déclara Vicki d'une voix morne. Maman a un rendez-vous. Maintenant, descends de là.

— Viens, lança Brenda, je vais te porter.

— Il peut marcher, rétorqua Vicki.

— Non ! cria Blaine en donnant des coups de pied dans le siège devant lui. Je ne veux pas sortir.

— Après avoir déposé maman, nous irons au terrain de jeux sur la plage des enfants, dit Brenda.

— Je ne veux pas aller à la plage ! Je veux aller dans ma maison du Connecticut. Où habite mon papa.

— Nous aurions dû le laisser au cottage, dit Vicki. Mais je ne pouvais pas faire ça à Melanie.

Brenda gardait son calme. Elle n'allait pas être prévisible.

— Je vais t'emmener manger une glace, proposa Brenda.

C'était le seul atout dans sa manche et elle était consternée de l'avoir déjà utilisé, mais...

— Je ne veux pas de glace.

Blaine commença à pleurer.

— Je veux rester avec maman.

— Oh ! Pour l'amour du ciel, dit Vicki. Est-ce qu'on peut y aller, s'il vous plaît ? Blaine ? Est-ce que tu veux bien aider maman à sortir d'ici et à rentrer à l'hôpital ?

Blaine secoua la tête. Les notes de *La Lettre à Élise* s'échappèrent du sac de Brenda. Son portable.

— C'est sûrement Ted, dit Vicki.

Brenda vérifia le numéro d'appel en pensant : Oui, c'est sûrement Ted, mais tout en espérant que ce soit Walsh. Elle lut « Brian Delaney » sur l'écran.

— Zut, grogna-t-elle. Mon avocat.

Elle enfouit son portable dans son sac et, agacée par l'appel, aboya après Blaine :

— On y va ! Maintenant !

De mauvaise grâce, Blaine grimpa dans les bras de sa tante. Elle eut un hoquet ; il pesait une tonne.

— Je veux rester avec maman, gémit-il.

Si seulement les directeurs de l'université pouvaient me voir en ce moment, pensa Brenda tandis qu'ils passaient les portes coulissantes pour pénétrer dans la froide luminosité de l'hôpital. Ils auraient pitié de moi. N'importe qui aurait pitié de moi.

Ils se traînèrent jusqu'au bureau des admissions où une jeune femme à la poitrine plantureuse les accueillit. Ses cheveux blonds étaient attachés en un chignon lâche – on aurait dit une petite botte de paille folle –, ses joues étaient colorées de blush et ses seins étaient si gros qu'on avait l'impression qu'elle les offrait sur un plateau. « Didi », annonçait son badge.

— Victoria Stowe, déclara Vicki. Je suis ici pour la pose d'un cathéter.

— Bi-en.

Elle avait des ongles longs vernis et émaillés de minuscules brillants. Brenda aurait voulu la renvoyer chez elle et lui faire enlever tout ça. Jolie fille, mauvais choix.

Didi fit glisser plusieurs formulaires à Vicki.

— Remplissez ceci, informations sur votre assurance, signature ici, vos initiales ici et ici. Signez la dispense, c'est très important.

Elle sourit. Un joli sourire.

— Ça veut dire que vous ne pourrez pas nous poursuivre si vous mourez.

Brenda se perdit dans le décolleté profond de Didi. Cette fille ne pourrait-elle pas faire preuve d'un peu plus de tact ?

— Je ne vais pas mourir ! s'écria Vicki.

— Oh ! mon Dieu ! Non ! Je plaisantais.

Dans la salle d'attente, se trouvait une rangée de chaises tournées vers la télévision. *Sesame Street* passait à l'écran et Porter fut aussitôt captivé.

— Vas-y, lança Brenda. Vas-y pendant que tout le monde est calme.

Blaine vida une boîte de Lincoln Log[1] par terre.

— Je ne peux pas, dit Vicki en s'asseyant. J'ai tous ces formulaires à remplir.

À ces mots, les papiers glissèrent de ses genoux et s'éparpillèrent sur le sol.

Soudain, une infirmière apparut :

— Victoria Stowe ?

Vicki se pencha, s'efforçant de rassembler les formulaires.

— Je ne suis pas prête. Étaient-ils dans un ordre particulier ?

— Emportez-les avec vous, dit l'infirmière. Vous pourrez les remplir à l'étage.

— Oui, oui, oui, lança Didi. Allez-y maintenant, ou bien vous n'y arriverez jamais.

Vicki ne bougea pas de son siège. Elle regarda Brenda.

— Écoute, j'ai quelque chose à te demander.

— Quoi ? s'exclama Brenda.

Le ton de Vicki la rendait nerveuse. Brenda se revit vingt-cinq ans auparavant ; elle avait cinq ans, Vicki en avait six et demi ; elles jouaient toutes les deux sur la plage, habillées en bikinis aux motifs de fraises et en sweaters jaunes à capuche. Le ciel était nuageux. Soudain, un éclair déchira le ciel, puis Brenda entendit le plus incroyable coup de tonnerre

---

1. Jeu de construction composé d'éléments en plastique rangés dans des boîtes.

de toute sa vie. Vicki agrippa sa main au moment
où la pluie commençait à tomber.

— Viens. Il faut qu'on se dépêche.

Malgré les différences manifestes qui existaient
entre elles, elles avaient été élevées comme des
sœurs. À présent, Brenda avait aussi peur que Vicki.
Ma sœur ! Il y a quinze ans, quand Brenda travaillait
à la bibliothèque universitaire pendant que Vicki
présidait le conseil estudiantin, qui aurait pu deviner
que Vicki serait celle qui aurait un cancer ? Cela
n'avait aucun sens. Ça aurait dû être moi, pensa
Brenda.

— Maman ? pleurnicha Blaine.

Il fit tomber sa cabane en construction et courut
la rejoindre.

— Si tu as la force d'aller avec cette infirmière,
je m'occuperai de tout, dit Brenda. Les enfants
seront en sécurité. Tout ira bien.

— Je ne peux pas y aller.

Les yeux de Vicki se remplirent de larmes.

— Je suis désolée. Je ne peux pas.

— Victoria Stowe ? appela l'infirmière.

— Ils ont besoin de vous en pré-op, dit Didi. Si
vous n'y allez pas, je suis sûre que les choses vont
mal tourner et j'aurai des problèmes.

— Vas-y, insista Brenda. Tout ira bien.

— Je veux rester avec maman, gémit Blaine.

Vicki renifla et l'embrassa.

— Tu vas rester ici. Sois gentil avec tante Brenda.

Elle se leva et traversa la pièce d'une démarche
raide, comme un robot.

— Vick ? Que voulais-tu me demander ?

— Plus tard, répondit-elle.

Et elle disparut dans le couloir.

Une heure plus tard, Brenda avait l'impression d'être un disque rayé. Combien de fois avait-elle suggéré aux enfants de partir – pour aller à la plage, ou manger une glace ?

— Avec des Sprinkles, ajouta-t-elle. S'il te plaît, Blaine ? Nous reviendrons chercher ta maman un peu plus tard.

— Non, cria Blaine. Je veux rester ici jusqu'à ce qu'elle revienne.

Porter pleurait – il pleurait depuis vingt minutes et, malgré tous ses efforts, Brenda ne parvenait pas à l'apaiser. Elle essaya de lui donner le biberon mais il refusa de boire ; il mordit méchamment la tétine et le lait coula sur son menton puis sur son T-shirt. Son visage était rouge et chiffonné ; des larmes perlaient au coin de ses yeux ; il rejeta la tête en arrière et se mit à hurler, de sorte que Brenda pouvait voir le fond de sa gorge. Finalement, elle le déposa sur le sol, plaça un gorille orange devant lui et fouilla dans le sac de Vicki, à la recherche de cette fichue tétine. Porter cria et envoya valser le gorille.

Brenda sortit du sac une boîte de tampons, deux couches, un paquet de lingettes, une boîte de Cheerios écrasés, un jeu de clés en plastique, deux baumes pour les lèvres, une boîte de crayons, une tasse qui sentait le jus de fruit rance, et un livre de poche intitulé *Quand la vie devient précieuse*. Vicki

avait un sacré bazar dans son sac, mais pas de tétine.
Brenda vérifia dans les poches latérales – elle y
trouva le biberon et ah-ah ! sous le biberon, tout au
fond de la poche – la tétine, couverte de sable !

— Je l'ai trouvée !

Elle la brandit devant la fille des admissions,
comme pour dire : voilà la réponse à tous mes problèmes ! Brenda enfourna la tétine dans la bouche
de Porter, qui se calma aussitôt. Ahhhh. Brenda soupira. La pièce redevint calme. Mais une minute plus
tard, Porter jeta la tétine à travers la pièce et commença à verser de nouvelles larmes.

— Blaine ? Est-ce que nous pouvons y aller ?
Ton frère…

— Il y a un distributeur de sodas au bout du
couloir, déclara Didi.

Brenda la fixa. Un distributeur de sodas ? Elle
avait là deux enfants en bas âge. Est-ce que cette
fille pensait résoudre ses problèmes avec une canette
de Coca ?

— On n'a pas le droit de boire du soda, protesta
Blaine.

— Peut-être que vous pourriez aller faire un
tour ? renchérit Didi.

La fille voulait se débarrasser d'eux. Mais Brenda
pouvait-elle réellement l'en blâmer ?

— Nous allons nous promener, proposa Brenda.
Allons-y.

Elle porta un Porter gémissant le long du corridor. Le Cottage Hospital, pensa-t-elle. Le genre
d'endroit où Jack et Jill avaient été soignés après

leur chute dans la montagne. Rien de grave n'arrivait ici. Vicki se trouvait quelque part dans l'hôpital pour qu'on lui pose un cathéter. Pour la chimiothérapie. Pour le cancer.

Ça devrait être moi, pensa Brenda. Je n'ai pas d'enfants. Je n'ai personne.

Avant d'obtenir son poste d'enseignante, Brenda n'avait jamais vu l'université de Champion, si ce n'est en photo, sur Internet. Elle avait fait une visite virtuelle du campus, comme un futur étudiant, et avait observé les bâtiments néoclassiques, les pelouses aux formes géométriques, l'aire où les étudiants prenaient des bains de soleil et jouaient au Frisbee. Ce n'était pas bucolique, mais assez proche de l'oasis – une véritable université au cœur de l'agitation de Manhattan. Mais au début du second semestre, en janvier, les bâtiments de Champion étaient gris et austères. Seul le département d'anglais, avec ses tapis persans, ses horloges anciennes et son édition originale des œuvres d'Henry James dans une vitrine de musée, paraissait accueillant. Mlle Pencaldron, l'assistante administrative hautement compétente et autoritaire du département, s'était empressée de préparer un cappuccino à Brenda, chose qu'elle faisait pour les professeurs qui avaient ses faveurs.

— Heureuse de vous revoir, professeur Lyndon. Comment se sont passées vos vacances ? Voici la liste de vos élèves et le programme du semestre. J'ai fait des copies pour vous.

Brenda avait revu les programmes. Ils allaient d'abord étudier Fleming Trainor, puis ils compareraient *L'Imposteur innocent* à des œuvres d'auteurs contemporains : Lorrie Moore, Richard Russo, Anne Lamott, Rick Moody, Adam Haslett, Antonia Nelson, Andre Dubus. La liste était si alléchante que Brenda aurait voulu la déguster avec un couteau et une fourchette.

— Il y a une liste d'attente pour votre cours, avait ajouté Mlle Pencaldron. Trente-trois étudiants y sont inscrits. En automne, le Pr Goleta voudrait ajouter une autre section.

— Vraiment ? avait rétorqué Brenda.

La directrice du département, Suzanne Atela, mesurait seulement un mètre cinquante, mais c'était une personne formidable, et exotique. Originaire des Bahamas, elle avait la peau couleur cacao, sans être marquée par le temps, même si Brenda savait qu'elle avait soixante-deux ans, qu'elle avait quatre enfants et quatorze petits-enfants. Elle avait publié de nombreux ouvrages sur la littérature de la *Beat Generation*, et des rumeurs circulaient selon lesquelles elle aurait couché avec l'un des joueurs de l'équipe universitaire – ce qui avait semblé incroyable à Brenda. Cependant, qui pouvait savoir de quoi cette femme avait l'air quand elle ôtait ses lunettes et qu'elle dénouait ses cheveux ? Son mari était un Indien séduisant ; Brenda ne l'avait jamais rencontré, mais elle avait vu une photo de lui en smoking sur le bureau d'Atela. Suzanne Atela était formidable parce qu'elle tenait l'avenir de Brenda – tout comme celui des autres professeurs non titulaires du département – dans ses petites mains délicates.

Brenda étudia la liste des étudiants. À première vue, elle avait découvert un filon. Elle avait apparemment une classe composée uniquement de filles. C'était trop beau pour être vrai ! Brenda commença à corriger la liste des œuvres dans sa tête. Avec un groupe exclusivement féminin, elle pouvait aborder Fleming Trainor et le problème de l'identité du point de vue du genre. Juste au moment où Brenda commençait à gribouiller les titres d'œuvres de femmes viscéralement féministes, ses yeux tombèrent sur le dernier nom de la liste : *Walsh, John. Deuxième année.*

Mlle Pencaldron frappa à la porte du bureau de Brenda.

— Il y a eu un changement, professeur Lyndon. Vous allez donner votre cours dans la salle Barrington.

Brenda eut un grand sourire idiot, même si elle dut chiffonner sa liste. D'abord, le cappuccino, puis la possibilité d'enseigner à deux sections l'automne suivant, et maintenant, la salle Barrington, le joyau du département. Cette salle était réservée aux grands événements – réunions de départements, déjeuners – et Suzanne Atela faisait cours à ses étudiants diplômés dans cette salle. Elle possédait une immense table Queen Anne et une œuvre originale de Jackson Pollock était accrochée au mur.

— La salle Barrington ? s'enquit Brenda.

— Oui, répondit Mlle Pencaldron. Suivez-moi.

Elles empruntèrent un long couloir jusqu'à une porte de bois lambrissé qui forçait le respect.

— Maintenant, reprit Mlle Pencaldron, je dois vous rappeler certaines règles. Pas de boissons sur la table – pas de canettes, de bouteilles, de tasses de café. La salle doit être ouverte et refermée par vos soins et vous ne devez jamais laisser un étudiant seul avec la peinture. *Capice ?*

— *Capice*, répéta Brenda.

Mlle Pencaldron la fixa longuement.

— Je ne plaisante pas. Cette peinture a été acquise pour le département par Whitmore Barrington et elle a une valeur inestimable. De même que la table, d'ailleurs.

— J'ai compris. Pas de boissons.

— Absolument rien. Maintenant, je vous donne le code de sécurité.

Après que Brenda eut appris à ouvrir et à fermer la porte en désactivant et en réactivant une alarme actionnée par un code long et compliqué, Mlle Pencaldron laissa Brenda vaquer à ses occupations.

— J'espère que vous vous rendez compte, professeur Lyndon, du privilège qui vous est donné d'enseigner dans cette pièce, lança-t-elle avant de s'éloigner.

Brenda jeta son cappuccino, puis mit ses documents en pile sur la table Queen Anne. Enfin, elle considéra de nouveau la peinture. Ellen Lyndon était amateur d'art et elle avait transmis à Vicki et Brenda son goût pour l'art en leur faisant visiter des musées dès qu'elles furent sorties des couches.

Mais quand même, songea Brenda. Quand même, les œuvres de Pollock n'étaient-elles pas juste un embrouillamini de taches de peintures ? Qui avait bien pu désigner Pollock comme un grand artiste ? Quelqu'un avait-il vu, au-delà de ce fouillis, une vérité universelle, ou bien n'était-ce qu'un non-sens, comme elle le suspectait ? La littérature, au moins, avait une vraie signification ; cela faisait sens. Une peinture devait faire sens, elle aussi, pensa Brenda, et si elle n'en avait pas, elle devait être belle. Pollock avait échoué sur les deux fronts. Pourtant, l'œuvre était sous ses yeux, et Brenda se sentait impressionnée.

C'est à cet instant qu'elle eut l'impression, sans savoir pourquoi, qu'un homme était entré dans la pièce. Un homme séduisant, à la peau mate, aux yeux noirs et aux cheveux bruns coupés court. Il avait l'âge de Brenda, la taille et la stature d'un cow-boy, même s'il était habillé comme John Keats, avec son sweater Burgundy et une écharpe grise enroulée autour du cou. Il avait un crayon coincé derrière l'oreille. Il s'agissait certainement d'un étudiant diplômé, l'un des candidats au doctorat de Suzanne Atela, peut-être, qui était arrivé là par hasard.

— Bonjour ?

Il hocha la tête.

— Comment ça va ?

Il avait un accent étranger, d'Australie ou de Nouvelle-Zélande.

— C'est le séminaire sur Fleming Trainor... Vous êtes... ?

— John Walsh.

John Walsh. C'était John Walsh. Brenda sentit sa raison s'effilocher dans son cerveau comme une pelote de laine. Elle ne s'était pas préparée à ça – un homme dans son cours, et non un garçon. Il était beau, plus beau que la jeune fille qui était entrée à sa suite dans la salle Barrington, tels les rats qui suivaient le Joueur de flûte de Hamelin. Brenda se tortilla sur ses escarpins Prada et baissa les yeux sur son succulent programme. Jour un, minute une : elle était attirée par son unique étudiant mâle.

Une fois que tout le monde fut installé, elle s'éclaircit la voix et vérifia qu'il n'y avait dans la salle aucune canette ou bouteille d'eau. Rien. Mlle Pencaldron avait dû inspecter chaque étudiant à l'entrée de la pièce.

— Je suis le professeur Brenda Lyndon. Appelez-moi comme vous voulez, professeur Lyndon ou Brenda. Nous sommes ici pour étudier le roman de Fleming Trainor, *L'Imposteur innocent*, et pour analyser la notion d'identité et ses contrastes chez Trainor, avant de la comparer à d'autres auteurs contemporains. Est-ce que tout le monde s'est procuré le livre ?

Hochements de tête.

— Bien, dit Brenda.

Elle observa ses mains. Elles étaient moites et tremblantes. Elle avait besoin d'une séance de relaxation. Elle nota mentalement d'appeler Vicki dès son retour à la maison.

— Vous devrez lire les dix premiers chapitres pour jeudi, et je vous demanderais d'avoir lu la seconde moitié du livre pour mardi prochain.

Elle attendit les inévitables protestations, mais elle ne reçut que de nouveaux hochements de tête. Il y avait une femme dans une chaise roulante, une femme noire avec un short afro, une Indienne avec les ongles vernis de rouge raisin. Les autres jeunes filles étaient des nuances de la pâleur de l'hiver, avec des cheveux blonds, bruns ou rouges. Et enfin venait John Walsh, que Brenda ne regarda pas.

— Voilà votre programme.

Elle ferma les yeux, savourant le bruissement des feuilles qui circulaient.

— Vous aurez deux devoirs notés, un au milieu du semestre, un autre à la fin. Vous serez également notés sur votre participation aux discussions, alors merci de m'informer d'éventuelles absences. Je serai à mon bureau tous les jeudis, de 9 heures à 11 heures.

Brenda donna aux étudiants son numéro de téléphone portable et son adresse mail. Elle jeta un coup d'œil à John Walsh et fut à la fois ravie et mortifiée de constater qu'il avait pris le crayon derrière son oreille pour noter ses coordonnées sur un carnet à spirales.

Puis elle leur demanda de se présenter, en donnant leur nom, prénom, leur ville d'origine et une anecdote à leur propos. Elle commença à dessein par le côté opposé à John Walsh – avec la jeune Indienne du nom de Amrita, originaire du Bangladore, qui expliqua qu'elle avait choisi le cours du

Pr Lyndon parce qu'elle avait lu dans *Pen&Feather*
qu'elle avait obtenu les meilleures notes au semestre
dernier.

— Je suis ici depuis trois ans, précisa Amrita. J'ai
rencontré beaucoup de brillants esprits, mais peu de
bons pédagogues.

Amrita la flattait ouvertement, mais Brenda était
bien trop préoccupée par la présence de Walsh pour
tomber dans le panneau.

— Merci. Suivant ?

Les filles se présentèrent les unes après les autres
et Brenda, écoutant à moitié, prit des notes. Jeannie,
dans la chaise roulante, était une démocrate de
l'Arkansas ; Mallory et Kelly étaient des sœurs de
cœur ; Mallory portait des lunettes rétro et Kelly, la
fille aux cheveux rouges, jouait un petit rôle dans
une série télévisée, *Love Another Day*. Il y avait trois
filles prénommées Rebecca ; une originaire de Guadeloupe du nom de Sandrine qui jouait de la guitare
dans un groupe, French Toast ; la femme noire,
Michele Nathans, venait de terminer un semestre à
Marrakech ; Amy Feldman, une petite trapue, était
diplômée de langue japonaise, férue de sushis et elle
avoua aussi, pour répondre à la question de l'une
des Rebecca, qu'elle était la fille du directeur de
Marquee Films ; la dernière jeune femme, prénom-
mée Ivy, annonça qu'elle venait du nord de la pénin-
sule du Michigan et qu'elle était lesbienne.

Tout le monde s'était-il tu après cette annonce,
ou bien était-ce un effet de l'imagination de
Brenda ? Peut-être étaient-elles toutes impatientes,

comme Brenda, d'entendre ce que John Walsh avait à dire.

Lentement, Brenda se tourna vers lui, priant pour garder son sang-froid. En haut de sa liste, elle nota : *Appeler Vicki !*

John Walsh souriait tout en regardant son calepin. Il leva les yeux vers l'assemblée et Brenda.

— Je m'appelle John Walsh. La plupart des gens m'appellent simplement Walsh. Je viens de l'ouest de l'Australie, d'une ville appelée Fremantle.

Il tapota son bloc avec son crayon.

— Et… vous avez dû remarquer que j'étais un peu plus vieux que la moyenne des étudiants de deuxième année.

— Oui !

Alarmée, Brenda regarda la peinture de Jackson Pollock, comme si c'était la peinture qui avait parlé et non elle. Elle attendit que les jeunes femmes remuent, murmurent, mais c'était le silence complet. Peut-être pouvaient-elles lui apprendre à garder le contrôle de soi.

— J'ai passé ma première année à l'université de Western Australia, puis j'ai été pris de frénésie de voyages. J'ai laissé tomber la fac et j'ai parcouru le monde.

Brenda savait qu'elle aurait dû garder le silence, mais elle en fut incapable.

— Le monde ?

— En Thaïlande, au Népal, en Inde, à travers l'Afghanistan, puis de la Chine à la Russie. Je suis allé au Moyen-Orient, en Jordanie, à Dubaï, au

Liban. Puis je suis resté un an en Angleterre où j'ai travaillé dans la pub. J'ai passé un bon moment sur le continent européen – l'Allemagne, la Belgique, l'Italie, la France, l'Espagne, Malte, les Canaries, l'Islande… jusqu'à mon retour à New York où je n'avais plus d'argent.

Il s'arrêta.

— Je parle trop, n'est-ce pas ?

Tout juste, pensa Brenda. Tous les auteurs féministes incendiaires qu'elle avait lus auraient péroré : « Ce n'est pas parce que c'est le seul homme de l'assemblée que sa vie est plus intéressante, plus authentique et plus importante que celles des autres (qui sont des femmes). » Mais Brenda ne voulait pas qu'il arrête là son récit. Pour commencer, elle adorait le son de sa voix. Elle était si… virile. Mi Crocodile Dundee, mi Crocodile Hunter[1]. Les autres femmes de l'assistance voulaient-elles qu'il se taise ? Brenda parcourut rapidement l'assemblée du regard. Les étudiantes avaient le même air d'intérêt placide qu'au début du cours. Excepté Amrita, la flatteuse. Elle était en émoi devant Walsh et se tenait penchée en avant, tout en hochant la tête. Brenda prit cela comme un signe.

— Continuez, lui dit Brenda.

— À partir de là, les choses se sont compliquées. J'avais besoin d'un job. J'ai rencontré un type chez Eddie, dans le Village, dont l'oncle possédait une

---

1. Émission de télé sur la vie dans la jungle, dont le présentateur est un célèbre chasseur de crocodile.

entreprise de construction. J'ai commencé à travailler pour lui, mais je vieillissais, et j'ai pensé que le seul moyen d'arriver à quelque chose était de retourner à la fac. Et me voilà, un étudiant de deuxième année âgé de trente et un ans.

— Eh bien, reprit Brenda – en pensant : Il est plus vieux que moi ! Mais il est en deuxième année et c'est mon étudiant ! – merci de nous avoir fait partager votre expérience. Est-ce que vous avez des questions sur le cours ou le programme ? Les devoirs ?

Elle attendit les réactions. Pour toute réponse, elle n'obtint que des regards polis.

— Très bien, alors je pense que nous avons terminé pour aujourd'hui. N'oubliez pas de lire les dix premiers chapitres pour jeudi, s'il vous plaît.

Elle observa les jeunes femmes ranger leurs affaires et quitter la salle – certaines seules, d'autres en pleine discussion. Jeannie déplaça son fauteuil roulant. Un téléphone portable sonna – l'une des Rebecca répondit.

— Salut, dit Rebecca. Ouais, je sors.

Elle disait cela comme si elle venait de s'échapper de prison. Était-ce une mauvaise chose ? Brenda avait-elle fait la même impression que durant le semestre précédent ? Elle était tellement plongée dans ses pensées qu'elle ne s'était pas rendu compte que John Walsh était toujours assis. Quand elle l'aperçut, elle sursauta.

— Bon sang ! s'exclama-t-elle avant de se mettre à rire. Vous ne devriez pas faire peur aux gens comme cela.

— Je me demandais…

Il regardait de nouveau son bloc-notes à spirales.

— … Aimeriez-vous déjeuner avec moi ?

— Quoi ?

Brenda regarda autour d'elle. Qui d'autre l'avait entendu ? Elle seule et Jackson Pollock. Est-ce que John Walsh lui avait donné un rendez-vous ? À elle, le professeur ? Le premier jour de cours ?

— Je suis désolée. Comment ?

Il ne semblait pas embarrassé, même pas un tout petit peu.

— Je n'ai pas cours avant 14 heures. Et je ne connais personne d'autre ici. C'est mon premier semestre. J'espérais rencontrer des gens de mon âge. Je suis allé au bureau d'orientation pour les étudiants « non traditionnels », mais… vous savez, il y avait deux gamins de quatorze ans, une femme au foyer dans la quarantaine, et un gars encore plus vieux qui était une sorte de chef de tribu au Zaïre. Je voudrais me faire des amis.

— Mais je suis votre professeur.

— Alors vous n'avez pas le droit de partager une part de pizza ?

— Désolée.

Il soupira de façon exagérée, puis il sourit. Il était si séduisant que Brenda se sentit mal à l'aise à l'idée d'être seule dans la même pièce que lui. Elle devait sortir de là !

— C'est à cause de toutes ces règles stupides.

Elle avait buté sur certains passages du *Manuel de réglementation de l'employé* qu'elle avait feuilleté dans le bus qui traversait la ville pour venir à l'université. *Les relations sentimentales et sexuelles sont interdites entre un membre de la faculté et un étudiant. Les commentaires à caractère sentimental ou sexuel, les gestes et les sous-entendus sont interdits entre un membre de la faculté et un étudiant, et tout manquement au règlement entraînerait une action disciplinaire. Il n'y a aucune exception pour les professeurs titulaires.*

— Je suis majeur. Ce n'est qu'une pizza.

— Ce n'est pas le problème. Je regrette.

Walsh prit son bloc et le fourra dans la poche arrière de son pantalon.

— Bon, je suppose que je vais encore déjeuner seul aujourd'hui. Mais ne vous inquiétez pas. On se voit jeudi ?

— Oui.

Brenda le laissa sortir le premier car elle devait verrouiller la porte et réactiver les codes de sécurité. Mais Walsh s'attarda dans le couloir, et ils firent le trajet ensemble jusqu'au bureau de Mlle Pencaldron. Elle les observait ; Brenda se sentit vaguement coupable. Mais pourquoi ? Il lui avait proposé de déjeuner avec lui, elle avait refusé.

John Walsh poussa la porte qui séparait le département d'anglais du reste de la faculté.

— Sal ! lança-t-il à Brenda et Mlle Pencaldron, quoique Brenda n'en était pas sûre – elle n'était même pas sûre de savoir ce que « Sal » voulait dire.

Elle lui fit instinctivement un petit signe de la main, soulagée de le voir s'éloigner.

Elle tendit la clé à Mlle Pencaldron.

— Il est australien, précisa-t-elle.

— C'est ce que j'ai cru comprendre.

— C'était un bon cours, continua Brenda. Bref. Le premier jour, vous savez ce que c'est. Ils n'ont rien lu. Je leur ai expliqué les objectifs de ce cours et les étudiants se sont présentés. Voilà comment je sais qu'il est Australien.

Tais-toi ! se dit Brenda.

Mlle Pencaldron inclina la tête.

— Vous avez fait le code de sécurité ?

— Euh… oui.

— Il ne vous a pas vue le composer, n'est-ce pas ?

— Qui ?

Mlle Pencaldron sourit d'un air impatient.

— L'Australien.

— Euh… non.

— Vous êtes certaine ?

— Oui. Il a attendu dans le couloir un moment. J'étais devant le pavé numérique.

— Bien, jeta Mlle Pencaldron d'un ton qui signifiait que ce n'était pas si bien que cela.

On aurait dit qu'elle craignait d'avoir affaire à un gang organisé de voleurs d'objets d'art.

— Donner le code de sécurité à un étudiant est formellement interdit. Vous comprenez ?

— Bien sûr. Et personne n'a apporté de canettes ou de bouteilles dans la salle. Rien du tout.

— Oh, je le sais. J'ai vérifié moi-même.

Toutes ces règles stupides, pensa Brenda en s'approchant du distributeur de boissons de l'hôpital.

Elle avait intercalé le mot qui disait *Appelle John Walsh !* entre les pages de son édition originale de *L'Imposteur innocent*, avant de remettre le livre à l'abri dans son coffret. Brenda ne savait pas très bien pourquoi elle conservait ce mot. Elle n'avait pas le droit de penser à John Walsh et à Fleming Trainor en même temps ; le passé le lui avait démontré.

— Est-ce qu'on va avoir un Coca ? demanda Blaine. Vraiment, on va en avoir un ?

— Oui, on va prendre un Coca.

Aux grands maux, les grands remèdes, pensa Brenda. Ce n'était pas comme si elle offrait aux enfants des cigarettes ou des verres de Jaegermeister. Elle piqua cinq quarters dans le sac de Vicki et laissa Blaine les faire glisser précautionneusement dans la fente du distributeur, mais elle n'avait pas d'autres pièces de monnaie, et le plus petit billet dans le portefeuille de sa sœur était un billet de vingt dollars. Porter babillait. Ba ba ba, da da da. Les non-sens articulés précédaient les véritables non-sens.

— Tu sais quoi ? Nous avons besoin de monnaie.

Blaine observa Brenda d'un air paniqué pendant qu'ils retournaient au bureau des admissions.

— Et le Coca, alors ? demanda Blaine.

— Il nous faut de la monnaie, répéta Brenda.

Blaine se mit à pleurer. Les pleurs de Blaine entraînèrent ceux de Porter, qui criait plus fort encore.

— Les garçons, supplia Brenda. S'il vous plaît, juste une seconde.

Était-il surprenant de trouver à Nantucket le dis-tributeur de boissons le plus cher du monde ? Elle allait devoir casser un billet de vingt dollars pour un seul malheureux quarter, mais c'était comme ça. Cela résumait bien la journée.

Et évidemment, Didi, à son bureau, était à présent en grande discussion avec un garçon de son âge. Brenda agita le billet par-dessus l'épaule du gars. Didi devait entendre les garçons pleurer, elle compren-drait l'urgence de la situation. Mais non – Didi était ailleurs, son attention était entièrement retenue par ce jeune homme portant un polo vert bouteille, un short kaki et des baskets Adidas maculées d'herbe. Il venait de se faire couper les cheveux ; quelques petits cheveux parsemaient le dos de son polo. Il tenait l'extrémité d'une enveloppe blanche et Didi tenait l'autre extrémité, avec l'air de vouloir se mettre à pleurer.

— Voilà, dit le type aux cheveux courts. Et je veux les revoir.

— Je sais, répondit Didi.

— Le 1er juillet. Pas le 2. Pas le 4. Le 1er.

— O.K.

— Avec les intérêts.

— Et pour vendredi ?

— Comment ça, pour vendredi ?

— La soirée de Zach.

— Tu y vas ?

— Ouais.

— Alors je reste à la maison.

— Excusez-moi, intervint Brenda en agitant son billet de vingt dollars en l'air.

Ce n'était pas poli de les interrompre, mais Brenda ne pouvait rester à ne rien faire pendant que les enfants criaient et que Didi et son ami discutaient d'un sujet sans intérêt.

— J'ai besoin de monnaie. Pour le distributeur.

Didi s'essuya l'œil du doigt. Sa poitrine se souleva.

— Je n'ai pas de monnaie, lança-t-elle. Vous en trouverez à la cafétéria du rez-de-chaussée.

Oh ! Non, pensa Brenda. Pas question.

— Je n'ai besoin que d'un quarter. S'il vous plaît ? Vous n'auriez pas juste un quarter à me prêter ?

Didi arracha l'enveloppe des mains de son ami.

— Non.

Le type se tourna vers Brenda. Il avait un quarter dans sa paume ouverte.

— Tenez, dit-il.

Puis il regarda Brenda.

— Hé ! C'est vous.

Brenda l'observa quelques secondes. Elle connaissait ce type, mais d'où ? Qui était-ce ? Une chose était certaine : elle n'avait jamais été aussi heureuse de toute sa vie de tenir dans sa main une pièce de vingt-cinq cents.

Josh les accompagna jusqu'au distributeur, malgré le boucan que Didi faisait derrière son bureau. Blaine tenait le quarter et Josh le souleva pour qu'il puisse le mettre dans la machine et appuyer sur le bouton – ils étaient tous silencieux quand le Coca tomba dans le bac. Même le bébé était calme. Josh prit la canette.

— À moi l'honneur ?

— Vous êtes le type de l'aéroport ! s'exclama Brenda. Celui qui m'a rapporté mon livre. Je suis désolée de ne pas vous avoir reconnu tout de suite. Vous vous êtes fait couper les cheveux.

Elle paraissait si surprise que Josh se sentit mal à l'aise.

— Yep. Je suis Josh.

— Je m'appelle Brenda Lyndon.

— Je sais. Je m'en souviens, professeur Lyndon.

— Nous sommes ici pour ma sœur, Vicki, qui se fait poser un cathéter pour la chimio.

— Chimio ?

— Elle a un cancer des poumons, murmura Brenda.

— Vous plaisantez ?

De quoi se souvenait-il à propos de l'autre sœur ? De sa respiration saccadée.

— Oh, bon sang.

Brenda hocha la tête puis fit un signe en direction des enfants.

Blaine s'exclama :

— Le Coca ! Le Coca !

Josh s'agenouilla et aida Blaine à boire une gorgée de la canette. Cancer des poumons ? Enceinte ? Les femmes les plus misérables qu'il ait jamais vues. C'est ce que Josh avait pensé depuis le début. Sans réfléchir.

— Êtes-vous ici pour l'été ? Parce que j'ai vu votre amie Melanie à l'aéroport il y a quelques jours…

— Ma sœur et moi restons ici tout l'été avec les enfants. Le jury réfléchit toujours à propos de Melanie.

— Elle paraît vraiment gentille.

— Gentille, oui, elle l'est. Très gentille… Hé ! vous ne connaîtriez pas quelqu'un qui veut faire du baby-sitting cet été, par hasard ?

— Quel genre de baby-sitting ?

— Garder les enfants vingt heures par semaine. Aller à la plage, jouer au ballon, faire des châteaux de sable, les emmener manger des glaces. Vingt dollars de l'heure, cash. Nous avons besoin de quelqu'un de responsable. Je veux dire, quelqu'un de solide. Vous n'imaginez pas le week-end qu'on a passé…

Comme Josh avait prêté deux cents dollars à Didi, il ne pouvait plus laisser tomber son job à l'aéroport. Il lui avait donné la moitié de ses économies, et peu importaient les promesses de Didi, il savait qu'elle ne lui rendrait jamais son argent. Mais vingt dollars de l'heure, c'était bien plus que ce qu'il gagnait aujourd'hui. Il avait pris le job à l'aéroport à cause

de son père, même si c'était terriblement ennuyeux.
La chose la plus mémorable de l'été, c'était d'avoir
assisté à la chute de Melanie.

— Je le ferai, proposa Josh.

Brenda l'observa d'un air circonspect.

— Mais vous avez déjà un job. Et vous êtes… un
mec.

— Je voulais démissionner de mon travail à
l'aéroport. Et j'aime les enfants.

Brenda trempa l'embout en silicone de la tétine
dans la canette de Coca et la fourra dans la bouche
du bébé.

— Porter n'a que neuf mois. Il est très attaché à
sa maman.

— J'aime les bébés.

C'était la vérité, en théorie. Josh ne connaissait
aucun bébé. Du coin de l'œil, il vit Didi se lever de
son bureau et se diriger vers eux.

— Est-ce que vous savez changer une couche ?
demanda Brenda.

— Bien sûr.

Alors que Didi était toute proche, Blaine but à la
canette comme un homme perdu dans le désert. Josh
la lui retira gentiment.

— Hé ! Doucement, mon pote. Tu vas te rendre
malade.

— Vous êtes disponible le matin ? demanda
Brenda. Les jours de la semaine, disons, de 8 heures
à 13 heures ? Porter fait la sieste à 13 heures.

— Je suis disponible.

— Vous avez une voiture, n'est-ce pas ? La Jeep ? Vous pensez qu'on peut mettre les sièges-autos dans votre Jeep ?

— Les sièges-autos ? dit Didi.

Elle était à côté d'eux et les observait d'un air accusateur, comme si ce dont ils parlaient la concernait, simplement parce qu'ils se trouvaient dans l'aire des admissions – son domaine. Elle brandit une poignée de quarters, comme pour contrarier Brenda, et actionna le distributeur pour obtenir un Dr Pepper light.

— Ils devraient s'adapter, dit Josh.

Il ne savait absolument pas si les sièges-autos pouvaient être fixés dans sa Jeep ; en fait, il ne savait pas très bien ce que c'était, mais plus il côtoyait cette femme, plus il ressentait le besoin d'établir un lien avec elle.

— Je peux le faire, reprit-il. J'aimerais vraiment le faire.

— Faire quoi ? demanda Didi.

— Est-ce que vous avez un casier judiciaire ? demanda Brenda.

Elle se demanda si Vicki serait très en colère si elle engageait elle-même le type, sans la consulter. Un mec. Était-ce gênant ? En l'absence de Ted, ça pouvait être une bonne chose pour les garçons. Ce serait une bonne chose pour les garçons. Ce serait bon pour tout le monde d'avoir un homme normal à leurs côtés ; même pour Melanie.

— Un casier judiciaire ? lança Didi. Ce mec est le plus droit que je connaisse.

— Très bien, dit Brenda. Vous êtes engagé.

Du sable sur le sol de la cuisine, la crasse dans la cuvette des toilettes, des pissenlits, faire couler l'eau chaude dans la douche, se gratter jusqu'au sang à cause d'une piqûre d'insecte, perdre le fil de l'intrigue de Desperate Housewives, *la liste des best-sellers du* New York Times, *les serviettes de plage humides, moisies, Ted appelant de sa voiture pour dire qu'il était coincé à huit kilomètres de New Haven, Ted appelant pour dire que le Yukon était tombé en panne et qu'il se trouvait dans une station-service, à Madison, dans le Connecticut, Ted appelant pour dire qu'il allait rater le ferry et qu'il ne serait pas là avant le lendemain matin.*

— Je suis désolé, ma chérie, dit Ted. Je n'y peux rien.

Tu n'y peux rien ? pensa Vicki. Je pensais que je parlais à mon mari, Ted Stowe, l'homme qui fulminait, s'emportait et jetait l'argent par les fenêtres jusqu'à ce que le problème soit résolu. Vicki détestait le ton défaitiste de sa voix. Son cancer l'avait rendu impuissant. Il n'arrivait même pas à se sortir d'un embouteillage ou à réparer un moteur défectueux. Il allait finir par se laisser mourir.

— J'ai besoin de toi ici, ce soir, gémit Vicki. Les enfants t'attendent. Blaine a parlé de toi toute la semaine. Tu ne peux pas ne pas venir. Appelle un taxi pour aller à l'aéroport le plus proche et prends un avion.

— Et qu'est-ce que je fais de ma voiture, Vick ? Elle est pleine.

Ah oui ! Les affaires. Une caisse de chardonnay de leur vignoble préféré dans la Russian River Valley, dont Vicki raffolait ; des produits achetés en gros à B.J. – serviettes en papier, produits de bains, jus de fruits, couches. Il y avait aussi la bicyclette de Blaine, un carton des livres préférés des enfants, des tubes de peinture, de la pâte à modeler, les vitamines de Vicki (elle les avait oubliées à dessein parce qu'elles la faisaient vomir). Et quelques valises supplémentaires pour elle, dont l'une contenait une perruque blonde.

Vicki palpa son cathéter avec précaution. Après qu'un chirurgien l'eut posé, le nouveau cancérologue de Vicki, le Dr Alcott, avait décidé de lui administrer la première dose de chimio tout de suite.

— Pourquoi pas ? avait dit le Dr Alcott.

(D'une façon désinvolte, avait pensé Vicki, comme s'il lui proposait de prendre une part de tarte au citron pour le dessert.)

Elle devait reconnaître que physiquement, elle ne se sentait ni plus mal ni mieux qu'avant. Elle attendait toujours un changement – est-ce que la chimio agissait, est-ce que la substance gobait les cellules cancéreuses comme Pac Man les pions ? – les médecins ne pouvaient garantir qu'une seule chose : son lait serait mauvais. Ses seins se gorgeaient de lait toutes les trois heures et la faisaient souffrir, mais elle ne pouvait nourrir le bébé. Porter avait pleuré toute la première nuit. Il avait refusé de boire au biberon, mais Brenda avait réussi à lui faire boire un peu d'eau dans un gobelet. Pourtant, Vicki se disait que les choses auraient pu être bien pires. Elle n'était pas nauséeuse et ses cheveux ne tombaient pas par poignée comme elle l'avait craint. Brenda avait embauché l'employé de l'aéroport pour garder les enfants dès la semaine suivante, et le temps était au beau fixe. Dès que Ted arriverait, ils pourraient aller à la plage en famille et profiter des vacances d'été comme si tout était parfaitement normal. Au téléphone, Vicki se rendit compte que tous ses espoirs reposaient sur la journée de vendredi, le jour de l'arrivée de Ted. Il aurait pu aussi bien arriver sur son beau cheval blanc. À présent, il ne venait plus. Il ne pouvait abandonner la voiture pleine. Vicki attendait que le désespoir la submerge, mais au lieu de cela, elle ressentait un grand vide. Elle s'en fichait complètement. Le retard de Ted n'était qu'un élément à ajouter à sa Liste des choses qui n'avaient plus d'importance.

Elle raccrocha. Blaine et Brenda étaient assis dehors, sur le perron, et s'amusaient à jeter des cailloux dans un gobelet en carton. Assis sur le carré de pelouse, en simple couche, Porter mangeait des pissenlits.

Melanie prenait sa troisième douche extérieure de la journée. Sans qu'on sache pourquoi, la douche extérieure apaisait Melanie. Elle disait que cela lui faisait oublier Peter.

— Je suis désolée pour toute l'eau chaude que j'utilise, s'était-elle excusée.

— Aucune importance, avait répondu Vicki.

Vicki surveillait ses enfants. Ils étaient heureux, gais, insouciants. Elle voulait être joyeuse. Qu'est-ce qui pouvait la rendre heureuse ? Y avait-il quelque chose ? Qu'est-ce qui pouvait la rendre plus heureuse qu'en ce moment ? Les voix de son groupe de soutien résonnèrent dans son esprit comme un chœur de tragédie grecque. Tu dois te battre. Tu ne peux, en aucune circonstance, abandonner la partie.

Vicki tapota l'épaule de Brenda juste au moment où son premier caillou entra dans le gobelet.

— Ouais ! s'écria Brenda en levant le poing. Deux points pour tante Brenda.

— Bren ? demanda Vicki.

Brenda leva les yeux.

— Quoi ?

Vicki fit venir Brenda à l'intérieur, après avoir vérifié que le portail était bien fermé – ses enfants étaient capables de s'engager seuls sur Shell Street.

— Ne bouge pas d'un iota, ordonna Vicki à Blaine.

— Et ne triche pas, dit Brenda. Je le verrai, si tu as triché.

De colère, Blaine jeta un caillou et renversa le gobelet.

— Qu'est-ce qu'il y a ? demanda Brenda.

— Ted ne sera pas là avant demain.

— Oh ! Zut.

— Il est resté coincé dans les embouteillages et je crois que le moteur du Yukon a fait une surchauffe ou un truc comme ça. Il sera là dans la matinée.

— Tu es d'accord ?

— Appelle le baby-sitter.

— Le baby-sitter ?

— Le gamin. Le mec. Josh. Demande-lui s'il peut venir.

— Maintenant ?

— Dans une heure. Je veux sortir.

— Sortir ? Es-tu sûre d'être assez…

— Je veux sortir. Toi, moi et Melanie. Je veux aller en ville, boire un verre de vin. Je veux aller dîner au restaurant. Je veux aller au Club Car.

— Au Club Car ?

— Appelle le baby-sitter. Appelle un taxi. Réserve le restaurant.

Vicki prit une inspiration. Elle donnait des ordres, mais ses désirs étaient des plus simples. Sortir avec les filles. Se sentir comme une personne normale.

Josh se gara devant la maison à 19 heures. Le portail était fermé, tout comme la porte d'entrée. Il y avait un gobelet en carton rempli de cailloux au milieu de l'allée. Josh descendit de la Jeep. Il avait pris une douche, mis de l'après-rasage puis, comme il sentait qu'il en faisait trop pour un simple baby-sitting, il avait mis un jean et un maillot des Red Sox.

Il avait dû appeler son père à son travail.

— Je laisserai le dîner dans le frigo, lui dit-il.

— Tu vas à la soirée de Zach ?

— Non. Je vais faire du baby-sitting.

Comme prévu, le silence. Le même silence que le mardi soir quand, par-dessus son poulet frit et ses pommes de terre, Josh avait annoncé qu'il démissionnait de son job à l'aéroport.

Ce soir-là, après une gorgée de Sam Adams plus longue que d'habitude, Tom Flynn l'interrogea :

— Comment vas-tu gagner de l'argent ?

— En faisant du baby-sitting.

Il attendait de son père une expression de surprise ou d'incrédulité, mais cet homme avait trouvé sa femme pendue à une poutre du grenier il y a plus de quinze ans. Son visage n'exprimait plus rien.

— Je vais garder les deux gamins de Sconset, poursuivit Josh. Ça paie mieux que l'aéroport. Je passerai du temps dehors. Il y a ces trois femmes...

Il secoua la tête. C'était trop compliqué à expliquer.

— La mère a un cancer.

Tom Flynn découpa une feuille de sa salade iceberg.

— Tu termines à la fin de la semaine ?

Oui, Josh terminait son travail à la fin de la semaine. C'était son dernier jour. Carlo lui paya une bière au restaurant de l'aéroport, puis une seconde, puis une troisième, après quoi, Josh se demanda s'il n'allait pas se rendre à la soirée de Zach, malgré la présence ennuyeuse et inévitable de Didi. C'est alors que son portable sonna. C'était un numéro de New York. Brenda. Elle avait l'air aussi désespérée que la fois où elle avait appelé pour récupérer son livre perdu. Pouvait-il être à la maison pour garder les enfants dans une heure ?

Josh, qui ne voulait pas faire de faux pas avec son nouvel employeur, se sentit obligé de lui dire la vérité :

— C'est mon dernier jour de travail. Je viens de boire trois bières.

Cette annonce fut accueillie par un silence. Puis Brenda proposa :

— Prenez un café. Et venez à 19 heures. Nous allons préparer les enfants à aller au lit. Jamais vous n'aurez gagné de l'argent aussi facilement.

Quand Josh frappa à la porte, elle s'ouvrit en grand, ce qui le fit sursauter. Il n'avait jamais mis un pied dans l'un de ces petits cottages de Sconset et il pensait que l'odeur devait être celle d'une librairie ou un musée – une odeur de vieux meubles, de poussière, de bois. Mais au lieu de cela, il émanait de la pièce des effluves de cheveux propres, d'épaules parfumées, de vernis à ongles et de robes repassées. Sur le canapé se trouvaient les trois… les trois quoi ? Les Trois Ourses ? *Trois femmes descendaient d'un avion.* Elles lui souriaient comme s'il était la seule personne qu'elles attendaient. N'y avait-il pas un vieux conte racontant l'histoire de trois sirènes qui avaient réduit des marins en cendres ? Josh savait ce que Chas Gorda aurait dit : « Écouter, observer, assimiler. » Parce que Josh avait finalement trouvé son histoire. Son histoire de l'été.

Vicki, la maman, était la plus enjouée des trois. Elle portait une robe noire sans manches et un foulard dans les cheveux. Elle avait mis du rouge à lèvres et Josh remarqua qu'il était de la même teinte que son verre de vin. Il essaya de penser « cancer » et « chimiothérapie », mais ces qualificatifs ne lui allaient pas. Elle se promenait pieds nus, une paire d'escarpins noirs à hauts talons à la main.

— D'habitude, je laisse une liste au baby-sitter. Mais pas cet été. Il n'y en aura pas. Brenda m'a assuré que vous étiez compétent, que vous aviez beaucoup d'expérience avec les enfants, que vous saviez changer une couche.

Josh avait pris deux tasses de café, un Coca et une douche revigorante, mais son esprit était toujours aussi embrumé, autant par l'alcool que par l'incongruité de la situation. Il sentit quelque chose lui saisir la cheville – c'était la main du bébé qui avait rampé jusqu'à lui. En se penchant pour prendre l'enfant, Josh avait le sentiment d'être un imposteur. Si Zach et ses copains pouvaient le voir en ce moment...

— Oui, dit-il.

— Bien. Les livres d'histoires sont dans le coffre à jouets. Au lit à 20 heures. Le biberon de Porter est au chaud dans la cuisine. Donnez-lui avant de le mettre au lit.

Elle fit une pause.

— Est-ce que ça a l'air d'une liste ?

— Non. *Oui ?*

— Bon. Le numéro de portable de ma sœur est sur la table. Nous serons au Club Car.

— O.K.

— On peut peut-être se tutoyer ? Ce sera plus simple.

— O.K.

Le bébé était en train de mâchouiller son T-shirt et une petite main moite avait attrapé son oreille.

— Assure-toi que Blaine fasse pipi deux fois avant d'aller se coucher et qu'il se lave bien les dents. Ne le laisse pas manger le dentifrice, il adore ça. Et mets juste une couche propre à Porter. Il fait trop chaud pour le pyjama ce soir. Le matelas sur le sol est pour eux, mais, en général, je les laisse s'endormir dans le grand lit puis je les change de place plus tard. À toi de voir.

Elle sourit à Josh. Elle était jolie, pensa-t-il. Une très jolie maman.

— Je n'arrive pas à y croire. Je viens juste de faire une liste. Une liste orale avec pas moins de dix consignes. Je suis désolée. Je me sauve.

Elle sortit sur le perron, puis se retourna.

— Tu es adorable avec le bébé dans les bras, en tout cas.

— Oh ! s'exclama Josh. Merci ?

« Adorable », susurra une voix dans sa tête. Il se tourna et vit Brenda qui portait une robe verte sans bretelles. Toujours ce vert. C'était une sirène. Elle se faufila dehors à son tour. Le taxi était devant la maison.

— Bonjour, Josh.

Melanie se tenait devant lui en pantalon blanc et en haut bleu à fleurs, laissant apparaître une bande de ventre nu. Ses cheveux bouclés encadraient son visage et elle l'observait avec un mélange de timidité et d'espoir.

— Toujours pas de nouvelles de mon mari, dit-elle.

— Euh ?

Il se demanda s'il avait oublié leur dernière conversation.

— C'est un beau salaud !

Ses yeux brillaient. Que se passait-il ici ?

— Cela dit, Blaine est dans la chambre en train de regarder Scooby-Doo.

— O.K.

Melanie quitta la maison et Josh la regarda monter dans le taxi. Il essaya de faire dire au revoir au bébé, mais celui-ci commença à gémir et Josh se dit qu'il valait mieux fermer la porte.

Il est temps de se mettre au boulot, pensa-t-il.

Josh passa la tête dans la chambre. Blaine était allongé en travers du lit et regardait Scooby-Doo sur un écran DVD portable de dix centimètres.

— Salut, dit Josh.

Surpris, Blaine lui jeta un coup d'œil.

— Qu'est-ce que tu fais là ?

— Je suis le baby-sitter.

— Non ! cria Blaine, puis il se mit à pleurer.

Le bébé, qui avait joyeusement bavé sur le maillot de Josh, commença à s'agiter.

— Hé ! mon pote, calme-toi. Ta maman est juste sortie pour dîner. Elle va revenir.

— Et mon papa ? demanda Blaine.

Il jeta le lecteur DVD hors du lit. La machine atterrit à l'envers. Une pièce se brisa et roula sur le sol, mais Josh pouvait encore entendre la petite voix de Velma qui parlait de traquer un fantôme. Josh décida de ramasser la machine cassée, puis il se ravisa. Il se rappela comment Blaine s'était jeté dans l'escalier à la descente de l'avion et avait heurté Melanie. Ce gamin était totalement imprévisible.

— Tu veux continuer à regarder la télé ou bien tu veux… jouer à un jeu ? J'ai vu des cailloux dans un gobelet dehors. Tu veux jouer à lancer des cailloux ?

— Et mon père alors ? cria Blaine.

Porter était à présent officiellement en train de hurler. C'est la chose la plus insupportable du monde, pensa Josh.

— Je ne sais rien à propos de ton père.

— Il devait venir ce soir !

Le visage de Blaine était rouge jusqu'à la racine des cheveux, puis la couleur se diluait dans le blond platine de ses cheveux.

— Très bien, écoute…

Josh se demanda pourquoi les Trois Ourses étaient parties si vite, pourquoi elles s'étaient sauvées comme des voleuses. Vicki avait oublié une chose sur sa liste. Une chose cruciale. Blaine attendait son père.

— Tu veux manger du dentifrice ?

— Non ! cria Blaine.

Il courut jusqu'à la porte d'entrée, qui était fermée. Il courut alors à la porte de derrière et se jeta sur la vitre comme un bulldozer.

— Waouh ! lança Josh.

Aïe. Blaine recula et se remit d'aplomb, mais non sans avoir enfoncé la vitre. Blaine brailla et mit la main sur son visage, puis il montra à Josh le sang qui maculait ses doigts. Les Trois Ourses étaient parties depuis moins de dix minutes et déjà, il y avait des dommages matériels et du sang. Les enfants criaient en stéréo. Josh ferma la porte de derrière. Si les voisins les entendaient, ils appelleraient la police. Il installa le bébé, qui pleurait toujours, sur le sol, et alla dans la salle de bains pour prendre un gant de toilette mouillé. De l'argent facilement gagné ? Pas sûr.

Voilà comment devaient se passer les vacances, se dit Vicki. Le taxi s'approchait du centre-ville, se frayant un passage à travers les rues pavées bondées de SUV[1] chargés à bloc, dont la plupart, pensa Vicki, venaient juste de descendre du ferry que Ted aurait dû prendre. Une foule se bousculait sur les trottoirs – des couples allant dîner ou flânant dans les galeries d'art de Old South Wharf, des étudiants en route pour boire un verre au Gazebo, des membres d'équi-

---

1. SUV est le sigle de « Sport Utility Vehicule ».

pages descendus des bateaux pour faire des provisions au Grand Union – c'était une soirée d'été typique à Nantucket et Vicki adorait cela. Elle était restée trop longtemps sur la planète Cancer.

Un air de Beethoven s'échappa du sac à main de Brenda.

— C'est sûrement Ted, dit Vicki. Il appelle pour s'excuser.

Brenda prit son téléphone et vérifia le numéro.

— Non, fit-elle en éteignant le téléphone et en le remettant dans son sac.

Vicki et Melanie marquèrent un temps d'hésitation.

— C'était John Walsh ? demanda Melanie.

— Non, ce n'était pas lui.

— C'était encore ton avocat ? demanda Vicki.

— S'il te plaît, tais-toi, dit Brenda en jetant un regard en coin à Melanie.

— J'ai promis à John Walsh que tu le rappellerais, intervint Melanie. Tu l'as rappelé, j'espère. Bon sang, il a appelé dimanche dernier !

— Je ne l'ai pas rappelé, et tu n'avais aucun droit de lui promettre une chose pareille.

— Allez, les filles, lança Vicki. On essaie de passer un bon moment.

Le taxi les déposa devant le restaurant. Melanie paya la course.

— Merci, Melanie, lâcha Vicki.

— Oui, merci, répéta Brenda d'un air un peu pincé.

— Je vous invite à dîner, déclara Vicki, comme si elles ne s'en doutaient pas.

— C'était ton idée, dit Brenda.

C'était son idée, pensa Vicki, et une fois qu'elles furent installées à une table recouverte d'une nappe de lin, devant leur verre de vin et leur plat – espadon aux noix de pécan ou saumon en papillote sous leur dôme d'argent –, il lui sembla que c'était en effet une bonne idée. Elle avait commandé une bouteille de château-margaux extrêmement chère, car si Vicki devait boire du vin, autant en choisir un excellent. Même Melanie en accepta un verre. Vicki l'encouragea comme si elle avait en face d'elle une adolescente influençable. Un verre ne peut pas faire de mal. Comme Melanie n'avait pas l'habitude de boire, le vin lui monta à la tête, et elle se mit à parler.

— J'ai appelé Frances Digitt. Peter était chez elle.

— Oh ! Mel, dit Vicki. Tu n'as pas fait ça.

— Je devais le faire.

— Tu devais le faire ? interrogea Brenda.

— Je lui ai demandé s'il voulait que je rentre à la maison.

— Et comment a-t-il réagi ? s'enquit Vicki.

— Il n'a pas répondu.

Brenda prit une inspiration, comme si elle allait dire quelque chose, mais elle garda le silence.

— Quoi ? demanda Melanie.

— Rien, fit Brenda. C'est juste qu'il y a un tas de trucs que je ne comprends pas.

— Il y a un tas de trucs que je ne comprends pas non plus, répondit Melanie. D'abord, pourquoi as-tu besoin d'un avocat ? Ensuite, pourquoi ne prends-tu pas ses appels ?

— Mel…, intervint Vicki.

Vicki avait parlé à Melanie des mésaventures de
Brenda à Champion – son renvoi dû à sa liaison avec
John Walsh –, mais elle avait seulement fait allusion
aux problèmes juridiques de Brenda. Tout simplement parce qu'elle ne savait que ce que lui avait
raconté leur mère : Brenda était accusée d'avoir van-
dalisé une œuvre d'art appartenant à l'université.
Brenda n'avait rien raconté à sa sœur à ce sujet,
probablement parce qu'elle se doutait que Vicki
avait appris toute l'histoire de la bouche d'Ellen
Lyndon. Depuis des années, les informations circulaient entre les deux sœurs par l'intermédiaire de
leur mère, qui n'entendait rien à la confidentialité,
du moins quand il s'agissait de la famille.

— Quoi ? demanda Melanie, dont les joues étaient
en feu. Elle connaît mon linge sale. Ce n'est pas juste.

— Si je connais ton linge sale, c'est uniquement
parce que tu ne peux pas t'empêcher d'en parler.

— Ça suffit ! lança Vicki. Changeons de sujet.

— Oui, dit Melanie.

— Bien, surenchérit Brenda. Que pensez-vous de
Josh ?

— Il est beau, dit Melanie, les joues encore plus
rouges.

— Eh bien ! s'exclama Brenda.

— C'est pour ça que tu l'as engagé, reprit Melanie. Ne prétends pas le contraire. J'ai entendu dire
que tu avais un penchant pour les hommes jeunes.

Vicki posa la main sur le bras de Melanie dans
l'espoir de calmer le jeu.

— Comment était ton plat ? Ça t'a plu ?

Melanie regarda le steak dans son assiette, qu'elle avait à peine touché.

— C'était bon. Mais lourd. Je ne veux pas me rendre malade.

— Tu te sens encore mal ?

— Affreusement mal, confirma-t-elle en repoussant son verre de vin. Je n'en veux pas, ajouta-t-elle.

— Je vais le boire, dit Vicki.

Brenda fixa Melanie.

— Pour ton information, sache que John Walsh, mon étudiant de seconde année, n'est pas un homme jeune. Il a un an de plus que moi.

— Vraiment ? Je croyais que Vicki avait dit…

— Tu sais, intervint Vicki, Ted va apporter une boîte de ce thé au gingembre dont je t'avais parlé. Ça t'aidera à digérer.

— Alors, s'il te plaît, ne fais plus allusion aux hommes jeunes. Non seulement c'est insultant, mais en plus, c'est déplacé.

— D'accord. Désolée.

— Tu n'as pas à t'excuser, assura Vicki.

— Mais si, dit Brenda.

Vicki reposa sa fourchette. Tout autour d'elle, les gens profitaient de la soirée, entretenaient des conversations plaisantes – était ce trop demander à ses amies que de faire comme eux, au moins ce soir ?

— Je vais prendre du champagne avec le dessert.

— Oh, Vick, tu es sûre ? demanda Brenda.

Tandis que Vicki hélait le serveur, le téléphone portable de Brenda sonna.

— Tu devrais l'éteindre, suggéra Vicki.

Brenda vérifia le nom de son correspondant.

— Ted ? demanda Vicki.

— John Walsh ? insista Melanie.

— Non. C'est maman.

— Oh, mon Dieu ! s'exclama Vicki. Éteins-le.

Finalement, Josh parvint à nettoyer le visage de Blaine (l'égratignure était microscopique ; Vicki ne l'aurait sans doute même pas remarquée si Blaine n'avait insisté pour mettre dessus le plus gros pansement de la trousse à pharmacie). Blaine, soigné et fatigué de ses propres bêtises, s'était calmé. Porter, en revanche, pleurait toujours, et Josh désespérait de réussir à l'apaiser.

— Donne-lui un biberon, conseilla Blaine. Il ne le prendra pas, mais maman dit qu'il faut insister.

Josh prit le biberon resté au chaud dans le chauffe-biberon et vérifia la température du lait en en déposant quelques gouttes au creux de son poignet – comme il l'avait vu dans ce film où trois hommes adultes qui ne connaissent rien aux bébés se voient obligés d'en élever un. Puis, après avoir calé Porter au creux de son bras, il essaya de le lui donner. Pas de chance. Le bébé était trop lourd pour être porté ainsi et il ne voulait pas du biberon. Il le jeta par terre et cria, la bouche grande ouverte, de sorte que Josh pouvait voir le fond de sa gorge. Blaine les observait sans grand intérêt.

— Est-ce qu'il fait toujours ça ? demanda Josh.

— Oui. Mais maman dit qu'il faut insister.

— D'accord.

Il sentit le bébé se détendre contre lui, mais il ne voulait pas se réjouir trop vite. Il prit Porter sur un bras et, de l'autre main, lui montra le biberon, sans cependant le mettre à sa portée – il espérait ainsi attiser sa convoitise. Pendant ce temps, Blaine retourna dans la chambre où il débrancha le lecteur de DVD, tira le fil électrique, l'enroula autour de son bras, remit l'appareil dans sa housse, puis récupéra la partie cassée sous le lit avant de ranger l'ensemble dans l'armoire de sa mère.

C'était un véritable petit adulte, pensa Josh. Puis Blaine s'empara d'un oreiller, d'une couverture et de trois livres avant de quitter la pièce sans même un regard pour Josh, même si Josh comprit qu'il était supposé le suivre.

Ils se rendirent dans la salle de bains, où Blaine se brossa les dents, fit pipi (comme il était trop petit pour atteindre la chaîne de la chasse d'eau, Josh lui donna un coup de main), puis il grimpa, comme si c'était tout naturel, avec son oreiller, sa couverture et ses trois livres, dans la baignoire. Il s'y installa confortablement.

— C'est une blague, hein ?

— Assieds-toi, lui lança Blaine. (Il lui tendit *Horton couve l'œuf*.) Lis-le-moi, s'il te plaît.

Josh s'assit avec le bébé. Porter était sans doute aussi perplexe que lui, car il était calme. Josh posa le biberon sur la lunette des toilettes. Il ouvrit le livre et le commença.

Quelques minutes plus tard, Josh se disait « Oui, c'est vrai. Je suis Horton l'Éléphant, assis sur un œuf à la place de la paresseuse Maisy bird qui s'est envolée pour Palm Beach. Si Zach et les copains pouvaient me voir, ils me nargueraient, me taquineraient et me tortureraient comme tous les autres animaux de la jungle le faisaient avec Horton. Je n'ai rien à faire ici. Je suis de bonne volonté, mais je ne suis pas à ma place. Je ne suis pas compétent. Ce n'est que de l'argent facile. J'ai été attiré par le chant de la sirène et l'idée folle que les Trois Ourses et moi étions en quelque sorte connectés. Je suis un idiot, un imbécile. J'ai démissionné de mon job à l'aéroport. Quel idiot je fais. Horton. »

Et pourtant, avant que Josh ait terminé sa lecture, le calme était revenu dans la salle de bains. Blaine s'était endormi dans la baignoire. Porter, allongé sur le carrelage à côté de lui, tétait son biberon. C'était trop beau pour être vrai. Il le termina, puis escalada Josh qui le prit dans ses bras et lui fit faire son rot.

— Bon garçon, dit Josh. Bravo.

Josh changea la couche de Porter dans la chambre. La couche était de travers, mais elle était dans le bon sens et Porter semblait à l'aise. Quelque part dans les plis de la couverture, Porter dénicha sa tétine. Il la mit dans sa bouche et la suça consciencieusement.

— Tu veux aller au lit ? demanda Josh.

Il aurait pu jurer avoir vu le bébé opiner du chef. Il faisait sombre et Josh était exténué. Ces Trois Ourses. Il ôta ses chaussures et grimpa dans le lit à côté de Porter. Porter agrippa son oreille. À qui était ce lit ? se demanda Josh. Mais il se doutait qu'il s'agissait de celui de Vicki. Le lit du cancer. Josh pensa au lit de Brenda et à celui de Melanie. Puis son téléphone portable sonna.

Il regarda Porter – endormi. Josh était tout heureux en prenant son téléphone. Si heureux qu'il ne vit pas que l'appel provenait de Didi.

— Allô ? murmura t il.

Il y avait une musique retentissante en bruit de fond. Puis la voix de Didi, aussi plaisante et douce qu'un bruit de verre brisé.

— Josh ? Tu es là ? Tu viens à la fête de Zach ? Josh ?

Josh éteignit son téléphone et ferma les yeux.

L'histoire avait été racontée si souvent et avec un tel luxe de détails qu'elle ne paraissait plus réelle et pourtant, elle était vraie : Victoria Lyndon avait rencontré Theodore Adler Stowe au cours d'une de ces parties de poker qui se déroulaient la nuit et où on misait gros.

Vicki habitait à Manhattan depuis un peu plus d'un an quand elle découvrit les parties de poker. Elle avait toujours été joueuse – rien ne lui faisait peur, rien n'était impossible à ses yeux – mais durant

la semaine, elle travaillait d'arrache-pied en tant que
juriste dans un cabinet d'avocat féminin, et le week-
end, elle menait une vie de jeune femme active
– dînant dans des restaurants bon marché avant de
prendre un verre dans l'un des nombreux bars de
l'Upper East Side, peuplés de jeunes diplômés de
Duke, Princeton, Standford ou Williams. Vicki était
prête à vivre quelque chose de différent, quelque
chose de plus branché, plus authentiquement new-
yorkais. Aussi, quand l'ami d'un ami, un type
nommé Castor – qui avait de longs cheveux noirs et
portait des bijoux en argent – l'invita à une partie
de poker qui aurait lieu à Bovery, à minuit, elle
hoqueta au téléphone :

— Oui, oui, oui !

Elle rencontra Castor devant ce qui avait dû être
un bâtiment de pierres, mais les fenêtres, qui avaient
volé en éclats, étaient fermées de planches, la porte
était striée d'impacts de balles et l'endroit avait l'air
d'un vrai taudis. Bon, pensa Vicki, il devait plaisanter. Ou bien il essayait de m'effrayer. Ou de me tuer.
Parce qu'après tout, connaissait-elle Castor ? Ou
peut-être n'avait-elle pas la bonne adresse. Sauf qu'il
avait été très clair, et que c'était bien là. Un demi-
bloc plus loin, de la musique s'échappait du club
CBGB, mais malgré cela, elle tremblait de peur et
laissa échapper un sifflement. Sur elle, dans la poche
de son pantalon de cuir, elle avait en tout et pour
tout trente dollars, un rouge à lèvres et ses clés.

Castor ouvrit la porte de l'intérieur.

— Entre.

Ça sentait le brûlé. Les escaliers étaient poisseux – du sang, de l'urine ? – et Vicki entendit des rats détaler.

— Où allons-nous ? demanda-t-elle.

— Là-haut. Tout en haut.

Elle suivit Castor dans les escaliers, puis le long d'un couloir sombre, et ils empruntèrent un second escalier pour arriver à une porte éclairée par une lumière verte.

— La couleur de l'argent, déclara Castor.

Ils pénétrèrent dans une immense pièce, décorée comme un bar clandestin des années 1920, à l'époque de la prohibition. C'était l'appartement d'un type petit et chauve du nom de Dollie qui était, en fait, un squatter. Il avait fait de cette pièce le haut lieu du poker new-yorkais. Un trio de jazz jouait dans un coin. Des étudiants de Julliard, lui expliqua Castor. Un bar avait été installé et une femme aux allures de Rita Hayworth, habillée d'une robe rouge dans le style des années folles, distribuait des sandwichs gras au corned-beef. Le cœur de l'action se déroulait à une table ronde entourée de douze chaises, dont la moitié étaient vides. Là avait lieu une partie de poker avec six hommes qui se regardaient en chiens de faïence.

— La mise est de cent dollars, précisa Castor.

Il tendit à Vicki un billet.

— Je te paye ta première partie.

— Je ne peux pas. Je vais perdre ton argent.

— Tu ne sais pas jouer ?

— Si.

Elle avait joué de nombreuses parties de bière-poker à Duke et, des années auparavant, elle avait disputé des parties pour rire avec ses parents et Brenda autour de la table de la cuisine. Mais Vicki pouvait imaginer que cela n'avait rien à voir avec ce qui se pratiquait ici.

— Alors joue.

Castor poussa gentiment Vicki vers la table et elle s'affala sur l'une des chaises vides. Un seul des participants prit la peine de lever la tête. Un jeune homme aux cheveux bruns et aux yeux d'un vert profond. Plutôt beau garçon. Au grand désarroi de Vicki, il ressemblait à la centaine de ceux qu'elle rencontrait dans l'Upper East Side. Il portait un sweat-shirt Dartmouth Lacrosse. Si un type aussi commun que toi a trouvé cet endroit, songea-t-elle, ça ne doit pas être aussi chaud que ça. Mais les autres étaient plus âgés et avaient l'air de savoir ce qu'ils faisaient.

— Tu es dans la prochaine main ? demanda le type au sweat-shirt Dartmouth.

Elle posa son billet de cent sur la table.

— On dirait.

Les autres se frottèrent les mains. Ils voulaient la plumer.

Elle remporta la main avec un brelan de dames. Les types poussèrent le cash vers elle en gloussant.

— Betty a gagné.

— Mon nom est Vicki.

Elle rejoua et remporta la partie suivante grâce à un full. Castor lui apporta un martini. Vicki prit une gorgée pour savourer son triomphe. C'est le moment de partir, se dit-elle. Deux autres femmes rejoignirent la tablée et Vicki se leva.

— Oh non ! s'exclama l'un des hommes.

C'était celui qui avait l'air le plus dur et le moins souriant, le leader.

— Tu reposes tes jolies petites fesses sur cette chaise et tu nous laisses une chance de récupérer notre fric.

Elle obéit et remporta la troisième main avec un flush.

Ensuite, ce fut à son tour de donner. Elle tremblait en battant les cartes. Elle pensa au Crazy Eights[1] tout en distribuant les cartes comme une pro. Les mecs gloussèrent de nouveau. *Betty.*

Elle se coucha pour les deux mains suivantes, puis en gagna une. Elle mangea la moitié d'un sandwich au corned-beef et reprit un martini. Il était 3 heures du matin, mais elle ne s'était jamais sentie aussi réveillée. Dans quatre heures, elle devrait aller au bureau, mais elle s'en moquait. Le type au sweat-shirt Dartmouth fumait un Cohiba.

— Tu en veux un ? lui demanda-t-il.

— Bien sûr, pourquoi pas ?

Elle perdit une main puis rejoignit Castor au bar. Le groupe jouait toujours. Qui étaient ces gens ? Des musiciens, des étudiants en écriture, expliqua Castor. Des jeunes financiers de Wall Street, des

---

1. Un autre jeu de cartes, variante du UNO, plus connu en France.

jeunes designers, des jeunes de Madison Avenue, de la Septième Avenue.

— Ceux qui dirigeront New York dans dix ans.

Vicki n'était pas l'une des leurs. Elle ne dirigerait jamais New York ; elle avait déjà eu du mal à choisir la fac de droit. Cela dit, elle quitta le bâtiment à 5 heures du matin avec mille deux cents dollars en poche. Le type en Dartmouth lui proposa de la raccompagner chez elle à pied ; Castor se rendait sur la Cent vingtième Rue ; Vicki n'avait donc d'autre choix que d'accepter. Les rues étaient désertes et elle avait beaucoup de liquide sur elle.

— Tu as bien joué ce soir, lui dit-il.

— La chance des débutants.

— Tu viens la semaine prochaine ?

— Peut-être. Tu viens toutes les semaines ?

— Oui. J'aime ça. Ça change.

— Oui.

Vicki l'observa. Hors du bar clandestin, il paraissait plus grand et plus confiant. Il était très mignon. Vicki soupira. La dernière chose dont elle avait besoin dans sa vie était d'un autre mec. Mais elle lui était reconnaissante qu'il la raccompagne. Trop de types étaient comme Castor. Désolé, je ne vais pas dans ta direction.

— Comment tu t'appelles ? demanda Vicki.

— Ted Stowe.

Vicki se rendit au club le mardi suivant, puis le mardi d'après. Elle ne parla à personne de tout cela. Elle avait deux mille dollars en liquide dans son tiroir à chaussettes et, le mercredi, au bureau, elle passait l'heure du déjeuner à faire la sieste. Mais Vicki adorait le poker. Castor abandonna à la fin du mois d'octobre. Il voulait faire d'autres trucs, mais pas Vicki. Elle apprit à donner un pourboire à Doolie en fonction de ses gains avant de partir, et à ne jamais utiliser les toilettes, parce qu'il y avait toujours du monde dedans – des gens que le poker et le pur plaisir du jeu n'intéressaient pas. La drogue.

Tout ce que désirait Vicki, c'était un martini, une moitié de sandwich, un Cohiba, des cartes, l'atmosphère Coltrane et la couleur verte et brillante de l'argent. Voilà, pensa-t-elle, ce qu'on devait ressentir quand on était un homme.

Ted venait chaque semaine, même s'il était un piètre joueur. Certains soirs, il ne remportait pas une seule main.

— Tu es nul, Stowe, lui disait le leader.

Vicki avait appris que l'homme au regard dur et à l'accent de banlieue était le patron de Ted à la salle des marchés de Smith&Barney. Il s'appelait Ken Roxby.

Ted était d'un naturel avenant ; il gardait toujours sa bonne humeur, même après avoir perdu cinq cents dollars en une heure, même à 4 heures du matin, même ivre.

— Je vous aurai au golf, les gars, répondait-il.

Un mardi, à son grand désarroi, Vicki attrapa un virus à l'estomac et ne put venir. Le mercredi matin, son téléphone sonna. Ted Stowe.

— J'ai gagné trois mains hier soir.

— C'est pas vrai.

— J'ai gagné de l'argent. Pour la première fois.

— J'aurais aimé voir ça.

— J'aurais aimé te voir.

Aucun d'eux ne parla pendant une seconde. Ted s'éclaircit la gorge.

— Hé ! Je me demandais si…

— Je ne pense pas.

— Tu ne m'as même pas laissé te poser la question.

— Je ne veux pas sortir avec un des joueurs de poker. J'aime vraiment beaucoup ça et j'aimerais que les choses restent telles qu'elles sont.

— D'accord, répondit Ted. Alors j'abandonne.

Vicki pensa qu'il abandonnait l'idée de sortir avec elle, mais non. Il parlait des parties de poker.

— Tu arrêtes pour moi ?

— Eh bien, tu sais ce qu'on dit à propos de se battre la tête soi-même avec un marteau. Ça fait du bien quand ça s'arrête.

Et voilà où elle en était, plus de dix ans après. Vicki était étendue sur son lit avec une belle gueule de bois. Elle aurait voulu attribuer ses nausées à la chimiothérapie, mais les symptômes étaient bien trop familiers – la bouche pâteuse, l'esprit confus, la migraine persistante, les aigreurs d'estomac. Elle supplia Brenda de s'occuper des enfants pendant une heure et de lui apporter un chocolat chaud, ce que Brenda fit de mauvais gré.

— Je suis pas ton esclave, lui lança-t-elle en lui apportant le chocolat chaud.

Vicki faillit utiliser le mot « parasite », ce qui aurait sans doute mis le feu aux poudres, mais à ce moment précis, la porte d'entrée claqua. Puis il y eut du remue-ménage, des bruits de pas et enfin, la voix de Ted.

— Où sont mes petits monstres ?

Vicki but une gorgée de chocolat, puis laissa sa tête retomber sur l'oreiller. Il était un peu plus de 9 heures. Ted avait dû se lever à une heure indue pour attraper le premier bateau. Elle l'entendit se bagarrer avec les enfants et parler avec Brenda et Melanie. Ted Stowe, son mari. À une autre époque, après une semaine de séparation, elle aurait été tout excitée par son arrivée, et même un peu nerveuse. Mais aujourd'hui, elle ressentait un vide effrayant.

Il n'était pas venu vers elle immédiatement. Il s'était d'abord occupé des enfants, puis des affaires. Vicki avait les yeux fermés, mais elle sentait sa présence – ses pas dans l'allée, le grincement du portail, le bruit étouffé des portes de voiture qui s'ouvrent et se referment. Elle l'entendit taquiner Melanie et l'indignation la submergea : Ta femme a un cancer ! Tu pourrais prendre quelques secondes pour venir la voir et lui dire bonjour ! Maintenant, Vicki se sentait assez bien pour sortir du lit, mais elle voulait (par caprice ?) que ce soit lui qui vienne la trouver.

Quand Ted arriva enfin, les choses ne tournaient pas rond. Elle le sut à la façon dont il frappa à la porte et dont il prononça son nom.

— Vicki ? Vicki ?

Il ne l'appelait jamais Vicki, seulement Vick. Il avait peur d'elle à présent ; elle était une étrangère à ses yeux.

Et pourtant, ils avaient traversé bien des épreuves. Ted s'agenouilla à côté du lit et l'embrassa sur le front comme si elle était un enfant malade. Elle enfouit son visage dans son T-shirt. Il avait une étrange odeur, et elle se prit à espérer qu'il s'agissait juste du savon de l'hôtel.

— Comment s'est passée la fin de ton voyage ? demanda-t-elle.

Il jeta un coup d'œil à la tasse de chocolat chaud.

— Eh bien, je suis là.

Il était là, oui, mais depuis que le cancer avait été diagnostiqué, Ted avait changé. Il était devenu M. Rogers[1]. Sa voix, autrefois forte et pleine d'assurance, semblait à présent timorée et suppliante. Et si Vicki ne rêvait pas, son mari commençait à grossir. Il avait cessé d'aller à la gym après le boulot. Vicki et les enfants étant absents, il travaillait tard et se nourrissait de plats achetés au fast-food de Grand Central ou dénichés dans le congélateur, parmi les restes. Le soir, il s'attaquait aux corvées, des choses que Vicki lui demandait de faire depuis des années, comme par exemple nettoyer le grenier. Il s'était mis à l'œuvre parce qu'il pensait qu'elle allait mourir.

---

1. Le révérend F. McFeely Rogers, plus connu sous le nom de « Mister Rogers », était le célèbre présentateur de *Mister Rogers Neighborhood*, une émission pour enfants qui fit fureur.

La veille du départ de Vicki pour Nantucket, Ted avait gaspillé des milliers de dollars de cigares cubains en les brisant cérémonieusement au-dessus de la poubelle de la cuisine.

— Vraiment, Ted, s'était indignée Vicki. Est-ce bien nécessaire ?

Leur vie sexuelle était au point mort. Ted l'avait embrassée sur le front et sur la joue ; il la serrait dans ses bras comme une sœur. Cet après-midi-là, pendant que Porter faisait la sieste, Brenda avait emmené Blaine à la plage en faisant un signe de tête et un clin d'œil à Vicki – ce qui signifiait qu'ils pouvaient bénéficier d'un peu d'intimité. Ted ferma la porte de la chambre et parut se forcer pour embrasser Vicki. Ils s'affalèrent sur le lit. Vicki glissa la main sous son short et… rien. Le corps de Ted ne répondait pas à ses caresses. Pour la première fois en dix ans, il n'avait pas d'érection à son contact.

Il recula et enfouit son visage dans le matelas déglingué.

— Je suis fatigué. J'ai à peine dormi la nuit dernière.

En entendant cette excuse, le cœur de Vicki se serra.

— C'est ma faute.

— Non, répondit-il.

Il toucha ses lèvres. Elle faisait des efforts, elle aussi. Elle s'était forcée à se maquiller, enfiler un string et se parfumer – autant de subterfuges pour cacher sa maladie. Le cathéter à lui seul était suffisant pour décourager n'importe quel homme. Elle

se sentait aussi désirable qu'une porte de garage.
Inutile de prétendre que ça ne la touchait pas. Son
mari était venu, certes, mais il avait laissé quelque
chose de vital derrière lui.

Ils s'endormirent dans la chambre chaude et
moite et se réveillèrent une heure plus tard en entendant Porter pleurer et Brenda et Blaine jouer à
Gains&Pertes dans le salon. Ils auraient pu se témoi-
gner de la tendresse, s'excuser – mais au lieu de cela,
ils commencèrent à se disputer. Ted reprochait à
Vicki d'être sortie la veille au soir.

— Au Club Car, rien que ça.

— C'est quoi, le problème, avec le Club Car ?
demanda Vicki.

— J'imagine très bien tous ces riches hommes
divorcés rôdant autour de vous.

— Personne ne rôdait autour de nous, Ted, je te
le promets.

— Et tu as bu.

Sur ce point, il l'avait piégée. Elle avait bu trois ou
quatre verres de vin pendant le dîner, deux flûtes de
Veuve Clicquot au dessert et un verre de Porto au
bar. Elle était complètement ivre et avait savouré le
goût du défi. Son esprit s'était évadé ; elle avait eu
l'impression qu'il avait quitté son corps. Le Dr Garcia
et le Dr Alcott lui avaient interdit de boire de l'alcool,
mais elle s'était sentie merveilleusement bien, sans
trop savoir pourquoi. Elle avait même voulu aller
danser au Chicken Box, prendre quelques bières et
se libérer encore davantage. Mais Melanie avait gémi,

bâillé, et Brenda s'était jointe à elle. « Il est tard, avait
dit Brenda. Tu dois en avoir assez. »

— J'ai bu, admit Vicki.

La tasse de chocolat, à présent froid, était toujours
sur sa table de chevet.

— C'est irresponsable.

— Tu es le père de Blaine et Porter, dit-elle en
se levant du lit.

Elle se sentait nauséeuse et sa tête tournait.

— Mais tu n'es pas mon père.

— Tu es malade, Vicki.

Vicki pensa aux êtres humains qui composaient
son groupe de soutien contre le cancer. Ils l'avaient
prévenue : « Tu deviens ton cancer. Il prend possession de toi, te définit. » C'était aussi vrai pour le
groupe lui-même. Vicki ne connaissait de chacun
des autres membres que le prénom, le type et le
stade de leur cancer. Maxine, cancer du sein, stade
deux ; Jeremy, cancer de la prostate, stade un ; Alan,
cancer du pancréas (il n'y avait pas de stade pour
ce cancer, toujours fatal) ; Francesca, cancer du cerveau, stade deux, et la leader, Dolores, maladie
d'Hodgkin, cinq ans de rémission.

— Et alors ? demanda Vicki, cancer du poumon,
stade deux, à son mari. Je suis adulte. Je fais ce que
je veux. Je voulais passer du bon temps avec ma sœur
et Melanie. On a le droit de s'amuser, tu sais. Même
les gens qui ont un cancer ont le droit de s'amuser.

— Tu dois prendre soin de toi. As-tu mangé du
chou ou des brocolis ? J'ai vu que tu avais oublié
tes vitamines à la maison. Le Dr Garcia a dit…

— Tu ne sais pas ce que je vis ! aboya Vicki.

Elle quitta la chambre, traversa le salon d'un pas décidé en passant à côté de Blaine et Brenda, puis elle gagna la cuisine où elle s'empara du biberon de Porter. C'était étrange ; quand certaines choses se brisaient, d'autres se reconstruisaient naturellement. Porter avait pris un biberon la veille avec Josh et un autre ce matin avec Vicki, juste comme ça, sans une récrimination. Vicki revint dans la chambre comme une tornade et ferma la porte. Ted tenait Porter dans ses bras et le berçait pour tenter de le calmer.

— Voilà son biberon.

— Il va le boire ?

— Il en a pris un hier soir avec Josh et un autre ce matin avec moi.

— Qui est Josh ?

— Le baby-sitter.

— Un mec ?

— Un mec.

— Quel genre de mec ?

— Il va entrer en quatrième année à Middlebury. Nous l'avons rencontré à l'aéroport le jour de notre arrivée et maintenant, il est notre baby-sitter.

Ted s'assit sur le lit et commença à donner le biberon à Porter.

— Je ne sais pas trop quoi penser d'un baby-sitter homme.

— Tu plaisantes ?

— Quel type d'homme veut faire du baby-sitting ? Il est gay ? Pédophile ?

— Tu penses vraiment que j'engagerais quelqu'un

comme ça ? Josh est tout ce qu'il y a de plus normal.
Athlétique, mignon, parfaitement honnête. C'est un
ange, en fait.

— Alors, tu essaies de me remplacer ?

— Ça suffit, Ted.

— C'était l'idée de Brenda ?

— Eh bien, en quelque sorte. Mais s'il te plaît,
ne...

— Ha ! Je le savais. Ta sœur est pédophile.

— Ted ! Ça suffit !

— Elle veut se taper le baby-sitter des enfants.

— Ted !

Bizarrement, Vicki éprouva de la jalousie. Josh
n'appartenait pas à Brenda ! La veille, quand elles
étaient rentrées, elles avaient trouvé Josh endormi
dans le lit avec Porter, et elles n'avaient pas osé se
mettre à glousser ou à roucouler. Puis Josh avait
ouvert les yeux, tout surpris – Blanche-Neige se
réveillant sous le regard curieux des nains. Vicki
avait commencé à rire, Brenda avait fait de même,
et Melanie avait demandé à Josh s'il voulait qu'elle
le raccompagne à sa voiture. Cette proposition avait
tellement fait rire Brenda et Vicki qu'elles avaient
failli faire pipi dans leur culotte. Josh avait semblé
un peu vexé, ou peut-être était-il simplement embarrassé qu'elles l'aient trouvé assoupi, mais il était suf
fisamment réveillé pour donner à Vicki un compte
rendu de la soirée. Elle était si heureuse que Porter
ait bu son biberon qu'elle donna cent dollars à Josh.
Tout s'était passé pour le mieux. Il n'était pas question qu'on lui reproche d'avoir embauché un garçon

comme baby-sitter, et elle n'appréciait pas qu'on insinue que Josh avait accepté ce job à cause de Brenda.

— S'il te plaît, ne fais pas d'histoires, le supplia Vicki.

Elle se retint alors de lui demander : « Pourquoi es-tu venu en fait ? »

Plus tard, quand l'atmosphère fut moins tendue, ils allèrent faire une promenade. Sortir de la maison, pensa Vicki. La maison était si petite et les plafonds si bas que les mots et les sentiments étaient piégés ; ils ricochaient contre les murs et les sols au lieu de s'envoler.

Vicki et Ted mirent les enfants dans la poussette et cheminèrent le long de Baster Road – admirant les propriétés les plus imposantes de l'île, avec des maisons qu'ils avaient souvent rêvé de posséder et qu'ils pouvaient sans doute aujourd'hui s'offrir – jusqu'au phare de Sankaty. Ted poussait les enfants, Vicki essayait de ne pas montrer à quel point une simple promenade l'essoufflait.

— Tu te souviens des parties de poker ? demanda-t-elle.

— Bien sûr.

— J'ai l'impression que c'était dans une autre vie.

— Je n'oublierai jamais la façon dont tu plumais tout le monde. Ni ton pantalon en cuir.

— J'ai repensé à tous ces cigares que j'ai fumés. Un cigare par semaine pendant deux ans. Tu ne crois pas que…

— Non. Je ne crois pas.

Elle était sereine. Ils croisèrent un homme aux cheveux blancs en bermuda qui tenait un labrador en laisse. Vicki lui sourit.

— Charmante famille, lança l'homme.

Voilà l'image que les gens avaient d'eux, elle le savait. Blaine était endormi dans la poussette, Porter suçait sa tétine. Un promeneur par un agréable après-midi d'été ne pouvait se douter que Vicki était malade et que Ted ne le supportait pas.

Mais ici, à Nantucket, ils marchaient sur le sentier et apercevaient au loin le phare de Sankaty Head qui se dressait devant eux comme un énorme tube de pastilles de menthe, avec son inébranlable fanal étincelant. À cet endroit, Vicki se sentait mieux. « Charmante famille », avait déclaré l'homme, et s'il avait tort, il avait aussi un peu raison. Ils feraient griller du poisson et du maïs pour le dîner, iraient au supermarché pour acheter des cônes glacés. Quand les enfants seraient endormis, ils réessaye-raient de faire l'amour.

Ses pensées venaient à peine de l'apaiser que Ted s'éclaircit la voix d'une façon qui la rendit nerveuse.

— Je veux que tu rentres à la maison.

Vicki aimait que ses parents, Buzz et Ellen, soient toujours mariés, depuis trente-cinq ans. Elle appré-ciait plus cet état de fait que sa sœur parce qu'elle s'était elle-même mariée ; elle était liée à Ted Stowe d'un millier de façons – les enfants, la maison, les amis, leur communauté, leur église, dix ans de petits déjeuners, de déjeuners et de dîners, les factures, les anniversaires, les vacances, les restaurants, les films, les soirées, les jeux, les concerts, les innombrables conversations. Au début de leur relation, ils parlaient d'un tas de choses – des problèmes mondiaux, de la politique, de livres, d'idées – et à présent, leurs conversations ne tournaient plus qu'autour d'eux. Était-ce ainsi dans tous les couples ? Les discussions infinies à propos des emplois du temps et de la logistique, des parties de squash, des déjeuners de la Junior League, de la motricité de Blaine, de ses selles, de la dose de télévision qu'il ingurgitait ; les discussions au sujet de Porter – pourquoi dormait-il ou ne dormait-il pas, devraient-ils avoir un troisième enfant, peut-être une fille, la carrière de Ted, leurs investissements financiers, les charges, la garantie du Yukon, l'implication de Vicki dans leur association de quartier, le tri sélectif. Est-ce que tout le monde devenait aussi nombriliste ? Ou bien était-ce seulement leur famille, les Stowe, et particulièrement en ce moment, avec le cancer de Vicki ?

Quelques années auparavant, Ellen Lyndon lui avait confié une chose étonnante.

— Ton père et moi avons eu les mêmes disputes pendant quatorze ans. Des discussions différentes, mais toujours le même sujet de discorde.

Vicki était à la fois reconnaissante et gênée de se rendre compte qu'elle ne savait pas quel pouvait bien être l'objet de désaccord entre ses parents. Elle ne vivait plus chez eux depuis l'été de sa deuxième année à l'université, certes, mais cela la dérangeait de ne pas les connaître suffisamment bien pour être au courant de leur seul et unique sujet de conflit. Et maintenant, alors qu'elle était elle-même mariée, elle comprenait que le mariage de ses parents était une entité propre, détachée des enfants qui en émanaient ; c'était une chose mystérieuse, sacrée, inconnue.

Le mariage de Vicki et Ted avait aussi ses coins et recoins, faux départs, voies sans issues, ainsi que ses propres sujets de discordes, mille fois débattus. « Je veux que tu rentres à la maison. » Ted n'avait rien d'autre à dire – Vicki avait mémorisé la suite de son discours par cœur. « Je t'aime, tu me manques. Les enfants me manquent, je déteste me retrouver dans une maison vide. J'en ai marre des plats chinois à emporter et des plats surgelés. La maison est trop calme. Porter n'est qu'un bébé ; il va m'oublier, il pleure déjà quand il me voit. Je veux que tu rentres pour suivre ton traitement de chimiothérapie dans notre ville ; il ne faut pas faire n'importe quoi, il faut être sérieux, tuer ces cellules, vaincre ces saletés, peu importe si ce sont les mêmes médicaments, administrés de la même façon – je veux que tu ailles à Sloan Kettering, pour que je puisse dormir la nuit, sachant que tu as ce qu'on peut s'offrir de mieux. »

Mais Ted ajouta aussi ceci : « Je veux que tu rentres à la maison parce que j'ai peur de te perdre. Je suis effrayé comme un petit enfant, Vick. Satanée peur. Je vais te perdre en septembre sur la table d'opération ou à un autre moment, si la chirurgie ne marche pas, si la tumeur ne peut pas être enlevée, si le cancer fait des métastases dans ton cerveau ou ton foie, s'ils ne peuvent pas tout retirer.

« Je veux que tu rentres à la maison, avait insisté Ted, parce qu'il n'avait pas la foi. »

Voilà ce qui s'était mis entre eux, mari et femme, voilà ce qui avait transformé Ted en mollasson, voilà ce qui avait provoqué la colère de Vicki et l'impuissance de Ted : il pensait qu'elle allait mourir. Et aussi, il ne comprenait pas l'attachement de Vicki pour Nantucket, il n'avait pas grandi dans la maison de Shell Street, il ne ressentait pas la même émotion à la vue de l'océan, du sable, du solide fanal du phare de Sankaty. Il y avait tant de Choses qui n'avaient plus d'importance, mais ces choses – cet océan, cet air, ce sol sous leurs pieds – en avaient énormément.

— Je suis à la maison.

Pour Vicki, c'était on ne peut plus clair : quand on prend soin d'enfants, le plus important est d'établir une routine. Surtout quand la maman de ces enfants est malade.

— Les enfants sentent les changements, déclara Vicki. D'une façon confuse, ils savent que quelque chose ne va pas. Ton job est de les rassurer et de les protéger.

— Pas de problème, répondit Josh. Je m'en occupe.

Il faillit décrire la vie avec son père : le dîner à 8 h 30, la bière, la salade iceberg. Josh connaissait la routine par cœur, il savait tout de l'immuabilité.

Voilà le programme de ce début d'été : du lundi au vendredi, le réveil de Josh sonnait à 7 h 30. Il lui fallait treize minutes pour se laver les dents, se raser, se peigner, mettre de la crème solaire, s'habiller et essuyer la rosée des sièges de sa Jeep avec une serviette. Puis il mettait entre onze et quatorze minutes pour se rendre à Sconset, selon la circulation aux alentours du lycée. Il se garait devant le cottage de Shell Street juste avant 8 heures et trouvait invariablement Brenda et Blaine sur le perron en train de jeter des cailloux dans un gobelet en carton. Brenda était toujours habillée d'une courte chemise de nuit – elle en avait deux, une rose et une blanche à fleurs. Josh était persuadé qu'elle restait en chemise de nuit pour le tourmenter. Quand il arrivait, elle se levait et lui annonçait :

— Mon job ici est terminé.

Et elle disparaissait dans la maison, puis dans sa chambre, où elle enfilait son bikini. Josh était aux commandes d'une routine bien établie, mais il ne pouvait s'empêcher d'apprécier quelques variations – la couleur de la chemise de nuit de Brenda, le bikini qu'elle choisissait de porter, ainsi que la teneur et la durée de leur conversation à propos de son travail. Car Josh avait appris très vite – le premier ou le deuxième jour – que Brenda écrivait un scénario. Il y avait un étudiant dans l'atelier d'écriture de Chas Gorda qui aspirait à écrire un scénario – un étudiant de deuxième année du nom de Drake Edgar. C'était l'étudiant le plus appliqué de la classe. Il écrivait des scènes d'horreur à la chaîne et prenait note de la moindre critique ou du moindre commentaire de la part des autres élèves. Chas Gorda lui-même – dont le premier roman, le plus connu, avait été l'objet d'un film que l'on peut aujourd'hui qualifier de film culte – avait suggéré très tôt à Drake Edgar que l'atelier d'écriture était un lieu où l'on devait travailler sur des fictions sérieuses, et non sur des films d'horreur ou des thrillers. Les autres étudiants l'avaient mis à l'écart à cause de son excentricité, de sa maniaquerie maladive – même si chaque conversation à son propos se terminait avec le démenti qu'il allait « probablement s'enrichir sans vergogne ».

Pourquoi ne pas prendre les auteurs de scénario au sérieux ? pensa Josh. Tout le monde adorait les films. Et les films devaient être écrits avant d'être tournés.

— Un scénario ! dit Josh à Brenda. C'est fascinant. Je suis auteur, moi aussi. Enfin, j'étudie l'écriture à Middlebury avec Chas Gorda. Vous le connaissez ?

— Non.

— Il est super. Il a écrit une nouvelle intitulée *Parle* alors qu'il n'avait que vingt-six ans.

Brenda lui adressa un sourire entendu.

— Oh ! C'est l'un de ces prodiges qui se font remarquer très jeunes et qui n'écrivent plus un seul mot digne d'être lu par la suite. Bon sang, je pourrais faire tout un cours uniquement sur ce genre d'auteurs.

Josh n'apprécia pas de voir Chas Gorda sous le feu de la critique, et il hésita à défendre son professeur, mais il ne voulait pas se disputer avec Brenda.

Au lieu de quoi, il l'interrogea :

— Sur quoi travaillez-vous ?

— Moi ? Oh, j'essaie d'adapter ce truc...

Elle caressa les lettres dorées de son livre ancien, *L'Imposteur innocent*.

— Mais je ne sais pas. Ce n'est pas si facile que ça. On dirait que cette histoire ne rentre pas dans le moule d'un scénario, tu vois ? Il n'y a pas de course de voitures.

Josh se mit à rire – trop fort, peut-être, et avec l'étrange excitation de Drake Edgar. Cela dit, qu'avait-il à perdre ? Il était un auteur, en quelque sorte, et Brenda aussi, si l'on peut dire.

— Je peux vous aider, si vous voulez, proposa Josh. Vous donner une opinion. (C'est notre monnaie, ici, leur rappelait toujours Chas Gorda. Les opinions.) Je peux lire votre travail.

— C'est gentil de me le proposer. Mais qui sait si je le finirai un jour. Tu écris un scénario, toi aussi ?

— Non, non, non, je suis plus intéressé par les nouvelles, vous savez, et les romans.

À la façon dont Brenda le regarda, il se sentit ridicule, comme s'il venait de lui dire qu'il s'habillait comme Norman Mailer pour Halloween.

— Mais je peux lire votre scénario si vous voulez un avis.

— Peut-être.

Elle remit *L'Imposteur innocent* dans son enveloppe de papier bulle puis le boucla dans son coffret.

— Peut-être quand j'aurai un peu plus avancé.

— D'accord.

Elle ne le prenait pas au sérieux. À ses yeux, il n'était qu'un gamin et pourtant, chaque matin, pendant qu'ils aidaient Blaine à ramasser les cailloux dans l'allée, il ne pouvait s'empêcher de lui demander comment avançait son scénario. Parfois, elle disait « Oh, bien », et d'autres fois, elle secouait la tête sans rien dire.

Une autre variation dans la routine de Josh était le petit déjeuner préparé par Vicki. Chaque matin, il découvrait quelque chose d'élaboré et délicieux : pancakes aux myrtilles, bacon, omelette au cheddar, muffins à la pêche, œufs Benedict, gâteau de pommes de terre croustillant, pain perdu à la cannelle, melon et salade de fruits. Josh et Vicki étaient les seuls qui touchaient au petit déjeuner. Melanie était trop malade, disait-elle, surtout en se levant. Elle ne pouvait prendre que du thé et des toasts nature. Brenda ne mangeait jamais le matin, en revanche, c'était une grande buveuse de café – elle remplissait un thermos de café, ajoutait six cuillères de sucre, et l'emportait avec elle à la plage. Les enfants ne déjeunaient pas parce qu'ils étaient respectivement trop petit et trop difficile. Les festins matinaux laissaient donc Josh et Vicki en tête à tête.

Au début, Josh protestait :

— Ne te fais pas de souci pour moi. Je peux manger quelque chose à la maison. Des céréales, par exemple, ou un bagel.

— Fais-moi plaisir, insista Vicki. J'ai besoin de garder mes forces et je ne cuisinerais jamais ça pour moi toute seule.

Chaque bouchée avalée réclamait un effort à Vicki. Elle n'avait aucun appétit, aucune sensation de faim. Elle observa les petites portions dans son assiette et soupira. Elle picora une myrtille sur un pancake, hésita entre une demi-tranche de bacon et un morceau de gâteau de pommes de terre.

— Allons-y. Haut les cœurs !

Ça faisait une éternité qu'on n'avait pas cuisiné rien que pour Josh. Il n'aurait su dire depuis quand. Encore une chose qui lui rappelait le vide laissé par sa mère. Vicki et Melanie le regardaient manger avec plaisir et peut-être même avec envie. Elles le resservaient à la vitesse de l'éclair. Melanie grignota son toast en face de Josh ; Vicki mangea ce qu'elle put, puis fit la vaisselle, ôta Porter de sa chaise haute, lui lava le visage et les mains et le mit en maillot de bain. Blaine aimait s'habiller tout seul – il mettait toujours le même maillot de bain vert et, bientôt, il adopta un T-shirt de la même couleur que celui de Josh. T-shirt jaune pour Josh, T-shirt jaune pour Blaine. Vert, rouge, blanc. Blaine pleura le jour où Josh mit son maillot des Red Sox.

— Je vais lui en acheter un, annonça Vicki.

— Désolé, dit Josh.

— Ça doit être dur d'être son héros.

Josh ébouriffa les cheveux de Blaine, ne sachant trop quoi dire. Il ne pouvait le nier. Blaine n'avait pas causé le moindre souci à Josh depuis la première soirée de baby-sitting ; il avait un comportement exemplaire, comme s'il craignait qu'au moindre écart, Josh s'en aille et ne revienne jamais. En général, Josh emmenait les enfants à la plage de Sconset et s'installait à l'ombre du poste de secours (sur l'insistance de Vicki). Josh et Blaine creusaient des trous dans le sable, construisaient des châteaux, cherchaient des crabes, ramassaient des coquillages et des cailloux qu'ils mettaient dans un seau. Porter occupait son temps à jouer, sous le parasol, à mâchouiller le manche d'une pelle en plastique, siffler son biberon et faire sa sieste matinale. Blaine préférait manifestement les moments où Porter était endormi ; il voulait avoir Josh pour lui tout seul. D'autres enfants s'approchaient d'eux avec plus ou moins de défiance, jetant un coup d'œil dans le seau ou bien évaluant les châteaux de sable. Pouvaient-ils jouer ensemble ? Blaine ronchonnait et regardait Josh, qui répondait toujours : « Bien sûr. » Puis, dans le but de développer sa sociabilité, il ajoutait : « Voici Blaine. Comment tu t'appelles ? » Josh avait appris à se méfier, cependant, à ne pas prêter plus d'attention aux autres enfants – sans quoi Blaine risquait de s'en aller en douce pour s'installer sous le parasol, où il glissait subrepticement des cailloux et des coquillages dans le biberon de son frère, de manière à l'obstruer. Être avec Blaine, se disait Josh, revenait à être avec une petite amie jalouse et possessive.

Faire du baby-sitting se révéla plus difficile qu'il ne le pensait. Il devait envoyer le whiffle ball une centaine de fois par jour, manger des sandwichs à côté de Blaine en parlant de Scooby-Doo, suivre à la lettre les cinquante-sept consignes sur la non-liste de Vicki, sans en oublier aucune (ne jamais quitter la maison sans une tétine, s'assurer que le lait reste frais, obliger Blaine à finir son raisin avant de manger du pudding, crème solaire, crème solaire, crème solaire !, appliquer à Porter une crème contre les allergies dues au lierre vénéneux toutes les quatre-vingt-dix minutes, bien secouer les serviettes, rincer la planche, s'arrêter au supermarché sur le chemin du retour pour prendre des biscuits à la figue et quelques jouets, voilà de l'argent…). Mais ce n'était pas le plus difficile. Non, ce qui consumait toute son énergie, c'était la charge émotionnelle que représentait la garde de ces deux petits êtres. De 8 heures à 13 heures, cinq jours par semaine, Blaine et Porter étaient sous sa responsabilité. Sans lui, ils pouvaient se déshydrater, se noyer, mourir. Vu de cette façon, le job était vraiment important. En dépit du coup de chance qui lui avait fait obtenir ce travail, l'étrange façon dont il avait été embauché, et la nature suspecte de ses motivations (son désir, pur et simple, pour Brenda), Josh commençait à s'attacher aux enfants. Adulé comme un héros ? Il adorait cela. Un jour, durant la deuxième ou troisième semaine de baby-sitting, Blaine prit la main de Josh et lui confia :

— Tu es mon meilleur ami.

Le cœur de Josh devint trois fois plus gros, exactement comme le Grinch du Dr Seuss. Un petit garçon, le toucher à ce point ? Personne à l'aéroport n'aurait jamais cru un truc pareil.

Tom Flynn demandait occasionnellement au cours du dîner :

— Comment se passe ton travail ?

Josh répondait :

— Bien, merci.

Et c'était tout. Il était inutile d'expliquer à son père qu'il faisait des progrès – il pouvait maintenant analyser les différents types de pleurs de Porter (faim, fatigue, prends-moi-s'il-te-plaît) et il apprenait à Blaine à garder un œil sur le ballon. Il n'admettrait jamais qu'il avait mémorisé des pages entières de *Horton couve l'œuf* et *Hurt Dow, Deep Water Man* – livres que Blaine lisait d'ordinaire quand il rentrait de la plage, peu avant le départ de Josh. Il était incapable d'exprimer la tendresse qu'il ressentait pour ces enfants qui risquaient de perdre leur mère. Si Vicki mourait, ils seraient exactement comme lui – et même si aux yeux de tous Josh s'en était bien tiré, cela le rendait triste. Chaque fois qu'il voyait Vicki, il implorait en silence : Ne meurs pas, s'il te plaît.

Ainsi, avec son père, il s'en tenait à des banalités.

— Le job est bien. Ça me plaît. Les enfants sont marrants.

À ces mots, Tom Flynn hochait la tête, souriait. Il ne lui demanda jamais les prénoms des petits ni quoi que ce soit d'autre à leur sujet et Josh, pour la première fois de sa vie, ne se sentit pas obligé de s'expliquer. Son job, sa routine, sa relation avec les enfants et les Trois Ourses – tout cela n'appartenait qu'à lui.

Josh était tellement pris par sa nouvelle vie que la vision de Didi sur le parking de la plage de Nantucket lui causa une désagréable surprise. Josh avait l'habitude de nager presque tous les jours à 18 heures, une fois que les touristes avaient pour la plupart remballé leurs affaires et étaient rentrés chez eux. À cette heure, l'atmosphère était moins étouffante et les rayons du soleil dispensaient une douce chaleur. C'était l'un des meilleurs moments de la journée. Josh étalait sa serviette sur la plage et restait quelques minutes à contempler les vagues ou à lancer un morceau de bois à un chien – il avait alors le sentiment d'être chanceux et intelligent, car il contrôlait le déroulement de son été. Aussi, le jour où – après avoir grimpé l'escalier étroit et irrégulier qui menait au parking – , il aperçut Didi, assise sur le pare-chocs de sa Jeep, il éprouva un sentiment d'agacement bien familier. Inutile de dire qu'il ne s'agissait pas d'une coïncidence. Didi l'attendait. Le surveillait. Josh repensa à l'été précédent, puis à celui d'avant – Didi l'avait surpris chaque fois de la même façon et après coup, il s'en était réjoui. Mais

aujourd'hui, il n'avait qu'une envie : s'éclipser. Si
elle ne l'avait pas déjà aperçu, il aurait filé en douce.

Il eut du mal à cacher sa réticence.

— Salut.

Il envoya sa serviette humide sur la banquette
arrière de la Jeep décapotée.

Didi émit un hoquet. Au début, il crut à un éternuement, mais pas de chance, elle pleurait.

— Tu ne m'aimes plus, Josh. Tu me détestes.

— Didi…

Elle renifla puis essuya son nez du revers de la
main. Elle portait le vieux short coupé qu'elle mettait au lycée – un short tout effiloché, dont les bouts
de fils pendaient sur ses jambes – avec un T-shirt
rose avec l'inscription *Baby Girl*, en lettres cursives
noires. Elle était pieds nus ; ses ongles de pieds,
vernis d'un bleu électrique, s'enfonçaient dans la
poussière sale du parking de la plage. Josh jeta un
coup d'œil rapide autour de lui. Il ne vit nulle part
la Jetta de Didi.

— Comment es-tu venue ici ? demanda-t-il.

— Quelqu'un m'a déposée.

— Qui ?

— Rob.

Son frère, Rob, roulait dans une grosse Ford
F-350 avec une caisse à outils à l'arrière et, sur le
pare-chocs, un sticker qui disait : « *I give rides for
gas, grass, and ass*[1]. » Rob était charpentier chez
Dimmity Brothers, la société pour laquelle sa mère

---

1. Littéralement : « Je roule pour le gaz, l'herbe et le cul. »

travaillait autrefois. L'île était vraiment trop petite. Ainsi, Rob avait déposé Didi sur le parking, pieds nus. Rien que ça. Maintenant, Josh était piégé. Il était obligé de l'emmener quelque part. Elle savait qu'il était bien trop gentil pour la laisser en plan.

— Où est ta voiture ? demanda-t-il.

— Ils l'ont prise.

— Qui ça *ils* ?

— Les créanciers.

De nouvelles larmes embuèrent ses yeux, son mascara coulait.

— Elle est partie pour toujours, gémit-elle.

Josh poussa un soupir.

— Et l'argent que je t'ai prêté ?

— Ça ne suffisait pas. J'ai des ennuis, Josh. De gros ennuis. Je ne peux pas non plus payer mon loyer. Je vais me faire expulser et mes parents m'ont fait clairement comprendre qu'ils ne voulaient pas que je revienne à la maison.

Normal. Après vingt années d'indulgence, les parents de Didi se montraient nettement moins conciliants.

Trop tard, mais Josh ne pouvait les blâmer de refuser que leur grande fille revienne vivre chez eux. Elle risquerait de vider le bar et de les ruiner en factures téléphoniques.

— Tu as un boulot. Je ne comprends pas.

— Je suis payée une misère. Ce n'est pas comme si j'étais infirmière.

— Peut-être que tu devrais reprendre tes études.

Didi releva le menton. On aurait dit qu'elle sortait tout droit de *La Nuit des morts vivants*.

— Maintenant, tu parles comme eux.

Josh en avait assez. Il voulait rentrer chez lui et prendre une douche. Il avait faim ; il avait prévu de faire des *quesadillas* pour le dîner de ce soir.

— Qu'est-ce que tu attends de moi, Didi ?

— Je veux que tu penses à moi !

Elle criait, à présent.

— Tu ne m'appelles plus jamais. Tu n'es même pas venu à la soirée de Zach.

— Je devais faire un baby-sitting.

— Tu es sûrement amoureux de cette femme avec les enfants. Si ça se trouve, tu couches avec elle !

Cette accusation avait été proférée avec une telle hargne que Josh ne ressentit pas le besoin de se justifier. Il ne voulait pas parler de Brenda, Vicki ou des petits, surtout pas avec elle. Didi ne savait rien d'eux ni du temps qu'il passait avec eux. Si Brenda, Vicki ou même Melanie étaient là, elles secoueraient la tête. « Pauvre fille, diraient-elles. Pauvre Josh. »

Il ouvrit la portière de sa voiture.

— Monte. Je te ramène chez toi.

Didi lui obéit, ce qui donna à Josh l'illusion de maîtriser la situation. Mais dès qu'ils furent sur la route, elle le bombarda de nouveau de paroles insensées.

— Tu couches avec elle, dis-le, tu ne m'aimes pas, tu m'aimais avant, mais maintenant, tu te prends pour une star, une star de la fac, tu crois que tu vaux mieux que moi, ils me paient une misère, et après les intérêts, ils ont pris ma voiture avec mon lecteur de CD dedans, ma propre mère ne veut pas de moi.

Larmes, sanglots, hoquets. L'espace d'un instant, Josh eut peur qu'elle ne se mette à vomir. Il roula aussi vite que possible, sans un mot, car la moindre de ses paroles serait immanquablement détournée et réutilisée contre lui. Il pensa à Brenda dans sa nuisette, avec son bloc-notes, son thermos de café, son livre ancien dans son coffret, une édition originale. Brenda était d'une toute autre trempe. Plus âgée, plus mûre, elle avait dépassé le stade où l'on créait son propre malheur. Pourquoi inventer des drames quand on en vivait dans la vraie vie ? Vicki avait un cancer. Melanie avait des problèmes avec son mari. Didi ne connaissait même pas le sens du mot *problème*.

Il s'arrêta dans l'allée de Didi.

— Descends !

— J'ai besoin d'argent.

— Oh non. Pas question.

— Josh, susurra-t-elle en posant la main sur sa cuisse.

— Je t'ai prêté de l'argent. Et tu m'as promis que tu me laisserais tranquille.

Il ôta la main de Didi de sa cuisse et la reposa sur ses genoux.

— J'ai seulement besoin…

— La réponse est non. Et n'oublie pas que tu me dois toujours de l'argent. Ce n'est pas parce que tu m'en demandes encore et que je refuse que tu ne me dois plus rien. Tu me dois deux cents dollars, Didi.

— Je le sais, mais…

Josh descendit de la voiture, en fit le tour et ouvrit la portière du passager.

— Dehors !

— Tu ne m'aimes pas.

Désespérément en manque d'affection. Tout le temps. Rien n'avait changé depuis leur dernière année de lycée. Son T-shirt attira de nouveau son attention. *Baby Girl*. C'est ça, pensa-t-il. Il passa la main au-dessus de sa taille et défit sa ceinture de sécurité. Puis il lui prit le bras et la fit descendre. Il se montrait gentil mais ferme, exactement comme il l'aurait fait avec Blaine. Il savait comment s'y prendre avec les petites filles ; il négociait avec des enfants toute la journée.

— J'ai seulement besoin de cinq cents dollars.

— Je suis désolé, je ne peux pas t'aider.

— Tu n'es PAS désolé ! cria-t-elle.

Son nez coulait et elle pleurait de nouveau, hoquetant comme un personnage de dessin animé ivre.

— Tu n'es même pas un tout petit peu désolé. Tu te fiches de ce qui peut bien m'arriver.

Sa voix était devenue hystérique. On aurait dit qu'elle voulait que les voisins l'épient et appellent la police au motif de tapage domestique.

— Hé !

Il observa la maison où Didi louait son appartement ; il vérifia la cour et les bois alentour. À présent, il espérait que quelqu'un arrive, demande ce qui se passait et lui donne un coup de main pour calmer Didi, mais il n'y avait personne en vue.

— Tu ne peux pas te mettre à crier comme ça, Didi. Il faut que tu te maîtrises un peu.

— Oh, va te faire foutre !

— Je m'en vais.

— J'ai besoin de cet argent.

Elle mit les poings sur ses tempes et les serra jusqu'à ce que son visage devienne tout rouge. Josh l'observa avec incrédulité. Elle dépassait tellement les bornes qu'il pensa qu'elle jouait peut-être la comédie. Parce que Josh n'avait vu ce genre de comportement que dans les séries télévisées ; c'était le comportement des miséreux, des opprimés, des criminels de la série *COPS*.

— Didi, rentre chez toi et bois un verre d'eau. Prends une douche. Calme-toi.

Elle le regarda d'un air à la fois rusé et désespéré.

— Si tu ne m'aides pas, je vais me tuer.

Il fit un pas vers elle et lui saisit le menton.

— Tu oublies à qui tu parles. Ce n'est pas drôle.

Il était vraiment en colère, à présent, car il percevait le ton calculateur de sa voix. Elle savait parfaitement à qui elle avait affaire. Elle voulait utiliser la mort de sa mère à son avantage. Voilà le genre de serpent qu'était Didi ; voilà la manière dont elle procédait. À présent, c'était Josh qui avait les poings serrés. Mais non – en se mettant en colère, il la laissait gagner. Didi dut sentir qu'elle avait dépassé les bornes car sa voix se mua en plainte.

— Ce n'est que cinq cents dollars. Je sais que tu les as, Josh.

— Non, répondit-il, en pensant : réponse inchangée. Au revoir, Didi.

Melanie ne comprenait pas comment le temps pouvait filer aussi vite – les jours passaient, puis une semaine s'écoula, puis une autre. Et elle était toujours là, à Nantucket. Était-elle restée sur l'île par pure inertie (faisant l'économie du gros effort que lui aurait coûté son retour à la maison ?) ou bien commençait-elle à s'y plaire ? Les premiers jours avaient été terribles – pendant que Vicki se disputait avec Brenda ou avec Ted, Melanie passait son temps à dormir, à vomir et à prendre des douches, dans l'espoir d'atténuer la peine que lui causait la liaison de son mari avec Frances Digitt. Melanie souffrait comme si elle s'était cassé le bras et que l'os était passé à travers la peau, comme si on lui avait mis de l'huile piquante sur une plaie ouverte. Mais un matin, au réveil, la première pensée de Melanie n'alla pas vers Peter et Frances, mais vers le secret qui se nichait au creux de son ventre. Elle pensa au bourgeon qui se trouvait à l'intérieur d'elle, à l'être humain en devenir de la taille d'une graine de haricot, à la vie qui avait pris racine en elle et qui grandissait dans son corps. Ce bébé, contrairement aux autres (sept tentatives, onze embryons), avait reconnu Melanie comme sa mère. Elle était à présent enceinte

de sept semaines et, bien que son corps n'ait pas
changé, elle aimait s'allonger avec une main sur son
ventre tout en imaginant qu'elle pouvait sentir les
palpitations de son petit cœur battant. Tous les
matins, à la même heure, un charmant troglodyte se
perchait sur sa fenêtre et lui chantait la sérénade.
Mais les battements imaginaires d'un petit cœur et le
chant du joli troglodyte n'étaient qu'un prélude à ce
que Melanie écoutait vraiment. Elle anticipait les craquements des roues de la Jeep qui ralentissait dans
Shell Street. Josh.

D'accord, pensa Melanie. Quelque chose ne
tourne pas rond chez moi. Il a presque dix ans de
moins que moi. Il est à la fac. Je suis une vieille femme
à ses yeux, une vieille femme enceinte. Et pourtant
– que disait Woody Allen déjà ? – le cœur sait ce
qu'il veut. (Ses désirs étaient-ils aussi ambigus que
ceux de Woody Allen ? Peut-être que oui. Mais qui
était-elle pour le juger ?) Melanie ne pouvait réfréner
ses sentiments et, quand elle entendait la Jeep, le
claquement de la porte de la voiture, le cliquetis du
loquet, les cris de joie de Blaine, puis la voix de Josh
– « Hé ! Salut mon pote ! Comment ça va ? » –, elle
était submergée de joie.

Comme à son habitude, Melanie quitta son lit et
se rendit dans la cuisine pour prendre un thé et des
toasts, pendant que Josh déjeunait. Idéalement, elle
aurait aimé rentrer d'une marche sportive de huit
kilomètres, s'être douchée et habillée ; elle aurait
aimé partager son petit déjeuner avec lui, beurrer
un scone, lui lire quelque chose de drôle qu'elle

aurait repéré dans le *Globe*. Au lieu de ça, tout ce dont elle était capable, c'était de siroter son thé, de grignoter son toast et d'entretenir la plus basique des conversations.

Elle découvrit à son grand désarroi qu'il était étudiant en écriture – non pas qu'elle ait quoi que ce soit contre cette discipline, mais ce qui l'agaçait, c'était que cela lui donnait un point commun avec Brenda. Melanie les entendait plaisanter au sujet du syndrome de la page blanche de l'écrivain – « cela arrive aux meilleurs d'entre nous », disait Josh. Et Brenda pointait le doigt vers lui et lui rétorquait : « Ne m'en parle pas. » Leur passion pour l'écriture créait entre eux un lien qui irritait Melanie, de sorte que son antipathie pour Brenda ne faisait que croître. Il était inutile de préciser que Melanie appréciait aussi la littérature. Elle se plongeait aussi bien dans des romans que des succès de librairie. Elle était fan de Donna Tartt et Margaret Atwood – et Nora Roberts. Elle lisait la fiction du *New Yorker*, peut-être pas toutes les semaines, mais assez souvent. Cependant, Melanie comprenait bien qu'il y avait une grande différence entre lire et écrire. Elle n'avait d'ailleurs aucun désir d'écrire une nouvelle ou un roman. Elle ne saurait même pas par où commencer.

Melanie réfléchit aux aspects de sa personnalité qui pourraient interpeller Josh. Elle était diplômée de l'université Sarah Lawrence, en histoire ; elle avait passé une année en Thaïlande à enseigner l'anglais. Elle avait touché les pieds d'or du Bouddha Couché, allait de son appartement à son école en *water taxi*, elle avait acheté une perruche au marché aux oiseaux et l'avait appelée Roger. Roger avait cessé de chanter au bout de six semaines et ensuite, il était mort. Quand Melanie racontait ces anecdotes, Josh hochait la tête tout en continuant à déjeuner et semblait plutôt intéressé, jusqu'à ce que Brenda entre dans la cuisine pour venir chercher son café. Brenda captait toujours son attention. Josh la regardait. Désormais, Melanie avait l'habitude de compter le nombre de fois où il l'observait, et elle ressentait de la jalousie. Comment Melanie pourrait-elle le blâmer ? Brenda était belle et dans la lune ; elle vivait dans le cottage avec sa famille, mais il était évident que son esprit était ailleurs. Elle pensait à son amant de New York, peut-être, ou bien à son avocat, dont elle évitait les appels tous les jours, ou bien encore à son stupide scénario. Brenda avait été renvoyée de l'université de Champion pour le motif de *scandale sexuel* – Josh était-il au courant ? Savait-il qu'elle avait des démêlés avec la justice ? D'une manière ou d'une autre, Brenda avait réussi à faire oublier son récent passé sulfureux et avait repris le contrôle de sa vie. Non seulement elle écrivait un scénario – ce que Josh trouvait fascinant – mais elle s'était entourée d'une sorte de halo de sainteté en s'occupant de Vicki et des enfants quand Josh et Ted étaient absents. Melanie sentait son aversion pour Brenda augmenter de jour en jour, mais dans le même temps, elle aurait voulu davantage lui ressembler.

L'après-midi, pendant la sieste de Porter, Melanie mettait Blaine à contribution pour l'aider à entrete-

nir le jardin du cottage. Ensemble, ils arrachaient les
mauvaises herbes – Blaine suivait Melanie avec un
Tupperware en plastique qu'elle remplissait au fur
et à mesure ; de temps en temps, il en vidait le
contenu dans la poubelle de la cuisine. Quand les
parterres furent nettoyés et les lys fanés coupés, elle
appliqua sur le sol une couche de compost noir et
odorant. Pendant que Blaine l'observait (il avait
peur des épines et des bourdons), Melanie tailla les
treillis de roses New Dawn grimpant à la façade de
la maison ainsi que les buissons de roses courant sur
la clôture du jardin de derrière.

— Tu sais ce qui est drôle avec les roses ? lui
expliqua Melanie. C'est qu'il faut les tailler et, quand
elles repoussent, elles sont encore plus belles.

Blaine acquiesça d'un air solennel puis fonça à la
cuisine pour aller chercher un pot de confiture rempli d'eau. Le moment préféré de Blaine, quand il
faisait le jardin avec Melanie, c'était quand Melanie
mettait les fleurs coupées dans le pot et qu'il allait
les porter à Vicki.

— Ce sont de jolies fleurs, déclara Josh un jour
à propos d'un bouquet de cosmos sur la table de la
cuisine.

— C'est Melanie et moi qui les avons fait pousser,
hein, Melanie ?

— C'est vrai.

À n'en pas douter, Josh pensait que le jardinage
était un passe-temps de vieilles filles, mais Melanie
ne pouvait renier son goût pour les fleurs, les haies

de troènes, les pelouses bien rases. Elle avait toujours aimé la vision et l'odeur des plantes qui pous-
saient.

Les jours passant, Melanie s'était peu à peu inves-
tie dans la vie à Nantucket – une vie avec Josh, les
enfants, Brenda et Vicki. Elle avait été si préoccupée
par ses propres malheurs qu'elle en avait presque
oublié que Vicki avait un cancer. Vicki subissait
son traitement de chimio deux fois par semaine.
Elle était trop malade – trop faible, épuisée et
confuse – pour marcher jusqu'à la plage en sa compagnie. Peu importaient les supplications et la gentillesse de Melanie.

— Ça te ferait du bien de sortir de la maison,
insistait Melanie. Et à moi aussi.

— Vas-y. J'attends ici le retour des enfants.

— Je vais rester avec toi. Nous pouvons nous
asseoir et boire une tasse de thé glacé.

Cela se passa ainsi plusieurs fois, même si Melanie
avait l'impression que c'était aussi étrange qu'un
blind date. Vicki ne semblait pas vouloir parler de
son cancer et, la seule fois où Melanie demanda
comment Ted vivait la chose, Vicki répondit :

— Euh, je préfère ne pas en parler.

Il y avait là quelque chose – de la peur, de la
colère, de la tristesse –, mais quand Melanie essayait
d'en savoir plus, Vicki ramenait la conversation sur
Peter, ce qui revenait, pour Melanie, à gratter une
morsure de moustique ou remuer une dent mal
fixée. Douloureux, mais irrésistible.

— Tu lui as parlé ? demanda Vicki.

— Non, pas depuis la dernière fois.

— Alors tu ne lui as pas parlé du bébé ?

— Non.

— Mais tu vas le faire.

— Je vais finir par y être obligée. Est-ce que Ted est au courant ?

— Non. Il n'en a aucune idée. Il est dans son petit monde.

— Ouais, je vois. Je voudrais seulement que Peter ne l'apprenne pas par quelqu'un d'autre.

— Bien sûr.

— Josh est au courant.

— Ah bon ?

— Je lui ai dit accidentellement. Tu savais que Josh m'avait raccompagnée jusqu'ici en voiture le premier dimanche de notre arrivée, quand j'ai voulu reprendre l'avion pour le Connecticut ?

— Non. Il a fait ça ?

— Ouais. Tu ne trouves pas ça bizarre ? C'est là que je lui raconté, pendant le trajet.

Vicki observa Melanie d'un air indéchiffrable. Melanie avait l'impression qu'elle venait d'avouer que Josh et elle partageaient une histoire secrète. Est-ce que Vicki la désapprouvait ? Ce n'était qu'un trajet en voiture depuis l'aéroport, rien de plus, mais comment expliquer l'étrange sentiment naissant qu'elle éprouvait à présent pour lui ? Elle ferait mieux de le garder pour elle-même. C'était sûrement ses hormones qui lui jouaient des tours.

— Je ne sais pas quoi faire à propos du bébé, Vick.

— Tu vas quand même le garder, n'est-ce pas ?

— Oui. Mais ensuite ?

Vicki se tut, sirotant son thé glacé.

— Tu ne seras pas toute seule. Ted et moi, nous t'aiderons.

— Le bébé a besoin d'un père.

— Peter reviendra.

— Tu parais plutôt sûre de toi.

— Tu dois lui manquer.

Melanie eut un rire amer.

— Il n'a pas appelé une seule fois. Pas une.

— Et tu ne l'as pas appelé non plus. Je suis fière de toi.

— Je suis fière de moi, déclara Melanie.

Elle n'avait pas appelé Peter ; elle avait gardé le secret. Elle avait tenu bon.

Le long de la clôture, derrière la maison, les roses s'épanouissaient et les bourdons voletaient gaiement. Ted avait tondu la pelouse durant le week-end et cela sentait merveilleusement bon l'herbe fraîchement coupée. Les rayons du soleil réchauffaient les jambes de Melanie. Josh reviendrait de la plage avec les enfants à 13 heures ; cette seule pensée la rendait heureuse d'être là, et non dans le Connecticut.

— Merci de m'avoir invitée, déclara Melanie.

— Je suis contente que tu sois là.

— Vraiment ?

Avant les tumultueux événements du printemps, Vicki et Melanie se parlaient au téléphone trois ou quatre fois par jour ; il n'y avait aucun sujet tabou entre elles. Elles se disaient tout, sans fausse pudeur.

À présent, elles vivaient ensemble, sous le même petit toit, mais elles se retrouvaient seules face à leurs malheurs. Melanie craignait que Vicki lui garde rancune de ce qui s'était passé la première semaine. Lui en voulait-elle d'avoir laissé Blaine se promener au bord de l'eau sans surveillance et d'être tombée de la rampe d'escalier de l'avion avec Porter dans les bras ? Était-elle fâchée que Melanie ait essayé de quitter Nantucket sans lui dire au revoir ? Était-elle déçue d'avoir eu à embaucher quelqu'un pour prendre soin des enfants alors que sa meilleure amie aurait très bien pu le faire ? Lui enviait-elle sa grossesse ? Comparée à celui de Vicki, le corps de Melanie était un beau fruit mûr. Et Melanie n'avait rien fait pour aider Vicki à supporter son traitement de chimiothérapie. Brenda avait un rôle à jouer : elle était le chauffeur, l'appui, la sœur. Melanie était – depuis le début – un poids mort.

— Tu ne crois pas que je suis plutôt la pire amie que tu aies jamais eue ?

Vicki posa ses mains – qui tremblaient comme celles d'une vieille femme – sur celles de Melanie et aussitôt, ses craintes s'envolèrent. C'était le cadeau de Vicki. Elle était leur mère à tous.

Chaque mardi et jeudi, quand Brenda emmenait Vicki à l'hôpital pour ses séances de chimio, elle s'asseyait dans la salle d'attente et faisait semblant de lire pour pouvoir prier en paix pour Vicki. C'était un secret, un étrange secret, car elle n'avait jamais été particulièrement religieuse. Buzz et Ellen Lyndon avaient élevé leurs filles dans la religion protestante, mais sans grande ferveur. Au fil des années, elles se rendaient à l'église de façon sporadique, dans les temps forts – chaque semaine pendant la période pascale, puis durant les fêtes de Noël. Elles disaient toujours les grâces avant le dîner et, à une époque, Ellen Lyndon étudiait la Bible chaque matin pour essayer d'en parler aux filles durant le trajet en voiture jusqu'à l'école. Les deux filles avaient été baptisées à l'église épiscopale de Saint-David, puis elles avaient reçu leur confirmation ; c'était leur église et elles se considéraient elles-mêmes comme chrétiennes ; leur pasteur avait célébré le mariage de Vicki et Ted – un service religieux complet où tout le monde avait communié. Pourtant, la religion n'avait pas joué un rôle central dans leur vie de famille, pas vraiment, du moins pas comme dans les familles catholiques, baptistes ou juives que Brenda connaissait. Il n'y avait pas de crucifix dans la maison des Lyndon, pas de Bible ouverte, pas de *yarmulkes* ni de châles de prière. Ils étaient si privilégiés, si heureux, qu'ils n'avaient jamais eu besoin de la religion. Peut-être que c'était à cause de ça. Buzz Lyndon était avocat à Philadelphie ; il gagnait beaucoup d'argent, mais pas assez pour causer des problèmes. Ellen Lyndon était une femme au foyer et une mère pleine de talents. La cuisine des Lyndon était, autant que possible, la pièce la plus joyeuse de la Pennsylvannie du sud-est – il y avait toujours de la musique classique, des fleurs fraîchement coupées, une coupe de fruits mûrs et quelque chose de succulent dans le four. Chaque jour, Ellen Lyndon écrivait une citation ou un vers sur un tableau dans la cuisine. « La nourriture de l'esprit », comme elle le disait. Tout était si charmant, dans la famille Lyndon, si cultivé, si juste, qu'il était facile de négliger Dieu, de considérer les choses pour acquises.

Mais à présent, cet été, dans la salle d'attente aux murs gris perle de l'unité de cancérologie du Nantucket Cottage Hospital, Brenda Lyndon priait pour que sa sœur reste en vie. L'ironie de la situation ne lui échappait pas. Quand Brenda priait durant son enfance au sein de la famille Lyndon – il lui arrivait de prier en secret, avec ferveur – c'était toujours, sans exception, pour que Vicki meure.

Depuis des années, Brenda et Vicki se battaient. Il y avait des cris, des égratignures, des crachats, des portes claquées. Les filles se querellaient à propos de vêtements, d'eye-liner, d'une cassette de Rick Springfield que Vicki avait prêtée à son amie Amy et qui l'avait abîmée. Elles se disputaient pour la place dans la voiture, le choix des programmes télévisés, l'utilisation du téléphone – le nombre d'appels passés et la durée de la communication. Elles se chamaillaient à propos du nombre de morceaux de verre ramassés sur la plage, près des embarcadères ; pour savoir qui avait le plus de bacon dans son sandwich ou qui était la plus jolie dans son maillot de hockey. Elles se disputaient parce que Brenda avait emprunté à Vicki son sweat-shirt rose Fair Isle sans lui demander sa permission et sans lui donner quoi que ce soit en échange ; Vicki avait déchiré la rédaction de Brenda à propos des *Aventures de Huckleberry Finn* – péniblement tapée sur la machine à écrire Smith-Corona de son père ; Brenda avait donné une tape à Vicki et Vicki avait arraché une touffe de cheveux à Brenda. Leur père les avait séparées et Vicki avait injurié Brenda à travers la porte. Leur mère les avait menacées de les envoyer en pension.

— Vraiment, disait-elle, je me demande bien où vous avez pu apprendre un tel langage.

Elles se battaient à propos des notes, des professeurs, des résultats des tests et des garçons, ou plutôt – Brenda se corrigea d'elle-même – d'un garçon. Parce que le seul garçon qui avait compté pour Brenda durant les trente premières années de sa vie (jusqu'à ce qu'elle rencontre Walsh, en fait) était Erik vanCott. Erik vanCott avait été non seulement le meilleur ami de Brenda, mais aussi son amour secret, hélas non partagé. Cependant, il avait toujours ressenti quelque chose pour Vicki. Cette seule idée suffisait à nourrir les fantasmes meurtriers de Brenda à l'encontre de sa sœur. Accident de voiture, botulisme, attaque cardiaque, asphyxie, coup de poignard en plein cœur donné par un homme portant un Mohawk pourpre sur South Street.

À l'époque du lycée, les filles déclarèrent ouvertement qu'elles se détestaient, mais aujourd'hui, Brenda ne pouvait s'empêcher de se dire qu'elle avait éprouvé ce ressentiment bien plus souvent que

sa sœur – pour quelle raison Vicki aurait-elle haï
Brenda ? Brenda était, selon l'opinion de Vicki,
pathétique. « Petit ver » – ainsi l'appelait-elle pour
être méchante, un nom cruellement emprunté à leur
livre préféré de Richard Scarry. « Petit ver, ver de
livres, le nez toujours fourré dans un roman pour le
dévorer comme une pomme pourrie. »

— Est-ce que je peux inviter une amie ? demandait invariablement Vicki à ses parents. Je ne veux
pas me retrouver coincée avec le petit ver.

Je te déteste, pensait alors Brenda. Puis elle écrivit
ces mots dans son journal. Elle les murmura, puis
les cria à pleins poumons :

— Je te hais ! Je voudrais que tu meures !

En repensant aujourd'hui à ses propres paroles,
Brenda était prise de frissons, tiraillée par la culpabilité. Cancer. Leur relation n'avait pas toujours été
si mauvaise. Ellen Lyndon, désespérée par l'hostilité
qui régnait entre ses filles, ne cessait de leur rappeler
combien elles étaient proches quand elles étaient
petites. « Vous étiez de si bonnes amies. Vous vous
endormiez main dans la main. Brenda a pleuré le
jour où Vicki est partie à l'école maternelle et Vicki
a fabriqué à Brenda une assiette en papier décorée
d'étoiles en aluminium. » Elles étaient même assez
solidaires au lycée, principalement pour faire front
contre leurs parents et, une fois, contre Erik van-
Cott.

Quand Brenda et Erik vanCott étaient en première année au lycée, Vicki était en troisième année
et Erik lui avait demandé de l'accompagner au bal

de première année. Vicki était coincée dans une relation houleuse avec son petit ami Simon, un étudiant
en première année à l'université de Delaware. Vicki
demanda à Simon la « permission » d'aller au bal du
lycée avec Erik, en « copains ». La réponse de Simon
fusa : « Fais ce que tu veux. » Bien. Vicki et Erik
iraient au bal ensemble.

Dire que Brenda avait été accablée par la nouvelle
est bien en deçà de la vérité. Deux garçons lui
avaient proposé de l'emmener au bal – l'un était un
imbécile pas trop mal, l'autre seulement un imbécile.
Brenda leur avait dit non à tous les deux, espérant
qu'Erik lui proposerait de l'accompagner, par pitié,
par sens du devoir, ou bien pour rire. Et à présent,
Brenda resterait à la maison pendant que Vicki irait
au bal de Brenda avec Erik. Au cœur de ce drame,
Ellen continuait d'affirmer que toutes les peines et
les souffrances – même les peines de cœur ou les
disputes entre sœurs – pouvaient être soignées grâce
au sable de Nantucket coulant entre les doigts de
pied. Quand Ellen Lyndon sentit venir le vent de la
tempête et qu'elle vit la mine renfrognée de Brenda
qui poussait des soupirs dépités, elle prit le bocal de
sable de Nantucket qui trônait sur le rebord de la
fenêtre et en mit une poignée dans les mocassins
Bean Blucher de Brenda.

— Mets tes chaussures, lui conseilla-t-elle. Tu te
sentiras mieux.

Brenda s'exécuta, mais cette fois, elle se jura de
ne pas prétendre que ce remède fonctionnait. Pas
question de faire semblant d'être au mois d'août,

d'avoir encore sept ans et d'aller escalader les dunes de Great Point. Depuis lors, les choses les plus importantes de sa vie étaient sa collection de morceaux de verres et ses livres de Frances Hogson Burnett – *La Petite Princesse, Le Jardin secret.*

— Tu vois ? dit Ellen. Tu te sens déjà mieux. J'en suis sûre.

— Non, ça ne va pas.

— Eh bien, ça ira bientôt mieux. Est-ce que tu sens le sable entre tes orteils ?

Tandis que le bal de première année approchait, Ellen imagina un subterfuge pour distraire Brenda. Elle voulait que Brenda vienne avec Buzz et elle au bal de printemps de leur country club, qui avait lieu le même soir que le bal du lycée. Aller à un bal avec ses parents pour chaperons était censé réconforter Brenda ? Apparemment, oui. Ellen demanda à Brenda si elle préférait les croquettes de saumon ou bien le veau Oscar. Quand Brenda refusa de répondre, Ellen raconta une blague à propos d'Oscar le Grincheux[1]. Cette femme se mettait en scène au théâtre de l'absurde.

Brenda ne voulut pas voir Vicki se préparer et décida elle-même de ne pas s'habiller. Elle se réfugia dans le creux réconfortant de son lit, en jogging, et

_____

1. Personnage de l'émission américaine *Sesame Street*. C'est une marionnette verte, râleuse et asociale, qui vit dans une poubelle.

se plongea dans la lecture de *Vanity Fair* (le roman).
Elle boycottait le bal du country club, les croquettes
de saumon, Maypole[1] et tout le reste. Elle allait rester
à la maison et bouquiner.

Une heure avant l'arrivée d'Erik, Vicki frappa à
la porte de la chambre de Brenda. Naturellement,
Brenda ne répondit pas. Vicki, pour qui les fron-
tières n'avaient aucun sens, enclencha la poignée. La
porte était verrouillée. Vicki fit grincer ses ongles
sur la porte, bruit que Brenda ne supportait pas.
Elle se précipita pour lui ouvrir.

— Quoi, bon sang ?

— Je n'y vais pas, lança Vicki.

Elle était habillée – une robe noire sans manches
moulante – et avait relevé ses cheveux en chignon.
Elle portait la perle de mariage d'Ellen en pendentif,
sur une chaîne en or. Elle était aussi glamour qu'une
star de sitcom, ce qui ne fit qu'augmenter la frustration de Brenda. Vicki pénétra dans la chambre
de Brenda et se laissa tomber sur le lit, le visage dans
les draps, comme si c'était elle qui avait le cœur
brisé.

— Il veut qu'on se retrouve avec tous ces gens
que je ne connais pas au Main Lion. Impossible. Et
après, il veut aller à une soirée-petit déjeuner organisée par un type de la fanfare. Impossible.

Elle releva la tête.

---

1. Grand mât de bois orné de rubans, de fleurs ou de couronnes, et érigé à l'occasion de fêtes traditionnelles.

— Je ne crois pas que j'aurai le courage.

— Tu ne crois pas que tu auras le courage, répéta Brenda.

C'était du Vicki Lyndon tout craché. Elle avait une robe fabuleuse et un cavalier encore plus fabuleux pour aller au bal – un bal où Brenda tuerait pour aller elle aussi – et elle menaçait de rester à la maison… Pourquoi ? Parce que ce n'était pas assez bien pour elle.

— Tu devrais y aller avec lui, dit Vicki. C'est ton ami.

Oui, Erik était l'ami de Brenda. Malheureusement, dans l'univers des bals de promo et des rendez-vous, cela importait peu.

— Il ne me l'a pas proposé, rétorqua Brenda.

— Eh bien, c'est dommage. Parce que je n'y vais pas.

— Maman te forcera à y aller. Elle dira que c'est impoli de le laisser tomber. Et très mal élevé.

— Elle ne peut pas m'y obliger.

Vicki jeta un coup d'œil au pantalon de jogging de Brenda.

— Elle ne te force pas à aller au bal de printemps.

— Elle n'a pas encore essayé.

Vicki descendit la fermeture Éclair de sa robe et la fit glisser sur le sol, comme un serpent aurait quitté sa peau.

— On va rester ensemble à la maison. On louera un bon film et on boira la bière de papa.

Brenda fixa sa sœur. Était-elle sérieuse ? Brenda n'aimait pas rester à la maison, surtout avec sa sœur.

Mais peut-être… Eh bien, au moins, Erik verrait le vrai visage de Vicki. Il comprendrait qu'il aurait dû proposer à Brenda de l'accompagner.

— D'accord, approuva Brenda.

Vicki appela Erik chez lui pour lui éviter la honte de se présenter chez les Lyndon en smoking, avec un gardénia dans une boîte en plastique.

— Désoooolée, gémit-elle. Je ne me seeenns pas bien. J'ai d'énoooormes crampes. Je ferais mieux de rester à la maison.

Elle fit une pause.

— Oui, bien sûr, elle est là.

Vicki passa le combiné à Brenda.

— Je viens de me faire jeter, lui dit Erik. Que fais-tu ce soir ?

— Je suis supposée sortir, rétorqua Brenda, sans lui préciser où et avec qui. Mais… comme Vicki ne se sent pas bien, je vais sûrement rester à la maison pour lui tenir compagnie.

— Est-ce que je peux passer ? demanda Erik.

— Passer ? répéta Brenda.

— Ouais. Pour discuter.

Vicki fit le geste de se trancher la gorge.

— Désolée, s'excusa Brenda. Pas ce soir.

Finalement, Erik se rendit seul au bal de promo et, quand la rumeur circula qu'il s'était fait poser un lapin par Vicki Lyndon, sa cote de popularité grimpa en flèche. Le groupe le laissa chanter une

chanson de Bryan Adams. Ce fut la plus belle soirée
de sa vie. Le lendemain, il appela Vicki pour la
remercier. Brenda et Vicki étaient restées à la maison ; elles avaient mangé du pop-corn, bu de la
Michelob chaude et regardé leur film préféré, *Fore-
ver This Time* – film qui les faisait toujours pleurer
toutes les deux. Elles s'endormirent chacune d'un
côté du canapé, les jambes entremêlées au milieu.

Assise dans la salle d'attente de l'unité de cancé-
rologie, Brenda faisait semblant de lire le magazine
People, mais en réalité, elle priait avec ferveur, en
bougeant les lèvres très vite et en se signant de la
main droite. Au nom du Père, du Fils et du Saint
Esprit, Amen. Seigneur, s'il Vous plaît, laissez vivre
Vicki. S'il Vous plaît, Seigneur, s'il Vous plaît, je
Vous en supplie, s'il Vous plaît : laissez-lui la vie.
Cela devenait une habitude : chaque fois que
Brenda patientait dans la salle d'attente, à un moment
ou un autre, son portable se mettait à sonner. Brenda
vérifiait le numéro d'appel sur l'écran avec un
mélange d'espoir (Walsh) et de crainte (Me Brian
Delaney) – même si c'était tout le temps sa mère. Au
bout d'un moment, les infirmières, qui allaient et
venaient dans le bureau administratif jouxtant la salle
d'attente, s'attendaient à l'appel d'Ellen Lyndon.
Elles trouvaient cela adorable – l'appel de la
maman. Brenda hésitait entre la gratitude (pour ses
appels) et l'agacement. Ellen avait eu une opération
du genou juste avant Pâques – « tout ce ski a eu
raison de moi » – et elle était toujours en convales-

cence. Sinon, elle aurait été là – dans la chambre de Melanie, à la place de Melanie, ou bien elle aurait loué le 12 Shell Street, d'où elle aurait pu tout contrôler. Ellen Lyndon était plus lucide sur la condition de Vicki que Vicki, et Brenda avait donc pour mission de rassurer leur mère, de lui assurer que oui, tout se passait comme prévu, que le taux de cellules sanguines était stable et que les enfants allaient bien. Cela donnait à Brenda le sens de la mesure et de la responsabilisation. Mais Brenda était de plus en plus irritée par l'anxiété de sa mère. Deux fois par semaine, elle devait la rassurer. Brenda s'entendait redire les mêmes phrases encore et encore jusqu'à ce que sa mère soit hypnotisée et qu'elle répète les paroles de Brenda. Durant ces conversations téléphoniques, Ellen Lyndon ne posait jamais de questions concernant Brenda. Brenda essayait d'oublier que sa mère l'ignorait totalement, qu'elle n'était rien d'autre pour elle que le messager.

Brenda prit l'appel.

— Bonjour, maman.

— Comment va-t-elle ?

Brenda ne put s'empêcher de répondre sèchement.

— Comment vas-tu ? Toujours avec ta canne ? Est-ce qu'il y a du sable de Nantucket dans ton attelle ?

— Ce n'est pas drôle, ma chérie. Comment va ta sœur ?

— Elle va bien, maman.

— Son taux de cellules sanguines ?

— Globules rouges stables. Globules blancs en baisse, mais pas trop.

— Est-ce qu'elle a perdu… ?

— Cinq cents grammes.

— Depuis mardi ?

— Oui.

— Est-ce qu'elle vomit ? De quoi ont l'air ses cheveux ?

— Pas de vomissements. Ses cheveux sont comme avant.

— Ton père et moi devrions être là.

— Comment va ta jambe, alors ?

— Après tout ce qu'ils m'ont fait, il aurait été aussi simple de m'amputer. Mais je n'ai plus ces horribles souffrances.

— Bien.

— Comment vont les enfants ? demanda Ellen. Et Melanie, pauvre fille. Comment va-t-elle ?

Brenda n'était pas d'humeur à faire des commentaires sur la « pauvre Melanie ».

— Pourquoi tu ne me demandes pas comment je vais ? Tu as deux filles, que je sache.

— Oh, ma chérie. Tu es vraiment un ange de t'occuper de ta sœur. Si tu n'étais pas là…

— Mais je suis là. Et tout va bien. Vicki va bien.

— Dis-lui de m'appeler dès que…

— Je lui dirai de t'appeler. Je lui dis toujours de t'appeler.

— Je me fais tellement de soucis. Tu ne peux pas savoir à quel point je suis inquiète. Et ton père.

Même s'il ne parle pas beaucoup, il s'inquiète autant que moi.

— Tout va bien, maman. Je dirai à Vicki de t'appeler.

— Tout va bien, répéta Ellen Lyndon. Tu diras à Vicki de m'appeler.

— C'est ça. Je le ferai.

— Oh, Brenda, tu n'as aucune idée de ce que ça fait d'être ici, à des millions de kilomètres ; on se sent impuissants. Dieu fasse que tu n'aies jamais à traverser une telle épreuve.

— Mais je suis en plein dedans, maman, c'est ma sœur.

Repentir, pensa Brenda. Expiation. Au revoir.

— Dis à Vicki de m'appeler.

— Au revoir, maman.

Recoudre les accrocs des chaussettes de Noël, utiliser du fil dentaire, le score d'un match des Red Sox, des feuilles d'épis de maïs obstruant l'évier de la cuisine, des fils de maïs, des touffes, bouchant l'évacuation de la baignoire, le lierre vénéneux, le prix exorbitant du gasoil, Homeland Security, l'argent, les érections, le sexe.

Au début, la chimio ne fut pas plus douloureuse ou dérangeante qu'un rendez-vous chez le dentiste. L'unité de cancérologie du Nantucky Cottage Hospital était de petite taille, le personnel restreint, mais très soudé – eux-mêmes s'appelaient « l'équipe ».

(Ils jouaient tous dans le championnat d'été de soft-ball et avaient remporté la coupe les trois dernières années. « Avec tout ce qu'on voit, jour après jour, expliquait l'infirmière en chef, Mamie, on a besoin d'évacuer notre agressivité. »)

L'équipe était composée de Mamie, une femme âgée de dix ans de plus que Vicki qui élevait seule ses quatre garçons, et de deux autres personnes : un jeune homme noir nommé Ben et une fille bien en chair avec un piercing dans la lèvre inférieure, fraîche émoulue de l'école, du nom d'Amelia – sans oublier le cancérologue, le Dr Alcott. Par une heureuse coïncidence, le Dr Alcott était une connaissance du Dr Garcia, du Fairfield Hospital, grâce aux nombreuses conférences auxquelles ils assistaient sans relâche depuis des années.

— Il nous arrive de boire quelques verres ensemble, Joe et moi, avait dit le Dr Alcott la première fois que Vicki l'avait rencontré. Je lui ai promis de prendre bien soin de vous.

Le Dr Alcott devait avoir la cinquantaine, mais on lui donnait la trentaine. Il était blond, avait le teint mat, les dents très blanches, et portait des vêtements chic, parfaitement ajustés, sous sa blouse blanche. Il raconta à Vicki qu'il aimait la pêche, qu'il adorait la pêche, en fait, et que c'était ce qui l'avait amené à quitter le Mass General de Boston pour venir à Nantucket – la possibilité de profiter de soirées tardives et les virées à Great Point dans sa Jeep Wrangler jaune, à des heures totalement incongrues. Trois ou quatre fois durant l'été, il louait un bateau avec Bobby D. pour chasser le requin ou le thon rouge, mais au fond de son cœur, c'était un solitaire qui n'attrapait le poisson que pour le relâcher. Il aimait les poissons bleus ; mais le bar rayé, la thonine commune et les bonites, c'était encore mieux. Le Dr Alcott était l'arme secrète de l'équipe de softball, un lanceur hors pair que personne ne pouvait battre dans le championnat. Vicki était plus ou moins amoureuse du Dr Alcott, mais elle supposait que tout le monde l'était.

Quand Vicki arrivait à l'hôpital, Ben ou Amelia la faisait monter sur la balance, prenait sa tension, puis lui prélevait un échantillon de sang pour vérifier son taux de cellules sanguines. Vicki attendait ensuite l'arrivée du Dr Alcott.

— Je veux juste voir si tout se passe bien, expliquait-il. Comment allez-vous ? Comment vous sentez-vous ? Ça va ? Vous vous accrochez ? Vous êtes un soldat. Joe m'a dit que vous alliez devenir une patiente de choc, une vraie combattante. Le taux de cellules sanguines est bon, tout semble bien se passer. Vous allez bien. Je suis fier de vous, Vicki. Vous faites du bon boulot.

Ces paroles d'encouragement étaient ridiculement importantes pour Vicki. Elle avait l'habitude d'exceller en toutes choses, même si elle n'avait jamais considéré la chimiothérapie comme une discipline dans laquelle on pouvait être bon ou pas. C'était aléatoire, c'était la loterie ; tout dépendait de la réaction de votre corps au traitement. Mais elle appréciait néanmoins les compliments du Dr Alcott. Il allait la sauver.

La salle de chimiothérapie, de taille restreinte et d'aspect agréable, comportait trois fauteuils séparés par deux demi-cloisons, octroyant ainsi aux patients un peu d'intimité. Vicki s'installait dans le fauteuil qu'elle avait choisi en espérant qu'il lui porterait bonheur – il ressemblait à celui dans lequel son père s'était reposé toute sa vie – et attendait que Mamie vienne lui poser la perfusion de poison. Il y avait une télévision, toujours allumée sur la chaîne des sports ESPN parce que l'équipe de cancérologie prenait les résultats des Red Sox très au sérieux.

La première semaine, puis la deuxième, Vicki se disait : « je peux y arriver ». Ce n'était pas la panacée – parmi tous les endroits où Vicki aurait voulu être à Nantucket, elle se disait que l'hôpital valait mieux qu'une cellule de prison et les pompes funèbres. Peu importait, c'était toujours mieux que ces horribles histoires qu'elle avait entendues dans son groupe de soutien à propos des unités dans les grands hôpitaux, où la chimiothérapie n'était pas programmée et où un patient pouvait attendre trois ou quatre heures qu'une place se libère. En attendant le Dr Alcott, Vicki écoutait Mamie raconter à Ben les escapades et les mésaventures de ses fils (son fils de quatorze ans arrêté à 3 heures du matin au volant d'une voiture qu'il avait « empruntée » au parking de Grand Union), ou Ben parler à Amelia des filles dingues et ivres qu'il rencontrait grâce à son deuxième job de videur au Chicken Box.

Les conversations étaient très animées le matin, après les parties de softball. En somme, l'unité de cancérologie était un petit univers à part entière dans lequel Vicki n'était qu'une visiteuse. Elle pouvait y participer si elle le désirait ou bien rester en dehors ; personne ne lui posait de questions au sujet de son cancer. Pourquoi le feraient-ils ? C'était une évidence, une donnée ; ses cellules étaient comme des dents pourries que l'équipe devait arracher. Aucun jugement n'était formulé ; c'était juste du boulot.

Vicki fut presque embarrassée quand les effets commencèrent à se faire sentir. Cela arriva progressivement. Après la troisième semaine, soit la sixième dose, elle se sentit mal et, jour après jour, son état empira. Elle perdit l'appétit ; elle devait se forcer à manger comme d'autres gens se forçaient à faire de l'exercice ; sa peau s'assécha et commença à se crevasser ; elle devint confuse (elle se répétait, croyait qu'elle parlait à Brenda alors que c'était à Melanie, perdait le fil de sa pensée au beau milieu d'une phrase) ; elle maigrit de quatre kilos alors qu'elle mangeait assidûment ; elle devint trop faible pour marcher jusqu'à la plage ou au supermarché ; elle passait des après-midi entiers – de magnifiques journées ensoleillées – au lit. Brenda rapporta du sable de la plage et en glissa dans chaque paire de chaussures de Vicki. Melanie lui acheta tous les livres de poche sur la liste des best-sellers, mais Vicki ne parvenait pas à se concentrer assez longtemps pour lire plus de quelques pages. Les seuls bons moments de la journée étaient les matins, quand elle

avait encore assez d'énergie pour préparer le petit
déjeuner, et à 13 heures, quand Porter se pelotonnait
contre elle pour faire sa sieste. Elle respirait l'odeur
de ses cheveux, caressait sa joue satinée, observait
sa petite bouche sucer la tétine. Quand Porter se
réveillait, Blaine venait souvent avec un pot rempli
de fleurs fraîchement coupées et une pile d'albums
pour que sa mère lui fasse la lecture. Généralement,
elle en parcourait un ou deux, mais son attention se
relâchait rapidement et elle abandonnait.

— Ça suffit pour aujourd'hui, disait-elle. Tante
Brenda va terminer à ma place. Maman est fatiguée.

Vicki essayait de conserver son énergie pour les
week-ends, quand Ted était là. Quand il arrivait, le
vendredi après-midi, elle était toujours assise dans
son lit, faisant semblant de lire, comme si tout allait
bien, comme si elle allait bien – mais l'expression
qui se peignait sur le visage de son mari lui renvoyait
son mensonge. Ted s'asseyait au bord du lit, les traits
distordus par une peur panique.

— Qu'est-ce qu'ils sont en train de te faire ? murmura-t-il.

Je ne sais pas, pensait Vicki. Le Dr Garcia avait
prévenu que la chimiothérapie serait brutale, mais
Vicki n'avait pas compris ce que cela signifiait, à
l'époque. Maintenant, elle le savait. Elle était faible,
les os de ses doigts étaient aussi friables que des
morceaux de craie, ses poumons aussi fragiles que
des nids d'abeilles. Ses seins, en raison de son traitement et du retour à la normale après l'allaitement,
ne remplissaient même plus un soutien-gorge de

sport. Ses tétons avaient l'air de deux vieux raisins secs. Envolées, les courbes généreuses, la peau douce, la chevelure blonde et soyeuse. À présent, son corps était aussi frêle qu'une brindille. Ses cheveux ressemblaient à des bâtons secs. Elle était moche, hideuse, une carcasse. Son désir s'était envolé et pourtant, elle refusait de laisser cette part d'elle-même s'en aller. Elle était terrifiée à l'idée que Ted assouvisse ses besoins dans les bras d'une autre – il y avait des millions de femmes à New York –, des prostituées, des services d'escortes, très chers, que les types de Wall Street connaissaient et proposaient à leurs clients. Ted croisait des femmes au bureau, dans son immeuble. Peut-être même une collègue au parfum envoûtant dans l'ascenseur… Cela arrivait tout le temps – l'adultère. C'était arrivé à sa meilleure amie ! Et ainsi, Vicki courait après Ted comme elle ne l'avait jamais fait durant leur mariage, pendant que lui, à l'évidence, pensait qu'elle avait perdu la raison.

— J'en ai besoin, dit-elle en le tirant du lit.

On était dimanche après-midi et Brenda avait accepté de garder les enfants une heure de plus à la plage.

— Si nous prenions une douche ensemble ?

— Dehors ?

— Je veux être près de toi.

— Vicki, Vicki, Vicki, tu n'as pas à faire ça pour moi.

— Pour nous. Et je me sentirais mieux.

— D'accord, dit Ted en embrassant ses cheveux. D'accord.

Ils s'enfermèrent dans la chambre à l'atmosphère étouffante. Vicki baissa les stores ; elle voulait être dans le noir. Elle le fit s'allonger sur le lit et le prit dans sa bouche. Rien. Ted était étendu sur le dos, pâle, moite, flasque, les yeux frénétiquement fermés, un air contrit sur le visage. Il essayait probablement d'éradiquer son image. De se rappeler la femme qu'elle était avant, ou bien il pensait à une autre.

— Je suis désolé, Vicki.

— Tu ne me désires plus, répondit-elle en s'effondrant sur le sol. Tu trouves que je suis affreuse.

— Tu n'es pas affreuse. Tu ne pourras jamais l'être.

— Qu'est-ce que c'est, alors ?

— Je ne sais pas. C'est une torture psychologique. Le cancer. J'ai peur de te faire du mal.

— Je vais te dire ce qui me fait du mal : c'est de ne plus être capable d'exciter mon mari. Est-ce que tu as des érections à la maison ? Au réveil ? Est-ce que ça marche à ce moment-là ?

— Vicki, s'il te plaît.

— Est-ce que tu te soulages quand je ne suis pas là ?

— Arrête, Vicki.

— Je veux le savoir.

— Non.

— Tu ne le fais pas ? Je ne te crois pas.

— Ouais ? Eh bien, pourquoi ne viendrais-tu pas à la maison vérifier par toi-même ?

— Ohhhh. Très bien, je vois.

Ils allaient se disputer, ce qui était bien la dernière chose que souhaitait Vicki. Mais elle était incapable de s'arrêter.

— Tu me punis parce que je ne suis pas dans le Connecticut ? Tu ne feras pas l'amour avec moi tant que je ne serai pas rentrée à la maison ?

— Ce n'est pas cela, Vicki. Ça n'a rien à voir avec ça.

— Eh bien, quel est le problème, alors ?

Elle voulut se lever, mais elle était trop épuisée. Elle resta donc sur le sol, à fixer les genoux de Ted. Leur vie sexuelle avait toujours été saine ; avant que Vicki ne tombe malade, Ted la désirait tous les soirs. Ça fonctionnait toujours de la même façon : Ted venait la titiller et Vicki accédait à son désir. Jamais Ted n'avait eu de panne de ce genre. C'était si inhabituel qu'ils ne savaient même pas quels termes employer pour en parler.

— Je ne sais pas ce qui m'arrive.

— Tu as couché avec une autre femme. Je le sais.

Ted s'assit sur le lit et pointa un doigt vers elle.

— Ne redis jamais une chose pareille. Je t'interdis de dire ou de penser cela. C'est insultant pour moi, pour notre mariage et notre famille.

Il enfila son maillot de bain et commença à arpenter la pièce de long en large.

— Tu crois vraiment que je pourrais te faire une chose pareille ? Après dix ans de mariage, tu m'accordes honnêtement si peu de crédit ?

Vicki se mit à pleurer.

— J'ai peur, murmura-t-elle. J'ai peur de ce qui arrive à mon corps. Je suis affreuse. Je t'ai laissé seul à la maison et je sais que tu es fâché et j'ai ces horribles pensées de toi qui couches avec une autre, ou qui tombes amoureux d'une autre femme et tous les deux, vous attendez que je meure pour vivre ensemble et élever les garçons…

Ted s'agenouilla. Il prit son visage dans ses mains et elle se laissa aller contre lui. Sa réaction était excessive, mais elle était contente de lui avoir ouvert son cœur, de s'être libérée de ses angoisses. Sur le plan sexuel, c'était un échec. Avoir un cancer était un échec, mais Vicki avait compris une chose, elle ne supportait pas l'échec, quel que soit le domaine. Elle avait toujours tout réussi avec facilité ; cela faisait partie d'elle-même.

Ted devait partir à 17 heures. Vicki devrait donc patienter cinq jours supplémentaires avant de pouvoir refaire une tentative.

— Tu me prends dans tes bras ?

Ted la serra très fort.

— Que dirais-tu de voyager dans le Yukon ?

— Pardon ?

— Nous pourrions acheter une Volvo, c'est plus sûr.

Vicki secoua la tête. C'était tellement hors de propos qu'elle n'était pas sûre d'avoir bien entendu. Est-ce que Ted s'inquiétait vraiment à cause de la voiture ? Elle se fit violence pour réfréner le flot de colère qui montait en elle. Elle ne pouvait croire que les gens s'intéressent à de telles choses ! Une voiture plus sûre ? À la colère de Vicki se mêlait l'envie. Vicki enviait quelque chose à chaque personne qu'elle connaissait : la grossesse de Melanie, le scénario de Brenda, les bras puissants de Josh – il pouvait porter la boîte de jeux, le parasol, les serviettes de plage, la glacière et le bébé de la maison à la plage sans s'arrêter ni faire tomber quoi que ce soit. Elle enviait à Mamie ses fils – tous entrés sains et saufs dans l'adolescence ; le bar rayé de quatre-vingt-seize centimètres que le Dr Alcott avait rapporté chez lui pour le faire griller et le servir à sa famille pour le dîner ; le tatouage d'Amelia dans la bas du dos (son empreinte de vamp, comme disait Ben) ; les conversations à propos des balles perdues de softball. Elle enviait à Porter sa tétine – elle voulait une tétine ! À Ted, sa carrière, il rentrerait bientôt à New York pour se jeter à corps perdu dans son travail, qui consistait à faire de l'argent. Oui, c'était son job ! Vicki voulait retrouver son travail – femme au foyer et mère de famille. Elle voulait une vie normale, une vie qui soit autre chose qu'un traitement de chimiothérapie, une chambre sombre et un mari impuissant. Elle voulait une vie bien remplie, mais pas seulement par le cancer.

Brian Delancy avait appelé neuf fois, depuis que Brenda était à Nantucket, et Brenda ne l'avait pas rappelé. Elle espérait que les accusations de l'université à propos de la détérioration de la peinture de Jackson Pollock donneraient lieu à une discussion par messageries téléphoniques et électroniques interposées, mais Me Delaney semblait décidé à avoir un entretien téléphonique avec Brenda à deux cent cinquante dollars de l'heure. Brenda ne voulait pas lui parler car elle ne voulait pas payer. Il avait dû le sentir. Dans le dixième message, il insistait : « Si vous ne me rappelez pas, je laisse tomber l'affaire. »

Ainsi, Brenda décida de s'éloigner de la maison et de se mettre au calme. Elle s'installa sur une étroite langue de sable désertée qu'elle avait découverte, au nord de Sconset, et elle le rappela.

Trudi, la secrétaire de Me Brian Delaney, lui passa aussitôt la communication. Quelques secondes plus tard, la voix de l'avocat emplit la ligne, aussi virile que celle d'un liner back de l'Ohio, ce qu'il était précisément dans une vie antérieure.

— Brenda Lyndon ! Moi qui croyais que vous aviez fui dans un pays étranger !

Elle aurait dû lui asséner une réponse cinglante, elle le savait. Quand elle l'avait rencontré la première fois, elle avait fait preuve d'un sens de la repartie tout particulier, et c'était l'une des raisons pour lesquelles il avait accepté de la défendre. Il l'aimait bien. Ce n'était pas seulement l'infériorité du supporteur de Big Ten[1] face au professeur de la Ivy

_____

1. La « Big Ten Conference » est un groupement de onze universités gérant les compétitions sportives dans douze sports masculins et treize sports féminins dans le Middle West des États-Unis.

League[1]. Il appréciait aussi qu'elle soit jeune, attirante et pleine d'esprit. « Je n'arrive pas à croire que
vous soyez professeur », ressassait-il. En dépit de sa
mauvaise réputation – due à sa liaison avec Walsh –
Brenda portait, pour son premier rendez-vous avec
son avocat, une robe ajustée avec de très hauts
talons, dans l'espoir que cela l'inciterait à baisser ses
honoraires. Elle n'eut pas cette chance – même si
Brenda fut récompensée par la confiance qu'il lui
témoigna. Son cas était divertissant, cela n'avait rien
d'un casse-tête. Me Brian Delaney était habitué aux
criminels, lui avait-il confié. Voleurs, violeurs,
barons de la drogue. À côté de ces spécimens,
Brenda était la reine Élisabeth.

— Nantucket n'est pas un pays étranger. Même
si ça y ressemble. Désolée de ne pas vous avoir rappelé plus tôt. Je vous ai parlé de ma sœur, n'est-ce
pas ? De ses séances de chimiothérapie ? Et du fait
que j'ai la responsabilité des enfants ? Je suis très
prise.

— Oui, dit Brian d'un ton circonspect.

Brenda avait pensé que mentionner le cancer de
Vicki aurait pu l'influencer et lui faire diminuer ses
honoraires, mais il ne semblait même pas savoir de
quoi elle parlait.

— Bon, reprit-il, j'ai contacté l'université, qui
s'est renseignée à la fois auprès de l'équipe de restauration d'art et auprès du département d'anglais

---

1. La « Ivy League » regroupe les huit plus prestigieuses
universités privées du nord-est des États-Unis.

– parce que, comme vous le savez, c'est le département d'anglais qui, techniquement, possède la peinture – et les deux parties en sont arrivées à la même conclusion. Le type de la restauration, qui s'appelle Len, prétend que les dommages ne sont pas très importants. La peinture ne nécessiterait qu'un « petit travail » de restauration.

— Merci mon Dieu !

— Hé ! Calmez vos ardeurs, jeune fille ! Un « petit travail » qui vous coûtera dix mille dollars.

— Quoi ? s'exclama Brenda.

Il n'y avait pas âme qui vive à des lieues à la ronde, aussi se permit-elle de crier :

— Qu'est-ce que ça veut dire ?

— Il y a une entaille dans le coin gauche, en bas de la peinture, là où le livre l'a heurtée. L'entaille mesure dix-huit millimètres.

— Une entaille ?

— Vous préférez que j'appelle ça un trou ? Bien, c'est un trou. Il a besoin d'être comblé, réparé, et peu importe le coût de cette restauration à la gloire de l'œuvre de Pollock. Mais ça, c'est la bonne nouvelle. La mauvaise nouvelle vient de la directrice de votre ancien département.

— Atela.

— Elle veut vous poursuivre pour vol qualifié.

— Vol ?

— C'est de l'art. La valeur d'une œuvre est une question de perception. Elle n'a pas besoin d'être retirée de la pièce pour être volée. Atela est convaincue que vous vouliez saboter la peinture.

— Ma déposition prouve le contraire. J'ai jeté le livre dans un accès de colère. Sur une impulsion, ce qui en fait un cas de second degré. Voire de troisième degré, car c'était un accident.

— Écoutez-vous avec votre jargon juridique.

— Je ne visais pas la peinture.

— Elle prétend que vous êtes entrée dans la salle dans le but de détruire la peinture.

— Vous plaisantez, Brian. Est-ce que tout cela ne vous paraît pas un peu extrême ?

— Un jury pourrait la croire.

— Alors, qu'est-ce que ça veut dire ? Il va y avoir un procès ?

— Ils nous menacent d'aller au tribunal. Mais ce qu'ils veulent en réalité, c'est un arrangement. Ce qui signifie plus d'argent.

— Je ne donnerai pas un centime au département d'anglais.

— Vous n'aurez peut-être pas le choix. Ils réclament trois cent mille dollars.

Brenda éclata de rire. Ha ! Sauf que ce n'était pas plus drôle qu'une gifle en plein visage.

— Pas question !

— La peinture est évaluée à trois millions de dollars. Ils exigent dix pour cent de sa valeur.

— Vous pensez que j'ai compromis dix pour cent de la valeur de la peinture ? Vous venez de me dire que d'après le restaurateur, il s'agissait d'une petite entaille.

— Mes connaissances en matière d'art tiennent sur l'ongle de mon pouce et encore, il reste de la

place pour l'une des boîtes de soupe d'Andy War-
hol. Le problème, c'est qu'ils pensent que vous avez
porté atteinte à un dixième de la valeur de l'œuvre.
Mais je peux négocier à cent cinquante mille.

— Voilà pourquoi je ne prends pas vos appels.
Je ne supporte pas d'entendre des choses pareilles.

— Aux yeux de certaines personnes, vous avez
très mal agi. Vous avez fait une série de mauvais
choix. Il est temps de le reconnaître.

D'accord, elle le reconnaissait. Sa tombée en disgrâce était spectaculaire. Elle ne se sentait pas dans
la peau de la reine Élisabeth mais plutôt dans celle
de Monica Lewinsky, Martha Stewart, O.J. Simpson.
Son nom avait été traîné dans la boue du campus
de Champion et de tous les campus du pays. Elle
ne travaillerait plus jamais, du moins pas dans la
branche qu'elle avait choisie. Et comme si la puni-
tion n'avait pas été suffisamment sévère, on l'avait
aussi séparée de Walsh. Mais, comme dans toutes
choses, il était question d'argent, et Brenda n'en
avait que très peu. Brenda ne pouvait admettre avoir
commis une erreur à hauteur de cent soixante mille
dollars et des poussières – car qui sait combien de
millions son avocat allait lui réclamer pour ses honoraires.

— Je n'ai pas cet argent, protesta Brenda. Pas du
tout.

— Comment avance le scénario ? Vous n'avez
qu'à vendre le bébé un million de dollars et ce que
je vous demande ne sera plus que du petit-lait.

— Le scénario avance bien.

C'était un mensonge éhonté. En vérité, elle n'avait écrit qu'une seule page.

— Je dois vraiment y aller, alors…

— C'est l'heure de filer, hein ? Trop de soleil ?

Le payait-elle réellement deux cent cinquante dollars de l'heure pour entendre ce genre de choses ?

— Au revoir, dit Brenda.

Cent soixante mille dollars. Chaque fois que Brenda pensait à cela, c'était comme si elle avait un poids sur l'estomac. Dans d'autres circonstances, elle aurait peut-être appelé ses parents pour leur demander un prêt. En dépit des inévitables commentaires – elle avait trente ans – et des rappels – ils avaient dépensé leurs économies dans huit années d'études – l'argent sortirait de nulle part. Mais Brenda devait minimiser ses mésaventures auprès de sa famille. Ils savaient l'essentiel : renvoyée de Champion, un « malentendu » à propos d'une peinture qui l'avait obligée à prendre un avocat. Elle s'en était tenue à cette version des faits. Les Lyndon avaient toujours été ouverts d'esprit et tolérants, qualités inhérentes à l'idée qu'ils avaient de leur propre supériorité. Leur comportement était irréprochable, ils vivaient selon des principes supérieurs, mais ils admettaient, dans leur infinie sagesse, que tout le monde n'était pas comme eux. Vicki suivait le même raisonnement, tout comme Brenda, du moins jusqu'à maintenant. Elle ne pourrait supporter de compter au nombre de la masse des pécheurs, de plonger au cœur de la banqueroute morale – or c'était exactement là où ses parents allaient la reléguer s'ils découvraient ce qu'elle avait fait. Ils pourraient lui prêter ou même tout simplement lui donner cette exorbitante somme d'argent, mais ils n'en penseraient pas moins d'elle, et Brenda ne pouvait l'accepter. De plus, impossible de les accabler avec les détails de ce scandale stupide alors que Vicki était malade. Au point où en étaient les choses, Brenda allait devoir commencer à mentir à sa mère à propos de l'état de Vicki. En dépit de ses prières, Vicki allait de plus en plus mal. La chimio prenait son dû. Tout ce que les médecins avaient prévu de pire était en train de se produire. Vicki avait perdu quatre kilos, était chroniquement épuisée, n'avait aucun appétit – pas même pour du steak grillé ou un épi de maïs. Ses cheveux, qui avaient toujours été doux comme la soie, commençaient à ressembler à des baguettes et tombaient par poignées. On pouvait voir son crâne. Vicki avait une perruque dans l'une de ses valises, mais Brenda n'arrivait pas à la convaincre de la porter.

Un mardi matin, un jour de chimio, Brenda trouva Vicki dans sa chambre, assise sur le lit avec les enfants sur les genoux, en train de se balancer d'avant en arrière et de pleurer.

— Je ne veux pas y aller, gémit-elle. Ils essaient de me tuer.

— Ils essayent de t'aider, Vick.

— Maman ne va pas à l'hôpital aujourd'hui, dit Blaine.

— Allez ! insista Brenda. Tu effrayes les enfants.

— Je n'y vais pas.

— Josh va arriver d'un instant à l'autre. Tu ne lui as rien préparé pour le petit déjeuner.

— Je ne peux plus cuisiner. Le simple fait de voir de la nourriture me rend malade. S'il a faim, Melanie lui préparera quelque chose.

C'était déjà arrivé deux ou trois fois. Comme Vicki était trop malade pour cuisiner, Melanie avait tenté de prendre le relais. Une assiette d'œufs brouillés, à la fois pleins d'eau et brûlés, et du bacon mou et graisseux – après quoi, Josh avait déclaré qu'il se contenterait d'un bol de Cheerios.

— Tu ne peux pas rater ta séance. C'est comme tous les traitements. Comme pour les antibiotiques. Si tu cesses de les prendre, même une seule journée, tu reviens à la case départ.

— Je n'y vais pas ! martela Vicki.

— Elle n'y va pas ! cria Blaine. Elle reste à la maison.

Vicki n'esquissa pas un mouvement pour faire taire Blaine ou le réprimander pour avoir crié après sa tante qui essayait, cela méritait d'être souligné, simplement de faire ce qu'il fallait ! La famille n'avait qu'à aller au diable.

— Je te laisse quelques minutes, dit Brenda. Mais nous partons à 8 h 30.

Elle quitta la pièce, redoutant l'inévitable appel téléphonique de sa mère. « Comment va-t-elle ? » demanderait Ellen Lyndon. Et que pourrait bien répondre Brenda ? « Elle a peur. Elle est en colère. Elle a mal. » Il était impossible d'injecter à sa mère une telle dose de vérité brute. « Elle va bien, tempérerait Brenda. Les enfants vont bien. »

Alors que Brenda se sentait coupable pour les mensonges qu'elle n'avait pas encore proférés, elle entendit les craquements familiers des pneus de la Jeep sur les coquillages. Josh. D'une certaine manière, il les maintenait à flots. Maintenant que Brenda communiquait régulièrement avec Dieu, elle pensait que Josh ne leur avait pas été envoyé par hasard. Brenda descendit lentement l'allée et le rejoignit au niveau du portail. La matinée était brumeuse et fraîche et elle était toujours en nuisette. Elle croisa les bras sur sa poitrine.

Josh fronça les sourcils.

— Vous ne jouez pas à jeter des cailloux, aujourd'hui ? Quelque chose ne va pas ?

— En quelque sorte. J'ai besoin de ton aide.

— D'accord.

Brenda vit les yeux de Josh briller. En cela, il était comme Walsh. Typiquement australien, Walsh adorait rendre service.

— Qu'est-ce que je peux faire ?

— Il faut que tu parles à Vicki.

Quelqu'un d'autre aurait pu répondre : « Tout sauf ça », mais Josh n'avait aucun problème avec Vicki. Il l'aimait bien ; il n'avait pas peur de son cancer. Il l'appelait « boss », et chaque jour, il la taquinait avec sa soi-disant non-liste de choses à faire.

— D'accord, répondit Josh. À quel propos ?

— Juste lui parler. Elle a besoin d'un ami. Elle en a marre de moi.

— Pas de problème. Je suis là pour vous.

Brenda rebroussa chemin. Elle le précéda à l'intérieur de la maison et le conduisit dans la chambre de Vicki, mais ces mots – « Je suis là pour vous » – firent perler à ses yeux des larmes de gratitude. Elle soupçonnait Josh de ne pas être un étudiant à l'université, mais un ange. Brenda se retourna et posa les mains sur les épaules de Josh, puis elle se mit sur la pointe des pieds, et l'embrassa. Il avait le goût de la jeunesse, comme un morceau de fruit vert ; ses lèvres étaient douces. Il s'approcha d'elle, lui enlaça la taille.

Aussitôt, Brenda se rendit compte de son erreur. Gentiment, elle repoussa Josh.

— Je suis désolée. Ce n'était pas juste de ma part.

— Tu es si belle, murmura Josh. Tu sais que je le pense.

Oui, Brenda s'en doutait. Elle avait remarqué sa façon de la regarder quand elle était en chemise de nuit ou en bikini, mais elle n'avait rien fait pour l'encourager. Quand ils discutaient, elle se montrait amicale, mais rien de plus. Elle avait plutôt essayé de le garder à distance. La dernière chose qu'elle voulait, c'était bien que l'on pense que... Mais, comme toujours, son bon sens l'avait abandonnée l'espace d'une seconde. Elle l'avait embrassé – et c'était un vrai baiser – de sorte que, maintenant, en plus de tout le reste, elle était une allumeuse. Elle avait tant de choses graves à l'esprit, tant de poids sur les épaules, que le fait de savoir que quelqu'un voulait l'aider, ne serait-ce qu'un petit peu, avait annihilé toutes ses capacités de réflexion. Après avoir déjà presque gâché toute sa vie, elle n'avait pas l'intention de gâcher sa relation avec Josh.

— Ce n'était pas bien de ma part parce que je suis amoureuse d'un autre homme, confia Brenda. Quelqu'un qui vit à New York.

Elle pensa à ce maudit bout de papier toujours emprisonné entre les pages de son livre. L'encre avait bavé, à présent. *Appelle John Walsh !*

— Ah, dit Josh.

Il avait l'air contrarié. Il aurait eu toutes les raisons de quitter le 11 Shell Street et de ne jamais revenir, mais Brenda espérait qu'il ne le ferait pas. Elle espérait qu'il soit là pour une raison plus forte que son béguin pour elle.

— Tu parleras quand même à Vicki, n'est-ce pas ? S'il te plaît ?

Il haussa les épaules. Son regard exprimait le désarroi et la déception.

— Bien sûr.

La chambre était faiblement éclairée ; seule la lumière blafarde du petit matin filtrait à travers les stores tirés.

Vicki se balançait doucement sur le lit, ses enfants contre elle, mais Brenda lui prit Porter des bras et dit à Blaine :

— Sors d'ici, maintenant. On a des cailloux à lancer.

— Je veux rester avec maman, protesta Blaine.

— Dehors, fit Brenda. Tout de suite.

— De toute façon, je dois parler à votre mère, insista Josh. Je vous rejoindrai dans quelques minutes.

Pour une fois, ni Blaine ni Vicki ne protestèrent. Blaine quitta calmement la pièce et referma la porte. Vicki s'allongea sur le dos. Elle portait un short gris et un T-shirt marin à l'effigie de l'université de Duke. Elle était beaucoup plus mince que la première fois que Josh l'avait vue. Elle portait un bandana sur la tête comme une star du rap ; son crâne était presque entièrement chauve.

— Brenda t'a expliqué que je ne voulais plus suivre mon traitement ?

— En fait, elle ne m'a rien dit. Si ce n'est qu'elle était amoureuse de quelqu'un d'autre, pas de moi.

À ces mots, Vicki émit un son entre le rire et le hoquet. Josh était abasourdi par sa propre candeur. Mais quelque chose chez Vicki le mettait à l'aise. Elle était trop jeune pour être sa mère et pourtant, ces dernières semaines, il avait à plusieurs reprises eu le sentiment qu'elle était sa mère, et cela l'avait enchanté. Elle était un peu comme une grande sœur, ou une super bonne copine plus âgée, le genre d'amie qu'il n'avait jamais eu la chance d'avoir. Il l'appelait « boss » pour plaisanter, même si ce n'était pas vraiment une plaisanterie ; elle était bien son boss. Pourtant, elle n'agissait pas en patron, en dépit

du fait qu'elle lui disait toujours ce qu'il devait faire
et lui demandait un rapport complet des activités
des enfants – leur moindre parole, fait ou grimace –
à son retour de la plage, en début d'après-midi. Elle
lui donnait l'impression que c'était *lui* le boss, que
c'était *lui* le responsable – et c'était pour ça, pensait-il, que Brenda lui avait demandé d'aller parler
à Vicki. Vicki l'écouterait.

— Elle est amoureuse d'un type qui s'appelle
John Walsh.

Elle s'assit, prit un mouchoir sur sa table de nuit
et se moucha.

— L'un de ses étudiants de New York. Je
n'arrive pas à croire qu'elle te l'ait confié.

— Et moi de te l'avoir raconté, dit Josh. Je
pensais qu'elle m'avait envoyé ici pour parler d'autre
chose.

— C'est le cas, lâcha Vicki en soupirant. Je ne
vais pas à l'hôpital.

— Pourquoi ?

— J'en ai assez. Ça ne m'aide pas. Ça me fait du
mal. Ça me tue. Tu sais ce que c'est, la chimiothérapie, n'est-ce pas ? C'est l'injection de poison
contrôlée. Ils essayent d'empoisonner les cellules
cancéreuses, mais la plupart du temps, ils empoison-
nent aussi les cellules saines. Alors j'ai l'impression
que j'avais des cellules saines et maintenant, je n'ai
plus que des cellules empoisonnées. Je suis un vais-
seau rempli d'un infâme poison vert.

— Tu es toujours la même à mes yeux, répondit
Josh, même si c'était un mensonge.

— Je n'arrive pas à manger. J'ai perdu cinq kilos et je suis chauve. Je ne peux pas cuisiner, je m'endors devant Scooby-Doo, je ne parviens pas à me concentrer assez longtemps pour jouer à Gains&Pertes, je suis incapable de jeter le moindre petit caillou dans le gobelet en carton. Je ne peux rien faire. Quel était l'intérêt de venir à Nantucket si je ne sors que pour me rendre à l'hôpital ? Je veux aller à la plage, nager, siroter un verre de chardonnay sur la terrasse du cottage. Je veux me sentir mieux. J'en ai marre de la chimio. Il n'y a aucune garantie que ça élimine ma tumeur. C'est juste un pari des médecins. Mais je vais y mettre un terme aujourd'hui. C'est terminé.

— Je vais dire une évidence. Mais sans la chimio, le cancer pourrait s'étendre.

— C'est une possibilité. Mais il peut aussi rester au même stade.

— Mais s'ils disent que la chimio est utile, tu devrais continuer. Il faut penser aux enfants.

— J'ai l'impression d'entendre mon mari. Et c'est dommage. Une chose que j'apprécie vraiment chez toi, Josh, c'est que tu n'as rien en commun avec lui.

Josh se sentit rougir. Il n'avait pas encore rencontré Ted Stowe, mais il avait beaucoup entendu parler de lui par les enfants. Ted Stowe venait chaque week-end, c'était une sorte de sorcier de la finance à New York, et Blaine avait laissé entendre que Ted n'aimait pas Josh.

— Mais je ne connais pas ton papa, avait plaidé Josh. Nous ne nous sommes jamais rencontrés.

— Crois-moi, insista Blaine. Il ne t'aime pas.

Si Ted Stowe ne l'aimait pas, alors Josh était déterminé à ne pas l'aimer. Cependant, Josh comprenait que s'il jouait un certain rôle auprès des Trois Ourses, d'autres hommes – Ted Stowe, le mari de Melanie, Peter, et maintenant ce type dont Brenda était amoureuse – jouaient un autre rôle, plus important, plus substantiel, dans leur vraie vie, en dehors de Nantucket.

Josh s'assit à côté de Vicki. Il sentait qu'il allait puiser dans ses propres références et il se rappela une autre phrase que Chas Gorda répétait sans arrêt : « Méfiez-vous, si vous vous référez à votre propre histoire. » Josh essaya de s'arrêter, en vain. Juste pour cette fois, se dit-il.

— Ma mère est morte quand j'avais onze ans. Elle s'est suicidée.

Vicki lui fit la faveur de rester factuelle. Tant de femmes – des filles qu'il avait rencontrées à Middlebury, Didi – accueillaient la nouvelle avec un regain de sympathie, aussi inutile pour Josh qu'un mouchoir de dentelle.

— Vraiment ?

— Elle s'est pendue pendant que j'étais à l'école.

Vicki hocha la tête, comme si elle attendait la suite de l'histoire.

Il n'y avait rien d'autre à ajouter. Josh avait sauté du bus scolaire et était rentré à la maison exactement comme les autres soirs. Sauf que ce jour-là, son père, assis dans le canapé du salon, attendait son retour. Il n'y avait pas de policiers, de sirènes, personne d'autre. C'est de cette absence de monde que Tom Flynn choisit de parler en premier.

— Je leur ai demandé d'attendre. Ils vont envahir la maison à l'heure du dîner.

— Qui ça ? avait questionné Josh.

Josh ne se rappelait pas des autres paroles de son père avec exactitude. Tom Flynn lui avait résumé l'histoire à sa manière – il était rentré à la maison à l'heure du déjeuner, comme à son habitude (c'était à l'époque où il travaillait de 6 heures du matin à 15 heures) et avait vu que l'échelle qui menait au grenier était descendue. C'était le mois de décembre. Tom Flynn pensa que sa femme était montée pour chercher des décorations de Noël. Il l'avait appelée – en vain. Il avait grimpé l'échelle et l'avait trouvée pendue. Tom avait coupé le nœud coulant et l'avait emmenée à l'hôpital, même s'il était évident qu'elle était déjà morte. Il n'avait jamais décrit à son fils de quoi avait l'air sa femme, ce qu'elle avait utilisé pour se pendre ou ce qu'il avait ressenti en tranchant le nœud coulant ; Josh avait ainsi été protégé de certaines choses. Le visage de sa mère était-il d'une pâleur spectrale ? Et le cou, brisé, formait-il un angle étrange avec la tête ? Cela, Josh ne pouvait le demander à personne.

— Elle n'a pas laissé de mot. Alors je ne saurai jamais pourquoi elle a fait ça.

— Est-ce que tu la détestes ? demanda Vicki.

— Non. Mais si tu arrêtes la chimio demain, que ton cancer se généralise, que tu meures et prives Blaine et Porter de leur maman, je te détesterai.

De nouveau, elle émit ce bruit bizarre, entre le rire et le hoquet.

— Non, je ne crois pas.

Et sur ces mots, elle se mit debout.

Melanie ouvrit la porte du buffet de la cuisine à la volée, en sortit la seule poêle à frire digne de ce nom et la posa bruyamment sur le plus grand brûleur de la cuisinière électrique. Elle était furieuse !

Pour la première fois en presque deux mois, elle s'était réveillée tôt et s'était sentie particulièrement en forme. Elle avait de l'énergie ! À tel point qu'elle avait fouillé son armoire à la recherche de fringues de sport. Au petit matin, elle avait traversé à marche forcée les rues brumeuses et désertes de Sconset. Elle parcourut tout le chemin jusqu'à la plage, aller-retour, en balançant les bras, en inspirant par la bouche et en expirant par le nez. Elle eut le sentiment qu'enfin, enfin, une page était tournée. Tous les livres sur la grossesse expliquaient que les femmes enceintes étaient pleines d'énergie, de vitalité et d'entrain. Et aujourd'hui, Melanie en avait conscience. Adieu, nausées et fatigue – elle se sentait totalement épanouie.

Elle tourna le coin de la rue – de Bunker Hill Road à Shell Street. Elle s'apprêtait à rentrer à la maison, le cœur battant, le sang affluant dans ses veines. En fait, elle était affamée, avait envie de protéines, de deux œufs sur le plat et de toasts beurrés ;

elle était si occupée à penser au jaune d'œuf brillant qu'elle allait casser, à la santé du fœtus qui grandissait en elle, si reconnaissante de son bien-être, que la scène qui se déroulait dans la petite cour du 11 Shell Street ne frappa pas d'emblée son esprit. Sous ses yeux, deux personnes s'embrassaient, puis elles s'enlacèrent. Melanie les reconnut, évidemment, du moins les reconnut-elle séparément, car ensemble, en tant que couple, ils étaient ridicules. C'était Josh et Brenda. Melanie s'arrêta net. Elle se cacha derrière la Peugeot des voisins. Elle pouvait entendre la voix de Brenda, mais elle ne distinguait pas ses paroles. Mais à ce stade, les paroles de Brenda avaient peu d'importance. Elle avait vu Brenda embrasser Josh, et Josh l'enlacer. C'était une scène horrible, pire, en quelque sorte, que la vision de Peter allongé avec Frances Digitt sur un futon japonais du début des années 90, avec des draps aux motifs de chiens au pelage brun. À ce moment-là, Peter et Frances lui semblaient loin, très loin, alors que la trahison de Josh et Brenda était immédiate ; c'était une trahison dans la nouvelle vie de Melanie, sa vie estivale, sécurisée.

Disparu, le sentiment de bien-être. Melanie allait être malade. Elle eut des haut-le-cœur. La jalousie et la colère avaient enflammé tout son être. C'était écœurant, dégoûtant – Josh et Brenda, ensemble. Ce n'était pas juste, pensa Melanie. Elle cracha par terre ; ses genoux tremblaient. Elle leva le menton, prête à les prendre en flagrant délit, mais la cour était vide. Ils étaient partis.

Melanie se rendit à pied au supermarché de Scon-set pour s'acheter un Gatorade et, tout au long du chemin, elle ne cessa de se parler à elle-même, lais-sant échapper un mot à haute voix de temps à autre – on aurait dit une personne déséquilibrée. Absolu-ment révoltant. Inacceptable. Josh avait vingt-deux ans. Il était le baby-sitter. Et pourtant, ils se trou-vaient là, dans la cour, comme un couple d'ados, de débauchés – Brenda à moitié nue dans sa nuisette. Melanie avala le Gatorade et reprit lentement le che-min du retour, nourrissant sa haine pour Brenda. Brenda était... une traînée, une fille facile qui cou-rait après tous les hommes croisant son chemin ; elle les pourchassait pour le plaisir, comme ces gens mal-honnêtes et vils qui chassaient les éléphants pour leurs défenses d'ivoire ou les tigres pour leur four-rure. Elle n'avait aucun scrupule, elle avait couché avec son étudiant, l'Australien qui avait téléphoné. La prochaine fois, à coup sûr, elle prendrait Ted Stowe dans ses filets. C'était la suite logique, avec Vicki qui était si malade. Brenda coucherait avec son propre beau-frère.

— Arrumph, grogna Melanie.

Elle longea la route sur la droite, afin d'admirer son jardin miniature préféré. Brenda était une traî-tresse, comme Frances Digitt. Elle n'avait ni hon-neur ni intégrité. Elle se moquait bien de coucher avec le mari d'une autre ! Melanie fixa le parterre d'iris et de bleuets. Elle ferma les yeux et l'image de

Brenda et Josh en train de s'embrasser envahit son esprit.

Josh.

Quand Melanie revint à la maison, le Yukon avait disparu – Brenda était donc partie pour emmener Vicki à sa séance de chimiothérapie. Melanie pénétra comme une furie dans le cottage et ouvrit la porte-fenêtre à la volée. Son corps réclamait toujours ses œufs. Elle se rua dans la cuisine à grands bruits, tout en pensant, garce, traînée, garce. On aurait dit que ses cheveux s'étaient dressés sur la tête et que sa peau allait se couvrir de cloques.

— Est-ce que ça va ?

Melanie se retourna brusquement. Josh avait émergé de la chambre de Vicki avec le bébé dans les bras. Blaine se tenait à ses côtés, un mini-Josh, tant il reproduisait à présent chacun de ses mots et de ses gestes ; son visage reflétait le plus grand intérêt. Melanie avala la dernière goutte de Gatorade et envoya la canette vide, avec une facilité déconcertante, directement dans la poubelle.

— Je vais bien, dit-elle en tentant de donner à ses paroles une résonance aussi neutre que possible.

Elle leur tourna le dos. Sur la cuisinière, la poêle vide commençait à fumer. Elle laissa tomber une noix de beurre puis sortit les œufs du frigo, ouvrant la porte toute grande avant de la refermer si violemment que tout le réfrigérateur se mit à vibrer. Vraiment, il était impossible de détester Josh – il était tellement mignon, debout avec les enfants. Les garçons l'adoraient, il les adorait, et cela le rendait irrésistible. Bon sang ! C'était terrible. Melanie était jalouse, plus jalouse qu'elle ne l'avait jamais été. Elle voulait que Josh l'apprécie, *elle*, qu'il l'embrasse, *elle*, dans la cour devant la maison. Elle voulait que Josh la regarde de la manière dont il regardait Brenda. Peu importait qu'il soit si jeune. C'était un adulte, en quelque sorte, un jeune homme généreux et bien éduqué – des qualités recherchées par les femmes – et étant donné les sentiments de Melanie, elle aurait pu aussi bien avoir elle-même quatorze ans. J'ai le béguin pour lui, pensa-t-elle. Embarrassant à admettre, mais vrai. Je l'aime bien. Je l'aime. C'est ridicule ! Melanie cassa les œufs dans la poêle, où ils se mirent aussitôt à frire. Il n'y avait aucun bruit derrière elle et elle avait peur de se retourner. Peur que Josh se demande ce qui n'allait pas. Qu'il le devine. Melanie sala les œufs et tenta de les retourner, en vain. Elle était en train de les réduire en bouillie. Elle laissa tomber deux tranches de pain dans le grille-pain. La pièce était si silencieuse qu'elle pensa que les garçons s'étaient éclipsés ou bien réfugiés dans la quiétude de la chambre, mais quand elle fit volte-face pour vérifier, ils étaient assis à la table de la cuisine et l'observaient attentivement.

— Quoi ? demanda-t-elle. Vous n'allez pas à la plage ?

— Dans un moment, répondit Josh.

— Ces œufs sont pour moi. Si vous voulez vous faire à manger quand j'aurai terminé, je vous laisserai la place.

— Nous avons déjà déjeuné, dit Josh. Si tu manges, c'est que tu dois te sentir mieux.

— Je me sens mieux.

Melanie beurra les toasts, puis fit glisser la brouillade d'œufs dessus, avant de s'asseoir à son tour.

— Tu as l'air vraiment en colère. C'est à cause de ton mari ?

— Non. Pour une fois, ce n'est pas à cause de mon mari.

— Tu veux me parler de quelque chose ? demanda Josh.

Elle lui jeta un coup d'œil par-dessus son assiette. Il l'observait avec intérêt. C'était ce regard qu'elle attendait de lui, ou bien était-ce le fruit de son imagination ? Ces yeux verts. Porter suçait sa tétine, la tête posée contre la poitrine de Josh. Melanie avait espéré que parce qu'il était jeune, il serait différent. Il n'aurait pas encore perçu le pouvoir qu'il exerçait sur les femmes. Mais il l'avait manifestement déjà compris. Il connaissait tous les trucs de Peter Patchen et bien d'autres encore. Tout venait de sa beauté, sa force, son accomplissement et, sans aucun doute, le fait d'avoir été abandonné par sa mère. Quelle qu'en soit la raison, il faisait montre pour la première fois de ce qu'on pouvait décrire comme un intérêt sincère pour elle, alors que moins d'une heure plus tôt, il embrassait Brenda. Était-ce une sorte de jeu – séduire toutes les femmes du 11 Shell Street ? Vicki serait-elle la suivante ?

— Je dois aller faire pipi, annonça Blaine.

Il leva les yeux vers Josh, comme pour en demander la permission et Josh hocha la tête, les yeux
toujours rivés sur Melanie. Blaine quitta la table.

Melanie donna un coup de couteau dans ses
œufs ; les jaunes n'étaient pas aussi coulants qu'elle
l'aurait voulu.

— Je t'ai vu embrasser Brenda.

Josh se leva, comme un ballon gonflé à l'hélium,
puis se rassit.

— Ouais. En fait, c'est elle qui m'a embrassé.

— Ça paraissait plutôt réciproque.

— Je pensais que cela signifiait quelque chose.
Mais non. Elle était seulement désespérée, tu sais, à
cause de Vicki, et elle avait besoin de mon aide.

Il prit Porter dans ses bras et déposa un baiser
sur le haut de son crâne.

Melanie détestait ses toasts et ses œufs. Elle ne
pouvait supporter d'en entendre davantage et pourtant, elle avait besoin de savoir.

— L'aider ? De quelle façon ?

— Je devais parler à Vicki. La convaincre d'aller
à sa séance de chimio. Ce qu'elle a fait, je crois.
Enfin, je ne sais pas si j'y suis pour quelque chose,
mais elle y est allée.

Melanie hocha la tête. Le sentiment d'être la cinquième roue du carrosse, une laissée-pour-compte,
l'envahit de nouveau. Des drames avaient lieu sous
ce toit et elle n'en savait absolument rien.

— Et alors, que s'est-il passé avec Brenda ?

— Eh bien, elle est amoureuse d'un autre homme.
Un de ses étudiants qui vit à New York.

— John Walsh.

Melanie prit une nouvelle bouchée. Sa colère et sa confusion commençaient à se dissiper. Elle entendit le bruit de la chasse d'eau des toilettes et Blaine appela Josh.

— Enfin… peu importe. Ce n'était rien. Elle en aime un autre. Enfin… eh bien, tu sais ce que c'est.

— Oui, répondit Melanie, je sais.

II

JUILLET

Brenda était à Nantucket depuis déjà trois semaines, mais elle n'en était nulle part avec son maudit scénario. Jour après jour, elle quittait la maison à 9 heures pour aller à la plage et elle s'installait sur sa langue de sable déserte avec son thermos de café et son bloc-notes. Elle connaissait si bien l'histoire de *L'Imposteur innocent* qu'elle avait l'impression de l'avoir écrite elle-même. Le livre ferait l'objet d'un grand film si elle était capable d'en tirer quelque chose. C'était un classique, avec son lot de drames et un message ambigu du point de vue éthique. Brenda pouvait conserver le découpage, engager John Malkovitch pour le rôle de Calvin Dare et l'habiller avec des chemises à collerette et à lacets, sans oublier la perruque. Ou bien peut-être devrait-elle rendre l'histoire plus moderne ? Transformer Calvin Dare en maçon de Jersey City qui aurait accidentellement tué Thomas Beech avec sa Datsun 300X en sortant du parking du Shea Stadium, après un concert de Bruce Springsteen. Et qui, après un certain nombre de coïncidences minutieusement orchestrées, prendrait la place de Beech dans la branche financière de Goldman&Sachs, et commencerait à sortir avec la fiancée de Beech, Emily, directrice du magasin Kate Spade à Soho. Brenda pouvait prédire que le film serait un succès commercial, même s'il essuierait de nombreuses critiques. Elle avait même un lien ténu dans le « milieu » : le père de son ancienne étudiante, Amy Feldman, était le directeur de Marquee Films.

Mais elle était incapable d'écrire.

Tout au long de sa vie, Brenda s'était toujours laissé facilement distraire. Pour travailler, elle avait besoin de solitude et d'un silence absolu. Ses parents s'étaient arrangés pour lui octroyer ces conditions durant la période du lycée. Ellen Lyndon avait cessé d'écouter de la musique classique sur le poste radio de la cuisine ; elle avait débranché la sonnerie du téléphone ; elle avait même autorisé Brenda à sauter le dîner pour pouvoir étudier dans le silence strict de la réserve de la bibliothèque de Bryn Mawr College. Puis, à l'université, Brenda se réfugiait dans des recoins où personne ne pouvait la dénicher, afin de lire et d'écrire durant des heures sans interruption. Elle condamnait la porte de son appartement et tirait les rideaux. Une année, pour Noël, Vicki lui avait offert une pancarte à accrocher à sa porte : « Ne pas déranger. Génie à l'œuvre. » C'était très ironique. Vicki avait beaucoup de mal à comprendre les esprits « mono-tâche ». Elle-même avait été multi-tâches avant même qu'on puisse nommer un tel talent. Mais Brenda était incapable de penser à deux choses en même temps et encore moins à qua-

tre ou cinq. C'était le cœur du problème. Comment
était-elle supposée écrire un scénario alors que son
esprit était perturbé par les détails de sa disgrâce,
ses problèmes juridiques et financiers, ses inquié-
tudes grandissantes pour Vicki et les enfants – et
par-dessus tout, son obsession entêtante pour John
Walsh ?

Brenda ne cessait de penser à lui. C'était plus fort
qu'elle. Et absurde ! Brenda se disait à présent que
c'était elle qui devrait voir un médecin – elle avait
besoin d'un traitement. Enlevez-moi mon obsession
pour John Walsh. Elle me dévore comme un cancer ;
elle grandit en moi comme un bébé.

En vingt et un jours, John Walsh n'avait appelé
qu'une seule fois, au tout début, le jour même où
Blaine s'était perdu, quand Melanie avait répondu
au téléphone et gribouillé le message que Brenda
gardait depuis dans son édition originale de *L'Imposteur innocent*. Elle n'avait pas entendu la voix de
Walsh depuis vingt et un jours ; elle n'avait pas vu
son visage. Il lui avait déclaré son amour avec tant
d'ardeur, de conviction, qu'elle pensait que les
appels auraient été aussi incessants que ceux de sa
mère et de son avocat. Elle croyait que Walsh la
poursuivrait jusqu'à ce qu'elle cède. Mais non. Un
seul appel et c'était tout. Typique, de la part d'un
Australien ! Si tu me veux, pensait-il sûrement, tu
sais où me trouver. Ou bien peut-être qu'il ne
l'aimait plus. Il l'avait prise au mot et décidé que
leur relation ne mènerait nulle part. Maintenant que
la carrière de Brenda était en lambeaux et son nom

déshonoré, il ne lui trouvait peut-être plus aucun intérêt. Ou bien il avait rencontré quelqu'un d'autre ? Il était vain de faire des spéculations, mais elle ne pouvait s'empêcher de se demander à quoi il occupait ses journées à New York. Était-il retourné dans la société de construction où il avait déjà travaillé ? Était-il assis sur un échafaudage, torse nu, en train de manger un sandwich ? Que faisait-il le soir ? Travaillait-il durant les longues soirées d'été à la bibliothèque de droit, comme Brenda l'espérait – ou bien sortait-il dans les clubs, pour danser et coucher à droite et à gauche ? Toutes les jeunes filles de la classe de second semestre de Brenda étaient amoureuses de lui – Kelly Moore, l'actrice de série télé aux cheveux auburn, Ivy, la lesbienne, et surtout Amrita, la flatteuse. Voilà le cœur du problème.

Brenda avait l'impression qu'elle tentait de sortir d'un fossé alors que ses pieds étaient embourbés. Elle était incapable de se concentrer. Toutes les cinq ou six minutes, elle fixait les pages jaunes et ne voyait que les pâles lignes bleues et les espaces vides entre les lignes. Puis elle s'admonestait : Concentre-toi ! Mais le film qui se jouait dans sa tête n'était pas *L'Imposteur innocent*. Les deux seules fins réellement possibles de leur relation étaient d'être ensemble (*L'Heureuse Traversée*) ou séparés (*Le Crash*).

Brenda posa son bloc-notes et s'allongea sur sa serviette, le visage tourné vers le soleil. Elle préférait s'en tenir à la première version. *L'Heureuse Traversée*. La soirée où Brenda et Walsh étaient sortis ensemble avait débuté de façon plutôt innocente.

Brenda avait rendez-vous avec son meilleur ami – et éternel amoureux secret – Erik vanCott, accompagné de sa petite amie Noel, au Café de Bruxelles, pour manger un plat de moules-frites. Brenda détestait Noel – elle avait toujours détesté les petites amies d'Erik –, mais elle avait une aversion toute particulière pour celle-ci, parce que, d'après Erik, Noel était le « genre de femme qu'on épouse ». Erik avait prononcé ces mots à haute voix, obligeant Brenda à faire face à une dure réalité : Erik allait vraisemblablement passer sa vie avec une autre femme, une femme qui ne serait pas Brenda, en dépit de ses années de dévotion et des liens puissants qui les liaient. Brenda savait qu'elle devait mettre des distances entre eux. L'aimer, c'était un peu comme s'arrimer au *Titanic* et sombrer dans sa cabine de luxe. Cependant, elle ne pouvait se passer de lui aussi brutalement et, ces derniers temps, Erik ne se séparait jamais de sa petite amie. Les yeux de Noel étaient d'un brun-jaune chaud et ses cheveux aussi longs et soyeux qu'un manteau de fourrure. Elle portait un pull de cachemire blanc et de petites perles aux oreilles. Ils étaient assis tous les trois à une table pour deux – avec Brenda coincée dans le coin, comme une tumeur. Avant même que les célèbres frites ne leur soient servies, une chose mémorable se produisit : Erik et Noel commencèrent à se disputer. Noel ne mangeait pas et Erik choisit ce soir-là pour l'accuser d'être anorexique.

— Tu ne manges pas de pain ?

— Je mange ce que je veux. Qu'est-ce que ça peut bien te faire ?

— Tu me demandes ce que ça peut me faire ? Tu veux savoir pourquoi je m'inquiète ?

Pendant ce temps, Brenda s'occupait avec un morceau de pain croustillant ; elle le tartina de beurre et Erik lui lança un regard approbateur.

— Ça, c'est ma copine, dit Erik. Brenda sait ce que c'est que manger.

— Eh bien, ouais, intervint Brenda. Tu me connais. Pas de discrimination.

Peu après, les moules arrivèrent, avec les frites. Noel faisait la tête.

— Tu n'en veux pas ? lui demanda Erik. Pas une seule frite ?

— Non.

— Très bien. Tout va bien. Brenda va en prendre, n'est-ce pas ?

Brenda regarda entre Erik et Noel. Elle était une grenade jetée au pied de la forteresse de Noel. Voilà ce qui arrivait quand vous, célibataire, sortiez avec un couple – vous étiez ou ignorée ou bien utilisée comme munition. Aussi Brenda fit-elle la seule chose raisonnable à ses yeux : elle prétendit avoir besoin de se rendre aux toilettes, et elle s'enfuit du restaurant.

Elle se trouvait sur Greenwich Avenue à 21 heures, un vendredi soir. Les gens se coulaient autour d'elle comme une rivière autour d'un rocher. Elle ne savait que faire. Sa confiance en soi se dévidait comme une pelote de laine. Elle n'arrivait pas à savoir si sa fuite serait perçue comme une attitude brillante ou bien totalement déplacée. Qu'en pense-rait sa mère ? À cet instant, le téléphone de Brenda sonna. *John Walsh*, lut-elle. Elle savait qu'elle n'aurait pas dû répondre – il y avait peu de chance qu'il l'appelle au sujet du programme, n'est-ce pas ? Hélas, Brenda se sentait nerveuse après l'épisode Erik-et-Noel. Son bon sens l'abandonna, dégouli-nant sur le trottoir comme un melon écrasé. Elle prit l'appel.

Brenda devait retrouver John Walsh au Cupping Room, sur Broome Street. Elle arriva la première et commanda un verre de cabernet pour calmer ses nerfs. Le barman l'informa alors qu'un homme au bout du bar souhaitait lui offrir son verre. Quel homme ? Un homme corpulent en costume avec une moustache grise. Il était à peine plus jeune que son père. Brenda se sentit flattée, puis se ravisa. Elle nageait en eaux inconnues. Pendant qu'elle attendait son étudiant dans un bar, un étranger voulait lui offrir un verre. Quelle était l'étiquette ici ?

— Merci, dit Brenda au barman, c'est très gentil, mais j'attends quelqu'un.

— Normal, répondit le barman.

Qu'est-ce que ça voulait dire, au juste ?

Elle n'eut pas le temps de réfléchir car la porte s'ouvrit sur Walsh, qui était si séduisant que toutes les têtes se tournèrent vers lui – y compris celle de l'homme à la moustache. Walsh portait une chemise et une veste de cuir noires et, avec ses cheveux coupés court, sa peau, ses yeux, eh bien, il dégageait une sorte d'aura, ou quelque chose de ce genre.

Étudiant en deuxième année. Ha ! Brenda prit une grande lampée de vin en espérant que cela n'allait pas colorer ses dents, et se leva.

Il l'embrassa.

Son talon glissa sur une parcelle de sol mouillé et elle faillit tomber en arrière. Il la rattrapa par le bras.

— Bonjour, lança-t-elle.

— Salut. Je n'arrive pas à croire que vous ayez accepté de me voir.

Dans ce cas, ils étaient deux.

— C'est très mal. Vous êtes l'un de mes étudiants. Si quelqu'un nous voit…

— Nous sommes à Soho. C'est un autre monde.

Les trois heures suivantes, Brenda décida de faire semblant de croire que c'était vrai. Elle but du vin et Walsh du gin Tangueray. Au début, Walsh parlait, ce qui permettait à Brenda de donner libre cours à ses obsessions. Un étudiant de deuxième année, mon étudiant, bon sang, qu'est-ce que je trafique ?

Il évoqua la ville d'où il venait, à l'ouest de l'Australie. Fremantle. South Beach ; le Cappuccino Strip ; les restaurants de fruits de mer sur le port ; les marchés du week-end ; le goût d'un fruit de la passion que l'on déguste assis sous un pin Norfolk en contemplant l'océan Indien ; les vagues de Cottesloe ; un bateau à voile sur le Swan ; le vin et le fromage de Margaret River. Sa famille vivait dans une bâtisse centenaire dans le sud de Fremantle. Son père et sa mère, sa sœur, une nièce et un neveu qu'il n'avait vu qu'en photo, habitaient sous le même toit. Le copain de sa sœur, Eddie, vivait là aussi, même si Eddie et sa sœur n'étaient pas mariés. Et, pour en rajouter une couche – l'expression de Walsh fit sourire Brenda – Eddie était au chômage.

— Et pour ne pas vous donner tous les détails, ma mère a un jardin rempli de rosiers et mon père a finalement rejoint le XXIe siècle en achetant un appareil photo numérique. Comme ça, il m'envoie des photos des petits faisant leurs premiers pas entre les rosiers.

— Ça semble merveilleux.

Elle le pensait.

— C'est le paradis. Mais je ne m'en suis rendu compte que quand je suis parti et maintenant que je suis ici, j'ai du mal à rentrer.

— Est-ce que vous allez retourner chez vous ?

— C'est ça ou je brise le cœur de ma mère.

Le barman s'approcha et Walsh commanda un sandwich. Est-ce que le Pr Lyndon voulait quelque chose ?

— S'il vous plaît, ne faites pas ça.

— Quoi ?

— Ne m'appelez pas professeur Lyndon. Si vous recommencez, je m'en vais.

Il sourit.

— Très bien, Brenda (Brindah). Vous voulez un sandwich ?

— Je prendrai un morceau du vôtre, si ça ne vous dérange pas.

— Pas de problème. Mon sandwich est le vôtre.

— J'ai déjà mangé un petit quelque chose en début de soirée.

Ce disant, elle commanda un nouveau verre de vin.

— Vous êtes sortie ?

— Oui.

Elle raconta à Walsh son dîner avorté avec Erik et Noel, puis sa longue histoire avec Erik.

— Je suis amoureuse de lui depuis que j'ai seize ans. Les gens normaux mûrissent et passent à autre chose. Mais pas moi.

— Je considère l'amour à seize ans comme le plus beau qui soit. Pour sa pureté. J'ai aimé une fille, Copper Shay – la fille la plus pauvre que j'aie jamais connue, et je l'aimais encore plus pour ça. Quand je pense à Copper, je pense aux choix que j'aurais pu faire qui m'auraient amené à vivre en Australie avec elle et quatre ou cinq enfants. Je parie que nous aurions été heureux. Mais ce n'est pas comme ça que ça marche.

— Non, dit Brenda, et elle en était heureuse.

Encore un verre de vin et ils s'embrassaient. Leurs tabourets de bar étaient pratiquement l'un sur l'autre et les genoux de Walsh enserraient les jambes de Brenda. Quand il l'embrassa, ses genoux pressè-rent les jambes de Brenda qui ne put s'empêcher de penser au sexe. Au bout du bar, il y eut des rires, quelques applaudissements et Brenda se dit : Tout le monde nous regarde. Mais quand elle leva les yeux, elle constata que chacun était occupé à boire son verre ou vaquait à ses propres occupations, excepté l'homme à la moustache en guidon, qui lui fit un clin d'œil et leva son verre à leur intention.

— Tu n'es pas en train de penser à Erik en ce moment, n'est-ce pas ?

— Non.

Vers 1 heure du matin, Walsh se mit à boire de l'eau. Il avait un match de rugby le lendemain matin à Van Cortland Park, lui expliqua-t-il. Voulait-elle venir le voir ?

— Je ne peux pas, répondit-elle.

Elle flottait un peu – après quatre verres de vin, sans compter ce qu'elle avait bu plus tôt dans la soirée pour évacuer l'image de la future épouse anorexique Noel – et à présent, dans ce bar à la musique de jazz sensuelle, elle était esclave de ses nouveaux sentiments. Elle appréciait ce type, elle l'appréciait vraiment. Le seul à Manhattan qui lui était interdit… et voilà où ils en étaient.

— Très bien, dit-elle en se levant confusément, et en essayant de rassembler son sac, son téléphone portable, ses clés, l'argent pour la note, son manteau. Je dois y aller.

— Oui, dit Walsh en bâillant.

Il fit un signe de la main au serveur qui lui tendit un reçu de carte de crédit. Walsh avait déjà payé la note.

— Merci. Tu as sauvé ma soirée.

— Pas de problème.

Il l'embrassa. Elle caressa ses oreilles, passa la main dans ses cheveux très courts. Le désir la consumait tout entière. Elle voulait sentir son accent

vibrer tout contre sa poitrine – mais ça suffit ! Il
avait un match de rugby et elle…

— Taxi ? demanda Walsh.

— Je vais en prendre un seule. East Side, tu vois.

— Tu es sûre ? On peut quand même le partager.

— Non, je t'assure.

— Très bien, alors.

Un baiser. Un autre baiser. Un autre long baiser.

— Je te vois mardi, Brindah.

— Mardi ?

— En cours.

Brenda s'assit sur sa serviette de plage. Elle avait
le vertige. Elle marcha vers l'océan. Son scénario
n'avait pas progressé d'un pouce, aujourd'hui non
plus. Et demain, on était vendredi, jour où elle devait
emmener Vicki à sa séance de chimio ; Ted allait
remplacer Josh et Brenda serait appelée en renfort
pour surveiller les enfants et les tenir tranquilles.
Elle avait accepté ces responsabilités de tout cœur.
(Repentir, pensa-t-elle. Expiation.) Ce week-end, ils
avaient prévu de faire une excursion à Smith Point,
suivie d'un pique-nique autour d'un feu sur la plage,
avec du homard au menu. Le but était de faire sortir
Vicki du cottage, de l'obliger à manger, de lui faire
partager les joies de l'été et de la vie de famille – et
ce qui signifiait pour Brenda qu'elle n'aurait aucune
chance de travailler avant lundi.

Brenda pénétra dans les vagues qui s'écrasaient
sur la plage puis plongea sous l'eau. Elle se demanda
à quoi ressemblait l'océan en Australie. De retour

sur sa serviette, elle vérifia ses dix derniers appels, juste au cas où Walsh aurait appelé durant les trois minutes de son absence, et où elle aurait manqué son numéro la centaine d'autres fois où elle avait consulté ses messages. Non, rien. Brenda avait laissé son exemplaire de *L'Imposteur innocent* à la maison, dans son coffret, à l'abri du sable et des embruns, mais si elle fermait les yeux, elle pouvait voir la note manuscrite. *Appelle John Walsh !*

Elle allait l'appeler. Elle allait l'inviter à Nantucket. La plage, la natation, l'air pur – il adorerait cet endroit. Est-ce que Walsh aimait le homard ? Sûrement. Étant typiquement australien, il mangerait n'importe quoi (y compris, il avait l'habitude de taquiner Brenda avec ça, ce qu'il appelait « la bouffe de la brousse » – des larves, des écorces d'arbre, des œufs d'escargot).

Mais à peine Brenda eut-elle composé les quatre premiers numéros – 1-212 (je pourrais être en train d'appeler n'importe qui à Manhattan, pensa-t-elle) – que la seconde version du film commença à fléchir sa volonté. *Le Crash*. Brenda tenta de balayer cette image persistante, en vain. La peinture de Jackson Pollock.

Il lui avait fallu des semaines pour apprécier cette œuvre. Et ensuite, à l'époque où elle était amoureuse de John Walsh, la peinture la fascinait. Brenda aimait tout particulièrement la ligne bleue qui se détachait comme une veine trouant une masse noire compacte. C'était un éclair de lucidité émergeant du chaos. Voilà comment elle l'interprétait.

— Vous ne travaillerez plus jamais dans le milieu universitaire, lui avait lancé Suzanne Atela, la dureté de son ton adouci par son accent des Bahamas. J'y veillerai personnellement. Quant à votre acte de vandalisme…

« Votre acte de vandalisme. » Les termes semblaient si péjoratifs, si insultants. On pouvait parler de vandalisme à propos d'une ado mettant en charpie le mur des toilettes ; des petits malfrats qui taguaient le parc de skateboard ou bien brisaient la vitrine d'une pizzeria. Cela n'avait aucun rapport avec les mots échangés entre Brenda et Mlle Pencaldron dans la salle Barrington. Mais Brenda était si énervée, si désemparée, si frustrée – elle avait eu besoin de jeter quelque chose ! Même quand Mlle Pencaldron avec crié et ordonné à Augie Fisk de rester dans le couloir, au cas où Brenda tenterait de s'échapper, même quand l'équipe de sécurité du campus était arrivée, elle n'avait pu détacher son regard de la peinture. Le grondement noir et diabolique l'avait ensorcelée. C'était comme si elle était prise au piège, comme si sa raison avait été dévoyée par une série de mauvaises décisions.

Cent soixante mille dollars, plus les honoraires de l'avocat. Ce n'était que le prix à payer ; cela ne donnait aucune idée des dommages causés à la réputation de Brenda. Elle ne travaillerait plus jamais dans une université.

Appelle John Walsh ! criait la note. Mais non, elle ne pouvait pas le faire. Elle éteignit son téléphone.

La première semaine de juillet s'écoula, puis la seconde – et toujours aucun signe des deux cent dix dollars que Didi lui devait. Josh n'était pas surpris ; prêter de l'argent à Didi revenait à le jeter dans la cuvette des toilettes. Il écrivit une lettre de menaces à Didi dans son journal (*Il est temps de grandir ! Prends tes responsabilités ! Tu ne peux pas continuer à te jeter dans la mer et à pleurer ensuite parce que tu es en train de te noyer !*) L'écriture avait sur lui un effet cathartique, et Josh s'estima heureux de ne pas avoir cédé une deuxième fois. Quand elle lui avait redemandé de l'argent, il avait refusé, et depuis, plus de nouvelles. Elle n'était plus réapparue sur le parking de Nobadeer Beach et avait cessé de laisser des messages avinés sur sa boîte vocale au milieu de la nuit. Josh aurait été heureux d'effacer ce prêt de sa mémoire, mais malheureusement quelqu'un – Josh ne saurait jamais qui – en avait parlé à Tom Flynn et, dans le monde de Tom Flynn, quand vous aviez gagné de l'argent à la sueur de votre front, vous deviez vous faire un point d'honneur à le récupérer. À son grand désarroi, le sujet fut lancé durant le dîner.

— Tu as prêté de l'argent à la fille Patalka ?

Josh avait commencé à sortir avec Didi au lycée, en deuxième année – soit six ans auparavant – et Tom Flynn l'avait toujours appelée « la fille Patalka ».

— Elle m'a raconté qu'elle était dans le pétrin.

— Elle dit toujours ça. Elle travaille maintenant, non ?

— À l'hôpital, confirma Josh, alors que son père le savait déjà.

— Alors pourquoi… ?

— Parce qu'elle a des soucis, papa.

Josh ne voulait pas avoir à en dire plus.

— Je vais les récupérer.

— Bien sûr. Ce qui est à toi est à toi. Tu ne travailles pas pour l'entretenir. Elle n'a pas de frais d'université à payer.

— Je sais, papa, je vais les récupérer.

Tom Flynn n'ajouta rien, hélas, car les mots « je vais les récupérer » flottaient encore dans l'air à la fin de la conversation, comme une promesse que Josh savait ne pas pouvoir tenir.

Jamais, même dans un million d'années, il n'appellerait Didi pour lui réclamer son argent, tout simplement parce qu'elle ne l'aurait pas et qu'argumenter avec elle serait déprimant et vain.

Ainsi, quand Vicki déclara, quelques jours plus tard, qu'elle voulait que Josh se joigne à eux pour le pique-nique de samedi soir à Smith Point, il accepta aussitôt – il pourrait dire à son père que les cent dollars gagnés provenaient de Didi. Mais il comprit rapidement que ce n'était pas une proposition de travail. C'était une simple invitation. Les Trois Ourses allaient acheter du homard chez Sayle, elles feraient un bon feu sur la plage et des *s'mores*[1] pour les enfants ; elles allumeraient des cierges magiques, localiseraient les constellations et, si l'eau était assez chaude, elles prendraient un bain de minuit.

— Mon mari, Ted, sera là, précisa Vicki. Je pense qu'il est grand temps que vous vous rencontriez et que vous fassiez connaissance.

À ce moment-là, Josh tenta de faire machine arrière. Son rôle au 11 Shell Street devenait suffisamment flou sans qu'il y ajoute un pique-nique en famille sur la plage. Et rencontrer Ted Stowe était bien la dernière chose qu'il souhaitait. D'habitude, Josh quittait le 11 Shell Street à 13 heures, le vendredi après-midi, et Ted arrivait aux environs de 16 heures. Ted repartait le dimanche soir et Josh arrivait à 8 heures le lundi matin. Avec cet emploi du temps, Josh avait bon espoir de ne jamais se retrouver nez à nez avec lui – du moins jusqu'à ce que Ted prenne ses congés, à la fin du mois d'août. Il craignait deux choses, l'antipathie de Ted Stowe – déjà avérée – et son jugement. Josh, dans un merveilleux moment de flottement, avait embrassé Brenda, et à présent, il commençait à sentir d'intéressantes vibrations du côté de Melanie. Et si Ted s'en rendait compte ? En tant qu'unique mâle de la maison, il pouvait percevoir un lien privilégié entre Josh et une ou deux des Trois Ourses. Josh ne voulait pas être renvoyé, ou tabassé.

---

1. Le « s'more » est un marshmallow nappé de chocolat entre deux crakers, que l'on fait traditionnellement griller au feu de bois.

Ainsi, le lendemain du jour où il avait accepté de venir au pique-nique, il choisit la solution de facilité et alla trouver Brenda.

Il l'intercepta juste avant de remonter dans sa Jeep, à 13 heures. Elle revenait de la plage avec son bloc-notes, son thermos et son téléphone portable.

— Alors, ce scénario, ça avance ? demanda-t-il.

— Ne me le demande pas.

— Très bien. Je ne dis plus rien. Oh, au fait, je ne peux pas venir samedi soir. Je viens de me rappeler que j'avais prévu autre chose. Tu pourras le dire à Vicki ?

Brenda se mordit la lèvre inférieure.

— Ohhhh. Zut.

— Quoi ?

— Vicki voulait tellement que tu viennes. Tu vois, elle nous a répété mille fois combien il était important que tu sois là. Et que tu rencontres Ted. Il apporte des cannes à pêche, comme ça, vous, les garçons, vous pourrez pêcher ensemble.

— Nous, les garçons ? Pêcher ensemble ?

— Avec Blaine.

Brenda prit une profonde inspiration ; sa poitrine se souleva puis se rabaissa. Josh s'efforça de ne pas la regarder. Elle était amoureuse d'un autre homme.

— J'ai peur que si tu annules, Vicki fasse un truc dingue. Comme tout envoyer par-dessus bord. Dans l'état où elle est en ce moment, c'est exactement ce qu'elle va faire. Tout envoyer balader. Or il faut vraiment qu'on la fasse sortir. C'est très important. On doit lui remonter le moral.

— C'est vrai. Mais c'est un pique-nique en famille et je ne fais pas partie de votre famille.

— Pas plus que Melanie. Et elle vient.

Josh baissa les yeux au sol. Penser à Melanie ne faisait qu'augmenter sa confusion.

— Tu ne peux vraiment pas reporter ce que tu avais prévu samedi soir ? Tu es bien sûr ?

Elle baissa la voix.

— Je serais heureuse de te payer.

— Non, non, non, répondit Josh très vite.

Il était embarrassé à l'idée que ses réelles motivations aient été découvertes.

— Je ne veux pas être payé. Je viendrai.

Brenda eut l'air si heureuse et si soulagée que Josh crut un instant qu'elle allait de nouveau l'embrasser. Mais non, pas de chance. Elle lui adressa juste un ravissant sourire et lui pressa le bras.

— Merci, murmura-t-elle. Merci.

L'achat de deux cannes à pêche chez Urban Angler, sur la Cinquième Avenue, la pression des pneus du Yukon, quatre cagettes de bois « empruntées » au Shop&Shop, cinq dîners complets au homard, composés de pommes de terre vapeur, maïs grillé, salade caesar, *biscuits au babeurre, d'une demi-douzaine de palourdes, d'un homard de un kilo cuisiné au beurre blanc, une glacière remplie de chardonnay et de Stella Artois, une boîte de crakers, un paquet de marsh-mallows, des barres de chocolat Hershey's, une boîte*

de cierges magiques achetée à China Town, la version
poche du livre de Keller, Le Guide des constellations.

Vicki se moquait du pique-nique sur la plage. Les
autres années, elle était la puissance organisatrice
– est-ce qu'on avait pensé au spray anti-moustiques ?
Est-ce que le permis de plage était bien en vue sur
le pare-chocs de la voiture ? Avaient-ils des câbles
pour redémarrer la voiture en cas de panne de batterie, et une corde de remorquage ? Avait-on prévu
des hot-dogs pour les enfants, du Ketchup, des jus
de fruits ? Est-ce qu'ils avaient apporté la poudre de
bébé pour enlever le sable des pieds des enfants ?
Des couches ? Un biberon de lait chaud pour Porter ? Des sacs-poubelle ? Un tire-bouchon ? L'appareil photo ? À présent, Vicki était allongée dans son
lit et écoutait Ted, Brenda et Melanie tenter de
s'occuper de tout à sa place. Elle s'en fichait. Avant,
elle avait la sensation d'être une boîte de jouets
cassés. Maintenant, elle n'avait plus aucune sensation. Une semaine plus tôt, en réponse à ses plaintes,
ses pleurs, ses colères, le Dr Alcott lui avait prescrit
de nouveaux médicaments – pour la dépression,
avait-il expliqué. Depuis six jours, le monde extérieur ne présentait plus aucun intérêt pour Vicki,
dont la conscience flottait dans l'air comme un ballon paresseux. C'était cent fois pire que la douleur,
ce détachement, cette nonchalance, ce sentiment
d'être déconnectée du monde réel – de l'île, du cottage, des enfants. Le jeudi, Vicki jeta ses pilules, acte

de rébellion qui n'était que le précurseur de celui du lendemain. Vendredi, elle sécha la chimio.

Ce fut simple comme bonjour avec Brenda comme ange gardien. Car même si Brenda faisait du bon travail – et même un travail exemplaire –, Vicki la connaissait par cœur, et jouer avec les faiblesses de sa sœur était simple comme bonjour. Vendredi matin, elles se faufilèrent dans la voiture – discrètement, comme toujours, pour ne pas éveiller l'attention des enfants – et Vicki remarqua que Brenda avait fourré dans son sac son bloc-notes et *L'Imposteur innocent*. C'était inhabituel, car Brenda avait beau emporter son bloc-notes partout, elle ne l'avait jamais à l'hôpital. Durant les séances de chimio, curieusement, Brenda passait son temps à lire de vieux magazines *People*.

— Tu comptes écrire aujourd'hui ? lui demanda Vicki.

— J'ai vraiment pris beaucoup de retard.

— Tu sais, tu n'as pas à attendre à l'hôpital avec moi. En fait, plus j'y pense, plus je me dis que tu perds ton temps. Je connais les rouages maintenant, et l'équipe prend bien soin de moi. Ils n'ont jamais besoin de toi. Pourquoi ne me laisses-tu pas simplement à l'entrée de l'hôpital et – oh, je ne sais pas – ne vas-tu pas prendre un café au Even Keel ? Tu as certainement beaucoup de travail.

— Tu as sûrement raison.

— Tu devrais le faire.

— Sans doute.

— Je t'assure, Bren. Tu as deux heures de libres. Reviens me chercher à 11 heures.

Brenda mordilla sa lèvre inférieure et n'ajouta pas un mot sur le sujet, mais Vicki connaissait sa sœur. Après toutes ces années dévolues à un travail patient – université, dissertations, exposés, recherches – Brenda n'aurait pas le courage de refuser cette proposition. Le cœur de Vicki s'emballa à l'idée de sa prochaine escapade. Ce serait seulement pour cette fois ; elle ferait l'école buissonnière. Pas d'aiguille, pas de poison, pas de Ben ou Amelia, pas de ESPN, pas d'odeur antiseptique typique de l'hôpital – et durant un week-end estival – pas d'effets secondaires. Le mardi suivant, Vicki reprendrait ses bonnes résolutions. Elle emmagasinerait de la force et du courage et retournerait dans l'unité de cancérologie, et même avec entrain – si seulement elle pouvait s'échapper aujourd'hui.

Brenda s'arrêta sur le parking. Elle se mordillait toujours la lèvre inférieure, se disant peut-être que ce serait égoïste de sa part…

— Laisse-moi ici, dit Vicki.

Brenda soupira.

— Oh, Vicki, tu es sûre ?

— Oui, oui, j'en suis sûre. Va écrire. Tout ira bien.

— Je ne sais pas.

— Tu as peur de rater les derniers potins sur Britney Spears ?

Brenda se mit à rire.

— Non.

— On se retrouve à 11 heures.

Brenda s'avança jusqu'à l'entrée de l'hôpital et Vicki descendit de la voiture. Vicki jeta un coup d'œil à sa sœur au moment où elle redémarra ; elle avait l'air aussi libre et heureuse que Vicki à cet instant-là.

Vicki passa ses deux heures volées à paresser à l'ombre du Vieux Moulin. Bien qu'il se trouvât à une courte distance de l'hôpital – un bon batteur de base-ball aurait pu y envoyer une balle – c'était pour elle le bout du monde et, quand elle arriva en haut de la colline, elle n'était pas loin de l'hyperventilation. Elle s'allongea dans l'herbe, hors de vue des voitures, et fixa le ciel, que les ailes du moulin découpaient en parts, comme une tourte. Pendant deux heures, elle ne fit rien – depuis combien de temps n'avait-elle rien fait du tout ? Même le temps passé allongée au cottage s'apparentait à du travail : elle luttait contre la maladie, encourageait son corps à se battre, et elle gardait toujours un œil sur l'activité de la maison – Brenda et Melanie, Josh et les enfants. Elle essayait toujours de rassembler son énergie pour lire une page de son livre ou bien une partie du journal, afin que sa journée ne soit pas totalement vaine. Mais ici, à Prospect Hill, à l'ombre des ailes du moulin qui fonctionnait encore, Vicki était loin des rigueurs de la maladie. Personne ne savait où elle était et ainsi, c'était un peu comme si elle avait cessé d'exister. Elle faisait l'école buissonnière, purement et simplement. Elle profitait du plaisir singulier de s'évader. Mamie appellerait à la maison, mais personne ne serait là pour lui répondre. Le mardi suivant, Vicki expliquerait qu'elle avait oublié (oublié la chimiothérapie ?) ou bien que la voiture était en panne ou les enfants malades. Ou peut-être reconnaîtrait-elle qu'elle n'avait pas voulu venir. Elle avait besoin d'un break. Une journée rien que pour elle. « Vous savez ce qu'on dit à propos de se battre soi-même la tête avec un marteau ? dirait-elle à Mamie. Ça fait du bien quand ça s'arrête. »

C'est seulement quand Brenda vint la rechercher – Brenda était descendue de la voiture pour la prendre par le bras et l'aider à monter sur le siège passager, car c'était habituellement nécessaire – que la culpabilité s'insinua en elle.

— Ça s'est bien passé ? demanda Brenda. Comment te sens-tu ?

C'étaient les questions d'usage, mais Vicki se sentait peu disposée à y répondre. Que dire ? Que disait-elle d'habitude ?

Elle haussa les épaules. Le haussement d'épaule pouvait-il être considéré comme un mensonge ?

Sur le chemin du retour, Vicki ouvrit la fenêtre et posa son coude sur le rebord ; elle voulait s'imprégner de la chaleur des rayons du soleil et de la douceur de l'air. La piste cyclable était pleine de monde – des gens qui se promenaient ou faisaient du vélo, des couples avec des enfants en poussette. J'ai séché la chimio, pensa Vicki. Soudain, elle se sentit affreusement mal. Elle se rappela les paroles du Dr Garcia à propos de la valeur de la chimio, qui abattait les cellules cancérigènes les unes après les autres. Elle les tuait, déblayait le terrain, les empêchant au maximum de créer des métastases. La tumeur s'était logée contre la paroi pulmonaire. Elle devait en être décollée pour permettre aux chirurgiens d'intervenir. La chimiothérapie était un procédé cumulatif. La chose la plus importante était la régularité. Alors… que lui arrivait-il ? Est-ce qu'elle ne voulait pas guérir ? Ne pouvait-elle endurer la douleur, la perte de cheveux, la confusion mentale, pour le bien de ses enfants ?

Et le Dr Alcott ? Comment avait-elle pu manquer leur rendez-vous ? Il était sûrement déjà prêt à lui faire son petit speech réconfortant – « Comment vous sentez-vous ? Vous tenez le coup ? Vous êtes un soldat, une superpatiente »… Il devait se demander où elle était, il avait dû appeler à la maison, et si Melanie était là, peut-être qu'elle s'était précipitée pour répondre ? « Elle est allée à l'hôpital. Je l'ai vue partir. » Il n'aurait plus aucune raison de lui dire des paroles réconfortantes, car Vicki n'était pas un bon soldat. Elle n'était même pas une patiente.

Le temps qu'elles arrivent à Shell Street, Vicki était paralysée de peur. Elle pouvait à peine respirer – mais peut-être était-ce parce qu'elle avait manqué sa séance, peut-être que les cellules cancéreuses se renforçaient, se multipliaient. Elle ne valait pas mieux que la mère de Josh, qui s'était pendue alors qu'il était à l'école. Vicki était en train de se suicider.

Quelqu'un avait frappé à la porte d'entrée et Vicki s'assit précipitamment dans son lit. Elle

attrapa sa perruque sur la table de nuit. Elle la déposait sur une tête en plastique que Blaine appelait
« Daphne », en référence à l'un des personnages de
Scooby-Doo. Blaine était allé jusqu'à lui dessiner un
visage à l'aide de marqueurs – deux cercles bleus
pour les yeux, deux points noirs pour les narines, et
une bouche rouge en forme de crochet. La tête de
plastique mettait Ted mal à l'aise – le week-end
précédent, il avait dit qu'il ne pouvait pas faire
l'amour avec cette tête posée là car il avait l'impression que quelqu'un l'observait – et la perruque, dont
Vicki avait désespérément besoin, lui donnait des
frissons. Elle avait essayé de mettre la tête avec la
perruque sur l'étagère du placard des toilettes, hors
de sa vue, mais Blaine avait protesté. Daphne ! Ainsi,
Daphne trônait sur la table de nuit, pâle ersatz d'un
animal domestique. La perruque avait été fabriquée
avec de vrais cheveux. Vicki l'avait trouvée dans une
boutique du centre-ville que le Dr Garcia lui avait
recommandée, un lieu où l'on fabriquait des per-
ruques au seul usage des patients atteints de cancer.
C'était une perruque blonde, de la couleur approximative des cheveux de Vicki. Cela ne lui allait pas
si mal, mais Vicki en avait froid dans le dos – les
cheveux d'une autre sur sa tête. Cela lui rappelait
son professeur de science de sixième, M. UpJohn,
et son postiche. Et ainsi, quand on frappa à la porte
– c'était Josh – Vicki appela Brenda. Brenda vint
aussitôt, Porter dans les bras, habillé d'une couche
et d'un maillot de bain.

« N'oublie pas les sweat-shirts pour les enfants ! »
répétait tout le temps Vicki – mais ce n'était pas le
moment, elle le rappellerait à Brenda plus tard.

— Mon foulard ! aboya Vicki.

— Oui, dit Brenda. Désolée.

Elle posa Porter et dénicha un foulard dans le
tiroir du haut de la commode. Rouge, or, vaporeux :
un foulard Louis Vuitton très chic qu'Ellen Lyndon
avait offert à sa fille pour Noël, deux ans auparavant.
Brenda l'enroula adroitement autour du crâne presque chauve de Vicki et fit un nœud serré en laissant
deux pans flotter sur sa nuque.

— Merci.

Elle s'extirpa de son lit et jeta un coup d'œil dans
le salon. Elle se fichait bien du pique-nique, mais
elle redoutait l'instant où Ted et Josh se rencontre-
raient. Elle voulait que Josh apprécie Ted, qu'il
l'admire, qu'il se dise que Vicki avait bien choisi son
mari.

Comme Brenda et Vicki étaient occupées dans la
chambre avec le foulard, Melanie se retrouva seule
pour faire les présentations. Elle savait que cette
rencontre rendait Vicki nerveuse.

— Ça va bien se passer, lui avait assuré Melanie.
Qui n'aimerait pas Josh ?

— Ce n'est pas Josh qui m'inquiète, avait rétorqué Vicki.

— Oh ! Eh bien, qui n'aimerait pas Ted ? Ted
est un chic type.

— Il peut l'être.

Maintenant, Melanie se sentait aussi guillerette et confiante qu'un invité de talk-show sous amphétamines.

— Bonjour, Josh ! Comment vas-tu ? Entre, entre. Ted, voici le baby-sitter des enfants, Josh Flynn. Josh, je te présente le mari de Vicki, Ted Stowe.

Blaine entourait les jambes de Josh de ses bras d'une manière qui paraissait plus possessive que d'habitude. Ted le remarquera, pensa Vicki, et cela ne lui plaira pas.

Josh tendit le bras aussi loin qu'il le put et adressa à Ted l'un de ses merveilleux sourires.

— Hé ! monsieur Stowe. Ravi de vous rencontrer... J'ai beaucoup entendu parler de vous... ouais...

Ted observa la main tendue et prit une longue lampée de sa Stella. Vicki pouvait presque entendre Josh penser : Rustre, connard de Wall Street. Vicki observa le visage de son mari. Josh n'était manifestement pas homo, ce qui était un soulagement pour Ted. Josh n'était pas si différent du gamin que Ted était il y a quinze ans, quand il jouait à la crosse à Darthmouth. Mais Ted devait aussi se dire que Josh était bien trop comme lui à son âge – et qu'aurait-il fait, s'il avait travaillé tout un été auprès de trois magnifiques jeunes femmes qui vivaient seules ? Il aurait essayé de... Il aurait fait de son mieux pour...

Oh ! Allez ! pensa Vicki. Les pans de son foulard lui chatouillaient la nuque. La main de Josh paraissait suspendue en l'air. Ted était en train de le tor-

turer. Finalement, il posa sa bière avec un bruit
sourd, fit un pas en avant et serra la main de Josh
si vigoureusement que celui-ci frémit.

— Moi aussi, dit Ted. Moi aussi. Ce petit gars,
en particulier – il désigna Blaine – ne tarit pas
d'éloges sur toi. Et ma femme ! Eh bien, j'apprécie
tout ce que tu as fait en mon absence.

La voix de Ted frôlait le sarcasme. Était-il sincère ? Vicki fut soudain contente d'avoir manqué la
chimio ; elle se sentait plus forte que jamais. Elle
pénétra dans le living-room.

— C'est vrai, approuva Vicki. Nous aurions été
perdues sans Josh.

— J'étais perdu, intervint Blaine. À la plage, tu
te souviens ?

Vicki jeta un coup d'œil à Melanie, qui rougit et
baissa les yeux.

— C'est vrai, dit Vicki.

Ted était toujours en train de scruter Josh.

— Bon, quelqu'un a-t-il pensé à prendre les
sweats des enfants ?

Vingt minutes plus tard, coincé entre Blaine et
Porter, qui étaient dans leur siège-auto respectif,
avec l'impression d'être l'un des enfants de la
famille, Josh se reprocha de ne pas avoir demandé
à être payé. C'était, en définitif, un travail – car
jamais il n'aurait fait cette sortie par plaisir. C'était
étrange de quitter Madaket et de s'arrêter à la mai-

son du garde-forestier, à l'entrée de Smith Point, dans la voiture des Stowe. Le gamin qui bossait dans la station du garde-forestier avait reçu son diplôme de fin de lycée un an après Josh – son nom était Aaron Henry – et en d'autres circonstances, Josh lui aurait dit bonjour, aurait demandé à Aaron s'il aimait son job et se serait moqué de son uniforme. Mais ce soir, Josh était heureux que les vitres arrière du Yukon soient teintées ; il ne voulait pas que Aaron le voie, car comment aurait-il pu expliquer qui étaient ces gens et ce qu'il faisait avec eux ?

Ted et Vicki étaient assis à l'avant. Ted Stowe donnait l'impression d'être le genre de type qui pouvait se montrer charmant quand il le voulait, mais cela dépendait de son interlocuteur et du cours de la conversation – si elle allait oui ou non dans son sens. Josh préférait les hommes comme son père – Tom Flynn n'était pas un homme facile à vivre, mais au moins, vous saviez à quoi vous attendre.

Dans la rangée du milieu, Brenda laissait son regard errer par la fenêtre pendant que Melanie, assise à côté, discutait avec Josh. Ses seins avaient enflé et elle portait des hauts qui se nouaient dans le cou, les laissant retomber mollement au-dessus de son ventre, toujours aussi plat qu'une crêpe.

— Depuis que tu es petit, disait à présent Melanie, tu as dû faire ce genre de choses un millier de fois. Manger du homard sur la plage.

— Pas vraiment, dit Josh.

Tom Flynn n'était pas très friand de pique-niques. Cependant, Josh se souvenait de dimanches après-midi passés à la plage quand il était petit. Ses parents et leur groupe d'amis se rassemblaient à Eel Point. Ils étaient vingt ou trente enfants, avec des balles et des battes de whiffle ball[1], et préparaient des barbecues au feu de bois avec hamburgers et hot-dogs. Sa mère semblait tout particulièrement apprécier ces moments – elle s'asseyait sur une chaise, le visage tourné vers le soleil ; elle nageait vingt longueurs au large ; elle aidait Josh et les autres enfants à ramasser des crabes, et elle donnait même quelques coups de batte de whiffle ball. À 17 heures, elle extrayait des profondeurs de sa glacière une bouteille de vin blanc et s'en versait dans une tasse en plastique. Toutes les semaines, elle insistait pour rester jusqu'au coucher du soleil.

« Il faut en profiter maintenant, disait-elle. Avant la venue de l'hiver. »

— Est-ce que tu sais conduire sur le sable ? demanda Melanie. Moi, je m'embourberais.

— Oui, je sais conduire sur le sable, répondit Josh.

Il diminuait la pression des pneus et mettait sa Jeep en quatre roues motrices ; la plupart du temps, c'était aussi simple que ça.

— Des centaines de soirées passées sur la plage.

— Ça a l'air sympa, dit Melanie.

Elle lui souriait d'un air entendu. Il sentit son visage s'échauffer et fixa son attention sur les

---

1. Variante du base-ball, qui se joue avec une batte et une balle de plastique, sur une surface triangulaire restreinte.

enfants. Porter était déjà endormi et bavait, Blaine avait ce regard égaré, annonciateur du sommeil. Ils n'allaient pas profiter une seule minute du pique-nique.

Josh fut soulagé de voir Melanie détourner la tête. Ted poussa le moteur et louvoya sur l'énorme dune de sable cahoteuse. La voiture faisait des embardées et bringuebalait ; tout le monde était ballotté et à un moment, Josh fut projeté hors de son siège. Melanie agrippa le dos du siège de Vicki d'une main et s'accrocha à la poignée de l'autre.

— Attention ! cria Ted tout en cabrant la voiture comme un cow-boy.

Josh secoua la tête. Touristes, pensa-t-il. Cela serait marrant si Ted s'embourbait dans le sable et qu'il devait faire appel à Josh pour le tirer de là. Mais Josh se rappela que ce pique-nique avait été organisé pour le bien-être de Vicki, et quand il l'observa, il s'aperçut qu'elle souriait. Ted redescendit en direction de la plage où il eut la sagesse de placer les roues du Yukon dans les sillons déjà tracés. Melanie se retourna, le visage lumineux.

— Regarde l'eau. J'ai hâte d'aller nager. Tu viendras avec moi ?

— Oh ! En fait, je n'ai pas apporté mon maillot de bain.

— Qui parle de maillot de bain ? répondit Melanie en riant.

— C'est vrai.

Josh jeta un coup d'œil à Brenda, mais elle regardait toujours par la fenêtre. Il commençait à penser qu'on lui avait demandé de venir ce soir pour servir de cavalier à Melanie. Était-ce ce que pensait Ted ? Cela expliquait-il son accueil froid ? Melanie était collée à Josh comme un chewing-gum à sa chaussure ; il était le canard coincé entre les deux enfants.

Melanie dut ressentir son malaise car elle s'excusa :

— Je suis désolée. Je t'embête.

Son visage prit cette expression de gêne qu'elle avait eue en descendant de l'avion. Il se rappela qu'elle avait été abandonnée, en quelque sorte, par son mari, alors qu'elle était enceinte. Cela lui donnait envie de l'aider, de la cajoler. C'était une charmante jeune femme, très jolie, mais il ne voulait pas qu'on croie que...

— Tu ne m'embêtes pas. Seulement, j'ai faim.

— Oh, moi aussi. L'odeur des homards me rend folle.

— Je veux un marshmallow, lança Blaine.

Vicki répondit :

— Après ton hot-dog.

Blaine laissa aller sa tête contre l'épaule de Josh.

— Il va s'endormir, dit Melanie. Vicki, tu veux que Blaine s'endorme ?

Vicki se retourna. Ses yeux brillaient, et si Josh ne se trompait pas, ils étaient emplis de larmes.

— Regardez mes merveilleux garçons.

Instinctivement, Josh articula : « Ne pleure pas. »

Trop tard : les larmes coulaient sur les joues de Vicki. Josh regarda Porter, qui tétait sa tétine sans ménagement. Il sentait le picotement des cheveux de Blaine sous son menton et la tête chaude et lourde contre son épaule. Regardez mes merveilleux garçons. Il comprit alors que Vicki parlait aussi de lui. Elle les observait d'un air triste, et Josh se demanda si sa mère l'avait fixé de cette manière durant les semaines avant sa mort. Il se demanda si elle l'avait scruté ainsi et si elle avait mis en doute sa décision de le quitter. Cette pensée l'agaça. Il n'avait pas l'habitude de penser à sa mère, mais en présence de Vicki, il ne pouvait s'en empêcher. Elle avait l'air d'une étrangère avec son foulard ; son visage était creusé, ses yeux exorbités. *Elle disparaît peu à peu*, avait-il écrit dans son journal la veille au soir. *À la fin de l'été, elle sera partie.*

Melanie prit la main de Vicki. Brenda observait les vagues qui s'écrasaient sur la plage, les pluviers et les pêcheurs d'huîtres. Elle est dans les nuages, pensa Josh, ou bien elle tente volontairement de se soustraire à la mélancolie qui règne autour de ce pique-nique. Josh fut soulagé quand Ted, après un dernier virage, gara le Yukon sur une bande de sable parfaite.

— Nous y voilà ! lança Ted.

Une heure plus tard, Josh se sentait mieux, sans doute parce que Ted – dans une volonté de renforcer la complicité masculine ou peut-être selon un plan diabolique que Josh découvrirait plus tard – lui avait proposé trois canettes de Stella bien fraîches. Il les avait acceptées et bues avec entrain en pêchant. Ted était fasciné par les rouages et les mécanismes des cannes à pêche modernes et perfectionnées qu'il avait achetées à New York, et il voulait épater Josh. Blaine était suffisamment réveillé pour demander à Ted, cinq cents fois en dix minutes, quand il allait attraper un poisson.

— Attrape un poisson, papa. Je veux te voir attraper un poisson.

— Ne t'inquiète pas, fiston.

Il manipula le moulinet, accrocha un leurre à vingt dollars, et lança la ligne, qui fendit l'air avec un bruissement satisfaisant et fit un *plop* en atterrissant dans l'eau. Ted observa Josh.

— À ton tour, mon pote.

— Attrape un poisson, Josh ! Tu vas attraper un poisson ?

Josh hésitait. La canne à pêche qu'il tenait entre ses mains lui paraissait luisante et coûteuse. C'était la Maserati de la canne à pêche. Ted pensait sûrement qu'il se sentait nerveux à l'idée de manipuler un tel équipement. Josh était bel et bien nerveux – mais uniquement parce que les gens d'ici savaient qu'on pouvait attraper un poisson bleu avec un solide bâton et un morceau de ficelle. Il ne voulait pas faire honte à Ted en attrapant un poisson le premier. Ainsi, il restait là sans bouger, la canne à pêche dans les mains.

— Tu as besoin d'aide ? lui demanda Ted.

— Ouais, répondit Josh. Je n'ai jamais vu un matériel pareil.

Ted lui adressa un grand sourire et rembobina sa propre ligne. Rien.

— Voilà, laisse-moi te montrer.

Il prit la canne de Josh.

— Hé ! Tu veux une autre bière ?

Brenda avait promis à Vicki qu'elle s'occuperait de tous les détails du pique-nique, mais quel ne fut pas son soulagement quand la vieille habitude de Vicki de tout prendre en charge refit surface. Vicki installa les couvertures (pas de pieds pleins de sable sur la couverture, s'il vous plaît !) et déplia les chaises. Elle disposa les boîtes contenant le dîner, les couverts en plastique et une grosse pile de serviettes en papier qu'elle fit tenir à l'aide d'une pierre. Elle servit un verre de vin à Brenda, un petit verre pour elle, et ouvrit une canette de soda au gingembre pour Melanie. Elle s'affala dans une chaise, l'air presque détendu, puis se redressa aussitôt pour aller fourrager dans le coffre du Yukon. Elle revint avec deux petites torches à la citronnelle qu'elle planta dans le sable avant de les allumer. Elle s'affala de nouveau. Sa poitrine se soulevait lourdement ; elle était essoufflée par tant d'activité, mais la chimiothérapie fonctionnait, pensa Brenda, car elle n'avait pas fait autant d'efforts depuis des semaines.

Brenda, Vicki et Melanie trinquèrent et, ce faisant, Brenda se dit que tout était en place. La chimio détruisait peu à peu la tumeur de Vicki ; elle était sur la voie de la guérison. Melanie avait abandonné son air pathétique, elle ne vomissait plus et avait cessé de se lamenter à propos de ses problèmes de couple ; elle se comportait, du moins la plupart du temps, comme un être humain normal. Et Brenda avait écrit la première scène de son scénario la veille, en buvant un malheureux café Milky Way à l'Even Keel Café. C'était la scène où Calvin Dare et Thomas Beech se rencontrent devant la taverne – deux hommes dont le seul point commun est de s'arrêter l'un à côté de l'autre devant un restaurant mexicain – quand les éclairs déchirent le ciel et que le cheval de Calvin Dare rue, hennit et donne un coup de sabot à Thomas Beech entre les deux yeux. Des hommes se précipitent hors de la taverne pour venir au secours de Beech – l'un d'eux est un médecin qui déclare Beech mort. La scène compte cinq pages, ce qui, d'après la *Bible des scénaristes*, devrait prendre cinq minutes. Brenda pensait que ce n'était pas mal.

Elle tenta d'analyser les causes de cette réussite. Peut-être devrait-elle laisser tomber la plage et travailler tout le temps à l'Even Keel Café. Peut-être était-ce l'atmosphère du lieu qui l'avait aidée – d'autres personnes, assises dans l'ombre mouchetée de lumière, au fond de la salle, lisaient le journal, esquissaient des croquis, parcouraient leur livre de poche, tapaient sur le clavier de leur ordinateur portable. Peut-être que Brenda – comme Hemingway, comme Dylan Thomas – travaillerait mieux dans un lieu public. Cependant, au plus profond d'elle-même, Brenda pressentait qu'elle n'aurait jamais été aussi productive si ces deux heures n'avaient été en quelque sorte volées. Elle était censée être ailleurs.

Dans la salle d'attente de l'unité de cancérologie, à prier pour la guérison de sa sœur. Elle avait mis ces deux heures – trois, en comptant le trajet – au service de sa sœur. Le fait que Vicki l'ait, de façon inattendue, encouragée à partir, avait conféré à ces deux heures un statut rare. Brenda avait alors pensé : Je n'ai pas intérêt à gâcher ce temps précieux. Et comme par magie, les mots lui étaient venus. Elle avait noirci plusieurs pages.

Même si Brenda était heureuse d'avoir écrit les premières pages de son scénario, elle ressentait toujours une pointe de culpabilité à l'idée d'avoir abandonné Vicki. Après tout, à quoi servait-il de rester assise dans la salle d'attente pendant que Vicki recevait son traitement ? Mais laisser sa sœur seule lui donnait l'impression de faillir à son devoir. Ce serait la première et la dernière fois. Elle n'abandonnerait plus jamais Vicki.

Elle était cependant fière d'avoir organisé ce pique-nique. Les rayons du soleil se reflétaient à la surface de l'eau, une brise tiède soufflait, les vagues allaient et venaient sur la plage avec une douce régularité. Au bord de l'eau, Ted, Josh et Blaine, baignés des rayons dorés du soleil couchant, lançaient leur ligne dans l'eau. On aurait dit des personnages de bande dessinée. Si cela se terminait dans une heure ou deux, pensa Brenda, ce serait bien. Walsh s'amusait souvent à remarquer que les Américains ne cessaient de courir après le temps. Pour les gens comme Brenda, disait-il, le bonheur était toujours au prochain tournant. Il l'accusait d'être incapable de s'asseoir et de profiter du moment présent. Et il avait raison. Maintenant, Brenda tentait d'évacuer toute pensée de son esprit, excepté celle-ci : S'il Vous plaît, faites que Vicki s'amuse.

Des cris lui parvinrent depuis le bord de l'eau. Brenda se redressa. Quelqu'un avait attrapé un poisson.

Quand Josh sentit une petite pression sur sa ligne, il fut instinctivement tout excité. Puis, il se dit : Oh ! Zut. Il n'avait d'autre choix que de rembobiner la ligne, même si Ted et Blaine ne s'étaient pas encore aperçus qu'il avait une prise. Oh, enfin, songea-t-il. Ce n'est qu'un poisson. Ce n'était pas comme si Dieu avait tapé sur l'épaule de Josh et lui avait annoncé qu'il était un être supérieur. Comme la ligne de Josh se tendait, Ted cria :

— Waouh ! Josh a attrapé quelque chose ! Regarde, fiston, Josh a une prise !

Ted ne semblait ni fâché ni jaloux ; il avait l'air excité comme un gamin.

Blaine bondissait dans tous les sens.

— Tire, Josh ! Tire !

Josh actionna la manivelle ; la coûteuse canne à pêche se courba comme un arc et Josh pensa : Seigneur, faites que la canne tienne bon. À peine eut-il cette pensée que le poisson jaillit de l'eau en se tortillant dans tous les sens. Un poisson bleu. Un gros.

Ted se jeta sur le poisson au moment même où il toucha le sable. Il posa le pied sur la queue frétillante et sortit de la poche de son short un décamètre.

— Quatre-vingt-six centimètres, déclara-t-il.

Josh se demanda si c'était le signal du début d'une sorte de compétition. Ted allait-il essayer d'attraper un poisson plus gros ?

S'agissait-il d'une histoire de taille dans quelque complexe pseudo-freudien ? Mais ensuite, Ted prit l'extrémité du décamètre et commença à jouer avec la bobine comme avec un yo-yo.

— C'est le magasin de matériel de pêche qui me l'a offert, expliqua-t-il.

Il ôta le leurre de la bouche du poisson à l'aide d'une pince. Ses gestes étaient adroits et assurés, ce qui était une bonne chose car le poisson bleu possédait une série de dents tranchantes et Josh avait vu un tas de gens, y compris son père, se faire mordre.

— Regarde-moi ça, fiston !

Ted était si fier qu'on aurait dit que c'était lui qui l'avait attrapé.

Blaine observa le poisson se dandiner sur le sable. Ted donna une tape dans le dos de Josh qui sentit se profiler le partage d'une autre bière, pour fêter l'événement.

— Est-ce qu'on va le garder ? demanda Blaine. Est-ce qu'on va le manger ?

— Non.

Ted souleva le poisson par la queue.

— Nous allons le remettre à l'eau. Nous allons le laisser en vie.

Vicki but ses trois gorgées de vin, puis se resservit l'équivalent de trois autres gorgées. Ted, Blaine et Josh revenaient d'un pas nonchalant vers eux, leur canne à pêche sur l'épaule. Blaine annonça la nouvelle :

— Josh a attrapé un poisson, un très gros poisson ! Papa l'a libéré et remis à la mer !

À la façon dont les faits avaient été relatés, Ted et Josh avaient tous les deux l'air de héros, et Vicki se sentit soulagée.

— À table ! lança-t-elle.

Ils s'installèrent sur la couverture ou sur les chaises et fouillèrent les boîtes. Ted commença à raconter à Josh l'histoire d'un bateau qu'il avait fait naviguer de Newport à Bermuda, l'été où il avait été diplômé de l'université. Brenda essaya d'encourager Blaine à goûter le homard.

— Regarde, Josh en mange.

Blaine observa Josh un instant, puis détourna la tête. Il se réfugia sur les genoux de sa mère qui faillit s'effondrer sous son poids. Elle hoqueta. Ted cessa de parler et la regarda.

— Ça va, dit-elle.

Blaine mangea des biscuits et un épi de maïs. Porter était toujours endormi à l'arrière de la voiture et Vicki était sur le point de demander à Melanie d'aller le voir – mais quand elle se tourna vers son amie, elle la vit absorbée par... Vicki suivit le regard de Melanie et réprima un mouvement d'humeur. Elle regardait Josh d'une manière qui ne pouvait vouloir dire qu'une seule chose. Ne la juge pas, s'exhorta Vicki. Après tout, elle-même avait manqué sa séance de chimio. Toujours est-il que Vicki se prit à espérer qu'elle se faisait des idées. Mais si toutefois

Melanie éprouvait une sorte de fascination pour Josh, alors Vicki espérait qu'il s'agissait d'une passade, d'un caprice d'enfant. Le temps que Vicki s'en inquiète, ce serait terminé.

— Brenda ? Peux-tu aller voir si le bébé va bien ?

Brenda se leva. Melanie continuait de fixer Josh avec un vague sourire sur le visage. Elle écoutait peut-être l'histoire de Ted à propos de bateaux échoués sur les Outer Banks, mais Vicki en doutait.

— Josh ? Est-ce que tu veux bien creuser un foyer pour le feu ?

— Je vais l'aider ! lança Blaine.

— Moi aussi, dit Melanie.

— Pas toi, Melanie, rétorqua Vicki. Toi, tu te reposes.

— Est-ce qu'il y a du petit bois ? demanda Josh.

— Oui, dit Melanie. Brenda a volé quatre cagettes au Shop&Shop.

— Je ne les ai pas volées, se défendit Brenda. Elles étaient à l'abandon à côté de la benne à ordures.

— Comment va Porter ? demanda Vicki. Il dort toujours ?

— Oui, il va bien, croassa Brenda. Je sais que vous pensez tous que je suis une voleuse. Je ne suis pas une voleuse.

— Tu as volé le berceau, dit Ted.

— Ted ! s'écria Vicki.

Par-dessus la tête de Blaine, Brenda fit une grimace à Ted.

— Charmant ! s'exclama Ted.

— Merci beaucoup, dit Brenda à Melanie, d'avoir mis ça sur le tapis.

Vicki prit une inspiration. Elle craignait que les choses n'empirent d'une manière ou d'une autre.

Melanie baissa les yeux et s'installa à côté de Josh pendant qu'il creusait le sable. Des gémissements s'élevaient de la voiture.

— Ted, demanda Vicki, est-ce que… ?

Ted était déjà debout. Il revint avec dans les bras un Porter grincheux.

— Je ne trouve pas son biberon.

— Mais tu l'as apporté, n'est-ce pas ?

— Oui, répondit-il d'un ton hésitant.

— Oh, Ted, ne me dis pas que…

— Vicki…, dit Brenda.

— Quoi ?

— Cesse de jouer les Napoléon.

— Que veux-tu dire ?

— Tu joues un peu trop les boss à mon goût. Tu es trop dirigiste.

— Josh ? demanda Vicki. Est-ce que je te parais dirigiste ?

— Tu lui fais creuser des trous, dit Brenda.

— C'est un foyer, protesta Vicki. Pour le feu. Pour qu'on puisse faire rôtir les marshmallows.

— Je veux un marshmallow, insista Blaine. Maman a promis que si je mangeais…

— Comme ça, nous pourrons passer du bon temps ! termina Vicki.

Elle pouvait entendre le son de sa propre voix par-dessus les pleurs de Blaine. Une voix aiguë, teintée de frustration. Nous pourrons faire un bon feu et profiter de la soirée.

— Vicki ?

Le soleil flottait au-dessus de l'horizon, un disque doré aux contours flous se fondait dans la mer. Vicki observa les visages en contre-jour autour d'elle – Josh creusait un trou dans le sable, Melanie se tenait à côté de lui, Brenda, les mains sur les hanches, déclarait qu'elle n'était pas une voleuse, Ted berçait Porter qui buvait son biberon (retrouvé on ne sait où). Des visages familiers. Cette scène lui semblait si familière qu'elle avait l'impression de l'avoir déjà vue auparavant – et peut-être dans son esprit, quand elle avait imaginé le déroulement de ce pique-nique.

Ils avaient organisé ce pique-nique pour elle – pour la sortir de la maison –, mais c'était aussi comme s'ils exauçaient une sorte de dernière volonté estivale, chacun s'efforçant de faire de ce pique-nique une réussite, un beau souvenir que Vicki emporterait dans la tombe. Aussi, malgré les déplaisantes querelles, Vicki était heureuse qu'ils aient abandonné leurs fantasmes et qu'ils soient restés eux-mêmes.

C'est alors que quelque chose d'étrange se produisit. Brenda, Josh et Ted se figèrent, soudain muets. Pourquoi ? Vicki comprit qu'il y avait quelqu'un d'autre parmi eux, une présence étrangère, le propriétaire de la voix qui venait de prononcer son nom.

— Vicki ?

La voix était douce et curieuse, avec des accents profonds et autoritaires. Elle connaissait cette voix, mais d'où ?

— Vicki Stowe ? répéta la voix. C'est bien vous ?

En général, Vicki détestait être reconnue en public. (Elle repensait à la scène désastreuse avec Caroline Knox sur la plage.) Elle n'aimait pas être prise par surprise, et peu importait qui se trouvait devant elle à présent – c'était un homme, en bottes de caoutchouc, avec une canne à pêche –, il interrompait leur pique-nique, tout comme leur querelle familiale. Qu'avait-il bien pu entendre et que pensait-il d'eux à présent ?

Vicki plissa les yeux. Les derniers rayons du soleil éclairaient l'homme en contre-jour, l'entourant d'un halo de lumière.

— Oui ? dit Vicki.

— C'est Mark.

— Mark ?

— Le Dr Alcott.

— Oh !

Vicki bondit de sa chaise.

— Bonjour !

Une fois debout, elle le vit clairement : c'était bien lui. Mais en bottes, avec un T-shirt Atlantic Café et une casquette des Red Sox, il était méconnaissable. Elle connaissait son prénom, mais elle ne l'avait jamais appelé ainsi. Elle se demanda si elle devait lui serrer la main et, le temps qu'elle s'interroge, il se pencha vers elle et l'embrassa sur la joue. Elle eut l'impression qu'elle venait d'être embrassée par un

nouveau petit ami devant ses parents. Ted, Brenda,
Melanie et Josh observaient la scène comme
s'il s'agissait d'un téléfilm. Aucun d'eux ne connaissait le Dr Alcott – pas même Brenda – et elle était
sur le point de faire les présentations quand elle se
rappela ce qui s'était passé la veille. Elle avait séché
la chimio – et maintenant, le Dr Alcott était là, sorti
de nulle part, pour lui faire la morale. Pour informer
sa famille qu'elle sabotait son traitement. Pour leur
dire que Vicki se moquait bien de guérir ou pas.
Pour finir, le Dr Alcott demanderait à Vicki où elle
était allée et elle n'aurait aucune bonne excuse à lui
donner ; elle serait forcée d'avouer la vérité devant
tout le monde : *j'ai séché*. La perspective d'une telle
humiliation était suffisante pour laisser Vicki momentanément aphone.

Le Dr Alcott fit un pas vers Ted et lui lança :

— Bonjour, je suis Mark Alcott, le médecin de
Vicki.

— Ah ! Enchanté de vous rencontrer. Ted
Stowe.

Ils se donnèrent une poignée de main.

Vicki, qui se rendit compte qu'elle devait contrôler le cours de la conversation, intervint :

— Et voici ma sœur, Brenda. Mon amie, Melanie
Patchen, et notre... ami, Josh Flynn. Et mes fils,
Blaine et Porter.

— Un bon groupe, commenta le Dr Alcott.

— Oui, approuva Vicki.

Elle tripota un des pans de son foulard. Faire la
conversation ! pensa-t-elle. Ça pourrait la sauver.

— Vous pêchez ?

— Bien sûr.

— Josh a attrapé un poisson, raconta Blaine. Un gros. Et papa l'a remis à l'eau.

— Bien, dit le Dr Alcott. Formidable. C'est une soirée magnifique.

— Magnifique, répéta Vicki. Nous avons mangé du homard.

— Hum, dit le Dr Alcott.

Il observa les cannes à pêche de Ted, posées sur le sable.

— C'est du beau matériel que vous avez là.

— Merci, répondit Ted en souriant. Nous allons les réutiliser dans un petit moment.

Il y eut un silence, qui se prolongea. Vicki pani-qua. Elle n'était pas un bon soldat, n'avait rien de la patiente parfaite – c'était une fraudeuse ! Le Dr Alcott l'avait traquée jusqu'ici, sur la pointe la plus éloignée de l'île, pour la démasquer.

— Ne nous laissez pas vous distraire de votre pêche, dit-elle.

Elle chercha autour d'elle une personne de confiance et arrêta son regard sur Melanie.

— Le Dr Alcott adore la pêche.

Melanie écarquilla les yeux et hocha la tête d'un air qui se voulait intéressé.

— Bien, fit le Dr Alcott.

Il prit une inspiration et sembla être sur le point d'ajouter quelque chose. Non ! pensa Vicki. Il lui adressa un grand sourire et elle comprit alors qu'il

ne savait pas qu'elle avait manqué sa séance. Ne
savait pas ou ne se rappelait pas... ou s'en fichait ?

— J'ai été ravi de faire votre connaissance.

— Nous de même, dit Ted en serrant la main du
Dr Alcott.

— Au revoir, dit Vicki.

Elle se rassit et poussa un soupir quand le
Dr Alcott s'éloigna sur la plage. Elle aurait dû se
sentir soulagée – elle avait évité un sermon – mais
au lieu de cela, elle se sentait vide. Elle était là,
toujours en vie, parmi eux – et pourtant, elle était
déjà oubliée.

Josh pensait qu'une fois de retour à Shell Street,
il serait libre de partir. Mais la voiture devait d'abord
être déchargée – la glacière, les chaises, la poubelle,
les enfants endormis – et il offrit son aide. Ce n'était
pas difficile, d'autant que Ted Stowe avait insisté
pour qu'il boive une autre bière – la sixième ou la
septième de la soirée pour Josh. Le pique-nique sur
la plage avait été une réussite : la pêche, le coucher
de soleil, le homard – et plus tard, le feu de bois,
les *s'mores* pour Blaine. Melanie avait absolument
tenu à prendre un bain de minuit. Elle avait enfilé
son maillot de bain derrière la voiture et, en dépit
des protestations de Brenda, Ted et Vicki, qui
étaient tous persuadés qu'elle allait se noyer, elle
s'était jetée dans l'eau. Elle était revenue au bout de
trente secondes, les bras serrés autour d'elle, fris-

sonnante et dégoulinante. Josh lui avait tendu une serviette et s'était surpris à observer son corps – les seins, le ventre nu et toujours aussi plat, le bikini, les cheveux bouclés qui dans l'obscurité formaient des anglaises autour de son visage. Regarder ainsi Melanie était imprudent, le résultat d'une trop grande consommation de bières. Le problème, comprit Josh plus tard, c'était que Melanie avait capté son regard, et que c'était le signal qu'elle attendait pour faire un pas vers lui.

Cette avancée décisive se produisit le soir même. La voiture avait été déchargée, les Stowe et Brenda lui avaient souhaité bonne nuit. Ce à quoi Josh avait répondu : « Bonne nuit, merci pour l'invitation, ravi de vous avoir connu, Ted, à lundi, boss. » Josh titubait dans l'allée. Après six ou sept bières, pensa-t-il, il ne devrait pas conduire, surtout depuis que la police aimait s'installer sur Milestone Road pour épingler des jeunes gens ivres, exactement comme lui. Alors il s'assit dans sa Jeep une minute et se mit à la recherche de sa boîte de pastilles mentholées, tout en se demandant si c'était son imagination qui lui jouait des tours ou bien si l'apparition surprise du médecin n'avait pas provoqué un changement dans la soirée. Car après le départ du Dr Je-ne-sais-quoi, Vicki s'était campée dans son siège et murée dans le silence. Tout s'était très bien passé ensuite, mais cette visite avait voilé l'atmosphère, rappelant à Josh et aux autres que Vicki était malade. Pour une raison inconnue, Josh repensa aux dimanches passés sur la plage avec ses parents. Si Josh retour-

nait à Eel Point le lendemain, il y aurait un autre
groupe de parents jouant avec leurs enfants. Leur
cercle d'amis s'était délité après la mort de sa mère
– non pas à cause du suicide de Janey Flynn, enfin,
peut-être – mais plutôt parce que les enfants avaient
tous grandi et qu'ils voulaient aller sur de grandes
plages pour faire du surf. Josh ressentait un sentiment de perte, il avait l'impression que cette époque
était une ère révolue.

« Nous devons en profiter, disait sa mère, avant
la venue de l'hiver. »

Ces dimanches faisaient bel et bien partie du
passé et, de ce fait, ils paraissaient incroyablement
précieux aux yeux de Josh, aussi précieux que
l'amour perdu de sa mère. Josh le ressentait avec
une telle ferveur, et il avait aussi tellement bu, qu'il
crut qu'il allait se mettre à pleurer. Mais soudain,
quelqu'un frappa à la vitre, le faisant sursauter. Il
poussa un cri et mit la main sur son cœur, à la
manière d'une fille.

C'était Melanie.

Il baissa la vitre.

— Bon sang ! Tu m'as fait une sacrée peur.

Elle ne s'excusa pas et ne lui demanda pas pourquoi il était toujours là.

— On va faire une balade ?

— Une balade ? répéta-t-il comme si elle lui proposait un voyage dans l'espace.

Il n'était pas particulièrement tard, environ
22 heures, et Josh était, à ce moment-là, trop éméché
pour conduire, ne serait-ce qu'au bout de la rue,

alors jusqu'à chez lui… L'idée d'une promenade n'était pas mauvaise.

Josh observa la maison. Elle était plongée dans l'obscurité, la porte était close.

— Ils sont tous allés se coucher, murmura Melanie.

Elle avait pris un ton de conspiratrice et il était conscient que faire un tour avec Melanie impliquait une tout autre chose, bien plus importante – et il n'était pas sûr d'être prêt pour ça. Elle avait dix ans de plus que lui, elle était enceinte, mariée, mais au-delà de toutes ces circonstances compromettantes, Josh sentit les poils de ses bras se hérisser. *Écouter, observer, assimiler.* Ce moment, il le sentait, faisait partie de l'histoire de cet été. Il ouvrit donc la portière et sortit de la voiture – et parce qu'il était inutile de faire semblant, il prit la main de Melanie et ensemble, ils s'engagèrent sur Shell Street.

Elle était son deuxième choix. Tandis que Melanie et Josh parcouraient les rues étroites de Sconset, le long des clôtures et des anciens petits cottages peints en rose – la plupart étaient plongés dans le noir, mais quelques-uns étaient éclairés par une veilleuse et l'un d'entre eux était illuminé pour une fin de soirée –, Melanie s'efforçait d'accepter ce fait : Josh avait d'abord voulu Brenda. Et c'était uniquement l'inexplicable dévotion de Brenda à son ancien étudiant John Walsh qui permettait à Melanie de se

promener main dans la main avec Josh. Main dans
la main avec Josh ! Le baby-sitter des enfants !
C'était drôle, ridicule et proprement incompréhensible – et pourtant, c'était ce qu'elle avait voulu. Ce
qu'elle avait secrètement espéré, ne s'autorisant pas
une seule fois à se dire que cela pouvait se produire.
Mais voilà où ils en étaient. Josh semblait savoir où
ils allaient. Ils dépassèrent le club de tennis, puis il
la fit passer sous une arche qui débouchait sur une
haie taillée. Soudain, ils se retrouvèrent face à… une
église. La chapelle de Sconset, un bâtiment de style
victorien avec un toit de bardeaux blanc bien entretenu et un clocher.

— Il y a un jardin derrière l'église. Avec un banc.
On pourra s'asseoir.

— D'accord.

C'était la plus jolie église du monde – tout droit
sortie d'un roman – et pourtant, Melanie hésitait.
Les églises lui évoquaient les cérémonies de mariage
et ces célébrations lui faisaient penser à son union
avec Peter.

Ils s'installèrent ainsi sur le banc derrière l'église.
Melanie s'appuya contre Josh et lui raconta quelques
anecdotes sur son mariage.

Elle choisit de lui parler du réveillon de Noël qui
avait été organisé par la société de Peter en décembre dernier. La soirée avait lieu au centre-ville, sur
Elizabeth Street, dans un restaurant appelé Public.
Public était un lieu à l'atmosphère chaleureuse et
cool ; c'était tellement décontracté qu'ils n'avaient
même pas pris la peine de décorer le lieu.

— Étrange endroit pour une fête de Noël, avait murmuré Melanie à Peter, en donnant son étole de fourrure à une hôtesse qui mesurait un mètre quatre-vingts.

— Ne commence pas, avait dit Peter. J'aimerais essayer de passer une bonne soirée.

— Peter était doué pour me donner l'impression d'être une enquiquineuse, dit Melanie à Josh.

Elle savait à présent que si elle avait fait un tant soit peu attention, elle aurait vu que son mariage battait déjà de l'aile à ce moment-là, au lieu de tourner en rond encore cinq mois et de tomber accidentellement enceinte. Elle avait eu ses règles la veille, signe manifeste de l'échec de la FIV numéro cinq. C'était un nouveau E (pour Échec) sur le carnet de bord de son corps. Tout le monde, au bureau de Peter, savait que Peter et Melanie essayaient d'avoir un enfant, aussi s'attendait-elle à des coups d'œil inquisiteurs et des questions indiscrètes. Elle ne voulait pas être là et Peter le savait. Melanie se rendit directement au long bar d'ardoise pour commander un verre ; elle prit deux coupes de champagne pour elle et un *Stoli tonic* pour Peter. Elle but l'une des coupes d'un trait puis essaya de localiser Peter dans la foule. Elle fut obligée d'échanger quelques mots avec la femme du directeur, quand elle aperçut Vicki qui slalomait dans un coin de la salle. Elle était superbe avant son cancer — belle, drôle, généreuse, sans compter qu'elle était une merveilleuse mère. C'était la seule personne de la soirée — et même au monde — avec qui Melanie avait envie d'être. Elle s'était alors excusée auprès de Cynthia Roxby pour échapper à la conversation et aller retrouver la compagnie rassurante de Vicki.

Melanie raconta son cinquième échec.

— Je me sens trahie par mon propre corps, lui lança-t-elle avant de se mettre à pleurer.

Vicki l'entraîna dans les toilettes des dames et elles s'assirent sur un divan de velours où elles terminèrent leurs verres. Quand elles sortirent des toilettes, elles tombèrent sur Peter. Près de l'issue de secours – Melanie se rappelait son visage baigné de la lumière rouge du signal de sortie – il était en train de discuter avec Frances Digitt. Elle portait un tailleur sombre avec une jupe courte – et une veste en daim par-dessus. On aurait dit une jeune cadre dynamique tout droit sorti de *Field&Stream*[1].

Melanie ne pensa rien de particulier en les voyant. Elle était bien plus préoccupée à l'idée d'avoir à répondre aux questions de Frances à propos de sa dernière FIV. Frances s'y intéressait beaucoup ; sa sœur, Jojo, qui vivait en Californie, traversait exactement la même chose, du moins le clamait-elle. Et Melanie était également gênée d'avoir été surprise sortant des toilettes avec Vicki.

C'était le genre de comportement asocial que Peter lui reprochait durant les soirées professionnelles : « Vicki et toi, vous vous réfugiez dans les toilettes comme deux collégiennes. »

_____

1. Magazine consacré à la chasse et à la pêche.

— Voilà, si j'avais été attentive… Si j'avais vu plus loin que le bout de mon nez…

— Il avait une aventure avec elle ? demanda Josh.

— Oh, oui. Et ça continue.

— Ça continue ? Alors que…

— Il ne sait pas que je suis enceinte.

— Il ne le sait pas ?

— Non.

— Pourquoi ne lui as-tu pas dit ?

— Eh bien… il ne le mérite pas.

Josh resserra son étreinte. C'était exactement ce dont elle avait besoin – un jeune et beau garçon pour la consoler. Elle se tourna pour lui faire face. Il avait l'air particulièrement sérieux.

— Quoi ? dit-elle.

— C'est bizarre. On peut bien reconnaître que tout ça est bizarre, non ?

— Qu'est-ce qui est bizarre ?

Melanie le savait parfaitement, mais elle voulait l'entendre de sa bouche.

— Tu es mariée. Tu es enceinte. Je sais que tu es enceinte alors que ton propre mari ne le sait même pas.

— Ne t'inquiète pas pour Peter.

— Ce n'est pas Peter qui m'inquiète. Ce sont les autres. Vicki. Ted. Que vont-ils penser ?

— Ils n'en penseront rien car ils n'en sauront rien.

— Ah bon ?

— Non.

— Oh, d'accord.

Il poussa un soupir et sembla se détendre un peu.
Il était ivre, ou tout comme. Ce qui devait arriver
ce soir arriverait – puis ce serait terminé. D'accord ?
se demanda Melanie. D'accord. Elle l'embrassa,
mais ce geste sembla le prendre par surprise – pourquoi étaient-ils venus sur le banc du jardin d'une
église si ce n'était pour ça ? Josh ne mit qu'une
seconde à réagir et Melanie eut soudain l'impression
d'être une voiture qu'il aurait finalement décidé de
conduire. Le baiser, que Melanie avait voulu tendre
et doux, se transforma en un baiser plus intense,
plus urgent. Josh fit courir ses mains le long de son
dos, puis continua son exploration sous son T-shirt.
Melanie, qui, pour la première fois en presque dix
ans, embrassait un autre homme que son mari, ne
put s'empêcher de se demander si Peter avait eu ce
même sentiment d'invasion étrangère, sous le coup
de l'alcool, quand il était avec Frances Digitt.

La jeunesse de Josh exsudait sous mille formes
différentes. Il était fort, puissant, ardent. (Avec
Peter, ces derniers mois, leurs étreintes s'apparentaient davantage à la routine, au devoir – il s'en était
plaint et elle l'avait ressenti, elle aussi.) Josh caressa
sa poitrine, il mordilla le lobe de son oreille et lui
murmura :

— Mon Dieu, tu es époustouflante !

Époustouflante ? pensa Melanie. Moi ?

Mais quand ses mains glissèrent sur son ventre, il
eut un mouvement de recul, comme s'il avait craint
de se brûler. Melanie lui prit les mains et tenta de
les poser sur son ventre, mais il résista.

— Ça va aller, dit Melanie.

— Vraiment ?

Il se laissa guider, mais elle sentait toujours chez lui une certaine réticence. Qu'était-elle en train de faire ? Forcer un étudiant ivre à toucher le galbe naissant de sa grossesse ?

— Détends-toi. Tout va bien.

Elle devrait le laisser faire, se dit-elle soudain. Le laisser explorer les parties de son corps qui l'inté-ressaient, et ignorer celles qui le mettaient mal à l'aise – mais s'ils devaient aller plus loin, Melanie voulait qu'il l'accepte telle qu'elle était. Une femme de trente et un ans. Et enceinte.

L'espace d'un instant, il lui traversa l'esprit que Josh n'était peut-être pas assez mûr pour accepter cette situation, qu'il ne voulait pas d'une femme comme elle, avec un tel bagage physique et émo-tionnel. Ce n'était pas pour rien qu'elle était son deuxième choix. Pouvait-elle le blâmer de lui avoir préféré Brenda, qui était non seulement belle mais aussi sans attaches ? Pouvait-elle lui reprocher de vouloir sortir avec une fille facile, une fille de son âge, qu'il aurait rencontrée dans un bar ou à une soirée sur la plage ?

Le temps parut se suspendre un long moment – Melanie tenait les mains de Josh plaquées sur le petit être qui grandissait en elle –, un moment suf-fisamment long pour que Melanie expérimente les affres de l'insécurité et du doute, et qu'elle en vienne à la conclusion qu'elle avait fait une erreur. Elle libéra les mains de Josh – en fait, elle les repoussa –

avec un sentiment de honte et de stupidité. Elle avait
eu tort de lui courir après et d'accorder du crédit à
son béguin d'adolescente farfelue.

Josh se détacha d'elle. Elle l'entendit inspirer,
comme s'il était soulagé de cette libération. Mais ce
qu'il fit ensuite fut si inattendu, que Melanie en eut
le souffle coupé. Il souleva son T-shirt et pencha la
tête. Il pressa son visage contre son ventre et
l'embrassa comme si c'était la chose la plus naturelle
du monde.

Dormir.

Vicki laissa un mot. *Partie en balade. Au phare de
Sankaty.*

Elle ne parvenait pas à trouver le sommeil – ou
plutôt, après le pique-nique sur la plage, elle s'était
endormie comme une souche, aussi facilement
qu'un caillou qui s'échoue dans le lit d'une rivière –
puis elle s'était réveillée en sursaut. Elle leva le poignet de Ted et consulta sa montre. 1 heure du matin.
Sa tête bourdonnait, elle avait les yeux grands
ouverts. La pièce était plongée dans l'obscurité et
dans la maison régnait le silence, seulement troublé
par le discret ronflement de Ted. Vicki se retourna
et regarda la tête en plastique, la perruque, le visage
morbide, Daphne ; et elle prit peur. Elle se leva
brusquement, s'empara du postiche et l'enferma
dans le placard. Le lendemain matin, Daphne irait
tout droit à la poubelle.

Les garçons dormaient sur leur matelas posé par terre. Ils étaient allongés sur le dos, les mains au-dessus de la tête. Blaine avait mis un bras protecteur sur la poitrine de Porter. Ils dormaient avec un drap qui était maintenant roulé en boule aux chevilles de Blaine. Vicki se tenait au pied du matelas et les observait. Comme il faisait très chaud, Blaine ne portait qu'un bas de pyjama et Porter une simple couche. Leurs torses étaient parfaitement formés – celui de Blaine allongé et musclé, celui de Porter potelé et rebondi – et leur peau avait un teint de porcelaine ; elle était lumineuse. Vicki aperçut une plaque rouge – signe d'une réaction allergique au lierre vénéneux – sur le mollet de Porter, et sur l'avant-bras de Blaine, elle découvrit une nouvelle piqûre de moustique. Leurs visages étaient immobiles. Les paupières de Blaine palpitaient. À quoi pouvait-il bien rêver ?

Il n'y avait pas de plus merveilleuse vision que celle de ses enfants endormis. Elle vouait à ses fils un amour si intense – leurs parfaits petits corps, si complexes – qu'elle eut l'impression qu'elle allait étouffer. Mes enfants, pensa-t-elle. Des corps qui émanaient du sien ; ils étaient une part d'elle-même et pourtant, elle mourrait et ils vivraient.

Vicki n'avait absolument pas été préparée à la maternité. Quand l'infirmière lui avait apporté Blaine, la première nuit de sa vie, pour qu'elle lui donne le sein, elle s'était réveillée en proie à une totale confusion. Cette réalité l'avait progressive-ment rattrapée, durant les quatre années et demie

passées. Cet enfant est sous ma responsabilité. À
moi. Pour le reste de ma vie.

Être mère était la plus belle des expériences
humaines mais aussi la plus douloureuse. Allaiter le
bébé, le faire manger, le faire dormir, les dents, les
pleurs, le quatre-pattes, tout lui apprendre, ne jamais
le quitter des yeux une seconde, les premiers pas,
les chutes, les expéditions aux urgences : « Est-ce
qu'il a besoin d'être recousu ? » Les Cheerios
coincés dans la gorge qui ont failli l'étouffer, les râles
dans la poitrine, les objets agrippés, le premier mot,
« Dada » (Dada ?), le deuxième mot, « Moi », les
otites, les érythèmes fessiers, les couches. C'était un
flux constant, quotidien, qui l'avait occupée tout
entière. *L'invasion des Body Snatchers*[1]. Qui était-elle
auparavant ? Elle ne parvenait pas à s'en souvenir.

Vicki pensait souvent que Blaine était né de son
esprit et Porter de son cœur. Blaine était si doué, si
indépendant, si intelligent. Avant le diagnostic de
Vicki, il avait appris à lire tout seul, il connaissait
les États d'Amérique ainsi que les capitales des États
(Frankfurt, Kentucky) et toute une liste d'animaux
nocturnes (chauve-souris, opossum, raton-laveur).
Une journée avec Blaine consistait en une longue
conversation. « Regarde-moi, regarde-moi, regarde-
moi, maman, maman, maman ? Tu veux jouer à Old
Maid[2] ? Tu veux faire un puzzle ? On peut peindre ?
Jouer avec de la pâte à modeler ? Aux chiffres et

---

1. Film de science-fiction.
2. Jeu de cartes.

aux lettres ? Quel jour on est aujourd'hui ? Quel jour on sera demain ? Quand viendra Leo ? Quelle heure est-il ? Quand est-ce que papa va rentrer à la maison ? Il reste combien de jours avant d'aller à Nantucket ? Et combien de jours avant l'anniversaire de Porter ? Avant mon anniversaire ? » Blaine adorait le moment de la journée où on racontait des histoires et, plutôt que les histoires que Vicki tenait dans ses mains, Blaine préférait celles qu'elle avait dans la tête. Il aimait l'histoire de la nuit de sa naissance (Vicki avait perdu les eaux sans crier gare, ruinant le canapé de daim Ralph Lauren de leur premier appartement à Manhattan) ; il adorait le récit de la naissance de Porter (elle avait perdu les eaux dans le Yukon, durant le trajet pour aller dîner au New Canaan ; Ted avait conduit comme un forcené jusqu'au Fairfield Country Hospital et Vicki avait accouché à temps pour que Ted rentre à la maison avant minuit pour libérer leur baby-sitter). Mais son histoire favorite était celle de Vicki donnant un coup de poing sur le nez de tante Brenda quand tante Brenda était un nouveau-né, à peine revenu de l'hôpital. Tante Brenda saignait et Vicki, qui avait peur de la réaction de sa mère, s'était enfermée dans la salle de bains, et un pompier avait dû intervenir pour la faire sortir. Tandis que Vicki observait Blaine en train de dormir, elle se rendit compte qu'elle ne lui avait pas raconté d'histoires depuis bien longtemps et, pire que cela, il avait cessé d'en réclamer. Peut-être qu'un jour elle lui raconterait qu'elle avait eu un cancer des poumons, qu'ils étaient allés à Nantucket pour l'été et qu'elle avait guéri.

À quoi était-il en train de rêver ? Un vélo sans roulettes, un scooter, un skateboard, des chewing-gums, un pistolet à eau, un animal domestique ? C'étaient les choses qu'il désirait le plus au monde et il le répétait régulièrement à Vicki. « Je pourrai avoir un hamster quand j'aurai six ans ? Je pourrai avoir un skateboard quand j'aurai dix ans ? » Blaine voulait être grand. C'était déjà vrai avant l'arrivée de Josh dans leur petit cercle et, maintenant, bien évidemment, Blaine voulait être exactement comme lui. Il voulait avoir vingt-deux ans, posséder un téléphone portable et une Jeep. Vicki disait toujours à Blaine que le jour où il serait adolescent, elle aurait le cœur brisé, mais aujourd'hui, elle se disait que si elle vivait assez longtemps pour voir Blaine souffler ses treize bougies, elle se considérerait comme la mère la plus chanceuse du monde.

Un matin, Vicki s'était réveillée avec Blaine debout près de son lit, comme une sentinelle silencieuse. Elle lui sourit et lui murmura :

— Salut, toi.

Blaine désigna le coin de son œil, puis le milieu de sa poitrine, après quoi il montra Vicki du doigt, et Vicki se fit violence pour ne pas se mettre à pleurer.

— Moi aussi, je t'aime, dit-elle.

Et puis il y eut Porter, son bébé. Il lui manquait tellement. Elle avait cessé de l'allaiter et tout à coup, c'était comme s'il avait grandi et était entré à l'université. Il prenait son biberon avec Josh, Brenda,

Ted – Vicki ne profitait de lui que deux ou trois heures par jour, durant les grosses chaleurs de l'après-midi, au moment où il faisait sa sieste au creux de ses bras. Il émettait de petits couinements en dormant, babillait quand il se réveillait, suçait sa tétine comme si c'était son job. Son corps était un pudding ; quand il souriait, une fossette se creusait dans sa petite joue. Il était presque entièrement chauve et n'avait que deux dents – en vérité, on aurait dit un vieux monsieur. Mais il était si adorable que son sourire faisait fondre n'importe qui. Ne grandis pas ! pensa Vicki. Reste un bébé, du moins jusqu'à ce que je sois guérie et que je puisse profiter de toi ! Mais Porter courait après son frère, le pionnier. Il ne resterait pas à la traîne ! Il était déterminé à conquérir les jalons de son indépendance rapidement. Déjà, il avait commencé à explorer le salon en s'appuyant sur les meubles délicats de tante Liv. Bientôt, il marcherait. Son bébé serait parti.

Blaine remua. Il renâcla, un peu comme un cheval effrayé, et ses yeux s'ouvrirent. Il regarda Vicki. Elle retint sa respiration – elle ne voulait surtout pas le réveiller, ni lui ni son frère. Les paupières de Blaine se refermèrent. Elle expira. Même cela la faisait souffrir. Je vous aime, pensa-t-elle. Vous êtes tous les deux nés de mon cœur.

Elle se glissa à pas feutrés dans le salon. Calme, sombre. L'horloge banjo égrenait les secondes. La porte de Brenda était fermée, celle de Melanie à peine entrouverte. Vicki sortit sur la terrasse de der-

rière. Le ciel nocturne était douloureusement beau.
Vicki ne pouvait croire que les gens dormaient par
une nuit aussi belle. De retour dans la cuisine, elle
écrivit un mot, puis quitta la maison.

Partie en balade. Au phare de Sankaty.

Dans son semblant de pyjama – un short de gym,
son T-shirt de Duke, ses tongs et un bandana sur la
tête. C'était, comprit-elle, une nouvelle folle escapade, exactement comme la veille, au Vieux Moulin.
En descendant Shell Street, elle eut l'impression
d'être une cambrioleuse. Toutes les maisons étaient
plongées dans le noir. L'air, doux, était empreint
des senteurs de fleurs, des embruns de l'océan et
des chants des criquets. Vicki avait quitté la maison
en ne laissant qu'un simple mot. Elle pensa à la mère
de Josh, qui s'était pendue sans la moindre explication, et elle frissonna.

Elle progressa péniblement jusqu'au phare. Elle
toussait et respirait difficilement ; ses jambes la faisaient souffrir, sa tête palpitait. Elle toucha son front
– il était chaud et moite. Et pourtant, elle était fière
d'elle. Elle avait marché près de deux kilomètres,
dont une partie en montée, et à présent elle était là,
debout devant le tube géant de pastilles à la menthe.
D'un côté s'étiraient les pelouses vallonnées du club
de golf et, de l'autre, la falaise tombait à pic dans le
roulis des vagues. Vicki s'approcha aussi près qu'elle
l'osa du précipice. L'océan s'étalait devant elle, sous
un ciel magnifique. Les étoiles, les planètes, les
galaxies – des lieux si éloignés que les êtres humains
n'y mettraient jamais les pieds. L'univers était infini.

C'était tellement inconcevable que cela la terrifiait depuis l'enfance. Vicki s'était toujours imaginé que l'univers était comme une boîte que Dieu tenait dans ses mains. Le temps s'égrènerait infiniment, pensait-elle. Mais elle, elle allait mourir.

Elle se demandait ce qu'elle aurait ressenti si elle avait toujours été aussi seule qu'à cet instant, sans personne dans sa vie – ni mari ni enfants ni sœur ni parents ni meilleure amie. Que se serait-il passé si elle avait été un sans-abri, un vagabond – sans relations, sans connaissances ? Si elle avait vécu sur une île ? Aurait-il été plus simple de mourir ? Car rien ne lui semblait plus solitaire que de mourir en laissant tout ce monde derrière elle. Mourir était une chose très personnelle. Mourir démontrait que malgré les liens que les êtres humains tissaient avec d'autres, chacun était, par essence, seul.

Une voix brisa le silence de la nuit.

— Vicki !

Vicki se retourna. Ted grimpait la colline dans sa direction, haletant et râlant. Elle avait l'impression que son père venait la dénicher après une fugue. Mais tandis qu'il se rapprochait d'elle, elle lut une profonde inquiétude sur son visage. Il se faisait du souci pour elle, et il avait raison. Qu'était-elle en train de faire ?

— Vicki ? Est-ce que ça va ?

— Je vais mourir, murmura-t-elle.

Il émit un son étranglé, ce même son qu'il faisait quand Blaine était bébé. Il la prit dans ses bras. Elle était brûlante, et il ne s'agissait pas seulement des braises qui consumaient ses poumons, mais de son corps tout entier. Elle était embrasée par la maladie, par les cellules renégates. C'était un mal impossible à exorciser. Elle était la maladie. Une fois dans les bras de Ted, pourtant, elle se mit à trembler. Elle frissonnait, là, au bord de la falaise, où soufflait la brise marine. Elle claquait des dents. Les bras de Ted étaient les plus puissants qu'elle ait jamais connus. Elle respira son odeur, s'imprégna de sa chaleur, posa sa joue sur son T-shirt. C'était bien son mari, elle le savait, pourtant, il n'avait jamais été aussi loin d'elle.

— Je le sens. Je m'en vais.

— Vicki...

Il la serra un peu plus fort et elle se sentit rassurée, mais ensuite, il commença imperceptiblement à trembler.

— Je me suis levée pour regarder les garçons. Je voulais seulement les voir dormir.

— Tu devrais te reposer. Qu'est-ce que tu fais là ?

— Je ne sais pas.

Elle se sentait imprudente et irresponsable.

— Et toi, que fais-tu là ? Si jamais les garçons... ?

— J'ai réveillé Brenda quand j'ai vu que tu étais partie. Elle va rester dans notre chambre en attendant notre retour.

On dirait que j'ai fait une fugue, pensa-t-elle. Mais elle était incapable de se sauver ; elle n'avait nulle part où se cacher. Combien de temps lui faudrait-il avant de comprendre ça ?

Ted la prit par les épaules, l'obligeant à le regarder. Son visage brillait de larmes. Il était fort, viril, compétent ; c'était son mari, mais les larmes coulaient sur ses joues et sa voix était suppliante.

— Tu dois guérir, Vicki. Je ne peux pas vivre sans toi. Tu m'entends ? Je t'aime tellement que ça me donne des forces, ça me propulse en avant. Tu dois guérir, Vicki.

Vicki tenta de se rappeler la dernière fois qu'elle avait vu Ted dans cet état, submergé par l'émotion. Le jour où il l'avait demandée en mariage, peut-être. Ou le jour de la naissance de Blaine. Vicki eut envie de lui dire : Oui, d'accord, je vais me battre pour toi, pour les enfants. Comme dans les films, la scène où tout bascule, quand le couple se tient debout au bord de la falaise, près du phare, dans la nuit noire ; ce serait l'Épiphanie. Les choses allaient changer ; elle allait guérir. Mais Vicki ne croyait pas à ces mots, elle savait qu'ils étaient mensongers et elle ne les prononcerait pas. Alors elle se tut. Elle leva les yeux vers le ciel constellé d'étoiles. Le problème, quand on avait tout, pensa-t-elle, c'est qu'on avait tout à perdre.

— Je ne peux pas faire marche arrière, confessa-t-elle. C'est trop tard. Je me sens horriblement mal.

— Je sais. C'est pour ça que je suis venu te chercher.

Ils n'avaient pas fait l'amour depuis près d'un mois et c'était la première fois que Ted la touchait de façon aussi intime depuis ce moment-là. Il la ramena à la maison.

Le téléphone de Brenda sonna. Elle en était à la page trente de son scénario et elle écrivait avec frénésie – les mots lui venaient plus vite qu'elle n'écrivait. Elle était trop occupée pour vérifier le nom de son correspondant. Ce n'était pas vraiment un mystère : l'appel provenait soit de son avocat soit de sa mère. Le téléphone se tut. Brenda entendit la sonnerie discrète d'un ascenseur quelque part dans un autre service de l'hôpital, puis la voix enthousiaste du présentateur sportif sur la chaîne ESPN.

Vicki avait rendez-vous avec le Dr Alcott derrière les portes closes. Le nombre de cellules sanguines de Vicki avait dramatiquement chuté et elle avait presque quarante de fièvre. Le Dr Alcott voulait interrompre la chimio. S'il y avait bien un jour où Brenda devait prier, c'était celui-là – mais pour une raison étrange, le seul endroit où elle parvenait à écrire était la salle d'attente de l'unité de cancérologie. Quel casse-tête !

Brenda avait tout le temps de travailler en paix le matin, à la plage. Mais là-bas, elle était bloquée, tel un puits asséché, incapable de faire autre chose que de penser à Walsh. Elle avait essayé de travailler au Even Keel Café, mais c'était encore pire – elle observait les couples qui prenaient leur petit déjeuner, se tenaient la main, se murmuraient des mots doux, partageaient leur journal. Le café Milky Way lui paraissait trop sucré. Brenda comprit qu'elle ne pouvait écrire son scénario que lorsqu'elle était censée faire autre chose. Comme prier. Ou se ronger les sangs.

Son téléphone sonna de nouveau. Brenda était au beau milieu d'une scène où Calvin Dare assistait aux funérailles de Thomas Beech – se tenant discrètement en retrait, afin de ne pas être identifié comme l'homme au cheval meurtrier – et c'était la première fois qu'il posait les yeux sur la magnifique fiancée endeuillée de Beech, Emily. Brenda visualisait parfaitement la scène d'un point de vue cinématographique : le chapeau noir incliné de Dare, le croisement des regards d'un bout à l'autre de l'église, puis la décision de Dare de rassembler son courage pour parler à Emily. À la sortie de l'église, il s'approcha d'elle et lui présenta ses condoléances.

— Vous connaissiez mon Thomas ? demanda Emily, perplexe. Vous étiez un ami ?

Et Calvin Dare, tentant sa chance, répondit :

— Oui, un ami d'enfance. Je ne l'avais pas vu depuis très longtemps. J'étais loin d'ici.

— Loin d'ici ? répéta Emily.

— À l'étranger.

Emily haussa les sourcils. Elle était jeune et n'était fiancée à Beech que depuis peu de temps, et (comme Brenda l'avait stipulé dans sa thèse), elle était en quelque sorte opportuniste. Attristée par la mort de son fiancé, elle n'en était pas moins intriguée par cet étranger qui venait juste de rentrer de l'étranger.

— Vraiment ? dit Emily d'un air troublé.

Le téléphone cessa de sonner, puis reprit de plus belle. *La Lettre à Élise* – le son était vraiment insupportable – on aurait dit un orgue métallique dans une boîte. Brenda fouilla dans son sac à l'aveuglette et en extirpa son téléphone.

Sa mère.

Brenda soupira. Posa son stylo. Ellen Lyndon avait fait une crise d'hystérie en entendant parler de la fièvre de Vicki ; elle voulait sûrement savoir ce que le docteur avait dit. Brenda devait de toute façon aller aux toilettes. Elle prit l'appel.

— Bonjour, maman.

— Comment va-t-elle ?

— Toujours avec le médecin.

— Encore ?

— Oui.

— Eh bien, qu'a-t-il dit à propos de sa fièvre ?

Brenda retourna dans le hall pour se rendre dans les toilettes des dames.

— Je n'en ai aucune idée. Elle est toujours avec lui.

— Ils ne t'ont rien expliqué ?

— Non, ils ne m'ont rien dit. Ils vont tout expliquer à Vicki et elle me dira ce qui se passe. Nous devons attendre.

Brenda poussa la porte des toilettes, où les murs carrelés lui renvoyèrent sa voix en écho.

— Combien de temps ont-ils…

— Ils n'ont rien dit, maman.

Brenda s'en voulut d'avoir répondu au téléphone. Ce genre de conversation était aussi frustrante pour elle que pour sa mère.

— Écoute, je te rappellerai dès que…

— Promis ?

— Promis. En fait, je dirai à Vicki de t'appeler, comme ça, elle te dira tout directement…

— D'accord, ma chérie. Merci. Je ne bouge pas. J'attends son appel. J'ai annulé ma séance de rééducation.

— Pourquoi ? Tu veux que ton genou guérisse, n'est-ce pas ?

— Je n'arriverais pas à me concentrer. Kenneth réclame toujours un « effort particulier » pour faire ses exercices et je sais que j'en suis incapable. Il s'aperçoit toujours quand je suis distraite.

Je devrais être distraite, pensa Brenda. Mais c'est le contraire qui se passe. Parce que je ne suis pas normale.

— D'accord, maman. Au revoir.

— Appelle-moi quand…

— Bien sûr, assura Brenda avant de raccrocher.

Elle entendit un bruit d'eau, puis la porte de l'un des cabinets s'ouvrit. Une fille en sortit. Brenda sourit d'un air penaud.

— Ah, les mères !

La fille ignora Brenda. Mais quand elle sortit à son tour quelques minutes plus tard, la fille était toujours là, l'observant dans le miroir.

— Hé ! s'exclama la fille. Je vous connais. Josh travaille pour vous.

Brenda l'examina de plus près. Bien sûr. Elle reconnut le décolleté plongeant et le soutien-gorge rembourré, ainsi que les joues fardées. C'était la petite peste du bureau des admissions. Brenda jeta un coup d'œil à son badge. Didi. Ah, oui.

— C'est vrai. Je suis Brenda. J'avais oublié que vous connaissiez Josh.

— Vous pouvez le dire !

Brenda se lava les mains et tendit le bras pour prendre une serviette en papier. Didi fourragea dans son sac à main et en sortit une cigarette, qu'elle alluma.

— Nous aimons beaucoup Josh, dit Brenda. Il fait du bon boulot avec les enfants.

— Vous le payez un sacré paquet d'argent.

On aurait dit une accusation.

— Je n'en sais rien. Ce n'est pas moi qui le paye.

— Vous avez couché avec lui ?

Brenda se tourna vers Didi juste au moment où celle-ci exhalait une bouffée de fumée. Brenda espéra que son visage reflétait son dégoût, car il n'était pas question qu'elle s'abaisse à répondre à une question aussi absurde. Mais Brenda ne put s'empêcher de se rappeler le baiser qu'elle avait échangé avec lui devant la maison. Josh ne lui avait tout de même pas raconté ça ?

— Vous n'êtes pas censée fumer ici, c'est un hôpital. Il y a des gens qui sont atteints du cancer des poumons.

Didi fit la moue et émit un grognement, et Brenda eut soudain l'impression d'être revenue à l'époque du lycée – elle était coincée dans les toilettes des filles avec une fumeuse rebelle qui la menaçait.

— Vous baisez avec Josh, lança Didi. Dites-le. Ou alors c'est votre sœur qui se le tape.

— C'est ça.

Elle froissa la serviette en papier usagée et la jeta dans la poubelle.

— Je n'ai plus rien à faire ici. Salut.

— Il ne m'aurait jamais tourné le dos s'il n'était pas avec l'une d'entre vous, lança Didi pendant que Brenda quittait les lieux. Je sais que c'est l'une de vous.

D'accord, pensa Brenda. Bizarre. Et chose encore plus étrange, elle tremblait. Mais ce n'était peut-être pas si étonnant qu'elle soit ébranlée – les pires moments de sa vie avaient un rapport avec la petite scène qui s'était déroulée dans les toilettes. Une fille, assez jeune pour être son étudiante, l'accusait d'entretenir des relations illicites.

« La rumeur dit que tu as commis le seul péché impardonnable, un péché encore plus grave que le pur et simple plagiat. »

Les relations sentimentales et sexuelles sont interdites entre un membre de la faculté et un étudiant. Les commentaires à caractère sentimental ou sexuel, les gestes et les sous-entendus sont interdits entre un membre de la faculté et un étudiant, et tout manquement au règlement entraînerait une action disciplinaire. Il n'y a aucune exception pour les professeurs titulaires.

« Nous avons compris, professeur Lyndon, que vous entreteniez des relations illicites avec l'un de vos étudiants. »

Les « relations illicites ». Cela aurait été plus simple de blâmer Walsh pour l'avoir courtisée, mais au bout du compte, Brenda était le professeur et Walsh l'étudiant, et elle avait laissé les choses se faire. D'abord, quelques verres au Cupping Room, puis un baiser. Quand Brenda s'était réveillée le lendemain matin, elle s'était sentie terriblement honteuse, et complètement requinquée. Elle pensa que Walsh allait peut-être l'appeler, mais il n'en fit rien et le mardi suivant, elle se demanda si elle n'avait pas imaginé toute l'histoire. En cours, Walsh occupait sa place habituelle, entouré de charmantes femmes-enfants qui, aux yeux de Brenda, faisaient montre d'une brillante intelligence, comme si elles agitaient un boa de plumes sous son nez. Chaque fois qu'Amrita la flatteuse participait à la discussion, elle regardait Walsh droit dans les yeux pour voir s'il était d'accord avec elle ou pas. Kelly Moore, l'actrice de série télé, jouait son rôle à merveille, faisait des gestes théâtraux pour attirer son attention. Les trois Rebecca avaient tout bonnement formé un fan club de John Walsh. Brenda les avait entendues dire à son propos : « Il est vraiment sexy. Tout le monde le veut. » De son côté, Walsh paraissait complètement blasé. Il ne se rendait absolument pas compte qu'il était assis dans une pièce remplie de fans en adoration.

À la fin du cours, Brenda donna le sujet de l'examen de milieu de semestre : *Comparer la crise identitaire de Calvin Dare à celle d'un personnage issu de la littérature contemporaine, dans l'un des romans de la liste ou non.* Quinze pages. Les filles râlèrent et remballèrent leurs affaires. Walsh ne bougea pas d'un pouce.

Brenda l'observa.

— Non ! lui dit-elle. Tu dois partir.

Il posa sur elle un regard qui la consuma de désir. Il n'ajouta pas un mot. Si ses souvenirs étaient exacts, il ne dit rien du tout. Il se contenta de l'observer. Brenda se sentit bête de le désirer ainsi – et elle était aussi égotiste. Les autres filles – bien plus jeunes et jolies qu'elle – le voulaient toutes, mais c'était elle qui l'avait pris dans ses filets. Elle écrivit son adresse sur un morceau de papier et le glissa dans sa main, puis elle le poussa vers la sortie.

— Va-t'en, lui dit-elle. Je dois fermer à clé. À cause de la peinture.

Il ne se montra pas ce soir-là, ni le soir suivant, et Brenda eut l'impression d'être une idiote. Elle se demanda s'il n'était pas un agent double envoyé par les autres professeurs du département d'anglais qui, jaloux de ses notations et de son statut de superstar, tentaient de la piéger. Peut-être était-ce une plaisanterie imaginée par les autres femmes-enfants de sa classe. Vendredi, elle espérait ne pas avoir à croiser le chemin de Walsh, mais en vain. Sandrine, la chanteuse de Guadeloupe, avait réussi à introduire une canette de Fresca dans la salle, malgré la surveillance radar de Mlle Pencaldron. La boisson avait beau être sur ses genoux, Brenda lui demanda de la jeter. Sandrine s'était levée à contrecœur et avait murmuré quelque chose en français qui avait fait rire la moitié des autres filles. Brenda vit rouge, mais elle savait que ce n'était pas à cause de Sandrine qu'elle était

furieuse, ou à cause de Walsh. Non, elle s'en voulait
à elle-même. Elle était tracassée par ce morceau de
papier sur lequel elle avait écrit son adresse. Ce
n'était qu'un morceau de papier – cela ne voulait
rien dire – et pourtant, si. Brenda avait donné à
Walsh sa permission ; elle lui avait donné son cœur.
Cela pouvait paraître ridicule, mais c'était ainsi
qu'elle voyait les choses. Elle avait glissé son cœur
dans la main de Walsh et qu'avait-il fait en retour ?
Rien. Walsh ne s'attarda pas après le cours. Il quitta
la salle à la suite d'une Sandrine vexée et du reste
des filles. Quant à Brenda, elle était bouleversée.

Ce soir-là, Brenda avait rendez-vous avec Erik
vanCott pour dîner au Craft. Ils y allaient seuls, rien
que tous les deux, ce qui aurait dû la remplir de
joie. Craft était un vrai restaurant, le genre d'endroit
dont le *New York Magazine* parlait. Il y avait foule
à l'extérieur. Les gens étaient sur leur trente et un,
ils sentaient bon et s'exprimaient d'un air important
ou parlaient dans leur portable (« J'y suis. Tu es
où ? »). Tous attendaient de pouvoir rentrer. Brenda
se mit sur la pointe des pieds pour essayer de localiser Erik par-dessus les épaules et les têtes des gens,
mais elle ne le repéra nulle part. Elle attendait de
pouvoir parler à son tour à la superbe femme sur le
podium (son nom était Felicity ; Brenda avait
entendu quelqu'un le dire). Elle se demandait avec
inquiétude si elle se trouvait au bon endroit, au bon
moment, à la bonne heure, ou si elle avait imaginé
l'appel d'Erik et son invitation. Quand ce fut enfin
au tour de Brenda de parler à Felicity, elle déclara :

— J'ai rendez-vous avec quelqu'un. Erik van-Cott ?

Felicity parcourut du regard son importante liste de réservations.

— Voilà : vanCott, répondit Felicity d'un air étonné, comme si elle venait de trouver un dollar dans la rue. M. vanCott n'est pas encore arrivé et la table n'est pas tout à fait prête. Voudriez-vous prendre un verre au bar ?

Au bar, Brenda descendit deux *cosmopolitan*. Puis Felicity annonça que la table était prête et Brenda décida de s'y installer, même si elle était seule. Elle commanda un autre *cosmo* au serveur qui était également un haltérophile professionnel.

— J'attends quelqu'un, lui dit Brenda en espérant que c'était vrai.

Elle vérifia qu'elle n'avait pas de message sur son répondeur. Il était 20 h 30. Deux hommes lui avaient officiellement posé un lapin cette semaine. C'est alors qu'elle leva les yeux et aperçut Erik qui traversait la salle dans sa direction, les pans de son Burberry flottant derrière lui. Le gamin qui courait après Brenda dans le parc pour enfants, celui qui avait un jour dévoré une jatte entière de pistaches en un rien de temps dans la cuisine d'Ellen Lyndon et qui était ensuite allé vomir dans le cabanon du jardin, le garçon qui avait chanté une chanson romantique de Bryan Adams au bal du lycée après avoir été abandonné par Vicki, était aujourd'hui un homme. Un homme habillé en costume qui gagnait de l'argent et donnait rendez-vous à Brenda dans des restaurants chic de New York.

— Je suis en retard ? demanda-t-il.

— Non, mentit Brenda.

— Bien.

Il s'affala sur sa chaise, ôta son imperméable, desserra sa cravate et commanda une bouteille de vin dans un français impeccable. Brenda n'avait personne d'autre à qui parler de Walsh ; elle n'avait aucune amie et ne pouvait en parler ni à Vicki ni à sa mère. De plus, Erik lui donnerait une perspective masculine, et Brenda voulait qu'il sache que oui, elle avait un autre homme que lui dans sa vie. Cependant, au cours de leur amitié millénaire, des règles s'étaient instaurées, et l'une d'entre elles stipulait que Brenda questionnait toujours Erik en premier.

— Alors, dit-elle en se penchant sur son troisième *cosmo*, comment ça va ?

— Tu veux parler de Noel ?

— On peut parler de Noel si tu veux, répondit Brenda – même si elle rêvait d'une soirée sans elle.

— J'ai quelque chose à te dire.

Nous avons rompu, pensa Brenda. Si c'était le cas, elle parlerait de Noel toute la soirée. Au revoir, Noel, adieu, Noel et, bien sûr, l'indispensable descente en flammes de Noel.

Erik sortit une petite boîte de velours bleu de sa veste de costume et Brenda pensa : C'est une bague. Pour moi ? Mais même trois *cosmo* ne suffisaient pas à altérer à ce point son sens des réalités.

— Je vais demander à Noel de m'épouser, déclara Erik.

Brenda cligna des yeux. L'épouser ? Elle fixa la petite boîte. Elle était persuadée que la bague était jolie, mais elle ne demanda pas à la voir. Elle n'avait aucune raison d'être surprise – Erik l'avait prévenue. Il avait dit de Noel que c'était le « genre de filles qu'on épouse ». Mais Noel avait un défaut : elle ne mangeait pas. Une personne qui ne s'alimentait pas avait un problème d'estime de soi, de considération de soi. Brenda avait fait une croix sur Noel au Café de Bruxelles et elle pensait qu'Erik l'avait fait aussi. Elle était muette. Si Erik savait combien elle l'aimait, il lui aurait fait une faveur en lui annonçant la nouvelle au téléphone, afin qu'elle puisse raccrocher.

— Bren ?

— Quoi ? demanda-t-elle.

Et Brenda se mit à pleurer.

Erik attrapa sa main par-dessus la table. Il la tenait fermement et la caressait. La petite boîte bleue était toujours entre eux, close. Brenda entendit des chuchotements et elle se rendit compte qu'Erik et elle avaient attiré l'attention de leurs voisins de table – ceux-ci pensaient, à l'évidence, qu'Erik avait fait sa demande à Brenda.

— Enlève la bague, murmura Brenda. S'il te plaît.

Erik fit glisser la boîte dans la poche de sa veste, mais sans lâcher sa main. Ils ne s'étaient jamais touchés ainsi – Brenda en eut le souffle coupé et en ressentit une infinie douleur.

— Tu n'es pas heureuse pour moi ? demanda Erik.

— Heureuse pour toi. Malheureuse pour moi.

— Brenda Lyndon.

Elle aperçut l'haltérophile s'approcher de leur table, mais elle ne pouvait supporter de rester là une minute de plus.

— Je m'en vais.

— Tu me fuis encore ? Au beau milieu du dîner ?

Il commença à fredonner cette affreuse chanson de David Soul.

— « *Ne cesse pas de croire en nous, baby. Nous méritons une... seconde chance...* »

— Ça ne marchera pas.

— Brenda.

Brenda observa Erik.

— Quoi ?

— Je l'aime.

Brenda se leva et planta Erik au beau milieu de la salle. Elle pleurait pour de nombreuses raisons et l'une d'entre elles – pas la moindre – était que l'amour vrai était toujours pour les autres. Des femmes comme Vicki, comme Noel. Brenda imaginait Noel nue dans le lit d'Erik, auquel il faisait toujours référence comme « son nid ». Noel était nue, lovée dans le nid, sans manger. Peau d'albâtre, cheveux soyeux comme du vison. Habillée de deux seules perles à ses oreilles. Les côtes affleuraient sous sa peau comme les touches d'un marimba avec lequel Erik pourrait jouer tout en chantant. Brenda quitta le restaurant.

— À l'angle de la Deuxième et de la Quatre-vingtième Rue, lança Brenda au chauffeur de taxi devant le Craft.

Benny Taylor, disait sa licence. Un Américain.

— Est-ce que vous avez des mouchoirs ? lui demanda-t-elle.

Il lui passa un paquet de Kleenex à travers l'écran de Plexiglas.

— Voilà, ma belle.

Benny Taylor déposa Brenda à son appartement à 21 h 50.

— Ça va aller, ma belle ? demanda Benny.

Il lui avait posé la question non pas parce qu'elle pleurait, mais parce qu'il y avait un homme qui patientait devant la porte de son immeuble. C'était un homme grand, entièrement vêtu de noir.

Brenda plissa les yeux. Son cœur s'emballa. C'était John Walsh.

— Ça va aller.

Elle tenta de lisser ses vêtements et d'arranger ses cheveux. Son maquillage devait être désastreux. Elle prit de l'argent dans son sac pour payer et se tortura l'esprit pour trouver une parole intelligente à dire en sortant du taxi. « Salut ! Qu'est-ce que tu fais là ? » Ses jambes étaient en coton et les trois cocktails ingérés avaient mis à mal son sens de l'équilibre. Brenda s'avança, aussi droite que possible vers Walsh qui souriait. On aurait dit le héros d'un vieux western. Fringuant, fort, viril, australien. Brenda essaya de se détendre, mais elle était incapable d'effacer le sourire idiot qui flottait sur son visage.

— Salut, lança-t-elle. Qu'est-ce que tu fais là ?

John Walsh devint son amant. Durant des jours,
des semaines, des mois. C'était excitant, savoureux
– et le secret était aussi sacré que bien gardé. Ils ne
se parlaient jamais dans l'enceinte de l'université,
excepté durant les cours, et Walsh cessa de traîner
après les autres. Il l'appelait sur son téléphone portable – deux sonneries, puis il raccrochait. C'était
leur code – et ils se retrouvaient à son appartement.
S'ils ne pouvaient attendre les quarante-cinq
minutes que durait le trajet, ils se retrouvaient au
Riverside Park et s'embrassaient derrière une haie
d'arbustes. Ils courbaient l'échine sous la tempête
de neige, mangeaient des œufs brouillés, buvaient
du vin rouge, faisaient l'amour, regardaient des films
australiens comme *Héros ou salopards*. John lui
raconta des anecdotes de sa vie – la fille qu'il avait
mise enceinte à Londres et qui avait avorté ; son
grand-père, un berger de l'intérieur des terres à
l'ouest de l'Australie. Il lui parla de ses voyages
autour du monde. Brenda lui raconta son enfance
passée en Pennsylvanie, ses parents, Vicki, les étés
à Nantucket avec tante Liv, l'université, la thèse,
Fleming Trainor. C'était ennuyeux, mais Walsh rendait sa propre vie fascinante. Il lui posait des questions, écoutait les réponses, il était mûr, sensible. Ce
que Brenda aimait chez Walsh, c'était sa gravité. Il
n'avait pas peur des sujets sérieux ; il n'avait pas
peur de lire en lui. Peut-être les Australiens
étaient-ils élevés ainsi, ou peut-être était-ce à cause
de ses voyages, mais Brenda ne connaissait aucun

homme comme lui. Ni Erik ni Ted ni même son père. Si vous leur demandiez de vous parler de leurs sentiments, ils vous regardaient comme si vous leur aviez demandé de vous acheter des tampons.

Durant la seconde tempête de neige de l'hiver, Brenda et Walsh s'emmitouflèrent de la tête aux pieds, de sorte que personne n'aurait pu les reconnaître, et ils allèrent patiner dans Central Park. Les jours passant, ils s'enhardirent. Ils allaient au cinéma. (Brenda portait une casquette de base-ball et des lunettes de soleil. Elle ne laissait Walsh lui prendre la main qu'une fois la salle plongée dans le noir.) Ils dînaient au restaurant. Prenaient un verre dans les bars, allaient danser. Ils ne rencontrèrent jamais personne de leur connaissance.

Au bout d'un certain temps, Brenda cessa de considérer Walsh comme son étudiant. Il était son amant. Son ami. Puis, un lundi, tout bascula. Brenda était seule chez elle, occupée à noter les examens de milieu de semestre. Elle avait repoussé l'échéance le plus possible, mais les filles de son cours avaient commencé à se plaindre. Brenda avait promis de leur rendre leur dissertation le lendemain matin et il ne lui restait qu'une seule copie à lire. Walsh ne l'avait pas interrogée à ce sujet – c'était tout à son honneur. Peut-être avait-il oublié que le job de Brenda était de le noter ? Quand elle prit la copie avec leurs deux noms tapés côte à côte en haut de la page – *John Walsh/Pr Brenda Lyndon* – ses mains tremblaient. Elle entama sa lecture.

Que craignait-elle ? Elle avait peur que la copie soit médiocre – mal structurée, faiblement argumentée, émaillées de fautes de frappe, d'erreurs de typographie et de ponctuation. Elle craignait qu'il écrive « différent que » au lieu de « différent de ». Pire que tout, Walsh pouvait régurgiter ce qu'elle avait expliqué en classe au lieu de réfléchir par lui-même (comme l'avait fait l'une des Rebecca, écopant d'un C). Elle avait peur qu'il s'appuie sur une citation en oubliant d'en donner la source. Cette copie était un motif potentiel de rupture – non pas parce que Walsh pourrait se fâcher d'avoir obtenu une mauvaise note, mais parce que Brenda ne pourrait continuer à le fréquenter si elle doutait de son intelligence.

Presque tous les autres étudiants de son cours avaient choisi de comparer Calvin Dare à un personnage tiré de l'un des romans cités dans la liste. Pas Walsh. Il avait choisi un livre qui n'était pas dans la liste, un livre que Brenda n'avait jamais lu, un roman intitulé *The Riders*, et dont l'auteur était un Australien du nom de Tim Winton. La dissertation de Walsh traitait de ce qu'il appelait « l'identité de la perte » – où il expliquait que la perte d'une chose ou d'un être dans la vie d'une personne pouvait provoquer un changement d'identité de cette personne. Dans *L'Imposteur innocent*, quand le cheval de Calvin Dare tue Thomas Beech, Dare perd toute confiance en l'avenir. Cet événement le bouleverse au plus profond de son être et l'amène à renoncer à ses propres rêves et à ses ambitions pour s'approprier ceux de Beech. Dans *The Riders*, le personnage principal,

Scully, a perdu sa femme – au sens propre : il ne la retrouve plus. Elle s'est envolée pour l'Irlande avec sa fille, mais, par le plus grand des mystères, seule la fille est descendue de l'avion. *The Riders* raconte la quête de Scully – parti à la recherche de sa femme, mais ce roman traite aussi des changements d'identité dus à cette perte. Brenda était subjuguée. Walsh introduisait sa dissertation avec clarté durant les trois premières pages, puis il développait son argumentation sur dix pages, avec des citations extraites des deux romans, avant de conclure brillamment en citant d'autres exemples de la perte de l'identité à travers un large spectre de la littérature. On pouvait trouver ce motif aussi bien dans *Huckleberry Finn* que dans *Beloved*, disait Walsh.

Brenda posa la copie, estomaquée. Pour établir une comparaison, elle relut la copie de Amrita – qui avait obtenu un A – puis lut de nouveau celle de Walsh. La copie de Walsh était différente. Originale, aussi sauvage et ensoleillée que le pays d'où il venait, mais avec une profondeur que lui octroyaient l'âge et l'expérience. Elle attribua à Walsh un A+. Puis elle s'interrogea, soudain inquiète. Elle lui avait donné la meilleure note. Était-ce justifié ? La dissertation de Walsh était la meilleure. Pouvait-elle le prouver ? C'était un jugement subjectif. Quelqu'un la soupçonnerait-il ? Ce A+ avait-il un rapport avec le fait que John Walsh avait fait l'amour à son professeur sur ce canapé même, lui donnant tellement de plaisir qu'elle avait crié ?

Brenda inscrivit la note en haut de la copie au

crayon de papier, au cas où elle changerait d'avis.
Mais au bout du compte, elle ne modifia pas sa
notation. Il méritait cette note, c'était aussi simple
que cela. Pourtant, elle était toujours aussi inquiète.
Elle avait peur de tomber amoureuse.

Quand Brenda revint dans la salle d'attente de
l'unité de cancérologie, elle avait perdu toute capa-
cité de concentration. Les accusations d'Amrita
(vraies), doublées des accusations de Didi (fausses),
l'avaient perturbée. « Vous couchez avec lui ! »
Brenda rangea son scénario et décida de ne rien dire
à personne au sujet de ce qui s'était passé dans les
toilettes.

Quelques instants plus tard, Vicki apparut dans
le couloir, escortée par le Dr Alcott. Brenda cligna
des yeux. S'agissait-il vraiment de sa sœur ? On
aurait dit qu'elle avait rapetissé – elle semblait moins
grande et moins épaisse. Elle était aussi frêle que
tante Liv durant les mois précédant sa mort (et tante
Liv était petite – trente-neuf kilos toute habillée).
Vicki portait son écharpe Louis Vuitton enroulée
autour de sa tête, un short blanc qui lui tombait sur
les hanches et un pull sans manches rose qui donnait
l'impression qu'elle n'avait pas de seins du tout, avec
un sweat-shirt marin à capuche, car bien que la température avoisinât les quarante degrés, elle gelait.
L'esprit de Brenda s'était échappé bien loin dans le
temps et dans l'espace, mais elle reprit aussitôt ses
prières. « Seigneur, s'il Vous plaît, s'il Vous plaît,
s'il Vous plaît, s'il Vous plaît, s'il Vous plaît… »

Le Dr Alcott guida Vicki jusqu'à elle. La salle
d'attente était vide, mais il baissa tout de même la
voix.

— Nous lui avons administré une dose de Neupogen, mais elle doit revenir demain et les jours
suivants pour recevoir d'autres doses. Cela devrait
augmenter son taux de cellules sanguines. Je lui ai
aussi prescrit des antibiotiques et du Tylenol pour
faire tomber sa fièvre. Elle devrait se sentir mieux
dans quelques jours. Nous reprendrons la chimiothérapie quand son taux aura remonté.

Il regarda Vicki.

— D'accord ?

Elle frissonna.

— D'accord.

Brenda prit le bras de Vicki.

— Il y a autre chose ?

— Elle doit se reposer, martela le Dr Alcott. Je
ne suis pas sûr qu'un autre pique-nique sur la
plage…

— Très bien, répondit rapidement Brenda.

Elle était déjà dévorée par la culpabilité (à cause
de Walsh, du baiser de Josh, parce qu'elle écrivait
au lieu de prier) et les regrets (à propos de ce satané
A+, de la peinture de Jackson Pollock, pour ne
pas avoir dit à Didi d'aller se faire voir), alors peu
lui importait que le Dr Alcott ajoutât un blâme.
J'essayais de lui remonter le moral, aurait dû dire
Brenda. *Je tentais une approche holistique.* Mais au
lieu de cela, elle balbutia :

— Je suis désolée.

Une fois dans la voiture, Vicki enroula une couverture autour de ses jambes et se pelotonna dans son siège.

— Je n'ai que ce que je mérite, déclara Vicki.

— Pourquoi dis-tu cela ?

— Je voulais en finir avec la chimio. Et aujourd'hui, c'est la chimio qui ne veut plus de moi. Une fois par semaine. Dosage minimum. Cela ne tuerait même pas une mouche avec une seule aile.

— Tu crois ?

— Le cancer va s'étendre. Il va se propager.

— Arrête, Vicki. Tu dois conserver une attitude positive.

— Je ne peux m'en prendre qu'à moi-même.

— Je ne vois pas pourquoi tu dis ça. Ce n'est pas ta faute si tu es malade.

— C'est ma faute si je ne guéris pas. J'ai foiré ma guérison.

Elle laissa sa tête reposer contre la vitre.

— C'est Dieu, le coupable.

Brenda démarra la voiture.

— Amen !

Le cœur sait ce qu'il veut, pensa Melanie. Et ainsi, le lendemain de son premier rendez-vous prénatal, elle appela Peter à son bureau.

Elle était allongée sur son lit, les yeux clos, et elle écoutait le chant du troglodyte perché sur la clôture, près de sa fenêtre. Elle était fatiguée parce que Josh et elle s'étaient une nouvelle fois retrouvés dehors la veille au soir – au Quidnet Pond – et elle n'était pas rentrée à la maison avant minuit. Plus tôt dans la journée, elle avait accompagné Vicki à l'hôpital. Pendant que Vicki recevait une piqûre pour augmenter son taux de cellules sanguines, Melanie avait rendez-vous avec un généraliste revêche, un docteur aux cheveux blancs, qui n'était sans doute qu'à un mois ou deux de la retraite. L'homme n'avait aucune manière mais Melanie s'en moquait. Elle avait entendu les battements du cœur du bébé. *Whoosh*, *whoosh*, *whoosh*. Elle n'avait pas prévu l'incroyable abîme entre l'idée qu'elle s'en était faite et la réalité. Sa grossesse était réelle. Le fœtus était en bonne santé. Elle était enceinte de dix semaines ; le bébé était gros comme une plume.

Elle posa une main sur son ventre.

— Bonjour, murmura-t-elle.

Elle avait attendu un signe. Il était facile de cacher la vérité à Peter, car malgré ses nausées et sa fatigue, Melanie n'avait observé aucune manifestation de sa grossesse. Elle n'avait même pas l'air d'être enceinte. Mais ces battements de cœur étaient réels, c'était indéniable, et c'était le signal qu'elle attendait.

Ainsi, après le départ de Josh et des enfants, puis celui de Brenda, pour écrire tranquillement, Vicki s'était enfermée dans sa chambre, et Melanie se rendit au supermarché de Sconset pour appeler Peter depuis la cabine payante à l'extérieur.

Melanie inspira à pleins poumons l'air du petit matin : les hydrangeas bleus en fleur, la pelouse fraîchement coupée du rotary, l'odeur de terre battue des terrains de tennis, près du casino, l'arôme de café, l'odeur des petits pains et de l'encre des quotidiens provenant du supermarché. Et puis elle avait le parfum de Josh ancré sur sa peau. Même si Peter se montrait dur envers elle, même s'il refusait de la croire, il n'arriverait pas à gâcher sa journée.

— Bonjour, lança la réceptionniste. Rutter& Higgens.

Même s'il lui disait qu'il s'en fichait.

— Peter Patchen, s'il vous plaît, dit Melanie en s'efforçant d'adopter un ton professionnel.

— Un moment, s'il vous plaît.

Il y eut une pause, un clic, puis une sonnerie. Melanie fut submergée par la peur, l'anxiété, par tous ces sentiments négatifs qu'elle croyait avoir enterrés mais qui refaisaient surface au contact de Peter. Zut ! pensa-t-elle. Raccroche ! Mais le temps qu'elle réfléchisse, Peter avait pris la communication.

— Allô ? Peter Patchen.

Sa voix. Étonnamment, elle l'avait oubliée, ou presque, de sorte que ces trois mots la surprirent.

— Peter ? C'est moi.

Elle se demanda avec inquiétude s'il n'allait pas confondre son « moi » avec le « moi » de Frances Digitt, aussi ajouta-t-elle :

— Melanie.

— Melanie ?

Il parut surpris et même si elle ne se faisait pas trop d'illusions, agréablement surpris. C'était un piège des communications longue distance, de la vieille cabine téléphonique rouillée.

— Oui, dit-elle en essayant de conserver une voix calme et posée.

— Comment vas-tu ? demanda Peter. Où es-tu ?

— À Nantucket.

— Oh.

Avait-elle perçu de la déception dans sa voix ? Ce n'était pas possible.

— Comment est-ce ?

— Super. C'est magnifique. La chaleur, le soleil, la brise, la plage. Et New York ?

— Chaud. Poisseux. Un chaudron.

— Comment ça va au bureau ?

— Oh, tu sais. Toujours la même chose.

Melanie se mordilla la lèvre. La même chose, cela signifiait qu'il continuait à baiser cette fille au bout du couloir ? Melanie ne lui poserait pas la question ; elle s'en fichait. Mais elle s'intéressait à l'état de son jardin – ses pauvres jardinières de plantes vivaces !

— Bon, eh bien, je t'appelais juste pour t'annoncer que…

Bon sang, allait-elle réussir à le dire ?

— … je suis enceinte.

— Quoi ?

— Je suis enceinte.

Les mots énoncés à voix haute lui semblèrent soudain moins forts que dans son esprit.

— Je vais avoir un bébé. À la fin du mois de janvier.

Silence du côté de Peter. Bien entendu. Melanie observa une fille âgée de neuf ou dix ans entrer dans le supermarché avec son père. *Bubble Gum Princess*, disait le T-shirt de la petite fille. Elle avait de longues jambes fuselées comme une cigogne.

— Tu plaisantes ? C'est une blague ?

— Pas du tout.

Même si c'était tout à fait le genre de Peter de penser une chose pareille.

— Je ne plaisanterais jamais sur un tel sujet, ajouta Melanie.

— Non, bien sûr que non. Mais comment est-ce arrivé ? Quand ?

— Cette fois-là, tu te rappelles ?

— Pendant la tempête ?

— Oui.

Elle savait qu'il s'en souvenait, bien sûr qu'il s'en souvenait. Même s'il avait fait l'amour une centaine de fois avec Frances cette semaine-là, il ne pouvait avoir oublié. Dans le cabanon du jardin, elle avait ôté ses vêtements trempés et annoncé à Peter qu'elle en avait assez des FIV. Les déceptions la tuaient à petit feu, lui avoua-t-elle. Elle voulait reprendre goût à la vie. Le visage de Melanie était baigné de larmes et de gouttes de pluie. Peter avait aussi pleuré – plus de soulagement, soupçonna-t-elle – puis ils avaient fait l'amour, là, dans le cabanon, sur le comptoir de porcelaine de l'évier qu'elle utilisait pour jardiner. Dehors, il pleuvait à verse ; un éclair déchira le ciel avec un bruit sec qui faisait penser à la fracture d'un os. Peter et Melanie n'avaient pas fait l'amour comme ça depuis des années – elle avec fièvre, lui avec reconnaissance – pendant que les étamines des lys teintaient l'évier d'une couleur orangée.

Après, Peter lui avait dit :

— Nous n'aurions jamais pu faire ça si nous avions eu des enfants.

La teinture des étamines de lys resta ancrée dans l'évier, souvenir pérenne de leur union, rendant Melanie mélancolique, jusqu'à ce qu'elle apprenne sa liaison avec Frances. La colère et l'amertume la submergèrent après coup. Elle pouvait oublier ces souvenirs, à présent qu'il existait quelque chose de bien plus durable. Les battements d'un cœur. Un bébé.

— Tu es sûre, Mel ?

— Je suis allée chez le médecin. Je suis enceinte de dix semaines. J'ai entendu les battements de son cœur.

— Vraiment ?

— Ouais.

— Mon Dieu ! murmura-t-il.

Puis il y eut un nouveau silence. À quoi pensait-il ? Melanie était heureuse de constater que cela ne l'intéressait pas particulièrement.

— Enfin, voilà. Je voulais juste te mettre au courant.

— Me mettre au courant ? Évidemment ! Je suis le père.

Son ton était presque accusateur, mais Melanie ne se laissa pas intimider. Il avait renoncé à son droit de connaître les secrets de son cœur le jour où il avait couché avec Frances Digitt. Melanie pouvait fermer les yeux et imaginer Frances courir autour des bases du terrain de softball, le poing levé.

— J'ai attendu de voir le médecin avant de te le dire. Je voulais être sûre que tout allait bien.

— Comment te sens-tu ?

— J'ai été assez malade. Très fatiguée, mais sinon, je vais bien.

— Tu as l'air en forme. Tu as l'air en pleine forme.

Il fit une pause, s'éclaircit la voix. Melanie tendit l'oreille pour entendre le tapotement de ses doigts sur le clavier de son ordinateur. Il était bien du genre à vérifier l'état du marché ou bien jouer à Snood pendant qu'il lui parlait au téléphone. Mais elle n'entendit rien d'autre que le silence ; c'était comme s'il avait cessé de respirer.

— Mon Dieu ! Je n'arrive pas à le croire. Tu y crois, toi ? Après tout ce que nous avons traversé ?

— Je sais. C'est plutôt ironique.

— Tu as l'air vraiment en forme, Mel.

— Merci. Bon, eh bien, je suis dans une cabine publique alors je vais bientôt devoir raccrocher. Je te verrai...

— Quand ? demanda-t-il. Je veux dire, quand rentres-tu à la maison ?

Melanie se mit à rire.

— Oh, tu sais... Je n'en ai aucune idée.

Cela lui fit un bien fou de lui répondre cela. Elle avait la situation sous contrôle à cent pour cent. Quand elle rentrerait au cottage, elle embrasserait Vicki et la remercierait de l'avoir invitée à Nantucket. Ce soir, elle embrasserait Josh, et bien plus encore.

— On reste en contact, Peter.

— Euh, d'accord, je vais…

Melanie raccrocha.

Tous les matins, quand Josh prenait l'allée du 11 Shell Street, il se demandait ce qu'il faisait. *Qu'est-ce que je fais ? Putain, qu'est-ce que je suis en train de faire ?* La réponse était : il couchait avec Melanie Patchen, une femme à la fois mariée et enceinte ; il avait une liaison avec elle et il gardait le secret. Il n'avait rien dit à Brenda, à Vicki, à son père, encore moins à Blaine et Porter. Il se sentait encore plus coupable quand il observait les enfants parce qu'il aurait voulu être un exemple pour eux. Les garçons le stimulaient de multiples façons – un fait qu'il aurait accepté plus facilement s'il ne baisait pas la meilleure amie de leur mère. Quand il les voyait le matin à la table du petit déjeuner, il avait de terribles remords. Le soir, à 22 heures – heure à laquelle il retrouvait Melanie sur la plage – son repentir s'était suffisamment dissipé pour qu'il s'adonne de nouveau à sa traîtrise.

Combien de temps faudrait-il avant qu'ils ne soient pris ? Josh se posait cette question cent fois par jour, mais il n'en parlait jamais à Melanie – elle avait déjà assez de soucis comme ça. Et ils étaient très, très prudents. Melanie allait jusqu'à passer par la fenêtre de sa chambre pour atterrir dans le jardin plutôt que de sortir par la porte ; elle préférait même passer par-dessus la clôture que par le portail. (Ces mesures seraient abandonnées quand elle commencerait à grossir.) Elle façonnait un corps dans son lit à l'aide d'oreillers et elle marchait sur le bord de la route plutôt que sur les coquillages. Elle arrivait au parking de la plage du centre-ville entre 22 heures et 22 h 30 ; elle grimpait dans la voiture de Josh et il l'emmenait dans un coin retiré comme il y en avait tant à Sconset – où ils faisaient l'amour dans la voiture (cela aussi serait abandonné quand elle serait plus grosse) ou bien, s'ils étaient courageux, sur la plage. Deux fois, Josh eut le sentiment qu'ils avaient été suivis. Une fois, il avait emprunté une route cahoteuse qui s'enfonçait dans la lande et une autre, il s'était arrêté dans une allée déserte. Ces incidents rendaient Melanie nerveuse et elle poussait des cris de frayeur qui faisaient monter l'adrénaline de Josh de manière plutôt agréable, il devait bien le reconnaître. Ils vivaient un scénario de film – le secret, les relations illicites avec les échappées dramatiques, et la débauche de sexe qui s'ensuivait.

Le sexe était, en fait, incroyable. Il devint incroyablement clair pour Josh que faire l'amour avec une fille était une chose, et faire l'amour avec une femme une toute autre affaire. Josh pensait que la grossesse de Melanie rendrait les choses étranges, ou gênantes, mais ce fut exactement le contraire. Melanie était totalement en osmose avec son propre corps ; elle était toujours disponible pour Josh, elle le désirait. Elle le complimentait, l'encourageait à se montrer créatif. Ouais, c'était fantastique, Josh ne pouvait le nier, mais si leur relation ne reposait que sur le sexe, Josh aurait fini par se lasser. Le problème, c'était que leur relation s'était rapidement basée sur autre chose. Melanie lui parlait, lui racontait les détails de sa vie d'adulte. C'était différent des conversations ennuyeuses qu'il avait habituellement avec les filles de son âge. Lorsque Josh pensait au stupide babillage qu'il entendait généralement dans la bouche des filles (« Mes cheveux vont devenir crépus avec cette humidité… Oh mon Dieu, regarde toute cette graisse !… Qui sera là ? Cette garce ?… Je l'ai téléchargé gratuitement sur… »), il était étonné que son cerveau ne se soit pas transformé en tapioca. Au début, il n'était pas sûr qu'écouter les problèmes conjugaux de Melanie ou sa quête d'un bébé serait beaucoup mieux, mais il se trompait. Cette histoire le captiva aussitôt.

— Un mariage, comme tu le découvriras sans aucun doute un jour, est un pacte que tu passes avec une autre personne. Tu prends un engagement sacré, ou du moins le penses-tu quand tu es devant l'autel. C'est la promesse que tu ne seras jamais seul, que tu fais partie d'une équipe, un noyau, un couple marié. C'était un rêve, cela dit, auquel je croyais.

Avoir un bébé était un autre rêve. Pour la plupart des couples, c'est un don. Ils n'y pensent même pas et – bam ! – enceinte. Je pensais que ça se passerait comme ça entre Peter et moi. J'ai toujours voulu avoir beaucoup d'enfants, alors nous avons essayé mais ça n'a pas marché. Les gens disaient : « Prenez votre temps », car ils ne savaient pas quoi dire d'autre, alors nous avons réessayé, encore et encore, mais plus je pensais à « essayer », plus j'étais stressée et malheureuse. Peter est devenu amer parce que nous ne pouvions rien y faire. Nous sommes allés voir un médecin et je pensais, bien sûr, que Peter avait un problème et Peter pensait que c'était moi qui avais un problème. Mais le plus frustrant, c'est que nous n'avions aucun problème. Nous étions tous les deux en parfaite santé, nous n'étions simplement pas connectés. J'ai pris des médicaments qui avaient des effets secondaires déplaisants et qui n'avaient pas l'air de marcher de toute façon, alors j'ai cessé de les prendre et nous avons tenté l'approche holistique – de la poudre de corne de rhinocéros, faire l'amour la tête à l'envers à minuit pendant la pleine lune – et puis nous avons jeté l'éponge et admis que ça ne marchait pas. Alors, quels choix s'offraient à nous ? La fécondation in vitro. Mais cette méthode est pénible – il y a un planning à respecter, tout se fait en laboratoire, puis ils implantent les embryons et espèrent qu'ils vont se développer. Il faut passer beaucoup de temps à l'hôpital, de nombreuses personnes sont impliquées, des professionnels de santé te suivent tout au long du processus et, durant tout ce temps, tu te dis qu'on ne peut pas faire moins romantique et tu te demandes pourquoi tu n'as pas pu concevoir un enfant après avoir bu trois martinis ou pendant un week-end à Palm Spring, comme tout le monde. Tu commences à te haïr. J'ai fait sept tentatives de FIV. J'ai passé une année de ma vie à retenir mon souffle, essentiellement, et à prier – puis à pleurer parce que ça ne marchait pas, me blâmant, blâmant Peter. Je ne suis pas en train de dire que j'étais facile à vivre, loin de là. Peter était fatigué de m'entendre parler de cycles, fertilisation, implantation, embryons viables, mais je ne pouvais penser à autre chose. La vraie différence entre nous, c'était que j'avais toujours foi en notre mariage. Je pensais que nous étions dans la même équipe – dans une lutte acharnée, disons, contre toutes les entités qui nous privaient du bonheur d'avoir un enfant. Mais ensuite, c'est comme si j'avais regardé derrière moi pour constater que Peter était parti. Je me battais seule. Ou pire. C'était comme s'il avait rejoint une autre équipe. Celle de Frances Digitt. Il était mon tendre amour, mon meilleur ami, mon havre de sécurité, mon héros, Josh – et tout d'un coup, j'ai découvert que je n'étais rien pour lui. Moins que rien. C'était – c'est – la trahison d'une vie. Je pensais que les liaisons n'existaient que dans les séries télévisées, ou dans les nouvelles de Cheever. Je ne croyais pas que cela pouvait m'arriver. J'étais une pauvre naïve. Peter a une liaison avec Frances Digitt, il fréquente Frances Digitt. Tu ne peux pas imaginer ce que ça me fait. Tu ne le peux pas.

Elle avait tort sur ce point. En faisant marcher
son imagination, il se surprenait à haïr Peter Patchen. Car Josh comprit très vite que Melanie était
une jeune femme douce, gentille, altruiste ; elle était
dévouée, vulnérable et digne de confiance. Bien sûr,
elle croyait que l'amour durait toujours, elle voulait
une maison remplie d'enfants – et elle le méritait.
Plus Josh passait de temps avec elle, plus il voulait
la protéger, la sauver. Il voulait être son héros. Il se
rendit compte qu'il ressentait ce besoin depuis le
début – lorsque Melanie était tombée de l'escalier
et qu'il lui avait offert son aide, et aussi la fois où
elle avait échoué à l'aéroport et où il l'avait ramenée
au cottage en voiture. Tard dans la nuit, quand il
était allongé dans son lit sans trouver le sommeil et
qu'il essayait de comprendre ce que – bon sang ! –
il fabriquait avec Melanie, il se demandait s'il n'avait
pas un manque à combler en lui – mais si tel était
le cas, il aurait aussi bien pu rester avec Didi. C'était
la personne la plus dans le besoin qu'il connaissait.
Finalement, Josh devait avouer qu'il n'avait aucune
idée de ce qu'il faisait avec Melanie, mais il était
incapable de mettre fin à leur relation.

Les nuits lui semblaient comme un feu incandes-
cent qui se consumait à la fois lentement et aussi vite
qu'un flash. Une semaine, deux semaines s'étaient
écoulées, et aucun d'eux ne voulait manquer un seul
instant, ni faire une pause, même s'ils prétendaient
tous les deux que c'était une bonne idée. (« Nous
devrons probablement faire une pause à un
moment », lançait Josh. Et Melanie répondait en bâil-

lant : « Je ne sais pas combien de temps je vais pouvoir veiller ainsi. ») Josh se disait que l'attrait de la
nouveauté finirait par s'étioler. Il n'attendrait plus
avec cette même incroyable fébrilité que Melanie
s'installe sur le siège passager de sa voiture. Le désir
s'émousserait, un jour où Josh n'aurait pas la tête à
ça ; où Melanie semblerait moins dynamique que
d'habitude, ou se lasserait de la situation. Voilà comment les choses se passaient généralement avec les
filles de son âge. Avec le temps, il finissait toujours
par avoir l'impression – comme avec Didi – qu'il
faisait les choses malgré lui.

Mais avec Melanie, c'était différent. Avec Melanie, il avait la sensation de grimper au sommet d'une
montagne d'où on avait une vue imprenable et chaque fois qu'il atteignait le sommet, c'était aussi étonnant et captivant que la première fois.

Plus le temps passait, et plus il voulait partager
un vrai lit avec elle. Mais c'était impossible. Son lit,
un lit d'enfant, dans une chambre remplie de
maquettes d'avion et de trophées de football, avec
son journal intime rangé dans sa table de nuit ? Non.
Et Josh n'aurait jamais le courage d'entrer furtivement au 11 Shell Street sachant que Vicki, Brenda,
Blaine et Porter (et Ted, le week-end) étaient juste
à côté. Josh se triturait le cerveau pour trouver une
idée – peut-être une nuit dans un bed & breakfast ?
C'était une solution coûteuse et risquée, car Tom
Flynn connaissait tout le monde sur l'île. D'une
façon ou d'une autre, son père apprendrait que Josh
avait dépensé trois cents cinquante dollars pour

louer une chambre où il avait dormi avec une « femme plus âgée ».

Josh avait très peu vu ses camarades de classe durant l'été. Il avait du boulot – eux aussi – et aller à des soirées ou boire des verres dans les bars revenait à risquer une rencontre inopportune avec Didi, ce qu'il voulait à tout prix éviter. Josh n'osait pas rappeler Zach pour, en fait, la première fois de l'été – mais Zach pouvait l'aider. Il travaillait tout l'été pour Madaket Marine, la société de ses parents, mais à côté de cela, il était le gardien d'une maison à Shimmo, située dans le port. La maison était de taille modeste pour une maison de bord de mer – cinq chambres et trois salles de bains, avec une terrasse au deuxième étage. Elle n'était occupée que deux semaines par an – les deux premières semaines de juillet – et le reste du temps, elle était vide. Zach devait la faire nettoyer toutes les deux semaines et s'occuper du jardin – et l'hiver, déblayer la neige et s'assurer qu'il n'y ait pas de problème de fuite avec les canalisations. Les propriétaires vivaient à Hong Kong ; ils ne débarquaient jamais sans prévenir. Les semaines précédant leur arrivée, Zach s'assurait que tout était parfaitement en place, et ce dans les moindres détails – lys asiatiques sur la table de la salle à manger, veuve-cliquot dans le réfrigérateur. Tout le monde harcelait Zach pour que, depuis le temps qu'il s'occupait de la maison de Shimmo, il « organise une fête, mec ! ». Mais Zach était encore plus intimidé par son père que Josh par Tom Flynn, et le propriétaire de la maison était un client de longue date de Madaket Marine. La réponse était donc invariablement : « Pas question, mec. »

Cependant, tout le monde savait que Zach y emmenait des filles, surtout des flirts de vacances (il leur disait que la maison était à lui). Les scrupules de Zach étaient donc négociables (ça avait toujours été le cas) et Josh pensait : Eh bien, ça vaut le coup. Il appela Zach un soir sur le chemin du retour à la maison, après être allé nager à Nobadeer Beach.

— Je voudrais utiliser la maison de Shimmo, dit Josh. Une nuit. N'importe quel jour de la semaine prochaine.

— Quoi ? s'exclama Zach. C'est qui ?

— Tais-toi.

— Ça fait un bail que je ne t'ai pas vu, mon pote. Tu as raté ma soirée. Tu ne sors plus. Et maintenant, tu veux utiliser la maison ?

— Ne sois pas si susceptible. On dirait une nana. Est-ce que tu me la prêtes ?

— Tu as une nana ?

— Ouais.

— C'est qui ?

— C'est pas tes affaires.

— Oh, allez.

— Quoi ?

— Dis-moi qui c'est.

— Une fille de Sconset.

— Vraiment ?

— Vraiment. Il y a des filles à Sconset qui ne pointent jamais leur nez en ville.

— Comment elle s'appelle ?

— Ça ne te regarde pas.

— Pourquoi es-tu si secret ? Dis-moi juste son nom.

— Non.

— Si tu me dis son nom, je te passe la maison. Vendredi prochain.

— Elle s'appelle Merrill.

Il avait choisi un prénom dont il se souviendrait facilement – et Merrill était le nom de jeune fille de Melanie.

— Merrill ?

— Ouais.

— Elle est à la fac ?

— Elle vient d'être diplômée. De Sarah Lawrence.

— Sarah Lawrence ?

— Ouais.

— Elle est diplômée ? Elle est plus vieille que toi ?

— Ouais. Un peu plus vieille. Je voudrais l'impressionner.

— Et je suppose que c'est à cause de cette Merrill que je ne t'ai pas vu de l'été ?

— En quelque sorte.

— Eh bien, d'accord. Vendredi prochain. Je te passerai les clés. Mais tu dois me promettre de respecter les consignes à la lettre.

— Pas de problème.

Le vendredi suivant, au lieu d'aller à la plage, Josh prit la route de Shimmo et arrêta la voiture dans la dernière allée sur la gauche. Il était submergé par l'angoisse, l'excitation et le désir bouleversant de surprendre Melanie. Il prit les clés dans le vide-poches et les lui agita sous le nez.

— Qu'est-ce qu'on fait ici ? demanda-t-elle.

— Ce que nous faisons d'habitude, répondit-il avec un sourire.

Il sortit de la voiture et se dépêcha d'en faire le tour pour ouvrir la portière de Melanie.

— À qui appartient cette maison ?

— À un copain. Il n'est pas là cette semaine.

Il guetta sa réaction. Elle paraissait déconcertée. Depuis que Zach lui avait remis les clés de la maison, Josh se demandait si Melanie ne trouvait pas ringard et puéril d'emprunter la maison de quelqu'un d'autre. Peter Patchen gagnait beaucoup d'argent. C'était le genre de type qui réservait une suite dans un hôtel cinq étoiles à Cabo. Il aurait pu louer facilement une maison comme celle-là.

Les mains de Josh tremblaient quand il ouvrit la porte d'entrée. Il jeta un coup d'œil à la maison des voisins par-dessus son épaule – une simple veilleuse l'éclairait. D'après Zach, c'étaient de vrais chiens de garde, et l'une des consignes que Josh devait respecter était de n'allumer aucune lumière dans les pièces du côté nord de la maison.

À l'intérieur, Josh ôta ses chaussures.

— Enlève tes chaussures, lui souffla-t-il.

Melanie se mit à rire.

— D'accoooord.

— Je sais, désolé.

Une sorte de bois rare recouvrait le sol et la consigne était : pas de chaussures, même si tu emmènes la reine d'Angleterre.

Josh emprunta un escalier en colimaçon jusqu'à une immense pièce dont les fenêtres offraient une vue panoramique sur le port. Il alluma quelques lumières et positionna le variateur sur la luminosité la plus basse. Il y avait un magnifique bar avec des miroirs, du granite bleu et une centaine de verres à vin suspendus la tête en bas. Sur le comptoir, Zach avait laissé comme promis une bouteille de champagne dans un seau à glace et une assiette de fromage avec des crackers, des framboises et des raisins.

— Pour nous ! annonça-t-il en brandissant la bouteille de champagne.

— Oh !

Elle franchit les portes vitrées et fit quelques pas sur la terrasse.

— Cet endroit a une de ces vues ! s'exclama-t-elle.

Josh faillit lui dire de baisser la voix. La dernière chose qu'il voulait, c'était éveiller l'attention des voisins qui risquaient de venir fouiner par ici ou, pire, d'appeler la police. Depuis qu'il avait récupéré les clés, une centaine de scénarios catastrophiques étaient nés dans son esprit, et il en était venu à se demander si tout cela en valait vraiment la peine.

Mais plus tard, après avoir utilisé le lit (pas le lit principal, bien sûr, mais celui de la plus belle chambre d'invités – immense, moelleux, luxueux, un lit cinq étoiles, d'après lui), après avoir pris une douche ensemble dans la salle de bains de marbre, après avoir bu toute la bouteille de champagne (Josh la but presque en entier, étant donné que Melanie était enceinte) et dégusté le fromage et les fruits (Melanie dévora toute l'assiette, car elle était affamée après l'amour) – il se dit que oui, cela en valait la peine. Le champagne lui était monté à la tête, mais cela avait intensifié le plaisir de ces moments volés, empruntés. Josh alluma l'écran plat au pied du lit. Il n'avait jamais rien fait de banal avec Melanie, comme regarder la télévision.

— Qu'est-ce que tu regardes à la télé ? lui demanda-t-il.

— Rien. Enfin, les *Sopranos*, et *Desperates Housewives*, si je n'oublie pas de l'enregistrer. Et le football américain.

— Le football américain ? Universitaire ou NFL[1] ?

— NFL.

Josh lui mit un cracker au brie dans la bouche et des miettes de crackers s'éparpillèrent sur les draps. Il la chatouilla et elle se tortilla – Josh nota que batifoler sur des draps soyeux était bien plus savoureux que de le faire sur le sable. Josh la chatouilla tant et si bien qu'elle se mit à crier et il s'arrêta immédiatement, dressant la tête comme un chien de chasse aux aguets. Quelqu'un les avait-il entendus ?

— Qu'est-ce qui ne va pas ? demanda Melanie.

— Rien.

---

1. *National Football League.*

— Nous ne sommes pas censés être ici, n'est-ce pas ?

— Bien sûr que si.

Ils s'enveloppèrent dans les robes de chambre blanches qu'ils avaient dénichées dans le placard, et ils se rendirent sur la terrasse. Josh se surprit à se demander où il pourrait trouver six millions de dollars pour acheter la maison. Ainsi ils pourraient simplement rester ici. Et ils n'auraient jamais à partir.

Il attira de nouveau Melanie dans le lit.

— Tu es heureuse ? lui demanda-t-il. Tu es bien ici ?

— Mmmhmmgwshw, bafouilla-t-elle, la bouche pleine de fraises. Ouais, c'est vraiment adorable d'avoir organisé tout ça. Mais ce n'était pas nécessaire. La plage me convient.

— Tu mérites mieux.

— Oh.

Ses yeux s'embuèrent de larmes. Elle caressa sa joue.

— Tu es ce qui pouvait m'arriver de mieux.

Tu es ce qui pouvait m'arriver de mieux. Elle disait parfois des choses qui laissaient Josh sans voix. Tu es ce qui pouvait m'arriver de mieux. Il se répéta ces mots inlassablement, même après avoir ramené Melanie au 11 Shell Street, même après être retourné à Shimmo pour laver les draps et nettoyer la salle de bains, même après être tombé endormi dans son lit à 3 heures du matin. Tu es ce qui pouvait m'arriver de mieux.

Le lendemain soir, ils étaient de nouveau sur la plage.

— J'ai failli me faire prendre aujourd'hui, déclara Melanie.

Ils étaient allongés côte à côte sur une vieille couverture. (En fait, c'était celle que Vicki avait donnée à Josh pour aller à la plage avec les enfants.) Plus tôt dans la journée, il avait dû la secouer pour en ôter les morceaux de raisins et les miettes de crackers. Ils se trouvaient sur la minuscule plage de Monomoy et s'étaient installés le plus loin possible, cachés derrière deux petits bateaux en bois. Sur leur gauche, les herbes hautes des marais abritaient le coassement des grenouilles. Ils avaient une vue splendide sur la ville, qui scintillait au loin de mille feux. C'était l'un des lieux que Josh préférait sur l'île, même si, comparé à la nuit dernière, ils faisaient du camping. De la soie au chiffon, pensa-t-il.

Josh se redressa. Melanie n'essayait pas de lui faire peur. Cela faisait désormais partie de leur rituel de se raconter comment ils avaient failli se faire prendre. Il y avait des dizaines de chausse-trapes. Josh lui-même aurait pu être démasqué le matin même en se montrant au 11 Shell Street avec la montre de Melanie dans sa poche. Elle l'avait oubliée sur la table de nuit dans la maison de Shimmo et il avait pensé la lui rendre discrètement ou bien la laisser négligemment sur la table de la cuisine, mais à la seconde où il avait passé le portail, Blaine s'était agrippé à sa poche et la montre était tombée dans l'allée. Brenda, assise sur les marches du perron, était tellement concentrée sur le jet de son caillou dans le gobelet de carton qu'elle ne remarqua pas la montre. Blaine la vit, en revanche – il était impossible de tromper cet enfant – car plus tard, quand Josh demanda à la ronde quelle heure il était, Blaine fronça les sourcils.

— Je crois que tu as la montre de Melanie.

— C'est vrai, répondit Josh, déterminé à ne pas se laisser troubler. Je l'ai trouvée dans la cour. Mais je lui ai rendue.

— Ah, dit Blaine.

Blaine avait-il regardé Josh d'un air suspicieux ou bien était-ce le fruit de son imagination paranoïaque ?

— Qu'est-il arrivé aujourd'hui ? demanda Josh à Melanie.

Il se pencha vers elle et l'embrassa dans le cou. Elle sentait le chocolat. Après avoir fait l'amour, elle avait sorti un paquet de M&M's de sa poche et maintenant, elle faisait fondre les M&M's un à un dans sa bouche.

— Après le dîner, je me suis assise à côté de Vicki pour lui faire la lecture. Et au moment de la quitter, je lui ai dit que je repasserais la voir en rentrant.

— Et elle t'a répondu : « En rentrant ? Pourquoi ? Tu sors ? »

— Exactement. Alors je lui ai dit que je pensais aller faire un tour au supermarché pour appeler Peter de la cabine téléphonique.

Josh se raidit. Peter ? Appeler Peter ?

— C'était une piètre excuse. Car tu pouvais aussi bien l'appeler de la maison.

— Je ne peux pas passer d'appels longue distance du cottage. Pour appeler Peter, je dois aller au supermarché.

— C'était quand même une excuse idiote. Pourquoi l'appellerais-tu ? C'est un sale con.

— C'est vrai. Et c'est justement ce que j'ai dit à Vicki.

— Alors tu ne l'as pas appelé ?

— Mon Dieu, non. Pas ce soir.

— Un autre soir ? Tu l'as appelé un autre soir ? Quel soir ?

— Au début de la semaine. Un matin, je l'ai appelé. À propos d'un problème à la maison.

Ils ne disaient pas un mot. Josh percevait le bruit d'une bouée qui battait les flots, au large. D'habitude, il aimait les histoires intimes de Melanie. C'était excitant, leur relation secrète, le caractère illicite de leur liaison. Les sens de Josh étaient en alerte, son désir accru par le simple fait qu'ils échappaient à la vigilance de tous. Mais à présent que Melanie avait mentionné Peter et avoué lui avoir parlé, il se sentait désemparé et jaloux. Il avait l'impression d'avoir été trompé. Si elle avait parlé à Peter en début de semaine, elle aurait dû le lui dire. Il ne se serait pas donné autant de mal la veille au soir s'il avait su que Melanie était de nouveau en contact avec lui, ce sale type, ce Dom Juan de pacotille. Il aurait pu s'abstenir et économiser les quatre-vingt-dix dollars qu'il avait donnés à Zach pour le champagne.

Pourquoi diable Melanie appellerait-elle Peter ? Un problème à la maison ? Qu'est-ce que ça voulait dire ? La facture d'électricité, peut-être ? Josh ne comprenait pas. Il voulait que Melanie s'explique, qu'elle lui donne des détails. Mais quelque chose l'arrêta – la sensation que cette histoire prenait trop d'importance. Or, à ses yeux, leur relation devait être agréable et excitante, bien sûr, mais aussi à court terme. Seulement le temps des vacances d'été. Melanie et lui avaient leur propre vie – Josh retournerait à Middlebury en septembre, Melanie rentrerait dans le Connecticut où elle aurait son bébé. Il n'y avait pas de place pour la jalousie ou la déception dans cette histoire. Or Josh n'était pas loin de souffrir de ces deux maux.

Melanie tendit son sachet de M&M's à Josh, qui repoussa sa main.

— Oh-oh. Tu es contrarié.

— Non.

— Ce n'était rien, Josh. Un simple coup de fil. Je ne le rappellerai probablement pas de tout l'été.

— Vas-y, appelle-le. C'est ton mari.

Il inspira profondément l'air âcre. À cet instant, Monomoy ressemblait plus à un marécage qu'à un havre de paix.

— Partons d'ici, dit-il.

Melanie l'observa quelques secondes et il crut qu'elle allait protester, mais elle n'était pas aussi idiote et désespérée que les filles qu'il connaissait.

Elle replia soigneusement le sachet de M&M's, se leva et épousseta ses vêtements.

— Très bien. On y va.

Ils rejoignirent la Jeep en silence. Josh se disait que toute cette histoire était stupide et qu'il ferait mieux d'y mettre un terme. Mais au plus profond de lui, il savait qu'il en était incapable. Et pourquoi le ferait-il ? Melanie n'allait pas retrouver Peter pour le moment, et tout ce qui lui importait était de profiter de l'été et de cesser de se plaindre.

Bien. Arrivé à cette conclusion, Josh se sentit mieux. Il ouvrit la portière de la Jeep pour Melanie et l'embrassa en l'aidant à grimper dans la voiture.

Les phares arrivèrent si vite sur eux qu'il ne comprit pas tout de suite de quoi il s'agissait. Il se sentit piégé, comme dans un dessin animé où le coupable est pris dans la lumière des projecteurs. Il cria à Melanie de se baisser, mais elle ne l'entendit pas ou ne l'écouta pas, car quand il la regarda, elle fixait le gros 4 × 4 noir qui se dirigeait droit sur eux. Le moteur vrombit et le 4 × 4 fit une embardée pour éviter la Jeep de justesse. Tout se passa très vite, mais Josh eut le temps d'apercevoir le visage du conducteur. Puis le 4 × 4 fit demi-tour et repartit dans l'autre sens, laissant derrière lui le traditionnel nuage de poussière, criblant au passage les jambes de Josh de sable, comme un tir de chevrotines.

Merde, pensa Josh. Ce qu'il répéta à haute voix plusieurs fois en grimpant dans la Jeep à côté de Melanie. Merde, merde, merde. Cela pouvait être une coïncidence, se dit-il. Se garer à Minomoy n'était pas vraiment une idée originale. Mais de qui se moquait-on ? Rob Patalka, le frère de Didi, le suivait, le pistait, ou bien faisait le tour de l'île sur l'insistance de sa sœur pour essayer de le débusquer. Didi ne payait certainement pas Rob, alors quel moyen de pression exerçait-elle sur lui pour l'obliger à obéir à ses ordres ? Était-ce par loyauté ? Amour fraternel ? Josh préférait ne pas y penser. Soudain, la perspective excitante d'être pris à tout moment s'était transformée, comme le lait caillé, en une réalité bien palpable. Ils étaient découverts.

Melanie, qui n'avait pas compris ce qui se passait, le regarda d'un air amusé.

— Un ami à toi ? demanda-t-elle.

— Pas vraiment.

Vicki reçut une lettre de Dolores, le leader de son groupe de lutte contre le cancer, dans le Connecticut. Alan, le membre du groupe atteint d'un cancer du pancréas, était décédé lundi dernier. Vicki déchiffra l'écriture en pattes de mouche et fixa son attention sur le mot « décédé ». Alan, cinquante-sept ans, marié depuis trente et un ans, père d'un fils et de deux filles ; il était aussi grand-père : son fils avait un fils, un bébé nommé Brendan, du même âge que Porter. Alan – coïncidence ou fait exprès – s'asseyait toujours à côté de Vicki dans le cercle des réunions ; ils se tenaient les mains pendant les prières qui ouvraient et clôturaient la séance. C'était tout ce qu'elle savait de cet homme et pourtant, en lisant le mot de Dolores, elle se sentit glacée, paralysée. Alan avait embrassé Vicki sur la joue avant son départ pour Nantucket. Elle lui avait dit : « Je te verrai à mon retour. » « Et comment ! » lui avait-il rétorqué.

Le groupe de soutien était une idée du Dr Garcia. Vicki avait assisté à une demi-douzaine de réunions, deux fois par semaine durant les trois semaines précédant son départ. Elle avait appris – et c'était sans doute tout ce qu'elle avait appris – que le cancer s'apparentait à un voyage, à une série de hauts et de bas, de bons et de mauvais jours, de progrès et de reculs. Vicki avait hâte de retrouver son cercle pour raconter son propre voyage et entendre les murmures compréhensifs des autres membres.

Jamais Vicki n'avait enduré une telle fièvre, qui dura cinq jours ; elle souffrait d'insidieux maux de tête ; le simple fait de regarder la lumière extérieure ou les feuilles vertes par la fenêtre lui causait d'atroces souffrances. Son cerveau lui faisait penser à un morceau de viande en train de bouillir dans une marmite. Elle était déshydratée, même si Brenda remplissait très régulièrement une cruche d'eau glacée avec des rondelles de citrons flottant à la surface. Brenda plaçait la paille dans sa bouche, comme le faisait Melanie, ou Ted. Ted posait un linge mouillé sur son front – un linge qu'il avait mis au préalable dans le réfrigérateur, et qui lui arrachait un cri de douleur mêlé de soulagement. Une fois, Vicki ouvrit les yeux et fut persuadée que sa mère se tenait dans l'encadrement de la porte. Ellen Lyndon venait d'arriver de Pennsylvanie, malgré sa jambe emprisonnée dans un appareillage compliqué. La main fraîche d'Ellen sur son front lui fit du bien ; Vicki respira le parfum de sa mère. Elle ferma les yeux et soudain, elle était de retour dans la maison de ses parents, dans son lit d'enfant, avec un bouillon de légumes et un toast saupoudré de cannelle, quelques notes d'une mélodie de Mozart lui parvenant de la cuisine. Vicki se leva de son lit. Il y avait quelque chose dans ses chaussures. Du sable.

Elle prenait des antibiotiques, de fortes doses, bien que personne à l'hôpital ne sût lui dire de quelle affection elle souffrait. Sa fièvre était descendue à trente-huit cinq, puis avait fait un bond à quarante. Ils menaçaient de l'hospitaliser pendant qu'elle recevait une injection de Neupogen, le médicament supposé booster son taux de globules blancs. Elle prenait quatre antidouleurs toutes les six heures, et toutes les deux heures, elle devait supporter ce maudit thermomètre sous sa langue ou dans le creux de son bras. Vicki commença à se plaindre de ne plus avoir de chimio. Maintenant qu'elle en était dispensée, elle la réclamait désespérément. Son corps lui faisait penser à une soupe trouble, son sang à un liquide dilué et empoisonné. Si on mélangeait toutes les couleurs de l'arc-en-ciel, l'informa un jour Blaine, on obtenait du marron. Voilà. C'était Vicki.

Partout dans le monde, des mères de famille décédaient. Assommée par la fièvre, Vicki tentait de les dénombrer – des femmes qui avaient marqué son

enfance (Mme Antonini, la voisine, était morte de
la maladie de Lou Gehrig, laissant derrière elle des
jumeaux de sept mois) ; des inconnues (la mère de
Josh, qui s'était pendue) ; des gens dont elle avait
entendu parler dans les journaux (Une femme pales-
tinienne, enceinte de sept mois, s'était fait exploser
à un poste de contrôle israélien. À Ruckerstone, en
Pennsylvanie, un client mécontent s'était rendu au
siège de sa compagnie d'assurance avec un AK-47[1].
Sa première victime fut la réceptionniste, Mary Gal-
lagher, dont c'était le premier jour de travail après
son congé maternité. Sept mères de familles avaient
été tuées à Los Angeles, dans un accident de la
route – le bus avait fait un tonneau avant de prendre
feu.) Ces femmes flottaient au-dessus du lit de
Vicki ; elle pouvait les voir, ou presque ; elle les
entendait pleurer. Ou bien était-ce Vicki qui pleurait ? Maudit soit le Dieu qui privait le monde de
ces mères ! Mais à peine L'avait-elle maudit qu'elle
se mettait à prier. Prier ! Faites que ça ne soit pas
moi. S'il Vous plaît.

Le seul plaisir qui lui restait – si on pouvait appeler ça un plaisir – étaient ces gorgées d'eau. L'eau
était si fraîche et Vicki si assoiffée. La moitié du
temps, elle aurait pu le jurer, elle ne l'avalait même
pas. L'eau était immédiatement absorbée par l'intérieur crayeux de sa bouche et l'éponge sèche de sa

---

1. Plus connu sous le nom de Kalachnikov, le AK-47 est un
fusil d'assaut créé en 1947 par le Soviétique Mikhail Kalachnikov.

langue. Elle devait faire attention et se rationner. Si
elle buvait trop d'un coup, elle passait des moments
atroces à se tordre dans le lit, à suer, l'estomac dis-
tordu, le dos tétanisé, les épaules et le cou aussi
tendus qu'un câble d'acier, tout en se battant pour
rendre une cuillère à café de bile jaune âcre.

Le sixième jour, à son réveil, les draps étaient
trempés. Elle eut peur d'avoir fait pipi au lit, mais
elle n'y accordait guère d'importance. Avec tout ce
qu'elle endurait, qu'importait un peu d'inconti-
nence ? Mais non – c'était de la sueur. Sa fièvre avait
chuté. Vicki prit sa température elle-même, et
Brenda la vérifia ensuite : trente-sept.

Blaine accourut dans la chambre pour la voir,
mais elle le reconnut à peine. Il avait la peau bronzée. Ses cheveux blonds, devenus presque blancs,
avaient été coupés, révélant de pâles interstices derrière les oreilles et autour du cou.

— Qui les a emmenés chez le coiffeur ? demanda
Vicki. Ted ?

— Josh, répondit Brenda. Mais c'était la semaine
dernière.

C'était déjà la fin du mois de juillet. Où le temps
avait-il filé ? La fièvre avait baissé et tout le monde
s'en réjouissait, mais Vicki avait le sentiment d'être
un morceau de bois creux, que les cellules cancéreuses pourraient emporter avec elles, comme autant
de fourmis. Elle retourna à l'hôpital, où on lui fit
une prise de sang. Son taux de cellules sanguines
avait augmenté. Mardi, ils reprendraient le traite-

ment, mais à plus petites doses, pour commencer. Elle avait perdu deux kilos supplémentaires.

Melanie venait lui faire la lecture tous les soirs après dîner. Elle lui lisait le *Journal de Bridget Jones* parce que c'était léger, divertissant, et Melanie et Vicki voulaient passer du temps dans un monde où seules importaient les histoires de cœur, de calories et de chaussures tendance. Vicki était gênée qu'on lui fasse la lecture comme à un enfant, mais elle appréciait ces moments passés avec son amie. Elles vivaient sous le même toit mais elles s'étaient éloignées l'une de l'autre. À présent, Melanie se rapprochait d'elle, et elle semblait différente. Bien sûr, elle avait changé – son corps s'était arrondi, la peau de son ventre s'était tendue ; elle était bronzée et ses cheveux avaient éclairci. Elle était magnifique.

— Tu es magnifique, lui dit Vicki un soir, alors qu'elle s'asseyait à côté d'elle. Tu as l'air épanoui. Tu es resplendissante. Tu devrais poser pour un magazine.

Melanie rougit, sourit, et essaya de paraître occupée à trouver la bonne page de son livre.

— Arrête. Je suis sérieuse, reprit Vicki. Tu as l'air heureuse. Tu es heureuse ?

Elle espérait que sa voix laissait entendre que même si elle était en train de mourir, elle pouvait se réjouir du bonheur des autres.

Mclanie semblait avoir peur de parler, mais la réponse était évidente. Et Vicki regrettait de ne pas avoir remarqué un changement aussi important. Melanie était heureuse ! Ici, à Nantucket !

Vicki reprit les séances de chimio. Elle retourna dans son fauteuil porte-bonheur, retrouva les murs gris perle de la salle d'hôpital, le journal sportif, Mamie, Ben, Amelia, le Dr Alcott. Elle était heureuse d'apprendre qu'ils n'avaient toujours pas essuyé de défaite dans leur compétition de softball. Vicki se crispa quand Mamie introduisit l'aiguille dans le cathéter – la peau à cet endroit était aussi tendre qu'au début – mais elle était déterminée à considérer la chimio comme un médicament. Attitude positive !

— Votre sœur semble très affairée là-bas, commenta Mamie. Elle écrit quelque chose ?

— Un scénario, répondit Vicki.

Pour la première fois, cela ne lui semblait pas totalement ridicule.

— Elle en est presque à la moitié.

Vicki passa une bonne journée, suivie d'une deuxième. Le régime allégé de chimio l'affaiblissait moins. Elle était capable de préparer le dîner – saumon grillé, poulet au barbecue, maïs et tomates de la ferme – et elle arrivait à se nourrir. Après dîner, elle se régalait de cônes glacés achetés au supermarché. Elle prit un kilo, puis deux, et plaisantait en disant que les kilos allaient tout droit dans ses fesses. Le week-end, Ted arriva, et elle se sentait tellement mieux et avait l'air tellement plus en forme qu'ils firent naturellement l'amour. L'amour ! Elle aurait pu ensuite rester couchée pour savourer ce premier plaisir post-coïtal depuis près de deux mois, mais elle ne voulait pas traîner au lit alors qu'elle pouvait se lever et sortir.

— Allons-y ! dit-elle.

Elle se sentait libre et insouciante – dans la peau de Bridget Jones.

Elle alla à la plage avec Ted et les enfants, mais comme le trajet à pied était encore trop long pour elle, ils prirent le Yukon. Vicki était la personne la plus pâle de la plage et elle était atrocement maigre. À cause du cathéter, elle portait un T-shirt de coton par-dessus son maillot de bain – mais tout cela faisait partie des Choses qui n'avaient plus d'importance. À quelques mètres de distance, Vicki repéra une silhouette familière dans un imposant maillot de bain une pièce noir. C'était Caroline Knox et sa famille. Si Vicki ne faisait pas erreur, Caroline l'observait, mais sans en avoir l'air. Elle se tourna pour dire quelque chose à l'homme chauve assis sur une chaise pliante à côté d'elle. Probablement : « C'est Vicki Stowe, pauvre femme. Regarde-la, un squelette. Elle était si jolie avant… »

Vicki s'en moquait. Elle pataugea dans l'eau avec Blaine, puis elle fit quelques longueurs seule dans la mer. L'eau était incroyablement bonne. Elle se laissa bercer. Flottant sur le dos, elle ferma les yeux, le visage tourné vers le soleil ; elle se mit sur le ventre et ouvrit les yeux sur l'immensité verte et silencieuse du monde sous-marin. Les vagues passaient sur son corps suspendu, léger comme une bouée. Combien de temps resta-t-elle ainsi ? Une, cinq, vingt minutes ? Elle perdit la notion du temps, comme elle en avait l'habitude quand elle restait allongée sur son lit, mais cette fois, cette sensation était libératrice. Elle était bel et bien vivante, au cœur du monde, elle flottait sur l'océan. Lorsqu'elle leva la tête et regarda la grève, elle vit Ted au bord de l'eau, avec Porter dans les bras et Blaine debout à côté de lui. Ils ne la voyaient donc pas ? Elle nagea dans leur direction. « Hé ! Je suis là ! » L'espace d'une seconde, elle fut prise de panique. Voilà comment ce serait une fois qu'elle aurait quitté ce monde. Elle pourrait les voir mais eux ne la verraient pas. Vicki leva les bras un peu plus haut ; elle les appela. « Hé ! Holà ! » Et alors Ted l'aperçut, il la désigna du doigt. « Elle est là ! Hé, maman ! » Puis ils s'éloignèrent.

D'abord, Vicki se sentit bien. Puis elle se sentit en pleine forme. Elle appela sa mère et, pour la première fois de l'été, parvint à la rassurer.

— Tu as l'air merveilleusement bien, chérie ! On dirait que tu es de nouveau toi-même.

Vicki avait l'impression d'être comme avant – même sa respiration était plus aisée. Elle s'imaginait que la tumeur de ses poumons avait été réduite à la taille d'une bille, que les cellules cancéreuses avaient abandonné la partie et étaient mortes. C'était facile de garder une attitude positive quand on se sentait aussi bien.

Lundi, après le départ de Josh et des enfants pour la plage, Vicki persuada Brenda et Melanie d'aller faire du shopping en ville.

C'était une magnifique journée. Main Street bourdonnait d'activité. Vicki resta presque trente minutes à la ferme Bartlett, le temps de choisir quelques dahlias, six belles tomates pour les sandwichs, de la salade, dix épis de maïs tendre, les plus beaux cœurs de laitues rouges et des concombres qu'elle ferait mariner avec de l'aneth, de l'estragon et du vinaigre. Vicki porta les provisions elle-même — même si Brenda avait insisté pour tout mettre dans la voiture — parce qu'elle se réjouissait d'être assez solide pour porter deux sacs de légumes, et elle aimait la sensation des tiges de dahlias qui lui chatouillaient doucement le visage.

Brenda voulait aller à la librairie ; elles s'attardèrent un moment chez Mitchell, où Vicki parcourut les livres de cuisine. Melanie acheta la suite de Bridget Jones. Vicki fila à la banque pour chercher du liquide et elle acheta des sucettes pour les enfants. Quand elle revint à la librairie, Melanie l'attendait dehors. Brenda était partie à l'Even Keel Café. Elles descendirent Main Street en direction d'Erica Wilson. Melanie voulait acheter de nouveaux vêtements. Elle essaya une robe brodée avec un élastique à la taille et une tunique qu'elle pourrait porter sur son maillot de bain. Chaque fois qu'elle sortait de la cabine d'essayage pour montrer ses tenues à Brenda et Vicki, elle tournoyait. Elle avait du mal à cacher son allégresse.

Vicki était sur le point de parler de la béatitude sans précédent de Melanie, quand Brenda la devança :

— Mais qu'est-ce qui lui arrive ? On dirait Suzy
Sunshine, le clown joyeux.

— Je sais. Elle est heureuse.

— Comment ça se fait ?

— Pourquoi y aurait-il une raison particulière ?

— Tu ne trouves pas ça étrange ?

— Ce sont peut-être les hormones, la grossesse.
Ou peut-être est-elle seulement ravie d'être ici avec
nous.

Brenda eut l'air sceptique.

— Ouais, bien sûr, c'est grâce à nous.

Le téléphone portable de Brenda émit un son
étouffé.

— Pas question que je réponde !

— Et si c'était Josh ?

Brenda vérifia le nom qui s'affichait sur l'écran.

— Ce n'est pas Josh.

— Ce n'est pas maman ?

— Non.

— Ton avocat ?

— Occupe-toi de tes affaires, s'il te plaît.

Melanie revint, tout sourire, en balançant son sac
de vêtements à bout de bras.

— Ça y est ! Je suis prête !

Brenda fronça les sourcils.

— Si c'est une drogue qui te met dans cet état
euphorique, il serait temps de nous dire laquelle.

— Quoi ? demanda Melanie.

— On y va ! coupa Vicki.

Elles se rendirent dans les boutiques Vis-à-vis,
Eye of the Needle, Gypsy et Hepburn. Brenda exa-

mina attentivement une ceinture réversible Hadley Pollett chez Hepburn, avant de déclarer haut et fort qu'elle n'avait pas les moyens de s'acheter quoi que ce soit de neuf. Vicki trouva son attitude suspecte, mais elle n'insista pas. Elles quittèrent la boutique.

Vicki acheta un chapeau de paille chez Peter Beaton. Les vendeuses firent attention à ne pas dévisager Vicki quand elle ôta son foulard de la tête. Elle sentit leur gêne, mais elle s'en moquait. Elle rattrapa Brenda et Melanie en haut de Main Street. Melanie fixait la porte de la boutique de lingerie Ladybird ; on aurait dit qu'elle attendait qu'elle s'ouvre comme par magie.

— Tu veux entrer ? lui demanda Vicki.

— Non, non, protesta Melanie. Pourquoi aurais-je besoin de dessous ?

À Congdon Pharmacy, elles s'installèrent toutes les trois au comptoir et commandèrent des sandwichs au poulet et des chocolats frappés. Le téléphone de Brenda sonna de nouveau. Elle vérifia le nom de son correspondant.

— Ce n'est pas Josh.

— Je me sens coupable, confessa Vicki. Je passe du bon temps pendant que quelqu'un d'autre s'occupe de mes enfants.

— Laisse tomber, dit Brenda. Tu mérites de passer une matinée comme celle-là. Nous le méritons toutes les trois.

Melanie leva son verre de chocolat pour porter un toast.

— Je vous adore, les filles !

Brenda fit les yeux ronds et Vicki faillit éclater de rire. Mais c'était bien l'ancienne Melanie. Avant d'être obsédée par l'idée d'avoir un enfant, et accablée par la trahison de Peter, Melanie était la meilleure des amies. Elle adorait le shopping, les essayages de vêtements et était toujours partante pour passer des déjeuners agréables au cours desquels elle déclamait des phrases candides.

— Santé ! lança Vicki.

Elles trinquèrent. Brenda se joignit à elles de mauvaise grâce.

— Oh ! Ne sois pas si renfrognée, dit Melanie. J'ai quelque chose pour toi.

— Pour moi ?

Melanie sortit la ceinture Hadley Pollett d'un minuscule sac à ses pieds et la tendit à Brenda.

— Pour toi…

— Pas… question ! protesta Brenda.

Son expression lui rappela certaines mimiques de son enfance. Elle était à la fois excitée et soupçonneuse.

— Pour quoi faire ? Pourquoi ? dit Brenda.

— Tu la voulais, dit Melanie. Et je sais que j'ai joué les trouble-fête dans tes vacances d'été avec Vicki. C'est aussi ta maison, et je te suis reconnaissante de m'avoir autorisée à rester. Et tu prends si bien soin de Vicki et des enfants…

Les yeux de Melanie brillaient.

— Je voulais faire un geste…

Brenda baissa le regard. Elle passa la ceinture autour de sa taille.

— Eh bien, merci.

— Quelle gentille attention, Mel, dit Vicki.

Brenda plissa les yeux.

— Tu es sûre qu'il n'y a pas autre chose ?

— Autre chose ? demanda Melanie.

Autre chose.

Le lendemain, le téléphone sonna au cottage. Vicki, qui faisait la sieste avec Porter dans sa chambre, fut réveillée par la sonnerie. Elle était seule à la maison. Melanie avait pris le Yukon pour aller à son rendez-vous chez le médecin et Brenda avait emmené Blaine faire de la balançoire au terrain de jeux de Low Beach Road. Le téléphone sonna cinq, six, sept fois, puis se tut durant une minute, avant de reprendre de plus belle. Ted, pensa Vicki. Elle se leva précautionneusement du lit, veillant à ne pas déranger Porter, et se précipita dans le salon pour décrocher le téléphone.

— Allô ?

Silence. Seulement le souffle d'une respiration. Puis une voix de femme jeune emplit le combiné.

— Je sais que vous couchez avec.

— Pardon ? s'exclama Vicki.

— Vous couchez avec !

Vicki raccrocha doucement le téléphone. C'était pour ça qu'on l'avait tirée du lit ? Elle se versa une tasse de thé glacé, se rendit sur la terrasse qui donnait derrière la maison et s'allongea sur une chaise longue. Le soleil était haut dans le ciel ; elle devrait rentrer à l'intérieur pour mettre de la crème solaire, mais elle était encore à moitié endormie à cause de sa sieste interrompue, et elle s'accorda quelques minutes de répit. Elle repensa au coup de téléphone et se mit à rire.

Un peu plus tard, le téléphone sonna de nouveau. Vicki ouvrit les yeux. Prit une profonde inspiration. Elle s'était efforcée de visualiser ses poumons comme deux oreillers roses moelleux. Elle se leva et alla répondre ; elle ne voulait pas que la sonnerie réveille Porter. Mais Dieu lui était témoin que s'il s'agissait de nouveau d'un mauvais numéro, ou du même mauvais numéro, elle laisserait le combiné décroché.

— Allô ? dit-elle en s'exhortant à la patience.

Silence. C'était ridicule ! Puis quelqu'un s'éclaircit la gorge. Un homme.

— Euh, Vicki ?

— Oui ?

— C'est Peter. Peter Patchen.

— Peter.

Vicki ne put cacher sa surprise. Les miracles existent donc. Salaud, pensa-t-elle. Lâche.

— Euh, oui. Écoute, je sais que tu ne dois pas me porter dans ton cœur…

— Pour être honnête, Peter, je n'y ai pas beaucoup réfléchi…

— Bien sûr. Tu as autre chose à faire, j'ai compris. Comment vas-tu ?

— Je vais bien, en fait.

— Ouais, c'est ce que Ted m'a dit. C'est super.

Vicki n'avait pas envie de discuter de son état de santé ou de quoi que ce soit d'autre avec Peter Patchen. Mais lui parler au téléphone l'obligea à réfléchir à toute vitesse. Melanie avait révélé à Peter qu'elle était enceinte. Elle le savait et elle était soulagée. Mais cela ne voulait pas dire pour autant que Melanie devait retourner avec Peter pour le moment.

— Qu'est-ce que je peux faire pour toi, Peter ?

— Eh bien, je me demandais si Melanie était dans le coin.

— Non. Elle est sortie.

— Sortie ?

— Oui. Sortie.

— Oh. D'accord.

— Tu veux que je lui dise que tu as téléphoné ?

— Ouais. Dis-lui que j'ai appelé. Dis-lui qu'elle me manque.

Vicki n'en croyait pas ses oreilles. Ouais, elle te manque, maintenant. Salaud ! Lâche ! Cependant, c'était exactement ce que Vicki avait espéré : que Peter vienne ramper aux pieds de Melanie.

— Je lui dirai.

Plus tard, quand le Yukon s'arrêta devant la maison, Vicki sortit dans l'allée pavée.

— Je sais ce qui se passe, déclara-t-elle une fois que Melanie fut descendue de la voiture.

Melanie la fixa ; elle avait une main posée sur son ventre. Son visage devint pâle comme un linge.

— C'est vrai ?

— Oui. Peter a téléphoné.

Melanie la regarda d'un drôle d'air. Elle ouvrit le loquet du portail et s'avança précautionneusement dans l'allée, comme si Vicki tenait un revolver braqué sur sa tête.

— Il a appelé ?

— Il a dit que tu lui manquais.

— Ah oui ?

À présent, Melanie avait l'air perplexe.

— Oui. Il a appelé. Je lui ai dit que tu étais sortie. Il a répété : « Sortie ? » Je lui ai répondu : « Oui. Sortie. » Il m'a demandé de te dire qu'il avait appelé et il a ajouté : « Dis-lui qu'elle me manque. »

Melanie secoua la tête.

— Waouh.

— Waouh ? reprit Vicki. Waouh ? Ouais, waouh. Les choses se passent exactement comme je l'avais prédit. Je ne t'avais pas dit qu'il reviendrait ?

— Il ne s'intéresse qu'au bébé.

— Peut-être. Ou peut-être pas. Tu vas le rappeler ?

— Non. Pas aujourd'hui. Mes hormones m'en font voir de toutes les couleurs, Vick. Je ne sais pas ce que je veux.

— Bon. Je peux comprendre ça. Je vais te dire, c'était bizarre de l'avoir au téléphone.

— Ouais, j'imagine.

— En fait, j'ai reçu deux coups de fil bizarres aujourd'hui.

— Qui d'autre ?

— Une fille. Une fille timbrée. Un faux numéro.

Plus la forme de Vicki augmentait, plus elle redoutait une brusque chute de régime. Avait-elle passé le plus dur ? Il lui restait encore trois semaines de chimio, après quoi elle passerait un autre scanner CT, dont les résultats seraient envoyés au Dr Garcia, dans le Connecticut. Si ses poumons semblaient en bon état, si la tumeur s'était réduite et qu'elle s'était détachée de la paroi pulmonaire, le Dr Garcia pourrait alors programmer une opération. Aujourd'hui, Vicki se sentait bien, elle s'autorisait donc parfois à entrevoir une vie après l'opération : elle s'imaginait en convalescence, marchant dans sa chambre avec une intraveineuse, le corps relié à cinq autres machines. Elle se représentait la souffrance dans sa poitrine, la douleur liée à la cicatrice, elle se voyait se tenir les côtes quand elle tousserait, rirait ou parlerait. Mais ce ne serait pas grave, car elle aurait survécu à la chirurgie.

Vicki était tellement mieux depuis plusieurs jours qu'un soir, au cours du dîner, elle émit l'idée de libérer Josh de son travail.

— Je peux m'occuper des enfants moi-même à présent. Je vais bien.

Brenda fit la moue.

— J'ai promis à Josh que nous aurions besoin de lui tout l'été. Il a démissionné de son job à l'aéroport pour nous.

— Et il doit retourner à la fac, intervint Melanie. Je suis sûre qu'il a besoin d'argent.

— Ce n'est pas juste de le renvoyer au début du mois d'août seulement parce que tu te sens mieux, reprit Brenda.

— Je ne peux pas imaginer passer le reste de l'été sans lui, dit Melanie.

Elle reposa son épi de maïs, elle avait le menton luisant de beurre.

— Et tu as pensé aux enfants ? ajouta-t-elle. Ils l'adorent.

— Oui, ils l'adorent, confirma Brenda.

— Ils l'adorent, concéda Vicki. Mais cela les bouleverserait-il vraiment si Josh ne venait plus ? Vous ne croyez pas qu'ils seraient heureux que je les emmène à la plage ?

— Je lui ai promis un job pour tout l'été, Vick, répéta Brenda.

— Je crois que les petits seraient bouleversés, renchérit Melanie. Ils l'adorent.

— Oui, ils l'adorent, insista Brenda.

— Ce sont les enfants qui l'adorent ou vous, les filles ?

Brenda lui lança un regard noir. Melanie se leva brusquement de table.

— Oh ! Qui essayons-nous de tromper ? s'exclama Vicki. Nous l'adorons tous.

Le lendemain, Vicki s'invita à la plage avec Josh et les enfants. Josh paraissait heureux de sa venue, mais il pouvait très bien faire semblant pour lui faire plaisir.

— Je peux t'aider, lui proposa Vicki.

— Bien sûr, répondit Josh.

— Je sais que vous avez vos habitudes. Je promets de ne pas vous déranger.

— Tout va bien, boss. On est contents de t'avoir avec nous. Hein, mon pote ?

Blaine croisa les bras sur sa poitrine.

— On a dit : pas de filles.

Vicki lui ébouriffa les cheveux.

— Je ne suis pas une fille. Je suis ta mère.

— C'est là qu'on s'installe d'habitude, expliqua Josh en posant le parasol, la glacière et le sac de jouets sur le sable. Comme tu peux le voir, on est à deux pas du poste de surveillance et pas trop loin du sable mouillé, pour pouvoir faire des châteaux de sable.

— Et creuser des trous, ajouta Blaine.

Josh planta le parasol, déplia la couverture et installa Porter à l'ombre. Aussitôt, Porter agrippa le pied du parasol et se mit debout.

— D'habitude, il se tient comme ça cinq ou dix minutes, commenta Josh.

— Et après il mâchouille le manche de la pelle orange, dit Blaine.

— Puis je lui donne son en-cas.

— Je vois.

Vicki avait apporté une chaise pliante, qu'elle installa en plein soleil.

— Vous avez tout prévu, les gars.

— C'est la routine, dit Josh en faisant un clin d'œil à Vicki. On est de grands fans de la constance et l'immuabilité.

Il désigna une femme au bord de l'eau avec deux filles.

— C'est Mme Brooks avec Abby et Mariel. Blaine est amoureux d'Abby.

— C'est pas vrai, protesta Blaine.

— Si, c'est vrai, dit Josh. Va lui demander si elle veut creuser des trous avec nous.

— Salut, Josh, déclara une voix d'homme.

Vicki se retourna. Un homme grand, à la peau tannée par le soleil, avec un petit garçon de l'âge de Blaine et un bébé dans les bras – une fille –, leur fit un signe en se dirigeant vers le bord de l'eau.

— Omar, mon pote ! dit Josh.

Puis Josh murmura à Vicki :

— C'est Omar Sherman. Il emmène les enfants tous les matins pendant que sa femme soigne ses patients par téléphone. Je crois que c'est une sorte de psychiatre de choc à Chicago qui s'occupe d'une foule de cas totalement irrécupérables.

— Waouh ! s'exclama Vicki. Tu connais tout le monde.

Elle se rassit et regarda Abby Brooks et Mateo Sherman aider Blaine et Josh à creuser un trou et un tunnel dans le sable. Porter se tenait toujours au pied du parasol, puis il se fatigua et retomba sur la couverture. Il attrapa la pelle orange et commença à la mâchouiller. Vicki observait la scène avec le sentiment d'être une visiteuse. Josh maîtrisait parfaitement la situation. À 10 h 30, il sortit les casse-croûtes de la glacière : un petit pack de jus de fruits et une grappe de raisins pour Blaine, un craker pour

Porter. Blaine et Porter étaient sagement assis sur la couverture et mangeaient sans rien dire, comme deux enfants modèles. Josh sortit deux prunes de la glacière et en donna une à Vicki.

— Oh, merci.

Elle mordit dans la prune douce et fraîche et un peu de jus coula sur son menton. Josh lui tendit une serviette.

— J'ai l'impression d'être l'un des enfants, dit-elle en s'essuyant le visage.

Vicki aimait cette impression, mais elle se sentait aussi un peu coupable. Coupable et inutile. Elle était la mère des enfants, mais ils n'avaient pas besoin d'elle. « On a dit : pas de filles. » Josh s'occupait de tout.

Josh s'installa sur la couverture. Porter se mit debout tout seul et s'agrippa au pied du parasol. Sa façon de se tenir évoquait à Vicki un vieil homme dans le métro. Blaine se fit ensuite un devoir de ramasser les déchets et d'aller jeter le tout dans la poubelle, derrière le poste de surveillance.

— Tu es un citoyen modèle, le félicita Josh.

Blaine fit un salut. Il rejoignit Abby un peu plus loin sur la plage et ils s'affairèrent à remplir leurs seaux de sable et d'eau.

Vicki n'arrivait pas à croire qu'elle ait pu imaginer un instant se passer de Josh.

— Je suis heureuse que tu sois là. Avec nous, je veux dire.

— Je suis bien ici. Avec vous.

— Je ne veux pas te mettre mal à l'aise. Ou paraître trop sérieuse.

— Tu as le droit d'être sérieuse, boss.

— D'accord, alors, je ne sais pas ce que nous aurions fait sans toi cet été.

— Vous auriez trouvé quelqu'un d'autre.

— Mais ça n'aurait pas été pareil.

— Les choses n'arrivent pas sans raison, fit Josh. Je l'ai su dès que je vous ai vues toutes les trois descendre de l'avion.

— Quand Melanie est tombée ?

— Ouais, je sentais que quelque chose comme ça allait arriver.

— Comme quoi ? Tu savais que tu deviendrais notre baby-sitter ?

— Que nos chemins se croiseraient.

— Vraiment ?

— Oui. D'abord, Brenda a oublié son livre. Puis je suis tombé sur Melanie à l'aéroport…

— Elle voulait s'enfuir.

— Mais je l'ai ramenée à la maison. C'est un peu comme si tout cela faisait partie d'un plan.

— Si on croit à l'idée d'un plan.

— Tu n'y crois pas ?

— Oh, je ne sais pas.

Quand Vicki regardait l'océan ou quelque chose de plus petit et d'une absolue perfection, comme l'oreille de Porter, par exemple, elle ne pouvait nier que des forces supérieures étaient à l'œuvre. Mais un plan dans lequel chacun aurait sa place, un tout où chaque chose arriverait pour une raison précise ?

C'était une renonciation commode. Combien de personnes, dans le groupe de soutien de Vicki, pensaient qu'elles avaient contracté un cancer pour une raison particulière ? Presque toutes. Mais prenez le cas d'Alan – il était mort. Quelle était la raison de son décès ? La femme de Ruckerstone, en Pennsylvanie, qui avait reçu une balle dans la tête, laissant ses triplés âgés de trois mois, orphelins. Cela n'était pas arrivé pour une raison précise. C'était une erreur, une tragédie. S'il y avait un grand plan, il était plein de trappes et les gens y étaient piégés à tout moment.

Vicki repensa à sa propre vie. Elle s'était déroulée avec une certaine logique… jusqu'à ce que les cellules de ses poumons ne mutent et ne mettent sa vie en danger.

— Je n'ai jamais été très douée pour ces conversations sur le sens de l'existence.

Juste au moment où Vicki prononçait ces mots, quelque chose d'incroyable se produisit. Porter lâcha le pied du parasol et fit deux, trois, quatre pas en avant.

Vicki bondit de sa chaise.

— Oh ! Mon Dieu ! Tu as vu ça ?

Porter s'arrêta et se tourna vers sa mère avec une expression de triomphe sur le visage, avant de paraître tout à coup perplexe. Il tomba alors sur les fesses et se mit à pleurer.

— Il a fait ses premiers pas ! Tu l'as vu ? Josh, est-ce que tu l'as vu ?

— Je l'ai vu. Il marchait.

— Il marchait !

Vicki mit Porter debout et l'embrassa sur la joue.

— Oh, mon chéri marche !

Elle serra Porter si fort que les pleurs de l'enfant s'intensifièrent.

Inutile de continuer à chercher le sens de l'existence et l'idée d'un plan – cela se déroulait juste sous leurs yeux ! Porter avait fait ses premiers pas ! Il marcherait le reste de sa vie, mais Vicki avait été là pour le voir marcher la toute première fois. Et Josh aussi l'avait vu. Si Vicki n'était pas venue aujourd'hui, elle aurait raté les premiers pas de Porter – ou bien il les avait fait justement parce qu'elle était là. Ou peut-être, ne put s'empêcher de penser Vicki, les premiers pas de Porter étaient-ils son petit cadeau d'adieu. Avant sa mort. Pas de pensées négatives ! se dit-elle. Mais elle n'y pouvait rien ; le doute la suivait partout.

— Incroyable, lança-t-elle en tentant de garder intact son enthousiasme initial.

Elle interpella Blaine.

— Chéri, ton frère marche. Il vient juste de faire ses premiers pas !

Mais Porter pleurait si fort que Blaine ne pouvait l'entendre.

— Oh, mince. Je l'ai peut-être effrayé.

Josh consulta sa montre.

— En fait, c'est l'heure de sa sieste.

— À 11 heures ? demanda Vicki.

— Exactement. Tiens, je vais le prendre.

Vicki mit Porter dans les bras de Josh, qui posa

le bébé sur le ventre, sur un coin propre de la couverture. Josh caressa le dos de Porter et lui donna
sa tétine. Porter se calma et, pendant que Vicki
l'observait, ses paupières se fermèrent.

Josh se releva doucement.

— Maintenant, je vais jouer au whiffle ball avec
Blaine. Il apprend à frapper la balle au bon moment.

— Tu seras un très bon père, murmura Vicki.

— Merci, boss.

Josh sourit, et quelque chose dans son sourire
redonna à Vicki une lueur d'espoir. Josh grandirait,
tomberait amoureux, se marierait, aurait des enfants.
Une chose, au moins, serait juste dans ce monde.

III

AOÛT

On pouvait apprendre une foule de choses grâce aux jeux d'enfants. Prenez Gains&Pertes, le jeu auquel Blaine et Brenda avaient joué un nombre incalculable de fois cet été et auquel ils jouaient en ce moment, sur la table basse. Le plateau, avec ses cent cases, représentait la vie d'une personne, et une roue désignait de façon aléatoire la case sur laquelle le joueur atterrissait. La petite fille a terminé ses corvées ; elle a gagné assez d'argent pour aller au cinéma : petit gain. Le garçon est monté sur une chaise branlante pour atteindre la boîte de cookies, mais il est tombé et s'est cassé le bras : grande perte. Pendant que Blaine s'entraînait assidûment à compter les cases, réclamant l'approbation de Brenda du regard, celle-ci réfléchissait à tous les événements qui lui étaient arrivés l'année passée. Brenda avait vécu de grandes réussites en obtenant son doctorat, son poste à Champion, les meilleures notes du département d'anglais, mais elle s'était hissée à une position d'où la chute n'était que plus périlleuse. Un professeur a une liaison avec son étudiant... De fureur, une femme jette un livre...

Blaine remporta la partie. Cela le rendait toujours heureux.

— Tu veux rejouer ? demanda-t-il.

Le mois d'août était pour tous synonyme de vacances, mais pour Brenda, il annonçait le début de la fin. Ils quitteraient l'île dans trois semaines et demie. L'idée de quitter Nantucket la rendait littéralement malade – rentrer à New York, retrouver un appartement qu'elle n'avait plus les moyens de louer, dans la frénésie de la rentrée des classes qui ne signifiait plus rien pour elle. Pour la première fois, d'aussi loin que remontaient ses souvenirs, Brenda ne retournerait pas en cours. Elle avait été bannie du système. « Vous ne travaillerez plus jamais dans le milieu universitaire. » C'était presque trop dur à supporter. Ainsi, Brenda s'efforça d'ignorer le fait qu'on était en août.

Son avocat, en revanche, ne l'avait pas oubliée. Ses appels étaient si fréquents que sa vie s'apparentait à un jeu vidéo dans lequel Me Delaney devait à tout prix déjouer ses plans.

Elle finit par l'appeler depuis le banc d'un petit parc, près du supermarché de Sconset. Même Sconset, village pittoresque s'il en était, était envahi de monde, comme toujours au mois d'août.

Une foule de gens attendait à l'extérieur du supermarché pour acheter le journal ou prendre un café. Il n'y avait pas moins de cinq personnes qui téléphonaient dans le petit parc, mais aucun, assurément, n'avait à traiter une affaire aussi déplaisante qu'elle.

Trudi, la secrétaire de Me Delaney, parut soulagée de l'entendre.

— Il veut clore cette affaire, lui confia Trudi, avant de partir en vacances dans les Hamptons !

— Alors, nous travaillons à vos vacances ? susurra Brenda, quand Me Delaney en personne prit la communication.

Elle voulut prendre un ton sarcastique et détaché, mais pour une fois, l'avocat ne mordit pas à l'hameçon.

— Écoutez, l'université est prête à négocier à cent vingt-cinq mille dollars. Vous sautez de joie ? Cent vingt-cinq mille. Et ils abandonneront les dix mille que vous leur devez pour la restauration de la peinture. Je parie que Len, ou je ne sais qui, va écrire un papier sur son travail. Ça fait donc cent vingt-cinq mille dollars tout rond. C'est bien mieux que ce que j'espérais, professeur Lyndon. Je vous conseille fortement d'accepter.

— Je n'ai pas cent vingt-cinq mille dollars, martela Brenda. Et je n'ai pas de boulot. Comment pourrais-je accepter alors que je n'ai pas d'argent ?

— Nous devons prendre une décision. Comment avance le scénario ?

— Bien.

Ce qui était vrai – le scénario, qui avait tardé à démarrer, était maintenant presque terminé. Mais si elle l'achevait, elle serait aussitôt confrontée à un nouveau problème : vendre ce maudit truc.

— Bien, bien, commenta Me Delaney. Vous tenez votre million de dollars.

— Ouais, dans mes rêves.

— Et il y a cette petite parcelle de terrain où vous vous trouvez en ce moment. Vous pourriez vendre votre part à votre sœur.

— Non, rétorqua Brenda.

Le cottage était la seule chose que Brenda possédait. Si cela tournait mal à New York, elle serait forcée de vivre à Nantucket toute l'année. Elle trouverait un job de paysagiste ou de vendeuse dans l'un des magasins de la ville. Elle se ferait des amis parmi les habitants qui comme elle n'avaient pas réussi à intégrer le vrai monde.

— Je vous l'ai déjà dit je ne sais combien de fois, ma sœur est malade. Elle a un cancer. Je ne vais pas les embêter, son mari et elle, avec une histoire de terrain, simplement parce que j'ai besoin d'argent.

— Mais vous avez besoin d'argent. Nous ne pouvons laisser cette affaire en attente. Tout ne s'arrête pas juste parce que c'est l'été et que vous êtes à Nantucket. L'université veut nous traîner au tribunal, où, je vous l'assure, nous perdrons – à hauteur de trois cent mille dollars, plus toutes les sommes que vous me devrez pour mes honoraires. Je ne sais pas ce que vous avez fait à cette Atela, mais elle est en pétard. Elle réclame justice, m'a expliqué le conseil universitaire. Justice ! répéta-t-il d'un ton impatient. Voulez-vous régler cette affaire ou non ?

Il n'y avait pas de justice, pensa Brenda. Il n'y avait que des gains et des pertes.

— D'accord.

Le début de la fin s'était produit quand Brenda avait remis à ses étudiants leur examen de milieu de semestre. Elle savait qu'ils allaient comparer leurs notes, mais elle n'aurait jamais cru que Walsh le ferait aussi. Cela dit, elle ne lui avait jamais demandé de taire sa note (mais elle aurait peut-être dû). En fait, Brenda et Walsh n'avaient discuté ni de la dissertation ni des résultats. Cela n'était pas pertinent dans leur relation ; Walsh aurait très bien pu obtenir cette note de quelqu'un d'autre.

Le 1er avril, personne ne vint à son cours. À 11 h 05, aucun étudiant n'était présent. Brenda en fut fortement étonnée, mais elle savoura ce répit. Elle était épuisée. Elle avait passé la soirée de la veille chez ses parents, à Philadelphie. Vicki et elle s'étaient rendues à l'office notarial de leur père et avaient signé les papiers qui faisaient d'elles les propriétaires officiels du 11 Shell Street. Ellen Lyndon avait convaincu Brenda de rester pour le dîner – poulet rôti arrosé de quelques bouteilles de vin – histoire de fêter l'événement. Comme Brenda avait manqué le dernier train pour New York, elle avait dormi dans son lit d'enfant. Elle s'était réveillée à 6 heures pour se rendre à la gare. Sa journée avait été une succession infernale de trains, métros et bus.

Alors, en attendant l'arrivée de ses étudiants, elle avait laissé sa tête reposer sur la table Queen Elizabeth. Elle sentait une odeur de produit d'entretien au citron. Elle ferma les yeux.

Et se réveilla en sursaut ! Une minute plus tard, deux minutes ? Non, il était 11 h 15 et toujours personne. Elle vérifia le calendrier, les vacances de printemps étaient dans deux semaines. Puis elle se dit qu'on était le 1er avril. Un poisson d'avril peut-être ? Ses élèves lui faisaient une farce. Ha ha ! Mais où étaient-ils ?

Brenda traversa le couloir jusqu'au bureau de Mlle Pencaldron et, en chemin, elle croisa le traiteur de l'université qui poussait une desserte chargée de plats, de nappes et de serviettes, en direction de la salle Barrington.

Mlle Pencaldron était au téléphone. Elle aperçut Brenda, mais la regarda sans la voir. Elle fit un commentaire à propos des crevettes et de la salade de pâtes – le Pr Barrett y était allergique, s'il en mangeait, il mourrait. Elle raccrocha, l'air agacé.

— Impossible ! s'écria-t-elle.

— J'ai raté quelque chose ? demanda Brenda.

Mlle Pencaldron rit jaune. L'année passant, il était devenu clair pour Brenda que Mlle Pencaldron voyait les professeurs du département comme des animaux qu'elle s'efforçait de domestiquer, en vain.

— Votre classe ? Que faites-vous ici ?

— Il n'y a personne dans la salle Barrington. Si ce n'est que maintenant on dirait qu'il s'y prépare un genre de réception.

— C'est la réception de printemps du département. Il y a une note à ce sujet dans votre casier depuis dix jours.

— Ah bon ?

Brenda se sentait coupable. Elle ne regardait jamais dans son casier.

— Oui. Avec un mot disant qu'à cause de la réception, votre cours aurait lieu dans la salle Parsons 204.

— Vraiment ?

— Oui.

Mlle Pencaldron était vêtue d'une élégante robe aux motifs de fleurs. Brenda aurait-elle dû faire un effort de toilette, elle aussi ?

— Dois-je être présente à la réception ?

— Êtes-vous membre de ce département ?

Cela ressemblait à une question rhétorique, mais en était-ce une ?

Mlle Pencaldron soupira de telle sorte que Brenda eut le sentiment d'être un cas désespéré.

— Alors nous vous verrons à 13 heures.

Brenda se rendit à la salle Parsons 204. C'était une belle journée de printemps – enfin ! – et le campus ressemblait à l'une des photos du site web de l'université. Finalement, Champion avait bel et bien une pelouse ! Où les étudiants mangeaient des Big Mac sur des serviettes de plage ! Brenda se dépêcha, mais elle était pratiquement certaine que ses efforts seraient vains. Après vingt minutes d'attente, les étudiants seraient partis et, par une si merveilleuse journée, qui pourrait les en blâmer ? Voilà un précieux cours gaspillé. Brenda pria pour que Walsh, au moins, soit resté dans les parages. À cause du temps, elle se sentait d'humeur badine. Peut-être pourraient-ils sortir ce soir dans ce restaurant péruvien ? Ou bien aller se promener dans le parc Carl Shurz et regarder les péniches glisser sur l'East River. Elle allait lui annoncer la nouvelle à propos du cottage de Nantucket – qui lui appartenait à moitié.

En approchant de la salle Parsons 204, Brenda entendit des éclats de voix. Elle ouvrit la porte et trouva ses étudiants en pleine discussion à propos de la lecture de la semaine, une nouvelle de Lorrie Moore intitulée *Real Estate*. Les élèves étaient tellement absorbés par leur débat qu'ils ne se rendirent pas compte de sa présence, et Brenda en ressentit la plus grande fierté.

Rien ne pouvait altérer sa bonne humeur. Après le départ des autres étudiants, Walsh accueillit avec un grand sourire sa proposition d'un dîner péruvien et d'une promenade dans le parc. Puis, comme ils se trouvaient dans une salle inconnue du département de biologie, ils s'embrassèrent.

— Je dois me sauver, lui souffla Brenda. On m'attend.

La réception du département battait son plein quand Brenda arriva. La salle Barrington était joliment décorée, grâce aux nappes à volants, aux fleurs, aux plateaux d'argent chargés de sandwichs au thon et aux œufs, de radis au beurre doux et de

salades de pâtes où surnageaient quelques crevettes.
Sans oublier le saladier d'authentique punch. Il y
avait un petit groupe d'étudiants diplômés près de
la porte – des professeurs-assistants, qui félicitèrent
Brenda comme un groupe d'ados aurait félicité
Hilary Duff[1]. Elle était la star montante du département, mais à leurs yeux, elle essayait de passer
pour une personne agréable, normale, qui gardait
les pieds sur terre. Elle complimenta Audrey pour
le choix de sa robe et proposa à Mary Kate de corriger le premier chapitre de sa thèse. Brenda discuta
avec le Pr Barrett, une autorité en matière de littérature russe, qui était autrefois l'ami de tante Liv.
Puis elle s'entretint avec la secrétaire d'Elizabeth
Grave, Nan – elles évoquèrent le temps splendide
et leurs projets pour le week-end. De l'autre côté de
la pièce, Brenda aperçut Mlle Pencaldron en compagnie de Suzanne Atela et d'un étudiant diplômé
du nom de Augie Fisk, spécialiste de Chaucer, qui
avait proposé à Brenda de dîner avec lui au moins
trois fois. Il aurait été bienvenu d'aller le trouver et
de discuter avec lui, et plus sage encore de converser
avec Suzanne Atela – mais Brenda était fatiguée, et
affamée. Elle se concocta une assiette et prit une
chaise dans un coin de la salle, à côté d'un homme
corpulent vêtu d'un costume gris.

— Je suis Bill Franklin, lui dit-il.

Ah ! Bill Franklin était le professeur de théâtre,
une célébrité parmi les étudiants qui le surnom-

---

1. Présentatrice de télévision.

maient « Oncle Pervers ». Brenda ne l'avait jamais
rencontré. Il enseignait le soir, au théâtre de l'université. Il avait un bureau dans le département, mais
la porte en était toujours close.

— Oh ! Bonjour.

Elle était ravie de pouvoir enfin mettre un visage
sur un nom.

— Je suis Brenda Lyndon.

— Oui, je sais.

Elle sourit tout en essayant de ne pas laisser le
surnom de son interlocuteur dénaturer sa première
impression. La cinquantaine passée, Bill Franklin
avait une aura de représentant de commerce, de
voyageur à l'air indéchiffrable et un peu désespéré.
Son visage lui était familier. Elle l'avait déjà vu. Dans
le campus, sans doute. Brenda lui jeta un regard de
biais pendant qu'il grignotait un radis.

— C'est une belle réception, commenta-t-elle.

Au même moment, il lui lança :

— Vous semblez assez populaire auprès des
élèves.

— Oh ! En fait, je n'en sais rien ? J'aime enseigner. J'adore ça. Aujourd'hui, j'étais en retard et le
cours a commencé sans moi.

— Vous êtes très jeune.

— Trente ans.

— Presque leur âge. Ils doivent vous trouver
intrigante.

— Intrigante ? Oh ! J'en doute.

Bill Franklin buvait une bière Michelob. Il porta
la bouteille à ses lèvres. Il avait une moustache grise.

Cette moustache lui mit la puce à l'oreille, mais quoi ? Brenda sentit une drôle de sensation au creux de son estomac. Elle avait un mauvais pressentiment. Très mauvais. Paranoïa ? Entre deux fourchettes de salade de pâtes, elle observa Suzanne Atela, en grande conversation avec le chef cuisinier. Le Pr Atela montrait quelque chose du doigt, Brenda entendit le mot « café ». Il fallait qu'elle se lève. Elle voulait observer Bill Franklin depuis l'autre bout de la salle. Elle fit mine de se diriger vers le saladier de punch, qui avait la couleur du Pepto-Bismil et que personne n'avait goûté. Elle s'attarda et essaya d'examiner attentivement Bill Franklin sans être repérée. Très bien. Il but une gorgée de sa bière, la vit, lui fit un clin d'œil. Un clin d'œil.

Brenda détourna le regard, horrifiée. Horrifiée ! « Nous sommes à Soho. C'est un autre monde. Un homme au comptoir souhaite vous offrir un verre. »

L'homme au bout du comptoir du Cupping Room, le soir de son premier rendez-vous avec Walsh, le soir où elle l'avait embrassé, désiré devant tout le monde… L'homme qui avait voulu lui offrir un verre était Bill Franklin.

Brenda annula sa soirée avec Walsh sans explication et à 21 heures, il sonna à l'interphone de son appartement jusqu'à ce qu'elle daigne lui ouvrir.

Elle portait un jogging à dessein. Puisqu'ils ne seraient plus jamais amants, il pouvait très bien la voir en tenue négligée. Vieux T-shirt du marathon de Philadelphie, queue de cheval, pas de maquillage. Enfin, un petit peu de maquillage. Brenda prit le temps de défaire les verrous. Elle ne voulait pas le voir.

— Qu'est-ce qui se passe ? Tu paraissais drôlement bouleversée au téléphone. Ça ne va pas ?

Elle regarda la porte se refermer. Son appartement, au moins, était un lieu sûr. Elle ôta ses vêtements avant qu'il n'ait le temps de remarquer sa tenue.

Plus tard, alors qu'ils étaient sur le lit, vidés et en sueur, Walsh l'embrassa sur la tempe. Certains jours, il paraissait plus vieux que son âge. Peut-être parce qu'il était australien.

— Tu parais bouleversée. Dis-moi ce qui s'est passé.

Elle prit une profonde inspiration.

— L'un des professeurs du département... le type du théâtre, Bill Franklin...

— Oncle Pervers ?

— Oui. Il était au Cupping Room le soir où on s'est retrouvés.

— Il y était ? Comment le sais-tu ? Il te l'a dit ?

— Je l'ai reconnu. Il a voulu m'offrir un verre. Je me souviens de lui. Il était assis au bout du comptoir. Il portait le même costume qu'aujourd'hui. Et sa moustache, avec les pointes relevées, on n'oublie pas un truc pareil. Il m'a fait un clin d'œil. Oh ! Mon Dieu ! C'est terrible.

— Tu es sûre que ce n'était pas un autre type avec le même costume ?

— J'aurais bien voulu, mais j'en suis certaine. Même homme. Et il est au courant. J'en suis sûre. Il a dit tous ces trucs sur moi qui suis si jeune. Il a prétendu que les étudiants devaient me trouver « intrigante ».

— Intrigante ?

— Il est au courant. Tu aurais dû voir la façon dont il a dit cela. Il est au courant, Walsh. Voilà, c'est comme ça. Je vais être renvoyée. Tu seras… eh bien, heureusement, il ne t'arrivera rien.

— Allez.

— Nous devons tout arrêter. Si je suis renvoyée, ma carrière est finie. Toute ma vie professionnelle. Tout ce que j'ai obtenu en travaillant dur, tout ce que j'ai construit. Parce que je voudrais rester à Champion, et si Champion ne veut pas m'offrir un poste permanent, j'irai enseigner ailleurs. Je ne peux pas me permettre d'avoir un scandale sexuel sur mon dossier. Plus personne ne m'embaucherait.

— Je ne peux pas arrêter. Je ne veux pas.

— Je ne le veux pas non plus. Manifestement. Mais est-ce la bonne façon de vivre une relation amoureuse ? Se voir en cachette en espérant que personne ne nous prendra sur le fait ?

— Ça n'avait pas l'air de te déranger, avant.

— Eh bien, maintenant, tout est différent.

— Juste pour ça ?

— Juste pour ça.

— Je n'arrive pas à croire que tu tiennes compte de l'avis d'Oncle Pervers. J'entends des histoires sur ce type à longueur de temps.

— Ouais, mais pas avec des étudiants. Pas avec ses propres étudiants.

— Non, mais tout de même. Il a beaucoup trop de squelettes dans son placard pour te porter préjudice…

Brenda se glissa hors du lit et se dirigea à tâtons dans l'appartement obscur jusqu'à la porte d'entrée, où elle dénicha son sweat-shirt dans la pile de vêtements sur le sol. Elle l'enfila. Elle se disait combien elle aimait sa classe. Mais Walsh en faisait partie et elle l'aimait aussi pour cela. Elle repensa au clin d'œil de Bill Franklin. Argh ! « Ils doivent vous trouver intrigante. Parce que je vous ai vue embrasser l'un de vos étudiants dans un bar. » Mais cette soirée au Cupping Room avait eu lieu près de deux mois auparavant, et si Bill Franklin n'en avait pas encore informé Suzanne Atela, c'est qu'il devait vouloir garder cette information sous le coude. Après tout, il n'avait aucune raison de la faire couler. Il ne la connaissait même pas. En plus, il ne restait que cinq semaines avant la fin du semestre. L'autre jour, Walsh lui avait dit qu'il voulait l'emmener avec lui à Fremantle pour la présenter à sa mère, et Brenda était allée jusqu'à regarder les vols New York-Perth sur Internet. Brenda pensait à leurs deux noms, écrits côte à côte en haut de la copie de Walsh. *John Walsh/Pr Brenda Lyndon*. Il était étudiant en deuxième année. Son étudiant. *Les relations sentimentales et sexuelles sont interdites entre un membre de la faculté et un étudiant.*

— Brindah, l'appela-t-il.

Son esprit s'engluait dans une flaque de boue.
... entraînerait une action disciplinaire.
— Brindah ?
Elle ne parvenait pas à trouver de solution.

« Je ne peux pas rompre. Je ne veux pas. Je ne peux pas. »
Brenda ne cessa pas de voir Walsh. Sa relation avec lui était trop précieuse. Ils continuèrent donc à se voir, mais uniquement chez elle. Brenda y tenait absolument. Le beau temps était de retour. Walsh voulait sortir. Il voulait se balader avec Brenda, s'étendre sur la pelouse. Il était contre sa nature de s'enfermer dans un appartement où les fenêtres ne s'ouvraient même pas. Mais non, désolée, Brenda n'était pas d'accord. Elle ne céderait pas.

En cours, Brenda était très professionnelle, sérieuse – une vraie femme d'affaires. Être jeune ne signifiait pas être frivole ! Cela ne voulait pas dire qu'elle bafouerait l'une des règles les plus strictes de l'université et qu'elle coucherait avec l'un de ses étudiants !

L'angoisse l'étreignait, mais elle ne pouvait en parler à personne. Ni à ses parents ni à Vicki et elle n'avait pas parlé à Erik vanCott depuis leur dîner au Craft. La nouvelle du mariage d'Erik et Noel semblait bien moins grave comparée à la menace qui pesait sur elle de perdre son travail et de voir sa réputation anéantie. Cependant, que pouvait-elle dire ? Je couche avec l'un de mes étudiants. Énoncé comme cela, de but en blanc, sans nuances ou détails, cela parais-

sait sordide et lubrique. C'était le genre de secret que
Brenda aurait eu honte de raconter à son psycholo-
gue, si elle en avait eu un. La seule personne à qui
elle pouvait se confier était Walsh lui-même, mais ce
sujet le lassait.

Brenda se lamentait à l'idée d'être dénoncée, puis
renvoyée... jusqu'à ce que les mots tintent dans son
esprit comme des pièces sans valeur. Relax, se dit-
elle. Tu réagis comme une Américaine typique. Ça
tourne à l'obsession.

La classe de Brenda lut la nouvelle de Anne
Lamott, *Crooked Little Heart*. C'était le texte que
Amrita la flatteuse avait choisi pour sa dissertation
de milieu de semestre et pourtant, le siège habituel
d'Amrita, si Brenda ne se trompait pas, était inoc-
cupé depuis mardi. Elle avait déjà manqué deux
cours.

— Est-ce que quelqu'un sait où est Amrita ?
demanda Brenda.

Elle entendit quelques toussotements, un bruit
qui ressemblait à un éternuement – mais qui aurait
aussi bien pu être le ricanement de l'une des
Rebecca – et vit des regards fuyants. Brenda avait
un étrange pressentiment. Mais elle ne pouvait mettre le doigt dessus et personne ne semblait vouloir
parler. Brenda gribouilla *Appeler Amrita !* sur son
bloc-notes.

Enfin, les vacances de printemps. Walsh avait un
match de rugby à Van Cortland Park et il voulait
que Brenda vienne le voir. Ils pourraient faire un

pique-nique ensuite. Brenda refusa. Je ne peux pas.
Quelqu'un va me voir. Quelqu'un va tout découvrir.
Erik vanCott appela et lui laissa un message, lui
demandant d'être son témoin. Brenda pensa qu'il
plaisantait, mais Erik laissa un autre message.
Témoin ? se dit-elle. Devrait-elle se tenir près de
l'autel comme Victor Victoria[1] pendant que Noel,
« le genre de fille qu'on épouse », aurait l'air époustouflante dans sa robe de soie et de tulle ?

Pendant les vacances, Brenda se rendit à Darien
en train pour rendre visite à Vicki, Ted et les enfants.
Vicki n'était pas en grande forme ; elle était allée à
l'hôpital pour faire des tests. Ils pensaient que c'était
une infection des bronches. Brenda lui demanda :
« Euh, tu es contagieuse ? » Elle se lava les mains et
resta à distance de sa sœur. Elle demanda à Vicki
ce qu'elle pensait de la proposition d'Erik d'être son
témoin. « Smoking ? » demanda-t-elle. « Robe noire,
répondit Vicki. Mais pas trop sexy. Tu n'es pas censée
faire de l'ombre à la mariée. » Un soir, pendant que
Ted était sorti avec des clients, Brenda avait failli
avouer sa liaison à Vicki, mais elle tint sa langue. Au
lieu de cela, elles parlèrent de Nantucket. Iraient-elles
ensemble, séparément ? À quelle période ? Combien
de temps ? Vicki lui avait dit : « J'ai une famille,
Bren. Je suis obligée de planifier. » Brenda lui

---

1. *Victor Victoria* est un film de Blake Edwards dans lequel
une jeune chanteuse au chômage, Victoria, rencontre le succès
quand elle se fait passer pour un comte polonais travesti nommé
Victor.

avait répondu : « Laisse-moi seulement terminer le semestre. »

Après les vacances de printemps, Brenda commença à faire cours à l'extérieur, dans la cour, sous un arbre chétif. Elle rêvait à l'été, à Nantucket, en se disant « Walsh veut passer du temps ailleurs avec moi. Voilà la solution ». Elle voulait également continuer à faire profil bas au sein du département. Si elle n'était pas là, pensait-elle, rien de grave ne pouvait lui arriver.

Elle laissa trois messages à Amrita – deux sur son téléphone portable et un à son appartement, où sa colocataire promit de le lui faire passer. Amrita abandonnait-elle son cours ? C'était si peu son genre que Brenda s'imagina qu'elle avait contracté la mononucléose ou qu'elle était retournée en Inde pour assister à l'enterrement d'une grand-mère. Les étudiants comme Amrita ne laissaient pas tomber un cours où ils excellaient.

Et un jour, deux semaines avant les examens finaux, deux semaines avant que Brenda et Walsh soient libérés de toute contrainte, Brenda trouva un mot sur la porte de son bureau. *Venez me voir. S.A.*

Brenda prit la note et la serra entre ses doigts. Sa main ne tremblait pas. Elle n'était pas nerveuse. Suzanne Atela pouvait avoir un millier de raisons de la convoquer. Le semestre touchant à sa fin, il fallait réfléchir au programme de l'année suivante. Elles avaient déjà parlé de l'ouverture d'une autre section. Ou il pouvait s'agir d'un tout autre détail administratif. Brenda n'était ni nerveuse ni inquiète.

Suzanne Atela n'était pas dans son bureau. Elle alla trouver Mlle Pencaldron qui, sans un mot, défit le capuchon de son Montblanc et écrivit élégamment un numéro de téléphone sur une fiche couleur pêche.

— Elle veut que je l'appelle ? demanda Brenda.

Hochement de tête laconique. Mlle Pencaldron décrocha son propre téléphone et tendit le combiné à Brenda.

Suzanne Atela voulait la rencontrer à Feed Your Head, la maison des étudiants. Brenda acquiesça, rendit le combiné à Mlle Pencaldron, étouffa un grognement. Elle n'était ni nerveuse ni inquiète ; seulement contrariée. Elle était censée retrouver Walsh à son appartement avec des plats indiens à emporter à 13 heures. Dans la cage d'escalier, elle l'appela pour annuler.

À midi quinze, Feed Your Head était bondé. Bondé ! Brenda se rendit compte à quel point elle avait vécu en marge de la vie étudiante de Champion. Elle connaissait douze étudiants sur six mille. Elle avait enseigné une année entière et pas une fois elle n'avait déjeuné sur le campus. Et cela n'avait rien d'étonnant. Elle dépensa douze dollars cinquante pour un sandwich au thon détrempé, une salade de fruits et une bouteille d'eau. En cherchant Suzanne Atela, elle passa devant un groupe de filles/femmes qui regardaient une série télévisée. Il lui fallut quelques minutes pour trouver le Pr Atela, car elle n'était pas seule. Elle était assise à une table en compagnie de Bill Franklin et Amrita.

Brenda faillit faire demi-tour et se mettre à courir – il aurait été aisé de se perdre dans la foule – mais Amrita la vit et fronça les sourcils. Elle donna un coup de coude au Pr Atela qui se tourna vers elle et lui lança, par-dessus ses lunettes, un regard sévère et désapprobateur. Bill Franklin portait un costume bleu et un nœud papillon. Avec sa moustache lustrée, il avait l'air vieux-jeu et ridicule, et il lui fit penser à un chien de cirque. La série télévisée qui passait sur l'écran au-dessus de la tête d'Atela retenait toute son attention.

En s'approchant de leur table, Brenda eut l'impression que ses boyaux se tordaient – elle avait sûrement besoin d'aller aux toilettes. Elle se détendit en s'installant sur une chaise à côté d'Atela.

— Bonjour. Amrita, professeur Franklin. Je n'avais pas compris qu'il s'agissait d'une réun…

Suzanne Atela balaya l'air de son bras et consulta sa fine montre en or.

— J'ai un déjeuner à Picholine dans une heure.

Sa voix était si tendue que son accent avait totalement disparu.

— Je vais aller droit au but, reprit-elle. Il y a des rumeurs inconvenantes qui circulent à votre sujet, professeur Lyndon.

— Des rumeurs ? À mon sujet ?

Amrita gloussa et lui fit de l'œil. Brenda observa la jeune fille. Ses longs cheveux noirs étaient séparés par une raie au milieu du crâne et soigneusement ramenés en un chignon strict à la base du cou. Elle avait le teint grisâtre et arborait un rouge à lèvres rouge, de la couleur de son vernis à ongles. Elle portait un jean et un sweat-shirt à capuche Juicy Couture. Elle ne paraissait pas vraiment différente des autres étudiants de Champion et pourtant, elle sortait du lot, non pas à cause de sa culture, mais par sa rigueur et son application pour les études. Elle avait manqué cinq cours, ce qui était suffisant pour que Brenda ne lui accorde pas son examen semestriel. Qu'est-ce que je t'ai fait ? pensa Brenda. Tu voulais apprendre et je t'ai transmis mes connaissances. J'ai suscité ton intérêt, je t'ai donné de bonnes notes, je t'ai fait des éloges. Que voulais-tu de plus ?

Bill Franklin s'éclaircit la gorge et finit par s'arracher à la contemplation de l'écran de télévision – apparemment avec peine.

— Ce ne sont pas seulement des rumeurs, Suzanne. Sinon, nous vous ferions perdre votre temps. Ou celui du Pr Lyndon.

— Très juste, professeur Franklin, approuva Suzanne Atela.

Pour une raison qu'elle ignorait, le téléviseur au-dessus de la tête du Pr Atela attira l'attention de Brenda. À l'écran, on voyait son étudiante, Kelly Moore, les cheveux roux hérissés sur la tête comme une marionnette. Ainsi, c'était la série *Love Another Day*. Le personnage de Kelly Moore embrassa un homme qui avait le double de son âge, puis il y eut une dispute, qui se termina sur une gifle. Elle échappa à l'homme et s'enfuit de la pièce, claquant la porte derrière elle.

Amrita attrapa sa serviette de soie aux motifs brodés et en sortit sa dissertation de milieu de semestre, annotée de nombreuses remarques élogieuses écrites au stylo bleu par Brenda, et d'un A en haut de la copie.

— Nous savons ce qui se passe entre Walsh et vous, lança Amrita. Tout le monde est au courant. C'est dégoûtant.

Le Pr Atela ôta ses lunettes en forme de masque et les posa sur la table de Formica avec un soupir. Brenda prit une profonde inspiration. Elle était préparée à cela, n'est-ce pas ? Elle avait imaginé cette scène un millier de fois durant ces trois dernières semaines. Et pourtant, le terme « dégoûtant » l'avait désarçonnée. On pouvait qualifier de « dégoûtant » un professeur impliqué dans une relation avec un jeune élève. Walsh avait un an de plus qu'elle ; leur relation était naturelle. Excepté qu'il était son étudiant. Donc, c'était mal. C'était inconvenant, comme l'avait dit le Pr Atela. Elle s'était montrée imprudente et avait fait le mauvais choix. Elle avait enfreint le règlement de l'université. Mais ce n'était pas dégoûtant. Brenda était si occupée à réfléchir à cela qu'elle se tut et, après plusieurs secondes de silence, elle décida que c'était la meilleure stratégie à adopter. Refuser de s'abaisser à répondre à une accusation aussi indigne.

— Professeur Lyndon ? dit Suzanne Atela.

— Je suis désolée. Je ne sais pas de quoi vous parlez.

— Nous parlons d'une relation inappropriée entre un membre du corps enseignant et un étudiant.

— Je vous ai vus à Soho, intervint Bill Franklin. Au début du semestre. Une des choses que j'ai remarquées – en plus de votre attirance manifeste l'un pour l'autre – c'est qu'il a payé l'addition. La raison pour laquelle la faculté interdit aux professeurs de sortir avec leurs étudiants est le différentiel de pouvoir. Il vous paie un verre, vous le notez…

— Qu'êtes-vous en train de sous-entendre ? Je suis désolée, je…

— Je vous respecte vraiment, l'interrompit Amrita.

Elle agrippa la fermeture Éclair de son sweater et la dézippa, puis la rezippa nerveusement. Encore et encore. Brenda devait profiter de sa nervosité, mais elle ne savait pas comment.

— J'adore votre cours. Je pensais, enfin un vrai prof, quelqu'un de jeune, quelqu'un avec qui nouer une relation.

Là, la voix d'Amrita vacilla.

— Mais il s'est avéré que c'était vous l'imposteur, et pas si innocent. Vous avez un… truc avec Walsh. Vous avez donné un A+ à sa dissertation !

Brenda fixa son déjeuner. Elle aurait voulu renverser la bouteille d'eau sur la tête d'Amrita. Petite morveuse ! pensa-t-elle. Voilà pourquoi tu fais cela ? Parce que je lui ai donné la note qu'il méritait ? Ou

parce que tu es toi-même amoureuse de lui ? Elle
voulait lancer son sandwich au thon à la figure de
Bill Franklin. Il s'était montré sous son vrai jour ce
soir-là, au Cupping Room. Assis à l'extrémité du
comptoir, en train de se saouler, prêt à se jeter sur
la première jeune femme – ou le premier jeune
homme – seul(e). Oncle Pervers – ça, c'était dégoûtant. Et puis il y avait le Pr Atela. Elle était la pire
des trois, parce que Brenda devinait que, derrière
son inquiétude et sa désapprobation apparentes, elle
se réjouissait de la voir souffrir. S'ils étaient dans la
Rome ancienne, Atela aurait envoyé Brenda dans la
fosse aux lions et applaudi à la vue du spectacle.
Parce que Brenda était jeune ? Parce que c'était une
bonne enseignante ? Suzanne Atela était-elle jalouse
de Brenda ? Se sentait-elle menacée ? Un autre
directeur de département aurait pu faire part de sa
déception, mais le visage de Suzanne Atela reflétait
la résignation, comme si elle avait toujours su que
cela arriverait, comme si elle l'avait prédit. Consternée, Brenda se leva.

— J'ai moi aussi rendez-vous pour le déjeuner,
alors, si vous voulez bien m'excuser…

Brenda prit la bouteille d'eau et abandonna le
reste de son plateau aux bons soins de Suzanne
Atela. En quelques secondes, elle disparut dans une
foule d'étudiants de premier cycle affamés.

Elle saisit son téléphone portable de son sac à
main. Appeler Walsh, lui donner pour instruction
de tout nier en bloc. Ils n'avaient aucune preuve !
Bill Franklin les avait vus ensemble au Cupping

Room. Et peut-être que quelqu'un les avait vus s'embrasser dans la salle Parsons 204. Comment avait-elle pu être aussi stupide, aussi négligente ? Peu importaient les preuves en leur possession, c'était la vérité, elle ne pouvait le nier. Mais elle mentirait. Elle avait une relation romantique et sexuelle avec l'un de ses étudiants. Il y aurait des sanctions disciplinaires. Son travail était terminé et en même temps, sa réputation et son nom seraient entachés pour toujours. Brenda aurait pu quitter le campus à pied, traverser la ville en bus et ne plus jamais revenir, mais elle voulait récupérer certaines affaires dans son bureau – des documents, son édition originale de Fleming Trainor. Elle retourna en courant dans le département d'anglais.

La chaise de Mlle Pencaldron était vide et sur son bureau se trouvait une salade caesar à demi entamée. Quand Brenda fouilla dans le sac de la secrétaire, ses doigts tombèrent sur une clé insérée dans un anneau fin avec une étiquette où il était écrit (de l'écriture de Mlle Pencaldron) : « Salle Barrington. » Brenda observa l'imposante porte lambrissée au bout du couloir. Ce n'était pas le moment ! Elle devait sortir d'ici ! Aller dans son bureau, prendre ses affaires ! La porte lui paraissait encore plus impressionnante qu'au début du semestre, mais en dépit de cela, ou peut-être à cause de cela, Brenda était irrésistiblement attirée par la salle Barrington. Dans la salle des photocopieuses, Augie Fisk se tenait près d'une des machines, ce qui faillit la dissuader de poursuivre son chemin, mais quand elle passa devant lui, il ne leva même pas le tête.

Dans sa déposition, Brenda avait admis n'avoir pas eu totalement conscience de ses actes, cet après-midi-là. Elle expliqua :

— J'étais bouleversée. Sidérée, mortifiée, terriblement confuse. Je ne parvenais pas à réfléchir normalement. Je ne savais pas ce que je faisais. Je ne projetais pas de voler la peinture. Je voulais juste…

— Que vouliez-vous, professeur Lyndon ?

— La voir une dernière fois… Lui dire au revoir.

Brenda composa le code et déverrouilla la porte de la salle Barrington, persuadée d'y trouver Mlle Pencaldron assise à la table Queen Anne, en train de l'attendre. Mais la pièce était vide, silencieuse, comme chaque fois qu'elle y avait donné son cours ce semestre, quelques minutes avant l'arrivée de ses étudiants. Brenda ressentait un immense sentiment de perte, qui ne faisait que s'accroître. Sa carrière était morte, mais son corps n'était pas encore froid. Et tout était sa faute ; elle avait été stupide. La tentation s'était insinuée sur son chemin et au lieu de la repousser, elle l'avait invitée dans un bar.

Brenda posa son sac à main et sa bouteille d'eau sur la table Queen Anne et elle se campa devant la peinture. Elle tentait de s'en imprégner, de l'intérioriser, car c'était probablement la dernière fois qu'elle la voyait. Elle voulait poser son visage sur la toile, en sentir la texture sous sa joue ; elle voulait pénétrer la peinture et s'y allonger.

Brenda entendit un bruit. Elle se retourna et Mlle Pencaldron lui aboya dessus comme un chien de garde. Mlle Pencaldron retira précipitamment la bouteille d'eau de la table Queen Anne (elle avait en effet laissé une pâle auréole à la surface du meuble).

— Que faites-vous ici ? éructa Mlle Pencaldron. Vous n'avez rien à faire ici ! Et ça…

Elle agita la bouteille d'eau et essuya l'auréole à l'aide du bas de son corsage.

— À quoi pensiez-vous ? Vous connaissez les règles !

— Désolée. Je suis désolée.

— Vous connaissez les règles, mais vous ne les suivez pas. Être désolée ne suffit pas.

Brenda leva les mains en l'air.

— Très bien, peu importe. Je suis venue chercher mes affaires. Je m'en vais.

— Je vais emballer proprement vos affaires et je vous les enverrai chez vous, dit Mlle Pencaldron. Je vous suggère de quitter cette pièce et le département maintenant, ou bien je serai dans l'obligation d'appeler la sécurité du campus.

— La sécurité du campus ? C'est inutile…

Brenda mourait d'envie d'appeler Mlle Pencaldron par son prénom, mais elle ne le connaissait pas.

— Je m'en vais.

Augie Fisk apparut dans l'encadrement de la porte. Il regarda Brenda avec un mélange de pitié et de dégoût.

— Nous connaissons toute l'histoire. Tout le monde est au courant. Atela vous a renvoyée ?

— Elle n'a pas eu à le faire. Je m'en vais.

— Vous ne pourrez pas vous enfuir aussi facilement. Cette affaire ne vous lâchera pas. Je veux dire, vous pouvez essayer de trouver un autre job, mais quelqu'un apprendra forcément ce qui s'est passé.

— C'est scandaleux ! s'écria Mlle Pencaldron. Je savais qu'il y avait quelque chose de bizarre entre vous deux. Pourtant, pas moyen de mettre le doigt dessus et bien sûr, je ne m'étais jamais imaginée une chose pareille... mais il y avait quelque chose, oui, je l'ai senti dès le début.

— Nous pensions tous que vous étiez un mouton noir, intervint Augie Fisk. Une femme aussi séduisante, avec cette matière insolite, une spécialité dont personne n'avait jamais entendu parler, c'était original dans notre milieu universitaire. Il y avait quelque chose de louche à votre propos, quelque chose d'artificiel. Nous le savions tous.

— Ça suffit ! cria Brenda.

Ne voyaient-ils pas à quel point elle était bouleversée ?

— Oui, ça suffit, répéta Mlle Pencaldron.

Elle pointa la porte du doigt.

— Allez-vous-en ou bien j'appelle la sécurité.

« Pas dans son état normal. Terriblement confuse. » Et en colère.

Brenda haïssait Mlle Pencaldron. Elle ne l'avait jamais aimée, mais à présent, elle la méprisait. Et Augie Fisk – beurk – avec son épaisse tignasse rousse et ses lèvres retroussées en un rictus désapprobateur. « Un mouton noir ? » Il lui avait proposé de sortir avec lui à maintes reprises, et à chaque fois que Brenda repoussait ses avances, elle se sentait encore plus mal à l'aise avec lui. Pas dans son état normal. « Louche ? Artificielle ? » Après huit ans d'études secondaires, des milliers d'heures passées à lire et à faire des recherches ? Après tout ce labeur ? Cette dévotion servile ? Brusquement, Brenda était furieuse. Personne n'avait le droit de lui ordonner de quitter cette pièce. Elle avait fait du bon travail ; elle était un bon professeur.

« Nous le savions tous. » Eh bien, c'était facile à dire, maintenant.

Brenda attrapa son sac à main et en sortit un livre – l'une des éditions de poche pratiquement introuvables de *L'Imposteur innocent* qu'elle avait commandées pour son cours – et le jeta. Elle le jeta, expliqua-t-elle au conseil universitaire dans sa déposition – seulement pour jeter quelque chose. « Vous n'avez jamais rien jeté quand vous étiez en colère ? Vous n'avez jamais ressenti ce genre d'impulsion ? » Brenda ne visait ni Mlle Pencaldron ni Augie Fisk ni la peinture. Mais le livre heurta le tableau (à l'angle inférieur gauche, un « trou » ou une « entaille » de dix-huit millimètres). Brenda retint son souffle, horrifiée. Mlle Pencaldron poussa un cri perçant et Augie Fisk s'écria :

— Oh, merde ! Vous êtes vraiment dans de beaux draps maintenant.

— J'appelle la sécurité ! Bloquez la porte, Augie,
nous n'allons pas la laisser partir. Elle doit répondre
de ses actes.

Brenda fixa la peinture à travers ses larmes. Elle
comprenait parfaitement maintenant. Les éclabous-
sures, le fouillis, l'enchevêtrement, le chaos. Cette
peinture représentait sa propre vie.

Régler cette affaire, pensa-t-elle. Ces mots avaient
plusieurs significations. D'un côté, ils étaient récon-
fortants. L'affaire serait enfin terminée. Classée.
L'université de Champion contre Brenda Lyndon
serait un dossier de plus classé dans un tiroir du
cabinet d'avocat de Me Delaney. Mais *régler* signifiait
aussi *abandonner*. Abandonner sa vie universitaire,
abandonner sa vie avec Walsh.

Son cœur battait pour lui, son corps réclamait
l'étreinte de ses bras. Elle voulait entendre sa voix ;
peu importait ce qu'il lui dirait. Mais Brenda ne
pouvait se résoudre à l'appeler ; sa relation avec
Walsh se confondait avec la ruine de sa carrière, le
travail de toute une vie. Aujourd'hui, Brenda souffrait, mais il lui serait plus douloureux encore de
parler à Walsh, de revivre cet humiliant après-midi
passé avec Suzanne Atela, Bill Franklin, Amrita,
Augie Fisk, Mlle Pencaldron et enfin, la sécurité du
campus.

Où allait-elle trouver l'argent ? Pouvait-elle se
déclarer insolvable ? Serait-elle obligée de demander
à ses parents de l'aider ? Dans l'esprit de Brenda, il
n'y avait guère de différence entre cent vingt-cinq

mille dollars et cent soixante mille – les deux sommes étaient tout aussi astronomiques. Elle devrait vendre sa moitié du cottage, mais elle ne pouvait accabler Vicki avec ça maintenant – et si pour une raison ou une autre, Ted et Vicki n'avaient pas les moyens de racheter sa part ? Brenda réclamerait-elle la vente de toute la propriété ? Elle imaginait déjà les réactions de Vicki et de ses parents : « Brenda a l'intelligence des livres, oui, mais elle n'a aucun sens commun. Elle est incapable de trouver sa voie. Nous devons toujours la tirer d'affaire. »

Comment se défendre ? Que faire d'autre ? Une seule chose. Brenda avait toujours eu un endroit où se cacher. « Petit ver, ver de livres, le nez toujours dans un roman. » Elle sortit son bloc-notes de son sac, se servit une tasse de café de son thermos, et commença à écrire.

Ce n'était pas une chose à mettre dans un C.V., mais Josh était fier de son habileté à lancer la balle de whiffle ball. Il donnait à la balle la vitesse et la trajectoire idéales – et en plus, il avait appris à Blaine à se positionner et à se déhancher de telle sorte qu'il frappait la balle presque à tous les coups. Oui, il aimait ce sport ; c'était un aspect du baby-sitting qui lui manquerait, et il était content d'avoir pu faire la démonstration de son adresse au lancer de balle devant Vicki.

Vicki se sentait mieux, elle paraissait plus solide et en meilleure santé, et Josh se surprenait à vouloir passer plus de temps avec elle. Elle était son patron, oui, mais elle était aussi son amie et il aimait discuter et passer du bon temps avec elle. La relation de Josh avec Brenda se résumait à quelques plaisanteries et échanges sporadiques au sujet de l'avancée de son scénario – et la relation de Josh avec Melanie s'était muée en une histoire sérieuse, complexe, placée sous le sceau du secret. Les sentiments de Josh pour Melanie confinaient à la folie ; ils croissaient, telle une vigne vierge inextricable, étouffant son cœur. Il voulait parler de Melanie à quelqu'un – et bizarrement, la personne qui lui venait à l'esprit était Vicki. Mais c'était hors de question.

Melanie était enceinte de douze semaines. Son ventre était légèrement rebondi – rond, doux, tendu. Elle était radieuse – toujours le sourire, de bonne humeur, tendre, sexy. Il était fou d'elle ; il attendait fébrilement la fin de la journée, le début de soirée, le moment où son père éteignait la télé pour se retirer dans sa chambre ; c'était à ce moment-là que Josh quittait la maison et roulait en direction de Sconset, plus impatient que jamais. *Melanie.*

Depuis le début du mois d'août, il la désirait encore plus ardemment. Un soir, elle ne vint pas à leur rendez-vous. Josh attendit patiemment sur le parking jusqu'à 23 heures, puis il reprit la voiture et passa, aussi furtivement que possible, devant la maison de Shell Street. Le cottage était plongé dans l'obscurité, bouclé pour la nuit. Le lendemain matin,

Melanie lui murmura qu'elle s'était simplement endormie.

Simplement ? pensa-t-il. Ce qu'il y avait entre eux était tout sauf simple.

Elle lui avoua que Peter l'avait appelée. Plus d'une fois et pas seulement pour discuter de « problèmes domestiques ». Il était au courant pour le bébé ; elle le lui avait dit.

— Je devais le lui dire, expliqua-t-elle. Il est le père. Il a le droit de savoir.

Josh n'était pas d'accord.

— Il a toujours une liaison ?

— Je ne sais pas.

— Tu lui as demandé ?

— Non.

— Alors que dit-il quand il appelle ?

— Il prétend que je lui manque. Il me demande quand je rentre à la maison.

— C'est uniquement à cause du bébé. Il s'intéresse à toi maintenant parce que tu es enceinte.

Josh avait prononcé ces paroles sans se rendre compte de leur cruauté. Les yeux de Melanie s'agrandirent, sous le coup de la surprise. Aussitôt, Josh comprit qu'il devait s'excuser. Il lui demanda pardon.

— Non, non, tu as raison, protesta Mélanie. Je ne peux pas lui faire confiance. Il ne m'appelle que parce que je suis enceinte.

— Il est stupide.

Comme Melanie ne répondait pas, Josh reprit :

— Il vaut mieux que tu ne me parles plus de ses appels.

— D'accord bien sûr, mais je ne voulais rien te cacher.

Mais ce n'était pas tout à fait exact. Melanie ne parlait pas à Josh des sentiments que ces conversations lui inspiraient ni de ce qu'elle projetait de faire à propos de Peter à la fin de l'été, quand elle retournerait dans le Connecticut. Oui, Peter était son mari, mais allait-elle pour autant reprendre la vie conjugale ? Melanie n'en parlait jamais et Josh avait peur de l'interroger à ce sujet. Il avait besoin de parler à quelqu'un, mais à qui ? Il passait ses journées avec un enfant de quatre ans, à effectuer de parfaits lancers de balle et à lui enseigner l'art de la frappe.

— Josh ? Josh ?

Blaine patientait, la batte levée, quand Josh, qui s'apprêtait à lancer sa balle, se figea sur place. Il avait l'habitude, entre les lancers, de jeter un coup d'œil à Porter, qui dormait sur la couverture, sous le parasol. Est-il toujours endormi ? Il devait se montrer particulièrement vigilant, maintenant que Porter pouvait marcher. Josh craignait plus que tout que Porter ne s'éloigne sur la plage d'une démarche chancelante, à son insu. Mais quand Josh regarda du côté de Porter cette fois-là, quelle ne fut pas sa surprise ! Une personne était assise à côté de lui sous le parasol, une personne sortie de nulle part, tel un fantôme, tel un cauchemar. Didi.

— Que…, commença Josh.

Mais il s'interrompit. Il ne voulait pas avoir l'air agacé ou nerveux devant Blaine.

— Bonjour ! lança Didi.

— Josh ! cria Blaine. Lance !

Josh regarda Blaine qui attendait, puis il reporta son attention sur Didi. Il se sentait aussi menacé que s'il y avait un cobra ou un tigre sibérien sous le parasol à côté de Porter. Et si Didi s'emparait de Porter et disparaissait avec lui ?

Josh lança la balle, Blaine la gifla et la renvoya par-dessus la tête de Josh. Didi applaudit et les acclama bruyamment. À ce moment-là, Blaine se rendit compte qu'il y avait quelqu'un sous le parasol, à côté de son frère. Une étrangère. Non, pas une étrangère.

— Hé ! Je te connais, dit Blaine. Je t'ai vue à l'hôpital.

Pendant que Josh ramassait la balle, Blaine s'approchait du parasol. Pas trop près ! pensa Josh. Il se dépêcha de le rejoindre.

— Blaine, tu veux jouer avec Mateo maintenant ?

— Et le whiffle ball alors ?

— Je dois parler à Didi.

— C'est ta petite amie ?

À ces mots, Didi se mit à rire – un rire forcé, bref.

— Non, répondit Josh, mais je dois lui parler. Tu vas jouer avec Mateo ?

— Combien de minutes avant le déjeuner ?

Josh consulta sa montre.

— Dix-huit minutes.

— D'accord, dit Blaine.

Il descendit un peu plus bas sur la plage pour rejoindre Mateo Sherman qui était en train d'enterrer les pieds de son père dans le sable. Omar Sherman leva les yeux vers Josh et lui lança :

— Je le surveille !

— Merci.

Omar devait se demander qui était Didi, tout comme Mme Brooks, deux parasols plus loin. Josh sourit à Didi, mais c'était un sourire de pure formalité.

— Que fais-tu ici, Didi ?

— Je suis au courant à propos d'elle.

— Que sais-tu à propos de qui ? demanda Josh avec lassitude.

— Tu baises la copine de la mère. Et elle est enceinte. Je sais tout d'elle. C'est bizarre, tu sais, Josh. C'est tordu.

— Tu ne sais rien du tout. Tu es complètement à côté de la plaque, tu fais des histoires. On dirait une cinglée.

— Rob t'a vu avec une femme aux cheveux bouclés. Plus vieille. Et j'ai fait quelques petites recherches. C'est la copine de la mère. Elle est venue à l'hôpital pour passer un examen prénatal. Je sais que tu couches avec elle. Je sais que tu l'as emmenée dans la maison de Shimmo. Zach me l'a dit.

Arrête ! pensa Josh. Arrête et réfléchis. Mais s'il faisait une pause, même d'une seconde, s'il perdait son aplomb ou laissait entrevoir une faille, elle en profiterait pour le confondre.

— Tu me dois de l'argent. Deux cents dollars,

plus les intérêts. C'est pour me rembourser que tu es venue ?

— N'essaie pas de changer de sujet.

— C'est toi qui essaies de changer de sujet. Parce que tout ce qu'il y a entre nous, c'est cet argent.

— J'ai besoin de cinq cents dollars pour récupérer ma voiture. Donne-les-moi et je ne dirai rien à personne.

— Tu ne diras pas quoi ?

— Que tu couches avec une femme enceinte. Je pourrais essayer de savoir si tu te fais aussi l'autre, la sœur. Celle-là, au moins, elle est pas mal, même si elle est beaucouuuuuup plus vieille que toi.

— Ça suffit, Didi. Tu ne peux pas me faire chanter.

— Si, je peux.

— Non, tu ne peux pas. Ce que tu dis est scandaleux. Personne ne te croira.

— Rob t'a vu, Josh. À la sortie de Monomoy. Avec une femme. À minuit. Comment tu expliques ça ?

— Je n'ai rien à expliquer, parce que ce n'est pas vrai. On ne peut pas se fier à Rob. Il est aussi dingue que toi.

Josh donna un coup d'œil à Blaine, qui s'amusait avec Mateo Sherman. Omar leva le pouce à l'attention de Josh. Porter dormait d'un sommeil paisible. Tout va bien, se dit Josh. Tu peux t'occuper de Didi.

— Tout le monde le croira, reprit Didi. Parce que cet été, tu es différent. Tu ne viens jamais aux fêtes, tu ne sors plus. Tu ne fais que tourner autour de ces femmes et des enfants. Tout le monde l'a remarqué, Josh. Je suis sûre que même ton père s'en est rendu compte. Quoique, peut-être pas. Ton père est plutôt dans la lune.

— Ça suffit, Didi.

— Je dois le mettre sur la voie.

Josh s'efforçait de ne laisser transparaître aucune émotion sur son visage. Il avait l'impression d'être sur une scène de théâtre. Cela dit, il devait empêcher Didi d'approcher son père. Ce serait un véritable désastre.

— Ça m'est égal. Mon père pense que tu es folle, Didi. Tout ce que tu essayeras de lui dire tombera dans l'oreille d'un sourd.

— Je tente ma chance.

Didi se leva et épousseta son short.

— Donne-moi cinq cents dollars et j'oublierai cette histoire. Je ne le dirai pas à ton père. Je ne le dirai à personne.

— Va-t'en, Didi.

— Tu le regretteras.

— Pourquoi fais-tu cela ? demanda Josh.

— Tu veux vraiment le savoir ?

— Oui. J'aimerais vraiment le savoir.

Elle se hissa sur la pointe des pieds pour murmurer à son oreille :

— Parce que je t'aime.

Quelques jours plus tard, une vague de chaleur s'abattit sur Nantucket. Une forte chaleur, accompagnée d'humidité, et, tel un hôte indésirable, elle paraissait vouloir s'imposer un bon moment. Josh était heureux de ne pas travailler à l'aéroport. Comment les jeunes pouvaient-ils rester toute la journée debout sur l'asphalte brûlant sans avoir l'impression d'être des saucisses grillées ? Josh n'en avait aucune idée. Le sable était trop chaud pour que Blaine puisse marcher dessus, aussi Josh devait-il le porter, en plus de sa charge habituelle.

Josh et les enfants avaient abandonné leur routine. Ils passaient la matinée à patauger dans les eaux peu profondes. L'eau était aussi chaude que celle d'un bain et le bord était jonché d'algues. Le temps se rafraîchit un soir, mais il n'y avait toujours pas de vent. L'humidité flottait dans l'air tel un épais rideau, et les moustiques s'en donnaient à cœur joie. La Jeep de Josh n'avait pas l'air conditionné, aussi Melanie et lui faisaient l'amour dans le sable, où ils étaient dévorés tout crus. Ils étaient poisseux, moites, et le sable leur collait à la peau.

— Beurk, dit Melanie un soir. C'est dans des moments comme ça qu'on rêve des quatre saisons.

La maison de Josh n'était pas climatisée. Tom Flynn avait donc installé un gros ventilateur carré à l'extrémité de la table, qui soufflait de l'air frais pendant leurs repas. Josh aimait le ventilateur ; son bourdonnement remplaçait la conversation.

— Été torride, commenta Tom Flynn quand ils s'installèrent à table.

Josh avait préparé des mets froids : sandwichs italiens, parts de melon ; la salade iceberg n'avait jamais paru aussi bonne.

— Été torride, acquiesça Josh.

C'est peut-être à cause du ventilateur bruyant que Tom Flynn n'évoqua pas la visite de Didi à table. Au lieu de cela, il vint trouver Josh le lendemain matin, au sortir de sa douche. C'était un samedi, un jour où Josh ne travaillait pas ; il n'avait donc aucune raison de se presser. Josh sortait de la salle de bains, une serviette autour des hanches, quand il vit Tom Flynn debout dans le couloir qui l'attendait. Sa présence était si surprenante qu'il retint son souffle.

— Bon sang, papa ! Tu m'as fait peur.

— Tu as une minute ? demanda Tom Flynn.

C'était une question rhétorique. Josh se raidit. Il savait de quoi il retournerait.

— Je peux m'habiller ?

— Mais certainement. Je serai sur la terrasse.

La « terrasse » était attenante à la chambre de ses parents. Comme elle se trouvait au deuxième étage, elle était bien ventilée. C'était de loin l'endroit le plus agréable de la maison par ce type de temps et pourtant, Josh n'y allait jamais, et son père non plus. En fait, ça devait bien faire un an, peut-être deux, que Josh n'avait pas mis le pied dans la chambre de son père. Il ne fut pas étonné de retrouver la pièce à peu de choses près inchangée : le même couvre-lit aux motifs sombres, que Josh et son père avaient acheté après la mort de sa mère chez Sears, à Hyannis, la même commode impeccablement rangée, les mêmes paires de chaussures parfaitement alignées dans le placard. Une photo de la mère de Josh était suspendue au mur, une photo d'elle au lycée, qui ne ressemblait guère à la femme que Josh avait connue. Pourtant, Josh s'arrêta un moment pour contempler la photo avant de sortir sur la terrasse.

— Est-ce que tu la hais ? lui avait demandé Vicki.

Tom Flynn était déjà là, les mains croisées sur la rambarde, la tête tournée en direction de Miacomet Pond et du onzième trou du parcours de golf. Il portait un maillot de corps blanc et un pantalon kaki avec une ceinture. Il était pieds nus. Josh ne se rappelait pas la dernière fois qu'il avait vu son père pieds nus. S'il devait décrire Tom Flynn, ce serait toujours tiré à quatre épingles et boutonné jusqu'en haut. Mais à moitié habillé et sans chaussures, Tom Flynn paraissait vulnérable, humain. Du coup, Josh se détendit un peu.

— Été torride, dit Josh, pour essayer d'être drôle.

Tom Flynn hocha la tête.

— Ta mère adorait l'été.

De nouveau, Josh se raidit. Son cou était si tendu qu'on aurait dit une barre d'acier. « Ta mère adorait l'été » : c'était une assertion parfaitement anodine, mais Josh pouvait compter sur les doigts d'une main le nombre de fois où son père et lui avaient parlé de sa mère au cours des dix dernières années.

— Je sais. Je m'en souviens.

— Quelqu'un m'a dit un jour qu'elle avait peut-être un désordre affectif saisonnier[1]. Les gens qui en sont atteints souffrent du manque de lumière.

Il fit une pause. Josh se mit à réfléchir. Eh bien, sa mère s'était tuée en décembre. Il la voyait encore sur la plage, un verre de vin à la main. « Il faut en profiter maintenant. Avant la venue de l'hiver. »

— C'est probablement un tas de conneries.

— Sûrement, murmura Josh.

Les cheveux de Tom Flynn étaient mouillés et avaient l'empreinte du peigne. Son père sentait l'après-rasage et l'huile capillaire. L'huile capillaire suffisait à séparer Tom Flynn et Josh en deux catégories d'hommes différentes. Deux générations. Tom Flynn était militaire dans les années 80 (il était resté en poste deux ans près de l'Afghanistan, quelque chose comme dans l'armée de l'air ou dans les renseignements). Josh ne savait pas très bien ce que son père avait fait, mais il mettait la plupart de ses comportements – les silences, la promptitude, la rigidité de sa lèvre supérieure, même la commode et les placards rangés au cordeau – sur le compte de la période militaire de sa vie. Si Tom Flynn était un contrôleur aérien extrêmement compétent et dévoué, il avait clairement fait comprendre à Josh que son travail à Nantucket, même les jours les plus chargés de l'été, était trop simple. C'était une promenade de santé comparé à ce qu'il avait fait avant. Dans l'armée, Tom Flynn avait un vrai métier. Celui de Nantucket n'en

---

1. Forme de dépression liée au manque de lumière durant la saison hivernale.

était qu'une pâle copie ; un pis-aller en attendant la retraite.

Tom Flynn poussa un profond soupir et baissa les yeux sur ses pieds nus, comme s'il était étonné de les voir là, dépassant sous les revers de son pantalon. Josh suivit son regard. Les pieds de son père étaient pâles et d'aspect louche, les ongles coupés au carré et jaunis. Josh releva les yeux. S'il était pénible pour Josh d'avoir à l'écouter, il savait qu'il était encore plus difficile pour son père d'avoir à parler.

— Qu'y a-t-il, papa ?

— Je ne sais même pas si je devrais t'en parler. Tu es adulte, après tout.

— Qu'y a-t-il ?

— La fille Patalka est venue me trouver sur le parking, après le boulot. Hier. J'allais rentrer à la maison. Elle m'a dit que tu fréquentais l'une des femmes pour qui tu travailles. Celle qui est enceinte ?

Josh acquiesça d'un signe de tête.

— Mais ce n'est pas ton bébé ?

— Non. Mon Dieu, non.

— J'avais remarqué, bien évidemment, que tu quittais la maison assez tard et que tu revenais Dieu sait à quelle heure. Tous les soirs, à ce qu'il me semble. Alors j'ai pensé qu'il y avait une fille. Mais cette… femme ? Plus vieille que toi ? Est-ce que tu sais ce que tu fais, Joshua ?

Josh observa le ruban bleu qui s'étirait à l'horizon, sur Miacomet Pond. Il aurait dû être embarrassé, étant donné les circonstances. Il n'avait jamais parlé

ainsi avec son père ; ils n'avaient même jamais eu
une conversation sur le sexe quand il était adolescent. Mais à présent, il se sentait soulagé. Face à
Didi, il avait nié les faits, mais il était incapable de
mentir à son père. Cela pourrait lui faire du bien de
se confier à lui.

— Je pensais maîtriser la situation, au début.
Mais à présent, je n'en suis plus très sûr.

— Cette femme, elle est mariée ?

— Séparée.

— Mais le bébé…

— Je sais, c'est compliqué.

— Quel âge a-t-elle ?

— Trente et un ans. Mais son âge n'a aucune
importance.

— Ce n'est pas courant. Et le fait qu'elle soit
enceinte…

— Papa, je sais, d'accord ? C'est arrivé, c'est
tout. Je ne sais pas très bien comment, mais maintenant, c'est trop tard. Je l'aime.

En disant ces mots, Josh se surprit lui-même.
Aimait-il Melanie ? Peut-être que oui. Une chose
était certaine : il ne s'était jamais senti aussi vivant
– heureux, confiant, agité, investi – que durant cet
été, avec ces trois femmes. Peut-être qu'aimer n'était
pas le terme exact, mais c'était le seul qu'il avait à
l'esprit.

Cette déclaration aurait pu faire rire son père,
pensa Josh, mais le visage de Tom Flynn conserva
une expression indéchiffrable.

— Quand tu m'as annoncé que tu quittais ton

travail à l'aéroport, je n'ai pas cherché à t'en empêcher. Je me disais que tu savais ce que tu faisais.
Garder une paire de gamins… Eh bien, tu aimes les
enfants, c'était bien payé, et je savais que la mère
était malade et que tu te sentais investi d'une mission, en quelque sorte, en l'aidant.

À ce moment-là, Tom Flynn marqua une pause
et prit une profonde inspiration. Cette discussion
était pour lui un véritable marathon.

— Maintenant, je me demande s'il n'y avait pas
autre chose en jeu.

— Que veux-tu dire ?

— Ces femmes…

— Tu veux parler de sexe ?

— Je veux dire : pourquoi est-il aussi crucial
pour toi de bosser pour elles ? Ça pouvait être ça.
Mais elles sont plus âgées que toi, Josh. Et il m'a
traversé l'esprit – même avant d'être accosté par la
fille de Patalka – qu'à Sconset, tu essayais de trouver
ta mère.

— Mon Dieu, papa…

— Je suis la dernière personne à croire à ces
conneries freudiennes. Mais je ne suis pas aveugle,
ni stupide. Tu as perdu ta mère très jeune. J'ai fait
de mon mieux pour traverser cette épreuve, mais je
n'ai peut-être pas su m'y prendre. Tu vois ce que je
veux dire ?

Josh acquiesça.

— Peut-être aurions-nous dû parler de ta mère
jusqu'à en avoir ras-le-bol. Peut-être aurions-nous
dû nous creuser la cervelle pour essayer de com-

prendre son geste. Avais-je fait ou dit quelque chose, avais-tu fait ou dit quelque chose ? Ou bien était-ce ce foutu désordre affectif saisonnier ? C'était quoi ? Nous aurions peut-être dû crier, hurler, vociférer, nous embrasser ou bien cogner dans les murs, faire des trous dans le plâtre, fracasser le four à micro-ondes, déchirer les photos. Peut-être qu'il y avait des moyens de traverser plus sainement cette épreuve, au lieu de faire ce que nous avons fait : mettre un pied devant l'autre. Tête haute, regard fixe. Il y a un tas de choses que nous ne saurons jamais, que nous ne comprendrons jamais, et la raison pour laquelle ta mère s'est ôté la vie en est une.

Tom Flynn leva une main tremblante et la posa sur l'épaule de Josh.

— Une chose, pourtant, est sûre. Ta mère t'aimait.

— Je sais.

— Tu n'as pas besoin d'aller rechercher cet amour ailleurs, Josh. Ta mère t'aimait et où qu'elle soit, elle t'aime toujours.

« Elle t'aime toujours. » C'était une affirmation incroyable, surtout si l'on en considérait l'auteur. C'était un cadeau de son père. Mais un cadeau impossible à analyser par cette matinée tranquille et étouffante, au beau milieu de l'été le plus tumultueux de son existence. Il allait mettre cette affirmation de côté et y réfléchirait plus tard.

— Oui, répondit-il, mais je ne crois pas que ce qui se passe cet été ait quoi que ce soit à voir avec...

— C'est possible, intervint Tom Flynn. Disons que c'était une simple idée.

— Très bien, merci.

Tom Flynn se grandit de toute sa hauteur et redressa les épaules.

— Et pour ce qui est de tomber amoureux, je n'ai pas assez d'expérience en la matière. Je n'ai pas de conseil paternel à te donner, si ce n'est : sois prudent.

— Sois prudent, répéta Josh. Très bien, je m'en souviendrai.

La chaleur et l'humidité étaient les ennemies de la femme enceinte. Melanie ne supportait pas de toucher sa propre peau. Elle se sentait grosse, moite et léthargique. Le cottage était insupportable. Un vrai four, même avec toutes les fenêtres ouvertes et les trois ventilateurs poussés au maximum. Melanie se rendait deux ou trois fois par jour au supermarché – d'abord pour acheter des jus de fruits frais, du Coca, du Gatorade pour Vicki et elle – mais aussi pour profiter de l'air conditionné du supermarché. Elle allait à la plage pour nager, mais quand elle reprenait le chemin de la maison, elle se sentait anormalement fatiguée, désorientée, distraite, et avait l'impression qu'elle allait défaillir à tout instant. Il y avait moins d'un kilomètre entre la plage et le 11 Shell Street, mais Melanie arrivait à la maison avec le sentiment qu'elle s'était perdue dans le désert.

C'est pourquoi, le jour où elle vit Peter debout devant la porte d'entrée de la maison, elle crut avoir une hallucination.

Elle vit d'abord le taxi, un taxi Atlantic garé juste devant le cottage – le taxi indiquait généralement l'arrivée de Ted. Mais on était un mercredi, pas un vendredi, même si Melanie se rappelait confusément que Ted devait arriver plus tôt que prévu pour ses vacances, afin d'être aux côtés de Vicki quand elle passerait son second scanner CT, à la fin du traitement de chimio. Mais ce n'était pas avant une semaine, n'est-ce pas ? C'était le genre de chose que Melanie oubliait facilement. Aussi, quand elle vit le taxi, elle pensa à Ted. Qui d'autre cela pouvait-il être ? Ils n'avaient jamais de visites.

Il fallut quelques secondes à Melanie pour remarquer l'homme qui se tenait debout, à l'ombre du surplomb de la porte. Un homme immense, habillé en costume. De dos, se dit Melanie, on dirait Peter. Elle cligna des yeux. C'était toujours comme ça à la fin de son trajet depuis la plage : sa vue se brouillait. Elle était épuisée et assoiffée. Elle était sortie retrouver Josh la nuit précédente et était rentrée si tard que c'était déjà le petit matin.

L'homme se tourna légèrement pour fouiller la route du regard. Melanie s'arrêta net. C'était Peter. Son estomac se noua sous le coup de l'excitation, comme si elle descendait des montagnes russes. Une voix dans sa tête criait : « Bon Dieu ! C'est Peter ! Peter est ici ! » Comment était-ce possible ? Il avait pris des congés ? Il avait pris l'avion jusqu'ici ? Il

pensait qu'il pouvait débarquer ici sans lui demander son avis ? Ils avaient eu des conversations téléphoniques – trois, pour être exact, sans compter
l'appel que Melanie avait passé depuis le supermarché, et celui que Vicki avait pris. Soit cinq appels
en tout – mais pas une fois Peter n'avait émis l'idée
de venir la retrouver ici. Il avait demandé à Melanie
quand elle comptait rentrer – et c'était la bonne
question. Cela laissait Melanie aux commandes. Elle
rentrerait à la maison quand elle en aurait envie et
à ce moment-là, elle ferait le bilan de la ruine de
leur mariage. Melanie n'arrivait pas à croire que
Peter se tenait debout devant la porte d'entrée du
cottage. Elle imaginait le bébé faire des loopings
dans son ventre. Comment ose-t-il ! pensa-t-elle. Et
en même temps, elle se dit, Dieu merci, Josh est
absent pour la journée. Josh. Une seconde plus tard,
elle se rendit compte qu'elle n'était pas seulement
horrifiée par l'arrivée de Peter, mais aussi flattée.
Avant sa relation avec Josh, c'était exactement ce
qu'elle avait espéré.

Il lui était impossible de faire un mouvement ; elle
voulait faire durer cet instant où elle l'observait sans
être vue. La porte d'entrée du 11 Shell Street n'était
jamais verrouillée. Avait-il essayé de tourner le bouton de la porte ? Avait-il frappé ? Vicki devait être
endormie avec les enfants ; Brenda était probablement sortie. Melanie resta un moment dans l'ombre
de l'orme du voisin, à l'observer. Avec son costume,
il paraissait décalé par rapport à l'univers de Sconset,
mais le costume rappelait à Melanie que Peter était

un adulte, un homme qui travaillait à New York
– pas un étudiant à l'université.

Melanie resta là un moment, mais elle était
l'esclave de son propre corps – comme d'habitude,
elle devait aller aux toilettes. Elle s'avança en faisant
semblant de ne pas l'avoir aperçu, et essaya de ne
pas s'inquiéter de son apparence. Elle ne l'avait pas
vu depuis près de deux mois. Elle avait grossi ; son
ventre s'était arrondi. Elle avait nagé dans la mer et
ses cheveux avaient l'air de… quoi ? Quand elle les
touchait, ils étaient bouclés et pleins de sel. Son
visage était tanné par le soleil. Et pourtant, Melanie
se sentait belle. Grâce à Josh. Si elle se sentait belle,
c'était grâce à Josh.

Elle ouvrit le portail et s'avança dans l'allée. Peter
la vit ; elle pouvait sentir son regard posé sur elle,
mais elle ne le regarderait pas, elle ne le reconnaîtrait
pas, elle ne serait pas la première à parler.

— Melanie ?

Comme elle l'espérait, il y avait plus qu'une simple interrogation dans le ton de sa voix. C'était plutôt le ton qu'on employait lorsqu'on voulait attirer
l'attention de quelqu'un sur ce qui se trouvait juste
sous ses yeux. Reviens sur Terre, Melanie ! Pour
toute réponse, elle ne feignit pas la surprise, mais se
contenta de lui jeter un rapide coup d'œil avant de
regarder ailleurs. Elle passa devant lui et tendit la
main vers la poignée de la porte, quand il posa la
main sur son épaule. Sa voix s'était considérablement adoucie.

— Hé, Mel, c'est moi.

— Je vois ça.

Elle étira le cou pour le regarder dans les yeux – geste à la fois familier et étrange. Peter était très grand (il mesurait près de deux mètres) alors que Josh était à peine plus grand qu'elle. Peter avait la peau d'un beau brun doré, alors qu'il prétendait avoir passé tout l'été coincé au bureau. Ses yeux en amande lui avaient manqué, tout comme les petits plis délicats de ses paupières. C'était son mari. L'homme avec qui elle avait vécu pendant presque dix ans.

Avant qu'elle comprenne ce qui se passait, Peter se pencha pour l'embrasser. Elle ferma les yeux. Le baiser fut différent des milliers d'autres baisers qu'ils avaient échangés durant leur mariage – la plupart étaient des baisers de routine, sans passion, secs et brefs. Ce baiser était lent, pénétrant – un baiser d'exploration, d'excuse. Melanie en eut le souffle coupé.

Allons ! se dit Melanie. C'était beaucoup trop facile. Elle s'engouffra dans la maison. Peter dut se baisser pour traverser le couloir.

— Ne parle pas trop fort, l'avertit Melanie. Vicki et les enfants dorment.

— D'accord, murmura Peter.

Il suivit Melanie dans la grande pièce. Elle remarqua qu'il portait un sac de voyage.

— C'est mignon ici. Pas vraiment comme je l'imaginais, mais mignon. Vieillot.

— J'adore cet endroit, dit Melanie, sur la défensive, comme si Peter venait de l'insulter. Il a été

construit en 1803. La famille de Vicki le possède
depuis plus de cent ans.

— Waouh, commenta Peter.

À cause des plafonds bas, il avait les épaules
voûtées. Melanie le regarda détailler la pièce – la
cheminée, les étagères remplies de livres, la table
basse, le canapé, la table de la cuisine, le vieux téléphone, la table Formica au liseré argenté, les appa-
reils ménagers de cinquante ans, les tapis tressés, les
poutres au plafond, les portes aux boutons de verre
qui conduisent à d'autres pièces, sans doute aussi
petites et précieuses que celle-ci. Il se tenait là,
hochant la tête, attendant peut-être que Melanie
l'invite à entrer dans sa chambre.

— Où es-tu descendu ? demanda Melanie.

— Euh… Pour l'instant, je n'ai encore rien
réservé.

— On est en août, précisa Melanie. Tu aurais dû
réserver une chambre.

— Je pensais que je resterais ici. Avec toi. Je
pensais…

Melanie l'interrompit de son rire haut perché.
Elle rit parce qu'elle ne savait pas quoi dire ou penser. Elle devait aller faire pipi.

— Tu veux bien m'excuser une seconde ?

— Bien sûr.

Elle ferma la porte de la salle de bains et la verrouilla pour faire bonne mesure. « Je pensais que je
resterais ici. Avec toi. » Melanie repensa à Frances
Digitt avec sa coupe de cheveux à la garçonne et ses
yeux bleus rieurs. Frances avait souvent questionné

Melanie à propos de ses tentatives de fécondation in vitro *sotto-voce*. « Comment ça se passe ? Ma sœur, Jojo, en Californie, traverse exactement la même chose. Ça doit être si dur… » Durant des mois, Melanie avait pensé que la sollicitude de Frances Digitt était sincère, mais il était clair à présent qu'elle espérait au contraire que Melanie n'aurait pas d'enfant ; sans doute sa sœur, Jojo, n'existait-elle même pas. Frances Digitt skiait sur les pentes sauvages des Canadian Rockies ; on la déposait sur le terrain montagneux isolé en hélicoptère. C'était une personne qui flirtait avec le danger – alors, la femme d'un autre ? Bien sûr, pourquoi pas ? Le labrador chocolat de Frances Digitt s'appelait Baby ; c'était une de ces filles qui avaient un chien au lieu d'un enfant. Le chien devait connaître Peter, à présent ; il lui léchait sûrement les mains, enfouissait la tête dans ses genoux et gémissait pour être caressé entre les deux yeux.

« Je pensais que je resterais ici avec toi. »

Melanie tira la chasse d'eau. Quand elle se releva, elle avait les jambes en coton. Elle tituba devant le miroir moucheté et sourit à son reflet. Elle n'était pas trop mal ; elle était mieux que pas trop mal. La colère la rendait plus responsable – et elle était furieuse ! Elle était sur le point de piquer une crise comme un gosse. Comment oses-tu ? Espèce de salaud ! Enfoiré ! Pas de doute : Peter attendait que Melanie l'invite gaiement à revenir dans son lit. Après tout, il était son mari et le père de son enfant.

Melanie s'en moquait !

Elle se lava les mains et le visage, les sécha à l'aide d'une serviette et but de l'eau dans le gobelet des enfants. Vicki pouvait se réveiller à tout moment et Brenda allait rentrer à la maison. Melanie devait régler cette situation, et vite.

Quand elle sortit de la salle de bains, elle retrouva Peter exactement là où elle l'avait laissé. Un géant dans une maison de poupée. Il faisait très chaud dans le cottage, remarqua-t-elle. Il devait être en sueur dans son costume.

— Tu veux boire quelque chose ? lui demanda-t-elle.

— Avec plaisir.

Elle servit deux verres de limonade et y ajouta des glaçons. Elle suça son glaçon et se resservit puis elle s'effondra sur une chaise de cuisine. Peter resta debout jusqu'au moment où elle lui désigna du menton la chaise en face de lui. Il ôta sa veste, desserra sa cravate et s'assit.

— Comment vas-tu ? Tu as l'air bien.

— Qu'est-ce que tu fais ici, Peter ?

Il roula les manches de sa chemise sur ses avant-bras. Il y avait des choses à son propos qu'elle avait oubliées – les muscles de ses avant-bras, par exemple, et la montre en chrome brossé Tag Heuer qu'il mettait toujours à l'envers et faisait tourner sur son poignet quand il était nerveux. Elle avait oublié combien sa peau était douce, presque imberbe ; il n'avait pas besoin de se raser plus de deux fois par semaine. Et le rose brillant de ses lèvres humides, la pâle cicatrice sur son nez, une ligne blanche d'un demi-centimètre avec des petites marques (il avait eu un accident de bus quand il était petit). Melanie avait touché cette cicatrice un nombre incalculable de fois, elle l'avait embrassée, caressée, effleurée de ses cils. C'était son mari. Avant Frances Digitt, qu'est-ce que cela signifiait ? Au début, ils habitaient à Manhattan ; ils prenaient le métro, mangeaient des plats à emporter, allaient voir des films, assistaient à des lectures, allaient à la gym après le boulot, se portaient volontaires pour aider les sans-abris ou distribuer la soupe populaire. Ils testaient de nouveaux restaurants, se donnaient rendez-vous dans des bars d'hôtel pour prendre un verre avec des collègues de Peter, des gens comme Ted et Vicki. Ils avaient fait des achats ensemble : un nouveau canapé, de beaux rideaux pour les fenêtres – cadeau d'anniversaire pour la mère de Peter, qui vivait à Paris. Ils avaient beaucoup d'argent, et surtout, beaucoup de temps. Ils passaient des heures à lire le journal, le dimanche, faisaient de longues promenades à Central Park. Une fois dans le Connecticut, ils ratissaient les feuilles, tondaient le gazon, repeignaient la salle d'eau, jardinaient. Mais il manquait quelque chose, un lien, un but à leur union, en dehors de l'acquisition de choses, de l'accomplissement de tâches. Des enfants ! Melanie voulait avoir des enfants. Voilà le but du mariage, du moins aux yeux de Melanie. Peter et elle se lancèrent dans cette quête ; ils étaient unis par leur désir d'enfant. Les cadeaux et les voyages qui lui étaient offerts à la place de l'enfant – les orchidées, les truffes, la suite

avec vue sur la mer à Cabo – étaient censés consoler
Melanie, lui redonner le sourire. Mais ces présents
ne faisaient qu'attiser sa colère. Au fil des mois, plus
rien ne pouvait la rendre heureuse, excepté une
chose. Faire l'amour était devenu un devoir. Melanie
avait tout fait pour ramener les courbes de tempé-
ratures et les calendriers dans le lit conjugal. Est-il
si surprenant que Peter ait entamé une liaison avec
une fille plus jeune, une fille audacieuse, drôle, et
dont l'idée qu'elle se faisait d'un enfant pesait quarante-cinq kilos et avait un pelage brun ?

Oui, pour Melanie, cela avait été une surprise. Peter
était son mari. Cela supposait que s'ils ne s'appartenaient pas l'un à l'autre, du moins devaient-ils se montrer dévoués à leur union. Pour eux, le mariage était
une chose précieuse, un peu comme un vase Ming ;
on le leur avait confié – chacun en supportait la moitié.
Mais Peter l'avait laissée tomber.

— Je voulais te voir, dit Peter. Tu es partie depuis
une éternité. Tu m'as manqué.

— Ce sont des conneries.

Melanie toucha son ventre.

— Tu es ici uniquement parce que je suis enceinte.

— C'est faux.

— Oh, mon Dieu, si, c'est vrai. Pourquoi prétendre le contraire ?

— C'est fini avec Frances.

Melanie ne répondit pas, même si ce sujet l'intéressait au plus haut point. Peter avait-il mis fin à sa
relation avec Frances parce qu'il n'était plus amou-

reux d'elle et que sa femme lui manquait ? Ou bien Frances Digitt avait-elle simplement rencontré quelqu'un d'autre dans les Hamptons ?

— J'ai dit que c'était fini avec...

— J'ai entendu.

— Je pensais que tu serais...

— Quoi ? Folle de joie ? Soulagée ? Je ne te fais plus confiance, Peter. Tu m'as trompée, tu as bafoué notre mariage et sans le savoir, tu as aussi trompé ce bébé.

— Je savais que tu en ferais une montagne.

Maintenant, Peter se montrait sous son vrai visage. On aurait dit qu'il était déchiré entre la mauvaise personne qu'il était vraiment et la personne compréhensive et attentionnée qu'il essayait d'être.

Melanie l'observa d'un air suffisant.

— Bien sûr. Je suis sûre que tu le savais. Sors d'ici, Peter.

— Je suis désolé. Je suis vraiment désolé.

Il se pencha vers elle et la regarda d'un air qu'on ne pouvait qualifier que de « suppliant ».

— Je t'aime, Melanie.

— Tu ne m'aimes pas.

— Si. Je veux que tu rentres à la maison.

— Je ne veux pas rentrer. Je suis heureuse ici.

Elle prit une profonde inspiration et compta jusqu'à trois, comme elle le faisait chaque après-midi avant de plonger dans l'océan.

— Il y a quelqu'un d'autre, dit-elle.

— Vraiment ?

— Oui.

L'estomac de Melanie émit un gargouillement étrange, suffisamment audible pour créer une amusante distraction, mais l'expression de Peter demeura figée, incrédule.

— Qui est-ce ?

— Ce ne sont pas tes affaires.

Mais déjà elle s'en voulait – Josh était son secret et il aurait aussi dû l'être pour Peter. Mais c'était plus fort qu'elle. Elle avait voulu lui parler de Josh dès la première fois où ils avaient été ensemble, dans le jardin de la chapelle de Sconset. Elle voulait que Peter sache qu'elle avait aussi un amant !

— Bon, dit Peter. Très bien.

— Très bien.

— Il vit ici avec toi ?

— Non. Mais ça ne veut pas dire que tu peux rester ici.

Peter leva les mains en l'air.

— N'en dis pas plus. J'ai compris le message. Je vais réserver une chambre. Peut-être à l'hôtel à la sortie de l'aéroport.

Melanie hocha la tête. Elle était déchirée, elle aussi, entre la personne gentille qu'elle était vraiment et la personne malveillante qu'elle voulait être.

— Ils n'ont peut-être plus rien de libre.

— Je vais vérifier.

— Pourquoi ne retournes-tu pas simplement à la maison, Peter ?

— Oh, non, je n'abandonnerai pas aussi facilement.

— Ce n'est pas un jeu, Peter. Je ne suis pas un trophée que tu peux regagner.

— Je le sais. Mais je ne quitterai pas cette île avant que la moindre parcelle de ton corps soit persuadée que je t'aime. Je suis sincère, Melanie.

— Non, tu ne l'es pas.

— Je le suis quand je te dis que je t'aime.

Il contourna la table et se pencha pour la prendre dans ses bras. Son étreinte lui fit un effet étrange, mais elle ressentit, comme au moment de leur baiser, quelque chose de différent, de sincère.

— Laisse-moi t'emmener loin d'ici. N'importe où.

C'était l'ancien Peter qui s'exprimait. « Laisse-moi dépenser des fortunes pour toi. »

— Non, rétorqua Melanie.

— Alors c'est tout ce que tu as à me dire. Je n'ai droit qu'à cinq minutes en ta compagnie ? Pas plus ? Tu ne veux même pas dîner avec moi ?

— Tu as tout compris.

— Oh, allons, Melanie. J'ai pris des congés. J'ai fait un sacré bout de chemin pour venir jusqu'ici.

— Personne ne t'a rien demandé. Si tu m'avais appelée, je t'aurais dit de rester à la maison.

— Tu dois accepter de dîner avec moi. S'il te plaît ?

— Tu ne comprends pas, Peter. Tu m'as blessée. Tu m'as brisé le cœur. Tu as détruit la confiance que j'avais en toi.

— Je sais, Mel, je sais. J'essaie de te dire que c'est terminé et que je suis désolé. C'est pour ça que je suis venu. Laisse-moi rester et accepte de dîner avec moi. C'est tout ce que je te demande. Un dîner. S'il te plaît, Mel.

— Très bien. Mais nous dînerons ici.

— Avec Vicki ? Et...

— Sa sœur, Brenda. Oui.

— Ahhhh.

Peter ne voulait pas dîner en compagnie de Vicki et Brenda. Bien sûr que non, mais ce serait le premier test.

— Très bien. D'accord.

Il reprit son sac de voyage.

— Ça ne te dérange pas si je me change ? demanda-t-il.

— Peter !

Melanie serra les dents en voyant Blaine se jeter dans les bras de Peter. Voilà un élément auquel Melanie n'avait pas songé. Vicki et Brenda pouvaient éviter d'évoquer la présence de Peter (elle leur demanderait de ne rien dire, mais pour quelle raison ? Melanie devait y réfléchir) – mais Blaine le dirait à Josh dès qu'il le verrait. Ce serait même la première chose qu'il lui dirait.

Peter se mit à rire.

— Il y a au moins une personne ici qui est contente de me voir. Comment vas-tu, mon gars ?

— Bien.

Peter reposa Blaine par terre.

— Tu as grandi. Quel âge as-tu ? Sept ans ?

Blaine lui adressa un sourire rayonnant.

— J'ai quatre ans et demi.

— Tu vois ? Tu es tellement grand que je croyais que tu avais sept ans.

— Tu es venu avec mon papa ? demanda Blaine.

— Non. Je suis venu tout seul. Je voulais voir Melanie.

Blaine parut dérouté.

— Pour quoi faire ?

— Melanie est ma femme. Tu te souviens ?

— Ah bon ?

— C'est que…, commença Melanie.

— Quoi ? demanda Peter. Tu es ma femme.

Dans la cuisine, Brenda et Vicki étaient muettes comme des carpes, occupées à préparer le dîner. Elles avaient été choquées par la présence de Peter, mais Melanie n'aurait su dire si elles étaient contentes que son mari soit revenu, ou si leur silence était l'expression de leur désapprobation et de leur colère. Brenda semblait tout particulièrement sidérée. Quant à Vicki, elle s'était montrée ouvertement cynique avec Peter, mais elle le connaissait depuis longtemps.

— Et le bébé qui est là, dit Peter en palpant le ventre de Melanie, est mon bébé et celui de Melanie.

— C'est vrai ? demanda Blaine.

— Incroyable, lança Brenda depuis la cuisine.

Elle avait parlé juste assez fort pour que Peter et Melanie l'entendent.

Colère, pensa Melanie. Et désapprobation.

— Peter a apporté du vin. Brenda, tu en veux ? Vicki ?

— Oui, répondit Brenda.

— Je veux bien, dit Vicki.

Melanie versa trois verres de vin. Elle mourait d'envie d'en prendre elle aussi une gorgée, mais c'était hors de question.

Blaine demanda à Peter :

— Tu veux venir dehors avec moi pour lancer des cailloux ?

— Bien sûr. J'adore lancer des cailloux.

La porte d'entrée claqua en se refermant derrière eux.

— J'aimerais bien lui jeter quelques cailloux.

— Vick…

— Désolée. Je n'ai pas pu m'en empêcher.

— Moi, je ne suis pas désolée, intervint Brenda. Tu as passé tant de semaines à te morfondre à cause de ce salaud. Je pense que nous sommes en droit d'être furieuses. Enfin, c'est quoi, cette arrivée à l'improviste ? Une tactique ?

— Il savait que s'il m'avait demandé la permission de venir, je lui aurais dit non.

— Tu aurais dû lui dire d'aller se faire voir ! s'exclama Brenda.

— Il ne dort pas ici, dit Melanie.

— Il va à l'hôtel ? demanda Vicki.

— Je crois qu'il a prévu d'aller dans celui qui est à la sortie de l'aéroport, répondit Melanie, même si elle savait que Peter n'avait encore fait aucune démarche pour réserver une chambre.

En plus de cela, le sac de voyage de Peter trônait de façon possessive sur le lit jumeau de sa chambre.

— Je vois qu'elles t'ont donné la chambre de la nourrice, avait déclaré Peter quand il avait pénétré dans la pièce. Toi et ton amant partagez des lits jumeaux ?

— Je t'ai déjà dit qu'il ne dormait pas ici.

— On comprend pourquoi.

Peter s'était alors changé, enfilant un short et un polo sous les yeux de Melanie. Le regarder se déshabiller lui parut bizarre et elle faillit s'excuser et quitter la pièce. Mais c'était son mari. Combien de fois l'avait-elle vu se déshabiller auparavant ? Des centaines de fois ? Des milliers de fois ?

— Qui est-ce ? lui avait demandé Peter. Un de ces hommes riches qui possèdent une maison sur le bord de mer ?

— Je ne te dirai pas qui c'est. Cela ne te regarde pas.

— Ça me regarde. Tu es ma femme. Tu portes mon enfant.

Melanie se servit un soda. Qu'allait-elle faire à propos de Josh ? Irait-elle le rejoindre ce soir ? Melanie était-elle prête à retourner avec Peter ? Elle sentait que la réponse devait être négative, mais c'était son mari. Voulait-elle élever cet enfant seule, en mère célibataire, et le priver de son père ?

— Je ne sais pas ce que je dois faire, dit Melanie à Brenda et Vicki. Mais je vais vous demander de respecter cela. Pour le moment, j'improvise. Je veux entendre ce qu'il a à me dire. Ensuite, je prendrai le temps de la réflexion. Je lui demanderai de partir demain.

— Très bien, dit Vicki.

— Et je voulais vous demander autre chose.

— Quoi ? demanda Brenda.

— S'il vous plaît, ne dites pas à Josh que Peter est venu me retrouver.

— Pourquoi pas ? demanda Brenda.

— Pourquoi pas ? répéta Vicki.

Elles l'observaient toutes les deux.

Melanie but une gorgée de soda en regrettant que ce ne fût pas de la vodka.

— Avec toutes ces choses que j'ai dites à Josh à propos de Peter, il risque de réagir comme vous, mais il est jeune, vous voyez ce que je veux dire, et c'est un mec. Il ne comprendra pas.

— Tu as des sentiments pour lui, dit Vicki.

Son regard était si perçant que Melanie eut l'impression qu'elle essayait de lire en elle.

— Tu as des sentiments pour Josh, répéta-t-elle.

Brenda sembla si étonnée qu'elle répéta d'un ton enfantin :

— Tu parles de sentiments *sentiments* ?

Melanie sentit son visage devenir aussi rouge que les tomates de la salade *caprese*. Elle émit un petit rire forcé.

— Pour l'amour de Dieu, Vick. Tu veux bien me laisser respirer un peu ?

— Je me trompe ? dit Vicki.

Au ton de sa voix, Vicki paraissait plus curieuse que critique, mais son état d'esprit changerait si elle apprenait jusqu'où Melanie et Josh étaient allés.

— S'il vous plaît, je vous demande seulement de

ne rien dire à Josh. Je voudrais que la visite de Peter reste entre nous.

— Des sentiments *sentiments*, répéta Brenda. Je n'arrive pas à le croire.

— Brenda, dit Vicki.

— Quoi ? C'est toi qui l'as dit.

La porte d'entrée s'ouvrit à la volée. Elles se retournèrent toutes les trois en même temps.

— Oups, désolé. J'interromps quelque chose ?

Durant le dîner, la conversation alla bon train – Melanie y participa sans doute – mais après coup, elle ne se rappelait rien. Son esprit était tout entier tendu vers l'incroyable imbroglio qu'elle avait créé. C'était comme si elle avait une pelote de fils enchevêtrés sur les genoux. Lentement, se dit-elle, elle devait démêler cette histoire.

Après le dîner, Peter fit la vaisselle. Vicki s'excusa pour aller donner un bain aux enfants, leur lire une histoire et les mettre au lit. Brenda s'attarda un moment dans la cuisine, observant Melanie tout en terminant la bouteille de vin. Finalement, elle abandonna, au grand soulagement de Melanie. Melanie et Peter étaient très polis l'un envers l'autre – ils avaient lavé, essuyé et rangé la vaisselle, nettoyé la table de Formica et emballé les restes – ils étaient bien trop ennuyeux pour Brenda.

— Je vais bouquiner, annonça-t-elle. Bonne nuit.

Il était presque 21 heures. Il faisait nuit dehors, car on était au mois d'août.

— Ça te dirait de faire une promenade ?
demanda Peter. J'ai passé toute la journée ici mais
je n'ai pas encore vu la plage.

— Tu as appelé pour réserver une chambre
d'hôtel ?

Il s'avança vers elle et passa les mains autour de
sa taille.

— Non.

— Tu ne restes pas ici, Peter.

Melanie tenta de reculer, de s'éloigner de lui, mais
il resserra son étreinte. Tout son corps résistait. Dans
une heure, elle devrait filer pour retrouver Josh.

— Il y a deux lits dans ta chambre. Je prendrai
le deuxième. En toute innocence.

— Non, répéta Melanie. La réponse est non.

— Je t'aime, Mel.

— Je ne te crois pas.

Il se pencha et déposa un baiser sur ses cheveux.

— Je suis désolé à propos de Frances.

— Je ne supporte pas d'entendre son prénom, tu
sais cela ? Penser à elle me donne envie de vomir.
Ça me donne une éruption de boutons.

Peter se détacha pour pouvoir la regarder.

— Ce que j'ai fait était mal. J'étais perdu, frustré
et en colère contre toi, Melanie, et je ne supportais
plus tout le processus que tu nous faisais subir. La
seule chose qui comptait pour toi était d'avoir un
bébé. À certains moments – de nombreux moments –
j'étais presque sûr que tu ne me voyais même plus.
J'avais si peu d'importance à tes yeux. Nous nous
sommes perdus, Mel, et je ne te blâme pas pour ce

qui est arrivé parce que c'est ma faute. J'ai mal agi. J'en prends l'entière responsabilité et je te demande maintenant de me pardonner.

— Maintenant, parce que je suis enceinte.

— Ce n'est pas vrai.

— Alors pourquoi maintenant ? Pourquoi pas la semaine de mon arrivée ici ? Pourquoi pas quand je t'appelais tout le temps ?

— Je t'en voulais d'être partie.

Melanie se mit à rire.

— Quel culot !

— J'étais désemparé. Savais-tu que tu étais enceinte quand tu es partie ?

— Oui.

— Tu vois ? Je pourrais t'en vouloir, moi aussi. Mais ce n'est pas le cas. Je te pardonne et je veux que tu me pardonnes.

— Et si je ne peux pas te pardonner ?

— Oh ! Je te connais, Mel. Je sais que tu en es capable.

— Si ce n'est que chaque fois que tu appelleras pour dire que tu travailles tard, ou que tu dois rester à New York...

— Frances quitte New York. Quand j'ai mis fin à notre relation, elle a demandé à être mutée ailleurs. Elle va en Californie pour se rapprocher de sa sœur.

— Il y aura quelqu'un d'autre. Même si Frances s'en va, il y aura quelqu'un d'autre.

— Oui, dit Peter. Il y aura toi. Il y aura notre enfant.

Melanie soupira. Elle entendit un bruit de pneus roulant sur les coquillages et tendit l'oreille. Josh ? Elle regarda par la fenêtre. La voiture descendait la rue.

— Tu dois t'en aller, dit Melanie. Va à l'hôtel. Je ne veux pas que tu restes ici.

Peter prit son téléphone portable.

— Très bien, dit-il.

Il avait pris un ton autoritaire.

— Je vais appeler un taxi et lui demander de m'emmener quelque part.

— Bonne idée, dit Melanie. Je vais me coucher. Je rangerai tes affaires et mettrai ton sac devant la porte.

— Je te vois demain ?

— Peut-être quelques minutes. Appelle-moi demain matin et dis-moi dans quel hôtel tu es. Je viendrai te voir. Mais tu devras partir demain, Peter. Ted arrive vendredi et cette maison est trop petite pour...

— Rentre à la maison avec moi demain, coupa Peter.

— Non. Je rentrerai à la maison dans quelques semaines.

— Tu restes ici à cause de ton...

— Je reste ici parce que je suis heureuse.

— Heureuse grâce à lui ?

— Heureuse d'être ici.

— Mais tu rentreras à la maison ?

— Un jour, Peter...

— Je t'aime. Que dois-je faire pour que tu me croies ?

— Veux-tu bien t'en aller ? S'il te plaît ?

Peter attendit l'arrivée du taxi dans l'allée, il était 21 h 30. Melanie l'observait par la fenêtre de sa chambre. Josh. Elle devait le lui dire. Melanie s'allongea sur son lit, épuisée. Josh ne prendrait pas bien la nouvelle, même s'ils avaient tous deux reconnu qu'il s'agissait d'un amour de vacances. Il retournerait à Middlebury juste après le Labor Day[1] ; l'histoire de Melanie et Josh s'arrêterait là. Aller plus loin serait comique. Melanie s'imaginait avec son nouveau-né dans la chambre d'étudiant de Josh. Absurde. Ridicule. Il leur restait deux semaines et demie. Puis ce serait fini. Melanie ferma les yeux. Si seulement Peter était venu plus tard, pensa-t-elle. Pourquoi s'était-il senti obligé de venir maintenant ?

— Hélas, pensa-t-elle. Le cœur sait ce qu'il veut.

Quand Melanie se réveilla, une lumière douce filtrait à travers les stores et le maudit troglodyte gazouillait. Elle s'assit dans son lit et regarda son réveil. 6 h 30. Ses pieds étaient engourdis et elle avait l'impression d'avoir un souffle au cœur. Elle avait manqué Josh, une nouvelle fois. Et elle n'aurait pu le faire à un pire moment. Melanie laissa retomber sa tête contre les oreillers ; elle était toujours habillée et son corps lui donnait l'impression d'être raide et

---

1. Jour de repos célébrant le repos du travailleur. Il a lieu le premier lundi de septembre.

engourdi. Elle allait devoir coincer Josh d'une
manière ou d'une autre ce matin. Mais elle devrait
faire très, très attention, à cause de Vicki et Brenda.
Vicki savait ou pensait qu'elle était au courant, mais
comment ? Le cancer lui donnait-il un sixième sens
ou bien Melanie était-elle transparente aux yeux de
son amie ? Cela n'avait pas vraiment d'importance.
Melanie nierait tout – et Josh ferait sûrement de
même. Mais ils devraient redoubler d'efforts pour
garder le secret.

Melanie entendit des voix dans le salon. Blaine
était réveillé. Melanie se leva et s'habilla. Il faisait
toujours très lourd et chaud ; même avec les fenêtres
ouvertes, sa chambre était un véritable grille-pain.
Elle enfila une robe. Prendre une douche dehors, se
dit-elle. Parler à Josh, aller à l'hôtel de Peter (le
retrouver dans le hall, c'était plus sûr), emmener
Peter à l'aéroport.

Melanie se rendit dans le salon. Ses pieds nus se
posèrent sur le plancher doux au moment même où
Peter s'éclaircissait la gorge et entamait la lecture de
Make Way for Ducklings d'une voix suave et char-
meuse. Non, se dit Melanie. Ce n'est pas possible.
Mais si : Peter était assis à côté de Blaine sur le
canapé bleu, en train de lire. Melanie s'arrêta net.
Le sac de voyage de Peter était derrière le canapé,
grand ouvert ; il portait son pyjama vert pâle. Avait-il
dormi là ? Impossible. Melanie avait guetté à la fenêtre jusqu'au départ du taxi. Elle s'approcha du
canapé. Peter avait pris une voix enjôleuse et fan-
tasque pour réciter les noms des canetons : Jack,

Kack, Lack, Mack, Nack, Ouack, Pack et Quack…
Pour quelqu'un qui affirmait n'avoir jamais voulu
d'enfants, il faisait du très bon boulot.

— Qu'est-ce que tu fais ici, Peter ? demanda
Melanie.

Il leva les yeux sur elle, comme s'il était surpris
de sa présence.

— Bonjour ! dit-il. On est en train de lire.

— Je t'avais dit… tu avais dit que… Je pensais…

— Pas de chambre libre. Tous les hôtels de l'île,
complets.

— C'est difficile à croire.

— C'est ce que j'ai pensé aussi. Mais c'est la
vérité. À cause de la vague de chaleur qui s'est abat-
tue sur la côte Est, je suppose. Alors je suis revenu.
La porte était ouverte. Je ne pensais pas que cela te
dérangerait.

— Ça me dérange.

Blaine avait l'air chagriné. On aurait dit qu'il allait
éclater en sanglot.

— Peter peut finir l'histoire ? demanda-t-il. S'il
te plaît ?

— Mais certainement.

Peter sourit d'un air triomphant en continuant à
régaler Blaine des situations critiques de la famille
Mallard.

Melanie se précipita dans la salle de bains.

Quand elle en ressortit, douchée, habillée et prête
à emmener Peter à l'aéroport – car c'était là qu'ils
devaient aller, le plus vite possible, avant l'arrivée
de Josh – Blaine mangeait des Cheerios sur la table

de la cuisine. Cela aurait pu être une matinée comme les autres, si le sac de voyage de Peter ne gisait comme un animal mort au centre de la pièce. Melanie sourit à Blaine ; le pauvre enfant en avait suffisamment vu cet été ; il n'avait pas besoin d'assister à la décadence du mariage de Melanie.

— Où est Peter ?

— À la plage, répondit Blaine. Il voulait voir la mer. Il avait son maillot de bain. Il est parti nager. Je voulais aller avec lui mais il m'a dit de rester ici.

Melanie s'effondra sur une chaise de cuisine. Il était 7 h 15. Elle pouvait prendre le Yukon, aller chercher Peter à la plage, le ramener à la maison pour qu'il prenne une douche et se change, puis l'éloigner hors d'ici. Mais pouvait-elle faire tout cela en quarante-cinq minutes ? Peter risquait de sentir qu'elle était pressée et du coup, de l'interroger et de résister.

Vicki et Brenda ne se demanderaient-elles pas pourquoi il était si crucial pour Melanie de faire partir Peter avant 8 heures ?

Elle inspira profondément. *Tout cela va m'éclater en pleine figure.*

— Éclater ? demanda Blaine.

— J'ai parlé à haute voix ?

— Qu'est-ce qui va éclater ?

— Rien. Rien du tout.

« Sois prudent. » C'était le meilleur conseil que son père lui avait prodigué et plus Josh réfléchissait, plus il se disait que c'étaient les seuls mots qu'on pouvait lui offrir, au vu de sa situation. Josh écrivit ces mots dans son journal. « Sois prudent. »

Melanie n'était pas venue, la veille au soir – c'était la deuxième fois. Josh l'avait attendue jusqu'à 22 h 30 seulement, et il avait sciemment évité de repasser devant le 11 Shell Street, sur le chemin du retour. Il avait mieux à faire de ses soirées que courir après Melanie. Ce soir, qui sait, il resterait peut-être à la maison. Ou mieux, il appellerait Zach ou un autre copain de lycée pour sortir au Chicken Box. Boire des bières, sortir avec des filles là pour les vacances, danser. Mais comme toujours, Josh accordait à Melanie le bénéfice du doute. Après tout, elle était enceinte ; il était légitime qu'elle soit fatiguée. Ou bien peut-être y avait-il eu une urgence médicale – elle avait pu avoir des douleurs, ou bien quelque chose était arrivé à Vicki. Melanie ne lui avait pas posé un lapin à dessein. Ce n'était pas son genre.

Josh s'arrêta devant le numéro 11 de la rue. Une odeur de bacon flottait dans l'air, faisant gargouiller son estomac. Le gobelet rempli de cailloux était au milieu de l'allée. Josh le ramassa au passage. Il le remit à sa place habituelle, sur le rebord de la fenêtre, hors de la portée de Porter.

— Salut, dit Josh en pénétrant dans la maison.

— Bonjour, Josh, répondit Vicki.

Elle lui tournait le dos, affairée devant la cuisinière, mais sa voix semblait différente. Elle paraissait stressée, tendue, crispée. Josh regarda par-dessus

son épaule et vit un homme installé à la table de la
cuisine, en train de manger des crêpes aux myrtilles.

— Bonjour, répéta Josh.

Porter était dans sa chaise haute avec son bol de
bouillie. Blaine avait pris place à côté de l'inconnu
et faisait rouler une Matchbox sur le bord de la table.

L'homme se leva précipitamment. Il heurta la
table et sa serviette glissa de ses genoux par terre,
au moment où il passait le bras par-dessus la tête
des enfants pour serrer la main de Josh.

— Hé ! Comment allez-vous ? Je suis Peter
Patchen.

— Josh Flynn.

Josh se félicita d'avoir donné son nom sans réfléchir, car peu de temps après, son esprit se mit à
bourdonner. Peter Patchen. Peter Patchen.

— Tu as faim ? lui demanda Vicki.

— Mmmm. Eh bien, en fait, pas vraiment.

— Non ? dit Vicki en se tournant vers lui.

Josh secoua la tête, ou du moins voulut-il secouer
la tête, mais il était bien trop occupé à fixer Peter
Patchen – un homme très grand mangeant les crêpes
à la myrtille qui en d'autres circonstances lui
auraient été destinées. Ses cheveux d'un noir de
Chine étaient mouillés. L'homme était d'origine
asiatique. Donc, il ne pouvait pas être Peter Patchen
parce que Melanie n'avait jamais précisé qu'il était
asiatique. Cela dit, pourquoi l'aurait-elle fait ? Il portait un T-shirt blanc avec une inscription – c'était
une sorte de T-shirt célébrant un événement, une
corporation ou quelque chose de ce genre. Et un

short. Un short kaki normal. Il était pieds nus. Donc, il était là, il avait dormi là, il s'était douché là. Josh examina la pièce autour de lui – tel un détective à la recherche d'indices, et aussi de Melanie. Où était Melanie ? Il voulait la voir. Elle ne pouvait garder un secret et elle ne savait pas mentir ; à l'expression de son visage, il saurait ce qui se passait. Bon sang, Josh ! C'était évident. Peter Patchen, le mari volage, était ici, à Nantucket, dans cette maison, en train de manger les pancakes prévus pour Josh, à faire ami-ami avec Blaine – le questionnant au sujet de sa voiture Matchbox qui, il venait de s'en rendre compte, était la Shelby Cobra miniature que Josh avait achetée à Blaine au moment où Vicki avait eu un accès de fièvre. À présent, Peter examinait la voiture à la lumière et émettait un sifflement admiratif.

Il faisait très, très chaud dans la cuisine.

— Bonjour, Josh, dit Brenda en le frôlant pour aller se servir une tasse de café. Tu as été présenté à Peter, le mari de Melanie ?

— Ouais.

Les mots « Sois prudent » clignotaient comme des néons sous ses paupières, et étaient accompagnés d'une sonnerie aiguë, comme une sonnette d'alarme. Cependant, il ne put s'empêcher de demander :

— Mais où est Melanie, au fait ?

Vicki et Brenda se tournèrent toutes les deux vers lui pour l'observer. Il sentait qu'elles avaient le regard rivé sur lui, mais il ne pouvait détacher les yeux de Peter Patchen, le mari de Melanie.

S'il répond, pensa Josh, je lui casse la gueule.

Mais personne ne répondit – un silence bienvenu ? – et tout ce que Josh pouvait entendre, c'était
le grésillement du bacon dans la poêle, qui frémissait
et crépitait comme s'il était en colère.

Blaine le regarda.

— Elle est partie se promener, dit-il.

Que faire ? Josh prenait soin des enfants depuis
sept semaines et maintenant, il se trouvait dans la
cuisine avec Vicki, qui préparait le petit déjeuner,
Brenda, qui remplissait son thermos de café, Porter
et Blaine, et Peter Patchen, qui dévorait les pancakes
comme un animal affamé – et Josh n'avait aucune
idée de ce que serait sa prochaine parole ou son
prochain acte. Faire comme si de rien n'était ?
C'était impossible.

Vicki posa une assiette de bacon recouverte de
papier essuie-tout sur la table.

— Josh, est-ce que ça va ?

— Tu as l'air malade, dit Brenda. Tu te sens
bien ?

— Ça va.

— Tu veux peut-être préparer les affaires de
plage ? proposa Vicki.

— La plage ! cria Blaine.

Il regarda Vicki, puis Josh.

— Peter peut venir avec nous ?

Peter, venir avec nous ? se dit Josh. Il aurait dû
dire qu'il était malade. Il aurait dû rentrer chez lui.

— Je reviens juste de la plage, répondit Peter. Et je dois partir aujourd'hui.

— Partir aujourd'hui ? répéta Blaine. Mais tu viens juste d'arriver.

— C'était une visite courte.

— Pour voir Melanie.

— Oui, pour voir Melanie.

Un mot de plus, pensa Josh, et je le tue.

Vicki lui prit le bras.

— Pourquoi ne prépares-tu pas les affaires de plage ? répéta-t-elle.

Sa voix douce était pleine d'indulgence.

Elle est au courant, se dit-il.

— O.K. D'accord.

Serviettes, glacière avec le déjeuner, sandwichs et jus de fruits, crème solaire, parasol, couverture, pelle orange, tétine, seaux, vêtements de rechange, couches. C'était la routine pour Josh. Il connaissait tout par cœur ; il aurait pu préparer les affaires les yeux fermés et pourtant, il lui fallut un temps infini pour tout rassembler. Blaine rongeait son frein ; Porter était de bonne humeur. Ils auraient dû fonctionner à plein régime. Mais Josh traînait des pieds. Il attendait le retour de Melanie. Où était-elle ? Il essaya subrepticement de jeter un coup d'œil au sac de voyage noir qui se trouvait derrière le canapé. C'était le sac de Peter ? Josh se sentit soulagé à l'idée qu'il était derrière le canapé et non dans la chambre de Melanie. Il aurait voulu dire quelque chose à Peter avant son départ – mais quoi ? Peter était toujours attablé dans la cuisine, jacassant à propos d'une personne ou d'une autre – ami ou ennemi du Connecticut ou de New York.

Josh se tenait près de la porte d'entrée. Il tenta de lever un bras.

— Bon, on y va.

Vicki les observa depuis la cuisine.

— D'accord.

Peter ne réagit pas au départ imminent de Josh. Tu as intérêt à être parti quand je serai de retour, pensa Josh. Ou bien je te tue.

— Tu veux que je te rapporte quelque chose du supermarché ? demanda Josh. Sur le chemin du retour ?

Vicki lui adressa un sourire léger.

— Non, merci, je n'ai besoin de rien.

— Très bien.

Mais où était Melanie ?

— À plus tard, lança Josh.

Toujours aucune réaction de Peter. Peter voyait Josh comme un employé. Un serviteur, un esclave. Alors que Peter était le mari, le voisin, le pair, l'égal, le chef dans la vie de Melanie. Mais Peter Patchen était aussi l'être indigne qui trompait sa femme et lui mentait – voilà ce qu'était la vraie vie de Melanie.

Josh progressa péniblement dans Shell Street, Porter sur un bras, sa charge de mulet sur l'autre, le parasol fixé dans le dos. Les coquillages blancs de la rue reflétaient la lumière du soleil avec une telle acuité que Josh en avait mal aux yeux. La lumière éblouissante l'obligeait à plisser les yeux et lui donnait mal au crâne ; il avait le ventre creux, des aigreurs d'estomac et transportait un barda d'au moins quarante kilos. Il se sentait faible et ses genoux tremblaient. Il était stupide, idiot. Il aurait dû dire qu'il était malade quand il en avait eu l'occasion. Il encouragea Blaine à marcher à l'ombre.

Josh trouva Melanie en train de l'attendre au club. Elle était accoudée à la balustrade, à l'extérieur du Claudette's Lunch, à un endroit où il ne pouvait la manquer. Quand il la vit, il fut envahi par un sentiment de soulagement et d'amour, qui fit rapidement place à un accès de colère et de suspicion. Les mots « Sois prudent » clignotaient toujours dans son esprit.

— C'est Melanie ! cria Blaine.

— Je la vois.

Elle était équipée pour la marche – short moulant, baskets blanches. Ses cheveux étaient tirés en queue de cheval, mais elle avait transpiré et des boucles retombaient sur son visage. Elle avait les joues rouges. Elle les rejoignit en quelques enjambées et tendit le bras vers la poignée de la glacière.

— Laisse-moi t'aider, proposa-t-elle.

— Je m'en occupe.

La voix de Josh trahissait son amertume, aussi reprit-il :

— Tu as largement de quoi faire.

— Josh ?

Il s'arrêta net et se tourna vers elle.

— Quoi ?

Blaine s'arrêta lui aussi et les observa.

— Quoi ? répéta Blaine.

Ils regardèrent Blaine et reprirent leur route.

— Je ne savais pas, plaida-t-elle. Je n'en avais aucune idée. Sa venue m'a causé un véritable choc.

— Que s'est-il passé la nuit dernière ? Où étais-tu ?

— Je me suis endormie.

— Ne me mens pas.

— Je ne mens pas.

— Où a-t-il dormi ? Avec toi ?

— Il a dit qu'il allait chercher un hôtel, mais il n'a trouvé aucune chambre libre, alors il est revenu – j'étais déjà endormie – et s'est écroulé sur le canapé. Quand je me suis réveillée ce matin, il était là. J'étais la première surprise...

— Est-ce que vous êtes en train de parler de Peter ? demanda Blaine.

— Non, répondirent Josh et Melanie en même temps.

Le parking de la plage publique était un peu plus loin, droit devant eux.

— Il y a du monde sur la plage aujourd'hui, dit Josh à Blaine. Tu veux courir devant pour réserver notre emplacement avant que quelqu'un d'autre ne le prenne ?

— Réserver notre emplacement ? demanda Blaine, manifestement inquiet. D'accord, lança-t-il en démarrant en trombe.

— Sois prudent ! lui rappela Josh.

« Sois prudent. » Josh se tourna vers Melanie.

— Je crois qu'on devrait tout arrêter.

— Non.

— Si.

Sa voix était rauque ; il avait l'impression que sa gorge était obstruée par une pellicule de poussière ou de mucus.

— Ça s'arrêtera de toute façon dans deux semaines.

— Mais ça nous laisse deux semaines…

— Melanie, tu vas retourner avec Peter. Il est venu pour te récupérer.

— Oui, il est venu pour me récupérer. Mais je l'ai repoussé. Je reste ici jusqu'à ce que…

— Mais au bout du compte, tu retourneras avec lui. Quand tu quitteras Nantucket…

Elle restait silencieuse.

— N'est-ce pas ? demanda Josh.

— Je ne sais pas ce que je vais faire.

— Tu vas retourner avec lui. Admets-le.

— Je ne veux pas l'admettre.

Les filles, les femmes, pensa Josh. Elles étaient toutes les mêmes. Elles vous attiraient par la ruse, piétinaient votre cœur, et au lieu de vous laisser vous en aller normalement, elles créaient cette incroyable confusion, ce désordre de paroles.

— J'ai des sentiments pour toi, Josh.

— Moi aussi, j'ai des sentiments pour toi. Évidemment.

Il avait évoqué le mot « amour » devant son père et il aurait pu utiliser le même terme si la matinée ne s'était pas déroulée ainsi.

— Il ne reste plus que deux semaines. Quel est l'intérêt de tout arrêter maintenant ?

Quel était l'intérêt de tout arrêter maintenant ? Eh bien, d'une part, Josh avait l'impression de maîtriser la situation, à présent. En quelque sorte. Peut-être la visite de Peter était-elle un bienfait déguisé ; elle donnait à Josh la force de s'en sortir pendant qu'il avait encore la tête hors de l'eau – car le risque de se noyer en Melanie, dans ses sentiments, dans son amour pour elle, était bel et bien réel.

Soudain, Melanie poussa un cri.

Un peu plus loin, Blaine traversait le parking en courant, en direction de l'entrée sablonneuse de la plage. Une voiture, un énorme break vert avec un porte-bagages et des vitres teintées, était en train de reculer. Le conducteur n'avait aucun moyen de voir Blaine.

Josh hurla :

— Blaine !

Il jeta son ballot à terre et confia Porter à Melanie.

Blaine s'arrêta, se retourna. Le break continuait à reculer. Josh courut, criant :

— Stop ! Sors de là ! Stop ! Stop !

Le break fit un soubresaut au moment où il stoppa, à deux doigts de renverser Blaine. Josh se précipita sur Blaine et le prit vivement dans ses bras. La vitre du break s'ouvrit et une femme qui ressemblait un peu à Vicki passa la tête dehors, la main sur la poitrine.

— Je ne l'avais pas vu, s'écria-t-elle. Dieu merci, vous avez crié. Je ne l'avais pas vu du tout.

Josh était trop estomaqué pour parler. Il se cramponna à Blaine un moment, le temps d'être traversé par la vision de la tête de Blaine percutée par le pare-chocs, de son corps balayé sur le sol avant d'être écrasé par l'énorme masse du break. Il frissonna d'horreur, puis la vision s'évapora. Merci, mon Dieu, se dit Josh. Merci, mon Dieu. Son soulagement était tel qu'il fut pris de vertiges.

— Jésus, Dieu Tout-Puissant, merci. Bon sang. Oh, mec, tu dois faire attention. Tu aurais pu être tué. Bon sang !

Melanie se précipita sur lui. Les jambes de Porter gênaient sa progression.

— Dieu merci, tu vas bien, dit-elle. Dieu merci, tu n'as pas été touché.

Blaine semblait être sur le point de fondre en larmes. Il agrippa Josh par la taille.

— Je voulais réserver notre emplacement sur la plage, comme tu me l'avais dit.

— C'est vrai, dit Josh, je sais, ce n'est pas ta faute. Mais tu dois faire attention.

— Je suis désolé, dit Blaine.

— Je n'aurais pas dû te dire de courir devant.

Josh prit Porter des bras de Melanie. Il avait eu de la chance, cette fois. Il le ressentit comme une sorte d'avertissement.

— Bon, dit Josh en faisant marcher Blaine tout près de lui. Reste avec moi.

Melanie toucha le bras de Josh.

— Nous reparlerons de tout ça... plus tard ?

— Non. Je ne crois pas.

— Comment ?

— Au revoir, Melanie.

Et sans se retourner, il avança en direction de la plage avec les enfants.

La dernière dose de chimio aurait dû être pour Vicki un motif de réjouissance. Elle avait vu d'autres patients venir le dernier jour de leur traitement avec des roses pour Mamie ou un gâteau à la banane pour le Dr Alcott. Mais Vicki était trop anxieuse pour être soulagée à l'idée de la fin de son traitement, aussi ne fit-elle rien de particulier pour marquer le coup. Elle avait l'habitude de faire les choses correctement, jusqu'au bout et dans les temps ; cependant, en ce qui concernait la chimio, elle avait échoué. Elle avait fait l'école buissonnière, puis elle avait passé cinq jours alitée, terrassée par la fièvre. D'où la décision de diminuer le dosage. C'était le protocole le plus important de ses trente-deux dernières années, presque aussi important que la naissance d'un enfant, et elle avait lamentablement merdé.

Si, après le scanner, ils découvraient que le cancer s'était propagé dans l'ensemble de ses poumons, elle n'en serait pas surprise. Elle l'aurait mérité.

Le scanner était prévu pour mardi. Ted serait présent. Il était arrivé vendredi, comme d'habitude, mais cette fois, en fanfare, car il resterait deux semaines. Puis il serait temps de charger le Yukon et de retourner dans le Connecticut. Ted semblait différent – plus heureux et même assez euphorique par moments. Il était en mode vacances. Vicki pouvait seulement s'imaginer combien cela devait être agréable de relâcher la pression et de laisser Wall Street et les marchés derrière lui, avec les blocs de béton de Manhattan chauffés par le soleil, la corvée des transports quotidiens, l'étroitesse des costumes d'été et, dans le cas de Ted, l'immense maison vide. Il s'était débarrassé de tout cela. Il apprécierait enfin l'été sans être hanté par le spectre des soirées solitaires du dimanche. Il faisait le tour du cottage en short, polo et tongs. Il chantait dans la douche extérieure, jouait avec les enfants, leur suggérait d'aller manger des glaces tous les soirs après dîner. Vicki se réjouissait de sa bonne humeur, mais elle s'en inquiétait également. Parce qu'il était évident qu'une partie du comportement jubilatoire de Ted tenait au fait qu'il croyait dur comme fer à la guérison de Vicki.

« Tu as l'air en forme, lui répétait-il sans cesse. Mon Dieu, tu as l'air merveilleusement bien. Tu l'as vaincu, Vick. Tu l'as vaincu. »

Depuis que son cancer avait été diagnostiqué, Vicki avait entendu parler de la visualisation et de la pensée positive. Mais son esprit n'avait jamais fonctionné ainsi. Imaginer que son corps était débarrassé de toute trace de cancer l'effrayait – car que se passerait-il si elle défiait le destin ? Elle se piégerait elle-même ? Et si le scanner révélait que ses poumons étaient envahis de cellules malades et que c'était bien pire qu'avant ? Ou bien si la tumeur en était exactement au même stade qu'au mois de mai – persistante, inamovible, de sorte que toute intervention chirurgicale était impossible ?

Rien ne pouvait entamer la bonne humeur de Ted. Il déposa un baiser sur le crâne de Vicki, à l'endroit où ses cheveux repoussaient, lentement mais sûrement – même si la couleur était plus foncée que le blond originel, et teintée de gris. Ted avait retrouvé son appétit sexuel avec un goût de revanche ; il soudoyait Brenda avec de l'argent liquide pour qu'elle s'occupe des enfants le samedi et le dimanche matin et qu'il puisse rester au lit avec Vicki.

— Tu as l'air en forme. Tu es belle. Tu es de nouveau toi-même. Tu l'as vaincu.

— Je ne l'ai pas vaincu, dit Vicki à Ted d'un ton acerbe le lundi suivant.

En fait, en se réveillant ce matin-là, elle respirait péniblement et sa poitrine l'oppressait ; elle devait se forcer à inspirer puis à expirer. Le simple fait de devoir penser à respirer était mauvais signe.

— Mais si la tumeur s'est réduite, il faut encore opérer.

Ted la regarda comme si elle l'avait insulté.

— Je sais. Chérie, je sais.

Le mardi, à mesure que l'heure de son rendez-vous approchait, elle se sentait de plus en plus tendue. Pendant qu'elle retournait les crêpes et le bacon pour le petit déjeuner de Ted, ses doigts tremblaient. Josh arriva et emmena les enfants. Depuis une semaine, Josh était plus silencieux que d'habitude. Il paraissait replié sur lui-même, mais Vicki n'avait ni le temps ni les moyens de lui demander si tout allait bien. Pourtant, Josh insista pour la serrer dans ses bras et l'embrasser avant de partir pour la plage avec les enfants.

— Bonne chance, murmura-t-il.

— Merci, répondit-elle sur le même ton.

Plus tard, elle resta près d'une minute dans les bras de Melanie, qui semblait sur le point de pleurer. Il devrait y avoir un manuel, pensa Vicki, pour les amis et les membres de la famille des personnes atteintes de cancer, et ce manuel stipulerait que les amis/membres de la famille ne devraient se montrer ni trop confiants (Ted) ni trop défaitistes (Melanie) quant aux chances de survie de la personne malade. Les amis/membres de la famille, se dit Vicki tandis que Melanie la serrait dans ses bras, devraient tous se comporter comme Josh. Josh lui avait souhaité bonne chance. La chance était utile. La chance était ce dont elle aurait le plus besoin.

— Ça va aller. Je vais m'en sortir.

C'est incroyable, pensa Vicki. C'est moi qui ai la tête sur le billot et je suis en train de réconforter Melanie.

— Oh, je sais, répondit rapidement Melanie en s'essuyant les yeux. C'est tout ça. L'été. Peter, ma grossesse. Toi. Ça fait beaucoup, tu ne crois pas ?

— Oui, je sais.

Brenda insista pour accompagner Ted et Vicki.

— Je suis restée à tes côtés durant tout l'été. Je ne vais pas rater ce rendez-vous. Aujourd'hui est un grand jour.

Oui, le jour J. Il y avait eu un certain nombre de grands jours dans la vie de Vicki : son premier jour d'école, la soirée d'ouverture de son école de théâtre, son premier cours de danse, où elle avait reçu son premier baiser, les Noëls, les remises de diplômes, les premiers jours de boulot, le jour où Duke avait remporté le championnat NCAA, le jour de son mariage, les neuf jours idylliques de son voyage de noces à Hawaï, le jour où elle avait découvert qu'elle était enceinte, le jour de la naissance de ses enfants, le jour où Ted et elle ont ouvert la porte de la maison de Darien, les soirées caritatives pour lever des fonds (elle en avait co-présidé trois), les soirées au restaurant, les spectacles à Broadway. Il y eut aussi beaucoup de responsabilités à assumer (la réparation du Yukon, les soins dentaires, le voyage scolaire de Blaine à la maternelle, des billets pour le match des Red Sox contre les Yankees). Tous ces jours étaient de grands jours, mais aujourd'hui avait une dimension particulière. Aujourd'hui, c'était le jour où le cancer de Vicki serait étudié une seconde fois et où le Dr Alcott, en liaison téléphonique avec le Dr Garcia depuis Fairfield Hospital, dirait : « Mieux ? Pire ? Vivre ? Mourir ? »

Rien ne vous prépare à ça, pensa Vicki en attachant sa ceinture. Ted conduisait. Brenda était assise sur la banquette arrière. Quand Vicki regarda sa sœur dans le rétroviseur, elle vit les lèvres de Brenda bouger.

Rien.

Lorsqu'ils arrivèrent sur le parking de l'hôpital, le téléphone de Brenda sonna.

— Ça doit être maman.

— Je ne peux pas lui parler. Je suis suffisamment nerveuse comme ça. Tu peux lui répondre ?

— C'est à toi qu'elle veut parler. Pas à moi.

— Passe-la à Ted.

Ted gara la voiture sur un emplacement de parking et prit le téléphone que Brenda lui tendait. C'était ce qu'il y avait de mieux à faire. Ellen Lyndon serait rassurée par l'optimisme de Ted.

Elles se dirigèrent toutes les deux vers l'entrée de l'hôpital et Brenda prit la main de Vicki. Brenda tapota son sac à main et souffla :

— J'ai apporté mon livre.

Vicki haussa un sourcil interrogateur.

— *L'Imposteur innocent*. Mon cher porte-bonheur. Mon talisman.

— Oh. Merci.

— Et j'ai prié pour toi. Vraiment prié.

— Prié ? répéta Vicki.

Et elle se rappela quelque chose.

— Tu sais, il y a quelque chose que je voulais te demander.

— Ouais ? Qu'est-ce que c'est ?

Ted les rattrapa en quelques enjambées.

— Ta mère veut que nous l'appelions dès que nous saurons quelque chose.

— D'accord.

— Je ne comprends pas, reprit Brenda. Elle croit qu'on va l'oublier ?

— C'est une mère, dit Ted.

— Que voulais-tu me demander, Vick ? demanda Brenda.

Vicki secoua la tête.

— Plus tard, dit-elle, même si elle savait qu'elle courait après le temps.

— Qu'est-ce qu'il y a plus tard ?

— Rien, dit Vicki.

Brenda plissa les yeux devant la façade de l'hôpital, les enseignes grises, le blanc étincelant, l'enseigne blanche et bleue du Nantucket Cottage Hospital.

— Tu te rends compte que c'est la dernière fois que nous venons ici ? dit Brenda. C'est bizarre, mais je crois que cet endroit va me manquer.

Après l'attente et l'inquiétude, les respirations altérées, les huit heures de sommeil agité de la nuit précédente, l'épreuve que Vicki devait passer maintenant lui paraissait moins difficile. L'hôpital fonctionnait en équipe réduite, apparemment, car la personne qui lui ferait passer le scanner était... Amelia, du service de cancérologie.

— Ouais, dit Amelia.

Une réponse morne comparée à l'excitation de Vicki de revoir un visage familier.

— Je m'occupe de la radiologie quand ils ont besoin de moi. Comment dire ? Je suis pleine de talents. Maintenant, veuillez enlever tout ce que vous portez au-dessus de la taille, y compris votre collier.

Le collier était une sorte de bout de ficelle avec des rigatoni séchés coloriés avec un marqueur – un cadeau que Blaine avait fabriqué à la maternelle pour la fête des mères. Vicki n'avait pas de bon porte-bonheur comme Brenda ; le collier devrait suffire. Vicki ôta ses vêtements, enfila la blouse de papier qu'Amelia lui avait donnée, et serra le collier dans sa main.

Amelia avait adopté un ton formel, comme un opérateur téléphonique dont les appels étaient contrôlés.

— Voulez-vous vous allonger sur la table d'examen, s'il vous plaît ? dit-elle en désignant la table étroite d'un geste digne de la présentatrice de la Roue de la fortune.

Vicki s'exécuta, ajustant sa blouse. Amelia manipula la machine pour la mettre en place.

— Je vous suggère de prendre quatre ou cinq profondes inspirations pour vous préparer.

— Me préparer à quoi ?

— Je vais vous demander de retenir votre respiration durant vingt secondes. Certains patients préfèrent s'exercer avant de commencer la procédure.

— Très bien.

Elle prit une bouffée d'air, puis l'expulsa ; ses poumons lui faisaient l'effet de râles défectueux.

— Durant ces vingt secondes, cette machine va prendre cinq cents photos de vos poumons.

Maintenant, la voix d'Amelia trahissait son contentement. Elle était manifestement fière de la machine.

Vicki pouvait-elle retenir sa respiration durant vingt secondes ? Elle jeta un coup d'œil au piercing noir et argent protubérant sur la lèvre inférieure d'Amelia, et ferma les yeux. La nuit dernière, dans son lit, Vicki s'était promis qu'elle ne penserait pas à Blaine et Porter, mais pendant qu'elle comptait silencieusement vingt Mississipi, ils vinrent à son esprit malgré elle, sauf qu'ils n'étaient pas de petits garçons ; ils s'étaient transfigurés en insectes aux ailes de gaze. Ils volaient, plongeaient, ils planaient au-dessus de Vicki pendant qu'elle était allongée sur la table. C'étaient des dragons ailés.

Rien ne vous prépare à ça. Les cinq cents clichés furent téléchargés sur l'ordinateur du Dr Alcott, mais celui-ci déclara qu'il ne pourrait donner à Vicki une réponse concluante avant quelques heures. Il voulait examiner les résultats, réfléchir à l'évolution de la maladie. Le Dr Garcia étudierait les clichés simultanément dans le Connecticut et tous deux se consulteraient par téléphone. Ils discuteraient alors de l'étape suivante.

— Combien de temps pensez-vous que cela va prendre ? demanda Vicki.

Elle croyait qu'elle aurait eu une réponse directe, un verdict immédiat. Elle n'était pas sûre de pouvoir attendre plus de quelques minutes.

— Je ne sais pas trop quoi vous répondre. Cela dépend de ce que nous allons voir. Quelques heures ou bien une journée.

— Une journée supplémentaire ? Alors nous allons simplement… patienter en salle d'attente ?

— Je vous appellerai chez vous.

Il avait adopté un ton sérieux, très professionnel. Il n'avait plus rien du sympathique pêcheur habituel. Le cerveau de Vicki était sur le point d'imploser.

— Merci, docteur, lui dit Ted en lui donnant une poignée de main.

Vicki fut incapable de prononcer le moindre mot ni même de lui dire au revoir. L'attente l'accablait. C'est fini, pensa-t-elle. Soins palliatifs.

Ils quittèrent le bureau du Dr Alcott, qui referma la porte derrière eux. Brenda grommela :

— Voilà encore cette fille qui vient vers nous.

Vicki était bien trop angoissée pour demander à Brenda de quelle fille elle parlait. Mais elle vit une fille à l'air renfrogné marcher dans leur direction. Elle avait les cheveux blonds et ébouriffés. Vicki se souvenait vaguement l'avoir déjà vue lors de sa première visite. La pose du cathéter.

— Elle m'a coincée un jour dans les toilettes, murmura Brenda. Et m'a accusée de toutes sortes d'inepties. Je crois qu'elle connaît Josh.

Vicki hocha la tête. Rien ne pouvait moins l'intéresser. Elle inspira une bouffée d'air et l'expulsa. Respirer lui était si pénible qu'elle aurait pu s'écrouler sur place. Et sa main lui faisait mal. Elle baissa les yeux. Ted lui serrait les doigts si fort que ses

phalanges étaient devenues blanches. Il pressentait
une mauvaise nouvelle, lui aussi. Soins palliatifs.
Hospice. Dehors, une ambulance gémissait. Il y avait
une activité intense du côté des urgences. Dans l'une
des salles d'attente, la télévision était allumée : le
Président était en visite le long de la frontière mexi-
caine.

Vicki ferma les yeux. Autour d'elle, tout, absolument tout, était sur la Liste des choses qui n'ont plus
d'importance. Tout, excepté sa vie, tout, excepté ses
enfants. Blaine et Porter devaient être à la plage avec
Josh, en train de creuser des trous dans le sable, de
se régaler de leur goûter, de jouer avec leurs amis
de l'été. Mais quand Vicki tenta de les visualiser
dans ce tableau idyllique, rien ne vint. Son esprit
était noir. Elle imaginait ses enfants en dragons ailés.
(Cette image la réconfortait. Pourquoi ? Elle n'aurait
su le dire.) De nouveau, rien. Elle ouvrit les yeux et
se tourna vers Ted.

— Tu as une photo des enfants ?

L'attention de Ted était retenue par la fille des
admissions ; elle venait vers eux à dessein. Elle portait une robe de coton trop courte et une paire de
ballerines dorées usées avec des rubans lacés autour
de ses chevilles. Vicki cligna des yeux : le soutien-
gorge de la fille était visible, son maquillage avait été
appliqué à la hâte et ses cheveux blonds étaient en
bataille. Que voulait-elle ? Ted, dont l'esprit était
ailleurs, tendit à Vicki un instantané des enfants,
qu'il gardait dans son portefeuille. Brenda plissa des
yeux en la regardant et secoua la tête.

— Quoi que vous ayez à dire, cela ne nous intéresse pas.

— Je pense que ça va vous intéresser.

— Ça m'étonnerait, rétorqua Brenda.

— Qu'est-ce que c'est ? demanda Ted.

— Josh couche avec votre amie. Celle qui est
enceinte.

— Waouh ! s'écria Ted. C'est une lourde accusation.

Il regarda d'abord Vicki, puis Brenda. Puis il se
tourna vers Didi en haussant les sourcils.

— Vous parlez de Melanie, n'est-ce pas ? Melanie ? Comment le savez-vous ? Josh vous l'a dit ?

— Allez-vous-en ! lança Brenda. S'il vous plaît.

— Mon frère les a vus ensemble. À Monomoy.
Au milieu de la nuit.

— Votre frère ? répéta Ted.

— C'est n'importe quoi, Ted. Je ne sais pas pourquoi vous en voulez à notre famille, mais nous aimerions que vous nous laissiez tranquilles. Nous avons
suffisamment de stress comme ça pour le moment.

Stress, pensa Vicki. Il devait y avoir un autre mot.

— Bien, dit Didi.

Elle croisa les bras sur sa poitrine d'un geste mal
assuré.

— Mais je ne dis pas n'importe quoi, reprit-elle.
Ils couchent ensemble.

Elle pivota et s'éloigna.

Oui, se dit Vicki. La fille avait probablement raison. Josh et Melanie. Étrange, presque incroyable,
et pourtant, Vicki avait repéré un certain nombre de

signaux qui lui donnaient à penser que la fille disait vrai. Josh et Melanie, ensemble. Cela aurait dû être la révélation de l'été, mais Vicki l'envoya à la poubelle avec le reste. Cela n'avait pas d'importance.

À la maison, la routine suivait son cours. Josh revint de la plage avec les enfants.

— Comment ça s'est passé ? demanda-t-il.

— On ne sait pas, répondit Ted. Le docteur va nous appeler plus tard.

— Ah, dit Josh.

Il observa Vicki avec sollicitude.

— Ça va, boss ?

Melanie et Josh, pensa-t-elle. Possible ? Elle n'avait pas de temps à perdre à réfléchir à cela. Soins palliatifs. Un an. Peut-être deux. Blaine aurait six ans, Porter, trois. Blaine se souviendrait d'elle, Porter, probablement pas. Ce serait une succession de visites à l'hôpital et de drogues qui transformeraient son cerveau en éponge. Vicki avait l'impression qu'elle allait s'évanouir. Elle s'effondra sur une chaise.

— Ted, est-ce que tu peux emmener les enfants faire un tour ? Je ne peux pas m'en occuper.

— Les emmener faire un tour ? Et la sieste de Porter ?

— Emmène-le faire un tour en voiture jusqu'à ce qu'il s'endorme. Je ne peux pas m'allonger. Et si le téléphone sonnait ?

Josh s'éclaircit la voix.

— Bon, je vais y aller, alors.

Blaine protesta.

— Et mon histoire, Josh ? Tu devais me lire *Embrasse la vache* !

— Tu vas avec papa, dit Vicki.

Josh se glissa discrètement dehors. Il semblait pressé de partir.

— Je ne sais pas si c'est une bonne idée. Tu vas rester assise ici toute seule et te faire du mauvais sang.

— Je m'occupe des enfants, proposa Brenda. Comme ça, vous pourrez rester ici tous les deux.

Vicki crut qu'elle allait se mettre à crier : « Il s'agit de ma santé, de mon corps, de ma vie ! »

— Vas-y, insista-t-elle.

Vicki se réfugia dans sa chambre étouffante et ferma la porte. Elle ouvrit la fenêtre, mit le ventilateur en route. Elle s'assit sur le bord du lit. Partout dans le monde, des mères mouraient. Soins palliatifs : des moyens existaient pour prolonger sa vie. Il y avait une question que Vicki voulait poser à Brenda, mais elles ne s'étaient jamais retrouvées seules une minute. Parce que Melanie était tout le temps là ? Melanie, qui tournoyait en essayant des tenues. « Tu es sûre qu'il n'y a pas autre chose ? » Melanie et Josh. Mais quand ? Où ? Et pourquoi Melanie ne lui avait-elle rien dit ? Mais la réponse à cette question paraissait évidente. Elle pensait que Vicki lui en voudrait. Lui en aurait-elle voulu ? Assise sur le bord du lit, elle posa ses pieds sur le sol. Ses pieds, ses doigts de pieds, son corps. Ted frappa à la porte.

— Entre.

Il lui tendit le téléphone.

— C'est le Dr Alcott.

— Déjà ?

Vicki consulta la pendule : il était 15 h 45.

— Allô ?

— Vicki ? Bonjour, c'est Mark.

— Bonjour.

— Avant tout, laissez-moi vous dire que le Dr Garcia a prévu votre opération pour le 1er septembre.

— Mon opération ? Ça a marché ? La chimio ?

Ted applaudit comme s'il assistait à un événement sportif.

— Cela a marché exactement comme prévu. La tumeur s'est considérablement réduite et s'est détachée de la paroi pulmonaire. Le chirurgien thoracique devrait être en mesure de la retirer entièrement. Et... en supposant que le cancer n'a pas généré de métastases, vos chances de rémission sont bonnes.

— Vous plaisantez.

Elle crut qu'elle allait se mettre à rire, ou à pleurer, mais elle ne put que répéter avec incrédulité :

— Vous plaisantez...

— Eh bien, il reste encore l'opération. Ce qui n'est jamais sans risque. Et il est possible que le chirurgien ait manqué quelque chose ou bien que nous ayons manqué quelque chose. Il est possible que le cancer se soit propagé ailleurs – mais je ne dis cela que par pure précaution. Globalement, si l'opération se déroule selon nos prévisions, alors oui, rémission.

— Rémission, répéta Vicki.

Ted serra Vicki dans ses bras à l'étouffer. Vicki avait peur de ressentir quelque chose comme de la joie ou du soulagement, car s'il se trompait, ou s'il mentait…

— Ce sont de bonnes nouvelles ? Je peux me réjouir ?

— Cela aurait pu être bien pire. Ce n'est qu'une étape, mais une étape importante. Alors, oui, réjouissez-vous. Absolument.

Vicki raccrocha le téléphone.

— Je vais appeler ta mère, proposa Ted. Je lui ai promis.

Il quitta la pièce et Vicki se laissa tomber sur le lit. Sur la table de nuit se trouvait l'instantané des garçons, celui que Ted lui avait donné à l'hôpital. Blaine et Porter étaient dans une cabine de vinyle rouge chez Friendly. Ils avaient mangé des crèmes glacées et Porter avait du chocolat un peu partout sur le visage. Vicki les avait emmenés déjeuner là-bas, l'hiver dernier, parce qu'il faisait un temps neigeux et froid, et elle voulait sortir de la maison. C'était une journée comme une autre, seulement l'une de ces innombrables journées qu'elle avait oubliées. Juste l'une de ces centaines de journées qu'elle avait tenues pour acquises.

Après coup, Brenda ne comprenait pas pourquoi elle s'était autant inquiétée. C'était une évidence : les analyses de Vicki étaient bonnes, la tumeur s'était réduite, et l'opération serait un succès. Enfin, Vicki vaincrait son cancer du poumon. Cette femme était la plus chanceuse de la planète. Sa vie était comme du Teflon – la saleté se déposait, mais elle ne collait jamais.

Et pourquoi, se demanda Brenda, Vicki serait-elle la seule à avoir de la chance ? Pourquoi Brenda ne se sortirait-elle pas de son marasme avec le même triomphalisme ? Pourquoi Vicki et Brenda ne seraient-elles pas les sœurs superhéroïnes, qui repousseraient l'adversité ensemble, en un seul été ?

Ted avait apporté son ordinateur portable avec lui, mais il ne l'utilisait que pour envoyer des e-mails et vérifier le cours de la Bourse tous les matins. Brenda pouvait-elle l'utiliser ? Bien sûr ! Après les excellents résultats du scanner, la maisonnée était d'humeur généreuse. Brenda en tira parti – elle s'installa sur le bureau du fond avec l'ordinateur portable, le thermos de café et une pile de bloc-notes aux pages jaunes, puis elle se mit à taper le scénario de *L'Imposteur innocent*. Elle pourrait le corriger au fur et à mesure grâce à un Thesaurus en ligne et un exemplaire de *La Bible des scénaristes*, qu'elle avait emprunté à l'Atheneum de Nantucket. Au départ, l'écriture du script n'était qu'un jeu, mais aujourd'hui, le scénario prenait corps. Il était devenu bien réel. Pollock avait-il ressenti la même chose ? S'était-il amusé à répandre de la peinture sur une toile – et on ne sait comment, c'était devenu de l'art ? Brenda essaya de ne pas penser à Walsh, à Jackson Pollock ou aux cent vingt-cinq mille dollars pendant qu'elle travaillait. Elle s'efforçait de ne pas se dire : Que vais-je faire si je ne le vends pas ? Son esprit dérivait vers le numéro de téléphone qu'elle avait enregistré dans son répertoire – celui d'Amy Feldman, l'étudiante dont le père était le directeur de Marquee Films. D'après les souvenirs de Brenda, Amy avait aimé *L'Imposteur innocent*. Elle avait écrit une dissertation solide, comparant Calvin Dare à un personnage tiré du roman de Rick Moody, *The Ice Storm*. Amy avait-elle entendu parler de ce qui était arrivé au Pr Lyndon juste avant la fin du semestre ? Bien sûr que oui. Officiellement, le Pr Lyndon avait démissionné pour raisons personnelles ; les deux derniers cours avaient été annulés et le Pr Atela avait endossé la responsabilité de noter les examens finaux. Mais les histoires scandaleuses – le sexe, la notation abusive et le vandalisme – avaient dû être amplifiées et détournées, racontées encore et encore jusqu'à atteindre des proportions cinématographiques. Que pensait à présent Amy Feldman de Brenda ? Donnerait-elle le scénario à son père, ou bien le jetterait-elle à la poubelle ? Pourquoi ne pas décider de le brûler, en effigie, sur le campus de Champion ?

Brenda tapa son texte jusqu'à ce que son dos soit raide, et ses fesses douloureuses, à force de rester en position assise.

De temps à autre, les habitants du cottage venaient la voir. Ceux qui se rendaient à la douche extérieure, ou bien qui en revenaient, par exemple.

Ted : Comment ça se passe ?

Brenda : Bien. (Puis elle s'arrêtait et levait les yeux. Anxieuse de ne pas mettre tous ses œufs dans le panier d'Amy Feldman.) Hé ! Tu n'as pas des clients dans l'industrie du cinéma ?

Ted : L'industrie du cinéma ?

Brenda : Ouais. Ou dans des boîtes qui font des films pour la télévision ? (Cent vingt-cinq mille dollars, se dit-elle. Elle ne pouvait pas faire la fine bouche.) Ou bien juste dans la télévision ?

Ted : Mmmmmmm. Je ne… crois pas.

Vicki (massant les épaules de Brenda) : Comment ça se passe ?

Brenda : Bien.

Vicki : Tu veux que je t'apporte quelque chose ?

Brenda : Ouais, pourquoi pas une montagne d'argent ? (Brenda serra les dents. Elle n'avait rien dit à personne concernant l'argent qu'elle devait et elle ne le ferait pas, à moins d'être désespérée. Elle n'était pas désespérée en ce moment ; elle travaillait.)

Vicki (riant, comme si Brenda avait dit quelque chose de drôle) : Que dirais-tu d'un sandwich ? Je peux t'en préparer un au thon.

Brenda : Non, merci.

Vicki : Tu dois manger.

Brenda : Tu as raison, maman. Pourquoi pas une boîte de cookies Oreos ?

Melanie : Comment ça se passe ?

Brenda (s'arrêtant de taper et levant les yeux) : Bien. Et toi, comment ça va ? (Il y avait l'étrange assertion de Didi-du-bureau-des-admissions, le jour du scanner de Vicki. Brenda, à l'insu de tous, avait appelé l'hôpital pour se plaindre. Depuis ce jour, elle avait observé Melanie attentivement, surtout quand Josh était dans les parages. Mais elle n'avait remarqué aucune interaction entre eux. Ils se parlaient à peine. Quand Melanie pénétrait dans une pièce, Josh sortait.)

Melanie (décontenancée par l'intérêt soudain que lui prêtait Brenda) : Je vais bien. (Sa voix, cependant, était mélancolique. Cela lui rappela les premiers jours dans la maison, quand Melanie passait son temps à broyer du noir. Melanie avait reçu quelques appels récents de Peter, mais elle parlait toujours à voix basse et mettait rapidement fin à la conversation.) Je suis déprimée que ce soit bientôt la fin de l'été.

Brenda : Eh bien, nous sommes deux alors.

Melanie : Que vas-tu faire ensuite ?

Brenda (concentrée sur son écran, se repentant d'avoir lancé Melanie sur ce sujet) : Ça reste à voir. Et toi, que comptes-tu faire ?

Melanie : *Idem*. (Longue pause, durant laquelle Brenda imaginait Melanie en train d'essayer de lire son écran. Melanie laissa échapper un rot.)

Melanie : Désolée, j'ai des brûlures d'estomac.

Brenda : Tu es chez toi ici.

Josh : Comment ça se passe ?

Brenda : Bien.

Josh : Tu penses que tu vas le vendre ?

Brenda : Aucune idée. J'espère bien. (Puis elle se dit : Bon sang, ça ne me ferait pas de mal.) Tu ne connaîtrais pas quelqu'un dans le business par hasard ?

Josh : Eh bien, il y a Chas Gorda, mon prof de création littéraire à Middlebury. Écrivain à demeure, en fait. Il a écrit une nouvelle, *Parle*, qui a été adaptée au cinéma en 1989. Il connaît peut-être quelqu'un. Je pourrais lui demander quand je retournerai à la fac.

Brenda : Vraiment ? Ce serait super.

Josh : Bien sûr.

Brenda : Quand retournes-tu à la fac ?

Josh : Dans deux semaines.

Brenda : Tu es impatient d'y retourner ?

Josh (son regard erra vers le cottage où – hasard ? – Melanie était en train de lire le *Boston Globe* à la table de la cuisine) : Je suppose. Je ne sais pas.

Brenda (pensant : L'horrible Didi avait raison. Il se passe quelque chose entre ces deux-là. Quelque chose que chacun d'entre nous était trop absorbé pour remarquer. Elle sourit gentiment à Josh, se rappelant le jour où il lui avait prêté un quarter à l'hôpital, et celui où ils s'étaient embrassés, devant la maison) : Peut-être qu'un jour, j'adapterai un de tes romans.

Josh (les yeux braqués sur Brenda, mais visible-
ment distrait par quelque chose – ou quelqu'un –
d'autre) : On ne sait jamais.

Blaine (suçant un sorbet de couleur rouge qui
dégoulinait sur son menton dans une belle imitation
de sang humain) : Qu'est-ce que tu fais ?
Brenda : Je travaille.
Blaine : Sur l'ordinateur de papa ?
Brenda : Ouais.
Blaine : Tu travailles sur ton film ?
Brenda : Mmmmm.
Blaine : C'est comme Scooby-Doo ?
Brenda : Non, rien à voir avec Scooby-Doo. C'est
un film pour adultes, tu te rappelles ? Ah ! Ne tou-
che à rien. Ne touche pas l'ordinateur de papa avec
tes mains collantes. Va les laver.
Blaine : Tu joueras à Gains&Pertes avec moi ?
Brenda : Je ne peux pas, Blaine. Je travaille.
Blaine : Quand tu feras une pause, tu joueras avec
moi ?
Brenda : Quand je ferai une pause, d'accord.
Blaine : Et quand… ?
Brenda : Je ne sais pas. Maintenant, s'il te plaît…
(Elle jeta un coup d'œil du côté du cottage. Où était
Josh ? Où était Vicki ? Où était Ted ?) Tante Brenda
a du travail.
Blaine : Pourquoi ?
Brenda : Parce que. (Et ensuite, dans un soupir.)
Je dois gagner de l'argent.

Brenda acheva de taper le scénario de *L'Imposteur innocent* le troisième jour, au milieu de la nuit. Elle était assise sur le canapé de tante Liv, l'ordinateur de Ted posé sur la table basse. Une brise entrait par la porte de derrière. Sconset était paisible. On n'entendait rien d'autre que le chant des grillons et parfois, l'aboiement d'un chien. Brenda tapa la dernière page, une scène où Calvin Dare, devenu un gentleman âgé, avec sa carrière derrière lui, profitait d'un tranquille après-midi de réflexion avec sa femme, Emily. Dare et Emily regardaient leurs petits-enfants batifoler dans le jardin. La scène était extraite de la dernière page du roman. Elle donnait à l'ensemble sa dimension critique. Était-il juste que Dare jouisse d'une telle félicité, alors qu'il n'avait qu'usurpé la vie d'un homme dont il avait provoqué la mort ? Brenda voulait ajouter une forme de questionnement imagé dans ses notes pour la réalisation – mais pour le moment, les dialogues et la mise en scène étaient... TERMINÉS ! Elle fixa l'écran de l'ordinateur. Évanoui. TERMINÉ !

Brenda fit une sauvegarde de son travail sur un disque. Il était 1 h 20 du matin et elle se sentait parfaitement réveillée. Elle se servit un verre de vin et le but à la table de la cuisine. Son corps la faisait souffrir, après ces longues heures en position assise. Elle avait les yeux fatigués. Elle fit craquer la jointure de ses doigts. TERMINÉ ! Jamais elle n'aurait cru ressentir de nouveau une telle euphorie. Elle avait ressenti la même délectation quand elle avait fini sa thèse ; et aussi quand elle avait noté les examens de son premier semestre à Champion. Travail terminé, travail bien fait. Demain, elle s'inquiéterait de savoir ce qu'elle ferait avec ce maudit scénario ; ce soir, elle se contenterait se savourer son triomphe.

Elle termina son verre de vin et s'en servit un autre. La maison était remplie des respirations des uns et des autres ou bien était-ce l'imagination de Brenda ? Elle pensa à Walsh – puis le chassa de son esprit. Elle trouva son téléphone portable sur la table basse, le prit et l'emporta dans le bureau du fond. Elle passa les numéros de son répertoire en revue.

Que faisait-elle ? Il était 1 h 45. Toute personne sensée dormait, à cette heure-là ; le lendemain matin, quand le scénario serait imprimé, elle pourrait lui trouver des défauts et remettre en question son potentiel d'adaptation au grand écran.

Elle composa le numéro d'Amy Feldman et essaya, durant les quelques secondes de silence avant la connexion, de se rappeler les moindres détails la concernant. Brenda avait passé suffisamment de temps avec Blaine pour savoir qu'Amy Feldman ressemblait à Velma, le personnage de Scooby-Doo. Petite et trapue, elle avait des seins proéminents. Elle avait les cheveux courts, portait des lunettes aux montures noires dont les branches étaient reliées par une chaînette de sorte que, quand elle ôtait ses lunettes, celles-ci retombaient sur sa poitrine. Amy Feldman ressemblait à une intellectuelle de la période beatnik, ce qui la rendait en quelque sorte cool, ou du moins, à défaut d'être cool, était-elle acceptée. Les autres femmes-enfants de la classe

semblaient l'apprécier ; elles l'écoutaient respec-
tueusement quand elle parlait, même si c'était sûrement à cause de son père, Ron Feldman. La classe
de Brenda était – elle s'en rendait compte à présent –
une classe d'aspirantes actrices, qui jouaient un rôle
non seulement pour Walsh, mais aussi pour Amy.

Amy Feldman étudiait le japonais. Que faisait-elle
cet été ? Était-elle en voyage au Japon ? Était-elle
restée à New York ? Si seulement Brenda avait su
qu'elle allait être renvoyée, poursuivie en justice,
puis acculée à payer cent vingt-cinq mille dollars
– rendant ainsi son avenir dépendant de la vente de
son scénario –, elle lui aurait prêté plus d'attention.
Aujourd'hui, les seuls souvenirs marquants qu'elle
avait d'elle étaient ses lunettes accrochées au bout
d'une chaînette et sa connaissance du japonais.

Dans un flash, Brenda se rappela avoir capté une
conversation entre Amy Feldman et Walsh, à propos
d'un restaurant de sushis, un endroit appelé Uni,
dans le Village, « qu'absolument personne ne
connaissait et qui était encore confidentiel et totalement authentique. Exactement comme les bars à
sushis sur Asakusa Road, à Tokyo ».

— Tu es déjà allée à Tokyo ? avait demandé
Walsh, le voyageur.

— Avec mon père, oui, répondit Amy d'une voix
qui trahissait sa volonté de l'impressionner. En
voyage.

Il était fort possible qu'Amy Feldman ait été
amoureuse de Walsh, elle aussi.

Trois sonneries. Quatre sonneries. Brenda se demanda si elle appelait l'appartement d'Amy Feldman ou bien son portable. Si elle tombait sur son répondeur, lui laisserait-elle un message ? Un message était facile à ignorer, se dit Brenda. Elle voulait parler à Amy en personne.

— Oui ?

Quelqu'un répondait ! Une voix d'homme, plus âgé, plutôt agréable, du moins la plus avenante possible, étant donné les circonstances. Il devait se dire : pourquoi suis-je en train de répondre au téléphone à 2 heures du matin ?

— Bonjour, déclara Brenda d'une voix qu'elle voulut rendre claire et distincte, pour que son interlocuteur soit bien persuadé que l'appel n'émanait ni d'un alcoolique ni d'un obsédé sexuel. Amy est-elle là ?

— Amy ? répéta l'homme.

Puis il demanda d'un air étonné à une autre personne :

— Amy est là ?

Une autre voix, féminine, murmura une réponse. L'homme répondit :

— Oui. Elle est là, mais elle dort.

— Bien sûr.

Garde la ligne, pensa Brenda. Ce n'était pas le téléphone portable d'Amy ni son appartement (par appartement, Brenda pensait à quelque piaule universitaire en colocation, avec buanderie au sous-sol et plaques électriques). Elle avait composé le numéro de la maison d'Amy, la maison de ses parents, sans doute un lieu extrêmement agréable avec vue sur Central Park. Amy Feldman vit chez ses parents, pensa Brenda. Et je suis en train de parler à son père, Ron Feldman.

Ron Feldman répondit :

— Voulez-vous lui laisser un message ?

Sa voix, de nouveau, était si cordiale qu'il n'y avait aucune chance qu'il soit sincère.

— Ici Brenda Lyndon.

Brenda parlait très doucement car elle ne voulait réveiller personne dans le cottage.

— Professeur Lyndon. J'étais le professeur d'Amy au semestre dernier à Champion.

— D'accoooord. Dois-je prendre note de tout cela ou bien préférez-vous rappeler demain matin ?

Il était évident qu'il préférait qu'elle rappelle plus tard, mais Brenda avait aussi peu de scrupules qu'un télémarketeur. Elle devait le garder en ligne !

— Cela vous dérangerait beaucoup de prendre note ?

— Très bien. Laissez-moi aller chercher un stylo.

Il lança à sa femme :

— Chérie, un stylo ! C'est un professeur d'Amy à Champion… Je ne sais pas du tout pourquoi elle appelle.

Puis il demanda à Brenda :

— Quel est votre nom déjà ?

— Brenda Lyndon. Lyndon avec un y.

— Brenda Lyndon, répéta Ron Feldman.

La voix derrière lui augmenta d'une octave.

Ron Feldman cria :

— Quoi ? D'accord, attends. Chérie, attends !

Puis il s'adressa de nouveau à Brenda :

— Je vais vous faire patienter une seconde, d'accord ?

— Bien sûr.

La ligne devint silencieuse et Brenda se réprimanda. Elle était totalement idiote. Elle avait décidé, quelques secondes avant d'appeler, de ne pas laisser de message, et elle était en train de le faire. Ce serait son unique appel. Elle ne pouvait pas harceler la famille Feldman.

Il y eut un bruit sur la ligne.

— Vous êtes là ? demanda Ron Feldman. Professeur Lyndon ?

— Oui.

— Vous êtes celle qui a eu des problèmes ? Avec un étudiant australien ? Vous êtes le professeur qui a détérioré la peinture de Jackson Pollock ?

À cet instant, une lumière s'alluma dans l'un des cottages de Shell Street. Par la fenêtre qui venait de s'éclairer, Brenda aperçut le visage d'une femme de l'âge de sa mère qui allait apparemment avaler des cachets avec un verre d'eau. Aspirine ? se demanda Brenda. Antidépresseurs ? Pilules contre l'arthrite ? L'hypertension ? L'ostéoporose ? Quand vous épiez la vie d'autrui par sa fenêtre, vous ne pouvez faire que des suppositions.

— Eh bien, oui, je crois que c'est moi.

— Nous savons tout à votre sujet. Ou du moins, ma femme sait tout. Amy nous a dit que vous étiez pourtant un bon professeur. Elle a aimé le livre dont vous lui avez parlé.

— *L'Imposteur innocent* ?

— *L'Imposteur innocent*, chérie ? Euh, nous ne nous souvenons pas du titre, ni ma femme ni moi n'en avions entendu parler. Bref, professeur Lyndon, il est tard, mais nous donnerons à Amy votre…

— Parce que c'est à ce sujet que j'appelle.

— C'est-à-dire ?

— *L'Imposteur innocent*, le livre qu'Amy a aimé, le livre dont vous n'avez jamais entendu parler. J'en ai tiré un scénario. Je l'ai juste sous les yeux. C'est un scénario pour le cinéma.

— Attennnndez une minute. Êtes-vous…

Il se mit à rire, puis reprit la parole, mais son ton n'avait plus rien de cordial. Ni de poli.

— Vous avez appelé pour me piéger, moi ?

— Mmmmmm…

— Vous appelez au milieu de la nuit en prétendant vouloir parler à Amy alors que vous voulez en réalité me vendre votre scénario ?

— Non, non, je…

— J'ai vu des gens agir de mille façons différentes. Ils laissent le scénario au maître d'hôtel de Gotham, parce que je vais manger là-bas, ou bien ils soudoient mon portier ou mon chauffeur – et bon sang, ils offrent même du boulot à mon portier ou mon chauffeur juste pour me faire parvenir leur scénario. Je ne suis pas surpris que vous, un professeur de Champion renvoyé depuis peu, ayez un scénario à me vendre parce que tout le monde sur cette putain de planète en a un, y compris le neveu de mon orthodontiste, le frère de ma secrétaire. Mais là, ça dépasse tout. Je n'ai jamais vu ça. Vous... m'avez pris en traître. Moi ! Comment avez-vous eu ce numéro ?

— Votre fille me l'a donné.

— Élégant. É-lé-gant.

— Elle avait aimé le livre, n'est-ce pas ?

Il marqua une pause.

— Quel est le titre de ce foutu bouquin ?

— *L'Imposteur innocent.*

— Nous avons là notre premier problème. Vous devez changer le titre. Personne ne va voir un film à propos d'un truc innocent.

— Changer le titre ?

Une voix plaintive s'éleva derrière lui.

— D'accord, c'est vrai, oui. Je me reprends. Ma femme marque un point en évoquant *Le Temps de l'innocence.* Edith Wharton, Martin Scorsese, nominé aux oscars. Bien, d'accord, bien, allez-y.

— Allez-y, c'est-à-dire ?

— Vendez-le-moi. Je vous accorde trente secondes. Allez !

— Euh, eh bien, bafouilla Brenda en se disant : Parle !

Elle connaissait le roman par cœur. Il était sa passion, son bébé.

— C'est un roman historique qui se déroule au XVIIe siècle. Le protagoniste, Calvin Dare, attache son cheval devant une taverne au moment où un éclair déchire le ciel. Le cheval rue et donne un coup

de sabot à la tête d'un autre homme, Thomas Beech,
qui meurt.

— Je suis pratiquement endormi.

— Alors le premier homme, Calvin Dare, entre
dans un processus par lequel il devient Thomas
Beech. Il lui prend son travail, épouse sa fiancée, il
vit la vie de Beech, en somme, et perd sa propre
identité pour prendre celle de Beech. Peut-être
parce que la vie de Beech était plus intéressante que
la sienne. Ou... parce qu'il se sentait coupable de
sa mort.

— C'est tout ? demanda Ron Feldman.

— Eh bien, non, mais vous devriez lire...

— Merci de votre appel, professeur Lyndon.

— Puis-je vous envoyer...

— J'ai une idée : écrivez un scénario à propos
d'un professeur d'université qui a couché avec son
étudiant et qui a détérioré une peinture d'une valeur
de plusieurs millions de dollars appartenant à l'université. Nous parlons du petit écran, bien sûr, mais
c'est au moins le début d'un story-board. L'autre,
c'est non.

— Non ?

— Bonne nuit, professeur Lyndon.

— Euh...

Dans le cottage au loin, la lumière s'éteignit. La
femme disparut de son champ de vision.

— Bonne nuit.

Josh allait démissionner.

Il ne restait plus qu'une semaine et demie de baby-sitting, et maintenant que Ted était là, Vicki réduisait ses heures de travail presque chaque jour. « Ramène les enfants à la maison plus tôt. Nous allons les emmener déjeuner dehors. Dépose-les au casino. Ted joue au tennis là-bas. » Josh entendit parler d'un autre pique-nique à Smith Point, mais il n'avait pas encore été invité, et s'ils l'invitaient, il refuserait. Pourtant, le fait qu'ils ne l'aient pas invité le dérangeait. Josh ne faisait-il plus « partie de la famille » ? Ils n'avaient plus besoin de lui ? On pouvait se passer de lui ? Eh bien, ouais, il avait sûrement été idiot de ne pas voir venir les choses. Après tout, la chimio de Vicki était terminée ; c'était une réussite et ils seraient en mesure de l'opérer bientôt, dans le Connecticut. Brenda avait terminé son scénario et faisait tout pour le vendre. Elle préparait des paquets qu'elle expédiait à des boîtes de production. Et Ted était en vacances. Il n'y avait donc aucune raison d'inclure Josh dans les sorties familiales. Ils pensaient certainement qu'il était plus sage de couper doucement les ponts entre Josh et les enfants, sans quoi la séparation serait trop pénible pour eux. Ils allaient tous bien et pourtant, Josh se sentait blessé. Il faisait bien plus partie de la famille qu'ils ne le pensaient tous, à cause de Melanie. Et pourtant, c'était surtout à cause d'elle que Josh voulait démissionner. Il ne supportait plus de se retrouver dans la même pièce qu'elle. Le simple fait de la voir lui causait une douleur indicible. Un jour

– après la visite de Peter – elle l'avait acculé dans un coin et l'avait supplié de venir la retrouver au parking de la plage, où elle l'attendrait, comme d'habitude, à 22 heures. Ils devaient tourner la page, disait-elle. Tourner la page, Josh en était sûr, entraînerait une longue et douloureuse conversation qui se terminerait probablement par une dernière étreinte passionnée, ce qui arracherait le pansement posé sur la blessure récente de son cœur, et le ferait de nouveau saigner abondamment.

Josh avait refusé la proposition de Melanie.

Il allait démissionner. La romance de l'été était terminée.

Quand Josh pénétra au 11 Shell Street avec son discours de départ en tête, la maison était silencieuse. Ted, Melanie et Brenda étaient assis à la table de la cuisine, le regard dans le vide. À travers la vitre de la porte de derrière, Josh vit les enfants faire rouler un ballon sur la pelouse. C'était tout à fait inhabituel. Vicki n'aimait pas laisser les enfants sans surveillance dans cette partie du jardin, car elle avait trouvé des champignons vénéneux le long de la clôture et les rosiers attiraient les guêpes. Le jardin de devant était plus sûr, selon Vicki, tant qu'un adulte était présent pour les surveiller, ce qui était toujours le cas. Donc, les petits n'avaient rien à faire dehors, derrière la maison, sans surveillance – quelque chose clochait.

— Qu'est-ce qui ne va pas ? demanda Josh.

Ils levèrent les yeux tous les trois en même temps
– Josh observa les visages de Ted et Brenda, qui
reflétaient tous deux une grande inquiétude. Josh ne
regarda pas Melanie. Et où était Vicki ? La porte de
sa chambre était fermée.

— Ce n'est rien, répondit Brenda. Vicki a simplement la migraine.

— Oh.

Une migraine ? Et c'était la raison de cette douloureuse communion autour de la table, comme s'ils
étaient tous les trois les représentants officiels d'un
gouvernement en déclin ? Une migraine ? C'était
pour cela que les enfants avaient été punis ou bien
payés pour rester sans surveillance dans l'arrière-
cour pleine de dangers ?

— Elle souffre beaucoup, précisa Ted. Elle ne
supporte pas la lumière du jour. Ni les voix des
enfants.

— Oh ! s'écria Josh. C'est arrivé comme ça, d'un
seul coup ?

— Oui, d'un seul coup, reprit Ted. Nous avons
appelé le Dr Alcott pour qu'il lui prescrive des
pilules anti-douleurs. Il veut la voir.

— La voir ?

— Il veut qu'elle passe une IRM, précisa Brenda.
Mais bien sûr, Vicki refuse d'y aller.

Melanie restait silencieuse. Elle était tout aussi
extérieure à ce drame que lui. C'était une des raisons
de leur complicité, une des choses qui les avaient
rapprochés au début – impliqués mais pas liés, liés

mais affiliés. Melanie le fixait d'une façon telle qu'il ne pouvait l'ignorer.

— Alors… j'emmène les enfants ? demanda Josh.

— S'il te plaît, répondit Ted.

— Je viens avec toi, suggéra Melanie. Pour t'aider.

— Non, ça va aller, dit Josh. On va s'en sortir.

— Non, vraiment. Ça ne me dérange pas.

— Eh bien, moi…

Josh faillit dire : « Moi, ça me dérange », mais déjà, Brenda et Ted l'observaient avec curiosité.

— Très bien, reprit-il. Comme tu veux.

Tout en marchant le long de Shell Street, Josh se sentait incroyablement mal à l'aise. Il avait arpenté ce chemin des dizaines de fois avec Blaine et Porter. Aujourd'hui, avec Melanie à ses côtés, il avait l'impression que cette famille était la sienne : Blaine et Porter étaient ses fils, et Melanie, sa femme, enceinte. Les gens qui les voyaient passer devant le marché de Sconset pouvaient aisément se méprendre – et le pire, pensa Josh, c'était qu'une partie de lui se réjouissait de cette méprise. Une partie de lui voulait épouser Melanie et avoir des enfants avec elle. Pourtant, il lui en voulait. Elle l'avait blessé et il lui reprochait de s'être insinuée dans sa routine avec les garçons, ne lui laissant aucune chance de protester ou d'affirmer son autorité. Depuis, il avait très peu parlé. Mais cela n'empêcha pas Melanie de se jeter à l'eau.

— Tu me manques.

Il accueillit cette remarque par un silence. Il était trop heureux de l'entendre dire cela, mais ce n'était pas suffisant.

— Est-ce que je te manque ?

— Melanie !

— Quoi ?

— Cela n'a pas d'importance.

— Bien sûr que si.

— Je ne vais pas faire ça tous les jours. Ce truc de « Tu me manques ; est-ce que je te manque ? ». Pourquoi est-ce que tu es venue avec nous ?

— J'avais besoin de sortir de la maison. L'atmosphère était tendue.

Josh jeta un coup d'œil à Blaine. Blaine était dans l'un de ses rares états méditatifs – Josh savait qu'il n'écoutait pas avec son acuité habituelle.

— C'est sérieux ? demanda Josh. La migraine ?

— Ça pourrait l'être, à mon avis.

— Oh.

Ils marchèrent en silence jusqu'au parking de la plage.

— Ne cours pas devant, ordonna Josh à Blaine. Nous restons tous ensemble.

— Je sais, répondit l'enfant.

Melanie renifla.

— Je voudrais te retrouver ici ce soir.

— Non.

— Il ne reste plus qu'une semaine.

— Je sais, alors quelle importance ?

— C'est important. J'ai envie d'être avec toi.

Josh regarda Blaine. Il semblait idéalement placé

pour entendre leur conversation – à moins que ce
ne soit l'imagination de Josh. Mais il s'en moquait.
Il secoua la tête en signe de refus à l'adresse de
Melanie. Porter babilla à l'oreille de Josh.

Plus tard – pendant que Blaine jouait deux
parasols plus loin avec Abby Brooks, et que Porter,
qui avait bu la moitié de son biberon, n'était pas
loin de tomber dans les bras de Morphée –, Melanie
se hissa de sa chaise et se laissa tomber sur la serviette à côté de Josh. Josh se prépara à essuyer un
nouvel assaut, mais Melanie resta aussi immobile et
silencieuse qu'une statue. Pourtant, elle était bel et
bien là ; Josh pouvait sentir l'odeur de ses cheveux,
de sa peau. Ils étaient assis côte à côte, ils observaient
l'océan et les gens qui se baignaient ; cela aurait pu
être gênant, mais curieusement, tout allait bien. Ils
coexistaient, sans se toucher ni parler. Josh avait
peur de faire le moindre mouvement, peur de briser
le sortilège qui les avait momentanément envoûtés.
Voilà peut-être comment Melanie entendait « terminer » leur histoire. Ce n'était plus l'extase qu'il avait
ressentie durant tout l'été – la nuit passée dans la
maison de Shimmo lui revint à l'esprit, la nuit où
Melanie et lui s'étaient roulés dans ces draps, où il
l'avait serrée tout contre lui sur la terrasse qui donnait sur le port – mais ce n'était ni pénible ni douloureux. Il avait l'impression d'être suspendu entre
les meilleurs et les pires moments passés avec elle,
et cet état intermédiaire avait quelque chose de ras-
surant. Dans dix jours, Josh serait assis dans la Ford

Explorer, à côté de son père, en route pour Middlebury. Il reverrait des amis, des copines, des gens
qu'il n'avait pas vus depuis trois mois, et qui lui
demanderaient : « Comment étaient tes vacances ? »
Et tout ce qu'il savait, au moment où il partageait
sa serviette avec Melanie, c'est qu'il ne trouverait
jamais les mots pour expliquer ce qui lui était arrivé.

D'abord, il y eut ce rêve. Vicki ne s'en souvenait
pas parfaitement. Elle avait rêvé de son opération.
Les médecins étaient prêts à l'opérer ici et maintenant, et non le 1er septembre comme prévu. C'était
une urgence, un secret – ils l'avaient dit à Vicki, ou
bien l'avait-elle vu ? – Ce qu'ils allaient extraire de
ses poumons n'était pas une tumeur, mais de précieux bijoux. D'énormes rubis, des émeraudes, des
améthystes, des saphirs – les plus gros du monde,
enfouis là, dans sa poitrine, enchevêtrés dans les
tissus sains de ses bronches. Les médecins n'étaient
pas des médecins, mais des voleurs appartenant à
quelque gang international. Ils avaient prévu de
l'opérer, apprit-elle, sans anesthésie. Vicki mourait
de douleur ; ils projetaient de la tuer.
Elle se réveilla. Non pas en sursaut, comme dans
les films, ni en se redressant brusquement dans son
lit, le souffle court, mais le plus sereinement du
monde. Elle ouvrit les yeux et sentit les larmes couler
sur ses joues. Ted était à côté d'elle et respirait pai-
siblement, comme un homme en vacances. En tour-

nant la tête, elle aperçut ses enfants, endormis sur le matelas. Respirer la faisait souffrir. Vicki se demanda à quoi ressemblerait l'intérieur de ses poumons après l'opération. Y aurait-il un gros trou à la place de ses bronches ?

La chirurgie, maintenant qu'elle était bien réelle, lui paraissait terrifiante. « Il faut le faire, évidemment, lui avait conseillé le Dr Garcia il y a plusieurs mois. Si vous voulez vivre. » Curieusement, l'opération répondait aux espérances de Vicki. C'était la suite logique de la chimiothérapie, mais maintenant, elle était terrorisée. Cela la rongeait de l'intérieur, lui nouait l'estomac ; elle avait les épaules et les poignets raidis par l'angoisse. L'anesthésie était déjà un problème en soi. Elle serait ailleurs, happée, pendant plus de six heures. Ce n'était pas un simple sommeil, elle s'en rendait compte. C'était une inconscience forcée, un lieu à égale distance entre le sommeil et la mort. Vicki serait maintenue là, dans ce purgatoire du néant, pendant qu'ils inciseraient les muscles de sa poitrine, ouvriraient sa cage thoracique, saisiraient son poumon puis le lui ôteraient. C'était pire qu'un film d'horreur. Un millier de problèmes pouvaient survenir durant l'opération ou au cours de l'anesthésie. Et si l'opération était un succès mais qu'ils lui avaient administré une trop forte dose d'anesthésiant, la plongeant dans les limbes de l'inconscience ? Et si elle passait de l'autre côté ?

Elle était allongée sur son lit, l'esprit turbinant comme un moteur en surchauffe. Comment pourrait-elle dormir ? Était-il surprenant qu'elle fasse des cauchemars ?

Après vint la migraine.

Quand Vicki se réveilla le lendemain matin, elle avait l'impression de porter un heaume. Elle ressentait non seulement une terrible douleur, mais aussi une forte pression. Blaine se jeta sur le lit, comme il le faisait chaque matin quand Ted était là – pas besoin de s'inquiéter pour maman qui allait mal quand papa était dans les parages – et Porter chouina pour que quelqu'un le fasse monter sur le lit à son tour. Il était encore trop petit pour grimper. Vicki ouvrit un œil. Ce n'était pas intentionnel. Apparemment, sans qu'elle sache pourquoi, elle ne pouvait ouvrir qu'un œil. Et même ce geste lui coûta un effort herculéen. Elle souffrait – les rayons du soleil qui filtraient à travers les stores la mettaient à l'agonie, tout comme les geignements de Porter. Elle essaya de tendre un bras vers le bébé, pensant qu'elle pourrait le hisser sur le lit d'une main, même s'il pesait presque neuf kilos. Et elle ne parvint pas à s'asseoir pour faire effet de levier. Elle était incapable de lever la tête.

— Ted ? murmura-t-elle.

Sa langue était sèche comme du papier. Elle était peut-être déshydratée. Elle avait besoin d'eau. Elle tendit le bras pour saisir le verre qui se trouvait sur la table de nuit, mais sa main tremblait et elle était incapable de lever la tête et de boire une gorgée. Ted, qui était occupé avec les garçons – ils se chatouillaient, se taquinaient, se chamaillaient – ne

l'entendit pas. Le verre glissa de sa main, ou bien
elle le lâcha, et tomba par terre, répandant son
contenu sur le sol, sans cependant se briser.

— Bon sang, Vick ! s'exclama Ted.

— Ma tête…

— Quoi ?

— Ma tête me tue.

Une expression familière. Après tout, c'était une
façon simple de dire les choses, mais Ted ne pouvait
comprendre que Vicki employait cette expression
au sens littéral. Sa tête essayait de la tuer.

— La lumière. Les enfants.

Pour se protéger du bruit et de la lumière, elle
mit le drap sur sa tête, mais celui-ci s'avéra aussi
efficace qu'un Kleenex.

— Tu veux de l'aspirine ? Un chocolat chaud ?

Comme si elle avait la gueule de bois. Elle avait
bu un peu de vin la veille, au dîner – elle en buvait
chaque soir depuis son dernier scanner – mais ce
n'était pas cela. Pourtant, Vicki ne pouvait refuser
l'offre de médicament.

— Il doit me rester des médicaments anti-
douleurs.

Prononcer cette simple phrase lui coûta un douloureux effort.

Ted fit descendre les enfants du lit et poussa
Blaine vers la porte de la chambre.

— Va-t'en. Maman ne se sent pas bien.

— Encore ? s'étonna Blaine.

Ah ! la culpabilité. Blaine finirait certainement
chez un psychanalyste à cause du cancer de Vicki,

mais elle ne pouvait s'en inquiéter maintenant. Guéris, pensa-t-elle. Après, tu verras.

Ted prit Porter d'un bras et s'empara du flacon de médicaments sur la commode.

— Percoset, lut-il. Vide.

— Merde.

Elle était presque sûre qu'il restait trois ou quatre comprimés. Brenda ?

— Peux-tu appeler le Dr Alcott ?

— Et lui dire quoi ?

Ted était exactement comme Vicki auparavant : très mal à l'aise avec les médecins. Mais depuis que sa femme avait commencé à consulter régulièrement des médecins pour sauver sa vie, son attitude avait changé.

— Appelle-le, supplia Vicki.

Et soudain, elle nageait en pleine confusion. Pourquoi demandait-elle à Blaine d'appeler le docteur ? Était-il, à l'âge de quatre ans et demi, capable de le faire ? Il n'était même pas en mesure de parler correctement à sa grand-mère au téléphone.

— Les mots magiques, lui rappela Vicki.

Qui sait combien de douloureuses minutes s'égrenèrent ? Cela lui sembla une éternité. Vicki gémit. Elle pouvait entendre les bruits de la maison – la poêle que l'on pose sur la cuisinière, les œufs que l'on casse, le fouet qui claque contre le bol en grès, le beurre qui fond dans la poêle, la porte du réfrigérateur qui s'ouvre et se referme, les glaçons qui tintent dans un verre, les pleurs de Porter, le grincement de la chaise haute que l'on fait glisser sur le

linoléum, le flot ininterrompu des paroles de Blaine,
la voix de Ted – oui, au téléphone, Dieu merci. Un
brouhaha aussi fort et désagréable à ses oreilles que
s'il y avait un marteau-piqueur en marche dans sa
chambre. Vicki agrippa l'oreiller en plumes d'oie et
s'en couvrit la tête.

La douleur était telle une main qui pressait son
cerveau comme une éponge. Va-t'en !

On frappa à la porte. Brenda.

— Vick, est-ce que ça va ?

Vicki voulut crier après sa sœur pour lui avoir volé
son Percoset, mais crier était au-dessus de ses forces.

— Migraine, marmonna-t-elle. Douleur insupportable.

— Ted vient juste d'appeler le Dr Alcott. Il veut
que tu ailles à l'hôpital.

Aller à l'hôpital ? Impossible. La simple idée de
se lever de son lit, de monter dans la voiture, de
faire le trajet sous la lumière aveuglante du soleil,
lui semblait impensable.

La voix de Ted lui parvint. Il avait rejoint Brenda
dans la chambre.

— Le Dr Alcott veut te voir, Vick.

— Parce que j'ai une migraine ? Et le Percoset ?

— Il va t'en prescrire.

Vicki se sentit quelque peu soulagée, même si ce
sentiment lui semblait bien diffus sous le coup de la
douleur.

— Mais il veut que tu viennes à l'hôpital. Il veut
t'examiner. Il a dit que ce ne serait peut-être pas
une mauvaise idée de te faire passer une IRM.

— Pourquoi ?

— Je ne sais pas.

C'était un gros, très gros mensonge. Métastases dans le cerveau, pensa-t-elle. Les soupçons du Dr Alcott étaient fondés ; elle le sentait. Le cancer était telle une main, dont les doigts agrippaient et pressaient son cerveau. Le cancer était une araignée qui faisait son nid dans sa matière grise. La douleur, la pression augmentaient sa sensibilité au bruit, à la lumière. Voilà à quoi ressemblait une tumeur au cerveau ; elle avait entendu un membre de son groupe de soutien la décrire, mais elle ne se souvenait pas de qui il s'agissait. Alan ? Non, Alan était mort. Ce n'était pas Alan.

— J'ai bu trop de vin hier soir.

— Un verre ?

— De l'eau, dit Vicki. Les mots magiques. Merci.

Quelqu'un souleva son oreiller. Vicki sentit l'odeur de Brenda – qu'est-ce que c'était ? Noxema. De la crème solaire à l'ananas.

— Ce que tu dis n'a aucun sens, Vick. Ouvre les yeux.

— Je ne peux pas.

— Essaie.

Vicki essaya. Elle ouvrit un œil. Elle vit une Brenda très brouillée. Derrière elle, une forme que Vicki savait être Ted, mais cela aurait aussi bien pu être un voleur de renommée internationale, venu pour lui ouvrir la poitrine et en extraire les joyaux.

— Tu as volé mon Percoset, dit Vicki à sa sœur.

— Oui. Je suis désolée.

— J'en ai besoin. Maintenant.

— J'y vais. J'y vais, dit Ted. J'emmène les enfants.

— Je vais t'apporter de l'eau, suggéra Brenda. De l'eau glacée avec de fines tranches de citron, exactement comme tu l'aimes.

— Pas d'hôpital. Je n'y retournerai jamais.

Brenda et Ted quittèrent la pièce. Le cliquetis de la porte se refermant lui fit l'effet d'un coup de pistolet. Brenda souffla à Ted :

— Ses pupilles sont très dilatées. Qu'est-ce que ça veut dire, à ton avis ?

Il y a une araignée dans mon cerveau, pensa Vicki. Brenda parlait à voix basse, mais sa voix résonnait dans son crâne comme si elle était de nouveau au CBGB ou à un concert des B-52, debout, à côté des enceintes qui crachaient un trillion de décibels. Silence !

— Je n'en ai aucune idée, répondit Ted.

Les médicaments firent effet, du moins suffisamment pour que Vicki puisse vivoter les jours suivants. Le Dr Alcott ne lui avait prescrit que vingt Percoset et Vicki trouvait qu'en prenant deux comprimés trois fois par jour, la douleur, d'insupportable, était devenue tout juste atroce. Son œil gauche finit par s'ouvrir, bien que la paupière soit molle, comme si Vicki avait reçu un coup sur l'œil, et ses deux pupilles étaient aussi grosses que des bouches d'égout. Vicki portait ses lunettes de soleil quand elle ne pouvait s'en passer. Elle ne voulait pas que Brenda ou Ted sachent qu'elle avait l'impression d'avoir un boulet autour du cou, elle ne voulait pas qu'ils sachent que c'était comme si quelqu'un essayait d'extraire son cerveau par l'orbite de son œil, et surtout, elle ne voulait pas qu'ils soient au courant à propos de la main qui pressait son cerveau comme une éponge ou de l'araignée qui tissait sa toile. Elle ne retournerait à l'hôpital pour rien au monde, elle refusait de passer une IRM, parce qu'elle serait totalement incapable de supporter la nouvelle des métastases dans son cerveau.

Et ainsi, elle tint bon. Il ne restait plus qu'une semaine. Ted voulait faire mille choses avant de partir. Il voulait passer chaque seconde restante à l'extérieur. Il jouait au tennis au casino pendant que Josh s'occupait des enfants, et il emmena Vicki, Brenda et les enfants déjeuner au Wauwinet, où Vicki passa tout son temps à essayer de garder la tête droite. Ted sortait en ville tous les soirs après dîner, marcher le long des docks, épier les yachts – et un soir, sur une impulsion, il s'inscrivit avec Blaine à une sortie de pêche, et ce malgré l'air dubitatif du pêcheur qui avait observé attentivement Blaine et conseillé à Ted de venir bien équipé et de procurer au petit bonhomme un gilet de sauvetage. Ted acheta un gilet de sauvetage à soixante dollars aussitôt après au magasin Ship Chandlery.

Vicki avait bien tenté de protester (il est trop petit, cc n'est pas sûr et c'est de l'argent gaspillé, Ted), mais à présent, elle préférait ne rien dire. Ted ne lui demandait pas comment elle se sentait, parce qu'il ne voulait pas entendre la réponse. Il ne restait

que sept jours avant la fin de l'été ; Vicki pouvait
sûrement tenir le coup, se comporter comme si de
rien n'était, jusqu'à ce qu'ils rentrent à la maison.

Vicki appela le Dr Alcott, Mark, elle-même, pour
lui demander des médicaments.

— Toujours cette migraine ? demanda-t-il.

— Ce n'est pas aussi dur qu'avant, mentit-elle.
Mais nous sommes si occupés, il y a tant de choses
à faire que...

— Le Percoset est un narcotique. Pour les cas de
douleurs extrêmes.

— Je suis un cas de douleur extrême. J'en ai
besoin, je vous le promets.

— Je vous crois. Et c'est pour cela que je voudrais vous voir.

— Je ne viendrai pas.

— Il n'y a aucune raison d'avoir peur.

Oh, bien sûr que si.

— Est-ce que je peux prendre quelque chose ?
demanda Vicki.

Le Dr Alcott soupira. Vicki avait l'impression
d'être Blaine. « Je pourrai avoir un hamster quand
j'aurai six ans ? Un skateboard ? Du chewing-
gum ? »

— Je vais vous prescrire quelque chose à la pharmacie.

Plus tard, au désespoir, Vicki appela la pharmacie. Oui, lui répondit le pharmacien, à la manière
dont l'Ange Gabriel avait dû annoncer à la Vierge
Marie la naissance imminente de l'Enfant Jésus, le

Dr Alcott vous a prescrit du Darvocet et six cents milligrammes de Motrin.

— Le Darvocet est un narcotique ? demanda Vicki.

— Non, madame, ce n'en est pas un.

— Mais c'est un anti-douleur ?

— Oui, en effet, et il est plus efficace quand il est associé au Motrin.

— Plus efficace.

Vicki se sentit rassérénée.

Ted milita pour organiser un autre pique-nique sur la plage. Il voulait utiliser ses cannes à pêche une nouvelle fois et manger du homard. Cette fois-ci, Vicki pouvait s'en occuper, n'est-ce pas ?

— Bien sûr, répondit-elle faiblement.

Cet après-midi-là, quand Josh ramena les enfants, Ted lui donna une claque dans le dos et lui lança :

— Nous retournons à Smith Point demain soir pour dîner et pêcher. Tu te joins à nous ?

— Je ne peux pas. Je ne suis pas dispo.

— Pas dispo ? répéta Ted.

Vicki observa le visage de Josh. Elle était dans la cuisine avec ses lunettes de soleil et tout le monde lui paraissait sombre et voilé, comme les acteurs d'un film en noir et blanc.

— Vraiment ? dit-elle. Nous aimerions tant t'avoir avec nous. C'est le dernier…

— Vraiment. Je ne suis pas dispo.

Plus tard, après le départ de Josh, Ted suggéra :

— Nous pourrions inviter le Dr Alcott au pique-nique. Lui adore pêcher.

— Non, répondit Vicki. Pas question.

Engourdie par le Darvocet et le Motrin (énergisée par l'ajout de trois Advil et deux Tylenol), Vicki organisa le pique-nique comme le précédent. Si ce n'était l'absence de Josh.

— Qui vient ? demanda Melanie.

— Seulement nous, répondit Vicki.

Tandis que Ted conduisait vers l'ouest, en direction de Madaket et Smith Point, Vicki sentait l'été s'étioler. Il se refermait comme une porte. Le soleil, bas dans le ciel, surplombait à peine le faîte des pins de Ram Pasture ; ses derniers rayons glissaient sur les toits des immenses maisons estivales de Dionis. Du moins c'était l'impression qu'elle avait à travers ses lunettes de soleil. Le monde s'estompait dans la lumière sirupeuse du couchant. Melanie était assise à l'avant, à côté de Ted, et Brenda et Vicki se trouvaient sur la banquette du milieu, d'où elles pouvaient observer les enfants, installés à l'arrière. Blaine avait la main arc-boutée au-dessus de sa tête, car Ted lui avait dit de surveiller les cannes à pêche, et Blaine pensait qu'il devait les tenir pendant tout le trajet. Porter babillait et s'amusait à sucer sa tétine puis à la retirer, avec un petit bruit qu'il adorait. Babillage, succion, pop. Une odeur de homard flottait dans la voiture. Vicki avait commandé par erreur une part de plus – pour Josh, en fait, qui ne venait pas. La voiture lui paraissait vide sans lui. Était-elle la seule à ressentir cela ? Josh manquait aux enfants. À Melanie aussi, sans doute, même si Vicki n'avait pas eu le courage ou le cœur de parler de Josh à Melanie. Peut-être plus tard, quand l'eau aurait coulé sous les ponts, après son opération, après la naissance du bébé, peut-être quand elles ressembleraient davantage aux personnes qu'elles étaient avant cet été. (Un souvenir revint tout à coup à l'esprit de Vicki : un dîner dans la maison de Peter et Melanie, avec un repas préparé par un traiteur où tous les plats étaient agrémentés de truffe noire. Peter avait acheté des truffes à Paris, après l'échec de la quatrième tentative de fécondation in vitro de Melanie ; c'était son idée d'engager un traiteur et d'organiser une soirée. Vicki était venue à la soirée avec un litre d'un parfum outrageusement cher de chez Henri Bendel pour Melanie. Melanie avait paru enchantée du cadeau. Vicki avait surveillé la conversation au cours du dîner comme un agent de la Gestapo ; chaque fois qu'un invité se risquait à aborder un sujet qui avait un rapport quelconque avec les enfants, Vicki détournait la conversation.)

Jamais elles ne redeviendraient les personnes qu'elles avaient été. Elles avaient changé ; elles changeraient encore. Comme si elle lisait dans ses pensées, Brenda poussa un profond soupir. Vicki la regarda.

— Quoi ?

— Il faut que je te parle, dit Brenda.

Elle s'enfonça dans son siège et Vicki, instinctivement, fit de même. Elles replongeaient en enfance, quand elles parlaient à couvert du radar de leurs parents, là où ils ne pouvaient les entendre.

— À propos de quoi ? demanda Vicki.

— À propos d'argent.

La radio de la voiture était allumée. Journey[1] chantait *Les Roues dans le ciel*. Les Roues dans le ciel ? Qu'est-ce que ça voulait dire, au juste ? Cela évoquait-il le cercle dans lequel Dieu nous faisait tourner indéfiniment ? À l'avant de la voiture, Ted ennuyait Melanie à propos de la sortie de pêche que Blaine et lui allaient faire le mardi suivant. Apparemment, Harrison Ford serait aussi de la partie, avec son neveu. *Les Roues dans le ciel* renvoyaient-elles à celles qui tournaient dans la tête de Vicki, aux rouages qui étaient censés fonctionner à la vitesse de l'éclair pour alimenter ses pensées, mais qui s'étaient à présent bloqués, comme s'ils avaient besoin d'être huilés ? « À propos d'argent ? » Pourquoi tout le monde en parlait-il ? Les roues du ciel parlaient-elles du ciel actuel ? Dehors, il faisait déjà nuit. Comment était-ce possible, alors qu'il y a quelques instants à peine, le soleil... Babillage, succion, pop. Ted raconta : « Ils peuvent presque vous garantir que vous allez attraper un poisson bleu, mais tout le monde veut des bars rayés... » La voiture sentait le homard... Sept mères de famille étaient mortes dans l'accident du bus qui s'était retourné sur l'autoroute de Los Angeles et avait pris feu. Seulement sept ? Josh n'était pas disponible.

---

1. Journey est un groupe de hard-rock américain.

« Vraiment, s'était-il excusé, je ne suis pas dispo. »
Greta Jenkins avait commencé à raconter une histoire
à propos de sa fille, Avery, âgée de quatre ans, qui
prenait des leçons de danse, et elle disait à quel point
il était enquiquinant de trouver une paire de collants.
« Des collants sans pieds », répétait Greta. Un sentiment de vide et de désespoir s'était reflété sur le
visage de Melanie (mais l'espace d'une seule seconde,
car après tout, elle était l'hôtesse de cette réception,
dont les plats étaient saupoudrés de copeaux de truffe
– comme les copeaux d'un crayon graphite, pensa
Vicki). Vicki avait changé de sujet : « Quelqu'un a-t-il
lu l'article de Susan Orleans dans le *New Yorker* au
sujet des éleveurs de pigeons ? » Babillage, succion,
pop. « À propos d'argent ? » Josh manquait à Vicki.
Il n'était pas dispo. Il faisait noir partout à présent.

— Ted !

Le ton de la voix de Brenda était sérieux, encore
plus sérieux que quand elle avait déclaré : « Il faut
que je te parle de quelque chose. » L'angoisse perçait dans sa voix. Cela signifiait : « Urgence ! »

— Ted, gare-toi tout de suite ! Elle s'est évanouie
ou un truc comme ça. J'appelle le 911.

— Qui ? demanda Ted en éteignant la radio.
Quoi ?

— Vicki. Vicki !

Elle ne fut pas réveillée par le hurlement des
sirènes ni même par l'incroyable crissement des
pneus de l'ambulance sur les pavés – pourtant, elle
sentait la vitesse effrénée de la voiture et les sirènes
étaient aussi bouleversantes que les cris de ses

enfants. Ce qui la réveilla fut l'odeur. Une odeur puissante, un antiseptique. Juste sous son nez. Des sels ? Comme si elle s'était évanouie dans un salon victorien ? Un jeune homme inconnu, de l'âge de Josh, mais avec les cheveux attachés en queue de cheval (pourquoi de si longs cheveux chez un homme ? Vicki pourrait poser la question à Castor, le type du jeu de poker, quand elle en aurait l'occasion) avait le regard braqué sur elle, même s'il était flou. De nouveau, Vicki ne pouvait garder qu'un œil ouvert.

— Vicki !

Sa sœur venait de pénétrer dans le champ restreint de sa vision, et Vicki se sentit soulagée. Elle avait une question importante à poser à Brenda, mais elle avait attendu le bon moment et elle était effrayée de lui demander une telle chose, mais elle voulait le faire maintenant. Avant qu'il ne soit trop tard.

Vicki ouvrit la bouche pour se lancer et Brenda dit :

— Je suis désolée d'avoir parlé d'argent. Mon Dieu, je suis tellement désolée. Comme si tu avais besoin de davantage de tracas. Et... ne m'en veux pas, mais j'ai appelé maman et papa. Ils sont en route. En ce moment même, ce soir même.

Avant qu'il ne soit trop tard ! pensa Vicki.

Mais ses paupières retombaient sur ses pupilles comme les stores de sa chambre au 11 Shell Street. Elle était fatiguée, comprit-elle. Fatiguée de se battre, fatiguée de le nier : elle était très malade. Elle allait mourir. Quelqu'un avait dit, dans son groupe de soutien, que lorsqu'on était proche de la fin, la peur s'évanouissait et la paix submergeait votre être. Vicki était épuisée, elle voulait retourner là où elle était avant son réveil, dans ce lieu aux confins du temps et de l'espace, le néant. Mais résiste ! Reste avec nous encore un peu ! Elle devait demander à Brenda quelque chose de très important, la chose la plus importante de toute sa vie. Mais Vicki ne trouvait pas sa voix ; sa voix lui échappait ; elle s'était dérobée, elle avait été volée – Vicki serra alors la main de Brenda et elle dit les mots en pensée en espérant que sa sœur, si brillante, les comprendrait.

Je veux que tu prennes soin de Blaine et Porter. Je veux que tu prennes mes petits garçons et que tu les élèves pour qu'ils deviennent des hommes. Ted sera là aussi, bien sûr. Il jouera aux jeux de ballons avec eux, les emmènera au ski, à la pêche, il leur parlera des filles, de la drogue, de l'alcool, de tous les trucs de mecs. Mais les garçons ont besoin d'une mère, une maman, et je veux que cette personne, ce soit toi. Tu me connais, j'aime les listes, j'ai toujours aimé les listes, même quand je prétendais le contraire. Alors voilà ma liste. Souviens-toi de chaque chose, n'oublie rien : embrasse les enfants quand ils tombent, lis-leur des histoires, félicite-les quand ils prêtent leurs jouets, apprends-leur à être gentils, à frapper à la porte avant d'entrer, à ranger leurs affaires, à rabattre le battant des toilettes lorsqu'ils ont terminé. Joue avec eux à Gains&Pertes, emmène-les au musée, au zoo, au cinéma, pour voir des films drôles. Écoute-les quand ils ont quelque chose à

dire. Encourage-les à chanter, à peindre, à construire
des objets, à faire des collages, à appeler leur grand-
mère. Apprends-leur à cuisiner des petits plats, fais-
leur manger du raisin, des carottes, et des brocolis
si tu peux, emmène-les à leur leçon de natation,
laisse-les dormir chez des amis où ils regarderont
Scooby-Doo en mangeant de la pizza et du pop-
corn. Donne-leur un dollar en or de la part de la
petite souris pour chaque dent perdue. Prends garde
qu'ils ne s'étouffent pas, ne se noient pas et ne fas-
sent pas de vélo sans casque. Investis-toi dans leur
vie scolaire, sois toujours à l'heure pour les déposer
et aller les chercher à l'école, fabrique-leur de beaux
costumes pour Halloween, Noël, la Saint-Valentin.
Emmène-les faire de la luge, puis prépare du chocolat chaud avec des marshmallows. Laisse-les faire
un tour supplémentaire de luge, fais attention à ce
que leurs pantalons ne soient pas trop courts et leurs
chaussures pas trop serrées, accroche leurs œuvres
d'art au mur, laisse-les manger des crèmes glacées
aux pépites de chocolat. Les mots magiques, toujours, pour tout. Ne leur achète pas de Playstation.
À la place, utilise cet argent pour leur faire faire un
voyage en Égypte. Ils devraient voir les Pyramides,
le Sphinx. Mais plus important que tout, Brenda,
dis-leur chaque jour combien je les aime, même si
je ne suis pas là. Je les regarderai – chaque fois qu'ils
marqueront un but au football, qu'ils construiront
un château de sable, chaque fois qu'ils lèveront la
main en classe pour donner une réponse, bonne ou
fausse, je les regarderai. Je les prendrai dans mes

bras quand ils seront malades, blessés ou tristes. Assure-toi qu'ils sentent mes bras autour d'eux ! Quelqu'un m'a dit un jour qu'avoir un enfant, c'était un peu comme avoir son cœur détaché de son corps. Ils sont mon cœur, Brenda, le cœur que je laisse derrière moi. Prends soin de mon cœur, Bren.

C'est beaucoup te demander, je sais. C'est la chose la plus importante au monde, et je te la demande parce que tu es ma sœur. Nous sommes différentes, toi et moi, je peux dire une chose à ton propos : tu me connais, intérieurement et extérieurement, tu me connais mieux que papa et maman, et même mieux que Ted. Tu es ma sœur et je sais que tu aimeras mes enfants et que tu prendras soin d'eux comme si c'était les tiens. Je ne pourrais demander cela à personne d'autre. Pour une telle tâche, il n'y a que toi.

Brenda la fixait. L'avait-elle entendue ? Vicki relâcha sa main.

— D'accord ? murmura-t-elle.

— D'accord, dit Brenda.

Brenda pria de toutes ses forces. « S'il Vous plaît, s'il Vous plaît, s'il Vous plaît, S'il Vous plaît, s'il Vous plaît. » Ted allait et venait dans la salle d'attente comme un lion en cage. Ils avaient emmené Vicki à l'étage pour lui faire passer des tests, mais ni Ted ni Brenda n'avaient été autorisés à l'accompagner. Melanie, dans un éclair de lucidité imprévisible, se porta volontaire pour ramener les enfants en voiture à Sconset, les emmener manger une glace au supermarché, regarder une vidéo de Scooby-Doo et les laisser s'endormir dans le lit de Ted et Vicki.

— Merci, dit Brenda.

Brenda avait appelé ses parents pendant qu'ils attendaient frénétiquement l'ambulance, avec Vicki inconsciente dans les bras de Ted.

— Vicki est inconsciente, avait expliqué Brenda à sa mère.

— Nous arrivons, avait répondu Ellen Lyndon.

Et Brenda, comprenant que 1) il était inutile de dissuader sa mère et 2) son père et sa mère savaient exactement ce dont Vicki avait besoin à cet instant – un appui, un soutien, une aide –, avait répondu :

— Oui, d'accord.

Cependant, ils ne pourraient atteindre l'île avant le lendemain matin, or Brenda avait besoin d'un soutien immédiat. Le ver de la culpabilité creusait un tunnel jusqu'à son cerveau. Brenda avait parlé d'argent ; elle avait voulu lancer la conversation sur les cent vingt-cinq mille dollars et c'est à ce moment-là que Vicki avait perdu connaissance. Et, comble de l'ironie, c'était maintenant qu'elle comprenait que l'argent n'avait pas d'importance. L'argent était bien la dernière chose qui comptait. (Pourquoi les êtres humains croyaient-ils le contraire ?) Ce qui comptait, c'était la famille. Ce qui comptait, c'était l'amour.

L'amour.

Brenda prit son téléphone portable et marcha jusqu'au bout du couloir de l'hôpital. Elle composa le numéro de mémoire. Tout l'été, elle avait essayé d'oublier ce numéro et maintenant, il lui venait à l'esprit spontanément.

Une sonnerie. Deux sonneries.

Et puis Walsh.

— Allô ?

Sa voix. Brenda fut prise de court. Le passé lui revint en mémoire. *La rumeur dit que tu as commis le seul péché impardonnable, un péché encore plus grave que le pur et simple plagiat.*

— Bonjour. C'est Brenda.

— Brindah.

Il y eut une pause.

— Brindah. Brindah.

Oh, mon Dieu ! Elle allait se mettre à pleurer. Mais non.

— Je suis toujours à Nantucket. À l'hôpital. Vicki est à l'étage pour passer des tests. Il y a une minute, elle allait bien, et la minute d'après, elle était inconsciente. Ce n'est peut-être rien, ou alors c'est très grave. J'ai fait du bon boulot cet été. Prendre soin de Vicki, je veux dire. Pas un boulot parfait, mais du bon boulot. J'ai prié, Walsh, mais j'ai l'impression que personne ne m'écoute.

— Ouais, je connais ce sentiment.

— Vraiment ?

— Eh bien, je ressentais la même chose… jusqu'à maintenant.

— Je suis désolée de ne pas t'avoir rappelé.

— Ahhhh, ouais.

— Je pensais juste que... tout ce qui s'est passé à New York, avec l'université... tout est allé de travers.

— Ils ont voulu te faire croire que tout allait de travers.

— Il y a des choses qui n'allaient pas. Nous étions au mauvais endroit au mauvais moment. Nous aurions dû attendre.

— Je n'aurais pas pu attendre.

Aurais-je pu attendre ? pensa Brenda. Pour sauver ma carrière ? Pour préserver ma réputation ? Je n'aurais pas pu simplement attendre ? Dans le hall, Brenda vit Ted s'affaler sur une chaise et laisser tomber sa tête dans ses mains. Son monde était en train de s'écrouler.

— Je dois y aller. Ma sœur...

— Est-ce que je peux faire quelque chose ?

— Non. Il n'y a rien à faire.

— Ahhhh, ouais.

L'amour, c'est tout ce qui compte, se dit Brenda. Dis-lui ! Mais elle ne pouvait pas. Elle était trop perturbée par le son de sa voix, elle était embourbée dans le non-langage des ex-amants. Il y avait tant à dire qu'elle n'ajouterait rien du tout.

— Eh bien, dit Brenda. Au revoir.

— Au revoir, répondit Walsh.

Ils garderaient Vicki toute la nuit pour lui faire passer des tests. L'un d'eux serait une IRM, dans la matinée du lendemain, quand le Dr Alcott serait présent.

— Votre sœur a un cancer des poumons, dit le médecin, un homme élégant et soigné, de type indien, qui venait du Mass General. Nous recherchons des métastases dans le cerveau, une tumeur au cerveau.

— Oui, dit Brenda. Je comprends.

— Vous pouvez la voir avant de partir, lui souhaiter bonne nuit.

— D'accord. Je le ferai.

Brenda et Ted prirent l'ascenseur en silence pour se rendre dans la chambre de Vicki. C'était une chambre à un lit, calme, aux murs blancs. Vicki avait une perfusion et un masque à oxygène. Brenda lui embrassa la joue et elle ouvrit un œil.

— J'espérais vraiment ne plus jamais revenir ici, souffla Vicki à travers son masque.

— Je sais, dit Brenda. Je sais.

Ted s'assit sur le lit et la prit dans ses bras.

— Je t'aime, baby, murmura-t-il. Tu dois tenir le coup. Tu dois guérir.

Ted pleurait, Vicki sanglotait, et les voir tous les deux ainsi causa un choc à Brenda. L'un de ses rêves secrets était d'avoir un jour un homme à ses côtés qui l'aimerait comme Ted aimait Vicki. Il parlait toujours de Vicki comme de « ma merveilleuse épouse » ou bien « la magnifique mère de mes magnifiques enfants ». Si Vicki était dans la pièce, Ted ne s'intéressait à personne d'autre. Il agissait la plupart du temps comme un homme basique – il se cachait derrière son petit laïus de manager – mais en vérité, il était à genoux devant sa femme.

Brenda pensa à Walsh. « Je n'aurais pas pu attendre. »

Non, pensa-t-elle. Moi non plus.

Josh était au Chicken Box, en train de boire des Bud et de jouer au billard avec Zach, tout en essayant de ne pas penser au pique-nique qui se déroulait sur la plage de Smith Point sans lui, même si certaines images inopportunes lui traversaient l'esprit : les cannes à pêche plantées dans le sable, le visage de Blaine éclairé par les flammes, Melanie grelottant dans son maillot de bain. Afin de bien commencer la soirée, Josh et Zach avaient bu quelques *shots* de tequila chez Zach avant de partir, mais cela avait amené Zach à lui confier involontairement – durant le trajet en voiture jusqu'au bar – qu'il avait couché avec Didi deux fois cet été, et qu'à chaque fois, il l'avait payée cent dollars.

— Et je ne crois pas que j'étais le seul, mec, dit Zach. Je crois que c'est une sorte de prostituée.

À présent, ils s'étaient retranchés dans un silence gênant, à peine troublé par les coups de billard (neuf boules, chacun son côté) et le groupe qui chantait des chansons de Bruce Springsteen à pleins poumons de l'autre côté du bar. Si c'était ce que Josh avait manqué tout l'été, alors il n'en était pas mécontent.

Josh fut soulagé d'entendre son portable sonner. Il vérifia le numéro d'appel : c'était le 11 Shell Street. Il était presque 22 h 30. Ils venaient sûrement juste de rentrer de la plage et avaient porté les garçons pleins de sable dans leur lit. Et ils l'appelaient parce... ? C'était sûrement Vicki qui voulait réduire ses heures, ou bien Melanie. Il leur avait manqué, durant le pique-nique, quand ils... Voulait-il la retrouver maintenant, ce soir, une dernière fois ? Cela ne pouvait pas faire de mal, si ? Eh bien, si. C'était une drogue ; on ne pouvait s'empêcher d'en reprendre par petites doses. Il fallait tout arrêter d'un coup, brutalement. Ne s'en rendait-elle pas compte ? Ne comprenait-elle pas ? C'était elle qui était mariée ! Josh observa Zach, qui était auparavant son meilleur ami, le buste penché sur la table de billard, un œil fermé pour l'aider à se concentrer, faire aller et venir la queue de billard entre ses doigts. Josh aurait pu épater Zach avec l'histoire de Melanie. Sur le plan des nouvelles chocs, cela valait largement ce qu'il lui avait raconté à propos de Didi (une prostituée ?), mais Zach n'était pas digne de ce récit. Josh laissa l'appel être transféré sur sa boîte vocale.

Plus tard, bien plus tard, après avoir raccompagné Zach chez lui (Josh et Zach se donnèrent une poignée de main, Zach disant d'un air optimiste et conciliant, après lui avoir rappelé qu'ils étaient avant tout des amis : « Hé ! mec, c'était bon de te voir. C'était cool de traîner dehors »), Josh écouta le message.

« Josh, c'est Ted Stowe. Écoute, il s'est passé un truc à la maison. Il est arrivé quelque chose à Vicki ;

elle est à l'hôpital ; ils lui font passer des tests. On
ne sait pas ce qui se passe, mais ses parents, mes
beaux-parents, vont arriver demain matin et ils vont
s'occuper des enfants. Alors tu n'as pas besoin de
venir lundi matin. Vicki doit avoir ton adresse quelque part, je t'enverrai un chèque pour cette semaine,
plus un bonus. Vicki a dit que tu avais fait du bon
boulot et j'apprécie vraiment, mon pote. Tu ne sais
pas combien c'était important d'avoir un soutien
solide, quelqu'un pour combler les trous ; je sais que
ça n'a pas dû être facile et, mon pote, les enfants…
ils t'adorent et Vicki t'adore et ça va aller pour elle.
Il faut juste qu'on continue à y croire. Voilà, merci
pour ton aide. Et bonne chance pour ton école. Je
n'arrive pas à croire que je laisse un message aussi
long, moi qui déteste les machines. »

Clic. Josh écouta le message une deuxième fois
sur le chemin du retour. C'était un au revoir, un au
revoir une semaine à l'avance, ce qui n'était pas si
mal, en théorie, car Josh était sûr qu'il serait largement dédommagé, mais cet au revoir le dérangeait.
Il venait de Ted, qui n'était pas la bonne personne.
Ted, qui suggérait que la seule forme de remercie-
ments dont Josh avait besoin était un chèque. Et les
enfants ? Il ne pouvait pas leur dire au revoir ? Et
Vicki ? Que lui était-il arrivé ? Un problème ? Quel
genre de problème ? Un problème grave qui l'obligeait à passer la nuit à l'hôpital ? Suffisamment grave
pour que ses parents débarquent le lendemain
matin ? Avec toutes les tequilas et les bières qu'il
avait consommées, Josh était à la fois énervé et

désemparé. Une autre question trouble le taraudait. Faisait-il partie du 11 Shell Street ou pas ? Pouvait-il être renvoyé par simple message téléphonique ? Apparemment. Encore une fois, merci, au revoir, bonne chance. Josh était tenté de rappeler et d'informer Ted Stowe de l'importance de Josh pour les femmes et les petits de cette maison. Il aimait ces enfants et s'en était occupé mieux que quiconque. Il avait mérité leur confiance, il les connaissait, il était devenu leur ami. Il avait sorti Melanie des sables mouvants de la haine de soi et de la misère ; il lui avait redonné confiance en elle. Il lui avait donné d'elle une image belle et sexy. Il s'était confié à Vicki ; il l'avait traitée non pas comme une personne malade, mais comme une personne normale. Il l'avait fait rire, même quand elle était au bord du gouffre. Il s'était confié à elle, lui avait parlé de sa mère. Et Josh allait aider Brenda pour sa carrière ; demander à Chas Gorda comment vendre un scénario. Il avait fait tout cela – et Ted l'avait viré par téléphone. Comme si Josh était le plombier, le dératiseur, quelqu'un qu'il pouvait annuler. J'enverrai un chèque.

Sois prudent. Pas seulement par rapport à Melanie, mais aussi à toute la famille. Il aimait cette famille et elle lui brisait le cœur.

À 7 heures moins le quart, le lendemain matin, Brenda entendit un bruit de valise qu'on traînait sur le chemin dallé, puis le grincement de la porte ancienne qu'on ouvrait. Mais non, pensa-t-elle.

C'était impossible, il était trop tôt. Même les gens qui allaient à l'église ne se levaient pas aussi tôt.

Quelques secondes plus tard, on frappa à la porte de sa chambre. Brenda ouvrit les yeux et vit… Ellen Lyndon passer sa tête à l'intérieur de la pièce. Sa mère. Brenda se redressa.

— Maman !

La chambre s'emplit immédiatement de l'aura d'Ellen Lyndon : les cheveux blond platine joliment coupés au carré, les lunettes de soleil sur le dessus de la tête, l'odeur persistante de Coco Chanel mêlé de vanille, le rouge à lèvres rose pâle. Son genou gauche était enveloppé dans un pansement de néoprène bleu et elle portait des tennis au lieu de ses habituelles espadrilles. Son débardeur d'un rose éclatant était assorti aux tortues roses brodées sur son bermuda. Comment pouvait-elle être aussi resplendissante de si bonne heure ?

Ma mère, pensa Brenda. Elle est aussi belle au lever qu'au coucher du soleil.

Ellen boitilla jusqu'au lit, prit le visage de Brenda entre ses mains et embrassa sa fille sur les lèvres. Brenda goûta le gloss de sa mère.

— Oh, ma chérie, s'écria Ellen. Comme tu m'as manqué !

— Je n'arrive pas à croire que tu sois ici. Déjà.

— Premier avion. Nous sommes partis à minuit et nous avons roulé jusqu'à Providence. Et tu connais ton père. Levé à 5 h 30.

Ellen Lyndon s'assit sur le lit, ôta ses tennis et lança :

— Pousse-toi de là, je grimpe.

En fait, ce n'était pas vraiment la personne que Brenda aurait aimé inviter dans son lit ce jour-là, mais il était plutôt réconfortant – même à l'âge de trente ans – d'être enlacée par sa mère. Comme il était doux que votre mère vous caresse les cheveux et vous dise :

— Tu as été si courageuse, ma chérie. Un tel soutien pour ta sœur. Qu'aurions-nous fait sans toi ? Elle a eu beaucoup de chance de t'avoir à ses côtés.

— Je n'ai pas fait grand-chose. Je l'ai surtout emmenée à la chimio.

— Et tu t'es occupée des enfants, et tu as donné un coup de main dans la maison. Sans oublier le soutien moral.

— Peut-être, oui.

— Et tu as dû me tempérer, moi, ta farfelue de mère.

— Ça, c'est vrai. Comment va ton genou ?

— Ça va. J'ai quelques soucis, mais rien qui vaille la peine qu'on en parle. Mon kinésithérapeute, Kenneth, ne sait pas que j'ai quitté l'État, mais quand il le découvrira, il va vraiment se fâcher.

— J'ai réagi de façon exagérée. Je n'aurais pas dû t'appeler, mais…

— Oh, mon Dieu, ma chérie, tu as très bien fait. Si je n'arrive pas à me soigner, c'est en partie à cause de ta sœur. Je n'ai pas le cœur à ça.

Ellen Lyndon s'allongea sur le dos et observa le plafond.

— C'était la chambre de tante Liv.

— Je sais. Je m'en souviens.

— Liv était une femme forte. Encore plus forte que ta grand-mère. Un merveilleux modèle pour ta sœur et toi.

— C'est vrai, répondit Brenda.

Et si elle m'a observée durant l'année passée, elle doit être mortifiée.

— Je sais qu'ils pensent que Vicki a peut-être une tumeur au cerveau, ajouta Ellen. Personne ne me l'a dit mais je sais que c'est ce que les médecins pensent.

— C'est possible, en effet.

Ellen prit une profonde inspiration.

— Tu sais, en tant que mère, tu n'es jamais prête à entendre que ton enfant est malade. C'est la... pire chose qui puisse t'arriver.

Elle fixa Brenda.

— Tu ne peux pas comprendre. Pas encore. Pas tant que tu n'auras pas d'enfant. Et quand tu en auras, j'espère que tu n'auras jamais à vivre une telle expérience.

Ellen Lyndon se détendit un petit peu dans le lit et ferma les yeux.

— Mais tu sais, le simple fait d'être là me fait du bien. En particulier dans cette pièce. C'était la nursery de ta grand-mère et de tante Liv. Le berceau de femmes fortes. Je peux sentir leur force, pas toi ?

— En quelque sorte, mentit Brenda.

En vérité, elle se sentait faible et épuisée. Sa conversation avec Walsh la meurtrissait, comme une blessure au genou, chaque fois qu'elle y repensait.

Ellen Lyndon suréleva légèrement son genou et quelques minutes plus tard, elle respirait profondément ; elle s'était endormie. Brenda se glissa hors du lit et remonta le drap sur les épaules de sa mère.

Buzz Lyndon était dans la cuisine avec Ted, Blaine et Porter, mais personne n'avait commencé à préparer le petit déjeuner. Ils attendent qu'une femme se mette à la tâche, se dit Brenda. Ellen Lyndon et Vicki avaient elles-mêmes créé ces monstres, mais comme Ellen dormait et Vicki était absente, il ne restait que Brenda. Pourvu qu'ils aiment les céréales froides, se dit Brenda. Elle prit la boîte de Cheerios et commença à remplir les bols.

— Bonjour, papa, dit-elle en embrassant la joue piquante de son père.

Au contraire de sa femme, Buzz Lyndon avait l'air d'avoir dormi cinq heures dans un motel au bord de l'autoroute. On aurait dit un vieux routier à la retraite.

— Oh, ma chérie, dit Buzz. Comment vas-tu ?

— Bien, fit Brenda. Maman dort.

— Oui, elle était épuisée. Quand pourrons-nous voir ta sœur ?

— Son IRM est prévue à 9 heures, répondit Ted. Ce qui signifie qu'il va falloir y aller. Elle aura terminé vers 11 heures. Nous en saurons plus à ce moment-là.

Brenda prépara cinq bols de Cheerios, vida le café, en refit et s'arrangea pour donner sa bouillie à Porter. Melanie apparut et, après avoir embrassé

Buzz Lyndon, elle fit griller des toasts. Un peu plus tard, Ellen Lyndon sortit en traînant des pieds de la chambre et vint s'asseoir à la table de la cuisine, où elle commença à faire une salade de fruits. Les garçons étaient tout excités par la présence inattendue de leurs grands-parents. Quel formidable public !

— Vous viendrez à la plage avec nous ? demanda Blaine.

— Grand-père vous emmènera, dit Ellen Lyndon. Quand nous aurons vu votre maman.

Brenda se réfugia sur la terrasse de derrière avec son café. La cuisine était bruyante et pleine de monde et, malgré l'atmosphère festive créée par l'arrivée de ses parents, cette journée n'en avait pas moins un air de funérailles. Tout le monde était là sauf Vicki.

« S'il Vous plaît, s'il Vous plaît, s'il Vous plaît, s'il Vous plaît, s'il Vous plaît », pria-t-elle. Pour toute réponse, Brenda perçut les frémissements et les bruissements du jardin. Papillons, abeilles, pelouse, ciel bleu, rouges-gorges, troglodytes, clôture, soleil. Si Dieu était quelque part, il était forcément dans ce jardin, mais elle n'avait aucun moyen de savoir s'Il l'écoutait !

Des mains se posèrent sur les épaules de Brenda. Des mains fermes, des mains d'homme. Son père. Buzz Lyndon aimait le concret : « Est-ce que ta mère et moi pouvons faire quelque chose ? Avez-vous besoin d'argent ? » Eh bien, oui, Brenda avait besoin d'argent, mais elle avait maintenant compris qu'elle n'en demanderait à personne. Pas même à son père. Elle trouverait le moyen de financer sa dette, elle chercherait du travail, elle réglerait son problème. Elle avait passé suffisamment de nuits dans le berceau des femmes fortes pour savoir que c'était la meilleure chose à faire.

Une voix chuchota à son oreille :

— Brindah.

C'était un murmure trop intime pour provenir de la bouche de son père. Les mains sur les épaules de Brenda n'étaient pas celles de Buzz. Le toucher était différent. Puis de nouveau cette voix.

— Brindah.

Étonnée, Brenda se retourna. Elle posa sa tasse de café par terre, de peur de la renverser. Ses mains tremblaient. Walsh était là ! Ce n'était pas une hallucination. Il était là, en chair et en os. Ses cheveux noirs coupés court, sa peau olivâtre tannée par le soleil. Il portait un T-shirt blanc qu'elle n'avait jamais vu auparavant. Il lui sourit et son cœur se serra. C'est lui. Lui ! Le seul « lui » qui comptait : Walsh, son étudiant, son amoureux australien. « Je n'aurais pas pu attendre. » Walsh était venu ! Il avait dû quitter New York dès qu'il avait raccroché le téléphone. Brenda voulait tout savoir : comment il était venu, pourquoi, combien de temps il comptait rester, mais elle s'exhorta à cesser de réfléchir. Stop ! Il était là. Rien que pour elle.

Elle plaqua la main sur sa bouche. Et commença à pleurer. Il l'attira tout contre lui. Elle se laissa aller contre sa poitrine. Le toucher, le tenir, le serrer dans ses bras lui semblaient des gestes interdits. Cela lui avait toujours paru inapproprié. *Les relations senti-mentales et sexuelles sont interdites entre un membre de la faculté et un étudiant.* Mais tout cela n'avait plus aucune importance.

On ne choisit pas l'amour ; c'est l'amour qui nous choisit, à tort ou à raison – et cette révélation était la réponse aux prières de Brenda.

L'amour était la seule chose qui comptait.

En sortant de l'eau, sur la plage de Nobadeer, Josh secoua ses cheveux tout en se demandant s'il écrirait jamais l'histoire qui lui était arrivée cet été. Il avait été si profondément blessé qu'il mériterait une médaille, mais il avait tout de même appris cer-taines choses (n'est-ce pas ?). Il comprenait à présent les héros de tragédie.

« Tu sentiras l'histoire se profiler comme on pres-sent l'arrivée d'une tempête, prévenait Chas Gorda. Les poils de tes bras vont se hérisser. »

Ces mots résonnaient distinctement dans son esprit – peut-être parce qu'une tempête semblait sur le point d'éclater – de gros nuages noirs s'amonce-laient à l'horizon. La journée avait été magnifique – claire, ensoleillée, sans vent – mais Josh n'était pas au mieux de sa forme. Il avait encore la gueule de bois, après sa soirée avec Zach et, maintenant qu'il était sans emploi, il se sentait désœuvré et inutile. Il avait passé toute la journée à essayer de mettre ses émotions par écrit dans son journal – mais il s'était bientôt retrouvé assis sur son lit défait, à penser au 11 Shell Street, puis à se reprocher son inertie. Son téléphone portable n'avait cessé de sonner – Zach avait appelé trois fois (pour s'excuser ?), mais Josh avait laissé les appels être transférés sur sa boîte vocale. Deux fois, l'affichage annonça « Robert Patalka » – mais il n'était pas question que Josh prenne la communication.

Josh fut soulagé quand 17 heures sonnèrent. Il avait chaud et il se sentait découragé – il n'avait pas réussi à coucher la moindre pensée digne de ce nom sur le papier. (« Éviter l'autoréférencialité. Variez votre propre histoire. ») Il avait du linge à laver et devait faire ses bagages avant de retourner à la fac, mais ces tâches étaient trop pénibles pour qu'il leur accordât la moindre place dans son esprit. La seule chose qu'il projetait de faire était d'aller se baigner à Nobadeer ; cependant, il prit son mal en patience, afin d'être sûr que la majorité des familles et autres touristes soient partis. Il ne pouvait supporter de voir d'autres enfants ou d'autres parents à la plage. Il ne voulait pas être témoin de la joie des touristes qui profitaient de leurs derniers jours de vacances. En allant là-bas, il décida, courageusement, qu'il ne cuisinerait pas pour son père ce soir-là. Il achèterait une pizza sur le chemin du retour, et si son père voulait sa salade iceberg, il n'aurait qu'à la préparer lui-même.

Josh nagea pendant presque une heure, ce qui le mit de bonne humeur. Il était fier de ne pas avoir appelé le 11 Shell Street – s'ils n'avaient pas besoin de lui ou ne voulaient pas de lui, alors, ainsi soit-il. Ce sentiment était réciproque – et il était heureux d'avoir combattu son besoin urgent de passer à l'hôpital voir si Vicki allait bien. Leurs drames ne le concernaient plus. Il devait les laisser à leur vie. Il eut un pincement au cœur en pensant aux garçons, mais il avait inscrit la date de leur anniversaire sur son calendrier et il leur enverrait des cadeaux – de beaux gros camions bruyants avec plein de clignotants et de la musique rock, qui rendraient Vicki folle. À cette idée, Josh sourit pour la première fois de la journée.

Mais ensuite, alors qu'il escaladait les dunes, le ciel se couvrit de nuages gris de mauvais augure, et les paroles de Chas Gorda lui revinrent en mémoire. De grosses gouttes se mirent à tomber. Josh attrapa sa serviette et grimpa en courant la volée d'escaliers qui menait au parking. Évidemment, la capote de sa Jeep était baissée.

« Tu sentiras l'histoire se profiler comme on pressent l'arrivée d'une tempête. Les poils de tes bras vont se hérisser. »

Quand la pluie tomba pour de bon, Josh se couvrit la tête de sa serviette. Les poils de ses bras s'étaient hérissés. Un éclair déchira le ciel et, une fraction de seconde plus tard, un coup de tonnerre.

— Merde ! cria-t-il.

Sa Jeep était déjà trempée.

— Josh ! Joshua !

Son nom.

— Joshua !

Il releva la serviette. Il aperçut la Ford Explorer verte de son père – phares allumés, essuie-glaces en marche forcée – qui se tenait debout sous la pluie, sans parapluie ni chapeau. Sans rien. Son père. Ils se fixèrent un instant, puis Josh détourna le regard ; il fixa le sol, ses tongs, la poussière, le sable du parking, puis les rigoles et les flaques de pluie qui se formaient. Non, pensa Josh. Putain, pas question. Il fut pris de vertiges et se rendit compte qu'il retenait sa respiration. Un horrible souvenir venait de traverser son esprit – ce n'était pas un flash, une image, mais le souvenir d'une émotion. Ce qu'il avait ressenti quand son père lui avait dit – et Josh se rappelait les paroles exactes, même si, il pouvait le jurer, il n'y avait pas repensé depuis plus de dix ans : « Fils, ta mère est morte. » Comme un refrain qui avait tourné en boucle dans son esprit. Le reste, il l'avait appris plus tard. On lui avait expliqué qu'elle s'était suicidée, qu'elle s'était pendue dans le grenier, ou bien il avait assemblé seul les pièces du puzzle selon ce qu'il avait entendu ou supposé. Il ne s'en souvenait pas. Mais il se rappelait le regard de son père. C'était un regard qu'il avait souhaité ne plus jamais revoir. Et son vœu avait été exaucé, jusqu'à cet instant. Tom Flynn se tenait debout sous la pluie comme s'il ne l'avait pas remarquée. Il était là, à Nobadeer, au lieu d'être à sa place habituelle, der-

rière son ordinateur, au cinquième étage de la tour
de contrôle de l'aéroport.

« Il est arrivé quelque chose à Vicki, avait dit Ted
Stowe. Vicki est à l'hôpital ».

Vicki.

« Fils, ta mère est morte. » Josh, un gamin de onze
ans, avait vomi là où il se trouvait, sans y penser,
sans même s'en rendre compte. Il avait vomi sur ses
nouvelles Sneakers et sur le tapis du salon. Et maintenant, en pensant à Vicki, Josh avait des haut-
le-cœur.

Non, pensa-t-il, putain, c'est pas vrai.

— Joshua !

Josh leva les yeux. Son père avançait vers lui ; il
voulait que Josh monte dans la voiture. Josh aurait
tout donné pour s'en aller, mais il se tenait immobile,
sous une pluie torrentielle – il y eut un nouveau
coup de tonnerre – et la voiture de Josh ne pouvait
guère tenir lieu de refuge. Josh se précipita vers
l'Explorer et monta.

Son père grimpa à côté de lui et ils restèrent un
moment tous les deux silencieux, comme statufiés,
à regarder les essuie-glaces balayer la pluie qui ruis-
selait sur le pare-brise. Tom Flynn ôta ses lunettes
et les essuya avec son mouchoir. Ses cheveux noirs
étaient plaqués sur sa tête.

— J'ai de mauvaises nouvelles, annonça-t-il.

Non, pensa Josh. Il leva une main pour avertir
son père qu'il n'était pas prêt à entendre ce qu'il
avait à lui dire. Il est arrivé quelque chose à Vicki.
Tom Flynn s'éclaircit la gorge.

— La fille Patalka…

Josh tourna brusquement la tête.

— Didi ?

— Elle est morte.

Josh retint son souffle. L'atmosphère du break était étouffante, mais le corps de Josh fut parcouru de frissons glacés. Didi ? Pas Vicki, mais Didi ? Didi, morte ?

— Quoi ? s'écria Josh. Quoi ?

— Elle est morte… tôt ce matin.

— Pourquoi ? Qu'est-ce qui s'est passé ?

— Overdose, d'après les policiers. Des médicaments, combinés à l'alcool.

— Mais ce n'est pas…

— Ils sont pratiquement sûrs qu'il s'agit d'un accident.

Les yeux de Josh se remplirent de larmes. Les émotions contradictoires qui l'avaient submergé le bouleversaient ; c'était comme quand on enfonçait un trop grand nombre de touches de piano en même temps. Dissonant. Didi était morte. Didi était morte ? Elle avait, aux yeux de tous, fichu un sacré bazar dans sa propre vie – voiture saisie, loyers en retard, prostitution ? Mais Josh avait cru qu'elle finirait par s'en sortir ; il avait pensé que ses parents paieraient son loyer ou qu'elle rencontrerait quelque pauvre âme qui voudrait bien s'occuper d'elle. Didi, morte ; cela paraissait impossible. C'était une telle force de la nature, une fille si pleine de vie – en short, en jean et en string blanc ; à la tête de la formation des pom-pom girls ; en classe, elle passait à Josh des mots avec l'empreinte de son rouge à lèvres ; ses suçons à la gorge ; son adoration pour son chat féroce et sa connaissance exhaustive des classiques de rock – les Allman Brothers, Lynyrd Skynyrd, Led Zeppelin. À une époque – c'était il y a bien longtemps – Josh avait employé le mot « amour » avec Didi. Elle-même l'avait utilisé bien souvent, et avec grande conviction : « Je t'aime. Je t'aime tant, tu es mon véritable amour, toujours et à jamais. » Josh, en tant que mec, répondait avec des « Idem, bien reçu, ouais, moi aussi ».

Aujourd'hui, il en savait bien plus sur l'amour, et en repensant aux moments passés avec Didi, il mesurait l'immaturité et l'imperfection des sentiments qu'il éprouvait alors pour elle. La culpabilité le disputait à la stupéfaction et à l'incrédulité. Il ne l'avait pas aimée vraiment ou pas sincèrement. Il ne lui avait pas donné les bases solides pour ses relations futures. Il l'avait peut-être handicapée – sans le vouloir – car elle n'avait jamais réussi à tourner la page.

Et dans la confusion de ses sentiments, Josh était soulagé que la mauvaise nouvelle ne concerne pas Vicki. C'était une pensée terrible qu'il ne savait comment assumer. Il n'était certainement pas heureux que Didi soit morte et Vicki en vie. Il était simplement heureux que Vicki soit en vie.

Cependant, il éprouvait un sentiment de manque. De vide à l'intérieur de lui. Les funérailles de Deidre Alison Patalka eurent lieu deux jours plus tard et Josh s'y rendit en costume gris – le costume qu'il mettait pour passer des entretiens. C'était peut-être le fruit de son imagination, mais il eut l'impression qu'un bourdonnement parcourut l'église au moment où il pénétra dans l'édifice. Les têtes se retournèrent sur son passage et les murmures s'intensifièrent, mais pas suffisamment pour qu'il perçût la moindre parole. Il n'avait aucune idée de ce que les gens avaient en tête – peut-être chuchotaient-ils parce qu'ils pensaient que Josh et Didi étaient encore ensemble et que, de ce fait, il était perçu comme l'amoureux éploré. Peut-être que les gens avaient entendu parler de leur brouille ou bien ils savaient que Josh avait payé Didi pour qu'elle lui fiche la paix ; ils le rendaient peut-être responsable de son décès, de son refuge dans la drogue et l'alcool, et lui reprochaient de ne pas l'avoir sauvée. Josh n'avait aucun moyen de le savoir. Il connaissait la plupart des gens présents – copains de lycée, professeurs, amis des parents de Didi, médecins et administrateurs de l'hôpital, membres de l'équipe de Rob Patalka et les frères Dimmity eux-mêmes, Seth et Vegas, qu'il n'avait pas vus depuis l'époque où sa mère travaillait pour eux. Le dentiste de Josh était présent, ainsi que les dames du bureau de poste, le gérant de Shop&Shop, le chef et l'équipe de serveurs de Straight Wharf, le restaurant où Didi travaillait l'été comme serveuse, les bibliothécaires de l'Atheneum. La police avait été contrainte de bloquer Federal Street, car il y avait tant de monde venu assister aux funérailles que les gens s'étaient amassés en dehors de l'église, sur le parvis, dans l'allée et beaucoup plus loin, jusque dans la rue pavée. Le corbillard arriva. Il transportait un cercueil de couleur bleu marine, une couleur sombre qui n'allait pas à Didi, pensa Josh – dès lors, il lui était encore plus difficile de croire qu'elle était à l'intérieur. Il était reconnaissant, cependant, que le cercueil soit clos. Il ne voulait pas voir le corps de Didi morte, maquillée par le croque-mort, habillée de quelque « tenue convenable » choisie pour elle par Mme Patalka. Il ne voulait pas voir le visage figé de Didi ni entendre son accusation muette : « Tu m'as abandonnée. »

Après les funérailles, une réception officielle fut organisée à l'Anglers Club, mais Josh n'y resta que quelques minutes, juste le temps d'embrasser Mme Patalka et de recevoir de M. Patalka, après une sombre poignée de main, une enveloppe contenant la somme de deux cents dollars.

— Il y avait une note sur son bureau, dit M. Patalka. Disant qu'elle vous devait ceci.

Josh essaya de refuser, mais M. Patalka insista. Josh utilisa une partie de l'argent pour acheter des bières chez Hatch. Il emmènerait les bières dans la maison de Shimmo où Zach organisait une fête non officielle pour « les vrais amis de Didi, ceux qui la connaissaient le mieux ».

Josh posa le pack de bière sur le siège passager de sa Jeep en essayant de ne pas y penser comme au siège de Melanie. Il ôta sa veste de costume et la jeta sur la banquette arrière. Il avait beau être 16 heures, il faisait trop chaud pour porter une veste. Josh n'avait pas appelé Melanie pour lui annoncer la mort de Didi. Non pas parce qu'il s'était astreint à ne plus appeler Melanie, mais parce que Melanie ne savait rien de Didi. Josh aurait été très gêné d'expliquer qu'une de ses amies – pas une simple amie, en vérité, mais une ex-petite-amie, une personne qui n'entrait dans aucune case de sa vie – était décédée. Elle ne comprendrait pas, mais comme c'était Melanie, la si douce Melanie, elle prétendrait avoir compris, et Josh se sentirait d'autant plus mal. Didi et Melanie appartenaient à deux mondes séparés dans sa vie, deux mondes qui n'étaient pas connectés, et pour les relier, Josh devrait créer un lien qui risquait de se briser et de provoquer un sacré remue-ménage.

Sur la route de Shimmo, Josh défit sa cravate, qui rejoignit bientôt sa veste sur la banquette arrière. Puis il ouvrit les fenêtres, de sorte que des bourrasques d'air chaud – c'étaient les dernières chaleurs de l'été – s'engouffraient dans l'habitacle. Josh caressa son téléphone et vérifia les appels reçus – deux appels de Rob Patalka, trois appels de Zach, tous pour lui annoncer la nouvelle, qu'il connaissait à présent. Puis il tomba de nouveau sur l'appel de Ted. Il hésitait à rappeler la maison quand il fut forcé d'effectuer un virage brutal, faisant glisser les bières du siège de Melanie par terre, à grand fracas. Pendant que Josh était à moitié penché pour essayer de les récupérer, il aperçut la voiture de Tish Alexander juste devant la sienne. Et voilà, l'opportunité d'appeler Melanie était passée.

C'était un autre magnifique après-midi. S'ils n'avaient pas assisté à des funérailles, les gens

auraient pu venir à la maison de Shimmo en maillot
de bain. Ils auraient pu nager directement dans le
port. L'eau était pure et calme. Jamais elle n'avait
paru à Josh si accueillante. Il resta un instant immobile dans l'allée, le regard perdu au loin, vers Nantucket Sound. Il était né et avait été élevé sur cette
île ; il lui paraissait logique que cette vue lui appar-
tienne, à lui et aux gens qui avaient vécu ici. Et si
cela leur appartenait, cela appartenait également à
Didi. Mais cela n'avait pas suffi à la garder dans le
droit chemin, à la garder en vie. Didi – combien de
fois Josh avait-il répété cette phrase, espérant qu'elle
commencerait à faire sens dans son esprit ? – était
morte.

Josh pénétra dans la maison et ôta ses chaussures.
Il tenta de chasser les souvenirs de la nuit passée là
avec Melanie. Les notes de Bon Jovi flottant dans
l'air. Josh gravit les marches, heureux d'avoir un
pack de bières dans les bras – cela lui donnait quelque chose à porter. Il y avait quelques personnes
dans le salon, essentiellement des filles – que Josh
connaissait depuis toujours, mais qu'il aurait été
incapable de nommer à ce moment-là – en train de
pleurer. Josh leur adressa un signe de tête. Tous les
autres étaient dehors, sur la terrasse. Les garçons
avaient enlevé leur veste et leur cravate, et débou-
tonné leur chemise ; ils buvaient de la bière, parlaient tranquillement, hochant la tête, le regard
triste.

— Pourquoi ? demanda quelqu'un.

— Je ne sais pas, mon pote, répondit un autre.

Zach était dans la cuisine, s'affairant comme une ménagère. Il répartit des sachets de Doritos dans de jolis bols de céramique peints à la main. Puis il prépara les serviettes de cocktail et passa l'éponge sur le plan de travail. Quand il vit Josh, il l'apostropha :

— Tu as apporté les bières ?

— Ouais.

— Le frigo est plein, dit Zach. Tu peux les mettre dans le frigo du bar ?

— Bien sûr.

— Ils ne sont pas en train de fumer là-bas, n'est-ce pas ? demanda Zach.

Il étira le cou pour épier les invités sur la terrasse.

— Il est interdit de fumer dans la propriété, même à l'extérieur.

— Personne ne fume, le rassura Josh.

Il porta la caisse de bière au bar, qui se trouvait près du groupe de filles qui pleuraient. À son arrivée, la conversation cessa. Un silence se fit, à couper au couteau.

— Bonjour, Josh.

Il se tourna vers elles. Eleanor Shelby, la meilleure copine de Didi, était assise entre Annelise Carter et Penelope Ross ; c'était la reine des pleurs au sein de la cour de ses servantes. La voix d'Eleanor était toujours un brin accusatrice, même quand elle adressait des félicitations. Josh aurait dû s'attendre à ce qui allait suivre – après tout, Didi partageait apparemment tout avec Eleanor, et peut-être même aussi avec Annelise et Penelope – mais il n'était pas préparé à une telle déferlante. Il ouvrit la porte du réfrigérateur sous le bar et admira la dalle de granite bleu, les miroirs, la centaine de verres de vin suspendus la tête en bas. Il poussa les six packs de bières dans le frigo sans ménagement, car de nouveau, il pensait à Melanie et à la nuit qu'ils avaient passée dans cette maison. Ils avaient fait l'amour dans le lit de la pièce adjacente, ils avaient pris une douche ensemble, étaient allés sur la terrasse en robe de chambre et Josh, l'espace d'un instant, s'était pris à rêver que tout cela lui appartenait, ou pouvait lui appartenir.

Derrière lui, Eleanor s'éclaircit la voix.

— On ne t'a pas beaucoup vu dans le coin cet été, Josh. Il paraît que tu faisais du baby-sitting à Sconset.

Il sourit à Eleanor dans le miroir, non parce qu'il était content ou essayait de se montrer aimable, mais parce qu'il était tout étonné de la différence entre les filles et les femmes.

— Oui, c'est vrai.

Penelope Ross, que Josh connaissait littéralement depuis toujours (ils étaient nés la même semaine, au Nantucket Cottage Hospital ; leurs mères étaient voisines de chambre), dit :

— Et il y a d'autres rumeurs.

Il observa Penelope avec tout le dédain dont il était capable.

— Ça ne m'étonne pas.

— On dit par exemple que tu vas avoir un bébé.

Josh pouffa de rire. Il n'avait aucun intérêt à se laisser embarquer dans une telle conversation, mais la journée l'avait épuisé et il sentit ses poings se serrer. Une partie de lui voulait se battre.

— C'est ridicule !

— Mais ta petite amie est enceinte, n'est-ce pas ? lança Penelope. Didi nous a dit que ta copine attendait un bébé.

— Et qu'elle était plus vieille, ajouta Eleanor. L'âge de nos parents.

Josh secoua la tête. Maintenant qu'elle était morte, Didi avait acquis une irréfutable autorité, ainsi qu'une aura de célébrité que, de son vivant, elle aurait savourées. Josh aurait pu dégainer ses armes contre Didi – ses problèmes d'argent, d'alcool, de prostitution – mais à quoi bon ? Il jeta un coup d'œil aux filles et dit d'une voix calme et sentencieuse :

— Je n'ai pas de petite amie.

Le silence qui accueillit sa réponse lui permit de s'enfuir, de dévaler les escaliers et de se réfugier dans l'allée. Il ne pouvait rester là. La réception en l'honneur des « amis de Didi, des gens qui la connaissaient le mieux » n'était pas pour lui. Il fit marche arrière dans l'allée en essayant de recouvrer son calme. Il était incroyablement nerveux. Il sortit dans Shimmo Road et prit la direction de Polpis. Il attendit d'avoir tourné dans Polpis Road pour prendre son téléphone. Il pouvait encore changer d'avis.

Mais ensuite, il composa le numéro de téléphone.

Une voix inconnue lui répondit. Une voix chantante, très « Julie Andrews ».

— Bon-jour !

Josh fut pris par surprise. S'était-il trompé de numéro ?

— Euh… Bonjour. Est-ce que Melanie est là, s'il vous plaît ?

— Melanie ? Oui. Oui, elle est là. C'est de la part de qui ?

— Josh.

— Josh, répéta la voix.

Il y eut une pause, puis une profonde inspiration.

— Oh ! Vous devez être le jeune homme qui est venu les aider cet été.

— Oui, répondit-il en entendant la voix ténue de Penelope Ross : « Didi nous a dit… » Oui, c'est moi. Et vous êtes… ?

— Oooh, je suis Ellen Lyndon, la mère de Vicki et Brenda. Elles disaient justement beaucoup de bien de vous. Alors je vous remercie, et leur père aussi vous remercie. Nous serions bien venus nous-mêmes, mais j'ai des difficultés à me déplacer, une opération du genou et tout ce qui s'ensuit. Et Buzz, mon mari, travaille. Nous sommes venus parce que c'était une urgence…

— C'est vrai. Est-ce que Vicki va bien ?

Une autre profonde inspiration. Puis il lui sembla que la mère de Vicki tentait de se rassurer elle-même.

— Elle va bien. Enfin, elle a un cancer. Mais c'est toujours son bon vieux cancer. Rien de nouveau. Nous étions tous presque sûrs que ce serait un cancer généralisé, mais non, l'IRM était claire. Elle a perdu connaissance l'autre soir dans la voiture et nous avons tous cru que le cancer avait atteint le cerveau. Mais les médecins nous ont dit qu'elle avait pris trop de médicaments ; son sang s'est fluidifié, sans compter la chaleur et le stress. Vous connaissez Vicki. Elle est terriblement angoissée à l'idée de la chirurgie et tout le reste.

Ellen Lyndon marqua une pause et Josh l'entendit prendre un Kleenex.

— Ma fille a une incroyable volonté de vivre. Je n'ai jamais vu quelqu'un se battre autant pour survivre.

Elle veut vivre, pensa Josh. Pas comme Didi. Pas comme sa propre mère.

— À cause des enfants, reprit Ellen Lyndon. À cause de tout.

— Oui, dit Josh. Je sais.

La voix d'Ellen Lyndon s'éclaircit.

— Enfin ! Si vous patientez un moment, je vais chercher Melanie.

— Très bien. Merci.

« Il ne faut jamais sous-estimer le pouvoir de l'esprit, avait rappelé le Dr Alcott. Ce n'est pas le cancer qui vous rend malade. C'est vous-même. »

Vicki avait entendu ces paroles sur son lit d'hôpital. Venant d'une tout autre personne, elles auraient eu un goût de sentence, mais de la part du Dr Alcott

– Mark – elles reflétaient la pure et simple vérité, énoncée avec gentillesse.

— Je vais vous laisser sortir, déclara-t-il. Mais vous devez me promettre qu'à partir de maintenant et jusqu'à votre opération, vous allez vous détendre. Vous allez boire beaucoup d'eau, manger équilibré et prendre vos vitamines. Pas d'automédication. Si vous vous sentez anxieuse ou angoissée, parlez-en à quelqu'un. Si vous intériorisez vos peurs, elles vont se retourner contre vous et vous détruire.

Vicki essaya de parler, en vain. Elle acquiesça d'un signe de tête, puis souffla :

— Je sais.

— Vous dites que vous le savez mais vous n'agissez pas comme tel. Vous vous rendez la tâche bien plus difficile qu'elle ne l'est déjà. Vous avez pris tellement de pilules vendredi que vous avez failli tomber dans le coma.

Elle tenta de nouveau d'émettre un son, mais elle en fut incapable. Quelque chose n'allait pas avec sa voix.

— D... ésolée.

Le ton n'était pas celui qu'elle avait voulu employer. Elle avait parlé comme un automate, une machine.

— Ne vous excusez pas auprès de moi, excusez-vous auprès de vous-même.

— S... uis d... ésolée... moi-même.

Vicki ne plaisantait qu'à moitié.

Le Dr Alcott sourit.

— Je veux que vous relâchiez la pression, vous m'entendez ?

Elle acquiesça.

— Très bien.

Le Dr Alcott se pencha et embrassa Vicki sur la joue.

— C'est un au revoir. Je ne veux plus vous revoir cet été. Mais le Dr Garcia a promis de m'appeler après votre opération et...

Là, il prit la main de Vicki dans la sienne.

— ... je veux que vous reveniez me voir, moi et le reste de l'équipe, l'été prochain. Promis ?

Impossible de répondre ! Elle avait un problème avec sa voix, ou peut-être avait-elle causé des dommages à son cerveau. Elle hocha de nouveau la tête.

— Bien. Ce sont nos visites préférées.

Il soutint son regard.

— Car l'été prochain, vous serez guérie.

Vicki sentit les larmes lui monter aux yeux. Ce n'était pas aussi simple que le Dr Alcott voulait le lui faire croire. Elle était morte de peur ; l'angoisse lui nouait l'estomac. Elle ne pouvait pas simplement faire claquer ses talons comme Dorothy et s'en aller. Elle ne parvenait pas à se « détendre » ; elle était incapable de « relâcher la pression ». Elle était au bord d'un précipice, cinquante étages au-dessus du sol ; comment prétendre qu'elle était en sécurité ou que tout allait bien ? Elle n'arrivait même pas à s'exprimer correctement ; elle avait perdu quelque chose ou quelque chose s'était altéré pendant qu'elle était inconsciente. Elle avait peut-être eu une attaque ? Les médicaments avaient endommagé ses centres nerveux ? Vicki versa quelques larmes. Ce qu'elle voulait à présent plus que tout, c'était retrouver sa famille au 11 Shell Street.

— Merci, marmonna-t-elle.

— Il n'y a pas de quoi, répondit-il.

À la maison, elle n'avait toujours pas retrouvé sa voix. Les mots et les phrases se formaient clairement dans son esprit, mais quand elle voulait les énoncer, elle butait, encore et encore, ce qui ne faisait qu'augmenter sa frustration. Même avec Ted et les enfants, même pour dire des phrases qu'elle avait prononcées un millier de fois, elle se heurtait à un mur : « Mots magiques. Sois prudent. Je t'aime. » Vicki s'en inquiétait, mais elle était incapable d'exprimer son angoisse, et personne dans le cottage ne semblait avoir remarqué son handicap. Il est vrai que pour cacher son malaise (elle ne supporterait pas une nouvelle expédition à l'hôpital ou une nouvelle médication), elle ne disait pratiquement rien. En apprenant qu'il n'y avait pas de métastases, tout le monde s'était senti soulagé ; mais comme Vicki avait provoqué elle-même « l'incident » (elle avait pris trop d'anti-douleurs) ou que c'était « dans sa tête », elle passait pour une hypocondriaque. Maintenant, si elle se plaignait d'une quelconque gêne, personne ne la croirait. Ils penseraient qu'elle se rendait malade. Parfois, elle se disait que c'était effectivement le cas. Elle se murmurait à elle-même sous la douche : « Je me rends malade. » Mais elle butait sur le « me » et abandonnait.

Ted, dans l'espoir de passer agréablement les derniers moments de l'été, cajola Vicki pour qu'elle se joigne à lui et Blaine pour leur partie de pêche. Il s'était arrangé avec Ellen qui resterait à la maison pour s'occuper de Porter. Ce serait une bonne chose pour Blaine d'être avec ses parents ; ça leur ferait du bien de passer une journée rien que tous les trois. Vicki pourrait profiter d'une sortie en mer. Une année, Ted avait loué un voilier et Vicki avait adoré la balade.

— Tu te rappelles, Vicki, comme ça t'avait plu ?

Vicki ne pouvait le nier. Elle hocha la tête.

— D'acc… ord.

Ils étaient tous les trois – plus le capitaine et le premier matelot – car Harrison Ford avait annulé. Ted fut déçu, mais pas plus d'une minute. Pour sa part, Vicki trouvait le voyage plus plaisant sans autre passager. C'était comme s'ils étaient sur leur propre bateau. Blaine était aux anges de se trouver sur un véritable bateau de pêche, avec une chaise spéciale, des supports pour les cannes à pêches et sa propre cannette de Coca. Il courait d'un bout à l'autre du bateau, sanglé dans son gilet de sauvetage flambant neuf. Pour la première fois depuis bien longtemps, il avait ses deux parents pour lui tout seul. Et alors que Vicki se disait qu'il était suffisamment grand pour ce genre d'excursion, Blaine retrouvait en même temps son rôle d'enfant unique. Il laissa Ted le porter pendant que le bateau quittait le port, dépassait la jetée et s'approchait de la pointe de Great Point.

C'était une magnifique journée. Le bruit du moteur rendait la conversation inutile, donnant à Vicki de grandes plages de liberté. Elle lézarda au soleil, s'assit pour sentir les embruns et contempla Nantucket qui apparaissait au loin comme une bande de sable pâle. Elle observa le rite de la pêche comme si elle avait regardé un film. Ted s'occupait de tout ou presque, pendant que Blaine était assis et observait d'un air captivé son père attraper un, deux, trois poissons bleus. Quand Ted captura le quatrième poisson bleu, Blaine commenta :

— Un autre bleu.

Une pointe de déception perçait dans sa voix.

Ted et Pete, le capitaine, échangèrent un clin d'œil, signal qu'ils avaient pour mission d'attraper un bar rayé. Pete relança le moteur pour se diriger de l'autre côté de l'île. S'ils se positionnaient juste entre Smith Point et Tuckernuck, ils auraient plus de chance. Le premier matelot, un gamin du nom d'Andre, s'installa à côté de Vicki. Il lui rappelait Josh ; il était venu à Nantucket pour travailler durant l'été.

À l'heure du déjeuner, Vicki déballa le repas qu'elle avait préparé : sandwichs poulet-salade, chips, prunes, tranches de melon et cookies au chocolat et au beurre de cacahuète. Pete et Andre dévorèrent les sandwichs et les cookies que Vicki avait prévus pour eux et Andre déclara que c'était son meilleur repas de tout l'été.

— Grâce à ma femme, lança Ted.

— Grâce à ma maman, ajouta fièrement Blaine.

Vicki leur sourit et ressentit une joie, hélas, passagère. Après le déjeuner, elle s'installa à la proue du bateau et ferma les yeux tandis que l'embarcation fendait les eaux. Ce ne sera pas mon dernier jour sur l'eau, pensa-t-elle. Mais elle eut soudain une vision d'elle sur la table d'opération, le chirurgien brandissant un scalpel. Pourquoi ne pas m'ouvrir tout simplement avec un sabre ? La veille au soir, Vicki avait vu Brenda et Walsh se tenir la main. Walsh était le genre d'homme qu'Ellen Lyndon qualifiait de « perle », de « véritable trésor ». Il avait été immédiatement perçu comme un homme bien, attentionné, sensible et extrêmement séduisant (à vrai dire, ils n'avaient jamais eu de doutes à ce sujet) – c'était le genre d'homme, pensa Vicki, pour qui il pouvait paraître censé de perdre un job. Brenda et Walsh semblaient si heureux ensemble que Vicki se dit : Ils vont se marier, mais je ne vivrai pas assez longtemps pour assister à leur mariage. D'où lui venaient de telles pensées ? Comment les arrêter ? Le Dr Alcott avait raison sur au moins une chose : la peur était sa propre maladie.

Vicki tendit son téléphone portable à Ted ; elle voulait qu'il vérifie que Porter allait bien. Et si, pendant qu'ils passaient du bon temps, quelque chose d'horrible lui était arrivé à la maison ? Ted composa le numéro. Il y eut une sonnerie puis la ligne fut coupée. Fin de l'appel. Pendant que Ted réessayait, Vicki imaginait le visage cramoisi de Porter, en train de pousser des cris perçants. Cela lui arrivait quand il était contrarié et parfois, il se mettait même à vomir. Même si cela ne lui était pas arrivé une seule fois de tout l'été, Vicki ne pouvait s'empêcher d'imaginer Porter en train de vomir sa purée de carottes sur le pantalon blanc d'Ellen Lyndon et d'avoir des spasmes jusqu'à ce qu'il cesse de respirer.

Le second appel n'eut pas plus de succès et Ted frappa le téléphone de frustration.

— Il n'y a pas de réseau ici, ma chérie. Détends-toi, tout va bien.

Tu dis toujours que tout va bien, pensa-t-elle, furieuse. Comment puis-je me détendre alors que Porter est probablement sous respirateur à l'heure qu'il est ?

Un cri provenant de son autre fils balaya ces pensées.

— Papa ! Papa !

Depuis le début de la journée, Vicki s'était imaginé au moins cent fois Blaine passer par-dessus bord et être aspiré sous le bateau par la puissance des moteurs. Quand Vicki regarda son fils, cependant, elle le vit s'accrocher à la canne à pêche comme si sa vie en dépendait. La ligne était tendue et Blaine la tirait vers lui d'un geste digne d'un professionnel ; il faisait contrepoids grâce à son pied nu calé sur le bord du bateau.

— Tu as une prise ! cria Ted. Hé ! Laisse-moi faire.

Vicki pensa que Blaine allait protester, mais, apparemment soulagé, il passa aussitôt la ligne à Ted. Vicki aussi était soulagée. Elle ne voulait pas voir Blaine entraîné au fond de l'eau par la résistance de quelque monstre marin, ni perdre la prise, ce qui était l'issue la plus probable. Vicki s'attendait à un long combat, de l'acabit de Moby Dick contre Achab, mais Ted fit sortir le poisson de l'eau en quelques secondes. Même dans la lumière aveuglante, elle vit le reflet de ses écailles argentées. C'était un grand poisson effilé, bien plus long que tous les poissons bleus que Ted avait attrapés.

— Bar rayé ? suggéra Ted.

Le capitaine émit un sifflement.

— Mieux que ça. Tu as pris une bonite. C'est une beauté.

Il prit un décamètre et immobilisa le poisson frétillant en posant le pied dessus.

— Quatre-vingt-quatorze centimètres. C'est un sacré morceau.

— Comme ça s'appelle ? demanda Blaine.

— Une bonite, répondit Ted. Bo-ni-te.

— Un excellent poisson, ajouta le capitaine.

— Tu veux le garder ? demanda Ted. Tu veux qu'on le ramène à la maison pour que Grand-mère et Grand-père le voient ?

— Nous le ferons gri… ller pour… le dîner, balbutia Vicki.

Blaine suçait sa lèvre inférieure tout en observant le poisson. Avec sa visière, son air déterminé, les

mains sur les hanches, on aurait dit qu'il avait quatorze ans.

— Nah. Je veux le remettre à la mer. Je veux
qu'il vive.

Ils remirent la bonite à la mer, mais pour célébrer
leur premier jour de pêche, Ted s'arrêta à East Coast
Seefood sur le chemin du retour et acheta du saumon, de l'espadon et du thon. C'était leur dernière
soirée sur l'île, leur dernier grand dîner, d'autant
qu'il y aurait Buzz et Ellen Lyndon, ainsi que John
Walsh.

Quand Ted gara la voiture devant la maison,
Vicki cligna des yeux, incrédule. La Jeep de Josh
était garée juste à côté.

— Josh…

Son nom lui était venu aisément, en une seule
fois.

— Josh ! cria Blaine.

— Parfait, s'écria Ted en défaisant sa ceinture de
sécurité. Je vais pouvoir lui donner son chèque.

Vicki se sentait inexplicablement heureuse en
pénétrant dans la maison. Elle s'attendait à trouver
plein de monde à l'intérieur, mais la seule personne
présente était Ellen Lyndon, qui se reposait sur le
canapé, sa jambe boiteuse surélevée.

— Bonjour tout le monde, lança Ellen. La pêche
a été bonne ?

— Nous avons attrapé des poissons, répondit
Blaine. Sept poissons bleus et une…

Là, l'enfant interrogea son père du regard.

— Une bonite, dit Ted.

— Une bonite ! répéta Blaine. Mais nous l'avons laissée partir.

— Josh, dit Vicki.

De nouveau, pas d'hésitation, pas de bégaiement.

— Josh ? répéta Ellen Lyndon.

— Il... est là ? demanda Vicki.

— Oui, répondit sa mère. Josh et Melanie ont emmené Porter faire une promenade.

Josh et Melanie, pensa Vicki.

— Et Brenda et Walsh sont à la plage. Et j'ai envoyé ton père à la ferme pour acheter du maïs, des tomates et des tartes aux myrtilles.

— Nous avons acheté...

Vicki leva le sac de provisions pour le montrer à sa mère. Elle déposa ses provisions sur le plan de travail et se mit à réfléchir : huit adultes pour le dîner, si Josh se joignait à eux. Elle devait faire mariner le poisson, mettre le vin au frais, faire ramollir le beurre, mettre la table et prendre une douche. Sans oublier les repas des enfants. Écosser les épis de maïs dès que son père arriverait, couper les tomates et les disposer dans un plat. Y aurait-il assez à manger ? Devait-elle courir au supermarché pour acheter une baguette ?

Les listes étaient de retour. Vicki gribouilla quelques mots sur un calepin. Mais quand elle ôta les magnifiques filets de poisson de leur papier d'emballage, elle fut saisie de terreur. De terreur ! Comme Ted passait derrière elle, elle se retourna et agrippa son poignet.

— Qu'y a-t-il ? demanda Ted.

— Nous… partons…

— Nous devons bien rentrer un jour ou l'autre. Nous ne pouvons pas rester ici pour toujours.

Bien sûr que non, pensa Vicki. Mais là-bas, dans le Connecticut, l'attendait la sombre réalité.

Depuis son avant-poste sur le canapé, Ellen Lyndon se mit à chantonner :

— Nantucket sera toujours là, ma chérie.

Oui, pensa Vicki. Mais peut-être pas moi.

Josh aurait pu être plus à l'aise à l'intérieur avec les femmes – Vicki, Melanie, Brenda et Mme Lyndon – mais en réalité, il se sentait très bien avec les hommes, sur la terrasse. Les hommes incluaient Buzz Lyndon, Ted et John Walsh, l'étudiant de Brenda, l'amoureux de Brenda, qui était arrivé sans prévenir quelques jours plus tôt (Josh l'avait appris par Melanie). Au début, Josh s'était senti menacé par John Walsh, mais il comprit très vite qu'il était très différent de Peter Patchen, et même de Ted. Pour commencer, il était australien et son accent suffisait à le rendre joyeux, accessible, ouvert, affable. Il ne le prenait pas de haut. Quand Ted lui avait présenté Josh, John Walsh s'était aussitôt levé de son siège sur la terrasse et lui avait donné une vibrante poignée de main.

— Hé, salut. Mon nom est Walsh. Enchanté de faire ta connaissance.

— Moi de même.

— Bière ? demanda Ted.

— J'en prends une, dit Buzz Lyndon.

Il tendit à Josh une Stella.

— Merci, dit Josh avant de prendre une longue gorgée.

— Tu n'es pas habillé comme d'habitude, remarqua Ted.

— Non, dit Josh.

Il portait le squelette de son costume gris – le pantalon gris, la chemise blanche (déboutonnée au niveau du cou, les manches roulées jusqu'aux coudes) et ses chaussures de ville avec des chaussettes noires. Il avait marché aux côtés de Melanie et Porter dans cette tenue inappropriée ; il était trop habillé pour le lieu, mais en même temps, le costume lui donnait un air plus mûr, plus adulte.

— J'ai assisté à des funérailles.

— Qui était-ce ? demanda Ted.

— Une amie de lycée. Mon ex-petite amie, en fait. Didi, c'était son nom. Elle travaillait à l'hôpital.

Ted le regarda fixement.

— Une fille blonde ?

— Ouais.

— Je l'ai rencontrée, reprit Ted. Brièvement. Quand nous étions à l'hôpital la semaine dernière pour Vicki. C'est terrible. Mon Dieu, je suis désolé.

John Walsh leva sa bouteille de bière :

— Désolé pour la disparition de ton amie, mec.

— Oh, merci. Elle avait… pas mal de problèmes.

— C'est bien triste, commenta Buzz Lyndon. Une aussi jeune fille.

— Elle était malade ? demanda Ted. Elle n'avait pas l'air malade.

— Non, pas malade. Elle a fait une overdose. Combinaison de médicaments et d'alcool.

Il en avait déjà trop dit sur Didi. Il avait espéré laisser derrière lui la tristesse des funérailles et le malaise qu'il ressentait au sein de ses copains de lycée, mais cela s'avérait impossible. Tout l'été, il avait essayé de séparer son travail au 11 Shell Street de sa vie à la maison, mais il se rendait compte que c'était vain. L'île était trop petite ; il y avait trop d'interactions. En y réfléchissant, Josh se rendit compte qu'il n'aurait même jamais travaillé ici s'il n'était pas venu à l'hôpital pour prêter à Didi les deux cents dollars. Donc, dans un sens, c'était Didi qui l'avait mené jusqu'ici.

— C'était un accident, ajouta Josh. Sa mort était accidentelle.

— Quand je repense à tous ces trucs que j'ai testés quand j'étais gamin, dit John Walsh, c'est un sacré miracle que je sois encore en vie.

Ted but une grande rasade de bière, hochant la tête en signe d'assentiment. Buzz Lyndon s'éclaircit la voix et s'installa dans une chaise sur la terrasse. Tout le monde était silencieux. Un silence semblable à celui dans lequel Tom Flynn aimait se murer ; Josh avait toujours été gêné par ce silence. Mais aujourd'hui, il le savourait. Quatre hommes pouvaient siroter une bière sur une terrasse sans dire un mot et sans se sentir mal à l'aise. Des femmes auraient parlé, auraient raconté ce qui leur passait par la tête. Les hommes pouvaient garder ce qu'ils avaient à l'esprit pour eux. Et Josh, quant à lui, ne pensait qu'à… Melanie.

Son désir de la voir cet après-midi l'avait mis à l'agonie ; il se sentait comme un animal tirant comme un fou sur sa chaîne. Dès que Josh posa les yeux sur elle (sur son ventre un peu rebondi, sa peau bronzée, plus lumineuse), dès qu'ils se retrouvèrent dans Shell Street avec Porter, un sentiment de paix l'envahit. Elle l'interrogea à propos de son costume, et il lui raconta ce qui était arrivé à Didi. Parler à Melanie avait sur lui un effet thérapeutique. C'était mieux que de pleurer. Un décès soudain et inattendu, la mort d'une personne jeune, d'une personne que Josh avait toujours traitée avec gentillesse, une mort qui l'emplissait de doutes et de regrets – Melanie l'avait compris. Josh et Melanie étaient si absorbés par leur discussion à propos de Didi qu'ils en oublièrent, un moment, de parler d'eux-mêmes. Mais ensuite, quand le sujet fut clos, Josh comprit que leur relation touchait à sa fin et qu'il devait trouver les mots pour le dire.

— Je n'avais pas prévu de revenir ici, dit-il.

— Je ne m'attendais pas à te revoir. Je pensais que tu étais parti.

— Eh bien…

— Quoi ?

— Je voulais te revoir, avoua-t-il.

Melanie sourit, les yeux baissés. Ils avaient marché jusqu'à la plage et à présent, ils étaient sur le chemin du retour. Dans sa poussette, Porter s'était endormi. Ils auraient pu prendre à droite, vers Shell Street, mais Josh proposa de continuer tout droit.

— Vers la chapelle de Sconset ? demanda Melanie.

— Oui.

Ils cheminèrent un moment sans mot dire. Puis Josh prit la parole :

— Tu vas retourner avec Peter ?

Melanie s'humecta les lèvres avant de répondre :

— C'est mon mari. C'est important. Les serments sont importants.

— Même s'il les a brisés ?

— Même s'il les a brisés. Je sais que ça ne doit pas être facile à entendre pour toi.

— Ce qui me fait de la peine, c'est l'idée qu'il te fasse de nouveau souffrir.

— Ça ne se reproduira pas… Enfin, il a dit que ça ne se reproduirait pas…

— S'il te fait du mal, je le tue.

Melanie posa la tête sur l'épaule de Josh. L'église se dressait devant eux. Des rubans blancs étaient accrochés à la rambarde du perron – vestiges d'une cérémonie de mariage.

— Te rencontrer est la meilleure chose qui aurait pu m'arriver cet été, dit-elle.

Une nouvelle assertion qui laissa Josh sans voix.

À présent qu'il buvait sa bière sur la terrasse, il se disait que oui. C'était la meilleure chose qui pouvait leur arriver à tous les deux, même si cela paraissait étrange aux yeux d'autrui.

Josh se laissa surprendre quand la porte de derrière s'ouvrit et que Vicki apparut sur le seuil :
— Josh ? D... îner ? Tu...
Elle lui désigna la table d'un signe de tête.
— Bien sûr, répondit-il. Avec plaisir.

Au dîner, Josh était assis entre Melanie et Vicki. Melanie avait posé la main sur sa jambe pendant que Vicki remplissait son assiette de nourriture. La conversation était agréable. Josh entendit parler de pêche, de poissons bleus et de bonites. Buzz Lyndon se lança dans le récit des parties de pêche de sa jeunesse, puis ce fut au tour de Walsh d'évoquer ses souvenirs de pêche en Australie, ce qui fit rapidement dériver la conversation sur les requins, les crocodiles de mer et les méduses au venin mortel. Josh n'avait pas lésiné sur le vin – Ted, qui présidait la tablée, n'avait cessé de remplir son verre – et le vin, combiné à la lueur des bougies et à la présence illicite de la main de Melanie sur sa jambe, conférait à cette soirée une aura surréelle. Au cours de l'été, Josh s'était forgé une place à cette table – mais comment ? Il se rappela la première fois qu'il avait posé les yeux sur elles. *Trois femmes descendaient d'un avion.*

Brenda était lovée dans les bras de Walsh, un sourire béat sur les lèvres. Sœur Maussade. Si ce n'est que maintenant, elle semblait heureuse et sereine. Vicki – la sœur à la respiration saccadée – paraissait mélancolique et très silencieuse. Josh savait à présent pourquoi. L'été l'avait physiquement transformée (ses longs cheveux blonds n'étaient plus et elle avait perdu au moins dix kilos), mais elle avait toujours ce côté maternel, cette volonté de rassembler tout le monde et de faire en sorte que tout soit parfait, dans les moindres détails. Elle était le centre névralgique de la famille. Sans elle, chacun irait de son côté. Le groupe se scinderait. Se briserait. Peut-être était-ce l'une des raisons de sa mélancolie ; elle savait combien sa présence comptait pour les gens qui l'entouraient, et l'idée de les abandonner lui était insupportable.

Enfin, à côté de lui, la main sur sa jambe, se trouvait la femme au chapeau de paille. Melanie. Il aimait à croire qu'il avait sauvé Melanie, mais c'était probablement le contraire. Melanie lui avait appris des choses qu'il ne pensait pas avoir besoin de connaître. Elle retournerait avec Peter – ce fait était aussi réel, solide et lisse que la bille qui roulait dans son esprit – et Josh aurait le cœur brisé. Assis à cette table, partageant cette dernière soirée, il allait bientôt avoir le cœur brisé, mais cette fissure – à l'instar de tout ce qui lui était arrivé aujourd'hui – le rendait plus mûr et plus aguerri. Il tenait son histoire ; personne ne la lui volerait. Chas Gorda serait fier de lui.

Après le dîner, ils se régalèrent de tartes aux myrtilles, de crème glacée, burent une autre bouteille de vin, puis des petits verres de Porto circulèrent entre les hommes. Buzz Lyndon offrit des cigares. Ted en accepta un ; Josh et Walsh s'abstinrent.

— Papa, les cigares sentent mauvais, le sermonna Brenda.

Vicki se leva.

— Je dois…

Elle passa la main dans les cheveux de Blaine.

— Josh ? reprit-elle. Tu veux bien l… ire ?

Blaine, qui s'était presque endormi dans le giron de sa grand-mère, trouva la force de dire :

— Une histoire ! S'il te plaît, Josh ?

Melanie pressa la main sur son genou. Josh se leva.

— D'accooord.

Il s'allongea sur le matelas posé sur le sol de la chambre de Vicki et Ted avec Blaine. Porter dormait déjà avec sa tétine. Vicki s'assit sur le lit. Elle tendit à Josh *Sylvestre et le caillou magique*.

— C'est triste, prévint-elle.

— Maman pleure chaque fois qu'elle le lit, dit Blaine.

— Et en ce moment ? demanda Josh.

Il fit un clin d'œil à Vicki, s'éclaircit la voix et commença sa lecture.

C'était l'histoire d'un âne du nom de Sylvestre qui trouve un caillou rouge brillant qui possède en réalité des pouvoirs magiques. Quand Sylvestre souhaite qu'il pleuve, il pleut ; quand Sylvestre souhaite qu'il fasse beau, il fait beau. Un jour, Sylvestre se promenait dans la forêt, quand il vit un lion s'approcher. Cédant à la panique, il fit le souhait de se transformer en rocher. Sylvestre se transforma en rocher et échappa au lion – mais comme Sylvestre

avait lâché le caillou magique, il ne pouvait plus
reprendre sa forme d'âne initiale. Il avait beau émettre tous les souhaits possibles, il restait un rocher.
Quand Sylvestre ne rentra pas à la maison, ses
parents se rongèrent les sangs. Après des semaines
de recherches, ils en vinrent à la conclusion qu'il
était mort. Ils étaient totalement anéantis par la disparition de leur fils unique.

Au printemps, les parents de Sylvestre décidèrent
d'aller pique-niquer et ils s'installèrent près du
rocher qu'était devenu Sylvestre. Le rocher leur servit de table. C'est alors que le père de Sylvestre
repéra le caillou magique dans l'herbe et, sachant
que son fils adorait cet objet, il le prit et le posa sur
le rocher.

Sylvestre pouvait sentir la présence de ses
parents ; il les entendait parler. Aussitôt il se dit :
« J'aimerais tant être de nouveau moi-même, mon
ancien moi », et son vœu se réalisa – il se transforma
aussitôt en âne, juste sous les yeux de ses parents.
Oh ! Quelle joie !

Finalement, Sylvestre et ses parents rentrèrent
chez eux pour mettre le caillou en lieu sûr.

— « Un jour, ils en auraient peut-être besoin, lut
Josh, mais à cet instant, que pouvaient-ils souhaiter
de plus ? Ils avaient tout ce qu'ils souhaitaient. »

— Ils avaient tout ce qu'ils souhaitaient, répéta
Blaine. Parce qu'ils étaient tous ensemble.

Vicki hocha la tête. Elle était muette.

Josh referma le livre. Il avait du mal à trouver ses
mots. Il lui était impossible de dire au revoir aux

garçons à cet instant ; aussi embrassa-t-il Porter, puis Blaine, sur le front.

— Oui, dit-il.

Quand Josh et Vicki sortirent de la chambre, la soirée touchait à sa fin. Ellen Lyndon terminait la vaisselle, Brenda et Walsh étaient partis faire une promenade au phare, Ted et Buzz Lyndon étaient sur la terrasse, où ils soufflaient leur fumée de cigare dans l'air de la nuit. Tout au long du dîner, Josh s'était demandé s'il aurait le courage de passer la nuit ici avec Melanie et maintenant, il savait que la réponse était négative. Il y avait un pacte tacite entre Melanie et lui, et il devait rester secret. Il n'y avait aucune raison de lever le voile maintenant, le dernier jour. Josh prit congé des parents Lyndon et donna à Ted sa poignée de main la plus professionnelle.

— Oh, attends. J'ai quelque chose pour toi, dit Ted en extirpant un chèque de son portefeuille.

— Merci, répondit Josh.

L'argent l'embarrassait ; il fourra le chèque dans la poche de son pantalon, sans cependant pouvoir s'empêcher de remarquer, d'un bref coup d'œil, que le nombre inscrit avait un zéro de plus que prévu.

Quand Ted et Josh rentrèrent à l'intérieur, les Lyndon étaient retournés au Wade Cottage, en bas de la rue, où ils étaient installés. Il ne restait donc plus que Ted, Vicki, Josh et Melanie – qui se servait un verre d'eau au robinet de la cuisine.

— Je vais me coucher, annonça Ted. Bonne nuit tout le monde.

— Moi aussi. Fatiguée, dit Vicki.

Elle regarda Josh et ses yeux se remplirent de larmes.

— Je ne peux pas… te dire au… revoir.

Il avait une boule douloureuse dans la gorge.

— Oh, boss…

Elle l'enlaça et le serra fort dans ses bras.

— Josh. Mer… ci.

— Allons… Tu n'as pas besoin de me remercier.

— Je te suis si reconnaissante.

— Moi aussi.

Il fit une pause, se remémorant les paroles de son père. « Je me suis dit que c'était peut-être ta mère que tu étais allé chercher à Sconset. » Eh bien, ce n'était pas impossible.

Vicki essuya ses larmes. Ils se séparèrent.

— Tu dois guérir, lui dit Josh.

— D'accord.

— Je suis sérieux.

— Je sais. Je sais que tu le penses.

Vicki disparut dans sa chambre et Josh se retourna. Melanie se tenait debout devant lui ; elle reniflait.

— C'était si beau, sanglota-t-elle. Mais tu me connais : en ce moment, lire l'annuaire du téléphone me fait pleurer.

Josh déroula une des manches de sa chemise blanche et s'en servit pour essuyer les larmes du visage de Melanie. C'était une longue, très longue journée, peut-être la plus longue journée de sa vie et pourtant, il n'était pas prêt à la terminer.

— Sortons d'ici. Tu peux prendre le volant.

Depuis des semaines, Brenda redoutait le jour où ils devraient quitter Nantucket, mais à présent, avec Walsh à côté d'elle, cela ne lui paraissait plus aussi effrayant. Ils rentreraient à Manhattan ensemble. Brenda ferait le point sur sa situation et prendrait les décisions qui s'imposaient. Pendant que Brenda faisait ses valises, Ellen Lyndon pénétra dans sa chambre et lui tendit un pot rempli de sable.

— Pour tes chaussures, précisa-t-elle. J'ai donné le même à ta sœur.

Brenda secoua la tête.

— Tu es folle, maman.

— Il n'y a pas de quoi.

Brenda observa le pot. Elle n'avait pas vraiment la place de le mettre dans ses bagages. Elle le laisserait donc ici, sur la commode. Mais avant, au cas où sa mère eût quelque intuition divine, Brenda en versa dans ses mocassins Prada – chaussures qu'elle n'avait pas portées une seule fois depuis son arrivée. Et au final, elle enfouit le pot dans son sac marin. Elle aurait besoin de toute l'aide possible.

Les parents de Brenda partirent les premiers par le dernier bateau ; ils récupéreraient leur voiture à Hyannis et rentreraient à Philadelphie par la route. Melanie était la prochaine à partir. Josh passa la prendre en Jeep pour la conduire à l'aéroport, où elle prendrait son vol pour LaGuardia. Ted, Vicki et les garçons prendraient le ferry de midi et retour-

neraient dans le Connecticut à bord du Yukon plein
à ras bord. Il ne restait donc plus que Brenda et
Walsh pour fermer la maison. Brenda était estomaquée que ses parents et Vicki lui confient cette
lourde responsabilité, et elle voulait être à la hauteur.
Le réfrigérateur était vide et éteint, le tuyau de gaz
débranché, les lits défaits. Brenda avait remis les
boîtes d'émail, le service à thé en argent et les dessus
d'assiettes en dentelle à leur place sur la table basse ;
elle cacha la clé sous un bardeau pour le gardien,
qui viendrait la chercher le lendemain. Juste avant
de fermer la porte du cottage pour de bon, Brenda
aperçut le gobelet de carton rempli de cailloux sur
un rebord de fenêtre, en hauteur. Devait-elle le laisser là ou bien le jeter ?

Elle décida de ne pas y toucher. Ils le retrouve-
raient l'été prochain.

Dans le taxi qui les emmenait à l'aéroport, le téléphone de Brenda se mit à sonner. Pour la première
fois depuis des mois, la musique remixée de Beethoven ne lui causa aucune angoisse.

— Au moins, je sais que ce n'est pas toi, dit
Brenda à Walsh. Cela dit, ce n'était jamais toi.

— J'ai appelé une fois.

Brenda vérifia l'identité de son correspondant :
« Brian Delaney. » Son instinct lui souffla de ne pas
prendre l'appel, mais elle ne pourrait pas toujours
fuir.

— Bonjour, cher conseiller, lança-t-elle.

— Je viens juste d'avoir un appel très étrange, répondit Sa Majesté.

— Vraiment ?

L'esprit de Brenda commença à s'emballer. Ça me concerne ?

— Quelqu'un m'a appelé pour me parler des droits de votre scénario.

— Quoi ?

— Ce type, Feldman ? Il a appelé l'université et ils lui ont donné le nom de votre avocat.

— Feldman ? répéta Brenda.

Elle avait finalement renoncé à envoyer le scénario à Ron Feldman et à Marquee Films. Après l'horrible conversation téléphonique qu'elle avait eue avec lui, à quoi bon ?

— Ouais. Je crois qu'il a emprunté le livre de sa fille et qu'il a aimé l'histoire. Et maintenant, il veut voir votre scénario. Il a très clairement dit qu'il ne faisait aucune promesse. Je crois que Marquee Films travaille sur un projet similaire, un livre écrit par un type du nom de George Eliot, encore un de ces vieux trucs, mais il a aimé le bouquin de Fleming Trainor et il veut voir le script. Vous savez, j'ai comme l'impression qu'il a cru que j'étais votre agent.

— Alors, que lui avez-vous répondu ?

— Je lui ai expliqué que le script était entre les mains de plusieurs maisons de production, que nous avions suscité l'intérêt de différentes personnes, mais que nous le mettrions dans la boucle avant de prendre notre décision.

— Vous vous moquez de moi ? Mon Dieu, je n'arrive pas à y croire.

— Il n'a fait aucune promesse, Brenda. En fait, il a dit que même s'il mettait une option, cela pouvait prendre des mois, voire des années, avant que le film soit produit. Je lui ai demandé quelle serait la fourchette approximative de cette option et il m'a clairement dit que ce serait un nombre à cinq chiffres, pas six. Alors n'espérez pas la lune.

Quand Brenda raccrocha, elle jeta ses bras autour du cou de Walsh.

— Feldman veut le voir. Il n'a fait aucune promesse, mais il veut voir mon scénario.

C'était de bonnes nouvelles – pas exceptionnelles, mais pas non plus de mauvaises nouvelles. Pour la première fois de tout l'été, Brian Delaney ne lui avait pas annoncé de mauvaises nouvelles.

Brenda laissa sa tête reposer sur la robuste épaule australienne de Walsh, tandis que le taxi dévalait Milestone Road, en direction de l'aéroport. Elle était déjà sur la lune.

Épilogue

HIVER

Partout dans le monde, des mères de famille décédaient, mais à 11 heures, le matin du 29 janvier, naquit une mère. Melanie Patchen donna naissance à Amber Victoria, une petite fille de trois kilos six cents grammes et de cinquante et un centimètres. En bonne santé.

Les infirmières ramenèrent Melanie de la salle d'accouchement en chaise roulante – après dix-huit heures de travail, une péridurale, une dose de Pitocin, des battements de cœur désordonnés, les médecins avaient pratiqué une césarienne. Quand Melanie prit sa fille dans ses bras et la nourrit pour la première fois, elle eut l'impression d'être dans un monde nouveau. Il lui semblait qu'elle voyait chaque chose pour la première fois.

Quand elle avoua ce sentiment à Peter, il lui répondit : « C'est à cause de la morphine. »

J'ai un bébé, pensa Melanie. C'est mon bébé. Je suis sa maman.

Melanie fut ensorcelée par l'incroyable délicatesse des traits d'Amber – sa petite bouche, ses minuscules oreilles, les doigts de ses mains et de ses pieds, son petit cœur battant, pas plus gros qu'un œuf. Le bébé pleura, puis ouvrit les yeux, tourna la tête et se lova contre Melanie jusqu'à ce qu'elle trouve le bout de son sein. Melanie fut submergée d'un amour protecteur, explosif et bouleversant. Elle voulut crier son amour au monde entier, lui dire que cela remettait tout en perspective. Mais elle comprit rapidement que les gens se divisaient en deux catégories : ceux qui s'en fichaient et ceux qui le savaient déjà.

Durant les trois jours suivants, elle reçut quantité de fleurs. Des orchidées de la part de Vicki, des roses des parents de Melanie, un cyclamen de la mère de Peter à Paris, un embarrassant et fastueux arrangement floral de la part de « la bande de Rutter & Higgens », des géraniums et des pâquerettes rouges de la part des voisins de Melanie et Peter… Les fleurs continuaient à abonder et les infirmières commençaient à plaisanter en disant que Melanie était « plutôt populaire ». Melanie envoya les trois bouquets suivants dans le département de cancérologie.

L'après-midi du quatrième jour, alors que Melanie était en train de donner le sein à Amber dans son lit, de nouvelles fleurs arrivèrent. Le bouquet était modeste, voire clairsemé. Composé de roses thé, d'œillets, de *baby's breath* épars, il arriva dans un mug qui disait « maman » avec un ballon rose en forme de cœur.

— Encore un autre, dit l'infirmière.

Stephanie, l'infirmière préférée de Melanie, était le chef du service des naissances. Une jolie femme blonde, agréable et compétente ; elle était avec Melanie durant la phase finale du travail, au moment de la césarienne, et elle lui avait enseigné pratiquement tout – comment nourrir le bébé, lui faire faire son rot, lui donner le bain, nettoyer son cordon ombilical.

Melanie sourit.

— Dire que je pensais qu'ici, tout le monde m'avait oubliée.

— Apparemment, ce n'est pas le cas.

Stephanie déposa le vase sur la desserte de la jeune maman.

— Voulez-vous que je vous lise la carte ?

Melanie étudia les fleurs. Elle se rendit alors compte qu'elle attendait des fleurs exactement comme celles-là : modestes mais sincères. Des fleurs que l'on peut facilement commander sur Internet.

— Non, merci. J'aurai quelque chose à lire quand j'aurai fini de l'allaiter.

— Vous vous débrouillez très bien, cela dit. Le bébé a déjà pratiquement retrouvé son poids de naissance. C'est ce que nous espérions.

Melanie observa la petite tête douce couverte d'un duvet sombre. Stephanie quitta la pièce.

Plus tard, pendant que le bébé dormait dans son berceau, Melanie détacha l'enveloppe du bouquet.

Melanie Patchen, disait l'enveloppe.

Peter était allé chercher sa mère à l'aéroport JFK. Melanie ne les attendait pas avant l'heure du dîner.

Elle lut la carte : *Je sais déjà qu'elle est magnifique.*

Les yeux de Melanie se remplirent de larmes et un instant plus tard, elle pleurait. Stephanie lui avait dit de s'attendre à cela – des larmes soudaines, sans raison apparente. Ses hormones étaient dans tous leurs états.

Melanie observa d'abord son bébé qui dormait, puis elle regarda par la fenêtre – des rafales de neige tombaient du ciel gris de cette fin d'après-midi. Du couloir lui parvenaient quelques notes de musique d'ascenseur. Elle venait de donner naissance à une magnifique petite fille en pleine santé et pourtant, elle ne cessait de pleurer, pleurer, à en avoir le souffle coupé. Elle était retournée avec Peter ; ils étaient de nouveau un couple. Il ne lui restait plus qu'à espérer ; son mariage lui rappelait les roses New Dawn qui grimpaient sur la façade du 11 Shell Street. « Il faut les tailler, avait-elle expliqué à Blaine, et quand elles repousseront, elles seront encore plus belles. » Le cœur de Melanie était gonflé d'amour, de joie et d'émerveillement et pourtant, il était vide. Elle avait tout ce qu'elle avait toujours désiré, mais elle se languissait…

De quoi ?

Des vacances d'été. D'une heure sur une terrasse ensoleillée, d'une parfaite tranche de tomate, du gazouillis des troglodytes perchés sur sa fenêtre, de la douceur des vagues de l'océan qui caressaient son corps, d'un magnifique hortensia bleu adossé à la clôture, des papillons et des bourdons, des cornets de glace après dîner, du siège passager de la Jeep.

Comme il était enivrant de rouler la fenêtre ouverte,
l'air frais de la nuit s'engouffrant dans la Jeep, le
long de Milestone Road ; comme il était apaisant de
s'arrêter à la plage et d'observer les eaux tranquilles
et le ciel nocturne s'étendre sous leurs yeux comme
un tapis sombre ; comme elle avait été heureuse de
rester assise, tout simplement, aux côtés d'un être
aussi extraordinaire que Josh Flynn.

Melanie essuya ses larmes et relut la carte.

Je sais déjà qu'elle est magnifique.

La carte n'était pas signée.

Aujourd'hui, la liste de Vicki comptait deux
pages. En ce jeudi du début du mois de février,
Blaine fêtait son cinquième anniversaire. Vicki organisait une fête l'après-midi, à 16 heures, à Chuck E.
Cheese. Blaine l'avait tellement suppliée d'organiser
la fête dans ce lieu que Vicki avait fini par accepter,
en se disant que le chaos s'abattrait hors de chez
elle. Cela dit, elle devait encore aller chercher les
ballons ainsi que le gâteau et les cadeaux. Une vente
aux enchères lors d'une soirée caritative aurait lieu
samedi soir, le jour de la Saint-Valentin, et Vicki
aurait aimé aller en ville pour acheter une tenue
adéquate (ses vêtements étaient tous trop grands ;
elle n'avait toujours pas repris le poids qu'elle avait
perdu), mais le shopping attendrait, tout comme les
cent autres items de sa liste. La fête d'anniversaire

était importante, oui, mais Vicki devait accomplir ce jour-là quelque chose de plus crucial.

Se rendre à la réunion de son groupe de soutien, à 10 h 30.

Vicki fit en sorte d'être à l'heure, ou presque. Elle se glissa sur une chaise à côté de Dolores juste avant la prière d'ouverture. Vicki avait cessé de se rendre aux réunions trois jours avant son opération – elle avait alors la langue paralysée par la peur, à tel point qu'elle était incapable de prononcer ne serait-ce que son nom. À présent, elle se sentait coupable, comme un catholique non pratiquant qui retournerait à l'église. Elle prit la main de Jeremy et d'une autre personne – une femme plus jeune qu'elle, habillée d'une robe en jean, qu'elle n'avait jamais vue auparavant.

Les prières terminées, Dolores releva la tête et adressa un grand sourire à Vicki.

— Aimeriez-vous un peu de cidre chaud ? lui demanda Dolores. Bio.

Vicki remarqua que les autres membres du groupe avaient tous un gobelet, mais elle refusa.

— Peut-être plus tard.

— Très bien, dit Dolores. Commençons par nous présenter. Dana ? Voulez-vous être la première ?

La jeune femme en robe de jean prit la parole.

— Mon nom est Dana. Cancer du sein, stade trois.

La gorge de Vicki se noua. Elle fut soulagée qu'ils poursuivent les présentations de l'autre côté du cercle. Ed, cancer de la prostate, stade deux.

Josie, cancer du sein, stade trois ; Francesca était toujours là, tout comme Jeremy. Il y avait une autre femme que Vicki ne connaissait pas qui n'avait pas de cancer ; elle était là à cause de son fils de sept ans, atteint de leucémie.

Vicki fut si émue par sa déclaration qu'elle crut qu'elle allait se remettre à bégayer.

— Vicki ? dit Dolores.

— Je suis V… icki. Cancer du poumon.

Elle marqua une pause, avala sa salive, recouvra ses esprits.

— Survivante, ajouta-t-elle.

Survivante. Les autres membres du cercle la fixèrent et Vicki se sentit mal à l'aise.

Dolores souriait toujours. Elle l'avait appelée quelques jours plus tôt et lui avait demandé de revenir dans le groupe de soutien. En vérité, elle l'avait implorée.

— Ça fera du bien aux autres, avait plaidé Dolores. Surtout à cette période de l'année. Ce sera pour eux un message d'espoir.

Mais ce que Vicki lisait aujourd'hui dans les yeux des autres membres du groupe, c'était de l'envie, et même du ressentiment. Elle le reconnut pour l'avoir elle-même éprouvé une fois en écoutant Travis raconter comment il avait surmonté son cancer du foie, et Janice, contre toute attente, son cancer des ovaires. Vicki se réjouissait pour eux et en même temps, elle les haïssait. Et maintenant, elle était à leur place. Elle voulait raconter aux autres toute son histoire, chaque détail, mais avant tout, elle voulait qu'ils sachent qu'elle était l'une d'entre eux. Elle était comme eux, ils étaient comme elle, ils étaient tous dans le même bain. Elle se disait une survivante, mais cette idée était, ils le savaient tous, fragile, car le cancer pouvait être totalement anéanti, comme il pouvait se terrer quelque part dans son corps, comme un diable pouvant sortir de sa boîte à tout instant, sans prévenir. Vicki avait vécu trente-deux ans en toute sérénité, mais à présent elle était en proie à la peur et à l'incertitude. Plus rien ne serait comme avant.

— Racontez-nous, l'encouragea Dolores, racontez-nous votre histoire.

Vicki choisit ses mots avec prudence. Elle voulait se montrer honnête, mais pas larmoyante, directe mais pas explicite. Elle raconta au groupe que la chirurgie la terrorisait, à tel point qu'elle s'était mise à bégayer. Elle était incapable de s'exprimer claire-ment ; sa langue était gonflée dans sa bouche. Chaque phrase était confuse. Une fois de retour à Darien, elle fut incapable de garder la moindre nour-riture, et on l'hospitalisa pour déshydratation. Le Dr Garcia l'envoya consulter un psychothérapeute. La thérapie ne fit que renforcer son handicap. Son bégaiement s'accentua et Ted fut forcé de reconnaî-tre que quelque chose n'allait pas. Elle écrivait des notes sur des feuilles de papier, mais même par écrit, ses phrases n'avaient aucun sens. Elle ne pouvait se concentrer sur rien d'autre que sa peur et son anxiété – chaque minute, elle se battait pour ne pas céder à la panique totale. L'anesthésie, ils vont me tuer, je vais mourir. Elle déposait Blaine à l'école, venait le chercher, s'arrêtait au supermarché pour acheter des couches, des Oreos et des entrecôtes, elle huilait le billot de son plan de travail et faisait la lessive, mais une question la hantait : pourquoi se tracasser ? C'était ainsi qu'elle voulait passer ses derniers jours ? Ne devrait-elle pas faire autre chose pour arrêter le train qui fonçait droit sur elle ? Elle ne dormait guère et dans ses phases de sommeil, elle faisait des cauchemars. Le Dr Garcia lui prescrivit de l'Activan. Vicki et Ted prirent rendez-vous avec leur notaire et établirent un nouveau testament. Vicki nomma sa sœur comme tutelle. Elle fit don de ses organes à la science, excepté ses poumons. Elle contracta une assurance-vie, signa un ordre de ne pas la réanimer et fit de Ted son légataire. Elle vomit dans les toilettes du cabinet du notaire. Elle écrivit une longue lettre aux garçons, une longue lettre à Ted, et une lettre plus courte à tous les autres. Brenda serait chargée de les lire à son enterrement. La veille de l'opération, elle se rendit à l'église. Elle s'agenouilla dans le sanctuaire désert et pria, puis elle se sentit hypocrite parce qu'elle ne savait pas si elle avait la foi. Elle rentra à la maison et s'assit sur le lit pendant que Ted lisait une histoire aux enfants. Elle les embrassa et leur souhaita bonne nuit en se disant : Et si c'était la dernière fois ?

— Ce que j'essaie de vous dire, expliqua Vicki, c'est que je pensais que j'allais mourir. J'en étais persuadée.

Hochements de tête parmi les membres du groupe.

Vicki était tellement terrifiée que ses souvenirs de la phase préopératoire étaient flous. Elle se rappelait vaguement avoir entendu parler l'anesthésiste et l'infirmière en chef du département chirurgie. Elle se souvenait avoir ôté ses vêtements pour mettre une blouse, et s'être demandé si elle remettrait un jour ses habits ; elle se rappelait qu'elle tremblait et qu'elle avait froid. Elle se souvenait de l'intraveineuse insérée, après trois essais infructueux, dans le dos de sa main. Elle se rappelait que Ted portait un pantalon kaki et une chemise de velours côtelé gaie. Il était tout le temps à ses côtés, à murmurer, lui semblait-il. Mais Vicki ne pouvait l'entendre. Ellen Lyndon et Brenda étaient toutes les deux à la maison avec les enfants. Vicki avait (irrationnellement) insisté pour qu'elles disent à Blaine et Porter que durant tout ce temps, elle subissait une opération chirurgicale. Elle se rappelait avoir été poussée dans une chaise roulante à travers plusieurs couloirs, avec des virages aussi serrés que dans un souk marocain, Ted à ses côtés, habillé d'une blouse stérile turquoise. Il resterait avec elle jusqu'à ce qu'ils l'endorment. Elle se souvenait de l'incroyable gravité de l'équipe chirurgicale, leur professionnalisme méticuleux, les infirmières respectant un protocole incompréhensible – chiffres, codes, pression sanguine, température. La tension dramatique était telle qu'on se serait cru au théâtre, et pour cause – la vie de Vicki était entre leurs mains ! Mais c'était aussi pour

eux un jour de boulot comme les autres. Aujour-
d'hui, c'était son corps ; demain, ce serait celui de
quelqu'un d'autre.

Il faisait froid dans le bloc opératoire. Vicki avait
les pieds nus ; ils dépassaient du drap comme ceux
des cadavres dans les séries télévisées. Tout le monde
portait des blouses et des masques. Elle ne reconnaissait personne, elle ne distinguait même pas les
hommes des femmes ; elle avait l'impression d'avoir
atterri sur une autre planète. Ted était à ses côtés,
puis un autre visage familier apparut – celui du
Dr Garcia.

— Tout va bien se passer, dit le Dr Garcia.

Le chirurgien aussi était arrivé. Il s'appelait Jason
Emery – c'était un géant, encore plus grand et plus
large que Ted, et très jeune. Une superstar, avait dit
le Dr Garcia, le meilleur chirurgien thoracique du
Connecticut. (Combien y en avait-il ? s'était demandé
Vicki.) Les infirmières travaillaient aussi vite que les
techniciens de Formule 1 pour changer une roue,
mettant des gants au Dr Emery et lui donnant le
matériel. Quand il fut prêt, son masque se tendit et
Vicki vit qu'il souriait.

— Bonjour, Vicki. C'est Jason.

Ils s'étaient rencontrés la semaine précédente
dans son bureau, où il lui avait expliqué chaque
étape de l'opération. Vicki l'avait tout de suite
apprécié. Comme le Dr Garcia, Jason Emery était
d'un optimisme inébranlable. Mais si jeune ! Quel
âge avait-il ? Il aurait trente-trois ans le 9 octobre
prochain, exactement comme Vicki. Ils avaient la

même date de naissance, ils étaient jumeaux, c'était un signe, il pouvait la sauver.

— Bonjour, Jason.

— Tout va bien se passer.

Il commença à aboyer des ordres, tous inintelligibles. Il lui faisait penser à un quarter back criant à ses joueurs des tactiques codées. Un masque en latex fut appliqué sur sa bouche. Il sentait la vanille. C'était la même odeur, se dit-elle, que celle de la cuisine de sa mère, quand elle faisait cuire des cookies.

On y est, pensa-t-elle. Ted serra sa main. Blaine ! Porter ! Elle les imaginait dans les bras de sa mère, dans les bras de Brenda. En sécurité.

À son réveil, elle ressentit une intense douleur. Une douleur atroce, venue des profondeurs de l'enfer. Elle se réveilla en hurlant.

Une infirmière lui administra une dose dans le bras.

— Morphine, dit-elle. On vous a aussi injecté du Duramorph par péridurale.

Mais Vicki criait toujours. Elle pensait ressentir une joie immense ou tout du moins un grand soulagement à l'idée d'être en vie. Elle avait enfin réussi à traverser le mur de granite. Mais la souffrance était telle que le miracle lui était moins palpable.

À cause de la douleur, une seule idée l'obsédait. Et c'était là toute l'ironie de la situation : la chirurgie qui lui avait sauvé la vie lui faisait regretter d'être en vie.

C'était interminable. Autour d'elle, l'activité était intense – le personnel, les machines, les procédures. Vicki, qui détestait attirer l'attention sur elle, en particulier dans un lieu public, parmi des étrangers, continua à gémir des heures durant. Elle qui aimait garder le contrôle en toutes circonstances, était non seulement en train de hurler et de gémir comme un animal, mais aussi en train de supplier. Aidez-moi ! Aidez-moi ! Mon Dieu, s'il Vous plaît, aidez-moi !

Et puis, le silence. L'obscurité. Un bip léger. Un visage sombre penché sur elle. Une infirmière.

— Je suis Juanita. Comment vous sentez-vous ?

Certaines parties de son corps étaient sensibles, d'autres engourdies. Sa gorge la faisait souffrir. Sa bouche était sèche, ses lèvres craquelées. Elle était assoiffée. Juanita plaça une paille dans sa bouche. L'eau était froide, lui rappelant l'eau glacée avec les fines tranches de citron que Brenda posait à côté de son lit, cet été. Vicki se mit à pleurer. L'eau était si bonne. L'été avait été si merveilleux, malgré tout ce qui s'était passé. Elle était en vie.

Vicki ne voulait pas effrayer les membres du groupe, mais elle ne pouvait se résoudre à minimiser les faits. La convalescence fut longue, pénible (Vicki aurait pu employer le mot « horrible », mais elle se contenta de « pénible »). Au moindre mouvement, c'était comme si des millions d'épingles s'enfonçaient dans ses muscles. À chaque éternuement, chaque toux, chaque rire ou exclamation, elle sentait la douleur autour de son incision. Elle avait l'impres-

sion qu'elle allait exploser, se briser. Si le cancer
l'avait fait souffrir, rendant sa respiration difficile,
ce n'était rien à côté de la souffrance qu'elle ressentait maintenant, et de la difficulté qu'elle avait à
respirer. Il ne lui restait plus qu'un seul poumon. Se
nourrir, prendre une douche, et même lire un livre
d'images était un calvaire. Elle ne supportait pas de
rester éveillée, aussi dormait-elle par intermittence,
durant la journée. De la morphine, elle passa au
Percoset et du Percoset à l'Advil. Vicki prit jusqu'à
cinquante Advil par semaine. Mais la douleur per-
sistait. Durant des semaines, Ted la porta dans les
escaliers. Des amis, des voisins lui apportaient des
plats cuisinés, envoyaient des cartes, des livres, des
fleurs ; elle les entendait murmurer : « Comment
va-t-elle ? Que pouvons-nous faire d'autre ? » Ils
emmenaient Blaine et Porter jouer chez eux. Ellen
Lyndon avait dû rentrer à Philadelphie à la fin du
mois. Brenda venait deux fois par semaine, mais le
reste du temps, elle était occupée à travailler en tant
que manager chez Barnes&Nobles et à vendre son
scénario à un studio qui allait le produire. La vie de
Brenda était, dans l'ensemble, bien remplie et de
nouveau sur les rails, ce qui était une bonne nouvelle
pour elle, mais Vicki avait encore besoin d'aide. Ne
pars pas ! Vicki avait retrouvé sa voix. Comme par
magie, elle pouvait de nouveau parler. Elle était
étonnée de cet état de fait et soulagée que les mots
qui flottaient dans son esprit se répandent dans le
monde – mais tout ce qu'elle disait était négatif,

déplaisant, contradictoire. Quand Ted suggéra d'embaucher une baby-sitter, Vicki répondit :

— Il n'est pas question qu'un étranger s'occupe de mes enfants. Je ne veux personne d'autre que Josh.

Ce à quoi Ted répondit :

— Eh bien, je doute que Josh soit disponible.

Six semaines après l'opération, Vicki passa un scanner post-opératoire. Le Dr Garcia déclara que les clichés étaient clairs. Vicki avait apparemment vaincu le cancer. Ted acheta du champagne. Vicki en but une coupe, mais cette nuit-là, Porter hurla dans son lit et le lendemain, il était couvert de boutons rouges. Il avait attrapé la varicelle. Ted prit une semaine de congés. Vicki s'en voulait d'être incapable de soigner son fils. Elle ne pouvait rien faire – s'occuper de Porter, aller à l'épicerie, jouer avec les enfants, donner le bain au bébé de Melanie. Elle souffrait toujours beaucoup, et n'avait pas recouvré toutes ses facultés. Son corps avait subi une invasion. Elle avait été ouverte puis recousue comme une poupée de chiffon. Sa cicatrice s'infecta. Elle ressentit une douleur inhabituelle, puis une odeur. La plaie rougit et du pus suinta. Elle eut de la fièvre. Le Dr Garcia prescrivit des antibiotiques.

Vicki se sentait vide, et elle imaginait en effet la cavité de ses poumons creuse. Elle pensait qu'en plus du cancer, le Dr Jason Emery lui avait ôté sa faculté à accomplir des choses, sa bonne étoile, sa joie de vivre. En plus de sa thérapie physique, elle commença une psychothérapie.

Elle était guérie, oui. Elle n'avait plus de cancer.
Elle était une survivante. Mais elle n'était pas elle-
même – et quel était l'intérêt de guérir si elle avait
perdu une partie de son être, de son essence ? Toute
sa vie, elle avait fait les choses facilement. Aujour-
d'hui, les seules choses qu'elle faisait sans effort
étaient s'allonger sur son lit et regarder la télé. Elle
devint accro à la série *Love Another Day* et se détesta
pour cela.

La convalescence était un chemin long et ardu,
expliqua Vicki au groupe. Mais dans mon cas, le
chemin avait une fin.

Elle finit par s'en sortir. En dépit de son profond
désespoir, de la terrible souffrance, des attentes
déçues, ou peut-être à cause de tout cela, elle guérit.
Cela commença par de petits détails – une note provenant du Dr Alcott, une plaisanterie de Ted qui la
fit rire sans la faire souffrir, une endurance suffisante
pour rester debout et se préparer un sandwich. Elle
suivit les conseils de son thérapeute et s'accrocha à
ses petites réussites.

Maintenant, regardez-la : après cinq mois, elle
était là, dans le cercle, la tête baissée, en train de
prier. Elle avait changé. Elle n'avait plus de cancer,
c'est vrai, mais le changement était bien plus complexe, bien plus insaisissable. Elle avait fait un long
voyage et elle avait atteint un endroit où elle voulait
que tous les membres du groupe la rejoignent.
C'était un lieu d'émerveillement. Un lieu d'immense
gratitude.